KB169356

여성의
수치심

여성의
수치심

젠더화된 수치심의 문법들

에리카 L. 존슨 퍼트리샤 모런 엮음

손희정 김하현 옮김

글항아리

"그게 어떤 느낌인데요?" 그가 물었다. 그러자 어머니들은, 아들의 당혹감을 눈치채고 온갖 설명들을 시도했다. "네 얼굴이 뜨거워진다." 막내 버니가 말했다. "하지만 심장은 덜덜 떨리지."

"여자들에게는 울거나 죽고 싶은 마음이 들게 해." 추후니 엄마가 말했다. "그렇지만 남자들은, 이성을 잃고 날뛰게 되지."

_살만 루슈디, 『수치』

차례

옮긴이의 말

수치심과 젠더

성적 수치심은 한국 사회에서 성범죄를 구성하는 가장 중요한 요건이었다. 그런데 2022년 3월 법무부 디지털성범죄전문위는 '성적 수치심'을 성차별 용어로 규정하고 법령에서 중립적 표현으로 교체해야 한다고 권고한다. 위원회는 이 용어가 "다양하고 복합적인 피해감정을 소외시키고, 피해자다움을 강요하며, 피해자 주관이 혐의 유무를 결정한다는 오해"를 가져올 수 있다는 점을 짚었다. 이는 한국의 반성폭력 운동이 오랫동안 제기해온 문제의식에 귀를 기울인 결과였고, 이후 2022년 4월 국회에서 이 내용을 반영한 '성폭력범죄의 처벌 등에 관한 특례법 일부개정법률안'이 발의됐다. 이 개정안에서는 '성적 수치심을 유발하는' 등의 표현 대신 '사람의 신체를 성적 대상으로 하는' 등의 표현이 선택되었다.

이런 문제제기가 등장하게 된 맥락은 무엇인가? 여성의 삶에 수치심은 어떤 영향을 미치는가? 수치심의 정치적이고 문화적인 동학은 무엇인가? 위와 같은 변화는 또 어떤 의미를 갖는가? 『여성의 수치심』
은 이런 질문들에 대한 답을 찾아볼 수 있는 책이다.

'부끄러운 줄 모른다'와 '여자들이 나를 무시했다' 사이

『여성의 수치심』은 페미니스트 인식론을 바탕으로 다양한 문화권의
문학작품과 문화운동 등을 분석하면서 수치심이 여성의 신체, 여성
섹슈얼리티, 여성성과 맺는 관계를 살펴보고, 그것이 어떻게 여성 개
인의 위치와 정체성을 구성할 뿐만 아니라 가족이나 국가·민족 정체
성의 구성으로까지 연결될 수 있는지를 추적한다.

　이 책에서 강조하는 것처럼 수치심은 개인의 마음속에만 머무는
것이 아니다. 우선 수치심은 얼굴이 확연히 붉어지고 몸이 쪼그라드
는 등 신체적 반응을 수반함으로써 외부로 드러난다. 더불어 수치심
은 사회 구성원들 사이에서 유통되고 공유되면서 집단적 의미를 생
산한다. 수치심은 개인이 세계와 대면하는 경계를 형성하고, 그 경계
를 넘어 세계와 접속하고, 타인을 움직이며, 세계의 변화를 추동하기
도 한다. 이 책에서 수치심을 느낌feeling이나 감정emotion보다는 정동
affect으로 다루는 이유다. 수치심은 그 어떤 감정들보다 개인이 타인
과 맺는 관계의 문제이자, 사회문화적인 문제인 것이다. 수치심 연구자
리즈 콘스터블은 이처럼 수치심이 개인적, 간주관적, 사회적으로 작동
하는 복잡한 상태를 수치심의 '상관적 문법relational grammar'이라고 부

른다.

강간문화가 '성적 수치심'을 강요함으로써 피해자의 입을 막는 과정은 수치심의 상관적 문법을 잘 보여준다. 미투운동이 한창 진행되는 동안 지겹도록 반복된 말이 있었다. "부끄러운 줄 모른다." 상식적으로 가해자를 향해야 하는 말이 오히려 피해자들을 공격했다. 이 말은 때로는 '성폭력당한 게 무슨 자랑이라고 떠들고 다니느냐'는 의미였고, 때로는 '네가 남자를 유혹해놓고 이제 와서 무슨 소리냐'는 의미이기도 했다. 아니면 그 외의 다른 어떤 의미였을 수도 있겠지만, 어떤 의미였든 결국은 한가지 뜻으로 수렴됐다. 폭력의 원인이 피해자에게 있으며, 그 치명적인 결과 역시 피해자의 몫이라는 것.

동서고금을 막론하고 강간문화는 피해자에게 책임을 묻고 굴욕을 안김으로써 피해자의 입을 막고 피해자를 침묵 속으로 잠겨들게 한다. 뿐만 아니라 주변인들까지 부끄러워해야 할 자들로 낙인찍어 피해자를 고립시킨다. "딸 간수를 잘못해서"라든지 "당신만 입 다물고 있었더라면(우리 명예는 실추되지 않았을 텐데)"과 같은 말은 피해자를 공동체가 경험하는 치욕의 원인으로 지목한다. 그리고 이런 수치심 정치는 피해 당사자뿐만 아니라 다른 여성들에게도 '저 여자를 보고 교훈을 얻으라'는 잔인한 경고를 날린다. 이처럼 성폭력으로 여성을 통제하는 문화, 바로 그것이 강간문화라고 할 때, 그 중핵에는 수치심이 놓여 있다.

이와 동시에 주로 남성이 가해자가 되는 여성 대상 폭력 사건에서는 남성적 수치심도 작동한다. 가부장제는 남성성의 위계를 통해 남성 안에서도 성적 계서제階序制를 확립한다. 그 계서제에서 주변으로 밀려난 남자들은 자신의 열등한 위치를 수치스러워하게 된다. "여자들이 무시해서"라는 말을 기억해보자. 2016년 강남역 여성혐오 살인 사건 가해자가 밝힌 살해 동기다. (이 말은 여성 대상 범죄 사건에서 너무나도 빈번하게 등장해서, 거의 클리셰로 들릴 지경이다.) 가해자는 자신이 '실패한 남자'로서 느꼈던 좌절과 굴욕감을 여성의 탓으로 돌리고 여성을 응징의 대상으로 삼는다. 그의 입장에서 '성공한 남자'들은 그에게 수치심을 강요하는 사회적 눈이지만, 여자들은 자격도 없이 자신을 깔보고 모욕하는 '죽어 마땅한 존재'가 된다. 그래서 여자를 자기 수치심을 대속할 희생양으로 삼는 것이다.

미국의 정신의학자 제임스 길리건은 『왜 어떤 정치인은 다른 정치인보다 해로운가』에서 수치심이 살인과 같은 폭력으로 연결되는 이유를 이렇게 설명한다. "사람들은 수치심 때문에 참을 수 없이 고통스러울 때 자기 안에 있는 수치심을 남한테 떠넘겨서 수치심에서 벗어나려고 살인을 저지르거나 남에게 폭력을 휘두른다."(126) 이렇게 수치심은 위에서 아래로 강요되고, 그로부터 기인한 폭력은 또다시 아래를 향한다. 이것이 젠더화된 수치심의 낙수효과다.

돌이켜보면, 꼭 성폭력 사건이 아니라고 하더라도 '부끄러운 줄 모른다'는 말은 공평하게 사용된 적이 없다. 수치심은 위계와 권력에 따라 다른 의미 값을 가지기 때문이다. 수치심은 언제나 타자의 시선을 필요로 하는 감정이다. 심지어 혼자 있는 순간에도 나를 바라보는 누군가가 상상되어야 수치심이 꿈틀거린다. 권력자들이 윤리의식이라고는 찾아볼 수 없는 일을 저지르고도 뻔뻔할 수 있는 까닭은 자신을 바라보는 민중을 하찮은 존재로 치부하기 때문이다. 다시 말해, 민중을 '나에 대해 판단하고 평가할 수 있는 누군가'로 생각하지 않는 것이다. 반대로 사회적 자원을 가지지 못한 사람일수록 쉽게 수치심에 노출된다. 사방에 그를 평가할 수 있다고 자임하는 사람들이 존재하고, 취약한 사람은 그 판단의 시선을 내면화한다. 그렇게 한 사회에서 수치심은 강자에게는 약하게, 약자에게는 강하게 작동한다.

수치심은 그저 자연적이고 사적이기만 한 감정이 아니다. 그것은 우리의 정체성과 권력관계를 구성하는 문화적이고 사회적인 감정이다. 수치심을 둘러싼 복잡한 맥락과 역학을 해부해보아야 하는 이유다. 『여성의 수치심』의 관심사는 바로 여기에 놓여 있다. 이 책은 우리가 사는 세계에서 수치심의 젠더적 양상을 추적하고, 이 감정이 어떻게 그처럼 강력하게 개인을 강제할 수 있는지를 탐구한다. 이 책을 통해 독자들은 "부끄러운 줄도 모르고" "여자들이 무시해서" 같은 말 사이에 놓인 젠더화된 수치심의 문화정치와 만나게 될 것이다. 이는 곧 '성적 수치심'이 성차별적인 용어가 되는 맥락이기도 하다.

그에게 꽃을 달아주어라

2013년 미국에서 『여성의 수치심』이 출간된 배경에는 세 가지 맥락이 놓여 있다. 그 첫 번째는 '정동적 전회affective turn'라고 불리는 정동이론의 부상이다. 정동이론 자체가 몸과 마음의 문제에 관심을 두었던 페미니즘 이론의 영향을 받았다는 점을 생각하면, 젠더화된 정동에 대한 연구가 등장한 것은 자연스러운 일이다. 두 번째로는 자긍심에 대해 논하기 위해 수치심의 문제를 다루지 않을 수 없었던 퀴어이론 및 퀴어운동의 논의가 존재한다. 세 번째는 전 지구적 반동의 시대에 온·오프라인에서 자행되는 혐오라 할 수 있는 '조리돌림public shaming'에 대한 비판적 성찰이다. 개인을 위축시키고 파편화하는 정동으로서 수치심이 신보수주의와 신자유주의가 가장 사랑하는 정동이라는 문제의식은 수치심 연구의 중요한 바탕을 이룬다. 2010년대 이후 한국에서 수치심에 대한 연구가 의미를 가지게 된 배경 역시 이 맥락들과 크게 다르지 않다. 특히 한국에서는 2011년 이후 활발하게 진행된 여성 등 소수자 혐오에 대한 논의의 연장선상에서 수치심 연구를 향한 관심도 높아지고 있다.

일상적인 혐오발화에서부터 조직적으로 유포되는 극우 세력의 가짜 뉴스나 페미사이드 등 혐오범죄에 이르기까지, 소수자의 실존을 위협하는 혐오의 실행은 언제나 그 대상의 존엄을 훼손하고 그에게 수치심을 뒤집어씌우는 방식으로 작동한다. 여성, 성소수자, 난민 등 소수자를 향한 혐오의 말들이 특히 수치심을 유발하는 부패와 타락, 오염의 이미지를 활용한다는 사실에 주목할 필요가 있다. 이런 자극적인 수사들은 힘을 가진 자에게는 혐오를, 힘을 가지지 못한 자에게는 자기혐오로부터 비롯된 수치심을 유발한다. 수치심은 개인의 정체성, 즉 '나는 누구인가'라는 인식 자체에 들러붙는다. 혐오의 대상이 되는 이들은 강요된 수치심 안에서 혐오의 수사를 내면화하며 스스

로 무기력해진다. 집요한 '망신 주기'는 개인을 수치심에 굴복시킬 뿐
만 아니라 스스로를 결함 있고 더러운 존재로 인식하게 한다. 혐오 행
위의 위력은 수치심과 만날 때 더욱 강력해진다. 그것은 또한 발화자
들의 영향력을 극대화하는 효과적인 방법이다.

이렇게 소수자에게 강요되는 수치심은 어떻게 극복될 수 있을까?
"스스로를 사랑하라"는 선언이나 "당신은 가치 있는 사람"이라는 위로
의 말로 사람을 그야말로 죽음으로 내모는 수치심이 극복될 수 있을
까? 책에서 언급되는 것처럼 앤드류 P. 모리슨은 수치심을 표현하는
또 다른 영어 단어 'mortification'(치욕)의 어원이 '죽음'을 뜻하는 라
틴어 'mors(mort)'라는 사실에 주목하면서 수치심의 가장 치명적인 효
과는 "자살 행위에 이를 정도로 자기 파괴적인 감정을 느끼게 하는
것"임을 강조한다. 수치심은 개인의 의지나 주변의 위로만으로는 극복
될 수 없다. 한 사회에서 이미 낙인을 찍어버린 '수치스러운 짓' '수치
스러운 존재'란 명백히 정치적·집단적 실천을 통해서만 다른 의미를
획득할 수 있다.

스튜어트 월턴은 『인간다움의 조건』에서 수치심을 다루면서 이렇
게 말한다. "중세에는 잘못한 사람들에게 공개적인 망신을 주었다. 이
런 응징 방식에서 눈여겨보아야 할 점은 군중의 자발적 참여 없이는
이런 응징이 먹혀들지 않았다는 사실이다."(356) 이어서 월턴은 『로빈
슨 크루소』의 저자 대니얼 디포가 경험한 일을 소개한다. 때는 18세
기 초, 찰스 1세 재위 기간에 있었던 일이다. 디포는 한 책에서 기독교
소수종파를 너그럽게 품지 않는 영국 국교회를 꼬집었다가 1703년

칼을 쓰고 '공개 조리돌림 형'을 선고받는다. 그러나 형이 집행되었을 때, 망신을 당한 쪽은 디포가 아닌 당국이었다. 군중은 칼을 쓰고 광장에 나타난 디포에게 야유를 퍼붓는 대신 뜨거운 지지를 보냈다. 디포의 머리와 두 손에 칼이 채워지자 디포를 지지하는 사람들은 그 칼을 꽃으로 장식했다. 반역자에게 망신을 주고 수치심이라는 형벌을 내림으로써 그를 응징하려 했던 당국의 시도는 실패하고 말았다. 사람들이 그에 동참하지 않고 기꺼이 디포를 지지하고 조롱이 아닌 응원을 보내기로 마음먹었기 때문이다.

소수를 더욱 옥죄는 정동으로서의 수치심과 어떻게 싸울 수 있을까? '부끄러운 줄 모른다'며 부당하게도 피해자를 손가락질하는 그 손을 어떻게 가해자 혹은 가해를 방조하는 사회구조로 돌릴 수 있을까. 어쩌면 방법은 단 한 가지뿐일지도 모른다. 부당한 손가락질에 동조하지 않고, 수치심을 강요받는 약자에게 씌워진 보이지 않는 칼에 꽃을 꽂아주는 것이다. 우리가 함께 꽃을 들 때, 수치의 칼pillory, knife은 무력화될 수 있다.

다시 강남역 사건으로 돌아가자. 사건 직후 여성들이 "평등해야 안전하다"라는 구호를 들고나와 "나는 우연히 살아남았다"라고 말한 것은 폭력의 원인이 피해자에게 있지 않다는 주장이었고, 피해자를 부당한 모욕의 강에서 건져 올리는 실천이었으며, 강간문화가 피해자에게 안긴 수치심에 정면으로 맞서는 말이기도 했다.

『여성의 수치심』이 지금 여기에서 권력자에게 복무하는 정동 체계로서 젠더화된 수치심을 분석하고 비판적으로 볼 수 있는 기회를 마련할 수 있길 기대한다. 너무 오랜 시간 걸려서 나오게 되었지만 인내심으로 기다려준 글항아리와 책을 끝까지 책임지고 마무리해준 박은아 편집자께 감사드린다.

번역자들을 대표하여,

손희정

서문

지금은 고전이 된 맥신 홍 킹스턴의 『여전사』는 사생아를 출산한 날 밤, 가족을 벌하는 마을 사람들의 맹비난에 시달리다 못해 고모가 끝내 자살에 이르게 되는 과정에 관한 끔찍한 묘사로 시작된다. 이 이야기는 어머니로부터 킹스턴에게 전해지면서 하나의 규율이자 경고가 된다. "내가 이 이야기를 해줬다는 걸 아버지가 알면 안 된다." 어머니 브레이브 오키드는 킹스턴에게 경고한다. "아버지는 네 고모를 부정한 단다. 이제 너도 생리를 시작했으니 고모에게 일어난 일이 네게도 일어날 수 있어. 우리를 모욕하지 말거라. 태어난 적도 없었던 듯이 잊히고 싶진 않겠지? 동네 사람들은 언제나 보고 있단다."(Kingston, 5) 킹스턴은 어머니가 들려준 사실 위주의 빈약한 설명에 만족하지 못했다. 그녀는 "고모의 삶이 내 삶으로 가지 쳐 들어오는 것을 보지 못했더라면, 고모는 나에게 조상으로서 아무런 도움도 주지 못했을 것"(8)이라고 말한다. 그리고 그 이야기 속에서 자신만의 의미를 찾고 싶다는 필요를 느끼며 뼈대만 앙상한 어머니의 내러티브에 스스로 살을 붙여 간다. 고모로 하여금 단지 "공간 위에 그려진 것이 아닌 경계"●를 넘어서도록 했던, 공동체에서 벗어난 삶을 상상했다는 이유로 동네 사람들의 분노를 사게 했던 그 동기와 욕망에 대해 짐작하면서. "실재를 유지하기 위해 서로서로 의지해왔던 겁먹은 동네 사람들은 고모를 찾아가 그녀가 이 '원만함roundness'을 어떻게 박살냈는지 직접적이고도 물리적인 방식으로 보여주었다. 잘못 맺어진 연인은 충실한 자손들이 이어가야만 했던 미래를 망가뜨렸다. 동네 사람들은 그녀가 그들로부터 분리되어 사적인 삶과 비밀을 가질 수 있을 것처럼 행동했다는 이유로 그녀를 응징했다."(12-13) 동네 사람들의 응징만이 고모가 겪은 시련의 전부는 아니었다. 가족은 남자들의 방랑벽은 적극적으로 북돋아주었던 반면 "여자들은 전통적인 삶을 살아가기를 기대했다. 이제 이런 전통은 이방인들 사이에 있는 형제들이라면 놓쳐버려도 그만인 것이었다. 단단하고 깊게 뿌리박힌 여자들은 남자들이 안전하게 되돌아올 수 있도록 홍수에 맞서 과거를 고수해야만 했던 것이다".(8) 금지된 욕망을 선택함으로써, 킹스턴의 고모는 "가족을 포기했다"(8). 킹스턴은 고모를 추도하면서 자신과 '선구자' 사이의 끊어진 가계도를 복원할 뿐만 아니라, 고모를 입에 올려서는 안 된다는 금기를 깨고 영구적 추방이라는 더 가혹한 가족의 징벌까지도 거스른다. "진짜 형벌

● 킹스턴의 고모가 넘은 경계는 단순히 공간적 경계가 아니라 사회가 규율로서 그려놓은 전통과 도덕의 경계였으며, 그렇게 금기를 깼다는 점에서 더 위험하고 더 전복적이었음을 강조하는 표현이다.

은 동네 사람들의 갑작스런 습격이 아닌 가족들의 의도적인 망각이었
다. 가족들은 고모의 배신에 너무도 화가 나서 그녀가 영원토록 고통
받기를 원했다, 죽어서까지도."(16) 회고록의 첫 문장은, 공간 위에 그
려진 경계가 아닌 다른 경계를 넘었다는 점에서 킹스턴과 고모가 같
은 목적을 공유하고 있음을 강조하며 운을 뗀다. 고모에 대해서 이야
기한다는 건, "내가 지금부터 하는 이야기는 아무한테도 말하면 안
된다"(3)는 어머니의 경고를 위반하는 일이기 때문이다.

첫 장 「이름 없는 여자」에 나타난 킹스턴의 묘사는 『여성의 수치
심』을 시작하기에 적절한 도입부다. 정신내적이고instrapsychic 간주관
적인intersubjective 차원에서뿐 아니라 문화적·사회적인 차원에서 작동
되는 수치심 정동의 다양한 차원을 촘촘하게 엮어내기 때문이다. 리
즈 콘스터블은 이렇게 다양한 차원이 직조되어 있는 상태를 수치심의
'상관적 문법relational grammar'이라고 일컫는다. 이 문법은 "불확실하고
불안정한 긴장"(Introduction, 9) 안에서 두 차원이 공존하도록 한다. 「이
름 없는 여자」는 킹스턴 모녀의 상호작용이라는 간주관적 영역에서
중국식 관습과 가족의 기대라는 사회적·문화적 맥락으로 유연하게
움직이면서 이 긴장을 보여준다. 이는 킹스턴이 고모를 가계도의 일원
인 조상으로서 재명명하는 사적인 교정 작업으로, 그녀 자신의 정신
내적 기록이기도 하다. 무엇보다도 「이름 없는 여자」는 여성의 섹슈얼
리티를 수치스러움의 장소이자 원인으로 등장시키며, 수치심에 대한
여성적이고 젠더화된 설명으로서 기능한다. '이름 없는 여자'의 몸은
사회 통념에서 어긋난 부끄러운 섹슈얼리티를 드러내며 그녀의 가족

에게 수치와 굴욕을 안긴다. 죽어서조차, '이름 없는 여자'는 딸이 어떻게 가족에게 수치를 안길 수 있는가를 보여주는 반면교사가 된다. 어머니 브레이브 오키드는 킹스턴이 월경을 시작하자 이 이야기를 전했다. 그것도 여성성과 여성으로서의 육체성에서 비롯되는 이 특수한, 잠재적으로 수치스러운 월경의 성가심에 대해 강조하면서 말이다. 개인적·가족적·문화적 맥락에 녹아들면서, '이름 없는 여자'는 수치심이 여성성의 필수 요소가 되어버리는 결정적인 방식들을 절합한다.

『여성의 수치심』이 수치심과 여성성의 관계에 초점을 맞추고 있긴 하지만, 그렇다 해도 수치심이 오랫동안 주요한 인간 정동으로 이해되어왔다는 사실에 주목할 필요가 있다. 일례로, 찰스 다윈은 부끄러울 때 얼굴이 붉어지는 것을 두고 "모든 감정 표현 중에서 가장 인간적이고 고유하다"라고 말하기도 했다. 물론 얼굴 붉힘羞赧은 다양한 범위에 걸친 감정들—난처함, 굴욕감, 탄로났거나 들켰을 때, 발각되었을 때의 감각—을 드러내는 가장 눈에 띄는 표식이다. 게다가 얼굴 붉힘은 타인을 통한 자아 인식을 보여주기도 한다. 따라서 이는 자의식뿐 아니라 의식 자체에 대한 표식이기도 하다. 다윈의 관점에서는 수치심이 인간성의 표식으로 작동하지만, 더 정확하게 말하자면 그것은 여성적 인간성의 표식이다. 킹스턴이 묘사하듯, 그저 월경을 시작했다는 사실만으로 여성은 잠재적인 수치심을 떠안게 된다. 여성은 몸 안에 성적 수치심의 씨앗을 품고 있으며, 이런 자기 감각은 그녀가 저지르거나 저지르지 않을 그 어떤 행동과도 무관하다. 수치스러운 행동들은 이런 공포스러운 자아-인식을 확인시켜줄 뿐이다. 스스로 유감스럽고, 그래서 보상하고 싶어지는 행위나 행동으로부터 비롯되는 죄의식과 달리, 수치심은 한 인간의 자기 존재에 대한 감각에 뿌리 깊게 자리하고 있는 까닭에 용서되지 않는다. 거션 코프먼과 레브 래피얼은 동성애 자긍심과 동성애 수치심 사이의 연관성에 대해서 연구하면서 이런 현상을 포착한다. 그들에 따르면 게이와 레즈비언은 "수치심에 시달리는 사람이 된다. 그것은 어떤 특별한 행동 때문이 아니라, 그들이 누구인가라는 더 심오한 차원에서 비롯되는 것이다".(7) 그리고 동성애자이건 이성애자이건 간에, 섹슈얼리티가 여성의 몸에서 유일한 골칫거리라고 할 수도 없다. 시몬 드 보부아르가 주장하듯―사회적으로 인정받은 아이이건 수치스러운 아이이건―아이를 낳는 능력 그 자체가 여성의 몸을 피할 수 없는 죽음에 대한 불편한 감정을 불러일으키는, 죽음과 삶 사이의 기묘한 문턱으로 만든다. 엘리자베스 그로스가 『뫼비우스 띠로서 몸』에서 보여주듯이 월경과 출산 또한―담아둘 수 없는 출혈과 오염된 조직들로 이루어진―재생산 기능이며, 따라서 여성의 몸을 과잉과 벌거벗은 비밀들로 인해 통제할 수 없는 장소로 등록한다. 그러므로 몸 자체는 태고로부터 지속된 수치심의 정동이 어째서 여성성에 부과되었는지를 이해하는 출발점이 된다. 그리고 이 책 역시 이미 오래전에 밝혀졌음에도 불구하고 여전히 혼란스러운 발견, 즉 왜 여성이 남성에 비해 더 쉽게 수치심을 느끼는가에 대한 답을 찾기 위해 몸에 대한 질문에서부터 논의를 시작한다.

주지하다시피 이 질문에 답하기란 어렵다. 그것은 한편으로 수치심의 정동이 복잡한 요소들로 구성돼 있기 때문이고, 다른 한편으로

는 수치심이 개인적으로 체화된 경험일 뿐 아니라 가족적이고 문화적
인 맥락을 포함하는 경험이기 때문이다. 실번 톰킨스가 『정동, 이미지,
의식Affect, Imagery, Consciousness』에서 밝힌바, 수치심의 정동은 인간의
생리에 기본 사양으로 내장되어 있는 것인지도 모른다. 하지만 그것은
정신내적인 맥락과 인간관계의 맥락 양쪽에서 등장하며, 이는 가족이
나 문화마다 차이가 있다. 그럼에도 불구하고 분명한 사실은 여성성
과 수치심 사이의 연결고리가 다양한 문화적 맥락을 가로질러 존재한
다는 점이다. 여성들 사이에 이런 경험이 전 세계적으로 공유된다는
점을 감안하면, 이 문제가 지금까지 문학, 여성학, 문화학 연구 영역에
서 다루어졌던 것보다 더 많은 주목을 받을 필요가 있음을 알 수 있
다. 특히 최근 이 분야에서 떠오르는 '정동적 전환affective turn'을 생각
한다면 말이다. 이 책은 20세기 텍스트에 대한 비교연구를 통해서 어
떻게 수치심이 관계를 구조화하고 주체 형성의 세 가지 주요 국면을
횡단하면서 여성의 정체성을 형성하는가를 보여준다. 책은 이 세 가
지 주요 국면—개인적 차원, 가족적 차원, 그리고 문화적 혹은 국가
적national 차원을 중심으로 구성되어 있다. 이 작업은 여성의 수치심
을 보여주는 지속적 증거들이 성차별, 동성애 혐오, 인종차별, 그리고
식민주의와 같은 억압적 이데올로기에 관한 논의에 포괄되어버림으로
써 주목받거나 분석되지 못해 생겨난 중요한 학문적 공백을 메울 것
이다. 물론 우리가 보여줄 것처럼, 바로 그 억압적 이데올로기들이 수
치심의 이데올로기로 작동함으로써 여성 주체에 상처를 입히고 손상
을 가했으며 여성 주체를 왜곡해왔다.

동시에 수치심은 개인들 사이에, 그리고 개인들 내부에 존재하는 비변증법적 흐름이기도 하다. 그것은 묶일 수도, 나뉠 수도 있다. 현실을 왜곡할 수도 있고, 도덕적 잣대로 이용될 수도 있다. 중요한 것은 수치심이 비평의 수단이 될 수 있다는 점이다. 비평가들은 가부장제와 동성애 혐오, 식민주의를 분석하면서 이러한 이데올로기의 가해자들을 수치스럽게 만들어오지 않았는가? 이에 서문에서는 수치심에 대한 연구를 개괄하고 학문의 주제이자 분석의 도구로서 어떻게 수치심을 활용할 수 있을지를 논하고자 한다.

수치심: 원초적 정동

수치심과 젠더·섹슈얼리티의 교차에 관한 이론화 작업의 개요를 서술하기 전에, 그 교차 작업을 가능하게 했던 수치심 연구의 발전 궤적을 추적할 필요가 있다. 정동 이론에 대한 최근의 관심은 헬렌 블록 루이스와 레옹 뷔름저, 앤드루 P. 모리슨의 중요한 작업들과 이브 코소프스키 세지윅·애덤 프랭크의 『수치와 그 자매들: 실번 톰킨스 입문Shame and Its Sisters: A Silvan Tomkins Reader』(1995)을 포함하여 정동 이론가인 실번 톰킨스를 재발견하고 확장해온 도널드 L. 네이선슨, 거션 코프먼 등의 중요한 작업들로 거슬러 올라갈 수 있다. 이론가들은 수치심의 정동이 '경험의 이중성'을 뚜렷하게 불러일으킨다는 사실에 동의한다. 그것은 단지 위신을 잃은 자아에 대한 정신내적 우려와 관계될 뿐 아니라 타인의 눈에서 위신을 잃은 자아에 대한 간주관적인 우려와 관계되어 있기 때문이다. 수치심 연구의 선구자인 헬렌 블록 루이스는 이 이중적인 우려에 대해 다음과 같이 적는다.

> 자아는 수치심을 자각하는 진원지이기 때문에 대개 '정체성'의 이미지가 환기된다. 정체성의 이미지가 그 자신만의 경험으로 등록되는 동시에, 타자의 눈에 보이는 자아에 대한 생생한 이미지 역시 존재한다. 이는 '경험의 이중성'을 만들어내는데, 이것이 수치심의 특징이다. 수치심은 타자의 부정적인 평가에 대한 간접적인 경험이다. 수치심을 느끼기 위해서는 타자의 평가를 신경 쓰는 자아와 타자 사이의 관계가 반드시 존재해야 한다. 타자에 대한 매혹과 자아를 대하는 타자의 행동에 대한 민감성이 수치심에 있어 자아를 더욱 취약하게 만든다.("Shame and the Narcissistic Personality", 107-108)

이중성의 경험은 실로 엄청난 것이어서, 심지어 타자에 의해 평가받는다는 기분을 느끼는 데 반드시 실제적인 타자가 존재할 필요도 없을 정도다. 벤저민 킬번이 쓴 것처럼, "수치심이란 사실 다른 사람과의 상호작용에서 느끼는 자아에 대한 수치심이다. 나는 당신에게 보이는 나를 상상함으로써 수치스러워진다. (…) 수치심은 내가 어떻게 보이는가에만 관련되는 게 아니라(내가 당신에게 어떻게 보이는가뿐 아니라) 내가 상상한 내 모습에도 관계된다(내가 당신에게 어떻게 보이는가를 상상하는 방식에도 관계된다). 수치심은 나라는 존재가 다른 사람이 보고 판단하는 대상임을 깨닫게 한다".("The Disappearing Who", 38) 비슷한 견해로 페미니스트 철학자 샌드라 리 바트키는 수치심을 "부적절하거나 위신을 잃은 자아에 대한 고통스러운 우려"라고 묘사했다. "그것은 내 결함이 노출된 실제 청중이 존재하지 않을 경우, 나를 판단할 능력이 있는 내면화된 청중을 필요로 한다. (…) 수치심은 몇 가지 중요한 의미에서 보여지는 존재로서 나에 대한 자각을 필요로 한다."(86) 이 모든 설명은 타자를 고려했을 때 촉발되는 수치심의 발원에 관한 메커니즘을 드러낸다. 또한 스스로를 결함 있고, 추잡하며, 나약하고, 부적절한 사람으로 파악하는 수치스러운 개인―요컨대 수치스러운 사람은 자아를 경멸하게 된다―의 중심에서 작동하는 연속적인 장치들의 메커니즘을 드러낸다.(Wurmser, "Shame", 67)

관용적인 표현들은 정신의 가장 깊은 층에까지 침투하는 수치심이라는 정동의 치명적인 속성을 잘 보여준다. 루이스는 수치심의 결과를 '악성'이라고 말했다. "'그 자리에서 콱 죽어버리고 싶었다' '바닥으로 꺼지고 싶었다' 혹은 '쥐구멍에라도 들어가고 싶었다' 등 수치심에 대한 은유는 수치심이 자아에 미치는 순간적이고 치명적인 영향에 대한 일상적인 이해를 반영한다."(Lewis, Introduction, 1) 이런 자아-삭제와 비가시성을 드러내는 표현은 레즈비언에게 있어 동성애자의 자긍심을 드러내는 '커밍아웃'의 전제가 된다. 왜냐하면 "스스로를 공개적으로 동성애자라고 천명하는 일은 무엇보다 수치심으로부터 벗어나는 일이기 때문이다. 그것은, 완전히, 침묵을 깨는 일이다. '커밍아웃'이라는 용어가 수치심의 은유인 이유가 여기에 있다".(Kaufman and Raphael, 11) 앤드루 P. 모리슨은 수치심의 한 용어인 '치욕mortification'이라는 말이, 그 안에 이미 내포되어 있는 죽음에의 호소 속에서 이런 치명적인 성격을 지시한다는 사실에 주목한다.• 즉, 치욕을 느낀다는 건 자살 행위에 이를 정도로 자기 파괴적인 감정을 느끼는 것이다.(Morrison, "Eye Turned Inward", 287) 다시 한번, 수치심 정동의 특정한 이중성은 치명적인 자아-삭제를 고양한다. 타인이든 자기 자신의 것이든, 자아를 향한 혐오로부터 숨을 공간은 문자 그대로 어디에도 없다. 그렇기에 개인은 이런 날것 그대로의 혐오와 함께 남겨진다. 이에 대해 실번 톰킨스는 다음과 같이 적는다.

수치심은 모욕, 패배, 위반, 그리고 소외의 정동이다. 공포는 삶과 죽음에 말을 걸고 고통은 세상을 눈물의 계곡으로 만들지만, 수치심은 인간 심장의 가장 깊은 곳을 강타한다. 수치심은 내면의 고뇌, 즉 영혼의 병으로 다가온다. 모욕당한 이가 조소嘲笑 속에서 수치심을 느꼈는지 혹은 그가 스스로를 비웃었는지는 중요하지 않다. 어떤 상황에서든 그는 스스로 존엄과 가치가 결여된 채로 벌거벗겨져서, 패배하고 소외된 채로 남겨졌다고 느낀다.(Tomkins, "Shame", 133)

톰킨스는 수치심이 얼굴에 등록되고, 특히 보고 보이는 지각적인 등록과 관련 있는 특정한 감정적 성좌들에 연결되는 것을 관찰하면

• 영어 mortificaion의 어원인 라틴어 mors는 죽음을 의미한다.

서, 그것이 어째서 다른 정동들에 비해 더 자기 자신으로 밀접하게 느껴지는가를 설명한다. 수치심이 경험된 자신과 왜 그토록 밀접한가라는 질문에 톰킨스는 다음과 같이 답한다. "자아란 얼굴에 살고, 얼굴에서 가장 명확하게 드러나기 때문이다. 수치심은 자아와 타자의 주목을 다른 사물들로부터 가장 가시적인 자아의 거처로 돌리고, 그 가시성을 고양함으로써 자아를 인식하는 고통을 발생시킨다."(136)

헬렌 블록 루이스는 수치심에 포획된 자아를 보여주는, 자동적으로 나타나는 물리적이고 신체적인 반응들에 주목했다. 그리고 죄책감의 경험과 달리 수치심은 '타자의 관점에서 자신을 상상하는 것'을 수반하고 이를 강화하는 (빨개지는 얼굴, 땀, 두근거리는 심장 등의) '신체적 자각'에 귀속된다고 설명하면서, 이와 같은 관찰을 몸의 다른 부분으로 확장한다.("Shame and the Narcissistic Personality", 108) 수치를 느낀 사람은 자신이 노출되었고 취약하다는 느낌에 무기력하게 대응하면서 더 강한 수치심을 느끼게 된다. 수치심으로 얼굴을 붉혔다는 사실을 인식하면 그것은 정동을 고양시키고, 그의 얼굴은 더 강렬하게 달아오른다. 부끄럽다는 느낌의 순환은 결정적으로 몸을 통해서 작동한다. 왜냐하면 수치심의 시각적 징후는 겉으로 드러난 수치스러운 자아를 숨기거나 감출 수 없게 만들기 때문이다. 실제로 오토 페니첼은 '부끄럽다'는 것은 '보이고 싶지 않다'와 같다고 말했다.(Wurmser, "Shame", 67) 그렇기에 부끄러움을 느낀 사람들은 숨어버리거나 적어도 얼굴을 돌려버린다. 그들은 또한 눈을 감거나 보기를 거부한다. 이는 보지 않는 자는 보이지 않을 것이라는 믿음으로부터 초래된 일종의 마법과도 같은 제스처다. 톰킨스처럼 뷔름저는 지각의 등록부를 수치심의 발생 장소라고 봤다. "눈이야말로 대표적인 수치심의 장기다."("Shame", 67)

수치심의 이중적인 경험은 자신 및 (상상된 혹은 실제) 타자와 모두 관계되기 때문에, 이론가들은 종종 수치심 정동에 대해 쓸 때 정신내적·간주관적 축과 문화적·사회적 축 모두를 강조한다. 예를 들어, 수치심 정동은 정신내적·간주관적 차원에 대한 지속적인 탐구를 요하는데, 이는 이어서 문화적이고 사회적인 차원을 형성하고 또 그에 의해 형성된다. 몇몇 이론가가 보기에 수치심은 "노출되어서는 안 되는 자아의 내면적 경계와 인간 삶의 민감한 영역이 침해당하는 것을 막아준다."(Adamson and Clark, 17) 그런 경계는 '자기 그리고 타자'를 지켜주거나 오염시킨다. 이로써 수치심의 탈영토화된 속성이란 개인들을 연결시키는 흐름이라는 것을 알 수 있다. 즉, 뷔름저가 관찰했듯이 "만약 누군가가 타인의 내면적인 한계를 침범한다면, 그는 상대방의 사생활을 침해하는 것이고 상대방은 수치심을 느낄 것이다. 침범자 자신은—첫 번째 경계를 침범한 일에 대해서, 그리고 상처를 준 일에 대해서—노출된 대상과 스스로를 동일시하며 죄책감과 수치심을 모두 느낄 것이다. 사생활 침해는 주체와 객체 양자에 공히 수치심을 불러일으키곤 한다."("Shame", 62) 홀로코스트나 미국 노예제와 같이 트라우마를 남긴 사건들의 맥락에서 볼 수 있는 극도로 수치스러운 행위는 쉽게 개인을 넘어 공동체 전체와 역사로 번질 수 있다. 개인적 수치의 경험은 사회적·문화적으로도 깊은 공명을 불러일으키기 때문이다. 한데 그것은 어디에서 시작되는 것일까?

톰킨스, 뷔름저, 모리슨과 같은 이론가들에 따르면 수치심은 발달 초기 단계부터 나타난다. 정동이론의 창시자라고 할 수 있는 톰킨스는 인간이 감정을 경험하도록 장착된 기제로 아홉 가지 정동을 제시했다. 수치심-굴욕감은, '흥미-흥분interest-excitement과 즐거움-기쁨enjoyment-joy에 보조적인' 쾌락과 호기심으로 무언가를 보고 탐구하고자 하는 양가적인 정동의 일부로 기능하는, 네 가지 선천적인 부정적 정동 중 하나다.(Nathanson, "Timetable for Shame", 20) 톰킨스의 정식화에 따르면, 수치심은 '흥미'를 조절하는 데 중요한 역할을 수행한다. 그는 "모든 것 중에서도, 수치심을 둘러싼 카텍시스cathexis●의 파동은 세상에 흥미를 가지는 능력과 같은 매우 기본적인 기능을 작동하게 하거나 작동하지 못하게 한다고 주장하면서, 수치심을 수치-흥미shame-interest라는 정동의 양극에 위치시킨다".(Sedgwick and Frank, Introduction, 5) 수치심을 기본적인 정동으로 설명하는 톰킨스의 작업을 바탕으로, 뷔름저는 심각한 수치심을 안기는 일이 세계에 관심을 가지고 그것을 탐구하고자 하는 개인의 욕망을 어떻게 손상시키는지를 더 깊이 탐구했다. 뷔름저는 나약함, 결함, 그리고 불결함의 감각이 사람으로 하여금 사랑받지 못한다고 느끼게 할 뿐만 아니라 사랑받을 자격이 없으며 사회에서 자리를 차지할 만한 가치를 느끼지 못하게 한다고 쓴다.("Shame", 78) 심각하고 만성적인 망신주기는 사람을 수치스러운 타인의 인식에 점점 더 굴복하게 할 뿐 아니라, 수치

● 일정한 관념이나 인간 또는 경험 등에 감정이나 정신적 에너지를 집중시키는 일, 또는 그러한 상태를 말한다.

심을 느낀 사람이 자기 자신을 결함 있고 불결한 존재로 인식하도록 만드는 식으로 인식의 등록부를 구성한다.(78) 이는 세계에 대한 참여를 전적으로 차단하는 시나리오다. 그 결과란 뷔름저가 '비인격화depersonalization'라고 부르는 것으로, 깊은 수동성의 상태다. 이 상태에 빠진 사람은 스스로를 비현실적이라고 느끼며 세계에 대한 모든 감정은―우울증으로 드러나든, 사랑받고자 하는 갈망으로 드러나든― 억압된다.(80)

앤드루 P. 모리슨와 마찬가지로 뷔름저는 정신분석 이론가인 한스 코헛의 작업에 기대어 수치심의 간주관적 기원에 대한 정식定式을 발전시켰다. 코헛은 후기 저작에서 건강한 자존감과 병리학적 자기애로 이어지는 서로 다른 길을 추적하기 위해 자아의 자기애성 인격장애를 탐구했다. 건강한 과정은 코헛이 '자기대상selfobject'이라고 분류한 세 가지 유형으로 구성된다. 첫 자기대상은 (전형적으로 어머니일 수 있는데) 아이의 자아인식을 형성하며 기쁨과 인정으로 자아관을 싹틔울 수 있도록 아이를 지지할 수 있는 사람이다. 두 번째는 '평온하고 무결하며 전능한 힘을 지닌' 대상으로 기능할 수 있는 사람으로, 아이는 그에게 통합되는 감각을 경험할 수 있다. 세 번째는 아이로 하여금 동질감을 느끼게 하는 이다. 특히, 코헛은 자기대상이 보여주는 '공감 반응'의 필요성을 강조했다. 스티븐 미첼이 관찰한바, 코헛의 연구 쟁점은 점차 "창조력, 내적 일관성과 생존력, 기능의 조화, (…) 삶의 경험을 생기 있고 창조적이며 개인적으로 의미 있는 것으로 느끼는 능력"으로 전환되었다.(Mitchell, 164) 공감 반응성에서의 실패는 자아의 자기애성 인격장애와 결함으로 이어지는데, 코헛은 이것이 분석가의 공감 반응성에 의해 교정될 수 있다고 믿었다. 2부 「가족의 수치」에서 살펴보겠지만, 수치심을 거울상 타자mirroring other로부터 지지와 공감을 얻는 데 실패했을 때 따라오는 부산물로 보는 모리슨의 분석은 모녀 관계에 있어 최소한 하나의 갈래를 설명해준다. 어머니들은 자기대상 역할에 있어 거의 보편적이라고 할 만한 거푸집이기 때문이다. 어머니가 여성을 폄하하는 사회적·문화적 기대에 부응하도록 딸을 훈육할 때 수치심은 그 효과를 발휘한다. 어머니가 딸의 욕망을 성취할 수 없는 자아도취적 과대망상으로 취급하고, 그 욕망에 도달할 수 없게 되면, 아이는 수치심을 느낀다.

거션 코프먼 또한 초기의 감정적인 유대가 어떻게 수치심의 경험을 형성할 수 있는지 광범위하게 다룬다. 그에 따르면 언어가 발달하기 이전의 수치심 경험은, 부모가 아이와의 접촉을 거부하거나 아이가 스스로 부모에게 거부당했다고 실질적으로 판단하면서 부모 자식 간 '인간관계의 가교'가 파괴되었을 때 비롯된다. 뿐만 아니라 코프먼은 부모가 아이들을 통제하거나 의지를 꺾기 위해서 일상적으로 아이들에게 전달하는 수치심을 일으키는 수많은 메시지에 대해 탐구했다. 이런 메시지는 수치심을 의도하지 않은 상냥한 것으로 보이게 할 수도 있다. 그러나 메시지의 만성적인 사용은 수치심을 느끼기 쉬운 성격을 형성하는 결과로 이어질 수 있다.

'부끄러운 줄 알아라'란 말은 직접적이고 익숙하다. '너는 나를 난처하게 하는구나'라는 말은 아이들에게 부모의 수치심을 떠넘긴다. 아이의 얼굴은 이제 부모의 얼굴과 합쳐진다. 둘은 하나가 되고, 아이는 부모의 자아 확장에 불과한 존재가 된다. '너한테 실망했다'는 말은 전면적인 비난을 만들어내는 또 다른 광경이다. 좀더 직접적으로 수치심을 안기는 방식으로는 공개적인 경멸이나 경시, 사소한 사고에 대한 책임 전가, 멸시, 그리고 철저한 모욕과 좌절(육체적인 매질에서처럼)이 있다. 수행기대performance expectation도 수치심의 추가적인 원인을 구성한다.(Shame, 54)

이와 같은 부모의 메시지는 수치심 경험이 한데 얽혀 있음을 생생하게 보여준다. 왜냐하면 부모는—대체로 좋은 의도를 가지고, 아이들과 문화 사이의 중재인으로 행동해야 하기에—아이들의 행동에 대한 잠재적인 억제자로서 수치심을 이용하며 문화적이고 사회적인 기대를 아이들에게 전달하기 때문이다. 예컨대 맥신 홍 킹스턴의 어머니 역시 그런 억제자로서 '이름 없는 여자'에 대한 치욕스런 이야기를 딸에게 전달했다.

지금까지 수치심의 정신내적이고 간주관적인 등록이 어떻게 이루어지는지를 살펴보았다. 더불어서 무엇을 수치스러워해야 하는지 정의하고, 한 개인을 사회 공동체로부터 포함하거나 배제하는 구분의 도구로 수치심을 이용하는 문화적·사회적 관습에 의해 어떻게 수치심이 형성되는지에도 주목했다. 거션 코프먼은 수치심을 개인적인 현상일 뿐 아니라 "가족적 현상이자 문화적 현상인 (…) 다차원적이고, 다충적인 경험"이라고 불렀다. "그것은 가족 안에서 재생산되며, 각 문화는 나름대로 수치심의 명확한 원인과 대상을 가지고 있다."(*Shame*, 191, 강조는 원저자) 콘스터블은 다음과 같이 관찰한다.

> 수치심은 (…) 결속시키는 동시에 차별화하면서 개인과 집단에 대한 이중 의무를 수행한다. 수치심은 주체들 사이에서 ('우리 모두는 이것이 수치스럽다고 생각한다'라는) 관심을 공유한다는 느낌을 만들어낼 뿐만 아니라, 그와 같은 소속감의 경험 속에서 관심과 인정으로부터 소외시키는 행동과 욕망에 대한 강력한 구분을 만들어낸다.("부끄러운 줄 모르는구나!" 혹은 "부끄러운 줄 알아라!"),(Introduction, 3. 강조는 원저자)

이 책의 3부 「수치심 사회」를 조망할 수 있는 한 구절에서 콘스터블은 공동체 전체나 국가를 동원할 수도 있는 강력한 문화적·사회적 강제력으로서 수치심이 활용되는 현상에 특히 주목한다.

> 수치심을 결집시키고 도구화하는 일에는 (…) 엄청난 수사적 힘이 놓여 있다. 국가가 특정한 집단을 전체화하고 전체주의적으로 부인할 때, 바로 여기 미국에서 법적 제재의 실패를 만회해줄 것으로 간주되는 공개적인 망신주기가 추가적으로 '공동체를 강화할' 가능성에 호소할 때, 혹은 수뇌부나 고등법원 판결에서 공식적인 사과가 빈발할 때, 그런 수사적 힘이 발휘된다. 이 사과는 수치스러운 과거와 대면하여 국가적인 수치심을 동원함으로써 과거사 부정과 관련하여

집단적 수치심의 감정을 불러일으킨다.(Introduction, 3)

콘스터블은 여기서 본질적으로 자아(자아들)와 타자(타자들) 사이의 경계와 관계된 경험으로서 수치의 경험을 드러낸다. 사회학자 토머스 셰프는 한편으로 정서적인 흥미/즐거움의 축을 강조하고 다른 한편으로는 수치심이 사회적 상호작용에 있어 핵심적인 규제 장치로서 작동한다는 점을 역설하면서, 그것이 공동생활에 있어 필수적인 요소로 기능하는 방식을 광범위하게 다룬다.(Adamson and Clark, Introduction, 3) 다시 한번, '이름 없는 여자'에 대한 킹스턴의 이야기는 한 집단이 포함과 배제 사이의 경계까지 강제함으로써 용인될 수 있는 행동과 그럴 수 없는 행동 사이의 경계를 강박하는 예를 상기시킨다. 동네 사람들, 즉 큰 단위의 사회집단은 고모가 일상의 원만함에 '파열'을 일으켰음을 공공연히 드러냄으로써 그녀를 벌하고, 작은 단위의 집단, 즉 가족들은 가족의 기억으로부터 영원히 추방하고 배제함으로써 그녀를 벌한다. 「이름 없는 여자」는 정서적 유대와 애착의 상실이 수반하는 강력한 위협을 생생하게 보여준다. 사실 그것이야말로 어머니가 킹스턴에게 각인시키려고 한 교훈의 핵심이다. "우리를 모욕하지 말거라. 태어난 적도 없었던 듯이 잊히고 싶진 않겠지? 동네 사람들은 언제나 보고 있단다."(Kingston, 5)

수치심 정동의 사회적·문화적 차원에 관심을 기울이는 이론가들은 국민이나 국가 내에 존재하는 의식되지 않은 수치심이 발휘할 수 있는 엄청난 힘에 대해 지적한다. 예를 들어 셰프는 독일에서 의식되지 않은 수치심이 결과적으로 히틀러의 정권 장악으로 이어졌음을 상세히 서술했다. "히틀러와 그의 대중은 만성적인 감정적 흥분 상태에 놓여 있었다. 이는 수치심이라는 요소를 충분히 의식하지 못했기 때문에 일어난 폭력 사태와 파괴적인 공격성의 순환에 (…) 굴욕적인 격분을 불러일으키는 수치와 분노의 연쇄 반응이었다."(Scheff, *Bloody Revenge*, 31) 마찬가지로 모리슨은 현대 미국 사회에서 개인의 결점과 굴욕을 방송해 대중적으로 소비하는 토크쇼를 수치심 문화의 증거로 지적했다.(Morrison, *Culture of Shame*, 196)

그러나 수치심을 다룬 많은 저자는 또한 수치심이 개인적·가족적·문화적 차원에서 긍정적으로 작용할 수 있다고 강조한다. 카를 슈나이더는 미국의 수치심 문화를 긍정하지는 않았지만, 사회적으로 수치심을 뿌리 뽑으려는 광범위한 욕망을 목격하면서 '수치심이라는 성숙한 감각'을 옹호했다. 그는 사생활에 대한 존중의 형태이자 건강한 자아감과 건전한 관계의 핵심적인 작인으로서 수치심이 작동하는 방식에 대해 좀더 복잡하고 섬세하게 이해할 필요가 있다고 지적한다. 수치심은 사생활의 필요성, 노출되어서는 안 되는 것을 감춰야 하는 필요성을 의식하게 해준다는 것이다.

인생의 모든 국면에는—진정으로, 그럴 필요가 있기 때문에—숨기는 것이 적절한 시기와 장소가 있다. 무엇인가가 잘못되었거나 엉망이라서, 혹은 틀렸기 때문이 아니라 감추는 것이 그야말로 적절하기 때문에, 즉 '적합하고, 정당하기' 때문에 그렇게 하는 것이다. 가스통

바슐라르의 사랑스러운 문구를 인용하자면, 인간은 "반쯤 공개된
존재"다. 언제나 일부는 노출되어 있고, 일부는 감춰져 있다. 인간의
경험은 늘 폭력에 취약하고, 보호를 필요로 한다. 따라서 인간관계에
는 묵언이라는 요소가 항상 존재하며 또 항상 적절하다. 이는 개인
이 자기 자신과 맺는 관계에서도 마찬가지다. 이를 무시하거나 거부
하면 파렴치해지는 것이다.(Schneider, "Mature Sense of Shame", 200)

마찬가지로 『붉어짐: 수치심의 얼굴들Blush: Faces of Shame』에서 엘
스페스 프로빈은 주장한다. 수치심에 적절히 대응하는 일은, 수치심을
느끼는 이를 스스로에 대한 진실로, 도덕적 행위로 이끄는 일이므로
중요한 사회적 가치일 뿐만 아니라 개인적 가치라고. 누가 수치심을
모르는 사회에서 살고 싶겠는가? 개인적인 층위에서도 수치심을 모르
는 것이야말로 타인을 배려하지 못한다는 의미가 아닌가? 다수의 이
론가가 실제로 수치심을 도덕 감정의 핵심적인 요소로 규정했다.(e.g.,
Boonin; Manion; Nussbaum; Rawls; Taylor; Thrane) 수치심은 또한 개인 혹
은 집단이 적극적으로 그에 저항하고자 하는 동기를 부여한다. 질 로
크는 수치심이 페미니즘적 사유에서 어떤 역할을 할 수 있는가 혹은
해야 하는가를 논하며 사람을 무기력하게 하는 수치심의 지배력에 대
항하는 긍정적이고 적극적인 방식을 권한다. 그녀가 보기에 수치심은
그것이 긍정적인 목표를 추동할 때조차 유용한 종착지가 아니기 때문
이다. 다시 말해 역사적 부정의를 국가적으로 부끄럽게 여기는 일이
적절할 때조차, 수치를 안긴 자에게 수치를 주는 것만으로는 충분하

지 않다. 대신 로크는 수치심이 유발할 수 있는 긍정적인 움직임이란 이러한 도전의 너머에, 그러니까 과거의 수치스러운 관계들에 덜 허용적인, 더욱 민주적이고 평등한 사회를 향한 행위들에 놓여 있다고 주장한다. 그런 사회운동들이 심각한 편견과 무지, 그리고 수치 주기를 제거할 수는 없다고 해도, "대안적인 장소와 세계들—자유가 깃들 수 있는 집들—은 수치심의 지배력을 약화할 수 있을 것이다".(Locke, 159) 수치심과 독창성 사이의 관계를 추적하면서 애덤슨과 클라크는 창의적인 노력을 통해 결국 '파괴적인 양상의 수치심'을 극복할 수 있다고 주장한다. "극심한 수치심은 우리를 숨어들게 하고 내면의 진실을 다른 사람과 우리 자신으로부터 숨기도록 만든다. 그러나 작가에게는 종종 그 반대의 일이 일어난다. 그에게 창의적인 이상, 외면하거나 거짓말을 하지 않겠다는 저항적이고 굳센 결심, 우리로 하여금 현실을 직시하고 탐험하지 못하도록 막는 내외적 제재가 무엇인지를 확인하고 이해하고자 하는 용기 있고 뻔뻔한 의지가 있다면 말이다."(Adamson and Clark, 29) 재현되지 못하고 침묵 속에 잠긴 사실은 억압으로 작동한다.(Kaufman and Raphael, 10) 따라서 여성적 수치심을 재현하는 일은, 여성이 얼마나 수치심의 자리에 고착되어왔는가를 드러내는 내용이라 하더라도 본질적으로는 도발적인 시도다.

수치심: 원초적인 여성의 정동

이제 서문을 연 질문, 이 책의 중심 관심사를 구성하는 질문으로 돌아가보자. 연구 결과들은 끊임없이 여성이 남성보다 수치심을 더 잘 느낀다는 사실을 밝혀냈다. 어째서일까? 수치심은 '생식기 결손genital deficiency'에 그 기원을 두는 것으로, 여성적인 특성이라는 프로이트의 주장은 이 문제의 핵심적 요소에 접근할 길을 보여준다. 그것은 바로 세계에 존재하기 위한 합법적이고, 적절하며, 사회적으로 인정되었거나 허가된 방식을 규정함에 있어서 여성의 몸이 대단히 예외적인 문화적 무게를 진다는 것이다. 물론 "우리 존재는 오직 체현된 자아 안에서만 발생할 수 있으며"(Gilbert, 27) 따라서 몸은 지각과 정체성의 기본적인 장소로서 기능한다. 감춰지고 숨겨질 수밖에 없다는 점에서 몸은 수치심과 연결되어 있는 것이다. J. 브룩스 부손이 『체현된 수치 Embodied Shame』에서 루이스와 모리슨의 통찰을 요약한 내용을 보면 이해에 도움이 된다. "애착은 퇴행적이며 '생식기 결손'을 숨겨야 하는 여성들이 더 수치심을 느끼기 쉽다는 프로이트적 관점 때문에, 고전적인 정신분석학 담론에는 절대적인 위계가 존재한다. 즉, 수치심을 전오이디푸스적인 것으로 보고 죄책감을 오이디푸스적인 것으로 보는 것이다." 이처럼 수치심은 "발육의 관점에서 보았을 때 더 원초적인 정동"(5)으로 이해된다. 역사적으로 여성은 육체적으로 남성과는 다른 방식으로 정의되어왔으며, 따라서 여성의 신체는 여성성을 수치심과 연결하는 담론과 재현 들에 있어 핵심적인 장소가 되어왔다.

흘끔 보기만 해도 여성의 몸은 남성의 몸보다 더 복잡하며, 문화적인 의미가 잔뜩 담긴 양식으로 휘감겨 있다는 것을 알 수 있다. 여성의 몸은 쾌락의 원천이기 때문에 골칫거리로서 경험된다. 이와 관련하여 길버트는 다음과 같이 지적한다. "여성 섹슈얼리티(그리고 여성의 몸)에 대한 통제는 사회적·종교적 형식 안에서 수백년 혹은 그 이상 제도화되어왔다. (…) 그것은 종종 여성의 섹슈얼리티와 외모에 수치를 주는/낙인찍는 과정을 수반했다."(35)

여성 체현female embodiment●에 대한 연구 작업들은 길버트의 평가를 확인하는 동시에 확장시킨다. 수많은 여성학자가 여성들이 자기 신체와 맺고 있는 양가적이고 때때로 수치스러운 관계가 여성으로 신체화되는 방식을 통해 고양된다는 사실을 밝혀왔다. 우선 여성은 마음과 신체라는 이분법적인 구분에서 종속적이고 폄하된 축을 점하고 있다. 사실상 '몸의 역할을 담당한다'는 것은 여성이 자신의 몸을 "동물로서, 욕망의 대상으로서, 협잡꾼으로서, 영혼의 감옥으로서" 경험한다는 의미다.(Bordo, 3, 5; Spelman도 참조할 것) 뿐만 아니라, 여성의 몸은 서구의 철학적이고 종교적인 전통에 의해 오랫동안 "예측할 수 없으며, 새어나오고, 분열을 조장하는" 것으로 규정되어왔기 때문에 특히 혼란스럽다. "평가절하된 재생산 과정이 분명하게 보여주듯, 신체란 무언가 새어나오고, 자아와 타자 사이의 적절한 구분을 범람하며, 오염시키고 집어삼키는 경향이 있다."(Price and Shildrick, 2-3) 마찬가

● 여성성이 여성의 신체를 경유해 형성되고, 그런 여성성에 대한 기대인 젠더 개념이 여성 신체에 다시 각인되어 구현되는 방식을 말한다.

지로, 엘리자베스 그로스는 여성의 몸을 '불안정한 신체volatile body'
라고 칭한다. 그리고 다음과 같이 질문한다. "서구사회에서 우리 시대
에 여성의 몸은 결손이나 부재로 구성되어왔을 뿐 아니라 (…) 새어
나오는, 통제할 수 없는, 스며드는 액체, 형태 없는 흐름, 점성질, 함정
에 빠트리는 것, 은밀한 것으로 (…) 모든 형태를 집어 삼키는 무형으
로, 모든 질서를 위협하는 무질서로 구성되어왔다고 할 수 있지 않
을까?"(Elizabeth Grosz, *Volatile Bodies*, 203) 쥘리아 크리스테바는 여성
의 몸이 모두에게 아브젝션abjection ●의 첫경험, 즉 체현의 공포스럽고
부인된, 압도적인 감각의 첫경험이라고 주장해왔다. 유아가 어머니로
부터 스스로를 분리하는 과정에서 "모성이었던 것은 비체abject가 된
다".(*Powers of Abjection*, 13) 아브젝션은 '깨끗하고 적절한 신체'를 규정
하는 경계들이 작동하지 않을 때 일어난다. 하지만 여성의 몸과 맺는
관계에 있어 원초적이고 주요한 자원을 가지고 있다는 점에서 아브젝
션은 언제나 그 여성적 기원을 환기시킨다. 따라서 비평가들은 수치심
이란 "자아와 비-자아, 물체와 비체 사이의 문지방에서 경험"되는 것
이라는 일견 보편적인 관찰을 하게 된다.(Pajaczkowska and Ward, 3) 그
러나 이와 같은 유아 발달에 관한 서사에선 어머니의 몸이 타자화되
고 비체로 전환된다. 크리스테바는 견고한 젠더 구분을 발전시키고
여성을 남성에게 복종시키는 문화에서 여성은 비이성적이고 통제 불

● 쥘리아 크리스테바는 아이가 어머니와 합일된 단계에서 벗어나 어머니로부터 분리되려고
할 때 어머니를 비천한 존재, 주체가 아닌 비체abject, 卑體/非體로 구성하게 된다고 설명하고
이 과정을 아브젝션이라고 규정했다. 아브젝션은 "밀려남과 밀어냄을 동시에 포함하는 단어이
며 쪼개지고 갈라지고 분열된다"는 의미다.

가능하며 억제와 구속을 필요로 하는 대상처럼 보일 수밖에 없다고 주장한다. 그리고 이 억제와 구속은 종종 여성의 몸과 그 비체로서의 원초적 지위를 대상으로 삼는다.

보르도에 따르면 여성은 몸과 마음의 이분법에 있어서 천한 '육체' 의 요소가 된다. 그리고 장애 여성이나 병세가 완연한 여성, 혹은 일탈 적이거나 그로테스크해 보이는 몸을 가진 여성 등 문화적으로 구성된 여성성의 규범에서 벗어나는 몸을 가진 여성은 잠재적으로 수치심을 더욱 쉽게 느끼게 된다. 로즈메리 갈런드 톰슨은 "여성의 몸과 장애가 있는 몸에 부여되는 사회적 의미들은 서로 많은 유사점이 있다"고 관 찰했다.(*Extraordinary Bodies*, 19)

> 남성, 백인, 혹은 비장애인 육체의 우월함은 자연스럽고 이론의 여지 가 없으며, 여성, 흑인, 혹은 장애인이 드러내는 차이에 비해 두드러 지지 않는다. (…) 포괄적인 경계를 설정하는 괴물 같은 몸이 없다면, 남성의 수치심을 구별해주는 여성의 몸이 없다면, 그리고 정상적인 것에 형태를 부여하는 병적인 것이 없다면, 정치적이고 사회적이며 경제적인 배치의 기저를 이루는 육체적 가치의 분류학은 붕괴될 것 이다.(20)

여성성과 장애 사이의 연결은 더 지배적이어서, 장애 여성은 여성 주체로서 다층적으로 지워지는 고통을 겪는다. 톰슨은 장애 여성이 "종종 '무성적인 대상화', 즉 장애가 있는 사람들에게 섹슈얼리티란 부적절하다는 가정과 대면하게 된다"(25)는 점에 주목한다. 장애 여성의 신체는 부적합하고 아름답지 않으며 일탈적인 것으로 일축될 수도 있다. 몸은 언제나 타인의 응시에 종속되어 있으며, 이는 "주체를 그로테스크한 구경거리로 조각한다".(26) 여성 암 환자들의 글을 연구한 메리 K. 드셰이저는 이와 유사하게 유방암·자궁암·난소암으로 고생한 여성들이 "의학적 조치를 받은, 구멍 난, 절단된, 보철을 장착한, 죽(지 않고 죽)어가는" 몸 때문에 얼마나 고통받는지를 보여준다.(13) 장애 여성처럼, 불편이 눈에 드러나는 여성들은 육체성이라는 문제에 있어 이중의 권리박탈에 대처해야 한다. 여성의 몸은 장애와 동일시되곤 하듯 병과도 동일시된다. 사실 여성성을 지배하는 문화적 규범과 다르다면, 어떤 여성의 몸이라도 일탈적이고 도리를 벗어난 것으로 취급당할 각오를 해야 한다. 톰슨은 "여성의 일탈적인 형상은 흑인, 비만, 레즈비언, 성적 방탕함, 장애, 추함 등과 다양하게 동일시되어왔다. 이런 존재들은 정상적인 궤도에서 벗어났다는 이유로 평가절하당했고, 이는 줄곧 차이를 드러내는 상징이었던 가시적인 특징들 탓으로 돌려졌다. 아름다움이 언제나 여성스러운 여성의 신체에 위치했던 것처럼 말이다"(28)라고 주장한다. 부손은 다음과 같이 경고하면서 이 논의에 있어 중요한 문제를 제시한다. 굴욕당하는 여성들의 경험이 지속되는 와중에도 "비평가들 사이에는, 종종 길들여지지 않는, 위반적인 여성의 몸으로 묘사되는 것들을 사실상 추상적 개념으로 바꿔버리는 집단적 부인의 형식이 존재한다. 비평적인 성취에 고착된 시선 안에 '변함없는' 문화적 텍스트가 있다는 것이다".(13) 이 책의 지은이 중 한 명인

44

일라이자 챈들러는 수치심이 깊이 체현되는 방식을 주제로 다루면서 이론적인 것과 개인적인 것의 중요한 관계를 설정한다.

뿐만 아니라 이 책에 수록된 글에서 챈들러는 동성애 수치심에 대한 글들이 동성애 자긍심을 말했던 것과 같은 논지로 장애 자긍심을 다룬다. 동성애 수치심과 관련된 글들은 다음과 같이 적는다. "동성애 자긍심은 수치심으로부터 완전히 분리되거나 그것을 초월할 수 있었던 적이 없다. 동성애 자긍심은 동성애자 정체성으로부터 느끼는 수치심에 대한 일정 정도의 참조 없이는 의미를 갖기조차 어렵다. 그리고 (실패는 물론) 바로 그 성공이 계속해서 수치심과 싸워온 투쟁의 격렬함을 증명한다."(Halperin and Traub, 4) 장애 자긍심은 필연적으로 수치심을 길들이는 데 달려 있다는 챈들러의 주장은, '일탈적인 존재'(이 경우에는 남성이든 여성이든)는 수치심으로부터 등장한 대리인을 필요로 한다는 생각을 확인시켜준다. 장애, 섹슈얼리티, 그리고 젠더 수치심에 대한 분석들 사이의 의미심장한 중첩은 정체성을 결정하는 이런 요소들 각각이 체현되는 정도에 근거해 이루어진다.

따라서 여성의 몸은 젠더화된 수치심을 이해하는 하나의 중요한 줄기가 된다. 또 하나의 줄기는 여성이 남성에 비해 더 '장場 의존적 field dependent'이라는 지속적인 발견이다. 이 발견은 헬렌 블록 루이스에 의해 처음으로 진척됐고, 이후 다른 연구자들에 의해 확인되어왔다. 여기서 장 의존성—"물리적인 환경과의 관계에서뿐만 아니라 타인들과의 관계에서 자아를 포착하는 인지적 방식"(Lewis, "Shame and the Narcissistic Personality", 103) —이란, 여성이 "수치감을 중심으로 (…)

특히 타인들의 시선이 제시하는 이상을 성취하는 데 실패했을 때 오는 실망의 감각을 중심으로 자아에 대한 개인적인 감각을 조직한다"(Manion, 24)는 의미다. 루이스는 여성들의 수치심이 더욱 강렬하게 형성되는 두 가지 주요 요소가 있다고 주장했다. 남성에 비해 여성은 더욱 개인 간 관계 유지 능력에 의해 평가받고, 이 능력은 결과적으로 여성들을 전통적인 여성적 규범을 따르라는 사회적 압력에 더욱 취약하게 만든다.

그러므로 용납되지 않은 분노와 적대를 표현하는 일은 자기로부터 등을 돌리는 일이 될 수도 있다. 루이스의 연구는 장에 대한 여성들의 의존과 굴욕적인 분노, 그리고 우울증 사이의 관계를 확인했다. 의미심장하게도 루이스는 그런 굴욕적 분노를 일면 성적이고 육체적인 학대에서 찾는다. "굴욕적인 격분은 자기를 버리고 (…) 자기 굴욕감의 요소가 되는 것 말고는 딱히 향할 장소가 없다."(Lewis, 100) 아르트 브로크나 낸시 반 듀센과 같은 연구자들은 수치심이―성적·육체적 학대와 같은―폭력을 촉발한다고 주장해왔으며, 이는 반 듀센이 언급한 것처럼 주로 남성들에게 적용된다. 루이스에 따르면 수치심은 여성에게서도 폭력성을 일깨우지만, 이때의 폭력성은 주로 자기를 향한다. 결국 루이스가 보기에 말로 표현할 수 있는 죄의식과 달리 수치심은 말할 수 없고, 이미지 의존적이며, 육체에 근거한다. 따라서 수치심은 덜 의식적이다. 그것이 계속해서 여성의 자아 감각을 쇠약하게 하는 효과를 발휘함에도 불구하고 말이다.

이런 이유로 친밀한 관계는 여성이 수치심을 경험하는 비옥한 바탕이 된다. 수치스러움에 대한 여성들의 묘사에는 종종 부모 등 가족 구성원, 연인이나 동반자, 그리고 가까운 친구들이 등장한다. 문화적 규범은 브레이브 오키드가 킹스턴에게 "우리를 모욕하지 말거라"라고 말했던 것처럼 암암리에, 또한 노골적으로 소녀들을 가족을 위한 수치심의 전달자로 삼아 전해진다. 어머니는 딸의 사춘기 이행과정을 수치의 상태와 결부시키며 그것을 전달한다. 이 책의 각 장은 수치를 주는 행위가 가족적 차원이든, 민족적·국가적 차원이든 여성의 몸을 집단적인 명예의 무게로 짓누르는 문화 횡단적 실천들임을 밝힌다. 문화적 명예의 가치는 여성의 몸에 내포된 수치심에 대한 경고로 광범위하게 정의되면서, 가장 고결한 공유된 가치를 체현하라는 책임을 여성에게 부여하는 동시에 여성의 주체성을 깎아내린다.

수치심과 명예의 연합이 여성을 중요한 사회적 역할에 위치시킬 수 있고, 실제로 그렇게 하는 한, 여성의 몸을 둘러싼 긴장은 역설적으로 우리가 살펴보았던 수치심의 잠재적인 순기능을 약화시키는 기준선을 형성한다. 제니퍼 매니언은 특히 (여성에게) 쉽게 손상을 입히는 여성적 수치심의 본성을 생각하면 도덕적 감정인 수치심을 도매금으로 싸잡아 긍정해서는 안 된다고 경고한다. 매니언은 여성이 대인관계 유지에 책임을 느끼고, 여성이 희생하며, 여성이 분노를 삭여야 한다는 식의 사회화란 여성 우울증 비율의 증가로 귀결되기 마련이라고 설명하며, 여성들이 자기징벌적인 판단으로 분노를 스스로에게 돌리는 경향이 두드러진다는 사실을 밝힌 루이스의 정식에 근거해 이론적 작업을 진행했다. 매니언은 여성이 '좋은' 수치심을 경험할 수 있고 그 경험에 어떤 잠재성이 놓여 있다는 생각 자체를 재고해야 한다고 주문했다. 수치심은 그토록 깊이 젠더화된 정동이기 때문에 그 도덕적 적용 역시 남성과 여성에게서 다르게 나타난다는 주장이다. 파야치코프스카와 워드는 'shame'의 어원 자체를 두고 젠더화된 구분을 지적했다. 이렇게 인도유럽어족의 'skam' 혹은 'isikam'으로 거슬러 올라가 추적한 바에 따르면, 전자는 능동적이고 모호하지 않으며 대체로 굴절되지 않은 어휘로서 '나쁜bad' 상태와 함께 사용된다. 후자는 단정함 및 겸손과 관련된 개념으로, 전자의 의미에서 수치심을 날것 그대로 경험하는 데서 파생되는 덕목들이다. 문화에 동화되어온 수치심의 판본은 여성성과 수동성으로부터 기인한다고 여겨지는 반면, 수치심에서 '날것'의 의미는 남성성과 수행자로부터 기인한다.(9)

특정한 텍스트와 맥락 안에서 수치심의 작동에 주의를 기울이는 비평가들은 그 젠더화를 정리하려는 시도를 계속해왔다. 애덤슨과 클라크가 주목하는 것처럼, 수치심을 다루는 창조적인 텍스트들은 수치심의 기원과 맥락을 알아볼 뿐만 아니라 우리로 하여금 해가 되고 독이 되는 수치심의 정신적 흔적들을 해결해나갈 수 있도록 도와주기 때문이다. 우리가 주목하려는 것이 바로 이런 텍스트들이다.

여성의 수치심을 재현하기

『여성의 수치심』은 주제 편성에 있어서 세 가지 주요 분야, 즉 「수치스러운 몸」, 「가족의 수치」, 그리고 「수치심 사회」로 나뉘어 있다. 이렇게 해서 수치심이 어떻게 주체성과 간주관적 관계, 그리고 20세기 정체성 담론을 형성했는가에 대한 복합적인 분석을 제공하면서, 수치심이라는 주제에 대한 광범위한 작업을 아우를 수 있었다. 「수치스러운 몸」은 다양한 당대의 맥락 속에서 수치심의 체현된 은밀한 경험들을 탐구한다. 조슬린 에이건의 「타자인 여성: 제노포비아와 수치심」은 수치심이 작동하는 핵심적인 전제를 제시한다. 그것은 바로 자아와 타자라는 이분법이다. 수치심과 관련해 주목하지 않을 수 없는 차원은 그것이 구조화된 위계로서 작동하는 것이 아니라 주체들 간의 이동하는 관계의 축으로서 작동한다는 것이다. 따라서 그 상관적 문법에 의하면, 한 사람이 다른 사람에게 수치를 안기려는 순간에도 그것이 어디로 흐를지는 가역적이다. 에이건은 주디스 메릴의 소설을 분석하면서 이 문제를 끌어내는데, 이야기 속에서 여성 혹은 여성적 육체는 괴물, 외계인, 그리고 무엇보다도 외부자foreign로 그려진다. 여성형이 어떻게 수치스럽게 다뤄지는지, 그리고 어떻게 남성 주체가 그들을 수치스럽게 만드는지를 보여주면서, 에이건은 여성의 몸이 수치심에 의해 어떻게 제한되는지를 폭로하고, 뒤이어 인종혐오를 비판하는 중요한 수단으로 수치심을 차용한다.

이후 세 장에서는 수치심을 여성 섹슈얼리티의 재현으로 통합하는 텍스트를 살펴보는데, 이 글들은 수치심을 여성의 몸 안에 위치시킨다. 니콜 페이야드는 프랑스의 교외지구banlieues(경제적·민족적으로 주변화된 교외의 저소득층 주택단지)에서 수차례에 걸쳐 성폭행을 당했던 사미라 벨릴의 회고록을 분석하면서 수치심과 트라우마의 중요한 관계를 밝혀낸다. 자해와 침묵의 근원이 된 피해의 내면화에 대한 묘사와 이후 유명인이 되어 트라우마를 증언할 수 있게 된 목격자로서의 역할 사이에서 균형을 잡으며, 페이야드는 수치심에 대한 자아-재현이 어떻게 치유의 행위가 될 수 있는지를 관찰한다. 다음 장에서 수젯 A. 헹케는 『충격받은 주체Shattered Subjects』에서 다루는 영향력 있는 '각본 분석scriptoanalysis' 이론으로 이 관점을 발전시킨다. 헹케의 글은 앤절라 카터의 『피로 물든 방』을 살펴보면서 '눈물 흘리는 자궁'이라는 장소에서 수치심이 여성의 몸에 어느 정도로 깊게 박혀버리는지에 주목한다. 벨릴이 이미 강간을 당해버린 몸에 대해 묘사한다면, 카터의 이야기는 언제나 강간할 수 있는 것으로서 전시되는 '처녀성을 간직한' 몸을 둘러싸고 전개된다. 동화적 원형에 수정을 가한 카터의 이야기에 등장하는 소녀들은 작동하는 폭력의 힘을 다양한 방식으로 방어하거나, 혹은 그 힘에 내어줘버린 잠재적인 수치심의 방을 품고 있다.

내털리 에드워즈는 수치심을 연구할 때 다루지 않을 수 없는 또 다른 작가를 불러온다. 바로 프랑스 작가 아니 에르노다. 에르노의 글은 수치심이 여성의 정체성에 영향을 미치는 방식에 대한 일관된 탐구를 선보인다. 에르노는 크리스틴 앙고가 그랬듯 독자를 충격적인 소재와 마주하게 하면서 수치심이 여성의 섹슈얼리티, 욕망과 맺고 있는 특별한 관계를 심문하는 동시에 수치스러워진 여성의 몸을 해방적인 글쓰기에 끼워넣는데, 에드워즈는 이 방식에 집중한다.

1부는 수치심이 여성의 몸에 스며드는 방식을 논의한 끝에 장애 여성의 몸이 어떻게 수치의 공간으로 여겨지는지를 살펴보는 중요한 작업으로 마무리된다. 뇌성마비 경험을 바탕으로 일라이자 챈들러는 '장애 자긍심' 운동에 참여했던 일이 자긍심과 수치심 사이의 계속되는 대화를 유발했음을 반추한다. 챈들러는 사실상 장애 자긍심을 '수치심의 거부'로 정의하고, 몸이란 공적 수치의 대상이기 때문에 장애 자긍심의 서사는 "발착發着의 구조에 속박되지 않는, 흔들리고 바람 잘 날 없는 자긍심"이라고 하는 것이 가장 정확한 묘사일 것이라고 주장한다. 챈들러는 수치심이 축하 파티 따위가 아니라, 공적 영역에서 진정한 자긍심의 경험에 도달하는 서사에 의해서만 해소될 수 있다는 걸 인식한다. 장애 경험에 있어서 자긍심과 수치심의 관계에 대한 챈들러의 재고는 우리에게 다음과 같은 사실을 일깨운다. 수치심이란 정동이기 때문에 체현된 자아의 가장 강력하고 지속적인 경험 중 하나라는 것. 그것은 합리적으로 설명되거나 이론화될 수 있는 게 아니라, 오히려 인간 경험에 대한 고통스러운 진실을 폭로하는 방식으로 작동한다는 것.

수치심은 간주관적인 관계의 산물이라는 점에서, 2부 「가족의 수치」는 어떻게 여성이 가장 친밀한 관계의 장소 중 하나인 가족 안에서 수치심을 경험하도록 강요받는지를 탐구한다. 뿐만 아니라, 여기서 다뤄지는 가족은 민족과 계급에 따라 분절되어 있으며, 그 동학을 분석함으로써 수치심이 아니었다면 매우 깊게 연결되었을 사람들 사이에서조차 수치심으로 인한 간극이 숱하게 발생하는 양상을 보여준다.

먼저 에리카 L. 존슨은 미셸 클리프의 자전소설 『아벵Abeng』에서 드러나는 식민적 수치심과 탈식민적 수치심을 분석하면서, 가족 단위에서 사회적으로 조율된 차이들에 세심한 관심을 기울인다. 인종과 계급에 의해서 완전히 분열된 자메이카 가족 안에서의 성장 과정에 대한 클리프의 묘사는, 누군가는 언제나 모욕을 당하고 있다는 "식민화된 어린아이의"(사실은 클리프의) 메스꺼운 감각으로 가득 차 있다. 그리고 그 '누군가'란 자주 그녀 자신이거나, 더 적확하게 말하자면 그녀의 분열된 자아의 일부분이다. 표면적으로는 결합되어 있고 서로 사랑하는 가족들은 그 안에서 수치를 주고받는데, 어린 클레어 새비지는 그런 상황을 제대로 볼 수 없다. 이러한 가족 동학은 그녀로 하여금 수치심이 집안에 숨겨져 있다는 뿌리 깊은 감각을 이해하기 위해서 홀로코스트와 같은 전 지구적이고 역사적인 부정의를 참고하게 만든다. 마찬가지로, 다음 장에서 프랜 미셸은 옥타비아 버틀러의 『생존자Survivor』에 드러난 식민주의와 인종주의의 수치 이데올로기를 다룬다. 앞 장에서 다룬 논의들을 따르면서, 미셸은 여성들이 가족이라는 관용구를 통해 세상과 만날 때 어떻게 그런 힘에 동화되고 또 저항하는가를 탐구한다.

시네이드 맥더모트는 세대 간의 수치라는 주제를 이어가면서 미셸 로버츠의 『두 딸들Daughters of the House』이 그린 어머니의 간통이라는 위반적인 유산에 대한 두 딸의 반응을 분석한다. 맥더모트의 글은 수치스러움이 불러일으키는 반응을 논의의 장으로 올려놓는다. 그것은 한 딸에게는 고행이었고, 다른 딸에게는 분노였다. 여성의 정체성 형성에서뿐만 아니라 행동을 추동함에 있어 수치심이 수행하는 역할에 대한 논의를 확장하면서, 맥더모트는 그것이 분노로 전환된다면 "여성의 수치심과 분노는 궁극적으로 정치적·사회적 변화를 불러오는 기능을 수행한다"고 주장하면서 수치심의 서사를 한층 심화한다. 극도로 젠더화된 수치심과 폭력 사이의 상관관계(여성은 수치심의 감정을 내면으로 돌리는 반면, 남성은 수치심을 떨치기 위해 타인에게 폭력을 휘두른다는 관념)를 생각하면, 수치심을 둘러싼 여성의 다양한 반응에 대한 분석은 수치심과 젠더가 어떻게 교차하는지를 질문하는 이 책의 주제의식을 더욱 풍부하게 만들어준다.

퍼트리샤 모런의 작업은 배우자 관계에서 가족적 수치의 동학을 자세히 다룬다. 모런은 노르웨이 모더니스트 코라 산델의 자전소설 3부작을 다루면서, 예술가가 되려는 작가의 노력을 수치심을 극복하려는 (좌절된) 노력이라고 설명한다. 산델의 아바타인 알베르타는 작가 되기에 성공했음에도 불구하고, 어렸을 때 어머니가 심어놓았고 성인이 되어서는 남편이 심화시킨 수치심이라는 기저 때문에 엄청난 개인적 비용을 치러야 했다. 앞의 장들에서와 마찬가지로 사회적 구분은 가족 동학에 스며들어 있었으며, 알베르타는 남편이 자신을 모멸스럽게 대한 이유를 이해하기 위해 우선 계급과 젠더 억압의 본질을 파악해야 했다.

로라 마르토치는 모런과 존슨의 글에서도 다루어졌던 질문을 꺼낸다. 개인은 수치심을 어떻게 재현하는가? 수치심을 자전적으로 재현한 세 편의 글은 가득 찬 수치심으로 악명 높은 마거릿 애트우드의 자전소설 『고양이 눈』에 대한 사회학적 독해로 막을 내린다. 마르토치는 집단 괴롭힘을 중점적으로 다루며, 어떻게 수치심이 가족이라는 사적 영역으로부터 공적 영역의 간주관적 관계로 확장되는지를 보여준다. 에일린은 다른 여자아이들의 괴롭힘 앞에서 철저하게 나약한 존재일 뿐만 아니라, 집에서도 안전한 공간을 갖지 못한다. 이에 대한 독해는 어떤 감정적 층위에 놓여 있다는 한 사람의 감각을 그의 가족과 친구들이 어떻게 장악할 수 있는지를 설명하는 중요한 관계를 보여준다. 이 감정적 층위는 지성으로는 포착될 수 없으며, 문학의 감정적 미메시스를 통해서 분명해진다.

마지막으로, 2부는 타마르 헬러의 대인관계에 대한 추상적 분석으로 마무리된다. 헬러는 진 리스가 『한밤이여, 안녕』에서 보여준 신랄한 수치심 묘사에 시몬 베유의 '불행affliction'이라는 중요한 개념을 적용한다. 주인공이 느끼는 수치심은 사실 그녀를 거부한 가족으로부터 비롯된 것이라는 점에서(그들은 "센강에 구멍을 뚫지 그러니?"라고 물었다), 리스는 간주관성이 작동하는 강렬한 묘사를 선보인다. 헬러는 소설의 끔찍한 결말을 분석하면서 자아와 타자 사이의 가장 본질적인 정동의 도관導管을 건드린다.

이 책에 실릴 논문 공모를 내고 많은 투고를 받은 가운데 상당수의 글이 민족적·국가적 수치심에 대해 다루었던바, 우리는 이 책을 수치심과 민족·국가의 관계를 다루는 장으로 마무리했다. 여기서 소개하는 작업들은 인도와 파키스탄에서 모리셔스, 알제리, 그리고 중국에 이르기까지 광범위한 비교문화적 지평을 제공한다. 이 책이 20세기에 초점을 맞추고 있다는 사실을 기억할 때, 그리고 내셔널리즘이 탈식민과 민족적 갈등으로 특징 지어졌던 이 시기를 규정하는 현상이라는 사실을 생각할 때 민족은 집단적 정체성의 핵심 명부라고 할 수있다. 따라서 『여성의 수치심』은 수치심이 여성의 정체성을 어떻게 굴절시키는가에 대한 근대적·당대적 재현을 포괄적으로 탐구하면서 개인적인 것에서 가족적인 것으로, 그리고 민족적·국가적인 것으로 논의를 가져간다.

페일링 자오는 중국의 국가 정체성이 어떻게 남성적인 정체성으로 구축되었는지, 그에 대한 당연한 귀결로 여성성은 어떻게 수치심과 동의어가 되었는지에 대한 독창적이고 중요한 분석을 선보인다. 자오는 국가가 지원한 이발 운동과 모두를 위한 남성적 의복의 광범위한 차용 등의 문화적 현상을 통해 1950년대에서 1980년대에 이르기까지 진행된 국가적 여성성 말살 캠페인을 규명한다. 그녀는 이런 캠페인의 원인을 서구로부터 닥쳐온 수치심을 거부하기 위해 중국이 여성성을 해체하려 했던 데서 찾는다. 따라서 이 작업은 루스 베네딕트의 악명 높은 민족지 『국화와 칼』(1946)이 촉발한 수치심에 대한 결정적이고도 전 지구적이었던 대화를 다룬다. 『국화와 칼』에서 베네딕트는 도덕적으로 우세한 서구의 '죄의식 문화'에 대응하는 것이 아시아의 '수치심 문화'라고 설명한다. 중화인민공화국 설립 초창기에 진행되었던 여성성의 삭제에 대한 자오의 매혹적인 설명은 국가 정체성과 동서의

긴장 관계에 있어 여성과 여성성이 핵심적인 문제였음을 폭로한다. 이
어서 자오는 국민적 자긍심의 장소로서 여성의 몸을 재구성하며, 여
성성을 둘러싼 수치심의 흐름을 전복하는 매혹적인 전개를 보여준다.
그럼으로써 앞서 챈들러가 규정했던 수치심과 자긍심의 축을 옮겨놓
는 것이다.

　자오가 국가적 정체성 구축을 묘사했다면, 남라타 미트라는 인도-
파키스탄 분쟁이라는 상황에서 국가 분열의 문제를 다룬다. 여성의
몸은 전쟁 중인 두 세력이 서로에 대한 경멸을 표현하는 폭력의 대상
이 되었다. 분단 상황에서 상대편을 모욕하기 위해 집단 강간과 신체
훼손이 자행되었고, 이를 배경으로 새롭게 형성된 경계의 양편에서는
"적의 공동체를 모욕하려는 의도로 여성의 몸을 공적인 공간에 노출
시켰다".(Mitra) 미트라는 "젠더화된 몸에서 벌어진 배외拜外적 노력들
과 이후 모욕당한 몸들에 강요된 침묵"을 연구하면서 인도와 파키스
탄에서 출간된 분단문학을 검토한다.

　이 책의 마지막 두 장은 수치심에 맞서는 여성들의 저항을 탐구한
다. 이 책은 일상생활과 가족생활, 그리고 민족 담론에서 여성성과 여
성의 정체성이 수치심의 감정에 종속되는 수많은 방식을 실증하면서,
캐런 린도와 애나 로카의 작업들이 강조하는 바와 같은 저항의 문답
식 본질에도 주목했다. "당대 모리셔스에서 라자hajja(수치심)의 장소"에
대한 린도의 탐구는 "수치심을 통해 여성의 신체를 길들이는 과정"에
서 종교와 민족 정체성의 공모를 규명하고, 모리셔스 작가인 아난다
데비가 인도-모리셔스계 신체로부터 그러한 민족주의적, 종교적 의무

라는 짐을 덜어주었던 일을 칭송한다. 알제리 작가 아시아 제바르에
대한 로카의 분석은 식민화 세대에서 출현한 민족적 정체성의 경우
에 "몸이 특정한 문화적 가치들을 의미화하도록 하는 일관성 있고 체
계적인 방법들"(Lindo)이 여성의 몸에 주어져 있다는 린도의 개념에 입
각한다. 그녀는 탈식민적 민족주의의 맥락에서 "알제리 여성들은 수
치심 안에 고립되어 있고 그들 자신으로부터 소외되어 있다는 점에
서 이 역경의 결과를 무겁게 짊어지고 간다"(Rocca)고 주장한다. 그리
고 제바르는 자서전에서 여성을 모욕하는 민족의 상징계 질서에 속하
는 일의 불가능성을 목도하고 맹렬히 비난한다. 그러나 그녀는 수치심
을 떨치려는 노력과 더불어, 감정적으로 자기와 재연결됨으로써 조국
을 바꿔버리는 능력을 통해 스스로의 자아-삭제와 싸우고 인지적 자
유를 획득하기 위해 분투한다.

수치심을 이겨내기

1984년 1월 31일, 열다섯 살이었던 아일랜드인 앤 러벳은 오전 수업
을 마치고 학교를 나섰다. 표면상으로는 평소처럼 집에서 점심을 먹
기 위해서였다. 그러나 앤은 집으로 가는 대신 무덤가 동산 위, 마을
에서 조금 외진 곳에 있는 동정녀 마리아에게 헌정된 그로토(작은 동
굴)로 향했다. 몇 시간 뒤 그녀는 하교하던 소년들에게 발견되었다. 앤
은 의식을 반쯤 잃은 채, 체온 저하와 출혈까지 동반한 심각한 상태였

다. 곁에는 유산된 아기가 놓여 있었다. 앤은 몇 시간 후에 세상을 떠났다.

앤의 죽음은 국가적인 스캔들이 되었다. 논쟁이 뜨거웠던 임신중단 찬반 국민투표가 있은 지 겨우 넉 달 만에 벌어진 일이었기 때문이다. 이 투표에서 국민의 3분의 2가 아일랜드 헌법이 아직 태어나지 않은 태아의 생명에 권리를 부여하는 것에 찬성했다. 앤의 사건은 정부 회의와 언론 기사에서 널리 다뤄지며 여성의 몸이 어떻게 국가적·문화적 정체성 문제의 공명판이 되는가를, 또한 툭하면 몸에 들러붙는 수치심의 의미 변화를 여실히 보여주는 사례가 되었다. 어떤 사람들은 그녀의 죽음을 수치스러운 성행위에 대한 단죄로 보았지만, 다른 한편으로 이 비극은 게이 번의 영향력 있는 인기 라디오 프로그램이 펼쳐 보인 담론의 장과 같은 반反수치심 사건을 촉발하기도 했다. 앤의 죽음 직후 번은 자신의 프로그램을 앤을 비롯해 비밀리에 아이를 낳아야만 했다고 사연을 보내온 수많은 여성에게 헌정했다. 그들의 사연은 50분 동안 어떤 코멘트도 해석도 없이 적힌 그대로 낭독되었다.• 국가적 차원의 수치심으로 덮어놓았던 고통스러운 비밀을 공개적으로 폭로하는 일은 여성의 수치심을 드러냈을 뿐 아니라 그것을 다른 무언가로 바꿔낼 수 있었다. 이 책에서 다루는 텍스트들이 재현을 통해 여성의 수치심을 규명하고 그에 도전한 것처럼.•

• 아일랜드의 유명 방송인 게이 번이 진행하는 라디오 프로그램 「게이번쇼」 1984년 2월 24일 방송분.

• 2018년 아일랜드 시민들은 결국 낙태죄를 폐지시켰다. 결정적인 계기는 2012년 10월 사비타 할라파나바르의 죽음이었다. 유산 위기로 생명이 위독해져 병원으로 실려온 그녀는, 임

그러나 26년이 지났음에도 불구하고 앤의 외로운 역경을 둘러싸고 풀리지 않은 의문이 남아 있다. 앤은 아무에게도 말하지 않았던 걸까? 어떻게 가족과 친구들, 그리고 교사들은 그녀의 임신 사실을 몰랐을까? 아이의 아버지는 누구인가? 누구도 답을 알 수 없을 것이다. 여전히 앤을 기억하는 마을 사람들은 만천하에 드러난 그들의 무관심과 무정함을 노여워하면서도 방어적인 자세를 취한다. 아홉 명의 아이를 출산했고, 열정적으로 활동하는 가톨릭 신자인 그녀의 어머니는 딸의 죽음에 대해 단 한 번도 공개적으로 발언하지 않았다.

서문을 열었던 '이름 없는 여자' 이야기처럼, 앤 러벳의 이야기가 우리를 사로잡는 이유는 그것이 유별난 사건이기 때문이 아니다(그것은 전혀 특별하지 않다). 그 이유는 그녀가 우리에게 한 가지 매우 중요한 사실을 남겨놓고 무덤으로 자신의 이야기를 가져가버렸기 때문이다. 수치심은 목숨을 빼앗는다는 것. 성모 마리아에게 헌정된 그로토로 향했던 앤의 선택은—아일랜드 곳곳에는 이런 그로토가 있다—이런 사실을 더욱 부각한다. 앤은 성적인 죄로 인하여 외면당했던 마리아 막달레나의 무릎 꿇은 형상과 흡사한 자세로 누워 있었다. 여성으로서의 몸에 사로잡히고 뒤얽혀서, 또 출산에 이르기까지 곳곳에서 들려오는 여성성에 대한 가족적·문화적 파문에 포위된 채, 앤은 수치심과

신중절수술을 요청했지만 거듭 거부당한 끝에 결국 사망했다. 그녀의 죽음은 아일랜드 낙태죄 폐지 운동을 재점화했다. 이후 아일랜드 시민들과 정치인들이 끈질기게 목소리를 낸 덕분에 2018년 임신중절을 금지하는 수정헌법 제8조 개정에 대한 국민투표가 이뤄졌고, 66.4퍼센트의 찬성으로 낙태죄가 폐지됐다. 2016년 한국에서 낙태죄 폐지를 주장하는 검은 시위가 조직되었을 때 여성 재생산권 보장을 위한 단체 로사ROSA가 아일랜드에서 연대의 메시지를 보내기도 했다.

침묵의 수의에 꽁꽁 싸여 홀로 죽어갔다.

  여성의 수치심이라는 문제를 둘러싼 침묵은 여성의 주체성이 전복
되는 가장 유해한 구조다. 코프먼과 래피얼의 관찰에서 확인할 수 있
듯, "수치심은 우리 존재에 그토록 깊게 묻히고 뿌리내릴 수 있기에,
우리는 살면서 수치심의 존재를 직시하지 못한다. 내면화된 수치심에
완전히 포획될 수도 있지만, 우리는 여전히 아무런 수치심도 없다고
믿는다".(11) 이 관찰은 중요한 지점이며, 코프먼과 래피얼의 동성애 수
치심에 관한 중요한 연구뿐 아니라 어떤 수치심 이데올로기에도 적용
된다. 이 책이 젠더화된 수치심을 공개적으로 끌어내고 재현함으로써,
그것이 여성의 삶에 행사하는 고통스러운 영향력에 대항하는 데 도
움을 주었으면 하는 것이 우리의 바람이다.

1부
수치스러운 몸

1장

타자인 여성
제노포비아와 수치심

조슬린 에이건

과학소설 장르가 대체로 남성 작가들의 작품으로 이루어져 있던 1950년대와 1960년대에 주디스 메릴은 남성적인 관심사에만 집중되어 있던 이 장르의 지배적인 관심사에 도전하는 획기적인 작품들과 함께 과학소설계에 등장했다.[1] 동시대 남성 작가들이 여성을 별로 중요하지 않은 등장인물로 다루었던 반면, 메릴은 많은 작품에서 명백하게 여성 인물을 중심에 두었고, 모성·섹슈얼리티·젠더 관계와 같은 주제들을 꺼내들었다.[2] 흥미롭게도 메릴의 이야기에는 젠더 불평등이라는 개념이 스며들어 있다. 예컨대 여성 인물은 점차 남성 동반자로부터 소외되면서 위험하고 공포스러운 외계인 아웃사이더가 된다. 여기에서 남성 인물이 그 '외계인' 여성과 소통하면서 (타자에 대한) 두려움과 수치심 사이의 복잡한 상호작용이 일어난다. 물론 앤드루 P. 모리슨이 『수치심의 문화 The Culture of Shame』에서 주목하는 것처럼 "우리는 스스로의 부인된 자아-이미지를 묘사하기 위해 가시적인 '괴물성monstrosity'을 필요로 하는 것처럼 보인다. 결함과 불완전함에 대한 감각은 현실 속 '별종freak'에서 분출구를 찾는다. 그리고 그들은 우리 내면 깊은 곳에서 두려움의 그릇이 된다".(27) 이와 같은 관념은 특히 수치심에 적용될 때뿐만 아니라 제노포비아의 맥락 안에서 이해될 때도 들어맞는다. 이 장에서는 주디스 메릴의 단편선에서 수치심으로 재현되는 여성의 문제를 탐구하고 여성 인물이 제노포비아적인 남성 시선 아래에서 세밀히 조사되면서 외계인 '타자'가 되는 방식에 주목한다. 특히 메릴의 「오로지 엄마만이」, 「당신이 누구라도Whoever You Are」, 그리고 「그 숙녀는 떠돌이였다The Lady Was a Tramp」에 주목하면서, 여성 혹은 여성적인 인물들이—그들의 외계/이방인적인 타자성으로 인해—오명과 수치심을 구현한다고 주장한다. 그러나 역설적으로 이런 '외계인' 여성들이 재현하는 수치심은 기실 남성 인물들의 실제 낙인찍힌 감정들을 반영한다. 이런 현상을 고려하면서 이 텍스트는 남성 인물이, 특히 수치심-분노, 수치심-자긍심, 그리고 나르시시즘을 통해 수치심으로부터 스스로를 보호하기 위해 변장을 하거나 '베일'을 사용하는 특정한 순간들을 탐구한다.

문학적 현상으로서 '외계인alien'은 규정하기 어려우며, 비평가와 이론가들이 제안해온 외계인에 대한 수많은 번역을 전부 분석하는 것은 이 작업의 범위를 넘어서는 일이다. 하지만 곤충의 눈을 한 괴물bug-eyed monster, BEM에서부터 휴머노이드 외계인, 그리고 아름다운 외계 괴물beautiful alien monster, BAM-여성[3]에 이르기까지, '타자성otherness'의 기준은 이런 다양한 범주화 안에서 보편적으로 받아들여진다. 스스로를 '정상'으로 간주하는 사람들 안에서 공포를 조장하는 것은 정확하게 이러한 타자성의 감각―타자성에 부착되어 있는 낙인과 여기에 수반하는 수치심―이다. '인간으로서의 남성'과 '타자로서의 여성'을 기본으로 상정하는 전통적인 과학소설에서, 외계인으로서의 여성이라는 모티프는 논리/이성 대 (여성적) 감정/비이성이라는 가부장적 관념을 공고히 하는 역할을 한다. 퍼트리샤 몽크가 『외계인 이론Alien Theory』에서 주목하듯, '타자로서의 여성'은 "외계인이 극도의 부정성(여성/외계인은 괴물이며 이는 오염과 파괴의 원천이다)으로 정의되는" 반면, (남성으로 이해되는) 인간은 '긍정적'으로 규정되는 남성 중심적 코드화 과정의 일부로서 작동한다.(67) 이런 관점에서 (상징적으로 비이성/감정과 연결되어 있는) 여성 외계인은 그녀의 감정으로 남성의 '이성'을 오염시킬 수 있는 능력 때문에 위협적인 존재가 된다. 그리고 이것은 근본적으로 낙인찍힌 특성이다. 그러나 메릴의 이야기에서 여성/여성화된 외계인은 정확하게 낙인과 이성의 좀더 비전통적이고 불확정적인 관념들을 드러내는 바로 그 힘 때문에 특별한 존재다.

선구적인 여성 과학소설 작가 중 한명으로서 메릴은 특히 사랑, 모성, 임신, 감정이라는 여성적 문제를 다루는 독창적인 주제를 선보이면서 이 장르에 기여한 것으로 유명하다.(Pohl-Weary, 2) 메릴의 작업은 성역할 고정관념에 기반한 행동에 도전하면서 이런 주제들을 풀어냈다는 점에서 중요하다. 그녀는 의식적으로 젠더 고정관념의 전복을 작업의 주요 추동력으로 인식했다. "우리가 '여성적' 혹은 '남성적' 행동이라고 생각하는 것은 과연 어디까지가 문화적인 것, 어디까지가 생물학적인 것일까? [과학소설의] 놀이 중 하나는 종이 위에 쓴 사이코드라마다. 환경―변화 혹은 역할―전환을 설정해놓고, 어떤 일이 일어나는지 보는 것이다."(Pohl-Weary, 156) 광범위하게 공유되는 비이성적/감정적 여성 타자라는 관점에 맞서기 위해 메릴은 작품에서 이방인이라는 비유를 활용한다. 머리카락이 없는 관능적이고 '다정한' 존재에서부터 돌연변이 괴물 휴머노이드 아이에 이르기까지, 메릴의 이방인들은 여성 체현의 유동적이고도 도발적인 재현을 보여준다는 점에서 놀랍다.

「오로지 엄마만이」(1948)에 등장하는 괴물스러운 아이 헨리에타는 젠더와 신체적 차이라는 두 가지 면에서 낙인찍힌 이방인 타자의 전형적인 예다. 어머니의 자궁에 있을 때 폭탄의 방사선에 노출된 후 헨리에타는 사지가 없는 상태로 태어났고, 아버지인 행크에게 이것은 정말 끔찍한 일이었다. 행크는 스스로 결함이 있는 여자아이를 낳았다는 수치심의 짐을 짊어지고 살아야만 한다. 소설의 전반부는 대체로 참전으로 인해 가족과 멀리 떨어져 있게 된 행크와 헨리에타의 어머니인 마거릿 사이의 서신 및 전보 교환으로 진행된다. 이 서신 교환에서 감정과 이성 사이의 이분법이 계속 드러난다. 형식적으로도 행크의 답변은 계산된 것, 별 관심이 없는 것처럼 보이며 간결한 반면, 마거릿의 편지는 핵무기와 방사선에 노출된 이후 임박한 출산에 대한 불안을 자세히 기술하면서 장황하게 늘어진다. 마거릿의 편지를 통해 독자는 방사선이 신생아의 돌연변이를 유발함을 알 수 있다. 놀랍게도, 많은 돌연변이 신생아가 유아 살해의 희생양이 되고, 마거릿은 복선이라도 깔듯이 행크에게 말한다. "대체로 아이들의 아빠가 유아살해범이 래. 당신이 여기 없어서 다행이야."(Merril, "Mother", Homecalling, 13) 서사 는 마거릿의 임신부터 어머니가 되기까지의 과정을 따라가기 때문에 독자는 그녀의 비뚤어진 사랑을 목격하게 된다. 그리고 마거릿의 모 성애는 당연하게도 딸의 신체적 비정상성을 인정하지 않음에 있어 중 요한 역할을 한다. 그녀는 헨리에타를 조산아 '영재'로 여기고, 노래를 하는가 하면 "옹알이가 아닌 정말로 말을 하는"(13) 예외적인 능력에 주목한다.

행크가 집으로 돌아오자 서사는 그의 관점으로 전환되고, 헨리에 타의 예외적인 능력은 갑자기 역겨운 기형의 반영으로 재조정된다. 마거릿이 헨리에타를 "꽃처럼 아름다운 얼굴이 달린 새하얀 감자 포 대"(15)에 비유하는 반면, 행크는 겁에 질려 헨리에타의 팔을 더듬어 찾지만 "꿈틀거리는 작은 근육"(19)을 발견할 뿐이다. 배로 기어다니는 기형의 딸을 바라보는 그는 뚜렷한 혐오감을 드러낸다. 그는 "엄격하 게" 말한다. "네가 손발을 안 쓰고 배로 그렇게 꿈틀꿈틀 기어다니면, 사람들이 벌레라고 생각할 거야."(19) 이와 같은 비난의 순간에 헨리에 타의 특별한 재능은 그녀의 외계성에 대한 그로테스크한 전시로 변경 된다. 더 정확하게는, 행크의 비난―'벌레'처럼 잘못된 방식으로 기어 다닌다―은 기어다니는 행동을 성장의 단계가 아닌 더러움과 결함을 표시하는 수치스러운 움직임으로 주의를 끈다.

행크의 수치심의 근본적인 원천이 되는 헨리에타의 팔다리 없는 몸 처럼, '장애가 있는' 낙인찍힌 몸은 사회적 질서에 대한 위협을 나타낸다.『문명 속의 불만』에서 프로이트는 "모든 종류의 불결함"은 "문명과 양립할 수 없"으며 "정결함에 대한 요구"는 "문명화된 사회"를 넘어 인간의 육체를 아우르며 확장된다고 명시한다.(46-47) 이와 유사한 생각이 인류학자 메리 더글러스의 작업에서도 반복되는데, 그녀가 "부적절한 것matter out of place"(44)으로서 불결함을 분류했던 것은 낙인찍힌 육체와 완벽하게 함께 간다. 그리고 이는 로즈메리 갈런드 톰슨이『특별한 육체들: 미국 문화와 문학에서 드러나는 육체적 장애에 대하여Extraordinary Bodies: Figuring Physical Disability in American Culture and Literature』에서 광범위하게 탐구하는 견해이기도 하다. 톰슨은 더글러스의 불결함 개념에 기대어 추가적으로 "불결함은 개인과 사회가 안정적이라고 인식할 수 있으며 예측 가능한 세상을 구축하기 위한 계획으로부터 거부된 변칙이자 조화할 수 없는 요소들"(33)이라고 주장한다. 따라서 장애를 가진 몸은 불결함처럼 "어떤 의미에서는 우리 문화가 공유하는 해석적 체계와 육체적 기대라는 관점에서 보았을 때 '부적절한 것'인 셈"이다. 그것은 "오염이나 금기 혹은 전염", 즉 '정상적인' 사회를 지키기 위해 제거되어야만 하는 무언가로 여겨진다.(33-34)[4]

"우리는 낙인찍힌 사람들을 조금 부족한 인간이라고 믿는다" (Stigma, 5)는 어빙 고프먼의 설명과 개인은 "반드시 이례적인 것들을 피해야만 한다"(49)는 메리 더글러스의 관찰에 따르자면, '정상인'이 비인간/타자와 맺는 연합에는 근본적인 위험이 놓여 있다. 즉, 낙인찍힌 타인의 수치심을 공유할 가능성이 존재하는 것이다. 고프먼은 "낙인찍힌 개인으로부터 그와 가까운 지인들에게 퍼지는 낙인화 경향"

을 '본의 아니게 수여받은 낙인courtesy stigma'(Stigma, 30)이라고 설명하는데, 바로 이런 현상을 일컫는다. 『수치심: 노출된 자아Shame: The Exposed Self』에서 마이클 루이스는 고프먼의 이론을 기반으로 본의 아니게 수여받은 낙인은 "마치 전염병처럼" 작동한다는 점에서 "전염성이 있어서", 낙인찍힌 희생양에게 영향을 미칠 뿐만 아니라 "그들과 관계되어 있는 모두에게" 영향을 미친다고 주장한다.(201) 낙인찍힌 아이들의 부모는 우선 아이의 불완전한 건강에 대한 순전한 충격과 불신 속에서 아이의 수치심으로부터 영향을 받는다.[5] 마거릿은 압도적인 불신과 철저한 부인 속에서 딸의 결함을 보지 않으려 하는 반면, 행크는—헨리에타를 자신의 기형적 확장으로 보면서—분노의 단계로 접어든다. 독자는 행크의 분노가 어쩌면 핵무기 탐사에 참여했다는 죄책감으로부터 비롯되었을지도 모른다고 생각해보게 된다. 서사가 전조적으로 암시하는 바, 이 돌연변이는 막을 수 있었는지도 모르며, 이는 헨리에타의 기형적 육체에 대한 근본적인 책임을 행크에게로 돌린다.

헨리에타의 낙인을 공유하고 그에 수반되는 수치심을 극복하지 못하는 행크가 자신의 수치심을 억누를 수 있는 유일한 방법은 수치심을 죽이는 것, 그러니까 근본적으로는 그 수치심의 근원을 살해하는 것이다. 수치심의 '감정적 대체물'로 분노를 활용하면서, 행크는 폭력을 통해 수치심이라는 감정을 실연實演한다. 이는 수치심-분노의 기본적인 특징이며, 여기서 개인은 분노와 폭력이라는 형태의 감정으로 수행되는 수치심에 완전히 압도된다.[6] 행크의 수치심-분노는 이야기의 마지막 으스스한 장면에서 스스로를 선언한다.

> 그리고 아주 조심스럽게 아이 잠옷의 아랫도리에 묶여 있는 매듭을
> 풀었다. (…) 행크는 왼손으로 부드러운 잠옷의 감촉을 느끼며, 아이
> 의 몸뚱이 아래쪽 끝에 평평하고 부드럽게 접혀 있는 기저귀 쪽으로
> 손을 올렸다. 아이에게는 주름도 없고 다리로 손을 걷어차지도 않았
> 다. 없었다……
> "마거릿." 행크는 목이 탔다. (…) 현기증이 일었지만 정신을 놓지 않으
> 려고 애썼다.
> "마거릿, 왜 미리 말해주지 않았어?"
> "여보, 무슨 말이야?"
> (…) 그녀는 몰랐다. 행크는 자제력을 잃고, 등이 굽고 다리가 없는, 살
> 갖이 부드러운 몸뚱이 위로 손을 올렸다. 아, 하느님. 제발. 그의 머리
> 가 흔들리고, 히스테리로 근육이 심한 경련을 일으켰다. 아이를 잡
> 은 손에 힘을 주며 꼭 움켜쥐었다. 아, 하느님. 그녀는 몰랐다.(19)

분명히 행크의 폭력적인 행동은 수치심을 은폐하는 양식으로
기능한다. 헨리에타를 살해함으로써 그는 "더러움이 사라진 것처
럼"(Wurmser, *Mask*, 80) 수치심—낙인찍힌 이질적인 타자—의 근원을
'제거'한다. 이 단락이 묘사하는 것처럼, 이성과 감정 사이의 구분은
매우 모호해서 독자들은 합리성 자체를 전적으로 의심하게 된다. 물
론, 아이러니는 이 마지막 야만성의 순간에 모습을 드러낸다. 여기서

과학소설에서 전통적으로 이상화되는 남성적 '이성'은 비이성적이고
분열적인 (그리고 파괴적인) 힘으로 전환된다. 이질적인 딸을 짓누르며
'움켜쥐는 손가락'의 잔혹한 이미지는 '이성의 잔악무도함'7을 강조하
는 한편, '경련'은 여성적인 '히스테리'를 상기시킨다. 한 단계 더 나아
가, 행크의 살인 행위는 또 다른 해석적 가능성을 제공한다. 헨리에타
를 문자 그대로의 파괴하는 행위는 상징적으로 헨리에타가 체현하는
여성적 타자성이 야기한 공포와 수치심을 지우려는 시도로 기능할 뿐
아니라 행크가 자기 자신으로부터 (혹은 자기 자신 안에서) 기인한 수치스
럽고 여성스러운 타자를 뿌리뽑는 수단으로 복무한다.

「오로지 엄마만이」의 헨리에타처럼 「당신이 누구라도」(1952)에 등장
하는 여성형 외계인도 감정을 줄거리의 전면으로 가져오면서 '이성의
잔악무도함'을 폭로한다. 주제상으로 이 소설은 다른 (여성) 육체에 대
한 남성의 집착을 탐구하면서, 「오로지 엄마만이」에서도 발견되는 조
건 없는 사랑과 어머니의 포용이라는 비슷한 문제들과 씨름한다. 제
목은 더 많은 것을 말해주는데, 이 문구는 소설을 읽으면서 독자들도
알게 되겠지만 고아원 벽 너머로 노트를 던지는 한 고아 소녀의 에피
소드에서 비롯되었다. 그 노트에는 "당신이 누구라도, 당신을 사랑합
니다"라고 적혀 있다.(Merril, "Whoever", Homecalling, 137) 소설은 태양계
를 둘러싸고 있는 망으로 외계 우주선들을 잡아 그들을 감시하는 '스
캐니터 식스'에 탑승한 우주선 승무원들을 묘사한다. 그런데 일군의
미확인 외계인이 이 망의 움 인클로저(자궁 울타리)에서 보호받는 50억
(남성) 태양계 시민을 위험에 빠트리면서 망을 통과하려고 한다.(126)

승무원들은 침범해 들어오는 우주선을 멈춰 세워 정박시키는데, 이로써 외계인들을 탐험할 수 있는 기회를 얻게 된다. 그리고 장교인 조 프롬은 열광적으로 이에 찬성한다. 외계 우주선에 탑승해 있는 동안 프롬은 자신의 관찰 내용을 녹음하는데, 특히 그들의 '타자성'을 구축하고 재차 확인하려고 노력하면서 그들의 신체적 기형에 주목한다.

외계인에 대해 알아가면서 프롬은 외계인 개체를 '그he'라고 지칭하지만, 그의 묘사는 이와 다른 것을 말하고 있다. "그것은 인간(남자a man)이 아니다. 그것은 (⋯) 틀림없이 휴머노이드다. (⋯) 얼굴이 다르다. 입은 좀 웃기게 생겼다. 마치 입술을 오므린 것처럼 (⋯) [외계인들은] 털이 별로 많지 않다."(129, 강조는 원문) '오므린' 입술과 털이 없는 몸의 이미지는 확실히 여성성에 대한 강력한 증거를 보여준다. 프롬이—외계인과 인간 사이의 강력한 유사성에 한풀 꺾여—그들의 성별을 분명하게 말하지 않았을지라도. 그로테스크하게 거대한 몸과 비교했을 때, 외계인의 여성적 특징은 '정상적인 몸'과 연결된 예측을 더욱 방해한다. 『응시: 우리가 바라보는 방식Staring: How We Look』에서 로즈메리 갈런드 톰슨은 "시각적으로 드러나는 현재적 상태에 대한 기대를 깨는 것은 흥미를 끄는 한편, 혐오로 이어질 수도 있다"(37)고 주장한다. 왜냐하면 기이한 몸은 '매혹적'이고, 또한 "'몰래 다시 한번 쳐다보게' 되기"(W. Miller, Thomson, *Staring*, 37에서 재인용) 때문이다. 그러나 이처럼 지속되는 시선은 바라보는 자를 "그런 방탕하고 부적절한 시선에 탐닉하도록"(43)[8] 만들기 때문에 수치심의 감정을 일깨우는 힘을 지닌다. 억제되지 않은 시선이란 충동을 제어하는 데 실패했음을 함축하는 까닭에 적절하지 않은 시선은 응시의 매혹에 굴복한 자의 내면에서 곤혹스러움을 일깨운다.

이런 현상이 프롬의 탐사 중 중요한 순간에 드러난다. 그는 "해부학적 구조를 확인하기 위해, 먼저 저 생명체의 옷을 벗겨야 한다"고 생각하지만, 이상하게도 점점 주저하게 된다. "저들은 너무나도 인간적이고 (…) 어쩐지 그들의 옷 아래를 찌르고 다니는 것은 공정하지 않은 것 같아 보였다".(130) "좀 덜 강렬한 수치심"(Lewis, *Shame*, 82)의 형태로, 프롬은 외계인의 성별을 (가장 은밀한, '수치스러운' 신체 일부를 통해서) 폭로할 수도 있다는 가능성뿐만 아니라, 더 구체적으로는 드러내는 동시에 응시하는 폭로자로서 '포착될까' 두려워 곤혹스러웠다. 만약 "눈이 수치심의 탁월한 기관이라면"(Wurmser, "Shame", 67) 이 시나리오는 추가적인 가능성을 제기한다. 프롬은 외계인을 바라봄으로써 외계인을 타자로 단정하는 수치스러운 시선을 던지는 것이다. 그러나 거기에는 스스로를 폭로한다는 위험 역시 도사리고 있다. 즉, 그 역시 발견될 것이고 결과적으로 동료들에게 주목받으며 "다루기 곤란한 호기심"[9]을 드러냈다고 비난받을 것이다. 프롬이 서둘러 떠난 것은 그가 압도적으로 곤란해졌다는 증거다. "제길! 볼스터가 하도록 뒤! [프롬은] 비행선을 떠났다."(Merril, "Whoever", 130) 책임—말 그대로 '더러운 일'—을 다른 장교에게 떠넘김으로써, 프롬은 바라봄과 연결된 완전한 수치심에 저항한다. 이는 '보기' 혹은 관음증처럼 "처벌당할지도 모르는 (…) 위험한 활동"이다.(Wurmser, *Mask*, 28)

프롬이 다른 승무원들의 기대 수준에 부응하지 못했기 때문에 곤란함을 느낀다는 사실에 주목하는 것도 중요하다. 중요한 서사적 순간에 그가 외계인과 인간을 정확히 어떻게 구분해야 하는지 결정하지 못하는 동안 이 '무능함의 딱지'는 그의 주위를 맴돌았다. 물론 '우리' 대 '그들' 같은 인간과 타자 사이의 전통적인 이분법은 외계인이 여성일 수도 있다는 가능성 때문에 더욱 복잡해진다. 그들은 인간과의 유사성으로 보면 친근하면서도, 여성적이고 외계인적인 특성들로 보면 절대적인 타자다. 그러나 아마도 외계인의 타자성을 규정짓는 결정적인 측면은 그들이 '여성적'인 감정들을 체현하고 있다는 사실일 것이다.

『합리화의 천재들Rationalizing Genius』에서 존 헌팅턴은 과학소설에서 "여성들은 현저하게 계산 능력이 떨어지며 (…) 그들이 보여주는 감정은 회피된다"(111)고 주장했다. 그러나 (메릴의 작품에서처럼) 여성이 서사의 주변에서 중심으로 옮겨올 때, 이 감정들은 서사의 핵심으로 작동하면서 '이성' 너머에 존재하는 실재를 묘사하게 된다. 합리성이 장악한 남성적인 환경에서, 사랑은 의심을 낳는 부조화스러운 요소로 작동한다. 서사는 스스로 '사랑 이야기'라고 주장하지만, 전통적인 의미에서 그런 것은 아니다. 오히려 "남성이 아는 가장 거대한 욕구 그리고 가장 거대한 두려움"(Merril, "Whoever", 123)에 대해 이야기한다. 외계 우주선에 탑승해 있는 동안 볼스터는 조지 젠틸이 남긴 미스테리한 편지를 발견하는데, 이 편지는 선장이 자살했음을 폭로한다. "집으로의 귀환을 명령할 사람이 없으므로"(132) 젠틸과 다른 세 명의 장교는 자신들을 대신할 외계인들을 보내고 외계 행성에 남기로 결정했던 것이다. 그러나 가장 중요한 것은, 젠틸의 편지가 외계인들의 압도적인 친절함과 수용성에 대해 상세히 설명하고 있다는 점이다. 그는 외계인들이 "그저 모두를 사랑하고, 그들 종족과 마찬가지로 인간 종을 사랑하는 것처럼 보인다"(132)는 사실을 확고히 했다. '스캔리터식스'에 탑승한 선원들 사이에서 자라나던 편집증에 기름을 부은 것은 정확하게 바로 이 '사랑', 외계인의 여성적인 면모를 규정하는 이 '거부할 수 없는 정신적 무기'였다.

그들의 의심은 프롬과 다른 장교들이 죽은 선장의 일지를 발견하면서 더 강해진다. 일지를 통해 스캔리터식스의 장교들은 승무원 중두 명이 외계인의 최면술에 굴복하고 말았음을 알게되었던 것이다.

[외계인들은] 우리에게 따뜻하게 인사하며 적대의 감정이나 어떤 식으로든 우리를 해칠 수 있다는 조짐을 드러내는 일은 전혀 하지 않았다. 그저 선원 중 두 명을 누가 보아도 호의적인 태도로 데려가버렸을 뿐이다. 그 순간 젠틸과 친이 그들 자신의 행동에 책임을 질 거라고 믿었다면, 나는 [그들을 남겨두고 떠나는 데] 망설임이 없었을 것이다. 하지만 그들의 행동은 완전히 '그들의 성격과는 어울리지 않는 것'이어서 나는 그들이 최면에 의해 조정되고 있다는 것 외에는 달리 적절한 설명을 찾을 수 없다. (137-138)

젠틸과 친을 둘러싼 수치심은 그들이 외계의 존재들에게 희생됨으로써뿐 아니라 그 외계 감정(조작의 궁극적인 '무기')의 희생양이 됨으로써도 드러난다. 그들의 수치심은 스캔리터식스에 승선한 남자들을 오염시키겠다고 위협하는 전염병이나 다름없다. 이런 의미에서, 젠틸과 친의 수치심은 특별히 위험하다. 그들의 나약함은 남성들이 스스로 자랑스러워하는 합리성에 저항하기 때문이다. '수치심에 불을 댕기는 방아쇠'인 나약함은 "내 두 다리로 설 수 없다는 무능력함(…)의 무기력에 대한 주관적 감각이다".(Morrison, *Culture*, 49) 무엇보다도 나약함은 사랑이 그러하듯, "갈구함의 경험을 통한 수치심과 관계"되어 있다. 왜냐하면 '갈구하는 상태'(혹은 '갈구함 자체'에 대한 생각)는 "나약함과 수치스러운 의존성의 신호로 보이기"(49) 때문이다. 그렇다고 할 때 젠틸과 친의 기이한 행동이 보여주는 것은 합리성을 압도하는 사랑의 힘이며, 이 '이성적인' 남성들이 '감정'을 극복하지 못했다는 사실은 다른 남자들이 사랑의 주문에 사로잡힐 개연성을 보여준다.

제노포비아, 수치심, 그리고 사랑은 스캔리터 장교들 사이에서 마지막 회의가 진행될 때 서사의 정점을 이룬다. 남자들이 외계인의 힘에 대항하여 어떻게 자신들을 지킬 것인가를 두고 고심할 때, 정신장교Psychofficer가 중요한 문제를 제기한다.

저는 인간종이 이런 문제를 대면하기에는 더럽게 겁에 질려 있고 더럽게 굶주려 있다고 생각합니다. 안보, 안심, 편안함, 그리고 사랑에 대한 굶주림 말이죠. 그리고 겁에 질려 있어요! 뭐든 다른 것, 뭐든 외부적인 것, 뭐든 규칙이 허락하는 것보다 딱 1도 정도 더 강렬한 것을 두려워하죠.(Merril, "Whoever", 141)

사랑은 취약함이라는 추가적인 위협을 내포하며, 선원들의 생각처
럼 '외부로부터 온 무언가'(외계인과 그들의 사랑)를 위해서 '규칙'에 저항
하는 것은 취약함과 나약함, 그리고 부끄러움으로 이어진다. 이론가
레옹 뷔름저에 따르면, 수치라는 주제에 있어서 사랑은 "나약함, 타인
의 힘에 의한 정복과 그에 대한 굴복"이기 때문에 "남자답지 않은 것
으로 조롱당한다".(Mask, 175)[10] 정신장교가 폭로를 통해 '인'(남)류Man-
kind에 시사하듯, 그는 수치스러운 진실을 입 밖에 낸다. "우리는 사랑
을 원합니다. 우리에겐 사랑이 필요해요. 우리 사이의 모든 가난하고
축복받고 저주받은 영혼이 그것을 필요로 합니다. 우리가 사랑을 너
무나도 필요로 하기 때문에, 사랑은 우리에게 대항하는 무기로 사용
될 수 있는 겁니다!"(Merril, "Whoever", 141) 홍보부장이면서 유일한 여성
인 루시 아던은 이에 반대한다. "나는 사랑을 두려워하지 않아요. 정
신장교님, 그토록 사랑을 필요로 하는 쪽은 아마도 당신이겠죠. 하지
만 나는 아닙니다."(142) 흥미롭게도 루시는 강한 불신을 보이는 남성
선원들과 달리 외계 '타자'를 두려워하지 않는 유일한 인간이다. 하지
만 남성들의 자부심은 위험에 처해 있다.

　「수치심과 자긍심의 축The Shame/Pride Axis」에서 도널드 네이선슨은
열등함 대 우월함이라는 문제와 관계된 수치심과 자긍심의 개념을 탐
구한다. 효능감이 자긍심을 만들어내는 반면, 그 반대—실패—는 수
치심을 유발한다. 네이선슨은 말했다. "경쟁자에 의한 파괴는 자아에
결함이 있다는 감각을 고양시키고, 자아 이미지 및 자부심의 저하를
반영하는 수치심을 불러일으킨다. (…) 다른 사람에게 패배당했다면,

사람들 사이에서 순위가 매겨질 것이고 따라서 수치심을 경험할 것이다."(194) 외계인은 "더 일반적인 증오의 진원지"(Huntington, 111)이자 두려움의 근원이기 때문에, 외계의 존재를 사랑한다는 생각은 이해될 수 없고 그저 선원들의 예상을 복잡하게 만들 뿐이다. 「당신이 누구라도」에 등장하는 여성 경쟁자에 의한 '파괴'는 (젠틸과 친이 효과적으로 보여주는 것처럼) 틀림없이 외계 타자에 대한 규범적인 (남성적) 대응의 말소를 통해서 일어난다.

스스로를 외계인으로부터 혹은 타자와 사랑에 빠지는 수치심으로부터 보호하기 위해 스캔리터의 남성들은 장악력을 증명함으로써 자긍심을 지켜야만 한다. 그러나 아이러니하게도 그들이 외계인에 대한 지배력을 획득할 수 있는 유일한 방법은 폭력을 동원하는 것뿐이다. 프롬이 경쟁자의 우주선을 계속 탐사해가는 동안, 그를 '다른' 쪽으로 끌어당기겠다고 위협하는 파괴적인 외계의 힘이 작동하기 시작한다. 외계인 중 하나가 깨어나서 그와 텔레파시를 통해 소통하기 시작하는 것이다. 프롬은 다른 장교들에게 보고한다. "그는 내가 그를…… 사랑하기를…… 원한다. (…) 그는 나를 사랑한다. (…) 그는 모든 사람을 사랑한다."(Merril, "Whoever", 145) 여기에서, 프롬의 합리성은 파괴되며 낙인의 본질인 전염성이 재등장한다. 외계인과 연합했고 또 그들을 받아들였다는 사실로 인해 그는 낙인찍힌다. 수치심이 퍼지는 것을 막기 위해 그는 죽어야만 한다. 자긍심을 지키려는 마지막 시도에서 스캔리터의 장교들은 경쟁자의 우주선을 폭파시키기로 결정하고 그 과정에서 프롬은 살해된다. 하지만 외계인의 여성성이 자극한 수치심은 전염성이 강하다. 프롬이 마지막 순간에 고아 소녀의 이야기를 기억해내자—"이제서야 알겠어. 그건 인간들이 아직 아이였을 때 사랑하던 방식인 거야. 그 소녀가 썼던 노트처럼 말이지. 당신이 누구라도……"—정신장교는 '혼란의 눈물'을 흘린다.(145) 금욕주의적인 사령관의 얼굴은 정신장교의 눈물이 "얼굴을 타고 부끄러움을 모르는 채 흘러내리는 것"을 보기 전까지 "근엄하게 굳어 있다". 이 핵심적인 순간에, 그의 눈에서 반짝이는 "하나의 섬광이"(145) 그의 두려움을 폭로한다. 사령관의 공포는 외계인의 사랑이 선원들을 오염시켰다는 인식에서 비롯되었을 수 있지만, '부끄러움을 모르는' 정신장교의 눈물을 관찰해보면 또 다른 딜레마에 주목하게 된다. 그것은 앞서 장교들의 이성을 강화시켰던 수치심에 대한 두려움이, 외계인의 '사랑'이라는 마법 아래서는 사라져버렸다는 사실이다. 여성적인 타자와의 제휴, 그리고 뒤이은 수치심에 영향을 받는 무능함이라는 결과는 공포스럽기까지 하다. 그러므로 프롬이 그의 마지막 말 "당신을 사랑해"(145)를 내뱉기 전에, 사령관은 외계 우주선의 파괴를 명령한다. 「오로지 엄마만이」에 묘사된 행크의 살인 행위를 연상시키는 사령관의 명령은 이성과 감정 사이의 분리를 유지하려는 광기 어린 시도가 된다. 하지만 이 분리는 아이러니하게도 여성의 타자성과 연합된 수치심에 대한 두려움, 그리고 이 수치심에 대한 남성의 동시적인 자각과 거부에 의해서만 유지될 수 있다.

적대적이고 감정 없는 외계인이라는 포괄적인 은유를 뒤섞어놓은 이야기로서 「당신이 누구라도」는 제노포비아에 대한 독창적인 번

역, 그리고 서사에 대한 예측을 방해하는 능력에 있어 대단한 내공
을 보여준다.[11] 이와 유사하게 관습적이지 않은 여성 외계인이 「그 숙
녀는 떠돌이였다The Lady Was a Tramp」(1956) ●에서도 등장한다. 레이디
제인이라는 이름의 우주상선에 승선한 유일한 여성인 애니타 포드는
우주선에 타고 있는 남성들에 의해 '정복'당해야 할 외계 타자를 예
시한다. 이런 의미에서 작품의 서사는 "지배와 복종의 관계를 강화하
는"(Wolmark, 31) '외계인'과 인간 사이의 전통적인 이분법적 대립을 제
시하지만, 줄거리는 타자를 향한 역설적 욕망과 거부를 탐구한다.

　소설은 전직 해군 장교인 테리 카너핸이 레이디제인에 승선해
서 임무를 수행하는 과정을 따라간다. 처음에는 "부정기선 탑승 임
무"(Merril, "Lady" in Homecalling, 480)에 대해 양가적인 감정을 가지고
있던 그는, 점점 애니타와 다른 남자들 사이의 독특한 동학에 주목하
기 시작한다. 위생병으로 근무하는 동안 애니타가 선원들의 창녀라는
소문이 떠돌기 시작하고, 우주선 자체가 그런 것처럼 그녀 역시 '떠돌
이the tramp'로 불린다. 남자들 사이의 경쟁이 심화되면서 긴장이 촉발
되고 우주선(과 애니타)에 대한 테리의 양가감정은 '그녀'를 정복하겠다
는 본격적인 갈망으로 전환된다.

　이야기를 끌어가는 목소리는 흥미로운 수사적 전략을 취하며 레
이디제인에 대한 묘사를 애니타에 대한 묘사와 겹쳐놓고, 그리하여

● 'tramp'는 떠돌이라는 의미도 있지만 속어로 '잡년' '화냥년'의 뜻 역시 가지고 있으며, 선
박 용어로는 부정기선不定期船, 즉 일정한 항로 없이 요구에 따라 비정기적으로 운항하는 배를
의미하기도 한다. 소설에서는 다중적인 의미로 사용되었고, 이런 의미들을 염두에 두면서 '떠
돌이'로 옮겼다.

이야기의 끝에서 둘은 서로 매우 밀접하게 섞여들며 어느 쪽이 진정한 '떠돌이'인지 해독하기 어렵게 만든다. 특히 레이디제인과 애니타를 마음속에서 긴밀하게 연결 지은 테리는 그 둘을 구별하는 데 어려움을 겪는다. 챈이 저 '늙은 년'을 어떻게 생각하냐면서 "대단해 보이지는 않지만, 다섯 남자가 달라붙어 몰아야 할 정도로 엉망진창인 배"(484) 운운할 때, 테리는 그 대상이 애니타가 아닌 우주선임을 상기해야만 했다. 이런 묘사에 홀로된 타자인 여성, 다섯 남자에게 둘러싸인 '외계 생명체'(487)를 향한 매혹과 혐오라는 복잡한 관념들이 더해진다.[12] '낡히고 찌그러진', 그러나 매혹적인 레이디제인처럼, 애니타─"지독하게 아름다운 금발"(480)─는 테리를 조롱한다. 그는 그녀를 포획하고 싶다는 압도적인 욕망으로 인해 고통받는다. 특히 다른 남자들과 경쟁하면서 테리는 부정기선 승선 임무의 전망이 매력적이라는 걸 발견하게 되고, 처음에는 "배불뚝이에 땅딸막하며 아름답지 않은" 것처럼 보였던 부정기선은─"탱크를 씻어내고 튜브를 깨끗하게 뚫는 동안, 강철 골조 지지대 안쪽에 잠자코 쪼그리고 앉아"─아름다움을 드러내기 시작한다. 하지만 그 아름다움은 "어디를 봐야 할지"(486)를 아는 사람들에게만 보인다.

소설은 근본적으로 타자성을 둘러싼 전투에 대한 이야기다. 남자들은 제각각 타자를 욕망한다. 그리고 오직 혼자서 그녀의 사랑을 받으려 한다. 타자를 정복함으로써 승리를 거두고, 그렇게 비교 체계 안에서 높은 순위에 올라설 수 있기 때문이다. 반대편에서는 타자가 된다는 것에 내재된 수치심이 있음을 시사한다. 타자가 된다는 것은 배제됨과 사랑받을 수 없음을 암시하기도 하므로. 이 시나리오는 역설을 제기한다. 사람은 어떻게 타자성을 욕망하는 동시에 그것을 거부할 수 있는가? 레이디제인에 승선한 남성들이라는 특정한 사례를 통해 우리는 수치심에 대한 방어로 작동하는 자기애적 충동—"자신이 절대적으로 특별하고 단독적으로 중요하기를 원하는 욕망"(Morrison, Shame, 49)—을 발견할 수 있다. 그래서 남자들은 타자(가 될 수 있는 자기만의 기회)를 위해 경쟁하는 동시에, 경멸당하고 놀림받는 (외부의) 타자로서 주변화될 수 있다는 위협에 저항한다.

수치심에 대한 이런 회피에 더해 성적인 대본도 실행된다. 이 대본 안에서 남자들은 그들의 능숙함을 증명하기 위해 애니타를 성적으로 '사용'한다. 『수치심과 자긍심Shame and Pride』에서 도널드 네이선슨은 "성적인 능숙함은 우리로 하여금 다른 영역에서의 불충분함을 잊게 만들거나 혹은 적어도 그 순간만큼은 그 문제가 덜 중요한 것처럼 보이게 만들 수 있다"(358)고 언급한다. 수치심에 대한 방어로 성적인 대본을 활용하는 이들은 보통 "자부심에 심각한 상처를 입어서, 자신이 욕망할 만하지 않아 보인다는 수치심을 극복함으로써만 스스로의 행동을 이해한다".(358) 레이디제인의 '마초세계'에서 남자들이 애니타와 섹스를 하는 이유는 하나다. 자신의 "능숙함과 개인적 자긍심"(358)을 고양하고, 사랑받을 만하지 않다고 여겨질 때 드는 수치심을 피하려는 목적. 여기에 더해 우주선의 '쾌락주의적인' 환경은 "만성적인 수치와 고통"(358)을 별것 아닌 것으로 생각하게 하는 데 복무한다.[13]

테리에게 주어진 상금은 크다. "낡고 노후한 배"가 "그가 가질 수 있

는 모든 것"(Merrial, "Lady", 489)이라고 하더라도, 그는 여전히 자신의
자긍심을 온전히 유지할 수 있다. 게다가 만약 다른 남자들을 이긴다
면, 그는 '외부에서' 온 (무능한) 장교라는 원래의 지위를 벗어버릴 수
있다. 우선 테리는 레이디제인을 달로 운전해 감으로써 자신의 숙련
됨을 증명해야만 한다. 그러나 다른 남자들 중 한 명이 우주선의 조
종권을 넘겨달라고 제안하면서, 테리의 자랑스러운 순간은 다섯 시
간 만에 망가진다. 애니타가 테리를 돕기 위해 조종석 밖으로 손을 내
밀자, 그는 격노에 차서 그녀를 "창녀"라고 부르고 "쌍년아, 꺼져버려!"
라고 명령한다.(490) 네이선슨의 「수치심과 자긍심의 축」에 따르면 욕
은 수치심 언어의 일부분이다. 경멸의 언어는 낮은 자부심을 의미하
며 당혹스런 순간에 나약함을 느꼈음을 폭로한다.(198) 무능하다는 딱
지가 붙은 채로 동료 선원들에게 경멸당하고 조롱당한 까닭에 테리의
수치심은 이와 같은 자기애적 패배의 순간에 결실을 보게 된다.
　이후에 계속될지도 모를 패배와 수치스러운 거절로부터 스스로를
지키기 위해, 테리는 애니타에게 '요구'한다.

　쌍년! 그는 생각했다. 화냥년! 나를 원하지 않는다니!
　그는 애니타가 자신을 데리고 방을 나서서 사다리를 타고 내려간 뒤
옐로그린을 지나 저 밖에서 붉은색 불빛을 번쩍이는 문까지 데려가
도록 했다.
　그리고 거기에서 멈춰 섰다. 그녀에게 긴요하게 물어야 할 것이 있었
다. 그것이 무엇이었는지 알아내자, 그는 미소 짓기 시작했다. 우리 중

누구를 원하는 거야?

누구냐고? 어떻게 그녀가 그걸 말할 수 있을까?

그는 또 이렇게 물었다. 누가 널 필요로 할까?

그는 웃으면서 발을 내디뎠다. (…) 그리고 그 떠돌이는 그의 차지였
다.(Merril, "Lady", 491)

수치의 언어가 스며든 이 마지막 순간은 수치심에 대한 고전적인
자기애적 방어를 잘 보여준다. 물론 애니타를 차지함으로써 테리는
자신이 비상한 존재이자 "다른 누군가에게 유일하게 중요한 존재, 즉
'중요한 타자'"(Morrison, Shame, 49)라는 감각을 회복한다. 그러나 수치
심의 베일은 닳아버렸고, 수치스러운 의존성―궁핍함―의 낙인이 그
모습을 뚜렷이 드러낸다.

외계인은 다양하고 복잡한 형태를 띠면서 이질적이거나 다르거
나 혹은 외부적인 것들에 대한 인간의 두려움을 폭로한다. 더욱 중요
한 것은, 여성/여성화된 외계인의 이질적인 징후들이 보여주듯 타자
에 대한 우리의 두려움이 차이에 대한 두려움으로부터 비롯될 뿐만
아니라 동일성에 대한 두려움으로부터도 비롯된다는 점이다. 이것이
야말로 우리 스스로 드러내기에 너무 수치스러운 바로 그 인간적인
감정들을 외계인이 체현할 때 나타나는 두려운 가능성인 셈이다. "우
리 상상력 안에서 조롱당하는 부적응자"로 복무하고 우리 내면에서
"수치심의 감정을 유발하는" 강력한 능력을 가진 괴물처럼(Morrison,
Culture, 27) 외계인은 수치와 낙인에 대한 우리 공포에 말을 건다. 그

렇다 할지라도 메릴의 소설에 등장하는 남성 캐릭터들이 보여주듯, 수치심의 위협 앞에서 보이는 일반적인 반응이란 은폐하려는 욕망이 다. 메릴의 소설은 독자를 수치심 드라마의 복판에 위치시키고, (남성) 인간과 타자, 이성과 감정, 사랑과 수치의 복잡한 이분법을 탐구하도 록 독려한다.

2장

강간, 트라우마, 그리고 수치심
침묵의 벽을 깨고 생존하기

니콜 페이야드

프랑스에서 사미라 벨릴은 베스트셀러 자서전인 『나는 인생을 믿는다 Dans l'enfer des tournantes』를 통해 "프랑스 사회가 집단 성폭행의 잔악 무도함을 대면하게 한 용감한 작가"(George, 29)로 알려져 있다. 『나는 인생을 믿는다』는 1980년대 말 파리 교외지구에서 성장하며 벨릴이 경험한 젠더 폭력을 다룬다. 벨릴은 열네 살 때 남자친구였던 자이드 에 의해 또래 패거리에 넘겨진 뒤 처음으로 집단 성폭행을 당한다. 패거리의 우두머리였던 K는 한 달 후 그녀를 다시 성폭행했다. 그리고 열일곱 살이 된 그녀는 알제리에서 두 번째 집단 성폭행을 당한다. 벨릴은 책에서 우울증, 약물중독과 함께 성폭행 피해자에게 닥치는 수치심과 고립감, 그리고 심리치료를 통한 회복의 과정을 묘사한다. 이 책은 프랑스 교외지구[1]라는 주변화된 공간에서 살고 있는 알제리 출신의 젊은 프랑스 여성의 관점에서 쓰인 개인적 기록인 동시에, 다른 한편으로 "침묵의 법"(305)을 깨고자 한다는 책의 선언이 보여주듯, 프랑스 교외지구에서 고질적으로 벌어지는 젠더 폭력과 성폭력에 대한 폭넓고 신랄한 비판이기도 하다. 따라서 이 텍스트는 성폭력 피해자의 학대 경험과 수치를 증언함으로써 자기 자신에 대한 인식을 재교섭하는 사회적 기능 역시 수행한다.

「감사의 말」에서 벨릴은 내면을 재구축할 수 있도록 도움을 주고 다시 태어날 수 있도록 힘이 되어준 이들을 언급한다. "진정한 인간이 될 수 있도록 도움을 주셔서 감사합니다"(7)나 "저에 대한 편견 없는 생각"과 같은 문장들은 소외의 논리를 드러낼 뿐만 아니라 자아가 사람들의 평가에 매우 예민하다는 사실을 환기시킨다. 다른 중요한 사람들의 인정 덕분에 내면의 갈등이 해소되었음을 보여주는 것이다. 벨릴의 「감사의 말」은 "절실히 필요할 때"(8) 곁에 있어준 이들의 지원과 사랑을 언급하면서, 그 반대 측인 거부와 모멸을 무효화하는 인정의 모임을 소개한다. 책의 서사는 주체의 정체성을 위협하는 거부에 집중한다. 바로 다음 쪽에서 텍스트는 '평판reputation'이라는 단어가 교외지구용 '사전'에서 어떻게 정의되는지를 보여준다. "소문이 퍼지면서 한 사람이 빛의 속도로 얻게 되는 지위나 상태. 그로 인한 꼬리표는 한 사람에게 들러붙어 모든 상황에서 인생을 파괴한다. 사기꾼이건 광대이건 건물 지하에서 남자들에게 강간당한 '갈보'이건."(9)

공적 공간에서의 명예 상실과 연결되는 벨릴의 수치심은 헬렌 메렐 린드가 수치심에 대한 선구적인 연구에서 주장한 바의 실례를 보여준다. "수치심은 자아존중감에 대한 상처로 정의될 수 있다. 자신의 뛰어남에 대해 가지고 있던 기존 관념에 뭔가 어울리지 않는 일을 했다는 의식에 의해 촉발되는 고통스러운 느낌 혹은 수모의 감각인 것이다."(23-24) 수치심은 "열등함의 느낌"(22), "이미 정해져 있는 코드를 위반했다는"(23) 고통스러운 의식으로부터 일어난다. 이는 존경했던 타인의 경멸에 자아를 노출시키는 사적이고도 공적인 위반을 수반하고, 막대한 자기애적 상처를 유발한다. 벨릴의 에세이는 프랑스 교외지구에서 수치심이란 여성을 명예의 법도를 지키는 수호자로 만드는 젠더 규범을 위반했다는 데서 비롯되며, 성폭행이 남긴 트라우마는 피해자의 자아를 완전히 굴복시키는 두려움과 비난, 그리고 수치심의 경험으로부터 분리될 수 없다는 사실을 적나라하게 보여준다. 『나는 인생을 믿는다』는 또한 성폭행의 트라우마와 수치심은 주어진 사회적 위치에 대한 개인의 감각이라는 관점에서 상상되어야만 한다고 주장하면서 이 주제를 문제화한다. 그런 점에서 벨릴의 글은 교외지구에 살고 있는 여성이 경험한 불평등의 드라마라는 구체적인 맥락 안에 성폭행의 수치심을 위치시키는데, 헬렌 메렐 린드에 따르면 "자아를 잃어버리는 방식이 아니라 찾아가는 방식으로 사회집단과 스스로를 동일시할 방법을 찾는 사람"에게 실마리를 제공한다는 점에서 가치 있다.

이 장에서 나는 권력의 다양한 불평등에 연결되어 있는 감정으로서 수치심(Lewis, "Role of Shame", 29)을 설명하기 위해 젠더에 기반한 분석과 함께 정신분석학적 접근을 효과적으로 사용할 것이다. 두 번째 부분에서는 소외와 성폭행 트라우마로부터 비롯된 정체성 위기, 그에 따른 수치심에 대해 고찰할 것이다. 그리고 마지막으로 증언과 글쓰기라는 창조적 행위를 통한 회복을 다루는 벨릴의 재현으로 논의를 옮겨가고자 한다. 텍스트는 보상의 서사인가 하면, 화자로 하여금 수치심을 뛰어넘어 거기에 사회적 해설을 제공할 수 있도록 해준 해방의 서사이기도 하다. 그러나 이런 증언들이 고통과 수치의 경험을 통한 성폭행의 구성과 불가분의 관계에 있는 한, 나는 이러한 증언들의 치료적 가치에도 의문을 제기하는 바다.

불평등의 드라마

책의 주요한 주제 중 하나는, 수치심이 타인에 의한 인정 욕구와 관계(Lacan, 181)되어 있으며, 이 관계가 깨져 체면을 잃은 데 대한 반응이기 때문에 인정과 간주관적 관계가 수치심 정동의 핵심이라는 것이다. 수치심은 주체의 대상화로부터 비롯된다.(Sartre, 320) 이러한 대상화는 수치심이 주체의 권한을 빼앗는다는 사실을 수반하며, 어쩌면 정신과의사 헬렌 블록 루이스의 주장대로 수치심이 권한을 빼앗긴 사람들의 트라우마인 이유를 설명해줄지 모른다. 루이스는 "더 사교적이고 덜 공격적인 여성의 성향은 권력의 세계에서 2등 계급에 속하는 사회적 위치에 기반해 수치심을 느끼기 쉬운 성향을 증가시킨다"("Role of Shame", 29)고 주장하면서 수치심과 여성 종속의 문제("Introduction", 4)를 연결한다. 루이스에 따르면 여성은 자신을 입증하기 위해 타인을 고려하도록 사회화되었으며, 이는 특히 여성이 관계가 깨졌거나 평가절하되었을 때 수치심과 우울에 취약하게 만든다. 바트키는 수치심에 함축되어 있는 개인의 부족함이 불평등한 사회적 관계의 모든 논리와 연관되어 있다(84)고 지적하면서 루이스의 정의를 확장한다. 수치심은 심판하고 지배하는 타인들의 (육체적이고 감정적인) 학대와 거부로부터 비롯된다. 또한 수치심은 그렇게 수치스럽게 만드는 사람들의 승인된 권위를 강화한다. 이에 덧붙여, 토머스 셰프는 사회적 상호작용을 감시하는 수치심의 역할과 공동체 관계에서 그것의 중요성을 지적했다.(Microsociology, 15) 이렇게 종속과 지배의 관계망에 기대어 수치심을 설명하는 것은 유용한 방식이다. 독자로 하여금 성폭행에서 비롯되는 수치심을 '단순히' 성적 학대에 대한 도덕적·정신적 반응으로 읽지 않을 수 있도록 해주기 때문이다. 대신 여기서는 『나는 인생을 믿는다』에 드러나는 수치심을 불평등한 사회적·성적 관계에서 비롯되는 것으로 보자고 제안한다.

이런 관점에서 나는 벨릴의 글에 드러난 수치심이 동시에 프랑스 교외지구에서 자란 여성이 견뎌야 했던 여러 형태의 종속에 뒤따른 것이라고 주장할 것이다. 이와 같은 의제는 작품의 개인적 층위와 사회적 층위를 묶어준다. 엘리자베스 펠레이즈에 따르면 "개인적인 것이 정치적인 것이라는 감각을 가지고 있으며, 기존에 문학에서 무시되었거나 판타지화된 여성의 경험에 대해 이야기하고자 하는 욕망을 가진" 현대 프랑스어권 여성의 작품들은 "언제나 자전적인 문제를 다루는 경향이 있다".(23) 『나는 인생을 믿는다』는 편집자의 도움을 받아 쓰였을지언정, 이 정의에 깔끔하게 들어맞는다. 이 작품은 자전적

증언으로 홍보되었으며, 자서전에 대한 필리프 르죈의 고전적 정의에
도 부합한다.(14) 1인칭으로 쓰인 텍스트 안에서 드러나는 기억과 행
위자성 및 정체성에 대한 탐문은 이 책을 생애 기록의 범주에 위치시
키는 것처럼 보인다. 서술자인 '샘'은 책의 끝에 등장하는 작가인 '사미
라'와 그 이름에서부터 동일시된다. 펠레이즈의 서술에 따르자면, 벨릴
의 지극히 사적인 이야기는 강력한 정치적 의제를 제시한다. 소수민
족 혈통의 젊은 여성이 가족의 전통 및 남성 지배의 장소인 프랑스 교
외지구의 주변화된 공간에서 대면하는 갈등에 집중하고 있기 때문이
다. 사회는 여성들로 하여금 수많은 문화적·사회적 대본에 순응하기
를 기대하며, 그들의 자율성과 섹슈얼리티를 단속하고 제어한다. 결혼
이나 이혼, 교육, 직업, 이동, 복장, 그리고 우정에 있어 선택의 자유는
제한된다. 벨릴이 묘사하듯 최근 젊은 여성은 또래 남성들의 새로운
압박으로 인해 고통받고 있다. 알렉 아그리브스가 명확하게 밝히듯,
이 또래 남성들은 "소수인종 여성들에게 폭력적으로 권력을 행사함으
로써 주류 인종주의로부터 시달리는 사회적 배제에 대한 보상을 찾
아왔다". 그리고 이 폭력은 "자매들과 친척들, 그리고 이웃의 처녀성을
단속하기 위한 위협과 물리력"에서 집단 성폭행에 이르기까지 광범위
하다.(46)

여러 남성 지배적 사회가 그렇듯, 교외지구에서 명예를 둘러싼 엄
격한 규칙들은 여성을 임의의 집단으로 양분한다. 처녀와 창녀 말
이다. 규정된 명예 각본에서 벗어난 여성들은 부적절하게 여겨진
다.(Hargreaves, 55) 서술자는 술을 마시고, 화장을 하고, 담배를 피우며,

남자 친구와 성관계를 함으로써 전통적인 역할을 위반한다. 그리고 그
녀는 처음부터 남성과 여성의 동등함에 대해 말한다. 따라서 텍스트
는 초반부부터 소외라는 주제를 다룬다. 샘은 엄격하고 숨막히는 가
족 안에서 감정적으로 소외되어 있으며, 자신이 동일시하는 프랑스적
가치관과 마그레브● 유산의 가치관을 조율하는 데 있어 어려움을 겪
는다. 그녀가 겪는 소외는 얼마간 가족의 비밀로부터 비롯되었는데,
어렸을 때 아버지가 교도소에 복역하면서 플랑드르에서 위탁 양육되
었던 것이다. 플랑드르에서의 시간은 그녀의 소외를 상징화하는 일시
적인 공간적·언어적 이동이었다. 아버지의 투옥으로 인해 발생한 이
숨겨진 과거와 상처가 부모의 가치관과 그녀의 "자유에 대한 꿈"(Bellil,
24) 사이에서 갈등의 견인차가 되면서, 이 이야기가 서사의 구도를 잡
는 측면으로 자리한다. 당시의 긴장은 어린아이에게 일종의 형벌이었
고, 아이는 부모가 강요하는 금욕의 희생양이 되었다.

　　부적절한 양육에 대한 벨릴의 묘사는 자아에 수치심을 안기는 갈
등 양상의 두 가지 예를 보여준다. 첫째로, 뷔름저에 따르면 수치심
은 본질적으로 이중성을 띤 '원초적 갈등'에 뒤따라 발생한다. 즉 자
아는 자신이 통제하고자 하는 대상에 의해 압도되었다고 느끼며, 타
자에게 사랑받고 싶어함에도 무관심과 대면하게 된다는 것이다.(*Mask
of Shame*, 158-159) 샘은 사랑과 (아버지의 적대에 대면하여 강해지고 싶다는)
권력에 대한 쌍둥이 같은 요구가 좌절되면서 자신이 사랑받을 수 없

● 리비아, 튀니지, 알제리, 모로코 등 아프리카 서북부 국가들을 아우르는 지역으로 언어와
종교를 공유한다.

을 것이라는 감각을 키워나가는데, 이로 인해 수치심-불안이 유발된
다. 두 번째로, 샘은 성폭행을 당했기 때문만이 아니라 밖으로 나돌았
기 때문에 가족의 도를 위반한 것이었다. 따라서 그녀의 가치와 부모
가 복종해야 할 가치는 서로 모순적이며 또 완전히 달라진다. 뷔름저
가 설명하듯, "무엇이 명예롭고 무엇이 수치스러운 것인지에 대한 모순
되는 관점이 등장"(34)하는 것이다. 그녀의 행동에 대한 아버지의 비난
은 엄청난 자기애적 상처와 수치심을 유발한다.

실번 톰킨스에 따르면 수치심과 더불어 산다는 것은 소외감과 패
배감을 느끼는 일이다. 그것은 "내적 고뇌, 영혼의 병으로 느껴진다.
[모욕당한 자는] 벌거벗겨졌고, 패배했으며, 소외당했고, 존엄과 가치를
박탈당한 것처럼 느낀다".(*Affect, Imagery, Consciousness*, 2:118) 벨릴의 작
업은 수치스러움을 느끼는 주체가 타인의 부정적인 판단을 내면화
하는 방식을 적절하게 그려내는데, 이는 자부심에 매우 파괴적인 공
격을 개시한다. 벨릴은 부모의 차가운 적대로 인해 "거절당했다, 쓸모
없다, 더럽다, 죄를 지었다"고 느끼고 "움츠러들어 가능한 조용히 있
게"(80) 되면서 자아가 산산조각 나던 상황을 묘사한다.

자아는 투쟁-도피 반응과 같은 방어 전략을 사용하여 스스로를
보호할 수 있다. 루이스는 여기에서 투쟁을 '상을 뒤엎어서' 수치심을
주려는 타인의 끊임없는 야단이나 조롱을 모면할 때 이용되는 '굴욕
적 격분'으로 정의했다. 도피 반응은 덜 공격적이다. "'그는 구멍 사이
를 기어다니게 될 수도 있다' 혹은 '바닥으로 꺼지거나' 수치심으로 인
해 '죽음에 이를' 수도 있다."("Role of Shame", 41-42) 샘은 부모의 야단으

로부터 물러나 거리의 경계 공간을 포함한 다른 환경에서 자기 자신을 재영토화[2]했다. 그녀는 또한 교외지구의 남성 지배적 패거리 내부에 제 발로 걸어 들어가는데, 이곳은 인정의 이상화된 원천이 된다.

그러나 문제적이게도, 패거리 문화에서 명예와 수치심으로 양극화된 가치체계는 재생산된다.(Wurmser, *Mask of Shame*, 34) 아그리브스의 관점을 뒷받침하듯, 이 작품은 명예의 규범을 위반한 여성에게 가해지는 처벌 중 하나, 특히 그녀가 성적 자유로움을 보였을 때 가해지는 처벌 중 하나가 성폭행이라는 사실을 보여준다. "패거리는 (…) 소녀들을 먹잇감으로 삼는다. 소녀들은 수치심과 비밀 속에서 그 폭력에 시달린다."(53) 모든 형태의 성폭행 중에서 집단 성폭행은 과거나 지금이나 거대한 상징적 효과를 지닌다. 이에 대해서는 교외지구에서 집단 성폭행이 주로 일어난다는 현대의 거짓된 신화를 퍼뜨린 미디어에 특히 그 책임을 물어야 한다.(Muccielli) 집단 성폭행은 새로운 사회 현상이 아니다. 집단 성폭행은 모든 사회적 환경에서 자행되며, 흔하지 않은 일도 아니다. 유죄 선고를 받은 모든 성폭행 범죄 중 10퍼센트가 집단 성폭행이다. 벨릴의 묘사는 집단 성폭행이 무엇보다 남성 지배와 관계된 것이지, 가난이나 민족성과 관계된 것이 아니라는 사실을 분명히 보여준다. 샘이 당한 성폭행은 패거리 문화의 특징이라고 할 수 있는 영토와 위계, 그리고 남성들끼리의 연대라는 가치를 가로지르는 권력과 명예-수치 구조에 따라 세밀하게 조직된 것이다. 샘이 당한 첫 집단 성폭행은 남자 친구인 자이드와 패거리의 우두머리인 K가 용인한 것이었다. 그 젊은이들은 폭력이 규범이고 여성은 남성 자신의 성적 수치심을 위한 대상이자 희생양으로 간주되는 불평등한 성적 만남을 모델로 자신의 섹슈얼리티를 구성한다. 성폭행 가해자들은 발기 부전을 샘의 탓으로 돌린다. "'너 때문에 서질 않잖아, 잡년아!' 그는 말했다. 그리고 나더러 그 문제를 해결하라고 했다."(Bellil, 34) 따라서 남성 청년이 여성과 맺는 관계에서 성폭행이란, 자신들의 영토를 표시하고 약자라고 생각되는 사람들에 대한 지배를 확고히 하기 위한 지배 방식이 되고, 이는 성폭행범들로 하여금 집단 성폭행을 일상적인 것으로 여기게 한다.(Hamel, 85-92)

서사는 결과적으로 샘을 궁극의 피해자로 제시한다. 가학적인 부모는 그녀를 희생양 삼아 자신들의 수치심을 해소했다. 부모에게 거부 당했다는 트라우마 속에서 경험한 열등감은 교외지구에 사는 여성인 그녀를 더욱 취약하게 만들었다. 그녀가 물러났던 환경은 젠더 지배와 성적 폭력을 영속화하는 명예와 수치의 양극화에 의해 구조화된 곳이다. 피해자에 대한 계속된 학대와 소외는 자아감의 파괴라는 결과를 불러왔다.

트라우마와 수치심

트라우마와 성적 폭력에 대한 광범위한 논의에 따르면, 극심한 신체적·정신적 학대는 이후 생존 기간에도 계속해서 되돌아와 괴로움을 안기는 상처를 수반한다. 이것이 『나는 인생을 믿는다』에 표면화된 트라우마 생존자가 경험하는 생존과 파괴 사이의 역설적 관계의 원인이다.(Caruth, 58) 그리고 이것이 수치심을 유발하는 권력과 지배의 네트워크를 구성한다. 벨릴의 화자가 대면해야 할 가장 거대한 도전은 성폭행의 트라우마가 그녀의 자아감에 상처를 남겼고, 그것이 그녀의 정체성을 산산조각 냈다는 데 있다. 뒤이은 폭로와 수치심 과정(모욕과 거부)에 대한 두려움으로 촉발된 불안은 트라우마의 상처와 성폭행으로부터 비롯된 불명예를 강화한다. 린드에 따르면, "수치심의 경험이란 적발하다, 폭로하다, 상처를 입히다 등과 같은 단어의 근본적인 의미를 체현한다. 수치심의 경험은 폭로의 경험, 특히 자아의 예민하고 친밀하며 취약한 면모에 대한 폭로의 경험이다."(21-34) 수치심의 이면에는 신뢰의 깨짐에서 비롯되는 고립이라는 공포스러운 경험이 도사리고 있다. "수치심을 경험하며 자아는 소외되고, 소원해지며, 소통할 수 없게 된다."(67) 헬렌 메렐 린드와 수치심은 기표의 권력을 지운다고 말한 쥘리아 크리스테바에 따르면, 벨릴의 성폭행에 대한 글쓰기는 소통의 실패라는 모티프를 중심으로 구성되어 있다. 성폭행 행위 자체는 소통되거나 글로 쓰일 수 있는 것이 아니다. 피해자는 자신에게 일어난 일을 전달할 수 없기 때문에 오직 "행위를 함으로써"만 표현될 수 있다.(Bellil, 34) "나에겐 이것을 표현할 언어가 없다. (…) 아무런 말도 입밖으로 나오지 않는다."(162) 트라우마와 수치심은 모두 자아를 숨어들게 만든다. 화자는 스스로에게서 소외되었다고 묘사하면서, 자신의 폭행당한 신체를 부인하고 그것을 뒤로한 채 잊기 위해 물러선다. "나는 블랙홀로 도피한다, 그 텅빈 공간으로. (…) 내 몸은 더 이상 내 것이 아니다, 어쩌면 죽어버린 것인지도?"(35) 세계와 스스로로부터 분리된 성폭행 피해자의 묘사는 트라우마, 그리고 수치심-불안과 밀접한 관계가 있는 자아의 소외 및 파편화를 함께 보여준다. 첫 성폭행을 당한 뒤 화자는 말한다. "나는 여기에 앉아 있다, 두려움과 수치, 죄책감으로 할 말을 잃은 채. 누구에게도 말하지 않겠다."(43) 성폭행은 다른 사람들의 질책에 피해자를 노출시킴으로써 자아를 침묵하게 만든다.

수치심이 남에게 드러나고 노출되었다는 느낌이라고 할 때, 수치심을 느끼는 이가 신경을 쓰지 않을 수 없는 판관자의 평가와 스스로를 동일시하고 특정 행동에 대한 경고나 명령을 내면화하는 한, 수치심은 강력한 사회적·내면적 제재의 메커니즘이 된다.(Kauffman, *Psychology of Shame*, 195) 헬렌 블록 루이스는 이를 '경험의 이중성'으로 계승한다. (수치심을 유발한다는 점에서) 거부당하는 것을 신경 쓰면서, 자아는 관찰자와 관찰당하는 자로 나뉜다. 즉 수치심을 느끼게 하는 자아와 수치심을 느끼는 자아로 양분되는 것이다.("Shame and the Narcissistic Personality", 107) 벨릴은 "공동체가 희생양을 찾아내 벌하는 상황에서 수치심이 어디까지 억압과 순응의 도구로 사용될 수 있는지"(Hirsh, 84)를 보여준다. 텍스트는 화자가 폭로에 의한 수치심에서 계속해서 자기비난으로 옮겨가는 과정을 보여주며 자아가 경험하는 갈등을 드러낸다. 이 갈등은 샘의 자아가 관찰되는 자와 스스로의 행동을 관찰하는 자로 분열되는 모습으로 재현된다. 관찰자는 사회적 제재의 전지적인 시선으로 비유될 수 있다. "사람들의 눈은 펼쳐진 책과 같았다. 거기서 나는 (…) 그것이 내 잘못이라는 사실을 읽을 수 있었다.(Bellil, 134) 폭로당하고 나면 피해자는 깊은 관심의 대상, 즉 '사냥감'(142)이 된다. 그리고 이는 그녀로 하여금 수치심을 느끼게 하는 사람들의 가치를 내면화하면서 스스로의 행위를 감독하도록 만든다. "부모가 나를 그렇게 천하게, 그렇게 더럽게 보는데, 내가 어떻게 그로부터 떨어져서 스스로를 긍정적으로 느낄 수 있을까? 나는 그들이 나에 대해 갖고 있는 이미지를 완전히 내 이미지로 받아들였다."(100) 성폭행을 전후로 이렇게 분열된 자아는 피해자들이 어째서 스스로를 폭력의 위험에 다시 노출시키면서 자신을 공격한 사람들과 공모하게 되는지를 설명해준다.

수치심 각본의 두 번째 단계는 희생양을 피하는 것이다. 서사는 성폭행에서 기인한 수치심과 (가해자가 아닌) 피해자를 향한 훈육 및 단죄의 담론을 밀접하게 엮어낸다. 뷔름저는 타인이 보이는 경멸이 "그를 유난히 천하고 더러운 것, 조롱거리, 저열한 동물과 동일시하면서"(Mask of Shame, 81) 주체를 폄하한다는 점에 주목한다. 수치스러운 주체는 "문명화된 사회의 조화로부터 내팽개쳐지며"(82) 벨릴은 거부와 그 결과의 순환을 묘사한다. 그리고 이 과정에는 비난을 피해자에게로 돌리는 일이 포함된다. 성폭행을 고발했지만 그녀에게 돌아오는 것은 불신이다. 공식적으로 성폭행을 고소한 뒤, 그녀는 자신을 비난하는 여자 친구들을 포함한 공동체로부터 배척당하고 추방당한다. "그들의 눈으로 보면, 아무 말도 하지 않았다는 건, 동의했다는 뜻이다."(43) 벨릴은 또한 고소와 관련된 법체계가 던지는 시선 역시 강력한 수치심의 동인이었다고 주장한다. 가령 그녀의 (여성) 변호사는 열네 살의 나이에 밤늦게 돌아다녔다는 사실을 놀라워하며 샘에게 문제를 제기했다. 알제리에서 당한 세 번째 성폭행(그리고 두 번째 집단 성폭행)을 두고 지역 경찰은 별문제 아니라는 식으로 대응했는데, 그녀가 이미 처녀성을 잃은 상태라는 이유에서였다. 성폭행범의 성차별적 참고 체계를 잘 보여주는 남근 중심적 구조의 수치를 강요하는 시선 안에서, 성폭행당한 몸은 아브젝션의 대상이 되고 피해자는 잠재적인 요부 혹은 경멸의 대상으로 미루어 짐작된다. 이 작품은 수치심이 어떻게 사회적 규제 기관으로 작동하는지, 그리고 그런 역할이 수치심을 부여하는 자들의 권위를 어떻게 강화시키는지를 보여준다. 수치심과 관련해 성폭행의 영향 중 하나는 공동체의 다른 여성들에게 경고를 날리는 것이다.

이는 또한 일반적인 전략에 가담하는 것이기도 한데, 여기에서 자신을 공격한 이를 고발한 성폭행 피해 여성은 공동체의 화합을 위협하고 교외지구 출신의 남성을 부당하게 희생양으로 삼는다는 혐의를 받는다. 집단 성폭행을 분석하면서 샘은 "성폭행범들 자신이 피해자다. 그들은 연민을 불러일으키는 '영웅'이다. 고발로 인해 배신을 당했다는 이유로"라고 설명한다.(56) 그러는 사이 피해자의 고통은 고려할 가치가 없는 것이 되며, 성폭행을 용인하는 지배의 논리는 지속된다. 수치심은 근본적으로 성폭행 피해자들을 대상화하고 그들의 힘을 빼앗는 것으로 보인다. 즉, 여성의 목소리가 침묵당할 때 일반적으로 성관계에 대해서 암묵적으로 동의하고 있다고 생각되고, 여성은 타고난 피해자의 자리에 놓인다. 따라서 『나는 인생을 믿는다』는 심각한

범죄 피해를 입은 생존자의 상황이 미묘한 방식들로 부정되면서, 수
치심의 소통 불가능성이 성폭행의 문제로까지 확장된다는 사실을 보
여준다. 샘은 K에게 성폭행당한 다른 친구들의 간청에 따라 자신이
당한 두 번의 성폭행을 경찰에 신고했다. 처음 그녀의 침묵은 프랑스
의 성폭행 피해자들 대부분이 보인 행동과 다르지 않았다. 프랑스에
서는 성인 여성 피해자의 12퍼센트만이 피해 사실을 경찰에 신고한
다.(Bauer, 5)[3] 샘의 경우, 성폭행에 대한 폭로와 자이드와의 관계는 특
수한 형태의 불명예를 불러왔다. 아버지의 침묵은 이를 날카롭게 드러
낸다. "무슬림 소녀가 처녀성을 잃었다는 것은 신성모독 행위다. 나는
이 일로 아버지가 나를 죽일 수도 있다는 것을 알고 있다."(Bellil, 69)
이처럼 수치심을 둘러싼 수사 안에서 강간은 소수 민족 여성 주체에
대한 폭력의 궁극적 형식이 된다.

　샘의 수치심은 내면화되었다. 작품의 서사는 성폭행 트라우마의 폭
로에 수반되는 수치심을 특징 짓는 감정들과 방어기제들을 묘사한
다. 자기-비난, 자기-증오와 자기-혐오, 숨고 싶은 욕망뿐만 아니라 굴
욕당했다는 데서 오는 분노까지. 자신의 수치심을 다루기 위해서, 샘
은 성폭행범들이 강제로 침범했던 자신의 몸을 비워야 할 필요를 느
꼈다. "나는 그들을 토해버리고 싶었고, 나 자신 역시 토해버리고 싶
었다."(34) 그녀는 성폭행범들에 대해서 이야기하고 있는 것이다. 수치
심과 분노가 화자에 의해 체현되고, 이는 (간질, 정맥염, 발목 골절, 구토, 설
사 등의) 다양한 신체 증상과 자해, 그리고 자살 시도로 이어졌다. 병
과 자살 시도 또한 피해자들이 수치심으로부터 자신을 보호하고 어

느 정도의 통제력을 회복하기 위해 보이는 철수 전략 중 하나다. 그녀의 분노가 자아로부터 등을 돌리고 투쟁도피반응을 유발하는 것이다 (앞에서의 논의를 참고하라). 첫째로, 고전적인 공격 각본에서, 샘은 자신의 고통을 침묵시키기 위해 타인에게 공격성을 보이고, 파티에 과하게 몰입하며, 술을 마시고 마약을 하면서 자기 주위에 통제의 벽을 세운다. 이런 투쟁은 샘이 고통의 원인 중 하나를 피하려고 집에서 도망쳐 새로운 남자 친구를 사귀고 보호소에 임시로 정착하면서 도피와 결합하게 된다. 부모로부터 인정받고자 하는 욕구 때문에 샘은 거듭 집으로 돌아오지만, 그럴 때마다 더 심한 몰이해와 대면하게 된다. "아버지는 나를 무시했다. (…) 나는 유령처럼 배회했다. 누구도 나를 보지 않는 것 같았다. 그들은 내가 걸레 조각처럼 무너져내리도록 내버려뒀다."(168) 그리고 이는 우울증으로 이어졌다.

그런데도 샘은 왜 계속해서 집으로 돌아갔을까? 중요한 타인들에게 인정받고자 하는 샘의 욕구와 수치심을 안기는 그들의 시선 사이에서 나타나는 갈등은 이런 행동을 설명할 단초를 제공할 것이다. 톰킨스에 따르면 사람은 곤란하고 참을 수 없는 감정에 대응하기 위해 친숙한 기억에 의존하는데, 이는 그것이 아무리 부정적인 것이라고 해도 당사자로 하여금 그 친숙한 각본을 반복하게 한다.(*Affect, Imagery, Consciousness*, 96) 그는 하나의 예로 삼각관계를 언급한다. "어머니를 과도하게 사랑하는 남자아이는 (원치 않았던 경쟁자 때문에) 어머니를 완전히 소유하지도 그렇다고 완전히 단념하지도 못한다. 그는 계속해서 시도하지만, 특징적으로 계속해서 실패하게 되는 것이 그

의 숙명이다."(96) 톰킨스의 이론을 샘의 상황에 적용해서 본다면, 그
녀는 피학증적인 반복의 순환에 갇혀 있는 것처럼 보인다. 부모에게
서 받을 수 없었던 인정을 구하려는 충동은, 성폭행 피해를 털어놓을
수 없고 수치심이 정체성을 위협하는 집으로 이끌려 들어가는 이유
를 부분적으로 설명해준다. 역설적으로 화자의 아픈 몸이 트라우마
에 있어 언어 역할을 하면서, 생존자의 침범당한 몸에서부터 치유는
시작된다.

수치심의 소통 불가능성을 넘어서

정신과의사인 도리 라우브는 홀로코스트 피해자들을 논하며 트라우
마 피해자는 생존을 위해 자신들의 이야기를 말할 필요가 있다고 주
장했다.(78) 이전에는 존재하지 않았던 증인, 즉 들어주는 사람을 찾
았다는 감각이 그들로 하여금 주체로 인정받을 수 있다고 느끼게 해
준다는 것이다.(82, 85) 『나는 인생을 믿는다』의 증언이 비평 활동일 뿐
만 아니라 해방과 인정의 도구가 되는 이유가 여기에 있다. 트라우마
의 체현은 무엇보다 『나는 인생을 믿는다』의 화자로 하여금 역설적이
게도 아픈 몸이 자아의 붕괴를 통해 소통을 시도하는 언어를 제공함
으로써 수치심을 넘어설 수 있도록 이끈다. "간질 발작은 표현의 새로
운 양식이 되었다. (…) 감정들은 해방되었고, 드디어 모든 사람이 나
를 돌보기 시작했다."(119) 하지만 아픈 몸의 언어라고 해서 문제가 없

는 것은 아니었다. 샘은 병의 진단이 부모를 어떻게 안도하게 했는지
이야기한다. "아버지가 드디어 나에게 말을 걸기 시작했다! (…) 강간당
한 여자에게 다가가는 것보다는 미친 여자한테 다가가는 것이 쉽다고
생각했던 것이다."(171) 그녀의 호소를 치료할 수 있는 문제로 바꾸려
는 시도는 "사회는 치료하면 되는 의학적 진단을 선호하지, 사회체를
구성하는 전제들에 대한 거대한 전환을 요구하는 사회적 진단을 선
호하지는 않는다"(113)는 아서 프랭크의 신념을 입증한다. 벨릴은 문제
가 의학적인 것으로 치환됨으로써 성폭행에 대한 사회적 태도라는 더
크고, 더 사회적인 문제는 인식되지 않고 넘어갈 수 있으며, 따라서 성
폭행과 그에 따르는 수치심도 자연화하게 된다는 것을 보여준다.

그러나 나는 성폭행당한 여성의 몸을 논함에 있어 질병의 언어를
도입하는 것이 유용하다고 주장하고자 한다. 그렇게 함으로써 생존자
의 몸을 그 중심에 위치할 수 있도록 해주기 때문이다. 이 부분에서
나는 상처 입은 몸은 말대답을 함으로써 화자에게 인정의 형식을 제
공한다고 주장할 것이다. 이 인정의 형식은 성폭행과 수치심에 대한
일반적인 반응에 의해 제거되어왔다. 샘으로 하여금 산산조각 나버린
정체성을 다잡을 수 있게 하고, 집단 성폭행의 문제를 공적인 장으로
가져옴으로써 사회적 규범에 이의를 제기할 수 있게 했던 건, 역설적
이게도 바로 이 인정이다.

벨릴이 사회적 규범에 관여하는 데는 두 가지 주목할 만한 방식이
있다. 첫째, 『나는 인생을 믿는다』는 (육체적 언어든 구어적 언어든) 언어의
개입을 자아 생존의 원천으로 규정하면서 수치심의 소통 불가능성을

초월하고자 한다. 이는 세 단계, 즉 화자가 정신치료에서 침묵의 베일을 깸으로써, 마지막 법정 소송에서 증언하고(그렇게 이 사회가 자신의 목소리를 들을 수 있게 함으로써), 또한 특히 자신의 이야기를 글로 쓰는 행위를 통해서 성취된다. 수치심을 언어화하는 일은 벨릴로 하여금 수치심을 명명하고 수치심 각본의 기원과 맞서 싸울 수 있게 했다. 이것이 무엇보다 중요한데, 문제를 명명할 수 있다는 것은 주체를 존재하게 하는 것이기 때문이다. 코프먼에게 정신치료의 목적은 주체로 하여금 "자아가 상실한 부분을 다시 되찾도록" 도와주는 것이다.(*Psychology of Shame*, 211) 샘에게 있어 정신치료는 무엇보다 탈구된 몸의 회복으로 이어졌다. "바로 첫 상담에서부터 내 몸이 반응하기 시작했다. 무엇보다 격렬한 토악질과 장운동을 하면서 나를 완전히 비워냈다."(Bellil, 266) 그녀는 물질성이 배제되고 비체화된 몸에 자신만의 의미들을 재부여했다. 비판적 명령을 거부하는 과정에서 몸을 청소하고 몸에서 몰아내는 작업이 이뤄지고 몸의 회복이 자아의 회복으로 이어지면서 화자가 회복되어갔다는 사실은 코프먼의 분석을 뒷받침해준다. "나는 살아있다고 느낀다. (⋯) 내면의 자아는 조금씩 스스로를 재건하고 있다."(260)

두 번째로, 샘은 책을 쓰면서 자아 존중의 새로운 언어(Kaufman, *Psychology of Shame*, 263)를 습득할 수 있었다. 자신의 삶에 대해서 쓰는 것은 새로운 자기-긍정 정체성의 각본을 창작할 수 있는 기회를 제공한다. 벨릴의 화자는 "책에 쓰인 내용은 나 자신만의 진실"(300)이라고 주장한다. 이 진실은 주변 사람들이 그녀를 어떻게 고통스럽게 했는지 그들에게 알리고 싶다는 욕망에서 비롯된 것으로 묘사된다.(300) 그렇다면 생존자의 '진실'에 대한 글쓰기는 수치를 느끼는 자아를 수치스럽게 하는 사람들의 공동체로부터 해방시키기 위한 치료 요법인 셈이다. 웜저는 또한 창조적인 행위는 개인에게 인정의 기회를 제공함으로써 그로 하여금 수치심을 잊을 수 있도록 도와준다고 언급한다.(Mask of Shame, 293) 마지막 페이지에서 벨릴의 화자는 이를 확증해주고 있다. "이 책 덕분에, 나는 존엄을 되찾았다고 생각한다. (…) 스스로를 더 이상 피해자로 규정하지 않아도 되며, 나 자신이 되었다. 나는 사미라다."(304) 수치심을 유발하는 과정에서 작동하는 타자화를 거부함으로써, 글쓰기는 화자로 하여금 대상화된 피해자가 아닌 주체이자 성폭행 생존자로서 등장할 수 있게 해준다. 이는 또한 그녀가 가족과 공동체 관계를 재협상함으로써 증언 작가로서 새로운 정체성을 창조하는 일과도 관계되어 있다. "[나의 부모는] 아마도 영원히 나에게 등을 돌릴 것이다. 나는 그것을 감수할 준비가 되어 있다."(300) 따라서 증언의 행위는 근본적으로 개인적일 뿐만 아니라 (잠재적으로) 사회적인 결과를 수반하는 비평 활동이다.(Felman, 206)

『나는 인생을 믿는다』는 피해자의 목소리를 재정의함으로써 프랑스 교외지구에서 벌어지는 집단 성폭행을 둘러싼 좀더 광범위한 사회적 논쟁을 포괄했다. 또한 현대 프랑스에서 벌어지는 성적 폭력에 대한 페미니스트적 성찰의 중심에 소수 인종인 여성 주체를 주인공으로 세웠다. 이 보상의 서사는 해방의 서사로서 복무했고, 그렇게 함으로써 잇달아 성장하는 이주민의 후손인 여성 작가 작품들을 대표하

2章 강간, 트라우마, 그리고 수치심

는 작업이 되었다. 이 여성 작가들은 1980년대 이후 소수 인종 여성들을 피해자 서사에 위치시키면서 프랑스 교외지구에 거주하는 여성과 이주민 후손 들에게 목소리를 부여해왔다. 2000년 이후로 이 이야기들은 특히 성적 폭력과 소위 '명예-범죄honor-crime'⁴에 집중하면서, 점점 더 악화되는 교외지구 여성들의 삶의 조건에 대한 자각을 불러일으켜왔다. 물론 여성들이 '공개적으로 말한다'는 것이 새로운 일은 아니다. 그러나 『나는 인생을 믿는다』는 상업적으로 성공했다. 또한 집단 성폭행에 대해 실명을 밝히고 쓴 최초의 피해자라는 사실 때문에(Hargreaves, 49) 그리고 그녀의 작품이 "교외지구 여성들에게 가해지는 폭력을 폭로"(Samira Bellil)한다고 여겨짐으로써 상당한 충격을 불러왔다. 따라서 알렉 아그리브스가 관찰한 것처럼 이 책은 "좀더 일반적인 '사회 현상'의 상징"(49)이 되었다.⁵ 책이 출간되고 나서 진행된 '프랑스 교외지구 여성 학대에 저항하는 23개 도시 연계 시위'에 벨릴이 적극적으로 참여한 것도 중요한 계기가 됐다. 이 시위는 2003년 봄, 교외지구 소수 민족 여성들의 권리를 옹호하는 취지로 당시 미디어의 엄청난 관심을 받던 피해자 지원 단체인 NPNS ●와 함께 진행되었다.⁶ 개인적 증언임에도 불구하고 이 텍스트가 힘을 가질 수 있었던 것은 이와 같은 정치 참여 덕분이기도 하다. 무엇보다 화자는 글쓰기를 통해 인정을 받았고 수치심이 사라졌음을 목격할 수 있었다.

화자는 "사회 전체에 말을 걸고, 우리를 그렇게 아프게 하고 우리

● 프랑스의 페미니스트 인권운동 단체. 'Ni Putes Ni Soumises'의 약자로, '우리는 창녀도 도어매트도 아니다'라는 의미다.

가 그렇게 오랫동안 받아들여왔던 침묵의 법을 깨고자 하는"(305) 욕
망 때문에 이 책을 출판하기로 마음먹었다고 말한다. 이 진술은 트라
우마와 수치심이 성폭행 피해자에게 영향을 미치는 방식들을 환기시
키며, 글쓰기가 어떻게 교외지구에서 자행되는 집단 성폭행을 비롯해
성폭행을 일상적인 것으로 여기는 태도에 저항하는 논쟁의 도구가 될
수 있는지를 보여준다. 게다가 헬렌 메렐 린드는 수치심의 경험을 나
누는 것이 힘 잃은 사람들을 한자리에 모으는 방법이 될 수 있다고
주장해왔다. "집단 내에서 수치심의 표식으로 겨누어졌던 것이 명예
의 표식으로 바뀔 수 있다. 그렇게 집단은 스스로 힘을 얻게 된다."(66)
"아직 지옥에 남겨져 있는 자매들에게 그곳에서 빠져나올 수 있다는
걸 알려주기 위해"(7)라는 헌사에서, 벨릴은 이 글이 자신과 유사한 주
변적 위치에 있는 동료라 할 수 있는 고통받는 사람들의 공동체에 힘
을 주는 이야기가 되기를 바라는 소망을 암시한다. 작가는 경험을 책
으로 펴내고, 여성에 대한 폭력의 메커니즘을 드러냄으로써 자신의
'평판'과 불명예를 뒤집는 수단으로 삼는다. 이와 같은 비평 활동은
화자의 정치 참여와 여성의 권리에 대한 전투적 담론으로 확장되어,
성적으로 학대당한 다른 여성을 돕는 여성들에게 연대의 가능성을
제안한다. 위의 인용에서 드러나는 상상된 자매애에 대한 호소는 정
치적(페미니즘적?) 참여와 연대를 모두 시사한다. 후기에 이르러 이 텍스
트는 궁극적으로 강력한 정치적 메시지로 전환되면서, NPNS의 선언
을 환기한다. 그리고 책은 "우리 교외지구를 마모시키고 우리를 정신
적 게토에 가두었던 고통이라는 병폐를 종식시킬 태세를 갖추고 굳게

마음먹으라"는, 전투 준비 명령에 준하는 주문으로 끝을 맺는다.(307)

결과적으로 이 책은 한 개인의 완전한 예속 경험을 폭로하고 다른 여성을 침묵하게 만들었던 수치심의 구조와 집단 성폭행에 대항하여 증언을 하도록 촉구함으로써 동료라 할 수 있는 고통받는 자들의 공동체를 형성하도록 도울 수 있을 것이다. 고통받는 자들은 그들이 견뎌야 했던 폭력을 이유로 비난받기를 거부하고, 그럼으로써 진정한 변화를 가능케 할 수 있다.

그러므로 글쓰기는 임파워링이자 저항의 행위다. 글쓰기는 자아를 자유롭게 하는 데 기여하며(Bellil, 301-302) 수치심과 소외의 장벽을 깨는 촉매제다. "오로지 이 대가를 치르고 나서야 나의 존엄을 되찾을 수 있었다."(301)

글쓰기를 통한 자기-확인이라고 위험이 없는 것은 아니다. 증언을 통해서 자신을 공적으로 드러낸다는 건 필연적으로 타자를 텍스트로 다시 불러오는 일이며 주체를 취약한 상태에 노출시키는 일이다. 이는 다양한 일화를 통해서 간접적으로 승인되고, 서스펜스와 호명의 전략을 통해 독자들의 감정이입에 호소한다. 더욱 혼란스러운 것은 그런 텍스트가 여성들의 힘을 빼앗는다는 비판을 받아왔다는 점이다. 알렉 아그리브스는 벨릴을 포함해서 지배적인 재현과 종속의 동학 외부에서 발언하는 프랑스 마그레브계 여성 작가들의 가능성을 비판해왔다. 그런 증언을 중심으로 거대한 산업이 형성되어 있다는 아그리브스의 의견에는 귀를 기울일 필요가 있다. 그는 이런 상황 속에서 작

가들의 목소리가 상업적이고 이데올로기적인 흥미에 종속된다고 주
장하는데, 이는 부분적으로 지배적인 위치를 점하고 있는 중재자와의
공동 작업을 통해 이 작업들이 탄생하기 때문이다.(42) 한편 이런 상
황에서 텍스트가 마그레브 문화에 대한 정형화된 혹은 부정적인 이
미지를 만들어내는 프랑스 문화의 지배 담론을 유포하는 결과로 이
어지기도 한다는 지적도 있었다. 특히, 벨릴의 작업에서처럼 해방 서
사를 전개하는 입장에선 그들이 장려하는 페미니스트 이상을 따르
지 못하는 여성들에게 낙인을 찍거나(A. Kemp), 교외지구 소수 민족
의 젊은 남성을 희생양으로 삼는다(Mucchielli)는 비판을 받아왔던 것
이다. 그러나 낙인찍는 남성들로부터 학대당한 경험을 털어놓는 여성
을 비판할 때, 우리는 문제를 과장하거나 폭력의 위계를 용납해버리
는 함정에 빠질 수 있다. 남겨진 것은 오로지 수치와 비난의 논리뿐이
며, 이는 피해자에게 범죄를 고발하지 못하도록 압력을 가하는 집단
성폭행 가해자와 공모하는 것이나 마찬가지다.(Hamel; Bellil)

많은 피해자 서사가 성적 폭력과 지배를 중점적으로 다룬다. 이런
작업은 요즘 시대에는 받아들여질 수 없는 것으로 여겨지는 관행들
을 공공의 영역으로 끌어내려는 목적으로 이뤄지는 섹슈얼리티에 대
한 고백(Foucault, *Histoire de la Sexualité*)이라는 푸코적 전통에 위치한
다. 이는 자신의 경험을 공적인 장에 위치시키는 여성들과 관련하여
두 가지 방식으로 작동할 수 있다. 진실함을 표방하는 텍스트와 모
든 여성을 대신해 말한다는 공표된 의도는, 공동체 전체의 대변인으
로 보이기를 꺼려하는 탈식민 작가들과 불편하게 동석하고 있다. 이

는 벨릴을 포함해 여성 피해자들을 운동의 선두이자 임파워먼트의
상징으로 만드는 NPNS와 같은 활동가들의 지지 단체로부터 오는 지
원을 포함한다.[7] 여성 피해자를 지배당하는 여성의 대표로 제시하는
데는 여성을 본질화하고 대상화할 수 있다는 위험이 존재한다.(Lazreg,
89) 다른 한편으로, 피해자화에 대한 담론과 텍스트에 내재되어 있는
비난-수치 패러다임은 민족적 소수자인 프랑스 여성을 영속적인 피
해자로서 다시 쓰는 위험도 내포한다. 『나는 인생을 믿는다』의 뒤표지
는 지은이를 '생존자une rescapée'라고 소개하면서도 한편으로 '피해자
victime'이자 '파괴된 자détruite'라고 소개하며, "젊은 여성들이 인내해야
했던 고통들"에 방점을 찍는다. 벨릴은 '피해자 자매들frangine's victimes'
의 전형, 즉 『나는 인생을 믿는다』 속 샘이 자신의 정체성 각본을 다
시 씀으로써 벗어날 수 있었던, 성폭행 생존자를 고통과 희생의 이미
지에 가둬놓는 성모 마리아 같은 역할의 전형이 된다.

   따라서 벨릴의 증언은 그 복잡한 본질을 드러낸다. 증언의 비평적
기능에도 불구하고, 소수 민족 프랑스 여성들은 지배적인 담론에 의
해 재전유되지 않았기에 스스로를 위해 말하기가 어려운 순간들을
만날 것이다. 그러나 해방의 담화는 다른 무엇보다 여성이 침묵을 넘
어서서 행위자로서의 힘을 획득하는 것을 전제로 한다. 샘이 다음과
같이 말할 때, 이는 더없이 명확해진다. "아무도 내 이야기를 듣고 싶
어하지 않았으므로, 그들은 내 이야기를 읽게 될 것이다."(299) 나는 또
한 피해자에게 있어 글쓰기란 수치의 소통 불가능성을 넘어서서 자신
의 고통을 전달할 수 있는 혁신적인 방법이라고 주장해왔다. 사미라에

게 삶에 대한 글쓰기의 가장 중요한 목적은—그것이 어떤 형태의 글쓰기라도 하더라도—당대의 성적 폭력에 대항하는 싸움 속에서 자신이 살아낸 현실을 숙고하기 위하여 "흔적을 남기는 것"(280)이다. 그러므로 무감각한 홍보 전략과 별도로, 성폭행을 담론에 새겨 넣는 일은 여전히 지배 이데올로기에 대한 비평을 가능하게 한다. 선더 라잔이 주장하는 것처럼 "여성이 성폭행에 대해서 '말한다'는 것 자체가 해방의 척도이며, 관음증적인 담론의 대상으로 복무하는 것으로부터 서사의 '주인'으로서 주체의 위치를 점하는 것으로의 이동이다".(78) 『나는 인생을 믿는다』를 통해 벨릴은 수치심과 트라우마를 극복할 수 있는 자신의 능력을 증명했고, 새로운 자아를 말할 수 있었다.

3장

피로 물든 수치심
부끄러움을 모르는 포스트모던 동화들

수젯 A. 헹케

단편소설집 『피로 물든 방』에서 앤절라 카터는 페미니스트 판타지를 위해서 동화라는 장르를 재전유한다. 소위 '옛날이야기'로 불리는 구전적·문학적 전통의 알 수 없는 발현을 샤를 페로─카터는 1977년에 그의 작품을 번역했다─나 그림 형제 같은 남성 작가들이 몰수하다시피한 이후, 이들은 자신들의 미학적 어젠다에 도덕적인 교훈을 써넣었다. 수치심과 처벌에 대한 경고성 동화의 집대성이라고 할 수 있는 남성 기명 우화●들은 줄곧 용맹무쌍한 남성과 나약한 여성이라는 성역할의 정형을 강화해왔다. 이 우화들은 수치스러운 리비도적 열정의 악몽과도 같은 발산을 보여줌으로써, 보수적인 행위 기준을 사회에 스며들게 하는 작업에 착수했다. 크고 못된 늑대들, 사람을 잡아먹는 호랑이들, 그리고 무엇보다 호기심에 가득 차 있거나 순종적이지

● '남성 기명 우화'라는 것은 유명한 동화작가들이 대체로 남성인 것을 의미함과 동시에 '그림동화'처럼 구전동화가 수집가인 남성들의 이름으로 정리되어 있는 것을 말한다.

않은 아내들을 극형으로 처단하는 기세등등한 남편들.[1]

앤절라 카터는 "베텔하임에 대한 치열한 논박"에서 영감을 받은 "새로운 이야기의 시작"을 제안하면서 이 이야기들을 놀랍고 대담하고 도발적인 페미니스트의 문체●로 다시 써왔다.(Haffenden, 83-84) 『피로 물든 방』 전편에 걸쳐서, 카터는 여성의 몸을 문화적 수치의 권능으로부터 해방시키고 독립성과 행위 주체성을 여성에게 부여함으로써 그에게 힘을 주며, 약탈자들의 오만한 잔학성을 고발하고 독자들의 기대를 정교하게 좌절시킨다. 크리스티나 바킬레가가 환기하는 것처럼, 카터의 해방적인 우화소설은 "동화의 마술 거울에 거울을 갖다 대고" 수치심을 부여받았던 여성 젠더의 영역을 "탈자연화된 전략들을 절합하기 위한 특권화된 장소"(23-24)로 만들어버린다. 카터는 성적 침입과 기생적인 식민화, 그리고 관능적 능욕에 있어 여성 신체의 취약함과 자의식적으로 연결되어 있는 수치스러운 육체성이라는 전통의 영역을 굴절시킨다. J. 브룩스 부손은 "여성의 살로 만들어졌다는 것은 아브젝션과 육체성의 모욕으로 잘 조련될 수 있다는 것"이라는 사실에 주목한다.(J. Brooks Bouson, *Embodied Shame*, 1) 포르노적인 쾌락에 사로잡힌 수치심을 모르는 육체는, 가부장제라는 법적 경계 너머에서 피 흘리는 배아(胚芽)의 삶과 생리혈이라는 절대적인 오염을 통해 아브젝션의 문화적 수치에 종속되어, 아버지의 법과 언어로부터 교묘히

● 심리학자 브루노 베텔하임은 "동화가 아이들에게 위안을 제공한다"는 주장으로 유명하다. 앤절라 카터는 베텔하임의 이러한 이론에 반박하며 자신의 동화에서 강간과 고문, 살인, 근친상간, 카니발리즘 등의 주제를 다루었다.

미끄러지고 그에 저항한다.•

카터는 『사드적 여성The Sadeian Woman』에서 해방된, 제멋대로인 여자들hussies을 위한 무대를 마련한다. 그녀는 "포르노를 성별 간의 현재적 관계에 대한 비평으로 사용"하고, "육체에 대한 완전한 탈신비화, 그에 뒤따르는 남자와 그 본성에 대한 폭로"에 집중하는 모순어법적인 "도덕적 포르노 제작자"에 대한 전망을 묘사했던 것이다. 카터는 주장한다. "그런 포르노 제작자는 여성의 적이 아니며 (…) 우리 문화를 왜곡하는 여성에 대한 경멸의 심장부를 꿰뚫기 시작할 것이다. (…) 남성 지배 문화는 보편적으로 여성을 굴종시키는 포르노를 생산한다. 혹은 일종의 보상적 차원에서 대단히 기분 좋은 자극을 제공하는 거짓된 여성 지배의 포르노를 생산한다."(19-20) 그 같은 사드적인 전략은 서구 문화에서 여성 정체성을 형성하고, 자아 개발에 대항하여 내면을 향한 경멸에 찬 절시증적 시선을 승인하는 수치 이데올로기를 향한 통렬한 비평을 제안했다. 수전 보도가 설명하듯, 데카르트적인 이원론의 이분법적 구조는 언제나 해부학적인 몸의 본질주의적

• 줄리아 크리스테바에 따르면, 가부장제 사회에서 인간이 태어나 사회적 구성원인 주체로 성장하기 위해서는 전적으로 의존하던 어머니의 권위를 비천한 것으로 만들어 거부하고 아버지의 법으로 진입해야 한다. 이런 거부의 과정에서 어머니는 비체abject로 아브젝션abjection 된다. 비체란 주체를 형성하는 구성적 내부이자 외부로서, 주체가 아닌 비체非體, 따라서 비천한 존재卑體다. 이렇게 합일되었던 존재를 분리하여 비체로 구성하는 과정인 아브젝션은 쪼개고 갈라지고 분열되는 과정이면서, 그 자체로 더럽고 비천한 과정이다. 피로 물든 태아, 생리혈 등은 주체가 독립적이고 자율적인 존재로 상상되기 이전에 어머니와 하나였던 합일의 순간, 주체가 비체와 통합되어 있던 순간을 떠오르게 하므로 이미 비체적인 셈이다. 비체는 아버지의 법을 따르지 않을 뿐만 아니라, 타자에 대한 배제라는 그 취약한 기반을 드러낸다는 점에서 주체를 위협한다. 카터의 작품들은 이런 비체적 이미지를 활용함으로써 아버지의 법이 지닌 취약성을 드러낸다.

114

역할—짐승, 야만, 동물, 유아, '욕구에 지배되는', 그리고 세속적으로 타락한(5) —에 여성을 가두어놓는다. 카터의 여성 주인공들은 도전적으로 이런 치욕을 거부하고, 적대적인 타자가 던지는 비판의 시선에 의해 정신내적으로 규정되기를 거부한다. 그들은 수치심을 모르는 채로 웃고 부인하며 죄의식, 축소, 굴욕, 혹은 자기혐오를 강제하기 위해 의도된 적대적 대인관계의 관심을 내면화하지 않는 것이다.

이 장에서 나는 메리 데일리의 『불온한 사전Wickedary』의 전통을 이어받아 '부끄러운 줄 모른다shameless'라는 단어를 재정의할 것이다. 여기서 부끄러움을 모른다는 건 여성이 자율성과 자부심이라는 해방의 전략을 대담하게 행사한다는 의미다. 머자 매키넌은 카터가 텍스트에서 폭력을 사용함으로써 "수동적이고 얌전하며 하찮은 사람들로서의 여성이라는 정형을 타파하는 데"(9) 성공했다고 주장했다. 바킬레가에 따르면 『피로 물든 방』은 "젠더화된 정체성의 이분법 혹은 내외부 구성을 복잡하게 만드는, 스토리텔링의 여성 중심적 상호 역동성"(70)을 성취한다. 카터의 도발적인 우화는 오이디푸스적 노예화의 좀먹는 '오류'●를 폭로하는 여성 서사를 쏟아낸다. 그녀의 작업은 만

● 프로이트는 유아가 어른으로 성장하여 주체가 되는 과정에서 가장 중요한 단계를 오이디푸스콤플렉스로 설정한다. 이는 주체가 부모와의 관계에서 경험하는 사랑과 증오로 가득 찬 욕망의 무의식적 집합체인데, 이 과정에서 주체는 한 부모를 욕망하고 다른 부모와 경쟁관계에 돌입한다. 여기서 '긍정적인' 형태로 욕망된 부모는 주체와 반대되는 성을 가진 부모다.(딜런 에반스, 『라깡 정신분석 사전』, 김종주 외 옮김, 인간사랑, 1998, 263쪽) 오이디푸스 콤플렉스는 기본적으로 남아의 성장을 다루는데, 여기서 핵심은 남아가 어머니의 여성 성기를 '남성 성기의 결핍'으로 이해하고, 그로부터 거세 공포를 느끼면서 어머니를 거부하고 아버지의 법을 따른다는 것이다. 이 시나리오는 남성과 여성의 구분이라는 성별이원제와 그에 기반한 이성애를 자연스러운 것으로 설정하는 동시에 여성을 언제나 남성의 결핍으로 상정하면서 남성을 '보편 인간'의 기준으로 세운다는 점에서 가부장제 질서를 그대로 답습한다. 그리고 스스로 과학이

약 이성애 규범적인 문화가 시장에 나온 여성의 암묵적인 매춘을 승
인한다면, 모든 성애에 대한 담론은 '포르노'와 관계된다는 사실, 즉
"창녀들에 대해서 쓰는 것"²이라는 사실을 영리하게 암시한다.

『피로 물든 방』에서 카터는 서구 문화가 여성의 신체에 중첩해놓은
공모적인 의미망을 레옹 뷔름저가 성적 수치심의 가면과 동일시했던
(Wurmser, *The Mask of Shame*, 98) "나약함, 불완전함, 그리고 더러움이라
는 삼인조"로 세심하게 해체하는 작업에 착수한다. 카터는, 여성의 행
위 패러다임이 성폭행 내지 소위 '로맨틱한' 유혹에 복무하는 사도마
조히즘적 타락에 기반하는 이 사회에서, 여성에게 행위 주체성과 자
부심을 부여하겠다는 굳은 결심 아래 '도덕적 포르노 제작자'로서의
역할을 수행한다. 만일 그러한 성역할의 정형이 수치를 안기는 문화적
관습의 기능을 폐기하겠다고 선언하고, 야만적 주이상스jouissance의
카니발레스크적 반란을 통해 여성의 임파워먼트를 주장하는 페미니
스트 프로그램의 도전을 받는다면 어떻게 될까? '부끄러운 줄 모르는'
짐승의 동물적 식욕과 야만적 진실성을 온전히 받아 안으면서, 관습
에서 벗어난 카터의 여성 주인공은 자신을 축소시키고, 판단하며, 약
화시키는 타자의 시선에 의한 정신내적 영향을 포르노그래피적 즐거
움이 넘치는 비도덕의 세계로 전환한다. 그들은 적대적인 판관의 부
정적 평가를 내면화하기를 거부하고, 고행과 자기 처벌을 거절하면서,
(실재하거나 상상해낸) 경멸에 찬 타자를 향해 자신들을 단죄하는 평가

되고자 했던 정신분석학의 역사 안에서 그 질서를 자연화하고 공고히 한다. 지은이는 이를 '오
이디푸스적 노예화의 좀먹는 오류'라고 지적한다.

를 비판적인 고발장으로 돌려보낸다. 카터의 여성들은 여성 섹슈얼리티를 "결함이 있거나 결핍된 것"(Bouson, *Embodied Shame*, 2)으로 여기며 비하하는 남성들의 태도뿐만 아니라 이데올로기 국가 장치의 물신 숭배적인 명령에 도전한다. 그녀의 여성 주인공들은 수치심을 느끼는 경멸에 찬 몸을 심리적으로 내면화함으로써 주체를 소외시키는 자기 감시와 사찰의 시선을 도전적으로 거부한다.

『피로 물든 방』은 표제작 「피로 물든 방」에 등장하는 자기애적 신부가 대면하는 공포의 방뿐만 아니라 월경할 때의 '우는 자궁weeping womb'을 암시한다. 이 책은 독자로 하여금 트라우마, 수치심, 고행, 자기 처벌, 그리고 변신이라는 주제로 촘촘하게 짜인 페미니스트 우화를 해체하도록 촉구하는 가슴 저미는 사춘기 소설의 전서全書다. 인류학자 클로드 레비스트로스와 마찬가지로, 카터는 언제나 처녀막이 가장 높은 값을 부르는 사람에게 낙찰되거나 성폭행 혹은 혼전 성교에 의해 박탈당할 수 있는 자신의 '유일한 자본'이라고 믿는 자본주의 문화 내에서 신체가 상품으로 교환되는 문제에 사로잡혀 있었다.(56) 『피로 물든 방』은 여성의 취약함, 유혹, 혼인 또는 부적절한 결혼, 그리고 이어지는 여성의 자기 혐오와 아브젝션이라는 사회적으로 구성된 감옥에 그녀를 가둬놓는 수치심 이데올로기의 전복에 대한 책이다. 카터의 우화에서 음란한 푸른 수염, 발기 불능의 식인 거인, 무력한 뱀파이어, 위협적인 늑대 인간, 그리고 열광적으로 전도하는 할머니들에게는 죽음이 예약되어 있다. 예쁜 아가씨들은 좋든 싫든 살아남아 해방적인 에로티시즘에 공조하거나, 전술한 짐승의 탈을 쓴 적들을 교화하거나 갱생시킨다.

「피로 물든 방」에서 전前오이디푸스적 애착의 강력한 결합은 서구 경제가 요구하는 족외혼이라는 일종의 오이디푸스콤플렉스로의 이동을 점차 이겨낸다.• 중국 해적과 (여자) 사람을 잡아먹는 호랑이를 이겨낸 적이 있었던 불굴의 어머니는 "사랑을 위해서 도전적으로 가난을 택했다".(Cater, *Bloody Chamber*, 8) 그녀의 반항적인 딸은 청혼을 받은 귀족과의 부유한 결혼이 약속해주는 신분 상승을 통해 미래를 다시 쓰겠다고 결심한 상태다. 이 17살 처녀는, 부부 관계로의 망명을 향한 두려운 여행에서 껍질을 벗겨놓은 아티초크처럼, 혹은 벌거벗겨진 새끼 양의 갈빗살처럼 "외알 안경을 낀 늙은 호색가"(15)의 음란한 미각 앞에 자신의 몸을 상찬한다.

기꺼이 희생할 준비가 되어 있는 자기애적 소녀는 음탕한 욕망에 찬 흥분에 휩싸여 "스스로 흥분한 것을 느끼고 아연실색"(15)하면서도 급증하는 성적인 힘의 절대적인 자극에 애가 탄다. 그녀의 수치심을 입정 사납게 비추는 장례식용 백합으로 치장된 수많은 거울에 의해 조각조각 난 채로, 얼굴을 붉히는 신부는 서로 나누게 될 격정의 흥분을 인정하라고 강요당한다. 카터는 처녀로 하여금 리비도적 교환의 열락에 흥분을 느끼게 하면서, 남성의 호색과 여성의 희생이라는 도식적이고 일인극적인 이야기를 거부해버린다. 싹트기 시작한 성적 충

• 호기심을 이기지 못하는 부인들을 살해로 응징하는 남자의 이야기를 다룬 샤를 페로의 「푸른 수염」을 재해석한 이 이야기에서 여성 주인공을 '푸른 수염'으로부터 구해내는 이는 그녀의 어머니다. 여자들은 어머니와 성공적으로 분리됨으로써 아버지의 법을 내면화하기를 거부하고 전오이디푸스적인 어머니의 권위에 안주하는 전복적인 이야기를 펼쳐낸다.

동은 호기심에 들떠 천박한 도색소설, "알코올이 들어간 끈적거리는 초콜릿"(16)의 향락주의적 쾌락과 합쳐진다. 처녀는 다가올 감각적 만족을 꿈꾸며 음란물과 오묘하게 도발적인 알코올 초콜릿이 만들어내는 자기도취적인 자위행위에 빠져든다. 남편이 조리카를 위스망스의 데카당트적 텍스트와 동양 포르노의 풍요로운 보고를 걸신 들린 듯이 읽어재끼는 동안, 사춘기 소녀는 오직 처녀성을 잃기를 기다리는 가운데 금지된 초콜릿을 먹으며 이 음란한 태피스트리에 스스로를 짜 넣는 상상을 할 뿐이다. 그녀는 난봉꾼을 위한 장서로 가득 찬 배우자의 서재를 보고 혼란스러웠지만, 흥분하기도 했다. 도상학적 삽화로 이루어진 책 『호기심에 대한 책망The Reproof of Curiosity』에 등장하는 "볼에 진주 같은 눈물방울이 매달려 있는 소녀, 완벽하게 둥근 엉덩이 아래에 쪼갠 무화과처럼 성기가 벌어져 있는데, 아홉 개의 끈이 달린 채찍이 막 엉덩이를 내려치기 직전이었다"(16-17)와 같은 음란한 재현은 그녀에게 매우 기이하게 다가왔다. 채찍, 언월도偃月刀, 그리고 남근상을 묘사하는 터키의 텍스트들은 레오폴트 폰 자허마조흐의 변태적인 행위들, 사드 후작의 유혹적인 철학, 그리고 폴린 레아주의 『O 이야기』에 등장하는 가면 쓴 침입자의 지배와 같은 수치스러운 사도마조히즘적 연상을 불러일으켰다. 겁을 먹은 채로 강하게 이끌리며, 이 젊은 여성은 다음과 같이 대문자로 경고가 새겨져 있는 책을 호기심에 차서 더듬는다. 『술탄의 후궁들의 제물Immolation of the Wives of the Sultan』(17).

단 한 번이었던 허니문 커플의 포옹은 처녀성의 희생과 남성적 공격을 그리는 타블로처럼 수많은 거울에 비춰지며 펼쳐졌다. "갈매기들이 바깥의 텅 빈 허공에서 보이지 않는 공중 그네를 타는 동안, 여러 명의 남편이 여러 명의 신부를 내리 찧렀다."(17) 귀족적인 반란, 혹은 보석으로 치장한 목걸이에 매인 개를 연상시키는 루비 목걸이로 치장한 후작부인은 "처녀성을 잃은 것 때문에 끝도 없이 스스로를 단정치 못하다"(18)고 느꼈다. 그녀는 수치스런 모습으로 부스스한 채 헝클어졌고, 처녀성의 존엄에 대한 감각은 침탈당했으며, 음부의 꽃은 상처입어 피 흘리고 있었다. 그러나 역설적이게도 이때 그녀가 포만감에 무너져 "참나무 토막같이 쓰러져 코를 골고 있는"(17) 신랑에게 처녀성을 대가로 성적 권력을 행사하는 찰나와도 같은 순간이 실현된다. 짧은 순간 후작의 남성적 권위의 외관은 발기와 오르가슴이라는 생리적 압박에 굴복해버린 것이다. 강력한 가부장은 성교 후 성불능 상태에서 기를 죽이는 여성 시선의 상상된 위협에 무기력하게 노출된 채 누워 있다. 오르가슴을 느낀 파트너의 축 늘어진 성기를 상상하는 여성은 말할 수 없는 비밀스런 지식을 가졌으므로 유죄다. "나는 그의 죽음 같은 평정이 도자기처럼 산산이 부서지는 것을 봤다." 깜짝 놀란 신부가 인정한다. "나는 그가 오르가슴의 순간에 소리 지르고 신성모독의 말을 내뱉는 것을 들었다."(18) 처녀막을 찢고 배우자의 음문을 통해 피로 물든 방에 들어가는 데 성공했다는 흔적과 함께 남겨진 남편은, 통제되지 않는 열정의 굴욕적 전시에 대처해야만 한다. 그는 부인이 남성적 지배와 자기 통제의 방어벽을 위협하는 성적 욕망을 불러일으켰다는 사실을 용서할 수가 없다. 그녀는 자신의 풀죽

120

은 페니스라는 구경거리를 목격했으며, 그렇게 유혹하는 여성은 잔혹하게 탐문한 뒤 참수해야 한다. 뷔름저에 따르면 절시증적인 눈은 수치심의 주요 장기이기 때문에, 남편의 남근이 몰락하는 것을 목격한 눈은 반드시 멀어버려야 한다. 짧은 순간 그의 페니스를 삼켰던 성기는 과거의 추억을 위한 섬뜩한 박물관에 석화되어야 한다. 후작은 파트너의 시선에 자신이 어떻게 보일지를 상상하고, 그녀가 사그라든 남성성을 보고 경멸적으로 '조롱과 조소'를 보일까 두려워한다. 이처럼 '수치심 불안'은 함축적인 의미에서 "편집증적 발상과 같다",(Wurmser, *The Mask of Shame*, 53) 이와 같은 권력과 상실의 상호 게임에서, 참을 수 없는 수치심과 편집증적 자기 혐오는 사이코패스와도 같은 폭력을 촉발한다. 그리고 여성들을 유혹하는 세이렌으로 묘사하면서, 여성이 남성을 '조종한다'며 집요하고도 고집스럽게, 마구잡이로 비난한다.(Bordo, 6)

카터는 각각의 성적 주체가 어떻게 그/녀의 감정적 취약함을 상대방/타자an/other에게 투사하는지를 영리하게 폭로한다. 그들의 육체는 몰수당한 지배력과 제대로 발휘되지 못하는 통제력의 비체적 수단으로 비하된다. 사면초가 상태의 연인들은 비이성적 충동에 굴욕적으로 굴복하면서 개인적 필요와 폭포처럼 쏟아지는 욕망을 그/녀가 지닌 에로틱한 판타지의 대상 탓으로 돌린다. "당신은 나로 하여금 당신을 사랑하게 만들었어요", 사랑과 전쟁이라는 게임에서 기만적인 술책을 부렸다며 연인을 비난하는 오래된 사랑 노래는 카터의 도발적인 산문에서 미묘하게 제시된 육욕적 남 탓하기의 세계를 열어젖힌다. 사랑에 빠지기를 원하지 않고 정복되기를 거부하면서 성적 주체는 소외된 타자, 즉 라캉의 오브제 프티 아objet petit a *를 욕망하는 경향을 갖게 된다. 그리고 오브제 아의 관능적인 매력은 육체적인 아브젝션과 환유적으로 연결되어 있다. 카터가 만들어낸 오염된 성애적 충동의 가마솥 안에서는 남성이든 여성이든 고립된 독립적 정체성의 거세당한 자기애적인 이상의 자율성에 맞서 공히 자신의 파트너를 형언할 수 없는 범죄의 가해자로 대상화한다. 오르가슴의 순간 성적 통제력의 상실은 위험으로 치장된 열락의 잊을 수 없는 기억—두 사람 모두를 수치와 오염의 소용돌이로 몰아넣는 대단히 충격적인 장면—을 구성한다. 당황한 연인들은 성적 수치심의 가면(Wurmer, *The Mask of Shame*, 98)이 만들어낸 "나약함과 불완전함, 더러움이라는 3요소" 때문에 모멸감을 느끼고, 환영과도 같은 치욕감은 살인에 대한 강박을 촉발시킨다.

처녀성을 잃은 뒤 후작부인은 인정한다. "아니다. 나는 그가 아니라 내 자신이 두려웠다."(20) 후작은 성적 타락의 판타지에서 "무시무시한 진실", 즉 그가 신부의 "순진함 속에서 비범한 타락의 재능을 감지했다"(20)는 진실을 보게 되었던 것일까? 변태적이고 사도마조히즘적인 쾌락을 향한 "이상한 갈망"으로 고통받으면서, 신부는 자신의 "욕망 섞

● '오프제 프티 아' 또는 '오브제 아'는 우리가 타자 속에서 추구하는 욕망의 대상이다. 오브제 아는 결코 획득될 수 없는 대상을 지시하며, 실제로 욕망이 지향하는 것이라기보다는 욕망의 원인이다. 그리하여 라캉은 오브제 아를 욕망의 대상 원인object-cause이라고 부른다. 오브제 아는 욕망을 작동시키는 대상, 특히 욕동을 정의하는 부분 대상들이다. 딜런 에반스, 『라깡 정신분석 사전』, 김종주 외 옮김, 인간사랑, 1998, 401쪽.

인 두려움"(22)에 간담이 서늘해졌다. 이후 어머니와 딸 사이의 기호계적 유대semiotic bond •가 마법처럼 직조해낸 행운과도 같은 구원이 펼쳐진다. 이 장면에서 회개하는 주인공은 여자 총잡이가 남근적 힘을 패러디하면서 범죄자에게 겨눈 골동품 총에서 발사된 한 발의 총알이 푸른 수염을 살해하는 것을 목격한다. •• 불굴의 모성을 자랑하는 여성 영웅은 딸이 유아기적 자기애로부터 건강한 자부심으로 이동할 수 있게 하는 전지전능한 '자기대상selfobject'임을 증명한다. 마법 열쇠의 붉은 하트 표식은 부적절한 연합을 중개했던 무절제라는 죄에 대한 사라지지 않을 표시로 어린 소녀의 이마에 새겨졌다. ••• 우연히도, 그녀의 다음 연인인 눈 먼 피아노 조율사는 활기를 되찾은 심장의 이미지를 상상할 수 있을지언정 사랑하는 여자의 수치를 의미하는 부도덕의 표식은 볼 수 없다. 여자 주인공은 역설적이게도 양성구유적인 모성의 승리 속에서 죽은 남편의 치명적인 총으로 악당을 물리친 두려움 모르는 어머니와 전오이디푸스적인 동일시를 이뤄냄으로써 승

• 쥘리아 크리스테바의 개념인 기호계semiotic란 "아직 충동의 체계 속으로 집결되지 않은 몸의 맥박들이 간헐적으로 상징적 담론을 교란시키는 전오이디푸스적 공간"(엘리자베스 라이트, 『라캉과 페미니즘』, 이소희 옮김, 이제이북스, 2002, 12쪽)으로, 아이가 어머니와 분리되어 아버지의 법세계, 즉 상징계로 진입하기 이전의 상태다. 기호계는 라캉의 '상상계'에 준하는데, 여기서 의미화 과정을 구성하게 될 최초의 자취들이 확립된다. 크리스테바의 관점에서 상징계는 기호계의 억압과 승화를 통해 형성되며, 기호계 없이는 존재할 수 없다.
•• 여기서 '회개하는 주인공'은 소녀를, '여자 총잡이'는 소녀의 어머니를, '범죄자'는 소녀의 남편인 푸른 수염을 의미한다.
••• 푸른 수염의 비밀의 방에 들어갔을 때 주인공은 공포 속에서 열쇠를 떨어트리고, 열쇠는 세 번째 부인의 피가 고여 있는 웅덩이에 빠진다. 그때 남은 하트 모양 핏자국은 아무리 씻어도 씻기지 않았다. 열쇠를 보고 그녀가 비밀의 방에 들어갔다는 것을 알게 된 푸른 수염은 열쇠를 그녀의 이마에 얹는다. "약간 따끔거리는 것이 느껴졌고 나도 모르게 거울에 비친 나를 보니 하트 모양의 얼룩이 내 눈썹 사이의 이마에 옮겨져 있었다. 인도 브라만 여성의 표시처럼, 아니면 카인의 표시처럼." 앤절라 카터, 위의 책, 61쪽.

리한다. 육체적인 불명예로 소녀의 피부를 그슬린 마법 열쇠는 너새니얼 호손의 『주홍글씨』를 연상시키는 타락의 문신으로 젊은 시절의 무분별한 행동이 낳은 수치심의 증거가 된다.3

결혼 결정 뒤에 놓여 있는 탐욕스러운 동기는 「타이거의 신부The Tiger's Bride」에서 더 분명하게 드러난다. 이 이야기에서는 도박에 중독된 부패한 가부장이 딸에게 남겨줄 유산을 탕진하고, 딸의 마음을 영악하게 사로잡을 가면 쓴 호랑이에게 값비싼 진주마저 넘겨버린다.● 호랑이 신부가 불법적인 물물교환 안에서 벌어지는 자신의 곤경을 의식적으로 되풀이해서 말하듯이, 레비스트로스의 이론 ●●은 이 탐욕의 우화를 사로잡는다. "이제 내 몸뚱이가 나의 유일한 자산이며 오늘 내 최초의 투자를 하게 될 것이다."(56) 그녀는 "아버지가 인간적인 경솔함으로 나를 야수에게 팔아넘겼다"(63)고 불평한다. 기백이 넘치는 주인공은 남성의 절시증적 시선이 던지는 수치심에 의해 고통받기를 거부한다. 그리고 가면을 쓰고 장갑을 끼고 부츠를 신은, 완강한 포획자이자 놀랍도록 자애로운 집주인 야수에게서 예측하지 못했던 어떤 공현公現 내지 '현시現示'를 이끌어낸다. 그리스 신화에서 빛나는 신이 인간 여성에게 공현하는 것을 모사하듯, 타이거는 야수의 영광이 빛

● 야수와의 카드게임에서 전 재산을 잃고 마지막으로 딸까지 잃은 아버지는 『오셀로』의 한 구절을 읊조린다. "저속한 야만인처럼 진주를 던져 내버리는 사람. 온 백성과도 바꿀 수 없는 귀한 진주를." 그리고 이어 말한다. "그 사람처럼 난 내 진주를 잃어버렸네, 값을 매길 수 없을 만큼 귀한 내 진주를."(99) '값비싼 진주'란 여기서 등장하는 '딸'을 의미한다. 이 작업은 「미녀와 야수」의 패러디다.
●● 여성은 가부장제 사회에서 족외혼을 통한 남성 간 연대를 위한 교환품으로 '작동'한다는 이론.

124

나는 화려한 전시와도 같이 스스로 가면과 장신구들을 벗는다. "타버린 나무 빛깔의 무늬가 기하학적으로 박혀 있는, 거대한 고양잇과의 황갈색 형체"(64)는 주인공을 사로잡는다.

윌리엄 블레이크적인 이 놀라운 장면에서 포식자의 자기 노출에 사로잡혀 물물교환된 신부는 밝게 빛나는 절시증적 시선으로 불타는 "쌍둥이 태양인 듯"(64) 반짝이는 눈을 가진 호랑이 왕에게 자유롭게 자신의 젖가슴을 드러내 보임으로써 상호적인 열정으로 용기를 낸다. 거리낌 없는 행위자성에 힘입어 해방된 그녀는 호랑이 연인의 부드러운 혀에 자신을 맡기고 털이 복슬복슬한, 인간 본래의, 에덴동산에서와 같은 행복으로 빠져든다. 그렇게 아버지의 기만적인 요구와 같은 모조품이 아닌, 호랑이의 긍지라는 고결한 공동체로 자신을 초대하는 야수 구혼자와의 평등한 관계 속으로 해방된다. 바킬레가는 "카터의 마법은 '벌거벗음'을 포르노적인 대상화나 '자연적' 상태라기보다 단순히 그것이 정체를 숨기지 않기 때문에 특권을 부여하는, 다르게 틀지어진 시선look과 새로운 질서order의 결과물일 뿐"(99-100)이라고 주장한다. 매키넌은 말했다. "다시 보면, 이 소설은 남성 시선을 위해 여성이 포르노를 재상연하는 것이 아니라, 여성이 리비도를 재전유하는 것으로 독해된다."(12) 에이든 데이는 이 작품을 "양성 간의 동물적 평등"(144)을 구축하는 대담한 우화라고 치켜세웠다. 마거릿 애트우드는 "대상으로서의 위치"를 극복하고, "동물로서, 욕망을 지닌 야수로서, 에너지로서 자기를 발견한"(Running, 126) 여성을 그린 카터의 묘사를 극찬한다.

카터는 「미녀와 야수」를 과감하게 다시 쓰면서 이 전통적인 동화에 대한 두 개의 다른 판본을 내놓았다. 「리용 씨의 구혼」에서 미녀가 무기력한 야수를 구하고 마법 같은 친절과 보살핌을 통해 그를 빛나는 인간으로 변신시켰다면, 「타이거의 신부」는 주인공이 희생양처럼 고양이과 동반자 옆에 눕고 자본주의 문화에 의해서 멸종된 원시적이고 윤리적인 고결함을 되살리면서 반대의 결론을 제시한다. 카터의 이야기는 전화기나 자동차, 현자와 조상으로부터 전수된 중세의 전설에서 교훈을 얻을 수 없는 20세기 사회를 넌지시 언급하면서 독자를 혼란스럽게 한다. 「타이거의 신부」에서 자연은 타락한 사회를 이긴다. 이 사회에서 가치관이란 무자비한 착취의 기계적인 암호로 퇴화했다. 아버지와 딸 사이의 오이디푸스적 유대는 수치스러운 탐욕으로 오염되었다. 그리고 여성을 경제적 교환물로 취급하는 전통적 족외혼은, 아이러니하게도 호랑이 왕자가 권하는 고결하고 고혹적인 구애에 대비되는 야만스러운 물물교환으로 축소되어버린 것이다.

카터의 포스트모던 페미니스트 텍스트는 우화적 소설과 전통적인 동화 사이의 경계를 흐린다. 마술적 리얼리즘의 흔적과 함께, 카터는 호랑이로 하여금 말을 하게 하고 이 고양잇과 야수는 왕자와도 같은 품행의 뼈대를 드러낸다. 여성의 영혼과 인간의 동물 착취에 대한 아리스토텔레스학파와 토마스학파 사이의 토론을 상기하면서, 호랑이의 신부는 정통적이지 않은 구혼자와의 암묵적 연대를 통해 젠더에 의해 구획된 문화의 경계를 인식하게 된다. "나는 어린 소녀였고, 처녀였다. 따라서 남자들은, 자신들이 비이성적이면서도, 그들과 완전히 똑같지 않은 이들에게 이성이 없다고 주장하는 것과 마찬가지로 내게도 이성이 없다고 주장했다."(63) 소녀와 야수의 개인적 존엄을 강탈하는 소외와 경멸이라는 모욕적인 상황에 처하면서 새롭게 눈을 뜬 주인공은 무자비한 가부장이 부여한 모조품으로서의 역할에 저항한다. 기계적으로 뺨에 분을 발라주던 '태엽 소녀'●처럼, 그녀는 "남자들 사이에서 인형을 만든 사람이 그 인형에게 준 것과 같은 종류의 흉내내는 삶밖에 배당받지 못"한 채로 값나가는 그릇처럼 "사고 팔렸다".(63) 아무런 부끄러움도 없이 자기 대신에 기계 인형을 아버지에게 돌려 보내면서, 그녀는 아버지의 터무니없는 탐욕을 폭로함으로써 비열한 조상에게 암암리에 치욕을 안기고, 마법과도 같은 변신이라는 선물과 함께 그녀의 몸에 성수를 바르는 강인한 호랑이의 발에서 부부의 위안을 찾는다.

「마왕」에서 여자 주인공은 "숲속의 모든 것이 보이는 그대로이기 때문에"(85) 다른 종류의 환영에 사로잡힌다. 칼집처럼 둘러싸인 채 내부가 어두운 거주지에서, "숲은 상자 안에 또 상자가 겹겹이 들어 있는 장난감처럼 둘러싸고 또 둘러싼다". 서사에서 발견할 수 있는 이런 반복의 이미지는 이야기가 교묘하게 펼쳐지는 동안 복잡한 이야기를 구성하는 다층적 의미를 내포한 텍스트의 모범을 선보인다. 마왕은 불가사의하고 수수께끼 같은 연인이다. 마치 양성구유처럼, 그는 훌륭한 가정부주인 동시에 야만적이라고 할 만큼 "육체의 가치가 사랑이라

● 야수의 성에는 시종과 야수 둘 외에는 아무도 살고 있지 않으며, 소녀의 모습을 한 태엽 장치 로봇이 미녀의 시중을 든다.

는 것을 보여준 다정한 백정이다".(84) 남성적 권위의 단독적인 형상으로서, 마왕은 목가적인ㅡ혹은 뱀파이어적인ㅡ봄의 무대에서 자신의 사랑을 유혹한다. 자유자재로 모습을 바꾸는 여성의 성적 욕망이 투사된 신화적인 남성은 처녀인 배우자를 강간하고, 아찔한 병, 욕망, 광기, 복종, 그리고 성적 주이상스로의 타락을 수반하는 항복 등이 뒤섞인 어지러운 감각으로 그녀를 밀어넣는다. "나는 그에게 쓰러졌다." 화자는 고백한다. 그리고 오직 연인의 표면적인 부드러움만이 지옥에 떨어진 것 같은 감정의 형벌로부터 그녀를 구원할 수 있다.(88) 뱀파이어 같은 연인이 "초인적인 음악의 마술 올가미"(89)로 그녀를 묶고 목을 물 때, 그들의 욕정적인 결합은 고통과 폭력의 악취를 풍긴다. 르윌른에 따르면, 마왕은 "자연의 산물"이자 "오이디푸스적 배치 안에서 창조된 욕망의 아이"(154)다. 성적 결합을 통해서 주인공은 태아와도 같은 안전함을 제공할 자궁, 개개인의 육체를 구분하는 경계를 지울 수 있는 영적 쌍둥이 관계를 찾는다. 식인과 결합이라는 판타지를 추구하면서, 그녀는 변태적이고 에로틱한 성찬식에서 자신을 마왕의 성체로 만들어줄 육체의 축소縮小를 상상한다.● "날 먹고 마셔요." 그녀는 열정적으로 간청한다. 물로 만든 옷과 같은 연인의 포옹으로 거대한 대양에 휩쓸릴 것을 꿈꾼다.(89) "그의 눈에 있는 검은 소용돌이 안으로 빨려들어가는 것"처럼 마음을 사로잡는 마왕의 시선의 대상이 되어

● "내가 아주 작아졌으면 좋겠어요. 당신이 나를 삼킬 수 있게요. 알곡이나 참깨 씨앗을 삼키면 임신이 된다는 옛날 이야기 속 여왕처럼요. 그러면 내가 당신 몸 안에 들어가고 당신이 날 잉태할 거예요."(166)

처녀는 희생양의 환희라는 카리브디스●의 소용돌이 속으로 유혹당한다. 이 현기증은 자율적인 주체에게는 어쩌면 충격적일 수 있는 융합이 불러오는 황홀경과 망각의 징조다.(89)

　카터는 여성 욕망의 서정적인 체현을 그토록 강렬하게 그려냄으로써, 강력하지만 파괴적이고 카니발리즘적인 충동의 이미지 안에서 애인/연인lover/beloved에 대한 걸작을 만들어냈다. 불가사의한 연인에게 완전히 포획되기를 갈망하면서, 카터의 주인공은 악마로 묘사된 마왕을 통해 수치스러울 정도로 비이성적인 리비도를 알아차리게 된다. 음탕한 매혹의 유혹적인 소용돌이로부터 스스로를 구해낼 수 없게 되자, 그녀는 자신을 사로잡은 연인에게 수치스럽고 음탕한 집착을 투사한다. 그런 다음 광적인 성적 욕망의 원인을 처단하기로 결심하는 것이다. "비할 데 없이 밝게 빛나는 (…) 초록색 호박 액체"와도 같은 눈을 가진 교활한 유혹자의 최면에 걸려 타락하고 만 여성은 남성의 절시증적 시선에(90) 굴욕감을 느낀다. 고리버들로 짠 능수능란한 유혹의 거미줄에 걸린 새처럼 새장에 갇힌 그녀는 에로틱한 충동의 감옥에 수감되었다. 그녀는 '통탄할 해로움'의 위협을 감지한다. 그러나 자력 구제를 말하는 심리학 대중서에 등장하는 패러디된 인물처럼, 그녀는 지독하게 사랑했고 강박적으로 되풀이되는 순환 속에서 불타는 사랑을 깨고 나오지 못했던 여성의 운명을 견뎌낸다. 이런 사도마조히즘적 중독에서 스스로를 자유롭게 할 수 있는 유일한 방법은, 유혹적

● 그리스 신화에 등장하는 괴물. 바닷물을 들이켰다가 뱉어내면서, 하루에 세 번 산처럼 거대한 소용돌이를 일으켜서 배를 난파시킨다고 알려져 있다.

인 어머니의 모습으로, 문자 그대로의 의미든 은유적으로든 악마 같
은 연인을 살해하고 그의 "나른한 머리카락"(90)으로 만들어진 에올리
언하프를 연주하는 것이다.

 카터는 살인적 에로스에 대한 냉혹한 재현을 선보이면서 페미니스
트로서의 임무를 배신했던 것일까? 해리엇 링컨은 이 아름다운 이야
기의 로맨틱한 울림을 따라가면서 주인공은 남성의 성적 이상화와 여
성의 수치스러운 대상화를 두고 자신을 유혹한 그에게 복수를 하는
것 외에는 다른 대안을 상상할 수 없었을 것이라고 결론내린다. 그러
나 누군가는 카터의 우화적 타블로가 남성과 여성 독자 모두에게 다
른 (포스트)페미니즘적 도덕을 환기한다고 의심할지도 모른다. 「피로
물든 방」에서 후작이 공포에 사로잡혀 살인을 저질렀듯, 화자는 악마
연인을 리비도적인 충동의 상상적 투사投射로 (다시) 빚어낸다. 성적 충
동은 그녀를 정서적 타락의 고유한 특질을 드러내는 성불능의 자리
로 축소시킨다. 중세 로망스나 자기비하의 기사도적 전통으로부터 물
려받은 '사랑의 노예'라는 대중적인 개념은 이 에로틱한 집착의 희미
한 이야기만큼이나 소득 없고 비생산적이라는 사실을 암시하는 것처
럼 보인다. 이 이야기는 「피로 물든 방」에 등장하는 푸른 수염의 수행
불안performance anxiety에 대한 거울이미지다. 카터는 어느 한 성이 다
른 성을 자신의 음탕한 성적 판타지의 그림자 안에서 끊임없이 상상
하여 구성한다면, 남자든 여자든 자초한 '미친 사랑'의 고통으로부터
자유로울 수 없다고 생각한다. 만약 여성이 스스로 만든 새장 속 노래
하는 새처럼 함정에 빠져버린다면, 이 오래된 이야기 속의 모든 인물

130

은—마왕이든 노래하는 새든 모두 마찬가지로—절망적으로 수치심을 부여받은 스테레오타입과 영혼을 파괴하는 에로틱한 충동이 얽히고 설킨 거미줄에 갇혀버릴 것이다.

「사랑의 집에 사는 귀부인」*에서 카터는 가부장적 특권과 흡혈 욕구를 근간으로 하여, 시대에 뒤떨어진 봉건 문화가 어떻게 등장인물들을 갱생 의지가 없는 반복 속에 가두어두는가를 보여준다. 로버트 R. 윌슨에 따르면, 이야기의 중심에 있는 처녀 뱀파이어는 "쓰러져 가는 성城, 남성들에 의해서 구축되고 유지되어온 전통에 종속되어 있다".(112) 그리고 그 전통이란 멈출 수 없는 수치와 타락의 전통이다. 뱀파이어의 오래된 웨딩드레스는 "가부장제에서 자기 목소리를 내지 못하는 여성, 종속됨, 좁게 제한된 기대, 그리고 선택과 무관하게 전수되어온 사회적 역할들에 대한 상징"(112)이다. 주인공의 운명은 명백하게 희생양이 되는 것이다. 그녀의 순진한 군인 구혼자가 제1차 세계대전의 참호에서 거의 죽을 뻔하다가 살아 돌아왔음에도 불구하고 말이다.

앤절라 카터에게 있어 그런 구식 섹스/젠더 체계에 대한 대안이란 현대사회에서 '타자화된' 자연에 있는 모든 것과의 비유적인 공모다. 예컨대 야만스럽고 리비도적인 늑대 공동체로의 의식적 구원의 귀환 같은 것 말이다. 고양잇과의 인물들이 이 책의 여러 이야기에서 지배적인 것처럼, 갯과의 상상력 역시 세 편의 야이기 속에서 그 이름을

---

* 「잠자는 숲속의 공주」를 원작으로 여성 뱀파이어를 그린 작품.

드러낸다.* 카터는 여성과 동물 사이의 오래된 여성 혐오적 유비類比를 다시 쓰고, 그녀가 고안한 우화적인 비유에 미묘하게 새겨진 환유의 구조를 해체하기로 결심한다. 장르와 젠더를 포스트모던적으로 향유하며, 카터는 「빨간 망토 아가씨」라는 관습적인 이야기를 "부끄러운 줄 모르는" 문체로 다시 쓴다. 이 이야기에서 자신만만한 사춘기 소녀는 수치심에 근거한 문화적 판단에 반항하고 이를 성공적으로 변화시켜버린다.**

「늑대 친구들」에서 작가는 주인공의 처녀성을 불가사의하면서도 힘 있는 것으로 그려낸다. 사춘기 자긍심에 찬 두려움을 모르는 이 의연한 처녀는 처녀성은 정복되지 않는다는 자기애적 확신을 주는 보호용 처녀막이라고 할 수 있는 망토에 둘러싸여 있다. "그녀는 깨어지지 않은 계란이며, 봉인된 용기"(114)인 것이다. 식인 늑대가 그녀에게 코를 비벼댈 때에도, 소녀는 두려움을 제쳐놓고 허세에 찬 웃음을 지으며 자신이 "누구에게도 먹힐 고깃덩이가 아니라는 것을 아는"(118), 그리고 자신의 육체가 여성 아브젝션의 무기력한 체현이 아니라는 사실을 아는 자신감으로 늑대에게 다가선다. 자신만만한 사춘기 소녀는 정신적으로 대등한 관계를 유지하는 대담한 동맹 관계 안에서 이리 혹은 늑대인간 구혼자와 공모한다. 부드러운 부부의 포옹 안에서

---

* 세 편의 작품은 「늑대인간」 「늑대 친구들」 그리고 「늑대-앨리스」다.
** 소설에서 빨간 망토는 길에서 만난 늑대인간에게 첫눈에 호감을 느낀다. 이후 할머니 집에서 할머니를 잡아먹은 늑대인간을 다시 만났을 때, 그리고 그 늑대인간이 빨간 망토를 잡아먹겠다고 위협했을 때, 그녀는 그 위협을 비웃고 오히려 늑대인간을 유혹한다. 소설은 늑대인간과 만족스러운 섹스를 마친 소녀의 쾌락 속에서 끝난다. "보라! 그녀는 할머니 침대에서 다정한 늑대의 팔에 안겨 달콤하고 깊은 잠에 빠져 있다."(229)

아무런 수치심도 없이 사춘기의 몸을 전통에서 벗어난 야만스러운 짝에게 기꺼이 내놓으며, 그녀는 이 포식자를 길들이고 인간화하며 사육한다. 마거릿 애트우드가 주목한바, "각 등장인물은 그 혹은 그녀의 본성 자체를 유지"하고 카터의 "'현명한 아이'는 초식동물-육식동물 대회에서 승리를 거머쥔다".(1994, 130)

반대로 「늑대-앨리스」의 여성 주인공은 편협하고 잔혹한 사회에 의해 통제받지 않는 수치심을 보여주는 길들여지지 않은 야만적 존재로 이해된다. (인간과 짐승 사이의) 희미해진 경계와 짐승의 고결함을 보여주는 이 크로스오버 우화에서 늑대-앨리스는 로물루스와 레무스•처럼 (잔인한 사냥꾼들의 손에 비극적으로 살해당하는) 이리 어미에 의해 길러졌다. 카터는 지구상에서 가장 위험한 야수는 인간이라고 냉소적으로 이야기한다. 인간이야말로 재미 삼아 사냥을 하면서 쾌락을 느끼는 몇 안 되는 포식자 중 하나인 것이다. 초경으로 혼란에 빠진 늑대-앨리스는 처음에는 달에 사는 늑대에게 다정하게 살짝 물린 것이라고 생각한다. 그녀는 월경을 반복하면서 점차 주기성을 깨닫게 된다. 인간은 비인간 동물이 순간적·분절적으로 시간을 경험한다고 생각하는데, 그와 달리 앨리스는 월경을 함으로써 순차적 시간 감각을 이해하게 된다. 앨리스는 달달이 돌아오는 출혈의 미스터리를 헤아리기 위해 노력하면서 논리적인 추론의 첫 미광을 감지하기 시작한다. "이 과정에서 일종의 막연한 추론 능력이 뿌리를 내렸다. 날아가는 새의 발에서 그

• 부모에게 버림받았으나 늑대가 거두어 키웠다고 전해지는 로마의 건립자들.

녀의 두뇌로 씨 하나가 떨어지기라도 한 것처럼."(122) 발아發芽에 대한 불안스런 이미지는 순식간에 지나갔지만, 도발적이다. 인간의 자의식은 이성적 호기심의 씨앗으로부터 뿌리를 내리고 유아적인 자기애로부터 성숙한 자부심으로 이동한다.

둔감하고 편협한 동네 사람들은 그녀를 하찮은 존재로 취급하면서 식인 공작의 보살핌 속에 내던져버린다. 식인 공작은 식인귀 혹은 시체를 먹는 육식동물로 묘사된다. 둘은 동거를 하며 공동체로부터 추방당한 수치스러운 존재라는 경계적 위치에서 서로 연결된 채, 동시에 서로 소외된 채 살아간다. 공작의 거울 속에서는 앨리스의 모든 순간을 따라하며 농담하고 장난치기를 좋아하는 한배 짝꿍이 등장한다. 그리고 앨리스는 이 짝꿍과 노는 법을 배우기 시작한다. 인간이 성장 과정에서 거치게 되는 거울 단계●라는 라캉주의적 개념을 모사하면서, 카터는 분열spaltung의 순간에 야수가 인간으로 변하는 환상적인 재현을 선보이며 인간 진화의 마술적 순간을 그려낸다. 그 순간 개인의 의식 안에서 자신을 둘러싼 환경으로부터 자아를 분리하지 못하는 동질성의 감각은 사라지고, 대상으로부터 주체가 구별되는 유의미한 자각이 시작된다. 주관적인 온전함이나 총체로서 다가오는 나moi와 마찬가지로, 분열된 주체성과 동일시된 나je는 어머니의 시선이 각인된 거울 이미지 혹은 은잔에 비친 형태를 통해서 폭로된다. 그 이

● 자기의식과 타인과의 관계가 형성되는 첫 단계로 생후 6개월에서 18개월 사이에 일어난다. 아이가 거울에 비친 통합된 자기 이미지와 스스로를 동일시하면서, 비로소 그것을 승인해줄 대타자와 자신을 구별할 수 있게 되는 단계다.

미지는 그림자와 마찬가지로 타자가 아닌 자기 자신이다. 즉, 적이나 친구가 아니라 인식 가능한 대상으로서 주체의 투영인 것이다. 이 대상은 아버지의 상징계 법 안에서 자신의 권능과 행위 주체성을 주장하는 다루기 까다로운 모습에 압착되어 있다. 앨리스에게 시간성은 시계의 움직임과 우주적 세계, "허벅지 사이를 덤불처럼 덮는" 첫 음모와 함께 찾아오는 성장과 성숙, 그리고 "친구가 사실은 그녀의 그림자들 중 좀 독창적인 그림자에 지나지 않는다"(124)는 사실을 폭로하는 거울 놀이와 연결되어 있다.

인간 이성의 여명과 함께 앨리스는 (거울을 봄으로써) 자의식과 행위 주체성을 획득하기 시작한다. 그녀는 주관적인 정체성이 스스로 가로지르는 풍경에 형태와 의미를 부여한다는 것을 깨닫고, "풍경이 그녀 주위로 모여들었다."(125) 로빈슨 크루소의 맨 프라이데이의 간텍스트적 이미지처럼, 새롭게 깨어난 주체는 성을 둘러싼 축축한 대지 위에 아름답고 위협적인 발자국을 남긴다. 루이스 캐럴의 앨리스처럼 그녀는 문명의 거울을 통해 뛰어올라 공감 어린 자기대상의 부드럽고 다정한 돌봄의 행위를 배운다. 이제 그녀는 이리 떼 안에서 사회화된 고아 늑대에게 어머니 대자연이 선물한 모든 신비스러운 힘과 함께 소위 '문명화된' 문화의 세계로 돌아간다. 수치심 없는 앨리스의 지각력과 후각적 명민함은 프로이트의 성이론을 모사한다. 프로이트는 인간의 섹슈얼리티가 쿵쿵거리며 냄새를 맡는 동물의 후각적 본능으로부터 직립보행의 요구에 부응하는 시각 중심적인 욕망의 절시증적 경향으로 진화했다고 설명했다. 여성은 원시적으로 후각적 자극에 반응하며 생식기의 욕구불만이라는 육체적 수치심에 굴복하기가 더 쉬운 반면, 기본적인 동물적 본능을 제어할 수 있게 된 남성들은 시각 중심의 성적 신호에 좀더 쉽게 반응한다고 프로이트는 주장한다.

사면초가에 처한 공작은 페이소스와 무기력에 빠져 충격적일 정도로 몽롱한 상태에서 정신을 놓았다. 이 외로운 식인귀, 진부한 이리 사나이는 무덤을 털어 썩어가는 시체, 즉 더 이상 사람이 아닌 존재들을 집어삼키는 일 외에는 하지 않는다. 그는 결코 자신을 잡기 위해 마을 교회 묘지에 사악한 함정을 놓는 사냥꾼과 광신도처럼 사냥감들을 위협하거나 죽이지 않는다. 너무 일찍 세상을 떠난 아내의 죽음을 슬퍼하는 젊은 홀아비는 아내의 시체를 모독한 공작에게 복수하겠다고 단단히 마음을 먹은 상태다. 그리하여 "공작을 빠져 죽게 만들 40리터의 성수 통"(125)뿐만 아니라 종, 책, 그리고 초로 무장하고 있는 것이다. 그는 세상을 떠난 연인을 추모하면서 죽은 배우자에 대한 공상 속 이상향을 우연히 깨어버린 무장하지 않은 생명체를 죽이려 든다. 괴롭힘을 당하는 공작은 상처 입고 "다른 평범한 두 발 인간처럼 일어서서 기를 쓰고 비참하게 절룩거리며 가야 한다"(125) 변신의 순간에 총을 맞아 혼란에 빠진 이 생명체는 피 흘리며 울부짖고, "불발된 변신, 불완전한 미스테리의 상태로"(126) 절뚝거리며 간다. 그는 상처 입은 동물처럼 고통에 차서 소리를 지른다.

이렇게 소외된 망명객들의 운명은 고통의 결혼과 동정 어린 교감 속에서 궁극적으로 하나가 된다. 이리 어미를 흉내내는 연민에 찬 앨리스는 거리낌 없이 공작의 상처를 어머니라도 되듯 보살피고, 썩은 피를 상처로부터 부드럽게 빨아낸다. 흡혈조의 부드러움과 지혜로, 그녀는 본능적으로 연인을 핥아 인간으로 만든다. 세심하게 배려하는 이타적 간병인의 사랑 가득한 보살핌을 통해 그의 인간적인 주체성이 발현된다. 공작의 희생양으로부터 벗겨낸 웨딩드레스를 입고, 앨리스는 그리스도적인 희생양의 어머니이자 연인, 의사이자 아내가 되어, 그의 피를 어떤 신체적인 역겨움이나 오염에 대한 두려움 없이 자발적으로 삼킨다. 스스로 이목에 신경 쓰지 않는 야수성에서 태어나 모욕을 안기는 편협한 사회의 판단을 내면화하기를 의기양양하게 거부했던 것처럼, 흉포한 야수에게 감미롭게 구애한다.

공작을 향한 앨리스의 배려는 짐승의 지혜라고 할 수 있는 혀를 사용한 키스로 그려진다. 양어머니로부터 배운 이 키스는 그녀가 연민에 싸여 되살려낸 이리 짝을 고통에서 벗어나게 해줄 힘을 가졌다는 점에서 해방적이다. 앨리스는 부끄러움 없는 사랑과 너그러움의 몸짓으로 인간으로서 거울에 비치는 모습을 끌어내고● 위축되어 있던 인간성을 회복시켜줌으로써 상처 입은 동거인에게 새로운 활력을 불어넣어준다. 카터의 마술적 리얼리즘의 포스트모던 세계에서, 생리혈과 희생양의 피는 억압된 행위 주체성의 힘을 해방시키고 육체적·정신적 트라우마를 모두 치료한다. 마법의 거울은 점차 "물체를 형성해내

● 식인귀로 묘사될 때의 공작은 거울에 그 모습이 비치지 않는다. 그러나 앨리스가 그의 상처와 그의 몸을 핥을수록 점점 거울에는 그의 모습이 드러나기 시작한다. "그녀가 핥는 동작을 계속하는 동안, 거울은 한없이 천천히 나름대로 물체를 형성해내는 반영적 힘을 발휘하는 데 몰두했다. 조금씩 거울에는 인화지에 나타나는 이미지처럼 형체가 나타났다. (…) 마치 그녀의 부드럽고 촉촉하고 다정한 혀에 의해 존재하게 된 것처럼, 드디어 공작의 얼굴이 나타났다."(카터, 위의 책, 246)

는 반영적 힘"을 발휘하고, "형체가 없는 흔적의 짜임" 속에서 의인화
된 공작의 얼굴이 드러난다. 그는 "다른 종류의 사랑, 즉 본능적이고
자비로우며 모성적인"(Atwood, "Running", 132) 구원이 되어주는 성적 모
체로서 기능하는 패러디적 구강성교 행위를 통해, 앨리스의 "부드럽고
촉촉하고 다정한 혀"(126)에 의해 그렇게 존재하게 된 것이다. 킴벌리
로는 "카터의 여성과 늑대의 혀는 말과 언어 능력, 발화로부터 우리를
떨어뜨려 감각적인 영역으로 데려간다. (…) 늑대-앨리스가 핥아주는
것은 (…) 관능적으로 충전된 문학적인 발기"(Lau, 91-92)라고 말한다. 바
킬레가에 따르면, 카터는 "서로 다른 상처 입은 존재들이 새로운 인
간상과 노래의 등장을 알리면서, 무엇이 '인간'인가를 재정의한다."(65)
에이든 데이는 두 주인공이 이 이야기의 끝에서 달성하는 '이성적 인
간성'이야말로 "그들을 피하고 박해했던 인간들의 불완전한 인간성과
(…) 대조되는 진정한 인간성"(166)이라고 본다. 이는 결과적으로 소위
'문명화된 질서'에 내포되어 있는 사회적 수치심과 치욕에 대한 판단
을 피하는 것이다.

카터는 에덴동산과도 같은 원시적 주거공간의 동물적인 무질서를
찬양하면서, 마술적인 변신을 묘사한다. 그리고 이 마술적 변신은 수
치심이 치욕을 강요하는 사회적 구조로부터 자유로운 순수한 야수들
의 오래된 지혜가 트라우마를 갖게 된 인간을 가득 채우면서, 가능해
진다. 카터의 환상적 변신은 복수의 이름으로 살해를 정당화하고 자
본주의적 탐욕 속에서 서로를 착취하는 시민들의 폭력적인 공동체를
재인간화한다. 『피로 물든 방』의 동화는 양성 사이에 펼쳐지는 강박

적이고 충동적인 힘겨루기를 지워버리는 사랑과 진실한 연민의 우화를 선보인다. 그녀가 모의한 이야기는 성적인 유대, 짐승적인 합리성, 영웅적인 자기희생, 부부 간의 호혜, 그리고 간주관적 치유라는 혁명적인 전략을 제공한다. 이 마술적인 새 천년의 이야기는 평등한 젠더 관계에서 벌어지는, 수치심과 육체적 아브젝션의 문화적 속성에 대한, 대담한 저항의 이야기를 새롭게 쓴다. 여기에 영감을 주는 인간적인 메시지를 더 요구할 필요가 있을까?⁴『피로 물든 방』에서 '부끄러움을 모르는' 주인공들은 수치심 사회의 독단적이고 치욕적인 비난으로 무력감을 안기는 굴욕에서 그들 자신과 그들이 사랑하는 이들을 성공적으로 해방시킨다.

4장

"부끄러워서 더 이상 쓸 수 없다"
수치심의 근원과 대면하는 글쓰기

내털리 에드워즈

자기노출은 최근 프랑스 문학에서 매우 일반화되었다. D. A. F. 드 사드나 조르주 바타유, 장 주네와 같은 고전 작가들뿐 아니라 미셸 우엘베크, 마리 다리외세크, 비올레트 르뒤크, 모니크 비티그, 비르지니 데팡트, 카트린 브레야, 에르베 기베르, 피에르 기요타와 같은 비교적 최근의 작가들은 자기노출을 통해 독자들을 충격에 빠트리는 한도를 점점 더 확장시켜왔다. 사회가 수치스럽다고 여겨온 것을 재현함으로써, 문화적 가치와 작품에 대한 사회적 수용, 그리고 친밀성 재현의 한계 등에 대한 중요한 질문들을 던져온 것이다. 의외로 프랑스 문학 비평가들은 수치심에 대한 재현을 많이 다루지 않았는데, 그것은 아마도 저주받은 시인들poètes maudits●을 등장시켜온 문학적 전통 때문이거

● 폴 베를렌의 비평집 『저주받은 시인Poètes Maudits』(1884)에서 나온 말로, 근대사회에 적응하지 못한 시인들을 일컫는 용어가 되었다. 베를렌은 트리스탕 코르비에르, 스테판 말라르메, 랭보 등 당시 잘 알려져 있지 않은 시인들을 일컬어 위대한 작품을 썼으나 세속적으로 성공하지 못했다는 의미에서 '저주받은 시인들'이라고 불렸고, 이 책이 큰 반향을 일으키면서 랭

나 혹은 죄와 죄의식, 고백과 연루되어 있는 강력한 가톨릭 전통을 가진 국가였기 때문인지도 모르겠다. 어쩌면 프랑스어의 복잡함 때문일 수도 있는데, 프랑스어에는 그 개념을 의미하는 단어가 여럿 존재한다. 예컨대, 겸손, 품위, 예절을 의미하는 pudeur나 c'est dommage(유감이다)처럼 무언가 후회되는 것을 표현할 때 사용하는 dommage, 그리고 수치심, 곤란함, 불명예와 가까운 honte 등이 있다. 아니면 프랑스 문학의 전통에는 섹스와 섹슈얼리티, 그리고 욕망에 대한 이야기가 너무 많아서, 수치심의 재현을 연구하는 일이 불필요한 내숭처럼 보였는지도 모른다. 장폴 사르트르, 자크 라캉, 모리스 메를로퐁티, 그리고 에마뉘엘 르비나스 등 프랑스 철학자들은 수치심에 주목해왔지만, 이것이 문학비평에까지 영향을 미치지는 않았다. 전반적으로 자서전, 증언 서사, 그리고 외상이론에서 최근에 나타난 진전에도 불구하고, 수치심에 대한 학문적 연구는 거의 존재하지 않으며, 문학에서는 거의 없다고 할 수 있다.

이런 회피는 아마도 수치심을 언어로 표현하기 어렵기 때문일 것이다. 왜냐하면, 스티븐 패티슨이 지적한 것처럼, "수치심은 말로 쉽게 표현될 수 있는 경험이라기보다는 시각적이고 이미지적인 경험으로서 드러난다. 수치심의 경험이란, 정말이지 수치심을 느끼는 사람으로 하여금 할 말을 잃게 만들기도 하는 것이다".(41) 수젯 A. 헹케는 정신적으로 충격을 주는 사건에 대해 표현하는 것은 '글쓰기 치료

보를 유명한 시인으로 만들었다. 그와 랭보의 이야기는 아그네츠카 홀란드 감독의 「토탈이클립스」(1995)로 한국에 잘 알려져 있다.

scriptotherapy'라고 부르는 카타르시스적 경험이지만, 수치심에 대해 쓴다는 것은 트라우마에 대해 쓰기를 불가능하게 하는 어려움을 주기도 한다고 주장한다. 어떤 의미에서 수치심이란 어쩔 수 없이 개인적인 경험이다. 우리가 다른 사람의 행동으로 인해 수치심을 느낀다고 하더라도 그것은 완전히 혼자서 느끼는 것이다. 트라우마 역시 혼자서 경험하지만, 두 개념 사이의 핵심적인 차이는 책임감이라는 요소다. 우리는 수치스러운 생각·행동·감정에 대해서 온전히 홀로 비난을 받아야 한다고 생각한다. 수치심은 또한 좀더 완성된 경험이다. "자부심이나 자기옹호의 상실을 암시하는 자기붕괴의 감각 (…) 자아는 온전히 형편없는 것이다."(Pattison, 44) 그리고 결정적으로, 글쓰기 과정에서 수치심은 관람의 대상이 된다. 수치심은 일반적으로 타인의 시선과 결부되어 있기 때문이다. 제니 채머렛과 제니 히긴스는 "다른 사람이 나를 쳐다보는 시선에 의해서 수치심을 느끼게 된다. 그리고 결과적으로 나는 나를 수치스러운 존재로 바라보는 심사와 판단 때문에 수치스러운 것이다"(2)라고 정리한다. 따라서 수치심에 대해 쓰기란 유난히 어려운 일이다. 자부심이 부족하고, 온전히 형편없는 자아에 대해 스스로 쓰는 일이기 때문이다. 그것을 출판되는 글에 낱낱이 고백하기란 더더욱 걱정스럽고 용기가 필요한 행동이다.

　이 장에서는 작품에서 의식적으로 수치심을 표현하고 자기노출을 선보이는 두 명의 현대 프랑스 여성 작가에 대해 탐구할 것이다. 아니 에르노의 수치심 재현에 대해서는 몇 편의 글과 단행본 한 권 분량의 연구가 있는데, 이런 재현은 1974년에 뒷골목에서 경험했던 임신중절을 다루는 자전소설 『빈 장롱Les Armoires vides』에서부터 시작되었다. 그녀는 빈곤한 사회경제적 형편에서 성장한 경험을 중심으로 일련의 작품들을 썼는데, 이 작품들은 그녀가 그 자리에서부터 시작해서 존경받는 작가이자 선생이 되기까지의 발전 과정을 기록한다. 아니 에르노는 장르 실험과 가난에 대한 묘사, 단순한 서사 스타일뿐만 아니라, 이와 함께 펼치는 여성의 섹슈얼리티와 욕망, 수치심을 다룬 점에 있어서도 인정을 받았다. 크리스틴 앙고는 1990년부터 작품을 출판하기 시작해 프랑스 문학계에 좀더 최근에 등장한 이름으로, 자신에 대해 쓴 작품들로 유명해졌다. 그녀의 작품은 거의 1년에 한 편씩 빠른 속도로 출판되었는데, 거의 모든 작품의 주제가 '크리스틴 앙고'다. 작품의 화자 역시 이 인물이고, 독자는 계속해서 작가와 화자의 관계에 대해 숙고하게 된다. 앙고는 또한 의도적으로 설정된 터무니없는 미디어 페르소나로 악명 높다. 국영방송에서 퍼부은 신랄한 말들, 비평가들에 대한 독설, 거침없는 태도로 유명해졌다. 또한 많은 작품에서 '크리스틴 앙고'라는 인물은 자신의 섹슈얼리티와 이성애적·동성애적·근친상간적 섹스 행위를 자세하게 이야기하면서, 사회적으로 성 문화된 수치심에 대한 생각을 매우 세심하게 다룬다. 두 작가 모두 이렇다 할 플롯 없이, 화자가 자신의 정체성을 발전시키는 데 중요해 보이는 하나의 사건 혹은 사건들—그리고 이 사건들의 많은 경우가 수치스러운 것으로 간주될 수 있을 것이다—을 둘러싸고 벌어지는 단편소설을 썼다. 또 두 사람 모두 자서전이나 회고록 장르와 직접적으로 마주치는 형식적 실험을 시도했으며, 이는 동시에 서사에 있어 적절함의 한계란 무엇인가라는 질문을 던진다.

좀더 젊은 작가인 앙고의 『근친상간L'Inceste』(1999), 그리고 저명한 작가인 에르노의 『단순한 열정Passion Simple』(1991) 사이의 유사점은 내용의 측면에서 시작된다. 두 텍스트 모두 화자가 미친 사랑에 빠져버렸다는 (때로) 수치스러운 느낌에 대해 이야기하면서 시작되기 때문이다. 두 화자는 고해성사와도 같은 방식으로 친밀감과 욕망의 경험을 묘사하며, 그러는 동안 내내 누가 누구에 대해서 무엇을 이야기하고 있는가를 가지고 독자들을 데리고 논다. 앙고는 자신의 가장 긴 작품들 중 한 편에서 다른 여성에 대한 강박적인 사랑에 관해 이야기한다. 감정에 대한 기나긴 묘사는 하나의 트라우마 기억에서 다른 트라우마 기억으로 두서없이 흘러가고, 텍스트는 음성메시지, 쪽지, 다른 책에서 따온 인용문, 그리고 대화의 한 토막 등이 혼재되어 구성된다. 의식의 흐름과 유사하게 구성되는 텍스트는 부나 장으로 구별되지 않는다. 정사에 대한 이질적인 기억들을 하나로 묶어주는 것은 오직 그 모든 사건의 중심에 있는 그녀 자신뿐이다. 에르노의 텍스트는 훨씬 더 짧지만, 역시 방향 없는 움직임 속에서 하나의 기억으로부터 다른 기억으로 도약한다. 화자가 유부남과의 강박적인 불륜에 대한 단절적인 에피소드들을 이야기할 때, 페이지 간의 분리와 텍스트 사이의 간격은 비선형적인 구조를 만들어낸다. 에르노의 텍스트는 좀더 회고적인 어조를 띤다. 글에서 시제를 활용하여 현재 글을 쓰고 있는 화자를 작가가 다루고 있는 사건과의 관계 안에 위치시키기 때문이다.[1] 사이먼 켐프는 반복적으로 과거 사건들을 재방문하고 추가된

144

경험의 관점에서 그것들에 대해 이야기하면서 말하는 자아와 말해지는 자아 사이를 왔다 갔다 하고 있다는 점에서, 에르노의 작업을 "시간을 쓰는 작업"(48)으로 독해한다. 앙고와 마찬가지로 에르노 역시 기억 속 대화의 단편들, 소외된 사건들, 그리고 글쓰기에 대한 언급들을 통해 서사적 현재의 시점에서 연애 사건에 대한 생각과 감정을 논한다. 그러나 앙고와 달리 에르노의 화자들에게는 이름이 없다.

이 글에서는 앙고와 에르노가 숨고 싶다, 사라지고 싶다, 도망가고 싶다, 죽고 싶다고 이해하는 감정들을 서사 안에서 전시하면서, 각각 '수치심을 느낌'과 '수치심 없음' 사이의 스펙트럼을 어떻게 항해하는지를 살펴본다. 먼저 화자가 전달하는 부끄러운 행동에 대한 일련의 목록을 살펴보고, 그다음 화자의 수치스러운 이야기에 등장하는 '타자'들의 역할을 탐구한다. 마지막으로 수치심 서사의 수용자로서 독자와, 수치심을 누설하는가 하면 숨기기도 하는 방법으로서의 글쓰기 과정에 대해 분석할 것이다.

나를 수치스럽게 하기

두 편의 텍스트에서 수치심의 원천은 성적인 욕망과 그런 강렬한 욕

● 『단순한 열정』은 반과거 시제로 시작해서 현재 시제로 이동한다. 화자는 연애 사건을 묘사할 때 반과거 시제를 사용함으로써 과거의 사건을 현재까지 끝나지 않고 지속되는 사건으로 포착하고 싶다고 밝힌다.

망이 불러일으키는 모순되는 감정들에 집중되어 있다. 이런 감정들은 1인칭 시점으로 이야기되기 때문에 더욱 놀랍다. 두 텍스트의 시작은 놀랄 정도로 유사하다. 1인칭 화자가 자신이 다른 사람과 집착적인 사랑에 빠져 있음을 묘사하고, 이 집착은 화자 자신에게 충격적이고 혼란스러운 것으로서 재현된다. 두 사람 모두 자신의 감정을 이해할 수 없어 하고, 성적 행위에 대한 묘사의 한가운데에는 스스로 느끼는 것들로부터 오는 당혹스러움이 존재한다. 수치심이란 특정한 행위와 태도를 창피한 것으로 결정짓는 사회적으로 코드화된 가치임을 생각한다면, 물론 이 텍스트들에는 부끄러워할 만한 일이 한 가득 등장한다. 앙고의 화자는 소설의 도입부를 "나는 석 달 동안 동성애자였다. 좀더 정확하게는 석 달 동안, 내가 동성애를 선고받았다고 생각했다"(11)[2]라는 말로 시작하는데, 이는 여러 의미에서 도발적이다. 이는 우선 앙고의 작업을 아는 독자라면 같은 이름의 화자가 일반적으로 이성애적 욕망을 표현한다는 사실을 알 것이기 때문이다. 또 동성애에 대한 고백이 여전히 누군가에게는 충격적일 것이기 때문이기도 하다. 세 번째로, 이 문장이 누군가의 섹슈얼리티가 갑자기 바뀌었다가 '정상'[3]으로 되돌아온다는 것을 함의하기 때문이다. 동성애를 '선고받았다'는 것은 또한 그런 성적 지향에 대해 작가나 사회의 시선이 내리는 판단을 암시한다. 에르노의 화자는 이성애적인 욕망을 경험하지만, 그렇다고 이전 작품들에 익숙한 독자들에게 덜 충격적이지도 않다. 실비 로마노프스키가 썼듯이, 『단순한 열정』은 에르노의 글쓰기에 있어 일종의 방향 전환을 보여준다. 화자의 열정적인 연애 사건에 대해 남성과 토론하는 것도 이 작품에서 처음이었거니와, 우연치 않게도 어머니의 죽음 이후 선보인 첫 소설이기도 했던 것이다.(99) 이 작품은 다음과 같이 시작된다.

올여름 나는 처음으로 텔레비전에서 포르노 영화를 보았다. 카날 플뤼스에서 방영한 것이었다. (…) 화면 가득히 여자의 성기가 나타났다. 화면이 번쩍거렸지만 그것은 아주 잘 보였다. 이윽고 남자의 발기한 성기가 여자의 그곳으로 미끄러져 들어갔다. (…) 대부분의 사람들은 이런 장면에 익숙하겠지만, 포르노 영화를 처음 보는 나로서는 무척 당혹스러웠다.(Ernaux, *Passion Simple*, 12-13)

그녀가 자신의 경험을 "당혹스럽다"라고 말하는 데서 볼 수 있듯이, 주인공은 매우 궁금해하면서도 불편함을 느낀다. 섹슈얼리티와 욕망은 그녀를 사로잡고 즐겁게 한다. 그러나 넌지시 드러나는 것처럼, 그녀를 불안하게 만들기도 한다. 자신을 고백으로 이끌었던 포르노 영화에 대해 언급한 후에야 그녀는 불륜에 대해 말하기 시작한다. "작년 9월 이후로 나는 한 남자를 기다리는 일, 그 사람이 전화를 걸어주거나 내 집에 와주기를 바라는 일 외에는 아무것도 할 수 없었다."(13) 따라서 두 작가가 모두 처음부터 독자들에게 여성 섹슈얼리티와 욕망의 엄연하고도 친밀한 이미지를 보여주면서 수치심을 가지고 놀 의도였던 것이다.

이와 같은 도발적인 시작에 이어 두 작가는 수치스러운 행위, 행동,

그리고 욕망의 목록을 쌓아간다. 그들의 텍스트는 때때로 독자의 감수성을 공격하고 싶어하는 것처럼 보인다. 가령 에르노는 포르노를 보는 데서 시작해 불륜을 저지르고 구강성교를 하고 아이가 자신의 성욕보다 중요하지 않다고 주장한다. 그녀는 또한 『빈 장롱』에서 처음 언급한 학창 시절 뒷골목에서의 임신중절 경험을 『단순한 열정』에서도 언급한다. 그 장소를 찾아가 시술을 해준 나이 든 여성이 사라진 아파트에 부유한 가족이 살고 있는 것을 알게 된 과정에 대해 쓰고 있는 것이다. 이 작가는 부끄러운 사건을 다루기로 유명한데, 러레인 데이는 이를 교육받은 계층에 진입할 때 작가가 느끼는 하층 계급의 가정교육에 대한 극도의 수치심과 연결했다. 데이가 보기에 에르노의 텍스트는 "화자의 성적인 선택들에 체화되어 있는 사회적 역사의 결정적인 중요성을 묘사하고 있으며, 그녀는 자신이 성적 쾌락의 추구와 사회적 불명예를 동일시하는 가정교육의 유산이었던 성적 수치심을 극복하기 위해서 오랫동안 힘들게 싸워왔다는 것을 알고 있다".(223) 그러나 『단순한 열정』이 선보이는 수치심에 대한 재현의 날카로움은 에르노가 그것을 표현하는 사무적인 방식으로부터 온다. 워런 못은 에르노의 스타일이 '반문학적'이며, 에르노가 소설에서 자신의 집착을 이야기하는 방식이 눈에 띄게 황량하고 간단하며 사무적이라고 주장하면서, 미니멀리즘적이라고 묘사했다. 에르노는 어떤 과장이나 감상을 거부하고, 어떤 수치심의 고백도 피하면서 연인과 함께했던 성적 행위들에 관해 쓴다. 친밀함에 대한 이런 식의 이야기는 화자가 인습적으로 충격적인 내용에는 영향을 받지 않고 이를 편안하게 느끼고 있다는 감각을 만들어낸다. 예컨대 그녀는 남자가 "당신 입으로 거길 애무해줘"(21)라고 말한 것을 인용하면서 "그것은 그 사람의 성기를 보면 당장에 알 수 있는, 유일하고도 명백한 진실이었다"(35)라고 적는다. 작가는 자위에 대해서도 쓴다. "한번은 침대에 누워 자위를 했는데, 그 사람도 내 배 위에서 같은 것을 느꼈을 거라는 생각이 들었다."(52) 1975년 작업인 『메두사의 웃음Le Rire de la Méduse』●에서 엘렌 식수는 여성들이 자위를 할 때 수치심을 느낀다고 썼다. 그 이후 이루어진 성적 태도와 의식의 진보에도 불구하고, 이런 수치심이 과연 사라졌는가는 여전히 의문으로 남아 있다. 에르노의 화자는 또한 스스로를 정형화하는 방식으로 자신의 행동이 어떻게 변화했는지, 이를테면 어째서 여성 잡지에서 별자리 운세를 읽거나 감상적인 음악을 듣고, 책에서 로맨틱한 이야기에 과도하게 집중하는 등의 습관이 생기게 되었는지에 대해 쓴다. 문학 선생이자 프랑스에서 가장 성공한 작가 중 한 사람인 작가 자신과는 대조적으로, 작품 속 화자는 빛나는 갑옷을 입은 기사를 집착적으로 기다리는 멍청하고 순진하며 비이성적인 여성으로 스스로를 그려간다. 따라서 에르노는 이전에 쓴 적이 있는 사회경제적 배경으로부터 비롯된 수치심을 부끄러운 성적 활동으로 여겨지는 행위들에 대한 광범위한 목록으로 확장시키고, 이를 그려내는 삭막한 내레이션은 창피한 내용과 그것을 말하는 수치심 없는 태도 사이에서 긴장감을 조성한다.

● 엘렌 식수, 『메두사의 웃음 / 출구』, 박혜영 옮김, 동문선, 2004.

비슷한 방식으로 앙고의 『근친상간』 역시 사회에서 수치스러운 일
이라고 생각되는 것들을 가지고 논다. 그리고 독자로 하여금 그것에
대해 생각하고, 결정적으로 그것을 비교하게 하면서, 소위 부끄러운
행동들에 대한 목록을 쌓아올린다. 동성 성애 자체가 성적 행위들, 특
히 구강성교에 대한 생생한 묘사와 함께 자세하게 언급된다. "그건 처
음에는 내게 미지의 영역이었다. 여자를 빠는 것 (…) 당신은 숲속에서
질식하게 된다."(24) 게다가, 여성을 향한 감정의 집착적인 본성은 일
종의 수치심을 불러일으킨다. 사람들이 자기 행동을 본다는 것을 알
고 있기 때문이다. 그녀는 연인의 사무실에 계속해서 전화를 건다. 너
무 자주 걸어서 비서가 그녀를 알 정도이며, 비서는 마치 그녀가 전화
기에다 대고 터무니없고 히스테리컬하게 말했다는 듯이 말투를 흉내
낸다. 화자는 집착을 이겨내기 위해 술을 마셨다고 말하고, 자기강박
의 증거가 되는 꿈과 성적 판타지에 대해 이야기한다. 자신이 정신분
석가를 만나고 있으며, 이전에 정신분석을 받았다는 것을 고백하기도
한다. 그리고 스스로 미쳤다고, 인생에서 일어난 사건들 때문에 불안
정해졌다고 묘사한다. "나는 미쳐가는 중이 아니야, 이미 미쳤으니까,
지금이 바로 그 상태야, 미친."(90) 화자는 정신분석 사전에서 병에 대
한 묘사를 찾아내, 자신의 불안정한 정신 상태와 관련해 수치심이 없
는 것처럼 이를 공개적으로 인용한다. 당연하게도 마지막은 책의 제목
이기도 한 근친상간이 등장하며, 마지막 30쪽에 걸쳐서 서술된다. 작
가는 트라우마를 줄이는 짧고 묘사적이지 않은 문장들로 위장해 아
버지의 성기 위에 올려져 있는 귤을 먹었던 일, 아버지가 그녀에게 행

한 항문성교에 대해 놀라울 정도로 솔직하게 적어 내려간다. 그러나 그것은 명백히 수치심의 원천이다. 루스 크뤽섕크는 앙고에 대한 비평이 근친상간의 문제를 어떤 방식으로 애매하게 다뤄왔는지를 지적했다. 그것은 작가를 둘러싼 스캔들 때문일 수도 있겠지만, 한편으로는 근친상간에 대한 논의 자체가 명백하게 터부시되어왔기 때문일 것이다. 또한 근친상간이 그렇게 삭막하고 간결한 방식으로, 다른 수치스러운 일들의 목록 속에 감춰진 채, 축약적으로 묘사되었기 때문에 평론가들의 주목을 끌지 못했음이 분명하다.

따라서 에르노와 유사한 방식으로 앙고는 거의 독자에게 폭력을 행한다고 할 정도로—성적인 행동과 성적이지 않은 행동을 포함한—다양한 수치스러운 행위를 나열하면서, 사회가 창피한 것이라고 규정해온 행동과 감정, 충동을 매우 세심하게 연주한다. 게다가 가장 도발적인 장면이 서술되는 건조하고 짧은 산문은 수치심을 느끼는 자아의 사실주의적 반영이라고는 할 수 없는 냉담함을 자아낸다. 나는 두 작가의 스타일이 똑같다고 말하려는 것이 아니다. 에르노와 앙고가 삭막하고 미니멀리즘적인 산문을 쓰기는 하지만, 앙고의 스타일은 서술적 언어, 시적 언어, 그리고 독설에 찬 절규 등을 아우르며 대단히 다채롭다. 가장 흥미로운 것은 이 작품들이 수치스러운 행위의 세례를 퍼붓고, 수치심이라는 감각을 대수롭지 않게 여기는 스타일을 일관되게 유지하며 일인칭으로 이야기한다는 점이다.

타인을 수치스럽게 하기

크리스틴 앙고와 이름 없는 화자가 늘어놓는 수치심에 관한 목록은
독자로 하여금 작가에 대해 갖게 된 인상에 질문을 던지고, 사적인
삶을 궁금해하게 만든다. 특히, 독자는 작가와 텍스트에 등장하는 다
른 사람들과의 관계에 대해 곰곰이 생각하게 된다. 두 작가 모두 의식
적으로 타인으로 하여금 자신의 수치심에 동참하도록 하며, 이것이
두 작가의 작품 사이에서 공통점과 차이점을 만드는 가장 흥미로운
지점이다. 사람들은 종종 다른 사람들을 이야기로 끌어들이지 않으면
수치심의 은밀한 원인들을 드러내 보이지 못한다. 수치심이란 우리가
홀로 경험하는 것이지만, 누군가의 수치스러운 행동은 함께 죄책감을
느끼든 혹은 노골적으로 그 사람을 비난하든 다른 사람과 관계를 맺
지 않는 경우가 거의 없다. 자신의 성행위에 대해 이야기하는 일은 다
른 사람의 성행위에 대해 말하는 일을 수반한다. 우리는 다른 사람을
연루시키고 그들이 공유하는 책임감에 대해 낱낱이 써야 할까? 아니
면 자신의 수치심에 대해서만 쓰기로 결정하면서 다른 사람들은 곤
란함을 피하게 해줘야 하는가?
　에르노가 언급한 첫 번째 타인이자, 이 폭로가 출판되면서 가장 많
은 것을 잃은 이는 분명히 그녀의 유부남 연인이다. 화자는 이 남자
를 보호해야 할 필요성을 강하게 의식하고 A라고 부르는 것 외에는
이름하기를 거부함으로써 그를 보호하고자 했다.[4] 그녀는 A에 대해
서 거의 알려주지 않는다. 독자는 A가 동유럽에서 온 외교관이며 기

혼자이며 술을 많이 마신다는 것은 알지만, 그의 삶에 대해 더 자세히 알 수는 없다. 한번은 화자가 그의 아내에 대해서 언급하는데, 그녀는 이 여성의 트라우마보다 자기 자신의 감정에 더 집중한다. "나는 그 사람의 몸이나 옷에 나의 흔적이 남지 않도록 신경을 썼다. 그것은 그 사람과 아내 사이에 문제가 생기는 일을 피하게 하려는 배려인 동시에, 그런 문제로 인해 그 사람이 내게서 떠나가는 일이 없도록 하려는 나름의 계산에서였다."(37) 독자들은 익명성이 이 연애 사건에서 그녀 자신을 지키는 일이라고 추론하고, 서사에서 남자의 이름을 밝히지 않음으로써 이 책이 그 남자에 관한 것이라기보다는 글쓰기를 통한 열정의 기록에 관한 것임을 강조하고 있다고 생각한다. 소설에 등장하는 인물들, 그중에서도 특히 연인은 부수적으로 따라오는 것일 뿐이다. 현재 시제에서 자신의 선택을 정당화하면서 화자는 이렇게 쓴다. "A는 지금도 이 세상 어디엔가 살고 있다. 나는 그 사람의 신분이 드러날 수도 있는 예민한 정보에 대해서는 자세히 이야기할 수 없다. (…) 지금의 그에게 자신의 삶을 값지고 성공적인 것으로 이끄는 일보다 더 소중한 일은 없다. 그 사람의 입장이 나와 다르다는 사실이 나로 하여금 그 사람의 신분을 밝힐 수 없게 만든다. 나는 그 사람을 내 존재를 위해 선택한 것이지 책의 등장인물로 삼기 위해 선택한 것은 아니다."(33) 흥미롭게도 에르노는 마르크 마리와 함께 『사진의 사용 L'usage de la photo』 작업을 했던 것처럼, 연인들 중 한 명과 공동 저작을 쓸 정도로 작품 활동에 있어 연인들에 대해 매우 열려 있었다. 그러나 『단순한 열정』에서는 가능한 한 타자를 그녀의 이야기에서 배제

하려 하고 있고, 그러지 않으면 그를 수치스럽게 만들 수도 있다는 점
도 알고 있다.

　마찬가지로, 화자는 아이들이나 전남편 등 그녀의 인생에 등장하
는 다른 사람들에 대해서도 언급하지만, 세부적인 것은 언급하지 않
는다. 가령 그녀는 아들들이 대학교 방학을 맞아 집에 와 있을 때 연
인에게서 전화가 걸려오면 아들들에게 나가라고 말했던 일에 대해 언
급한다. 대개의 아이들과 엄마들에 대해서 "때때로 아이들은 엄마에
게 아무런 의미도 없어요. 다 자란 고양이가 어슬렁거리며 돌아다니
길 갈망하는 어미 고양이에게 아무런 의미가 없듯이"(26)라고 주장한
다. 아들들에 대한 언급은 독자로 하여금 에르노가 실재 인물이며, 글
을 쓸 때 아이들을 떼어놓고 싶다고 썼던 일을 환기시킨다. 화자는 이
예를 통해 '실제' 사람들을 등장인물이라기보다는 수치스러운 행위의
목록을 더 밀어붙일 매개체로 사용함으로써, 이들이 자신의 서사에
개입하지 못하도록 한다. 확실히 인간과 고양잇과 어미 사이의 유비는
많은 독자에게 충격으로 다가올 것이다. 게다가 이 화자가 실재하는
사람들을 수치스럽게 만드는 문제에 대한 민감함을 언급했다는 사실
은 독자로 하여금 텍스트를 사실로 받아들이게 하고, 작가와 화자를
구분하는 일반적인 실천으로부터 물러나게 한다. 당연히, 어떻게 화자
의 '타자'들이 수치를 느끼게 하면 안 되는가에 대한 논의를 포함하는
수치스러운 것들에 대한 긴 목록의 서사는 지속적인 유혹으로 복무
한다. 유부남 연인 앞에서 스스로를 사회 통념으로부터 벗어난 유혹
자로 꾸며내듯, 에르노는 독자에게도 스스로를 꾸며낸다. 독자로 하여

금 '그녀'를 내레이션을 하는 '나'로 읽도록 유혹하고, 우리로 하여금 작가의 문학적 텍스트를 마치 리얼리티 텔레비전쇼처럼 읽고 싶게 만드는 순진하고 아이 같은 유혹과 만나도록 하는 것이다. 잘 훈련된 독자조차도 어떤 면에서 에르노를 '알고' 있다고 믿도록 유도되며, 그녀의 사적인 삶을 궁금해하게 된다. 롤랑 바르트가 부분적으로 자전적인 텍스트에서 감칠맛 나는 서문을 썼을 때 매우 잘 알고 있었던 것처럼 말이다. "이 책에 쓰여 있는 모든 것은 소설 속의 인물이 이야기하는 것으로 간주해야 한다."(Roland Barthes, *Roland Barthes, par Roland Barthes*, 5)

그러나 앙고는 허구적/실재적 타자들에 대해 에르노와는 사뭇 다른 접근법을 취한다. 앙고의 레즈비언 연인은 이름을 갖고 있다. A의 불륜과 비교하자면, 그녀는 수치스러워 해야 할 어떤 일도 하지 않았다. 그러나 독자는 그녀의 레즈비언 파트너가 텍스트에서 재현되고 아웃팅당하는 것을 즐기지 않았으리라고 상상할 것이다. 앙고는 어느 누구의 사생활도 지켜주지 않으며—이 소설에서 뿐만 아니라 다른 소설에서도—특히 평론가들에게 응답하는 데 신경을 쓰는데, 마치 그들에게 수치를 주려고 그러는 것은 아닌가 싶을 만큼 독설로 가득 찬 장광설로 그들의 이름을 부르는 것이다. 전문 비평가든 친구들이든 모두 표적이 되며 그 가운데 많은 이름이 텍스트에서 언급되고, 인용되고, 반박된다. 인쇄된 비평에 대해서는 "내가 대답을 해주겠다. 당신의 면전에 대고, 당신에게 되돌려주겠다. 예의를 좀 갖추길"(156)이라고 말하면서 직접적으로 응답하고, 그들에게 창피를 주는 것이 그

녀에게 어떤 폭력적인 쾌락을 선사하는지 설명한다. "축제에서 다트를
던지는 것처럼 촌철살인으로 기자들을 수치스럽게 하는 것도 윤리적
인 일일 뿐 아니라 마음에 평화를 주는 일이다."(59) 그녀는 가족들도
마찬가지로 서사에 끌어들이는데, 그들에 대한 은밀한 내용을 폭로하
는 것은 물론 공개적으로 비판하기도 한다. 한 에피소드에서 그녀는
오랫동안 함께했던 (남성) 연인과 자기 작품을 두고 벌인 논쟁에 대해
쓴다. "클로드는 내가 전화를 걸어 그에게 이 두 페이지를 읽어주었을
때 이렇게도 말했다. '그건 짓궂고 무례해.' 아니, 전혀 그렇지 않다. 그
건 전혀 짓궂지 않고 무례하지도 않다. 이건 장난이 아니다."(59) 그녀
의 오랜 연인이자, 딸—실제 앙고의 딸이자 작품에도 등장하는 레오
노르—의 아버지인 클로드는 앙고의 작품에 지속적으로 등장했다.
그녀의 텍스트는 '그들의' 관계에 대한 내밀한 내용을 이야기한다. 『앙
고에 대하여Sujet Angot』에서 작가는 더 나아가 클로드의 관점에서 이
야기를 풀어낸다. 클로드는 두 사람의 관계가 끝난 뒤 앙고를 그리워
하며 그녀가 쓴 원고를 읽고, 자신의 생각을 늘어놓는다. 그의 말 안
에서 앙고는 스스로를 '너tu'로 대상화한다. 이 글을 쓰는 지금 이 순
간, 앙고는 타인을 수치스럽게 만든 바로 이 문제로 송사에 휘말려 있
다. 한 지인이 앙고의 2011년 소설 『어린이들Les Petits』이 자기와 자기
아이를 바탕으로 썼다고 그녀를 고소했기 때문이다. 앙고는 재판을
기다리고 있다.

　『근친상간』에서 그녀가 가장 수치스럽게 묘사한 인물은 근친상간
을 행한 그 사람, 즉 아버지다. '진짜 그랬나?' 독자는 분명히 질문할

것이며, 또한 '그러지 않았다면 어떻게 그렇게 쓸 수가 있지?'라고 물을 것이다. 작가는 독자로 하여금 이 이야기를 트라우마 서사로 읽게 만든다. 마치 그녀가 끔찍한 경험에 대한 기억을 극복하기 위해 이것을 써야만 했던 것처럼. 게다가 화자는 아버지가 알츠하이머로 고통받고 있다고 언급하는데, 이는 아버지가 자신의 죄를 (거의) 기억하(지 못하)는 와중에 작품을 출간함으로써 그에게 응답하고 싶었다고 추측하도록 하는 추가적인 이유가 될 것이다. 그러나 독자는 독서 경험을 통해 화자와 작가를 혼동하지 않아야 하며 특히 이 작가는 액면 그대로 받아들여서는 안 된다는 것을 알고 있다. 예컨대 딸 레오노르는 『언제나, 레오노르Léonore, toujours』의 결말에서 죽음을 맞이하지만 다음 책에서는 아무런 설명 없이 되살아나서 등장한다. 독자는 모든 지점에서 '하지만 어떻게 자기 연인/친구/아버지/딸에 대해서 그렇게 쓸 수 있지?'라고 생각하도록 유혹당하며, 바로 여기에 앙고의 장난기 넘치는 천재성이 존재한다. 독자들은 심지어 그들이 이 작가에 대해 소유권을 가지고 있으며, 그녀와 그녀 가족의 은밀한 사연을 알고, 따라서 그녀의 정체성을 파악할 수 있다고 느낄지도 모른다. 그러나 앙고는 주기적으로 이것이 오류임을 부러 폭로하는 것처럼 보인다.

에르노와 앙고가 수치심을 다루는 방식은 글쓰기에 타자를 다른 방식으로 연루시킨다. 에르노는 다른 사람들을 호명하기를 꺼려함으로써 곧바로 스스로를 강조한다. 텍스트의 자기애적 요소들을 고양하는 동시에 독자들의 감수성을 연주하면서 말이다. 그녀는 우리로 하여금 텍스트를 그녀 자신의 말이라고 읽게 하고, 수치스러운 행동을 실재 삶의 트라우마에 대한 고백으로 해석하도록 한다. 그리고 이런 유혹을 지지하기 위해 다른 사람들에 대한 언급을 극히 삼간다. 앙고는 독자가 어떻게 작가를 안다고 믿고 싶어하는지를 보여주면서, 또한 나르시시즘을 극한까지 몰아가면서 이를 더 밀어붙인다. 그녀는 자기 자신의 수치심뿐만 아니라, 원한다면 어느 누구의 수치심에 대해서도 쓴다. 그럼으로써 독자가 동정하면서도 한편으로 의심하고 심지어 증오하는 화자를 창조해낸다.

독자를 수치스럽게 하기?

이런 수치심의 목록, 자기 자신과 다른 사람들을 수치스럽게 하는 과정은 다음과 같은 질문들을 던진다. 왜 이런 것들을 읽으라고 출판하는가? 왜 독자에게 번번이 가차없는 충격을 주고, 그들을 당혹스럽게 혹은 불쾌하게 하려고 드는가? 수치심은 독자와 작가 사이에 협상이 되었고, 그들이 명백하게 독자를 위해서 글을 쓰고 있다는 의식은 두 텍스트에서 모두 중심 모터가 되고 있다. 이 작품들은 각각 독자들이 수치심의 이야기에서 한 명의 타자임을 시사하는데, 그들이 수치심을 존재하게 하는 타자, 즉 수치심을 느끼게 하는 매커니즘을 가능하게 하는 관중이기 때문이다. 두 작가는 처음부터 삭막하고 부끄러움이라곤 없는 듯한 산문에서 사회적으로 용납될 수 없는 행동들을 적으며 독자에게 충격을 주려고 한다. 게다가 그들은 독자들 앞에서 많은 여성이 거부하고 싶어할 정형화된 이미지로 스스로를 벌거벗겨버린다. 강박적인 사랑에 빠져버린 히스테리컬한 여성, 그 강박적인 갈망의 힘 때문에 생각과 행동이 달라져버리는 여성으로 진부하게 스스로를 묘사하는 것이다.('강박'은 에르노가 특히 텍스트 전반에 걸쳐서 반복적으로 사용하는 단어다.) 에르노의 화자는, 이 책이 출판되었을 때 발생할 수 있는 효과에 대해 작가로서 자각하고 있음을 고백하면서, 텍스트에서 때때로 독자에 대해 언급한다. 전체 작품이 어떻게 보일지를 언급하며 화자는 다음과 같이 쓴다. "다른 사람들도 나와 똑같은 경험을 하고 나와 똑같은 감정을 느끼며 살아가고 있는지 알아보려고, 아니면 내가 느끼는 감정들이 지극히 정상이라는 것을 확인받으려고 내가 이 글을 쓰는 것은 아닌지 자문해 보았다."(65) 이렇게 에르노는 자신이 독자와 관계하고 있음을 공개적으로 인정하고, 자신의 작업이 읽힐 것이며 그것을 읽는 사람들에게 어떤 영향을 미칠 것임을 언제나 인지한 채 글을 쓴다는 사실을 넌지시 알려준다. 독자는 더더욱 화자를 작가로 보게 되고, 독서를 하는 동안 둘을 하나로 인식하게 된다. 책에 등장하는 '나'는 명백히 이름 없는 화자이지만, 타자들에 대한 언급은 더 광범위한 해석을 제안한다. 또한 독자와 친밀감을 나누는 듯한 텍스트의 고백적 분위기는 그 자체로 에르노가 우리와 정말 닮았다는 사실을 드러내면서, 그녀가 우리에게 사적인 비밀을 털어놓고 있다고 믿게 만든다. 예컨대 그녀는 다음과 같이 쓴다. "나는 이 남자와 함께 침대에서 보낸 오후 한나절의 뜨거운 순간이, 아이를 갖는 일이나 대회에서 입상하는 일, 혹은 멀리 여행을 떠나는 일보다 내 인생에서 훨씬 중요하다는 것을 깨달았다."(19) 어쩌면 충격적일 수 있지만—또 수치스러울 수 있지만—그녀는 이와 같은 고백의 친밀감과 유희를 즐기면서, 마치 우리가 서로를 알고 공통점을 가지고 있으며 그녀의 감정에 공감할 수 있는 이기심이 모두의 내면에 존재하고 있다고 생각하게 한다. 이는 이야기를 쓰는 효과와 자신의 열정을 포착하기 위해서 글로 무언가를 기록하고자 하는 욕망에 대해서 논평하면서, 화자가 글을 쓰는 과정 그 자체에 대해 논할 때 분명하게 드러난다. 효과적으로, 그녀는 이렇게 쓴다. "이런 이야기들을 숨김없이 털어놓는 것을 나는 조금도 부끄럽게 생각하지 않는다. 이 글이 쓰이는 때와 그것을 나 혼자서 읽는 때, 그리고 사람들이 그것을 읽는 때는 이미 시간상으로 상당히 차이가 있을 테고, 어쩌면 남들에게 이 글을 읽힐 기회가 절대로 오지 않을지도 모르기 때문이다."(42) 여기서 화자는 독자에게 관여하지 않음을 표방한다. 독자가 존재한다는 것은 인식하고 있지만 그들은 다른 현실에 존재한다. 그리고 쓰기와 읽기 사이의 다른 시간성 때문에 수치심으로부터 자유롭다고 말하는 것이다. 그러나 이런 거리두기는 화자인 '나'와 에르노의 유령인 '나' 사이의 연결을 강조하고 독자로 하여금 그 둘을 하나, 즉 분리할 수 없는 총체로 읽게 만들면서 독자를 더 끌어당기게 된다.

앙고 역시 이와 매우 흡사한 방식으로 독자의 감성을 이용한다. 수치스러운 행위들의 세례는 앙고의 텍스트에서 더 길고 더 날카롭다. 작가가 의도적으로 독자에게 수치심을 강요하고, 심지어는 내면의 수치심을 일깨우려 하는 것처럼 보이기 때문이다. 일례로 딸 레오노르가 성인 남성과 얼마나 생생한 섹스를 하는지 상상하거나 근친상간 장면을 이야기하는 부분을 읽을 때 독자가 어떤 반응을 보이는 것은 당연하다. 이런 내밀한 고백은 독자에게 혐오감을 주기도 하고 독자를 매료시키기도 한다. 마치 혐오스러운 영화를 볼 때처럼 눈을 가리면서도 글을 읽도록 독자를 끌어들이고 유혹하는 것이다. 앨릭스 휴스가 적은바 앙고의 "속임수는 (…) 감시 아래 있는 앙고적인 화자의 목소리에 의해서 호명되는 독자들에 앞서 벌어진다. 독자의 반응은 앙고의 글쓰기가 기대하던 것이고, 비평가들은 그 글쓰기가 독자를 틀림없이 당황하게 만들 것이라는 사실에 동의한다".(66) 에르노의 텍스트에서처럼, 앙고는 화자와 작가가 하나이자 같은 사람이라고 해석하도록 독자를 초대하고, 이를 수동적으로 읽고자 하는 독자의 욕망을 이용하는 세심하게 조작된 속임수 안에서, 화자의 이름과 함께 이를 가능한 한 더 멀리까지 밀어붙인다. 화자인 '나'는 너무 내밀하고, 너무 고백적이며, 너무 강박적이어서 때때로 아찔할 정도다. 극단적인 면과 연결된 기억을 무작위로 술술 늘어놓거나 심리학 안내서에 적힌 정신병에 대한 개요를 인용하면서 병적인 측면들에 대한 탐구를 늘어놓을 때, 독자는 '그녀'를 너무 잘 알게 된 나머지 불편해진다.

독자를 끌어당기면서 동시에 내치고, 그것을 마치 사적인 일기인 것처럼 독해하도록 초대하는 데 더해, 앙고는 전 작품에 걸쳐 독자에게 직접 말을 건다. 가령 그녀는 근친상간 서사의 한가운데서 논평을 위해서 갑작스럽게 멈춘다. "당신에게 이런 이야기를 하게 되어 미안하다. 정말이지 당신에게 다른 이야기를 할 수 있다면 좋겠다."(148) 계속해서 레즈비언 연인에게 근친상간에 대해 이야기했던 일을 기억하면서, 그녀는 말한다. "나는 그것에 대해 쓰면 안 됐다. 그리고 나는 그녀에게 그 이야기를 해서도 안 됐다. 이 이야기는 그녀 안에서, 그리고 당신 안에서 같은 것을 불러일으킬 것이다. 그것은 동정이다. 당신은 더 이상 나를 사랑할 수 없을 것이고, 그녀도 마찬가지다…… 당신은 나를 더 이상 읽고 싶지 않을 것이다."(말줄임표는 원본, 148-149) 그녀는 자신의 산문이 독자에게 미칠 영향을 분명하게 신경 쓰고 있으며, 특히 그녀에 대한 독자의 인상에 주의를 기울이고 있음을 내비친다. 그러나 독자를 기쁘게 하려는, 혹은 독자에게서 위안과 이해를 구하려는 이 같은 의지는 지극히 미약한 것으로 드러난다. 그녀가 동시에 독자의 의견을 거부하고 있기 때문이다. "내가 말을 한다면 이전보다 더 나빠질 것이다. 사람들은 그것에 대해 말하는 것이 좋다고 할 테지만. 그것에 대해 써야만 하는 것이 싫다. 나는 당신을 증오한다. 나는 당신이 싫다. 나는 당신이 무슨 생각을 하는지 알고 싶지 않다. 나는 당신이 무슨 생각을 하는지 알고 있다."(149) 그녀는 텍스트에 완전히 연루되기를 강요하면서 우리에게 도전한다. 또한 자신과의 관계에서 우리 위치를 끊임없이 바꾸면서 우리를 당혹스럽게 한다.

이자벨 카타와 엘리안 F. 달몰린이 앙고의 작품 전반에 대해 이야기하듯, "독자는 침략자 혹은 피침략자의 역할을 맡게 된다."(86) 표지엔 대부분 작가의 사진이 실려 있다. 그녀는 공개적이고 공격적인 도전을 보여주는 듯이 희미한 미소를 지으며 독자를 똑바로 응시한다. 책은 바로 이러한 도전에 기반한다. 작가는 '그녀'를 읽으라고, 그리고

'그녀'를 알아보라고 말하며 독자를 도발한다. 그러나 에르노를 읽을 때와 마찬가지로, 우리는 명백히 실패한다. 텍스트는 독자와 펼치는 교묘한 놀이이며, 독서 실천을 조율하는 조작적인 게임이다. 이 독서 실천은 독자로 하여금 작가, 등장인물, 화자, 그리고 우리가 속은 그 모든 것 사이의 구분에 대한 불신과 의식을 모두 유예하도록 한다.

따라서 『단순한 열정』과 『근친상간』은 우선 독자로 하여금 다양한 수치스러운 생각, 감정, 행동에 대면하게 함으로써 서사 안에서 수치심에 대한 이해와 그 재현에 대한 질문을 제기한다. 건조한 문체로 쓰인 성적 행위들에서부터 근친상간의 서사, 그리고 전형적으로 히스테리컬한 행동에 이르기까지 온갖 종류의 부끄러움을 제시하면서 사회적으로 성문화된 수치심의 근원과 대면하도록 하는 것이다. 더욱이 여성 작가가 여성 화자의 목소리를 통해 섹슈얼리티와 욕망에 있어 전통적으로 창피하게 여겨지는 것들에 대해 이야기한다는 점에서 두 작품은 사회적으로 받아들여지는 적절함의 경계를 더 멀리까지 확장시킨다. 여성의 섹슈얼리티를 이야기할 수 있고 출판할 수 있는 이 여성들의 능력은 확실히 여성에게 힘을 준다. 그렇게 그들의 작품은 성과 욕망의 자유로운 표현이라는 진전을 향해 나아간다. 그럼에도 불구하고 같이 놓고 보면 이 텍스트들은 (절실히 필요하며 잠재적으로 해방적일 수 있는) 수치심의 재현을 넘어, 고백록과 자서전의 한계에 대해 더 광범위하게 논평한다. 작가들은 수치심의 재현을 가지고 놀면서 화자와 작가 사이의 경계를 흐리게 하는 방식으로 책을 읽도록 유도하고, 독자를 텍스트로 끌어들인다. 이 텍스트들은 작가 자신에 대한 우리의 호기심을 발가벗기고 우리에게 '에르노가 정말 이렇게 한 걸까?' 혹은 '앙고는 정말 이런 일로 고통을 겪었나?'와 같은 생각을 하도록 부추긴다. 그렇게 책을 읽는 동안 우리 자신의 욕망과 대면하게 만드는 것이다. 에르노의 작업에서 나타난 수치심의 재현과 관련해서는 많은 비평가가 탐구한 바 있다. 그러나 앙고의 작품과 비교분석하는 연구들은 두 작가가 몰두했던 포괄적 유희에 주목한다. 수치심에 대해 쓴다는 게 이들 작품에서 매우 중요하긴 하지만, 자전적 글쓰기와 읽기에 관한 오늘날의 풍자적인 논평 관행을 보여주는 비유로서 수치심을 독해하는 것도 가능할 것이다. 일인칭 서사가 자전적이라고 하든, 그렇지 않다고 하든 독자는 소설을 그렇게 읽으려고 하고, 점차 쌓여가는 작업들에 비추어 작가에 대한 이미지를 만들어가도록 유혹받을 것이다. 에르노는 열정의 실재와 대면하게 하고 앙고는 근친상간의 실재와 대면하게 하지만, 다른 무엇보다도, 그들은 동시에 문학적 슈퍼스타의 일상에 매혹되는 독자로서 우리를 드러내 보인다. 이 작업들은 우리가 어떻게 등장인물들을 '리얼하다'고 추정하고, 우리가—또한 작가들이—어떻게 지금까지 알고 있었던 것에 대한 믿음을 유보하면서, 리얼리티쇼를 보는 것과 같은 방식으로 이런 텍스트에 참여하도록 부추겨지는지를 보여준다. 이 서사들이 얼마나 실재 삶에 기반하고 있는가와 무관하게, 궁극적으로 그것은 언제나 만들어진 이야기다.

5장

장애자긍심과 수치심의 상호작용
일라이자 챈들러

이 장은 장애자긍심과 수치심 사이의 밀접한 관계를 다룬다. 몸 embodiment에 대한 주저 없는 만족만이 장애자긍심을 체현하는 전제 조건으로 이해된다면, 우리는 몸과 주저하는 관계를 맺고 있는 장애를 가진 사람들을 '배제 가능한 유형excludable type'(Titchkosky, 149-150) 으로서 간주하게 된다는 게 이 글에서 시사하는 바다.

이 글에서 나는 장애자긍심을 상상하는 대중적 방식들에 대한 가정을 분명히 하고자 한다. 장애자긍심이 수치심을 완전히 버린 상태로 존재하는 것이란 상상은, 우리 가운데 주저하는 자긍심에 기반해 몸과 관계를 맺고 있는 사람들을 배제한다. 따라서 이 글은 자긍심과 수치심이라는 두 개의 체현된 관계가 공존하는 감정의 배치configuration를 보여준다. 우선 웹사이트와 생애 서술life narrative(Foucault, *Archaeology of Knowledge*)을 활용하여 대중 '담론'에서 장애자긍심이 어떻게 출현했는지를 논한다. 나는 분석을 통해 특

히 이런 텍스트들이 자긍심으로 장애를 포용함으로써 어떻게 수치심
을 외면해버렸는지에 주의를 기울였다. 나는 장애자긍심 서사를 이야
기하는 대중적 구조가, 장애를 지닌 몸에 대해 확고하게 만족하지 못
하는 우리를 어떻게 배제하는지 드러내 보일 것이다. 뇌성마비를 가
진 나는 우리가 몸과 맺고 있는 이런 불안정한 관계를 실제로 경험
했다. 그런 다음에는 수치심으로 관심을 돌릴 것이다. 이 부분에서
는 세라 아메드의 '끈적임stickiness'●이라는 표현에 주목하고, 이를 통
해 수치심이 어떻게 우리 피부 아래에서 부풀어 올라 우리를 세계와
그 세계의 장애에 대한 일반적이고 일상적인 이해와 해석에 '고착시
키는지stick'를 탐구한다.(Ahmed, *The Cultural Politics of Emotion*) 여기서
나는 아메드의 논의와 함께 수치심을 다룬 문화이론가 샐리 문트의
2007년 저작에 기대어, 어떻게 멸칭epithet이 우리를 수치심으로 가득
채우면서 자긍심을 가진 '세계-내-존재'(Sartre)로서 스스로를 감각하
기 어렵게 만드는지에 대해 사유했다. 나는 이런 수치심이 "무언가가
움직이는 것을 막아설"(*Cultural Politics*, 27) 수 있으며, 그렇기 때문에
우리가 수치심에 저지당하지 않기 위해서는 자긍심이 필요하다고 주
장할 것이다.

● 세라 아메드는 감정emotion과 정동affect의 문제를 연구하면서 특정한 감정이 특정한 성
질에 잘 달라붙는 문화적 조건이 있다는 데 주목하며 이를 감정과 정동의 끈적임으로 설명한
다. 예컨대, 9.11 테러를 둘러싸고 미국에서 형성된 담론이 아랍인을 구성하는 방식 안에서 증
오는 아랍인에게 달라붙기 쉬운 감정이 되며, 이 감정은 테러리스트의 속성을 아랍인에게 쉽
게 달라붙게 만든다. 여기서 끈적임은 은유적인 표현이기도 하지만, 신체와의 연결점을 가지고
있다는 점에서 물리적인 현실에 대한 묘사이기도 하다. 챈들러는 이 '끈적임'의 개념을 가져와
장애를 체현한 몸과 수치심 사이의 사회적 연결, 들러붙음을 설명한다.

결론에서는 수치심으로부터 등을 돌리는 변화만이 '자긍심을 가지고 장애인의 삶을 살아갈 방법'을 결정짓는 유일한 규범적 기준으로 상정된다면, 이는 몸과 관계된 다른 이야기를 할 기회를 배제하는 것이라고 주장할 것이다. 수치심으로부터 등을 돌리는 움직임—자긍심으로 장애를 대하기 위해서 우리에게 요구되는 바로 그 움직임—이 어떻게 우리 뼛속에 셀 수 없이 다양하게 살고 있을지 모르는 장애자긍심에 대한 뭇 이야기로부터 눈을 돌리게 하는지에 대해서도 설명하고자 한다. 그리고 이 글은 필연적으로 수치심을 느낄 수밖에 없는 공공의 장소에서 치욕을 당하는 그 순간, 나 자신을 돌보기 위해 장애자긍심과 함께 살아간다는 것이 얼마나 중요한 일인지를 묘사하며 마무리될 것이다.

문화이론가 데이비드 미첼과 샤론 스나이더의 장애학[1] 연구에 따르면, "거의 모든 문화에서 장애는 해결이 필요한 '문제'라고 여겨진다."(47) 문제적인 정신, 몸, 감각, 그리고 감정 각각에 장애가 자리하고 있다는 이해는 당대 서구 문화가 장애를 어떻게 이해하는지를 보여준다.(Michalko, *Difference*, 1-8; Titchkosky) 장애가 해결이 '필요'한 문제라는 문화적 상상력은 장애인들에게 수치심이야말로 몸에 적용하는 데 있어 가장 적절한 감정임을 일러준다. 수치심[2]은 장애인이 '우리 문제'를 창피하게 여기고, 우리로 하여금 문제의 해결책을 찾도록 종용한다는 면에서 적절하다. 치료나 재활을 받든, 무슨 수를 써서라도 몸을 무시하든 말이다. 우리 자신과 다른 사람들의 장애를 수치스럽게 여기도록 만드는 문화적 조건의 한가운데서 누군가 장애자긍심이라는 개념을 처음 접한다면, 장애에 대해 자긍심을 가질 수 있다는 가능성 자체가 모순적으로 보일 것이다. 그러나 내가 경험한 바로는 장애자긍심에 대한 개념적 가능성과 더 많은 시간을 보낼수록, 그것은 생각할 수 없는 개념에서 '세계-내-존재'로서 존재하기 위한 바람직한 방식으로 변화되기 쉽다.

　장애자긍심이란 장애를 해결하는 게 아니라 장애를 대하는 태도를 말한다. 우리는 이를 통해 장애가 소외 속에서 홀로 경험해야 하는 개인의 문제가 아니라 우리를 다른 사람, 그리고 세계와 묶어주는 정체성이라는 사실을 깨닫게 된다. 장애자긍심은 공동체를 형성하고 문화를 개발하며 전복적인 교화 언어를 만들 수 있게 한다. 그리고 '장애를 가진 사람들people with disabilities'이라는 단절된 인구집단에 대한 대안으로 '장애인들disabled people'의 인간성을 세울 수 있게 한다. 즉, 장애자긍심은 우리로 하여금 장애가 있는 몸을 '편안하게 느끼도록' 해주고 세상으로부터 소외되기보다 그 안에서 편안하게 살 수 있게 해준다.(Ahmed, *Queer Phenomenology*, 9) 우리가 장애를 '편안하게 느낀다'는 것, 그리고 체현된 경험들의 미묘한 차이에 솔직해진다는 것은 한편으로 우리 육체성이 이따금, 혹은 늘 야기하는 '곤란함'과 우리가 경험하곤 하는 결과적인 수치심에 마음을 열고 그것에 관여해야 한다는 것을 의미한다.(Michalko, "Double Trouble", 401-416)

　장애의 미묘한 성격 때문에, 그리고 당연하게도 그것을 체현하고 그것과 관계 맺는 상황들의 미묘한 성격 때문에, 수치심을 버린다고 해서 우리가 반드시 언제나 자긍심을 경험하게 되는 것은 아니다. 따라서 나는 이 글에서 장애를 수치심, 좌절감, 당혹감으로 받아들이는 이들(Judith Butler)을 배제하지 않는 새로운 자긍심을 '구체화하기' 위해 지금 장애 인권운동에서 이해되는 장애자긍심이라는 개념을 면밀히 살펴보고자 한다. 대신에 나는 현재 맺고 있는, 또 언제 어떻게든 변할 신체와의 관계에 있어 모든 장애인이 가닿을 수 있는 장애자긍심을 상상해볼 것이다. 나는 이런 신체적 관계들이 서로를 배제하면서 고립된 상황 속에 존재하는 게 아니라 서로 함께 발생하며, 따라서 각각을 개별적으로 고려해서는 그 얽힌 관계를 풀 수 없음을 보여주는 자긍심과 수치심의 배치를 제안하고자 한다. 또한 나는 신체에 대한 주저 없는 만족이 장애를 자긍심과 연결하는 전제 조건으로 받아들여진다면, 어떤 장애인들은 '배제 가능한 유형'으로 간주되고 만다고 주장한다.(Titchkosky, 149-150)

이 글은 생애 서술이나 웹사이트 같은 대중 텍스트에서 장애자긍심이 어떻게 등장하는가를 논의하며 시작된다. 텍스트를 분석하면서, 그 글들이 장애를 자긍심과 연결하려면 수치심을 외면해야 한다고 설명하는 방식에 특히 주목했다. 그리고 장애자긍심을 이야기하는 이런 대중적인 구조가 장애를 가진 몸에 대한 만족감이 불안하게 흔들리는 사람들을 어떻게 잠재적으로 제외시키고 있는지를 폭로했다. 두 번째 부분에서는 수치스러운 경험이 필연적으로 자긍심을 느끼는 것을 방해하는 건 아니라는 사실을 주장하기 위해 수치심을 탐구했다. 세라 아메드의 '끈적임'이라는 개념을 사용하면서, 어떻게 수치심이 우리의 피부 아래에서 부풀어 올라 우리를 세계에 "고착시키는지"(*Cultural*

Politics)를 살펴본다. 아메드의 작업은 또한 우리가 길에서 마주치게 되는 멸칭들이 어떻게 우리를 '세계-내-존재'라는 감각으로부터 휘청거리게 하는지 이해하는 데 도움을 준다. 여기서 나는 또한 프란츠 파농이 '검둥이negro'라는 멸칭에 포획되었던 경험을 적은 글에 기대는데, 흑인 주체성에 대한 해석은 그가 내리는 자기 규정과 부조화를 이룬다. 이 글은 내가 어쩔 수 없이 수치심을 느끼게 되는 공적 굴욕의 순간에 스스로를 돌보는 데 있어 장애자긍심을 가지고 살아간다는 것이 필요한 이유를 보여주는 일화로 마무리된다.

장애자긍심

우리 중 누군가를 '배제 유형'으로 구성하지 않을 새로운 장애자긍심을 공들여 만들고자 할 때, 나는 장애자긍심에 대한 대중적인 개념을 전부 폐기해버리자고 제안하는 게 아니다. 처음에는 우리를 어리둥절하게 만들었던(그리고 어떤 사람들에게는 계속해서 혼란스러울 수도 있는) 장애는 사실 '해결을 필요로 하는 문제'라기 보다는 자긍심을 가질 만한 정체성일 수 있을 뿐 아니라, 공동의 인권행동, 공동체, 문화, 그리고 예술적 실천들에 영감을 주는 열쇠가 될 수도 있다.[3] 여기서 나는 장애자긍심이 최근에 어떻게 상상되고 있는지를 보여주는 대표적인 세 편의 텍스트를 분석할 것이다. 첫 번째로 다룰 텍스트인 「왜 장애자긍심인가?Why Disability Pride?」(Triano)는 장애인 인권운동에서 일반적으로 상상되는 장애자긍심에 대해 현재 통용되는 정의를 보여준다. 두 번째는 장애학에서 매우 영향력 있는 작업으로 손꼽히는 장애인 인권활동가 제니 모리스의 『편견에 맞서는 자긍심Pride against Prejudice』이다. 모리스는 여기서 어떻게 장애자긍심이 공동체 행동을 조직할 수 있는가를 다룬다. 세 번째로 다룰 글은 태미 S. 톰프슨의 「수치심으로부터의 탈출Escape from Shame」인데, 이 글은 그녀가 장애자긍심을 가지고 살아가기 위해 어떻게 수치심의 삶을 떨쳐냈는가에 대한 사적 기록이다. 텍스트 분석에서는 타냐 티치코스키를 인용할 텐데, 그녀는 이렇게 상정한다. "텍스트는 그것 역시 '행위'인 한 그저 옳거나 그르지 않다. 옳든 그르든, 텍스트는 언제나 의미를 생산하는 지향을 가진 사회적 행위다."(21, 강조는 원문) 티치코스키의 논의를 따르자면, 우리는 장애자긍심이 이미 출현한 이 텍스들을 그저 '좋다/나쁘다' 혹은 '옳다/그르다'의 관점에서 판단하기보다는, 이 텍스트들의 '행위'를 통해서 자긍심이 [텍스트 밖에서] 어떻게 실현되었는가를 이해할 필요가 있을 것 같다. 티치코스키는 또한 페미니스트 사회학자 도러시 스미스4를 따라 다음과 같이 적는다. "하나의 텍스트는 어떤 시공간 안에서 그것을 읽는 우리의 체현된 자아들과 그 텍스트가 그려내는 시공간 사이의 만남을 조직할 수 있는 출발점을 제공한다. 이 모든 것이 우리 의식을 정리해주기 때문이다."(15) 텍스트에서 출발한 나는 어떻게 앞으로의 작업이 이 '담론'과 관계되고, '담론' 안에서 자리를 찾을 수 있는지를 찾아내기 위해 다른 사람들의 작업을 통해 이미 구체화된 자긍심의 의미를 탐구한다. 미셸 푸코에 따르면 이는 "무엇이 말

해질 수 있는가에 대한 가능성과 불가능성의 지평"(*Archaeology*, 130)을
세우는 것이다.
「왜 장애자긍심인가?」는 다음과 같이 적는다.

> 근본적으로 장애자긍심은 비장애인 공동체와 다른 우리의 차이가
> 어찌됐건 잘못됐거나 좋지 않다는 생각에 대한 거부를 대표하며,
> 우리의 자아수용과 존엄, 그리고 자긍심을 표현한다. 그것은 우리가
> 옷장에서 나와 정당한 정체성을 요구한다는 의미다. 또한 우리의 장
> 애와 정체성이 정상적이고 건강하며 적절하다는 믿음을 공개적으
> 로 표명하는 것이며, 우리 경험을 인정하는 것이다.(Triano)[5]

여기서 볼 수 있는 장애자긍심에 대한 묘사는 매우 힘 있고 또 희
망차다. 장애는 우리 사회의 대중적인 상상력 안에서 후회스럽고, 문
제적이며, 수치스러운 것으로 등장하는 체현된 경험이다. 이렇게 장
애를 수치스럽게 여길 것이라는 문화적 기대와 요구 때문에, 장애자
긍심 담론은 수치심을 철저히 거부해버리는 데 모든 노력을 기울이
게 된다. 따라서 단순하게 '장애가 만드는 차이'라는 생각 자체가 옳
지 않다거나 나쁘다고 주장하면서 이런 생각을 거부하는 게 중요한
출발점이 되며, 이것이 장애자긍심 선언이 제공하는 바다.(Michalko,
Difference) 그러나 '자아수용'에 대한 요청과 "장애와 장애인 정체성은
정상적"이라는 믿음이 장애를 가진 사람들의 수없이 다양한 목표를
반드시 반영하는 것은 아니다. 나 같은 사람은, 그리고 어쩌면 당신

역시도, 자긍심을 가진 장애인이 이런 방식으로만 상상될 때 장애자긍심에서 배제된다. 왜냐하면 장애인들이 그저 '정상'을 다르게 사는 것이라고 주장하는 나는, 사회적 가치를 인정받는 데 별 관심이 없으며, "(그들의) 차이가 어떤 의미에서는 틀렸거나 안 좋은 것이라는 생각"이 반드시 잘못되었다고 여기지 않기 때문이다. 때때로 장애는 분명히 "틀렸거나 안 좋은 것"으로 보이거나 느껴지며 그렇게 우리에게 '문제'를 일으킨다. 우리가 이런 문제를 항상 '존엄'을 가지고 '수용'해야만 하는 것은 아니다.

앞에서 언급한 장애자긍심은 장애가 있는 몸을 자긍심과 함께 경험하기 위해서는 수치심을 반드시 외면해야 하고, 장애를 다시는 수치스럽게 느껴서는 안 된다고 말한다. 이런 발화 안에서 수치심에서 출발해 자긍심으로 떠나는 여행은, 지나가면 사라지고 마는 일방의 길片道만을 따를 따름이다. 자긍심을 품은 장애라는 지향점에 도달하는 여정은 수치심을 외면하고 다시는 이전의 상태로 돌아가지 않는 방식으로 특정된다. 물론 자긍심을 찾아가는 이런 이야기들이 유용할 수도 있다. 자기혐오, 그리고 다른 장애인에 대한 혐오를 거부하는 일은 장애를 해결해야 할 문제가 아닌 하나의 정체성으로 보는 데 있어 핵심적인 역할을 한다. 그러나 장애자긍심을 획득하기 위해 무조건 수치심을 거부해야만 한다는 규범적인 기준을 구성한다면, 그것은 우리 몸 안에서 장애자긍심이 살아갈 수 있는 셀 수 없이 다양한 방식의 가능성 역시 외면하는 셈이 된다. 그런 기준을 취함으로써, 자긍심을 둘러싼 온갖 너저분한 경험들을 엮어내는 이야기를 말하거나 들

을 수 있는 가능성이 배제되는 것이다. 이 난장판 같은 경험담은 출발
과 도착이라는 구조 안에 갇혀 있지 않다.

이제 장애자긍심이 어떻게 다른 방식으로 상상될 수 있는가에 대
한 사유를 시작하기 위해 자긍심을 가진 장애인으로 정체화하는 경
험이 반드시 수치심의 배제를 요구한다고 묘사하는 두 개의 텍스트를
더 살펴보자.

제니 모리스는 책에서 사고를 당해 척수 손상과 함께 하반신이 마
비되었고, 그렇게 장애인이 된 경험에 대해 서술한다.(2) 진단을 받고
장애 판정이 내려지는 과정에서, 모리스는 주위의 의사들과 다른 사
람들이 그녀의 새로운 육체성을 '비극'이라고 생각한다는 사실과 대면
하게 된다.(3) 모리스는 말한다. "미묘하지만, 또 그렇게 미묘하지만도
않은 방식으로, 적지 않은 사람이 내 삶을 더 이상 살 가치가 없는 것
으로 생각한다는 사실을 느낄 수 있었다."(3) 모리스는 자신의 삶이 비
극을 맞았다는 가정들에 "분노"했다고 쓴다.(3) 개인적으로나 일에 있
어서나 성취를 위해 그토록 열심히 노력했던 모든 것이 사고에 의해
위태롭게 된 것은 정당하지 않아 보였지만, 그렇다고 그녀가 자신의
장애를 비극으로 받아들인 건 아니었다.(3) 그녀는 재빠르게 삶이 거
의 "변함없이" 유지되도록 하겠다고 결심했고, 변한 것이라곤 이제부
터 모든 것을 휠체어에 "앉은 상태로" 해야 한다는 것뿐이었다.(3)

그러나 사고가 일어난 지 얼마 지나지 않아 모리스는 "앉은 상태
로" 삶을 "변함없이" 유지한다는 건 가능하지 않음을 깨닫는다. 장애
는 비장애인과 자신을 근본적으로 다른 존재로 만들며, 그 세계로부

터 자신을 소외시킨다는 것을 알게 되었기 때문이다.(3) 게다가 장애를 중심으로 공동체에 '엮인bound' 다른 장애인들과 어울리는 것을, 비장애인들은 축하할 일이라기보다는 측은한 일로 받아들였다.(170) 이런 발견에 대해 모리스는 다음과 같이 쓴다.

우리 중 많은 사람이 다른 장애인들과 어울리면서 힘을 얻는다. 그러나 우리가 함께 집단적인 행동을 하거나 문화행사를 조직하면, 장애인들 무리에 함께 속해 있다는 사실만으로 만나게 되는 부정적인 반응들과 싸워야 한다. [장애인 무리가 동정과 매혹적인 혐오, 그리고 때로는 두려움의 대상이라는 태도를] 극복하기 위해서는 함께함으로써 힘을 얻는 느낌을 받아야 한다.(170-171)

모리스는 장애인 공동체에서 함께 모여 정치화된 행동을 함으로써 자긍심이 실현되었다고 한다. 장애라는 것이 우정과 정치적 행동을 조직화하는 정체성이라는 사실을 확인하면서, 모리스와 장애인 공동체는 장애가 "개인의 비극"(2)이라는 가정하에 유지되는 사회적·체제적 차별과 맞선다.

책의 끝부분에서 모리스는 다른 장애인들과 함께 "불우한 아이들"(190)을 위해 모금을 하는 '도움이 필요한 아이들Children in Need' 자선 행사에 항의하기 위해서 BBC 지역방송국 앞에 집결했던 날에 대해 이야기한다. 이 시위는 '후원 사업에 반대하는 캠페인Campaign to Stop Patronage'이 조직한 것이었고, 장애인들은 "관여할 수 없는 후원 단체에 구걸하거나, 순응하거나, 혹은 감사를 표하기 위해서" 모인 게 아니라, "당연한 권리로서 누려야 할 것들을 위해 [시혜적인 태도로] 모금을 하는 자선 제도가 [자신들의 모금 캠페인을 위해] 장애인들의 부정적인 이미지를 사용하는 방식"(190)에 항의하기 위해서 단결했다. 모리스는 '도움이 필요한 아이들' 행사에 참여한 사람들이 장애인에게 "혜택"을 주려고 기획된 자선 조직에 장애인들이 항의하는 것을 보고 놀랐으며, 장애인 시위자들이 현수막 뒤에 자리를 잡고 있었음에도 불구하고 그들을 애초에 고마워하러 온 사람 대하듯 대했다고 쓴다.(191) 그러나 그들은 '고마움'을 표하려고 온 것이 아니었다. 이 장애인 집단은 '도움이 필요한 아이들' 캠페인을 비롯한 다른 유사한 자선행위가 자신들을 측은지심의 대상으로 만들어버리는 규범적 해석에 문제를 제기하기 위해 그 자리에 나타난 것이었다.(190)

모리스는 자긍심을 "장애를 추하고, 부적절하고, 수치스럽다고 느낀다"(18)는 사실에 대한 반대로서 그리고 그에 대한 거부로서 정의한다. 이와 같은 방식으로 그녀의 자긍심은 수치심이 아닌 무언가로 구성되어 있기에, 자긍심을 느끼는 장애인이라면 수치심 속에서 살아간다는 것이 불가능한 일인 듯이 보이게 된다. 다른 말로 하면 자긍심에 대한 모리스의 선언은 우리로 하여금 문화가 그녀에게/우리에게 요구하는 수치스러운 주체가 아닌 다른 무엇이 되기를 요구한다.

자긍심을 가지고 수치심을 폐기함으로써 모리스와 그녀의 '크립 커뮤니티crip community'◆(나는 '장애 커뮤니티disability community'보다 이 말을 선호한다)는 함께 정치적인 조직을 꾸렸으며, 불가피한 변화들을 강변했다. 나는 이러한 정치적 행동의 중대성을 폄하하려는 것이 아니다. 이런 행동들이 자선행사에서 장애인들을 목격한 이들이 장애를 이해하고 경험하는 방식을 바꾸었음은 분명하다.

비록 완벽했다고 말할 수는 없겠지만, 나는 장애를 완전히 자랑스럽게 느끼고 그 발자취 안에서 (잠깐이나마) 수치심이 사라지는 순간을 경험했다. 내가 속한 '크립 커뮤니티'를 통해서, 그리고 장애인들을 위한 공간cripped spaces**6**에서 생활하면서, 우리는 함께 우리의 몸을 어떻게 경험하고 있느냐에 맞추어 "장애를 다르게 행위"하고 장애에 대한 새로운 상상력을 일깨울 수 있었다.(Titchkosky) 크립 커뮤니티를 "집처럼 편안하게 느끼는 것"은 "차이를 만들어내면 안 되는 차이"(Michalko, *Difference*, 94)가 아닌 다른 어떤 것으로 장애와 관계를 맺을 수 있도록 영감을 주었다. 장애 커뮤니티 안에서는 때때로 자긍심이 수치심을 극복하기도 했다. 언제나 그랬던 것은 아니었지만, 가끔 내가 다른 사람들의 시선에 의해 창피한 존재로 내몰릴 때조차 자긍심이 안정적으로 유지되기도 했다. 다음은 그런 순간들에 대한 이야기 중 하나다.

나는 토론토의 칼리지가에서 인도를 따라 내려가고 있었다. 재학 중

● 성소수자 인권운동이 비하의 표현이던 '퀴어queer'를 자긍심의 언어로 전유했듯이, 챈들러 역시 불구를 뜻하는 '크립crip'(cripple의 약어)을 장애정체성을 내포하면서 스스로에게 힘을 부여하는 정체성으로 전유하고 있다. 이에 준하는 '불구' 혹은 '병신' 등의 단어가 아직 한국에서는 전유의 힘을 드러낼 수 없는 번역이라고 생각되어 그대로 음차했다. 특히 이후 챈들러가 욕설로서의 'retard'와 'crip'을 구분하고 있기도 해서, retard는 멸칭의 의미를 강조하는 '병신'으로 옮겼다. 다만 장애여성공감의 창립 20주년 기념 선언문 '시대와 불화하는 불구의 정치'에서 보듯 최근들어 '불구'가 '크립'과 같은 자긍심의 언어로 전유되기 시작했다는 점은 주목할 만하다.

인 온타리오교육학연구소OISE에서 장애인 예술 전시회 조직에 대
해 의논하려고 지도교수인 로드, 타냐와 회의를 하러 가는 길이었
다. 기대하던 회의여서 그곳에 얼른 가고 싶었고, 늦을까 봐 걱정도
되었다. 중간 어딘가에 머물러 있는 편이 아니라서, 내 마음은 이미
그곳에 가 있었다. 나는 보행자들 사이를, 그리고 그 주변을 조심스
럽게 헤치면서 인도를 따라 신속하게 움직였다. 오늘 이 길을 걷는
것은 보통 때와는 달랐다. 나는 가방이 오른쪽 손으로 내려오도록
가방을 주로 왼쪽 어깨에 맨다. 그렇게 하면 오른손의 장애를 숨길
수 있다. 손이 굳어 있는 것이 가방에 가까이 놓여 있는 탓인 것처럼
보이기 때문이다. 하지만 오늘 아침에 나는 가방을 오른쪽 어깨에 맸
다. 무리해서 썼는지, 왼쪽 어깨가 아팠다. 내 오른손은 있어야 할 법
한 자리에 매달려 있지 않았다. 한 여성 앞을 지날 때, 그 손은 편안
하게 배 위로 말려 올라가 있었다. 그녀가 웃는 소리가 들렸다. 그리
고 그녀가 말하는 소리도. "얼씨구, 얼씨구, 저 꼴 좀 봐라."
여기서, 나 역시 등을 돌렸다. 당황하고 수치심에 "꼼짝없이 사로잡
힐" 수도 있는 그 강렬한 가능성으로부터, 그 유혹에 저항하면서, 등
을 돌린 것이다. 그리고 이 유혹은 구체화되지조차 않았다.(Ahmed,
Cultural Politics) 나는 오른손을 억지로 끌어내리지도 않았고, 등 뒤
로 숨기지도 않았다. 수치심은 부풀어 오르지 않았으며, 나는 변함
없는 자긍심을 안고 앞으로 나아갔다. 여전히 목적지에 집중하면서,
이 길의 끝에 변함없는 크립 커뮤니티에 도착할 것이라는 사실을 기
억하면서, 내 자긍심은 조롱의 한가운데서도 흔들리지 않았다. 이것

178

은 자긍심의 걷기였다. 이 걷기의 경계적 위치in-betweeness●는 목적지의 성격에 의해서 구성되었다.

장애에 대해 언제나 흔들림 없이 자긍심을 느끼는 것은 아니다. 그러나 나는 수치심에 사로잡힐 수도 있었던 상황에서 자긍심이 나를 안정적으로 받쳐주었던 순간들에 대한 경험담을 무시한다면, 그것은 길에서 혼자 있다고 느낄 때조차 나와 함께하는, 그리고 어쩌면 당신과도 함께하는, 그 크립 커뮤니티의 힘을 무시하는 일이라는 사실을 깨달았다. 흔들림 없는 신체적 만족의 이야기만을 자긍심의 유일한 이야기로 취급한다면, 이는 나와 다른 사람들의 이야기를 무시하는 일이 될 것이다.

자긍심과 수치심 사이의 경계적 위치에 대해서 생각해보기 위해, 수치심을 외면했던 또 다른 이야기로 넘어가려 한다. 이 이야기는 장애인 인권과 차별에 대한 문제들을 다루는 격월간 잡지 『마우스Mouth』에 게재되었던 것이다. 태미 S. 톰프슨이 쓴 「수치심으로부터의 도피Escape from Shame」에서 자긍심은 다시 한번 수치심으로부터 "돌아서는 것"으로 구성된다. 톰프슨은 자긍심을 이야기할 때 자주 사용되는 스타일로 자신의 이야기를 시작한다. 즉, 시각장애에 대한 수치심 속에서 살 때 경험했던 고통과 외로움을 자세하게 묘사한다. 톰프

● in-betweeness는 어떤 상태들 사이에 있음을 의미한다. 수치스러운 상황과 자긍심을 느끼는 마음 사이에 존재하면서, 자신의 자긍심이 흔들리지 않았음을 느끼는 것이다. 이는 크립 커뮤니티가 제공하는 자긍심과 안정감 덕분이었을 터이다. 여기서는 챈들러가 경험한 상황의 공간성과 그 경계적인 성격을 드러내기 위해 '경계적 위치'라고 번역했다.

슨은 다음과 같이 쓴다. "언젠가는 불구라는 죄로부터 나를 구원해줄 최종적이고 마법 같은 성취를 이뤄낼 수 있으리라는 희망 속에서, 나는 미친 듯이 성과를 쌓음으로써 장애를 상쇄하려는 임무에 기나긴 세월을 할애했다."(56) 이 단락을 읽으며 나는 더 많은 것을 성취하고, 더 많은 것을 해냄으로써 장애로 인한 부족함을 상쇄하려 했던 그녀의 피나는 노력을 느낄 수 있었다. 장애 때문에 얻은 '낙인'이 초래한 소외와 슬픔에 대한 묘사는 내 뼛속에 살고 있는 기억에 가닿았다. 그 기억은 현재의, 그리고 여전히 변하고 있는, 육체와의 관계(Goffman, Stigma)로도 절대 지워지지 않는 것이다. 불구가 된 몸을 끔찍하게 싫어했던 시간이 있었다. 이 기억들은 내가 장애자긍심이라는 개념을 이해하기 전 장애에 대해 완전한 수치심 속에서 살던 그때를, 절대로 돌아가고 싶지 않은 그곳을 떠올리게 했다.

어떻게 자긍심을 가진 장애인으로 정체화하게 되었는가를 묘사하던 중반 즈음에, 그녀는 완전히 자긍심으로 돌아서게 된 결정적인 움직임에 대해 이야기한다. 시각장애란 해결해야 하는 문제이지만 필연적으로 해결할 수 없는 문제라고 여기면서 반평생 시각장애를 부끄러워하며 살아가던 톰프슨은 수치심으로부터 완전히 돌아서게 된다. 장애자긍심이라는 개념을 발견하게 된 것이다. 그리고 내가 그랬던 것처럼 그녀 역시 처음에는 그것을 일종의 '모순어법', 이상해서 상상도 할 수 없는 개념으로 받아들였다.(56) 그런데 이 자긍심은 "끈적거렸고" 끈질기게 그녀에게 달라붙어 있었다. 톰프슨은 "나는 좀더 찾아내야만 했다"(56)라고 쓴다. 그녀는 장애인 인권운동에 동참했고, 바뀌었다.

그러고 나서야 톰프슨의 "세계-내-존재"는 "해방"되었고, 운동의 동료였던 "장애인 전사들"은 과거로부터 자유로워질 수 있는 "새로운 삶의 방식"을 가르쳐주었다.(56-57) "요즘 운동을 함께하는 나의 친구들은 어떻게 장애를 받아들이고 자긍심을 가지고 살아갈 것인가를 가르쳐주고 있다"는 강인한 주장은 이 자긍심의 서사에 해방적 결말을 제공한다. 그리고 이 자긍심은 수치심으로부터 봉기하여 수치심이 폐기된 가운데 살고 있다.

자긍심에 대한 경험을 수치심의 그림자 아래 사는 것으로만 이야기하기로 할 때, 우리는 누구를 배제하는 것일까? 여기에 더해, 자긍심에서 수치심으로의 길이 재빠르게 사라져버리는 것으로 상상될 때, 우리는 우리의 어떤 경험을 말하지 않으려고 하는 걸까? 혹은 심지어 고려조차 하지 않으려고 하는 걸까? 우리는 장애자긍심과 그 가능성을 가질 자격이 없는, 흔들리는 사람들인 건가? 이것이 이야기의 끝인가? 자긍심에 대한 이와 같은 판본과 내가 살아온 경험들에 대한 분석이 나로 하여금, 다른 장애학 연구자들, 예술가들, 그리고 활동가들과 함께, 어떻게 하면 장애자긍심을 새로운 방식으로 상상할 수 있을까를 질문하게 만들었다. 장애학은 규범의 구성에 만족하지 않고 '비정상'으로 간주되는 몸의 의미를 다시 생각하도록 고무하는 비평적 패러다임을 제공해왔다. 장애학은 또한 우리로 하여금 '정상적'이라고 여겨지는, 자긍심을 느끼는 장애인에 대한 개념화에 문제를 제기하고 장애자긍심에 대한 더욱 다양한 판본을 생각해내도록 초대하고 있는 것은 아닐까?(Michalko and Titchkosky) 이처럼 자긍심을 새롭게 '구체화

하는' 기획에서 어떻게 자긍심의 의미에 대한 새로운 가능성을 만들
어갈 것인가를 생각할 때, 우리는 장애자긍심에 대한 대중적인 상상
력들에 밀착해서 작업해야 한다. 새로운 가능성을 만든다는 것은 장
애를 정상화하는 방식이 아니라 자긍심에 대한 이와 같은 대중적 상
상력을 문제 삼는 방식이어야 하기 때문이다. 이는 동시에 수치심에
대한 대중적 상상력을 문제 삼는 것이며, 이것이 내가 지금부터 다루
려고 하는 문제다.

수치심

이제 자긍심과 수치심이 어떻게 함께하는가를 좀더 자세히 탐구하면
서 둘 사이에 존재하는 '경계적 위치'에 대해 다루려 한다. 여기서는
우리가 다른 사람들 사이에 있을 때, 우리 안에서 수치심이 자라나는
방식에 특별히 주의를 기울일 것이다.
　샐리 문트는 찰스 다윈의 감정에 대한 글에 기대어 수치심을 설명
한다. 다윈은 수치심이란 다른 사람들이 우리에게 주목하는 순간에
등장한다고 주장했다. 그는 다음과 같이 쓴다. "그것은 우리의 겉모
습을 돌아보는 단순한 행위가 아니라, 타인이 우리에 대해서 어떻게
생각하느냐에 대해 생각하는 것이며, 이는 얼굴을 붉히게 되는 일이
다."(Munt, 6에서 재인용) 문트는 뚜렷한 수치심의 징후—다윈의 예를 빌
리자면 '얼굴 붉힘'—는 다른 사람들 사이에 있을 때만 나타난다고 주

장하고 수치심은 목격자를 필요로 한다고 밝히면서 다윈의 말을 부연한다. 다윈은 간질로 "고통당하고" 있는 여성과 의사 사이의 만남을 묘사하면서, 얼굴 붉힘은 장애를 가진 몸이 (의학적) 시선과 마주할 때 현저하게 두드러진다고 설명했다. 그는 "그(의사)가 다가선 순간에, 그녀의 볼과 관자놀이는 빨갛게 달아올랐다. 그리고 재빠르게 귀까지 번졌다"(Munt, 6에서 재인용)라고 서술한다. 이 묘사에서 수치심은 얼굴 붉힘이라는 펜으로 눈에 띄게 특이한 몸 위에 쓰인다. 수치심은 다른 사람에 의해서 유발된 자기-주목 때문에 주체 안에서 생성된다. 이 경우에, 타인은 바로 의사다.

수치심은 다윈이 주장하는 것처럼 언제나 몸 위에 쓰이지도 않으며, 얼굴 붉힘을 통해서만 쓰이는 것도 아니다. 나는 상호작용에 의해서 촉발된 수치심이 수치당하며/수치스러워하는 개인—뚜렷하게 차이가 나는 몸을 가진 그 개인—에게만 정확하게 위치하며, 상호작용하는 두 사람 사이에 공유되는 것은 아니라는 다윈의 전제에 동의하지 않는다. 물론 수치심이 사람들 사이에서 나타난다는 그의 주장에는 동의한다. 예컨대 장애로부터 비롯된 어떤 상황들은 내가 혼자 있을 때라면 그저 나를 당황시키거나 고통스럽게 만들지만, 만약 그것을 다른 사람들이 본다면 나는 수치심을 느끼게 된다. 내가 텅 빈 인도를 걷고 있다가 발을 곱디뎠다면, 그것은 그저 고통을 유발하는 것으로만 여겨질 것이다. 그러나 만약 다른 사람들 눈에 이 곱디딤이 어떻게 보일지를 생각한다면, 나는 수치심으로 가득 차게 될 것이다. 사람들 사이에서 발을 곱디뎠다면—그들이 도움을 주는 사람들이거나

우호적이고 친근한 사람들이라고 하더라도—그건 아마 언제나 수치스
럽게 경험될 것이다. 다른 사람들이 나를 본다는 것은, 심지어 그들이
나의 상상이나 기억 속에 존재하는 이들이라고 하더라도, 고통을 수
치심으로 전환시키는 의미심장하고 기괴한 변형을 유발한다.

　문화이론가인 세라 아메드 역시 수치심을 다른 사람들 사이에서
부풀어 오르는 것이자 우리를 세계에 "들러붙게" 만들 수 있는 감정
으로 이해한다. 아메드는 감정의 이동은 "끈적거리며"(*Cultural Politics*,
89-92) "감정의 작인은 하나의 장소, 자아 안, 혹은 사회적인 것 안에
서 찾아지는 것이 아니"(89)라고 주장한다. 그녀는 다음과 같이 쓴다.

> 끈적임(…)이란 대상들이 다른 대상들에게 행하는 것—그것은 정동
> 의 이동을 수반한다—이다. 그러나 한 대상의 끈적임이 다른 대상
> 의 끈적임 앞에 나타난다고 해도, 이는 수동적인 것과 적극적인 것
> 사이에 구분이 없는 '행함'들 사이의 관계이며, 따라서 그 다른 대상
> 은 그것에 들러붙어 있는 듯 보인다.(91)

　문트는 아메드의 글을 바탕으로 '퀴어'라는 멸칭이 얼마나 다중적
인 의미에서 끈적거리는지를 고려해야 한다고 주장한다. "퀴어는, '태
키tacky'라는 단어에도 끈끈함과 싸구려라는 이중적 의미가 있는 것
처럼, 지적으로 혹은 정치적으로 협상해야 하는 누군가가 처하게 된
질척거리는 운동장sticky wicket이다. '퀴어!'라는 비난/호명 역시 들러
붙는다sticks."(12) 마찬가지로, 장애인 차별적인 욕설은 장애인인 나

에게 '들러붙는다'. 수치심을 통해서만 내 몸과 관계를 맺을 수 있었던 시간 속으로 나를 다시 '찔러 넣는' 욕설을 듣게 되면, 뇌성마비인 내 몸은 눈에 띄게 흔들리지 않고서는 그 상황을 견뎌내지 못한다. 누군가 나를 '병신retard'이라고 부르거나 단지 그런 욕설이 들려오기만 해도, 내 머리는 급작스럽게 뒤로 젖혀지고 내 오른손은 배 위로 올라간다. 내 손은 그 자리에서 가장 편안한 것이다. 나는 심지어 작은 소리들을 낸다. 이런 신체적 반응은 내가 내 안에서, 홀로 수치심을 느낀다는 것을 의미하지 않는다. 내 수치심은 언제나 사람들 사이에서 더 커진다. 그렇다고 해서 우리가 수치심을 느끼기 위해 반드시 물리적으로 다른 사람들 사이에 있어야 한다는 말은 아니다. 우리는 혼자 있을 때조차—기억이나 생각 속에서—언제나 다른 사람들과 함께 있기 때문이다. 이 때문에 우리는 언제나 고독 속에서도 수치심에 잠식될 가능성이 있다. 아메드는 말한다. "수치심이 외관에 대한 것인 한, 이는 다른 사람들에게 내가 어떻게 드러나고 어떻게 보이느냐와 관계된다."(Cultural Politics, 105) 내 수치심은 다른 사람의 목격을 필요로 하며, 정상과 비정상을 가르는 그들의 시선은 나를 "차이의 봉쇄"(Bhabha, 72)로 밀어넣는다. ● 그들의 불안은 그들끼리의 동질

● 탈식민주의 문화이론가 호미 바바는 '문화적 다양성의 창조creation of cultural diversity'와 '문화적 차이의 봉쇄containment of cultural difference'를 구분한다. 그에 따르면 서구 문화 실천에는 언제나 문화적 다양성에 대한 권장과 향유가 있지만, 동시에 그에 대한 봉쇄가 존재한다. 그리고 이런 봉쇄는 매우 미묘한 방식으로 지배적인 문화가 규범적인 시선이 되는 과정에서 이루어진다. 챈들러는 바바의 개념을 경유해서 비장애인들이 자신을 정상의 규범으로 설정하고 장애인의 신체적 차이를 종속적인 것으로 만들어버리는 과정을 설명한다.

성으로부터 주체성을 획득하기 위해 나를 그들과 다르게 만드는 차이
를 규정한다.(Bhabha, 57-93) 그 순간에 나는 다른 사람들을 위해 체화
된 내 몸의 판본을 수치스러워 한다. 단지 육체에 대한 규범적인 기준
을 맞추지 못했을 뿐임에도 말이다. 이렇게 수치심이 커지는 것이 반
드시 내가 나의 육체성을 실패로 여긴다는 사실을 의미하지는 않는
다. 왜냐하면 나는 이런 '정상성을 담지한' 타인"normate"-other[7](Garland
Thomson, *Staring*, 8)과 정상성의 이념을 공유하고 있지 않기 때문이다.

'퀴어'나 '병신' 같은 단어가 공동체적인 방식이 아닌 적대적인 방식
으로 사용될 때, 욕설은 우리를 계속 따라 다니며 우리의 존재 감각
을 요동치게 만든다. 그리고 이런 '행함'은 우리가 스스로의 몸을 '편
안하게 느끼는' 감각에 영향을 미친다. 아메드는 "끈적임의 어떤 형태
들은 흐름을 막는 장애물이 되거나 (행동이나 생각과 같은) 무언가가 움
직이는 것을 막는 반면에, 또 다른 형태들은 그런 무언가를 하나로 뭉
쳐주기도 한다"(*Cultural Politics*, 91)고 설명한다. 아메드의 주장을 따라,
나는 다른 사람들이 외치는 욕설이 우리 뼛속에서 통제할 수 없이 차
오르는 피처럼 수치심을 흥분시킨다고 주장한다. 욕설은 행동과 생
각이 움직이는 것을 가로막는 방식—의미가 움직이는 것을 가로막는
방식—으로 우리에게 들러붙는다. 예를 들어, '병신'이라는 말을 들
을 때마다, 그것은 자긍심을 잃고 외로움, 자기혐오, 수치심으로 가득
차 있던 순간들에 내 몸으로 스며들었던 놀림과 조롱에 언제나 들러
붙을 것이다. '크립'과 같은 다른 단어와 달리, '병신'은 특유의 끈적거
림 때문에 공동체적으로 전유된 적이 없었다. 나는 '크립'을 나만의 언

어라고 주장할 수도 있고, 혹은 내 공동체가 전유한 단어로 받아들일 수도 있다. '크립'은 병신처럼 경솔하거나 난폭하게, 심지어는 나를 비난하듯이 날카롭게 나에게 퍼부어진 적이 없기 때문에, 나/우리는 그 단어에 새로운 의미를 부여할 수 있다. '크립'의 끈적임이 나를 괴롭히는 기억들을 상기하기 때문에, 나는 장애인으로서의 정체성을 호명하고 내 공동체를 부르는 데 이 단어를 쓰기로 했다. '크립'은 나에게 들러붙어 있지만, 나를 공동체와 자긍심의 감각으로 뭉쳐준다. 내 뼈를 절대로 떠나지 않을 기억들을 고수하는 역사와 함께하는 이 몸 안에서, 나는 병신이라는 말을 "내 앞을 가로막는 것"이 아닌 다른 것으로 받아들이기 힘들다. 이 욕설은 내가 장애를 해결해야 하거나 난감한 문제로만 여겼던 그 시간으로 나를 데려간다. 그 시절 이 단어는 끈적임을 점차로 축적해가며 나를 수치심과 침묵 속에 붙박아버렸다. 그리고 이런 곤경은 쉽게 떼어지지 않았다.

다른 사람들이 나를 '차이의 봉쇄'로 생각한다는 것을 깨닫는 일이 어떻게 수치심을 느끼게 하는지, 혹은 수치심 속으로 들어가게 하는지 좀더 살펴보기 위해, 길에서 자신을 향한 욕설에 포획되었던 순간에 관한 파농의 묘사에 기대고자 한다. 『검은 피부, 하얀 가면』에서 파농은 다른 사람들의 "자유로운 시선"에 의해 세계로부터 쫓겨났다가 되돌아왔던 포획의 순간을 이야기한다.(89) 이 세계에서, "흑인은 흑인이어야만 할 뿐만 아니라, 백인과의 관계 안에서 흑인이어야만 한다".(90) 파농은 '검둥이negro'라는 욕설을 들었을 때 이를 자각하며 세계로 끌려 들어왔던 타인들과의 상호작용을 묘사한다. 그는 이렇게 적는다.

> "저기 검둥이 좀 봐!" 지나가는 나를 건드렸던 것은 외적 자극이었
> 다. 나는 무서운 미소를 지어 보였다.
> "저기 검둥이 좀 봐!" 그렇다. 이 말은 사실 틀린 말은 아니다. 이것이
> 내 장난기를 발동시켰다.
> "저기 검둥이 좀 봐!" 그 작자들이 점점 가까이 왔다. 나는 더 이상
> 그 비밀스러운 장난기를 숨길 수가 없었다.
> "엄마, 저기 검둥이 좀 보세요! 무서워요!" 무섭다니! 무섭다니! 그들
> 은 정말 나를 무서워하기 시작했다. 나는 눈물이 날 때까지 웃고 싶
> 었다. 물론 그렇게 하진 못했지만.(95)

파농은 그 욕설에 포획되었고, '세계-내-존재'로서 감각의 바깥으
로, 혹은 안으로 급작스럽게 내몰렸다. 백인 소년이 자기 어머니를 향
해 외친 멸칭 "검둥이!"는 파농을 두려워해야 하는 누군가, 공포의 감
정으로만 이해할 수 있는 누군가로 인식했다. 그리고 이 인식과 함께
파농은 웃고 싶은 욕망으로 가득 찼다. 하지만 그에게 이 웃음은 "불
가능한 것"이다. 파농을 '검둥이'로 인식하게 하는 이 단어들은 그를
위험한 차이에 대한 인유로 변모시켰고, 식인행위, 후진성, 우상숭배,
인종적 낙인, 노예무역 등으로 규정되는 흑인성에 "붙박아버린다"(92).
이런 생각은 그가 살아온 현실로도 저지되지 않는다. 심지어 그 자신
이 이와 같은 흑인성의 (공포스러운) 판본으로 스스로를 규정하지 않는

다고 하더라도 말이다. 이런 단어, 이런 생각 들은 그가 대면하는 세계의 부분을 만들어가면서, 언제나 그 세계의 일부로 남아 있을 것이므로 그의 '세계-내-존재'에 영향을 미친다.

파농은 또한 "그저 한 인간으로"(92) 남고 싶었다고 묘사한다. 이는 내가 뼛속 깊이 존재하는 과거의 상처들로부터 벗어난 한 여자가 되기를 욕망하는 것과 유사하다. 이런 상처들은 욕설이나 곱디딤, 시선 같은 것과 대면했을 때 나를 수치심에 가득 찬 채 세계로 내몰리게 만든다. '검둥이'로 인식됨으로써 파농 역시 과거에 고착되고, "노예로 끌려가서 혹심한 고문을 당했던"(92) 선조들에게 들러붙게 된다. 파농이 이 세계에 들어서고 존재하게 된 것은 이런 상호작용의 끈적거림을 통해서다. 그 역사 속에서, 파농은 자부심으로 가득한 조상들의 과거와 백인 타자들과 함께하는 수치심으로 가득한 과거를 산다.

자긍심과 수치심

장애는 내가 고집하거나 다른 사람이 요청할 수 있는 것이 아니다. 장애란, 그보다는, 다른 사람들 안에서 의미를 가지게 되는 것이다. 그것은 당신만의 것도 나만의 것도 아니고, 우리의 것이다. 모두가 그렇듯이 다른 사람과 함께 산다는 것은 내가 타인의 해석적인 판단에 의해 이해될 수 있는 가능성이 항상 존재한다는 것을 의미한다. 내가 길거리에서 '병신'으로 인식되고 그렇게 불리는 순간에, 나의 뇌성마비/

장애는 불안정한 통제로부터 벗어나 다른 성격의 것이 되어버린다. 그 순간 나의 뇌성마비/장애는 한정된 상상력에 고착되어버린다. 나는 다른 사람들에게 편리한 비유로 보일 뿐이며 그 안에서 나는 살아 있는 문젯거리로 체화되고 만다. 즉, 장애를 가진 내 몸은 몸의 실패를 나타낼 따름인 것이다. 나를 포획하는 다른 사람들의 움직임을 통해서, 내 몸의 문제는 나로부터 박탈당한다. 이런 순간에, 나는 수치스럽게 "강탈당한 몸"(Clare)에 갇혀 거리에 서 있게 된다. 혼자 있는 순간조차 다른 사람들과 함께 있기 때문에, 나는 수치심으로 가득 차오를 가능성과 언제나 함께한다. 그러나 이 수치심은 내 몸을 둘러싼 관계들에 대한 모든 이야기에 있어 절대적인 것이 전혀 아니다. 물론 그것이 이야기의 끝도 아니다. 나는 다른 사람들에 의해 타자성의 "인식 속에 망연자실"(Hughes and Patterson, 603)할 수도 있다. 그리고 이 수치심은, 아메드가 우리에게 상기시켜주었던 것처럼, 어떤 것들―여기서는 내 몸―이 움직이는 것을 멈출 수도 있다. 굳어버린 채 여전히 그 자리에 서 있는 그 순간에도, 자긍심은 내 몸을 떠나지 않았다. 이를 통해 나는 조금씩 다시 걸어갈 수 있게 된다. 자긍심과 수치심, 타인과 나 사이에서 일어난 상호작용은 나로 하여금 자긍심과 수치심의 일시적인 박동을 떠올리게 한다. 이것들이 움직이고, 변화하고, 섞이고, 부유하면서, 그들은 서로가 서로 없이는 절대로 존재하지 않는 세계에 나를 달라붙게 한다.

　우리가 어떻게 수치심 안에서 자긍심과 함께 살아가는지, 그래서 수치심에 다르게 관계하는지 (그저 부끄러움을 느끼는 것과는 다른 방식으로 관계하는지) 설명하기 위해서, 이제 마지막 이야기를 하려고 한다.

며칠 전, 나는 틈에 걸려 심하게 넘어졌다. 너무 심하게 넘어져서 오른손 뼈가 부러졌는데, 넘어질 때마다 보통 오른손에 부상을 입는다. 깁스를 하게 되자 의사는 걸을 때 "조심 또 조심할 것"을 당부했다. 이 전문적 '조언'은 내 휘청거리는 걸음을 안정시키는 데 별 도움을 주지 못했다. 오른발은 걸을 때 여전히 조금씩 끌렸고, 때때로 포개진 보도블록 틈에 걸렸다.

나와 두 친구는 각각 새롭게 구매한 중고물품을 들고 함께 걸어가고 있었다. 나는 깁스를 한 오른손을 왼손으로 잡아 몸 쪽으로 가까이 붙여놓고 있었다. 그리고 발이 걸려 넘어졌다. 걸을 때마다 언제나 걸려 넘어질 가능성이 있었음에도, 나는 넘어질 때마다 매번 깜짝 놀랐다. 이번 헛발질 역시 마찬가지였다. 나는 고통스럽게 바닥에 처박히면서 당황했다. 이번에는 내 몸을 돌려서 부러진 손을 보호했다. 머리가 바닥에 먼저 부딪혔고, 대부분의 충격이 머리에 가해졌다. 바닥에 누워 있는 동안 사람들이 가게에서 달려 나와 머리 위로 뒤집혀 올라간 치마를 내려주었다. 친구들은 조심스럽게 내 옆에 쪼그리고 앉아 다른 사람들을 물리쳐 돌려보냈다. 그렇게 넘어진 상태에서, 수치심은 거부할 수 없었고 어쩌면 참을 수 없는 것이었다. 그런데 흥미롭게도 수치심이 가장 명확하게 드러날 것이라고 생각되었던 우려의 순간에 자긍심은 나와 함께했다. 머리를 치료해야 할 거라는 생각은 들었다. 바닥에 꽤 심하게 박았기 때문이다. 당장 일어날 수는

없다. 나는 여기, 바닥에, 틈 사이에 누워서, 좀더 있어야 한다. 인도
에 누워 있는 이 순간이 특별히 자랑스러울 일은 아니었지만, 자긍
심 덕분에 나는 이 수치스러운 상황과 다른 관계를 맺을 수 있었다.
결국 나는 일어났다. 일어나서는, 그렇게 조심스럽게 하고 다니던 깁
스 역시 부서졌다는 것을 깨달았다. 이건 너무 심하다. 곤란함, 당혹
스러움, 그리고 짜증이 치밀어 올랐다. 머리는 통증으로 지끈거렸다.
그리고 다시, 나는 조심할 필요가 있었다. 나는 바로 그 자리 인도에
서 울기 시작했다. 도심의 가장 '쿨한' 공간에서, 얼굴을 숨기거나 흐
느낌을 숨죽이려 하지 않은 채. 확실히 창피한 상황이었고, 나 역시
그렇게 생각했다. 나는 수치심 속에 놓여 있었지만, 그것을 부끄러운
주제인 몸과 관계된 수치로 받아들이지 않았다. 자긍심 덕분에, 나
는 수치심 속에서 인도 위에 머물면서도 그것을 돌볼 가능성을 갖게
된 것이다.

　자긍심과 수치심의 이와 같은 상호작용에는 두 가지 육체적 지향
이 함께 존재할 수 있다는 것, 혹은 이상적으로, 존재해야만 한다는 것
을 보여준다. 자긍심과 수치심 사이에서의 흔들림이 내 육체성의 현
실을 구축하고 있는 한, 나는 수치심을 껴안지 않는 자긍심과 함께할
수 없다. 자긍심을 느끼기 위해서는 그것과 뚜렷이 구별되는 수치심이
라는 배경이 필요하다. 그리고 수치심에도 자긍심이 필요하다. 수치심
이 존재하기 위해서는 그것을 폐기하는 자긍심이 아니라 그것과 협력
하는 자긍심이 필요하다. 자긍심을 통해서, 우리는 수치심의 공격에

맞서 스스로 회복하고 앞으로 나아갈 수 있다. 또한, 자긍심과 수치심이 구체화되는 데는 다른 사람들과의 관계도 필요하다. 장애자긍심을 통한 '세계-내-존재'는 다른 사람들에 의해서, 그리고 그들 안에서 촉발된 수치스러운 장애 경험과는 다른 관계를 맺을 수 있도록 하는 공간, 시간, 그리고 궁극적으로 타자성을 우리에게 제공해준다. 자긍심을 통해서, 우리는 우리에게 닥쳐올 수밖에 없는, 우리를 세계에 연결시키는 수치스러운 상황들 속에서 평온함을 가지고 살 수 있다.

2부
가족의 수치

6장

고통받는 자들은 인간이 아니어야 한다
식민 수치심과 비인간화의 궤적
에리카 L. 존슨

거의 모든 아이의 삶이 그러하듯이, 딸들의 삶은 부모의 성격에 얽매여 있다. 물론 이는 전혀 새롭지 않다. 그저 저항을 매우 어렵게 만들고, 심지어 아이로 하여금 저항이란 것은 불가능하거나 불필요한 것이라고 믿도록 만들 수 있다. (…) 그녀는 자신이 두 부분으로 쪼개져 있다고 느꼈다. 백인과 백인 아닌 사람, 도시와 시골, 장학금과 특권, 보이와 키티. _미셸 클리프, 『아벵』

탈식민 이론과 수치심

『검은 피부, 하얀 가면』의 강렬한 구절에서, 파농은 식민지적 인종 관계가 한 백인 소년의 모멸적이고 고통스러운 외침, 즉 "저기 검둥이 좀 봐!"라는 외침 안에서 섞일 때의 간주관적 작용을 분석한다. 파농은 이 순간에 자신에게 가해진 폭력과 함께 타자의 시선이 아이의 말 속에 응축되어 그의 전존재를 종합적인 "육체라는 도식corporeal schema"에서 분해된 "피부라는 도식epidermal schema"(92)으로 전환해버리는 방식을 묘사한다. 이렇게 "나의 피부를 깎아내고 벗겨내는 것 때문에 나는 피를 흘린다".(92) 그는 아이의 말에 의해 자신의 몸이 어디로 보내지는지 묘사하며 이 이미지를 완성해낸다. "내 몸은 그 새하얀 겨울 날 아침 다시금 애도의 분위기 속으로 가라앉고, 왜곡되고, 다시 채색되고 피복되었다".(93) 가죽이 벗겨진 몸은 원시성과 사악함을 검은 피부에 투사해버리는 타자의 행위에 지배당한다. 그리고 파농은 인종주의적인 시선의 명백한 폭력이 어떻게 그로 하여금 "나 자신을 내속에 가두도록 만들어"버리고 어떻게 내적으로 분열되게 만들며, 궁극적으로 "스스로를 하나의 방관자로"(92) 만드는지 묘사한다. 수치심의 작동을 서술함에 있어 파농의 냉혹한 묘사를 뛰어넘는 것은 거의 없다. 지표면에서 사라지고 싶은 욕망, 자신의 주체성을 지워버리고 싶은 마음처럼, 수치심을 경험하는 사람들의 머릿속에 떠오르는 절실한 생각을 불러일으키는 인간 사이의 역학에 대한 파농의 묘사는 특히 뛰어나다. "나는 어디로 숨어야만 하는가?"(93) 파농의 식민지적 수치심 묘사에서 무엇보다 놀라운 것은 식민지적 관계에서 나타나는 정서의 핵심 축을 이해할 메커니즘으로 수치심의 간주관적 본성을 이용한다는 점이다. 수치심은 하나의 중심축으로서 식민지적 이분법을 가로질러 여기저기로 흐른다. 수치심은 리즈 콘스터블이 '상관적 문법'이라고 언급한 방식을 통해서 작동하고, 따라서 이미 구성된 관계라기보다는 두 주체 사이의 도관導管이라고 할 수 있다. 물론, 파농이 이 글에서 처음으로 사용한 수치심honte이라는 단어는 그의 수치심을 말하는 것은 아니었다. 그것은 아이가 바라본 대상이 "'말조심하시오, 아주머니!' 순간 그 여자의 얼굴은 수치심으로 달아올랐다"라고 말했을 때 백인 여성이 느낀 수치심이다. 이후에 그가 느낄 수밖에 없었던 "이 부끄러움·수치·자기경멸, 그리고 오역질"이라는 강압적인 감각에 대해서 언급하지만, 파농은 식민주의가 어떻게 수치심을 주는 이데올로기로 작동하는가뿐만 아니라, 수치심이 어떻게 비평의 강력한 방법론으로서 식민주의적 이분법을 가로질러 새로운 길을 노정할 수 있는 비-변증법적인 흐름으로 작동할 수 있는지에 대해서도 서술한다.[1]

수치심에 대한 연구는 최근 문학과 정치학에서 융성하기 시작했지만, 식민주의가 수치심을 안기는 이데올로기로 작동하는 방식에 대한 연구는 턱없이 부족하다. 수치심 이론이 탈식민적 사유와 맺는 관계는 수치심 연구가 사용하는 언어 자체에서 명백하게 드러나는데, 이는 식민지적 관계에 대한 분석이 자아/타자 동학에서 강조하는 바와 평행을 그린다. 뿐만 아니라, 수치심은 좀더 위계적인 간주관적 동학들에 비해 이 관계 안에서 조금 다르게 매개된다. 즉, 수치심은 식민주의, 인종주의, 성차별주의 등 수치심을 안기는 이데올로기에서처럼 주체를 구별하는 역할을 하지만 그것은 또한 자아와 타자가 서로 공유하는 (비록 고통스러울 만큼 훼손되었다고 하더라도) 가치 체계를 폭로함으로써 깊은 상호연결성을 구축하기도 한다. 이브 세지윅과 애덤 프랭크는 수치심의 정동을 "핵심적 자기core self의 출현을 서술하는 어떤 기획에 있어서도 절묘하게 이질적인"(6) "우발성의 연금술"(6)이라고 묘사했다. 이는 수치심이 변증법을 초월해버린다는 사실을 반영하는 시적 표현이다. 수치심은 서로에 대한 "변증법적 투쟁이 아니라 (…) 지도제작적 거리cartographic distance"(7)로 그들을 데려옴으로써 자아와 타자

사이의 관계를 재구성한다. 본질적으로 수치심은 자아에 대한 타자의
평가에 기반하며 (혹은 타자와 자아의 결합에 기반하며) 그렇게 그것은 공
유된 가치를 조직하거나 자아 정체성에서 가장 취약한 감각을 공격
할 수 있다. 수치심 연구의 중요한 선구자로서 파농은 수치심의 속성
을 규명했을 뿐만 아니라, 그것이 어떻게 식민지 비평에 있어서도 핵
심적인 문제일 수 있는지를 보여주었다. 그는 처음부터 식민지적 관계
가 가지는 수치스러운 본성에 대해 한층 더 광범위한 관점을 취하는
동시에, 콘스터블이 말한 '강압적' 수치심의 역할이 식민지 이데올로
기 메커니즘임을 증명했다. 『검은 피부, 하얀 가면』의 초점은 식민지적
인종주의가 아프리카계-캐리비언 정체성에 입히는 손상에 놓여 있지
만, 그는 지속적으로 백인 정체성 역시 이 시나리오 안에서 신경증적
이라는 사실을 지적해낸다. 이는 식민지적 관계를 이해하기 위해 어떤
접근 방법을 취한다고 해도, 수치심이 그 관계에 있어 핵심적인 특징
이라는 것을 보여준다.

　파농은 수치심의 정신내적이고 대인관계적인 특성을 모두 관찰하
고 여기에 식민성에 대한 비평을 더한다. 그는 수치심의 언어를 그대
로 사용하지 않는다. 그보다는 부끄럽게 만드는 방법이나 부끄러움에
대한 복종에 근거하여, 그들이 '열등하게' 혹은 '우월하게' 느끼는 방
식을 분석함으로써 수치심이라는 주제를 탐구한다. 식민화라는 맥락

● 지도제작적 상상력cartographic imagination이란 다른 세계와의 거리두기를 통해 스스
로를 규정했던 서구 제국주의의 상상력을 의미하고, 여기서 말하는 '지도제작적 거리'란 수치
심이 타자와 자아의 구성에 관계하는 방식을 식민주의에 대한 인식에 바탕해 설명하기 위해서
사용된 것으로 보인다.

안에서 수치심의 원료들을 전달하기 위해 위계의 언어를 사용하면서, 파농은 자신의 논의에서 수치심의 간주관적인 속성을 분석한다. "열등화는 유럽인들이 느끼는 우월감에 본질적으로 연관되어 있다. 우리 열등한 자들을 만들어내는 것은 바로 인종차별주의자들이라고 감히 말할 수 있다."(73, 강조는 파농) 파농은 열등감이라는 굴욕적인 느낌을 식민자와 피식민자 사이의 상관적 공간에 정확하게 위치시키면서 자기와 타자의 동학을 탈영토화한다. 그러면서 그가 밝히고자 했던 투과적이고 교활한 식민주의적 권력 구도를 도는 원잣값 궤도에 다층적인 위치를 부여한다. 식민지 이데올로기에 대한 그의 비평은 세지윅과 프랭크가 수치심의 정동에 대해 언급했던 '지도제작적 거리'를 성취했다.

문학이 비유적으로 식민 수치심을 다룸에 있어 그 창시자라고까지는 할 수 없더라도 중요한 선구작이 있다. 바로 에메 세제르의 『귀향 수첩』이다. 파농은 『검은 피부, 하얀 가면』에서 세제르의 시를 언급하면서, 그의 시가 식민지적 수치심의 발견과 그 파괴의 유산을 말하고 있다고 설명했다. 수치심에 대한 특정한 식민지적 문자화가 존재론적 수치심에 대한 철학적 탐구를 심문하는 방식을 정리하면서, 닉 네스빗 역시 세제르의 존재론적 수치심과 식민지적 수치심을 변별해내고 그를 대륙철학을 비판한 주요 철학자로서 주목한다. 네스빗은 세제르의 1939년 시를 "프랑스에서 하이데거가 읽히기 시작한 그 순간에 이루어진 수치심에 대한 일종의 탈-존재론화"(Nesbitt, 238)로서 언급했다.[2] 뿐만 아니라, 세제르의 시가 탈식민화의 과정에서 핵심이 될 수 있었던 것은 그가 존재론적 수치심이라는 개념을 폐기하고 수치심에 대한 현상적 바탕을 묘사했기 때문이었다. 세제르는 "상징계적 질서에서 탈식민화의 과정을 선도하고 개발했다. (…) 그리고 그렇게 함으로써, 수치심이 수행하는 근본적인 역할의 자리를 찾아냈다."(Nesbitt, 243) 식민 수치심과의 고통스러운 대면, 수치스러운 제도로서 식민주의에 대한 가차 없는 비판은 끔찍한 조국과 쫓겨나온 고국의 심상을 통해 세계에 발표되었다.

『아벵』 그리고 수치심의 가족

또 다른 캐리비안 출신 작가 미셸 클리프의 작업은 식민 수치심을 묘사한 세제르에 대한 탈식민적 대응작이라고 할 만하다. 클리프는 식민 수치를 복잡하고 강렬하게 묘사한다. 클리프는 「그들이 내게 경멸하도록 가르친 자아를 찾아Claiming an Identity They Taught Me to Despise」라는 제목의 시를 포함하여 여러 편의 자전적인 작업을 해온 자메이카 출신 작가로, 이 시에 응축되어 있는 주제들은 그녀의 자전소설 『아벵Abeng』(1984)에서도 발견된다. 노예화된 아프리카인과 그 노예들을 소유했던 식민주의자의 피가 섞인, 계급과 인종을 인식하는 가정에서 자란 아이로서, 클리프는 식민 수치심의 중심 축을 살아간다는 것의 의미를 탐구한다. 즉, 그녀는 자메이카 노예제도의 희생자들을 대리하여 수치심을 드러내고, 식민지적 특권에 대한 죄책감을 계승한다.[3] 주인공인 클레어 새비지는 아버지로부터 백인으로서 행동하고 자신과 가족이 자메이카의 흑인들과 공유하는 수치스러운 역사를 부인하라고 배웠고, 그럼으로써 식민화의 전쟁터는 그녀의 의식 속에 정면으로 자리 잡는다. 결과적으로, 클리프의 묘사는 식민 수치심의 작동을 폭로하고 탈식민적 수치postcolonial shaming의 예를 보여주는 작업이 된다. •

『아벵』이 소위 "이중 발화된 담화"(Raiskin)를 통해 식민지에서 살아가는 아이의 무지와 희화화된 자메이카의 역사를 (자메이카가 영국으로부터 명시적으로 독립하기 4년 전인) 1958년을 살아가는 클레어라는 인물에 집약해 펼쳐낼 때, 작가의 어조에는 냉담한 분노가 깔려 있다. 주도면밀하게 탐구된 화자의 분노는 교육받지 못한 주인공과 맞닥뜨리면서 소설 전반에 깔린 초조하고 불안정한 느낌을 조성하고, 가장 까다로운 관계, 이를테면 자기 부모와의 관계 안에서 중요한 지점으로 부각된다. 클리프는 가족이라는 그토록 개인적이고 친밀한 형태의 관계 안에 역사의 폭력을 등록해놓음으로써, 가장 아끼는 관계조차 그 폭력에 사로잡혀 괴로워지도록 만든다. 사랑에 대한 폭력의 근접성이 작품 곳곳에 배어든 주제인 것이다. 예를 들어, "어머니와 아버지의 싸움은 클레어를 두렵게 했다. 그녀는 그들의 싸움을 폭력이라고 생각하지 않았다. 왜냐하면 그녀에게 폭력이란 누군가가 누군가를 한대 치는 것이어야만 했고, 부모님은 그렇게 하지는 않았으니까."(Cliff,

---

• 주인공 클레어 새비지의 아버지 '보이'는 백인이고 어머니 '키티'는 자메이카 본토 출신의 흑인이다. 백인에 가까운 클레어의 외모는 아버지에게 인종적 자부심을 주고 그녀를 특별히 편애하도록 한다. 두 인종의 유산을 한몸에 안은 채로, 클레어의 정체성과 신체 그 자체는 식민지적 수치심의 상관적 관계를 폭로하는 전쟁터가 된다.

Abeng, 51) 그러나 화자의 아이러니한 어투는 감정적 폭력의 근원적인 현존을 전달한다. 수전 밀러는 그렇게 친밀한 관계에서 자기로 이해될 수 있는 것의 취약성에 주목한다. 그에 따르면 "자기라는 개념, 그리고 경계라는 개념 역시 수치심과 다른 감정들을 연구할 때 중요하다. 왜냐하면 자기-경계의 개인적 분절은 모욕이나 개인의 실패, 혹은 유독 강하거나 타락한 것으로 여겨지는 타자와의 접촉으로부터 비롯되는 감정적 경험의 특정한 질을 결정하는 데 있어 중요하기 때문이다".(168) 이때 "그 혹은 그녀가, 접촉 자체를 자기 범위의 기준으로 삼는 유동적인 방식으로 자기를 규정할 때도 수치심을 느낄 수 있다".(169) 물론, 세계에서 아이의 첫 번째 참조점은 부모이며, 대부분의 심리학자가 동의하는 것처럼, 아이는 심리 발달의 특정한 단계에 이르기 전까지 자기와 어머니를 구분하지 못한다. 아이와 어머니 사이의 이 친밀감─이는 클레어 일가와 같은 가족 안에서는 부모와 아이 사이의 친밀성으로 확장되는데─은 클레어로 하여금 부모, 즉 보이나 키티와 그토록 가깝게 정체화하도록 하고, 결과적으로 그들에 대한 비판이 자기-비판으로 이어진다. 그들에 대한 심판이 스스로에 대한 심판이 되는 것이다. 아이가 부모에 대해 느끼는 경계의 유동성은, 보이가 키티와 처가를 모욕하거나 키티가 보이에 대한 증오를 드러내는 등 그들 간의 고통스러운 갈등이 클레어의 내면에 수치심으로 스며들게 한다. 부모와 섞여들며, 그 모욕과 증오의 흐름 역시 클레어를 관통하게 된다.

아내에게 퍼붓는 모욕이 초래한 감정적 혼돈이 불편하게 묘사되는 가운데, 보이는 딸을 "아스테카 공주, 황금빛 태양"이라고 부른다. "'클레어, 너는 분명히 희생양이었을 거야. 너도 알겠지만, 아즈텍인들은 가장 아름다운 처녀를 학살해서 그 피를 마셨단다.' 클레어는 아버지의 역사 해석, 그러니까 자신이 성스러운 학살의 희생양으로 선택되었을지도 모른다는 그 세계관을 의문스러워할 생각을 하지 못했다."(10) 여기서 우리는 피가 섞인 딸의 아름다움이란 밝은 피부색 덕분이며, 그 가치 체계가 기대고 있는 살인 신화에 동의한다는 암시 속에 놓인 사랑과 폭력의 옹호할 수 없는 중첩을 본다. 아버지는 딸을 찬양하는 동시에 그 생모의 아름다움과 가치는 폄하하고 있는 것이다. 뿐만 아니라, 그 클레어를 두고 "신성한 학살"의 희생양으로서 자격을 갖추었다고 말하는 것은 아버지와의 양육적 유대라고 여겨온 관계에 폭력을 기입하고, 새비지 가족 구성원들 사이의 인종적·계급적인 갈등이란 소설 전반에 걸쳐 드러나는 이런 언급들을 통해 폭로되는 깊이 묻어둔 비밀로부터 비롯되었음을 암시한다. J. 브룩스 부손은 인종적 수치의 작동에 대해서 상세히 논의해왔다. 그에 따르면, "아름다움과 사랑스러움에 대한 백인들의 기준"은 많은 흑인 캐릭터에 있어 "억압자들과의 동일시를 통해서 작동한다. 그렇게 그들은 수치심을 느끼게 만드는 타자—백인 사회—의 모델에 순응하되 자기 자신의 현실에 충실하라는 갈등적 요구 사이에서 내면의 초자아의 일부를 형성하는 것이다". 그리고 이는 "자기-혐오와 자기-증오"로 귀결된다.(Bouson, "Quiet As It's Kept," 10) 이는 클레어가 놓인 위치의 복잡함을 폭로한다. 왜냐하면 거의 흑인들로 구성되어 있는 가족과 공동체에 살고 있으면서도, 스스로를 백인으로 여기도록 교육받았기 때문이다. 따라서 그녀는 '억압자'와 동일시할 뿐만 아니라 '억압자'로서 스스로를 식별하는 위험을 감수해야 하는 (부손이 기술한) 역설에 처하게 된다. 그러나 과연 누구에 대한 억압자인가? 어두운 피부색을 가진 어머니, 자매, 그리고 할머니에 대한 억압자인가? 그녀는 아버지가 가치 없다고 말했던, 자신을 구성하는 그 요소들에 대한 억압자인가? 이것이 그녀가 붙들고 고군분투해야 하는 근본적인 질문이며, 서사는 이 중성에 대한 감각을 다층적으로 언어화하면서 그 고난을 묘사한다. "그녀는 자신이 두 부분으로 쪼개져 있다고 느꼈다. 백인과 비非백인, 도시와 시골, 장학금과 특권, 보이와 키티."(Cliff, *Abeng*, 19) "흑인이냐 백인이냐? 그녀는 둘 중 하나를 선택해야 한다고 생각했다."(37) 또한 다양한 에피소드는 "그녀가 느끼는 혼돈―내적 불화의 일부"를 야기한다.(96) 클레어의 인종적 수치심에 대한 정신내적 감각의 간주관적인 영향이란, 딸에게 백인의 아름다움이 특권적이라는 생각을 심어주기 위해 한 시도들이 정작 딸로 하여금 자신에 대한 억압을 내면화하도록 하면서 스스로 집안의 여성들과 분리되었다고 느끼게 만든 것이다. 그녀는 수치스러운 과거의 궤도와 수치심을 주는 관계들의 네트워크에 사로잡혀 있다. 그런 것들이 가족 간의 친밀성 안에서 펼쳐진다는 사실은, 클레어로 하여금 화자가 성공적으로 독자들에게 전달하고 있는 고통스러운 진실을 보지 못하게 만든다.

작가가 이 부분을 포함해 소설의 다른 부분에서 다루고 있는 바, 클레어가 아버지의 인종차별주의적인 식민지 사상의 끔찍한 효과를 보지 못하는 것은, 그것들이 자기 정체성 안에서 일종의 단층선으로 서 가족 내 역학과 특징의 기저를 이루기 때문이다. 물론 클레어도 인종 문제가 가족 문제의 핵심이라는 것은 알고 있다. 자신의 이중성을 다르게 표현한 대목에서 말하듯, 그녀는 스스로를 "어둡고 밝다. 창백하면서 피부색이 짙다"고 인식한다. "도움이 필요할 때 누구에게 의지할 수 있을까? 누구에게 그것을 기대할 수 있을까? 어머니일까 아버지일까. 때때로 여기까지 이어졌다."(36) 화자는 클레어의 상황이 만들어내는 파문을 지금까지와 마찬가지로 정확하게 논평한다. "아버지의 책임을 추궁하는 것은 또한 어머니의 침묵을 추궁하는 것을 의미한다. 그리고 침묵이 어떻게 공모가 될 수 있는지 보는 것이다. 그녀도 그 점을 종종 느꼈고, 지금도 그렇다."(76) 섬나라 식민지 역사의 인종적 관계들과 그 기원이 분열된 가족과 분열된 정체성 안에서 분명히 드러나면서, 보이가 저지른 짓들은 정서적으로 클레어로 하여금 인종차별과 역사에 대한 금지된 지식을 이해하는 과정을 의식하게 만든다. 그러나 정체성에 대한 질문은 수치심과의 관계 안에서 재구성된다. "누군가는 정동의 개념을 행위주체agency에 집중할 수 있도록 하는 수단으로 보는 반면, 다른 이들은 그것을 주체라는 개념을 대신하기 위해, 그리고 행위주체 그 자체에 대한 관념을 급진적으로 다시 쓰기 위해 사용한다."(Koivunen, 9) 클리프는 후자를 성취한다. 그리고 그렇게 함으로써 수치심이 "자기와 자기-아님, 대상과 비체의 문지방에서 경험되는 것"(Pajaczkowska and Ward, 3)이라는 중요한 생각을 발전시킨다. 수치심은 "타자들-과의-자기-의식이라는 이중적 등록"(1)에 존재한다. 이런 정의는 둘 다 아이들이 어머니 앞에서 아브젝션을 경험한다는 쥘리아 크리스테바의 이론에 기대고 있다. 그리고 이는 12살 난 클레어가 어째서 아버지로부터 물려받은 죄책감 혹은 어머니의 수치심을 묻어버리는 침묵을 통해 생각하는 것이 아니라 느낄 수밖에 없는가를 설명해준다. 아이들은 부모를 자기에 대한 타자로 인식하기보다는 자신이 누구인가라는 연금술에 있어 변하기 쉬운 요소들로 인식하기 때문이다. 이 성장의 이야기에서, 아이는 자신이 부모와 섞이거나 분리되는 지점을 구분해내기 위해 노력한다. 보이와 키티가 온갖 지점에서 뒤섞이거나 대립함에도 불구하고, 이 성장기에서 아이는 부모와 통합되거나 부모로부터 구분되는 지점을 분간해내기 위해 노력한다. 클레어의 수치심 경험에 있어 가족적 맥락은 타자인 부모와 자신의 경계를 식별하지도, 더 중요하게는 받아들이지도 못하게 만드는 것이다.

이러한 가족 역학은 밀러가 "비-일관적인 혹은 비-통합적인 상태"라고 규정했던 분열된 정체성들로 그녀의 주체성을 찢어발긴다. 그 상태들은 "눈에 보이는 표면으로, 그리고 표면의 분노로부터 벗어나서 내면으로, 이렇게 두 방향으로 움직이기 때문에"(38) 생긴다. 이 이중적인 움직임은 클레어가 아버지로부터 물려받은 "구불거리는 밤색 머릿결"과 푸른 눈 덕분에 얻는 찬사와 특권을 꺼리는 데서 분명해진다. "이것이 그녀의 '가장 훌륭한 특징'이라는 데는 모두가 동의"(Cliff, *Abeng*, 61)했지만, "그녀는 이것을 원하지 않았다. 질문들에 대답해야 하고, 여자들이 경이감을 느끼면서 그녀의 머리를 쓰다듬는 것을 말

이다".(61) 그녀는 부모 간 차이의 체현이었다. 그녀는 "가족 최고의 성
취였다. 양쪽의 좋은 점이 섞여 있으면서도 한쪽을 더 많이 닮았던 것
이다".(61, 강조는 필자) 이 묘사에서 화자가 미묘하게 드러내는 제국주의
와 인종차별적 담론 수행에 대한 환기는, 다른 사람들이 클레어를 부
분적으로만 이해하거나 그녀를 구성하는 어떤 요소들을 비난할 때,
그녀의 존재가 얼마나 문제적인지를 잘 전달해준다. 게다가 수치심의
감각은 클레어 스스로도 전혀 이해할 수 없는 것이다. 왜 자신의 미
를 수치스러워해야 하는가? 어째서 다른 사람들의 칭찬을 불편해해
야 하는가? 화자조차 클레어의 불편함이 드러나지 않도록 내버려둔
다. 하지만 밀러가 설명하는 것처럼, "부끄러운 자는 중요한 자기-이미
지로부터 도망칠 수 없다고 느끼기" 때문에 그녀는 당혹해한다.(*Shame
Experience*, 32) 도망치고 싶어하는 그 이미지가 '아름다움'의 이미지인
까닭에 클레어는 자신의 욕망을 이해할 수 없으며, 그렇기 때문에 이
미지는 느낌과 감정들에 더욱 깊이 새겨진다.

파농, 클리프, 그리고 식민 수치심을 역사화하기

따라서 클리프는 파농이 묘사했던 자기와 타자의 드라마를 강변한
다. 그것이 어느 딸의 유산과 정체성 안에서 펼쳐지고 있는 것이다.
클리프는 클레어의 부적절함과 모순에 대한 혼란스러운 느낌을 역사
화하면서, 또 다른 중요한 파농적 움직임을 보여준다. 파농이 식민지

관계의 병리학에서 신경증의 원천을 설명했던 것과 마찬가지로, 클리프는 인물들의 관계가 자메이카 역사의 폭력성 안에 어떻게 깊이 스며들어 있는지 보여준다. 이 주제는 클리프가 인종과 계급이 사람들 사이를 구분하기 위해서뿐만 아니라 인간성을 표시하기 위해서 역사적으로 어떻게 사용되었는가에 대한 근원적인 질문을 던지는 장면에서 확실시된다. 파농이 이것이야말로 식민 수치심의 기저에 있는 기능이라는 사실을 폭로한 것과 매우 흡사하다. 파농은 식민지 담론이란 '백인성'이 '인간'과 동일한 것이 될 때까지, 가장 은밀하게 우월과 열등의 위계를 확장시켜나간다고 지적한다. 나의 주체성이 사라지는 것을 느끼는 것, 나의 인간성에 문제가 있다고 느끼는 것. 이것이야말로 수치심이 행하는 궁극적인 권능이다. 누군가가 "열등하고, 불쾌할 정도로 노출되었으며, 모욕당했거나 인간적 가치가 박탈당했다"(Seidler, 24)고 느끼는 것, 혹은 심지어 스스로 "'실존'하지 않거나 소속감이 없거나, 자신의 집이 '실존'하지 않는다고 느끼는 것"(Dalziell, 12) 파농의 수치심 규정은 다른 어떤 당대 이론가들보다 더 대담하며, 절정이라 할 만하다.

　이런 질문을 던지는 길은 클레어의 세계에 대한 화자의 관찰에서 시작된다. 클레어는 "검은 피부를 갖고 태어나는 게―특히 당신이 소녀라면 더욱―가장 끔찍한 일인 세계에 살고 있었다. 그보다 더 나쁜 일은 죽는 것밖에 없었다. (…) 어떤 불편함이 영혼의 작은 공간에 살고 있는 것처럼 보였다"(Cliff, Abeng, 77) 소설의 심장에도 거주하고 있는 이런 불편함은 클리프가 공들여 역사화하는 장면에서도 드러난다.

이 장면에서 클레어는 두 명의 같은 반 소녀들이 버스 정류장에서 나이 많은 흑인 여자에게 무례하게 군 것을 두고 "비인간적"이라고 말한다. 클레어가 그 여자의 질문에 관대하게 대답하고 그녀에게 돈을 주는 상황을 묘사하면서, 작가는 다른 소녀들이 그 여자에게 관심을 기울이지 않는 상황의 이면에 놓인 사회적 암시를 드러낸다. 그리고 동시에 클레어가 이런 사회적 암시를 잊어버렸음이 함께 드러난다. 클레어는 자신이 가난하고 피부색도 더 짙은 동지보다 특권을 가지고 있다고 생각하지 않는다. 뿐만 아니라 왜 이 나이 많은 여자가 자신이 아닌 다른 두 명의 소녀들에게 먼저 접근했는지도 궁금해하지 않는다. 분명히 "어째서 '비인간적'이라는 말이 마음에 그토록 빠르게 떠오른 단어였는지"(77) 설명하지도 못한다. 화자가 공들여 설명하듯, 클레어와 또래들은 인종적 위계에 갇혀 있다. 그 위계 안에서 클레어는 태평스럽게 무지할 수 있고, 또래들은 "[그 나이든 여자의] 고통과 자기들도 그런 상황에 처할 수 있다는 예측을 못 본 척 넘기도록 훈련받았고, 그렇게 스스로를 그 여자로부터 분리하게 된다".(78) 이런 관계의 구조는 타자가 형성되는 과정을 보여준다. 그 여자의 부탁을 거절할 때, 소녀들은 타인을 배제함으로써 자기들의 정체성을 구축하게 되는 것이다. 여기서 그들은 그 유서 깊은 유럽식 사고방식을 흉내 내고 있는 것이다. 이것이야말로 파농이 백인성을 인간성으로 위장하고 있다고 지적했던 사유체계다.

클리프는 계속해서 파농적인 설명을 이어간다. 작가는 소녀들이 그 여자에게 창피를 주려고 했으나 실은 그들이 창피스러워해야 할 행동을 클레어가 "비인간적"이라고 못 박은 이유에 대해 답하기 위해, 홀로코스트를 이해하기 위한 그녀의 노력을 묘사한다. 그녀의 결론은 "기독교 세계에서 유대인들이 고통을 당해야 했던 것처럼, 백인들의 세계에서 흑인들도 고통당해야한다"(77)는 것이다. 그리고 모든 고통은 "고통당하는 자가 인간이 아니어야 한다는 기대"(78)에 기반한다. 여기서 클리프는 식민 수치심의 핵심을 파고든다. 그 이면에는 [고통당하는 그] 존재가 열등하거나 부정적으로 보일 뿐만 아니라, 타자의 생각 속에서 어떤 가치도 없다는 비난이 놓여 있다. 이런 고통스러운 묘사를 통해 클리프는 빠르게 파농의 방식을 취한다. 파농은 식민 수치심에서 주로 나타나는 궤적을 "완전히 비인간적인 괴물들"(78)을 만들어낸 유럽의 기원으로까지 추적해 올라갔던 것이다. 이 화자-역사가는 유럽의 상상력이 만들어낸 이런 허구들을 콜럼버스 시대 지구 반대편의 피조물이라고 언급하고, 이를 "비-유럽인들을 덜 인간적이라고 상상해온 어둠의 그 심장"(79, 강조는 원문)의 근원으로 소환한다. 작가는 소설 속에서 홀로코스트, 노예제, 그리고 클레어의 욕설 사이의 오래된 연관성을 그려나간다. 이 모든 것은 "이 심장의 판타지의 소산이며, 단지 심장의 일부분에 불과했다."(79, 강조는 필자). 따라서, 그녀는 그 여자에 대한 소녀들의 행동을 비평의 틀 안에서 관찰한다. 그녀는 이 비평의 틀을 통해 우리 일상에서 펼쳐지는 비인간화라는 식민지적 유산을 조롱한다.

정동적 탈식민 비평

여기서 클리프는 수치심이 얼마나 강력한 정동적 도구가 될 수 있는
지, 그리고 그것이 어떻게 수 세기나 된 식민지적 이데올로기로부터
당대의 정체성으로 흐르는지를 까발린다. 수치심이라는 정동에 대한
그녀의 설명은 다음 두 부분으로 진행된다. 그녀는 수치심을 자기/타
자의 관계를 조정하는 식민주의 작동의 메커니즘으로 규정하고, 그것
이 고정된 것이 아니라 흐르는 관계이기 때문에 탈식민 이론의 영역
에서 중요한 비평 양식으로 사용될 수 있다고 강변한다. 클리프는 종
종 인물들 간의 상호작용 속에서 섬나라의 억압된 역사가 드러나는
방식을 보여줌으로써 후자의 임무를 완수해낸다. 이 역사가-화자는
묻혀버린 역사들을 폭로하는 비판적인 목소리다. 따라서 "역사를 모
르는 이 섬나라"(96)를 떠도는 유령적인 존재가 되어버린 것들의 정동
적 결과들과 대면하면서, 애초에 이런 중요한 정보를 숨겨버린 행위의
수치스러운 본질을 폭로한다. 인도적인 이유에서가 아니라 상업적인
이유에서 노예제를 끝낸 영국 왕실, 자유를 위해 싸운 전설적인 영웅
인 '마룬족의 내니'●, 자메이카 노예제의 유달리 잔인한 속성, 제국주
의 정책을 옹호하면서 분리주의 정책이나 영국과의 관계 안에서만 자
메이카 역사를 가르치는 교사들 등을 묘사하면서 삼각무역의 세부

●   '마룬족의 내니' 혹은 '여왕 내니Queen Nanny'는 18세기에 자메이카 마룬족의 대對 영
국 게릴라전을 이끌었던 지도자다. 그녀에 대한 전설적인 이야기는 구전으로 전해 내려오고
있으며, 국가적인 영웅으로 추대되어 자메이카 500달러 지폐를 장식하는 얼굴이 되었다.

내용을 채우는 이는 바로 화자다. 매우 강렬한 구절에서, 화자는 키티가 다니는 교회 신도들의 역사 의식을 매우 부정적인 태도로 선명하게 묘사한다.

신도들은 아프리카에 있는 아프리카인 노예들이 주로 가정용 하인이라는 것을 알지 못했다. (…) 그들은 노예제하의 자메이카 아프리카인의 사망률이 출생률보다 더 높다는 것을 알지 못했다. (…) 그들은 일부 노예들이 사탕수수를 수확하는 동안 그것을 먹지 못하도록 주석 마스크를 쓴 채 일했다는 것을 알지 못했다. (…) 교회에 있는 그 사람들은 그들의 조상들이 서로를 밀고하고 돈을 받았다는 것을 알지 못했다. (…) 그들은 아샨티 왕국이나 다호메이 왕국을 알지 못했다. (…) 그들은 검은 아프리카인들이 수천 명의 전사를 호령했다는 것을 상상하지 못했다. (…) 설립된 대학들……(18-20, 강조는 필자)

클레어가 아무도 말하지 않는 계급적·인종적 부당함을 정서적으로 직감할 수 있는 것처럼, 소설 속의 모든 등장인물은 클리프와 파농이 주장하듯 그들의 관계와 정체성을 절합하는 부끄러운 과거에 시달린다.

침묵당하고 묻혀버렸지만 여전히 강렬하게 출몰하는 역사로부터 뽑어져 나온 수치심이 신체에 배태되어 있다는 개념은 신체, 즉 식민지 이데올로기가 생산한 표면적 윤곽에 대한 클리프의 파농적 강조에 호소한다. 가족은 명백하게 알려지지 않은 섬나라의 식민지 과거에 의해 절합되었고, 소설은 과거가 가족이라는 제도 속에서 세대를 통해 대물림되는 방식과 그 과거가 개인이 가족 밖의 사람들과 맺는 관계 속으로 번져가는 방식을 다루는 구절에 기거한다. 클리프는 소설의 끝에서 여러 의미로 자신의 아바타라고 할 수 있는 주인공을 비판하기 위해 수치심이라는 날카로운 칼날을 사용한다. 토니 모리슨의 『가장 푸른 눈』이 "독자로 하여금 수치심과 방관자의 죄책감을 일깨운다"(Bouson, "Quiet As It's Kept," 212)는 부손의 주장처럼, 클리프의 자기-비판 전략은 독자들을 일깨운다. 따라서 수치심 정동은 텍스트를 초월하고, 이로써 『아벵』은 식민주의와 인종주의의 수치심 이데올로기에 대한 두려움 없는 관찰이 된다. 게다가, 부손은 대리적 수치심에 대한 비평가들의 반응이 종종 "트라우마에 특화해 수치를 주는 것에 반대하는 지지자나 구조자 역할을 수행하거나, 소설에 비평적으로 화답하느라 자신도 모르는 사이 타인에 대한 비난과 공격이라는 수치심 드라마의 참여자가 되는 식"(212)이라고 경고한다. 수치심의 비판적인 장치를 주인공에게로 되돌리면서, 클리프는 독자로 하여금 수치심의 권능과 대면하도록 만든다. 클레어는 "그녀의 판단을 흐리게 만드는, 어떤 한계 속에 살았던 식민화된 아이"(Cliff, Abeng, 77)로 묘사될 수 있을지 모른다. 그러나 클리프는 여전히 그녀의 행동에 대한 책임을 붙들고 있으며, 그럼으로써 독자들이 그 수치심의 해소되지 않는 통렬함을 느끼도록 하는 것이다.

화자가 클레어와 다른 사람들의 역사에 대한 무지를 지적하고, 자기 내면의 갈등과 불편한 느낌에 대해 이해하려는 클레어의 혼란과 노력을 묘사하는 데 소설의 많은 부분을 할애하는데 반해, 소설은 그녀의 행동으로 끝난다. 마지막 장에서 클레어는 다른 아이들과의 관계에서 행위주체의 뒤틀린 형태를 찾는, "무엇인가 변하기 시작했다는 것을 느끼는 (…) 12살 소녀"(Cliff, *Abeng*, 149)로 묘사된다. 무엇보다, 다른 사람들의 친구나 놀이 짝꿍이 되는 3장과 마지막 장에서의 위치는 딸로서 가족 안의 위치로 묘사되었던 이전 상황에서보다 더 많은 책임감을 그녀의 어깨 위에 올려놓는다. 화자는 클레어의 학교를 다음과 같이 묘사하면서 식민지적 유산에도 불구하고 아이의 순진함을 비판한다. "정해진 자리에 따라 교실에 들어가고, 징계조치가 이뤄지고, 연극이 상연되는 동안 강당에 들어갈 때에도, 세인트캐서린 학교에서 피부색은 산란하고 추적하기 어렵다. 피부색의 그늘은 일대일로, 학생들 사이의 관계에 스며들어 있었다."(100) 이 그늘은 학교의 제도적인 환경에서 희미하게 드러날 뿐만 아니라 조라는 이름의 소녀와 클레어가 맺는 가장 중요한 우정에도 영향을 미친다. "두 소녀의 만남은 방학 때만 지켜지는 우정이었다. 그리고 그들의 놀이와 환상은 누군가에겐 소녀들의 진짜 삶에서 완전히 제거된 것으로 보였다. 밝은 피부와 검은 피부라는 삶이야말로 소녀들의 삶에서 진짜였다. 밝은 피부와 검은 피부라는 삶이야말로, 압도적으로 진짜였던 것이다."(95) 조의 어머니는 조에게 클레어는 진짜 친구가 될 수 없다고 경고한다. "딸아, 클레어는 진짜 친구가 될 수 없어. 너는 그저 놀이 짝꿍일 뿐이야. 바보같은 짓 하지 말거라."(102)[4] 왜냐하면 클레어는 부잣집 딸이고, 백인 아버지가 있다. 그리고 물론 소녀들은 서로 교류할 때 계급과 인종의 한계에 부딪히게 된다. "그들의 전쟁은 대체로 차이는—이미—거기에 있다는 사실이 피하거나 무시할 수 없이 드러날 때 시작된다."(100) 클리프가 클레어 가족이 느끼는 식민 수치심의 원천을 규정하는 데서 수치심을 비평의 도구로 사용하는 데로의 전환은, 바로 이런 소녀들의 관계를 묘사하는 지점에서 일어난다. 그녀가 수치스러운 "차이는—이미—거기에 있다"를 통해 우리의 주인공의 행동이 어떻게 오염되었는가를 보여주고 있기 때문이다.

조는 이런 차이들이 드러나기 시작했을 때 클레어를 자유롭게 놓아주지 않는다. 예를 들어, 클레어가 할머니가 허락하지 않을 것이라는 이유를 들어 조에게 자신의 새로운 수영복을 입어보지 못하게 하자, 조는 이렇게 응수한다. "할머니가 안 된다고 할 거라니, 사실은 네가 안 된다고 하는 거잖아."(101) 그녀의 행동에 대한 책임을 정확하게 그녀에게 물으면서, 조는 클레어로 하여금 자신의 거만한 태도와 혜택받았다는 감각에 대해 유감스럽게 생각하도록 만든다. 그리고 이 두 가지 자질이야말로 궁극적으로 클레어가 폭력적인 행동을 할 수 있도록 추동한 것이었다.

이 클라이맥스는 클레어와 조가 벌거벗고 바위 위에 누워서 아침 햇살을 쬐고 있는데, 사탕수수를 수확하는 사람이 그 장면을 훔쳐보는 장면으로 시작한다. 다윈이나 프로이트 등 좀더 이른 시기의 수치심에 대한 논의는 개인의 신체, 특히 성기를 보이지 않도록 감춰야 하는 필요로까지 거슬러 올라간다. 따라서 소녀의 몸에 대한 문자 그대로의 노출은 수치스러운 대면 장면을 구성한다. 그러나 클리프는 이 수치심을 남자의 시선으로부터 클레어의 행동으로 재조정한다. 클레어는 남자에게 총을 겨누고 권위적으로 말한다. "물러나. 당신은 지금 우리 할머니 땅에 들어와 있어." 그녀는 "방언이 아닌 남부 백인 말투를 썼다. 그리고 가지고 있지 않다던 그 특권에 기댔던 것이다".(122) 이 장면에서 수치스러운 폭로란 클레어의 몸이 아닌 특권의 노출이다. 게다가, 남부 백인의 말투, 혹은 백인성, 특권의 행사는 백인 남자의 머리 위로 권총을 쏘면서 할머니의 훌륭한 황소를 죽이는 일로 이어지고, 그렇게 함으로써 즉각적으로 폭력으로 드러난다. 심지어 클레어는 자신이 사랑과 우정을 느끼며, 때로는 욕망까지도 느꼈던 바로 그 사람에 대해 권력을 행사하도록 스스로 용인함으로써 "조가 그녀의 잘못이라고 비난했던 것을 증명해버렸다"(124)고 결론 내린다. 애초에 할머니가 금지했던 총을 들고 나왔고, 특권이 가진 힘을 필요로 하면서 행위자성을 발휘하려고 했던 시도 속에서, 수많은 다른 상황 속에서 고통스러워 했던 바로 그 위계 속에서, 클레어가 겪는 곤경이 전시되었다.

　우리는 감정이 얼마나 복잡한지를 보여주는 묘사와 함께 남겨졌다. 정동적인 관점에서 보았을 때 얻을 수 있었던 행위주체의 급진적인 우발성에 대한 이해와 함께 남겨졌으며, 뼛속 깊이 느껴지는 유산이자 모든 인물이 서로 맺고 있는 관계를 천천히 지나가는 관계적 흐름인 이데올로기적 장치로 재현된 수치심과 함께 남겨졌다. 『아벵』의 가족 드라마는, 파야치코프스카와 와드를 되풀이하자면, "자기와 자기-아님 사이에 차이가 존재하지 않을"(3) 때까지 까발려진다. 자신의 권력과 그 동전의 뒷면인 취약성 양자에 존재하는 정동적이고 우발적인 사건들을 발견하면서, 클레어는 여성이 되어간다. 비록 소설은 점차 더해지는 불편함의 감각이 넘쳐나려는, 바로 그 직전에 끝나지만 말이다.

분노, 열정, 책임감 같은 다른 감정들은 클리프의 두 번째 소설이자 클레어 새비지가 정치적 활동가로 묘사되는 『천국에 전화를 걸 수는 없다No Telephone to Heaven』에서 다뤄진다. 여기서 클레어는 가족과 국가가 경험한 수치심 및 수치심을 주는 관행들에 대해 이해하게 된다. 클레어의 이야기를 감정적인 격동의 하나로 서술하면서 클리프는 탈식민적 이중 잣대의 작동을 보는 중요한 관점을 제공하고, 어떻게 수치심이 "자기와 자기-아님, 대상과 비체의 문지방"에서 살아낸 경험으로 자기와 타자의 개념을 전환시키는 비평적 도구로 규정되고 재구성되어 적용될 수 있는지 보여준다. 탈식민적 순간이란 단지 독립성과 행위자성에 관계된 것이 아니다. 그것은 고통받은 자들이 낙인과 수치심 속에 남겨지지 않도록, 식민 지배의 고통을 영속시키는 것들에 집중함으로써 과거 자체를 재구성해내는 문제다.

7장

선조와 이방인들
과학소설에서 퀴어적 변화와 정동적 소외
프랜 미셸

코딜리어: 웨슬리와 일해야 할 것 같아.

샌더: 부끄러움을 모르는군.

코딜리어: 제발 좀. 수치심이 자랑거리라도 되나?

_『뱀파이어 해결사』 중 「목소리가 들리는 거리」

수치심은 자랑할 만한 무엇인가? 아프리카계 미국인 SF 판타지 소설 작가인 옥타비아 버틀러는 그렇게 생각하지 않았던 것 같다. 버틀러 는 반복적으로 수치심을 거부하는 것이 글쓰기의 원동력이라고 말해 왔다. 특히 대표작 『킨Kindred』(1979)에 있어서는 더욱 그랬다. 버틀러 의 작업은 권력과 친밀성의 문제나 수치심을 환기시키는 상황을 깊이 탐구하고 있지만, 작품의 많은 주인공은 수치심에 무감각하거나 저항 적인 인물들로 읽힐 수 있다. 하지만 앞으로 논의할 것처럼, 버틀러의 세 번째 소설인 『생존자Survivor』는 수치심이 중심인물에게 일종의 전 환점이 되는 상황들을 묘사함으로써 버틀러가 위계적 사회질서하에 서 작동하는 수치심의 '규제 기능'을 받아들이고 있음을 보여준다. 그리하여 소설은 버틀러 전체 작품 목록에 작가적 수치심의 순간을 등록한다. 『생존자』는 버틀러가 재출간을 반대한 유일한 작품이었다. 그녀는 1978년에 쓴 이 작품을 "부끄러운 초기작"이라고 말했다.(Kenan, 500) 도안가 시리즈Patternist series● 의 다른 네 작품과 달리, 『생존자』는 1990년대에 재발간되지 않았을 뿐만 아니라, 2007년 판 도안가 전작집인 『수확을 기다리는 씨앗Seed to Harvest』에도 포함되지 않았다. 버틀러가 『생존자』와 맺고 있는 심리적인 관계를 '수치심'이라는 말이 설명해줄 수 있는지 여부와 상관없이, 이 말은 책이 이후로 더 이상 출간되지 못할 것임을 시사한다. 소설에 대한 언급, 그리고 수치심이나 그것이 글쓰기와 맺는 관계에 대한 언급에서 드러나는 동기들을 비롯하여, 버틀러가 언급한 이 유별난 난감함을 탐구하기 위해서는 최근 (특히 퀴어) 문화이론에서 수치심이 차지하는 위치에 대해 재탐구해야만 한다. 『생존자』에서 재현되는 수치심과 다른 작품들에서 묘사되는 (수치스러운 상황에 있음에도 불구하고) 수치심으로부터 거리를 유지하는 주인공들 사이에 존재하는 괴리를 볼 때, 이에 대해서는 최근까지 문화연구에서 다루어왔던 것보다 좀더 교차적인 분석이 필요해 보인다. 따라서 나는 버틀러의 작업을 사유하기 위해 수치심에 대한 최근의 이론에 기대는 데 관심을 두면서도, 다른 한편으로는 그렇게 수치심

● 도안가 시리즈는 옥타비아 버틀러의 SF 시리즈로 '패턴마스터Patternmaster'나 '수확을 기다리는 씨앗Seed to Harvest'으로도 알려져 있다. 이 시리즈에서 버틀러는 고대 이집트에서 외계 전염병이 창궐하고 텔레파시를 이용한 마인드 컨트롤 등이 가능해진 먼 미래까지를 포함하는 비밀스러운 역사를 그린다. 『패턴마스터Patternmaster』(1976), 『내 정신의 마음Mind of My Mind』(1977), 『생존자Survivor』(1978), 『와일드 시드Wild Seed』(1980), 『클레이의 아크 Clay's Ark』(1984) 등이 이 시리즈에 속한다. 국내에는 『와일드 시드』가 번역되어 있다.

을 경배하는 경향에 질문을 던지기 위해 버틀러의 작업을 활용하고
자 한다.

　이 글의 초고를 읽은 몇몇 독자는 "수치심을 기념"하는 논의에 대
한 나의 인용이 삐걱거린다고 생각했다. 그러나, 내가 이제부터 다룰
것처럼, 이브 코소프스키 세지윅과 다른 페미니즘 및 퀴어 이론가들
의 작업은 수치심이 진보적 정체성 정치를 위한 잠재적 바탕이라고
주장해왔다. 이런 관점에서 만약 (세지윅의 작업에서 논의되었던 것처럼 "검
은색이 아름답다'와 게이 프라이드"(Touching Feeling, 62) 등을 포함하는) 정치적
인 자긍심 운동이 명확하게 수치심의 변화시키는 힘에 의지하고 있
다면, "강력하게 생산적이고 사회 전환적인 가능성"을 가지고 "정체성
을 조직해내는 실제"란 바로 수치심이다.(64-65) 수치심에 대해 쓴 다
른 작가들은 (그들 중 일부는 페미니스트, 퀴어, 아프리카계 미국인, 그리고 라틴계
의 전통을 가진 작가들이다) 이 관점을 공유하지 않는다. 그러나 수치심이
정체성을 형성하고 변형한다는 생각은 버틀러가 "부끄럽다"고 인정했
던 그 한 편의 소설에서만은 정확하게 적용된다.(Kenan, 500) 버틀러의
대부분의 작품이 수치심이나 변형과의 관계 안에서 읽힐 테지만 (예컨
대 "신神은 변화다"라고 주장하는 '패러블 시리즈'의 어스시드교●가 아마도 가장 명백
할 텐데) 그녀는 수치심과 변화 사이의 관계를 그렇게 드러나게 인과관
계에 있다고 그리거나 긍정적인 언어로 표현하지 않는다. 대신, 수치심

●　어스시드교는 버틀러의 '패러블 시리즈'에 등장하는 종교다. 어스시드교는 지구 상의 모든
　생명의 씨앗은 다양한 상황이나 장소에 이식될 수 있으며, 적응을 통해 자랄 수 있다는 교리에
　바탕을 둔다. 신은 변화이기 때문에, 인간은 신의 '가단성可鍛性'을 연출할 수 있고, 교인들은 신
　의 형상을 만드는 데 참여해야 한다.

의 재현은 종종 그런 상황들의 정동적 고통에 대한 재현을 일시적으로 치워버리거나 그것으로부터 거리를 둔다. 다르코 수빈이 SF를 '인지적 소외cognitive estrangement'라고 정의했던 것을 생각해보면, 우리는 버틀러 소설의 이런 측면을 일종의 정동적 소외로 이해할 수 있을 지도 모른다. 수치심의 억압을 인식함으로써 그로부터 도망치는, 그렇게 수치심을 관리하는 방식으로 말이다. 그러나 『생존자』에서 주인공은 이미 존재하는 사회적 위계 안에서 신분 상승을 위해 수치심을 내면화하고 수행한다.

버틀러가 알리고 싶어하지 않았고, 그래서 어쩌면 세밀하게 살펴보고 싶어하지 않았던 작품을 분석하는 일에는 위험이 따른다. 나는 수치심의 행위들을 들여다보고, 작가가 베일로 덮어놓았던 것을 들춰보는 위험을 감수하려고 한다. 그러나 내 목표는 세지윅이 "피해망상적인 독서"라고 말했던 것, 즉 폭로를 목적으로 하지 않는다.(130) 그보다는 "회복의 독서"(128)를 하고자 한다. 버틀러가 이 소설을 부정하면서 내놓았던 설명의 복잡성뿐만 아니라, 그녀의 다른 작품들과 함께 놓음으로써 우리가 얻을 수 있는 통찰을 이해하려는 것이다. 저자의 수치심에 대해 일대기적인 설명을 늘어놓으려는 것은 아니다. 내 관심은 『생존자』가 버틀러의 여느 작품들과 다른 면모가 있다는 주장, 이런 주장이 등장하게 된 역사적·문화적 맥락, 그리고 이 작품의 수치심 재현에 차이가 존재할 가능성 등의 함의를 사유하는 데 있다.

『생존자』요약: 나는 푸른색인가요?

이 주제에 대한 이론과 맥락, 그리고 소설 자체에 대한 본격적인 탐구를 시작하기 전에 『생존자』를 간단하게 요약하고 묘사해보겠다. 절판되었기 때문에 찾아 읽기가 쉽지 않을 터이기 때문이다. 도안가 시리즈에서 지구는 정신을 통제하고 조정할 수 있는 특출한 능력을 지닌 도안가들에 의해 분할되어 있다. 그리고 그렇게 분할되어 있는 이들은 인간을 식용으로 삼는 외계 바이러스에 감염된 캥거루처럼 생긴 종자의 후손인 클레이아크와 평범한 인간들이다. 인간 주인공인 알라나는 여덟 살에 클레이아크 떼에 의해 아프리카계 아버지와 아시아계 어머니를 잃고 고아가 된다. 그 이후로 7년간 '야생'의 인간으로 홀로 생존하다가, 15명으로 이루어진 선교단에 의해 구출된다. 그들의 종교적 임무는 다른 행성에 정착지를 건설해서 도안가들과 클레이아크 변종으로부터 인간을 지켜내는 것이다. 선교사 부부인 닐라와 줄스 베릭은 다른 백인 선교사들의 반대에도 불구하고 알라나를 입양하고, 이후 『생존자』의 이야기가 펼쳐질 행성으로 이민을 간다. 『생존자』는 버틀러의 작품 중 지구(혹은 지구 주위의 궤도)를 배경으로 하지 않는 유일한 작품이다. 그들을 새로운 행성으로 데려다주는 행성 간 비행선 이외에 책의 가장 환상적인 요소는 행성에서 발견된 식물과 동물 들이다. 계곡의 주된 음식은 메클라 과일인데, 알고 보면 이 과일에는 중독성이 있으며, 결국 정착자들은 (중독성 때문에 그 지역을 떠나지 못하고) 그곳에 살고 있던 털 난 휴머노이드 '콘'과 함께 지내게 된다. 그들이 함께 지내게 된 지역의 콘족은 (역시나 중독된) 가르콘이다. 그러다 알라나가 다른 콘족인 테흐콘에게 납치되고, 그녀는 금단 증상을 이겨내고 그 부족의 푸른 지도자 디우트의 아이를 가지게 된다. 콘족은 눈에 독특한 털이 나 있는데, 덕분에 주위 환경에 쉽게 섞여 들어갈 수 있으며, 또 한편으로는 색을 변화시킴으로써 자신의 감정을 드러낼 수 있다. 평상시의 상태는 생물학적인 위계 안에서의 지위를 보여준다. 알라나는 테흐콘의 가장 높은 지위라고 할 수 있는 푸른색을 띠지는 않지만, 디우트와 맺은 관계는 그녀가 푸른색을 "지니고 있는 것처럼" 취급됨을 의미한다. 따라서 알라나가 선교단으로부터 테흐콘으로 이동한 것은 인종적 위계로부터 탈출한 것이라기보다는, 다른 색에 따른 다른 위계에서 가장 상위 계층으로 그 위치를 바꾼 것에 가깝다. 이런 위치 전환은 그녀가 테흐콘의 가치를 내면화하는 것, 특히 메클라 열매에 중독되었음을 부끄럽게 생각하는 데서 드러난다. 버틀러의 다른 글과 달리 『생존자』는 개인적 변화의 전환점으로서 수치심의 가치를 보여준다. 비록 변화가 수치심 자체가 아니라 그것이 특징짓는 다른 가치 체계의 효용성으로부터 비롯된 것이긴 하지만 말이다.

수치심은 『생존자』의 디에게시스 안에서 변화를 추동하지만, 소설의 서사 구조는 버틀러의 다른 소설들에 비해 좀더 파편화되어 있다. 다른 소설들에서 서사는 수치심에 의해 직접적으로 추동되지 않으며, 형식적으로는 좀더 응집되어 있다. 버틀러 소설의 대부분은 1인칭 시점으로 진행되거나 (예컨대 『킨』 『이마고Imago』 『씨앗을 뿌리는 사람의 우화Parable of the Sower』 『초보자Fledgling』) 3인칭 시점으로 다뤄진다. 그러나『생존자』는 1인칭과 3인칭 서술을 함께 활용한다. 버틀러의 소설 중 유일한 다른 예외는『재능 있는 자들』인데, 여기서는 편집자적으로 이야기를 이끌어가는 화자인 아샤 베레에 의해 (일기, 기억, 뉴스 자료 등의) 다양한 텍스트가 조직된다. 그리고『나의 정신의 마음』의 경우에는 각 장의 주인공에 대해서 3인칭 시점으로 서술되지만, '메리'가 주인공인 장에서는 메리의 1인칭 시점이 등장한다. 게다가『생존자』의 연대순은 비선형적이다. '과거'와 '현재'로 이름 붙여진 장들 사이를 왔다 갔다 하는『클레이의 아크Clay's Ark』에서처럼,『생존자』는 두 개의 지속되는 이야기들 사이를 오간다. 차이라면『생존자』에서는 한 장 안에서 시간이 전환된다는 것이다. 각 장은 알라나나 디우트에 의해서 1인칭 화자로 서술된다. 이 부분들은 선교사들에 의한 입양이나 가나안이라고 부른 행성으로 이민 온 과정, 테흐콘과 보낸 시간 등, 알라나의 이전 삶에 대한 이야기를 들려준다. 각 장의 뒷부분은 알라나에 대한 이야기를 3인칭 서술로 다룬다. 이 이야기에서 알라나는 선교단과 가르콘에게 다시 붙잡히고(그들의 관점에서는 그녀를 구출한 것이겠지만) 결국에는 테흐콘과 머물기 위해서, 콘이 없는 지역으로 떠나는 선교단과 헤어진다.[1]

수치심 이론: 이중 의식

책의 서문에서 이미 소개한 이론적 영역을 다시 방문하는 위험을 무롭쓰고, 나는 이 글이 취하고 있는 특정한 퀴어/페미니스트 관점에서 이 이론의 개요를 서술하고자 한다. 『생존자』에서 드러나는 수치심의 긍정적인 잠재 가치는, 자랑스러워할 만한 것까지는 아니라고 하더라도 수치심이 적어도 긍정적인 정치학의 바탕이 될 수 있을 것이라는 일군의 페미니즘과 퀴어 이론가들의 논의를 지지하는 것 같다. 실번 톰킨스의 작업에 기대어, 이브 코소프스키 세지윅은 수치심에 대해서 "거의 고갈되지 않는 변화 에너지의 원천"이라고 묘사했다.(4: Woodward, "Traumatic Shame", 226에서 인용-) 그녀가 보기에 이 에너지는 퀴어 문화에서 수행성과 화려함, 그리고 멋짐으로 전환되는 것이었다. 톰킨스는 또한 리즈 콘스터블이 "일종의 들뢰즈적인 되기devenir와 같은 무목적적이고 비발전적인, 무한하고 점점 더 복잡해지는, 반응에 민감한, 아날로그적이고 디지털적인 구조화 과정의 촉매제로서의 수치심에 대한 경험"(Constable, Introduction, 10)[2]이라고 묘사했던 것에도 영감을 주었다. 좀더 오래된 수치심의 도덕적 전통에 가까이 다가가면서, 베레니스 피셔는 인종 문제와 관련하여 백인 페미니스트들이 갖는 수치심은 "행동하겠다는 약속이며 (…) 우리가 성취하고자 하는 것과 그것을 어떻게 성취할 것인가를 이해하기 위한 시금석"(188)이라고 주장한다. 샐리 문트는 수치심을 다채로운 "자기를 위한 변화의 행위자성"(8)으로 보았고, 캐스린 본드 스톡턴은 그것을 "가치 있는 것"(9)으로 이해했다. 이런 논의들은 수치심을 어린 시절의 필수불가결한 정신 역동이라고 설명하면서, 사회적 억압이나 우리가 억압자로서 저지른 실수에 대한 저항이 될 수 있다고 설명했다. 그렇게 수치심은 긍정

적인 변화 내지는 적어도 결말이 열려 있는 변화에 연료를 공급한다
고 받아들여졌다.

그러나 이 책의 서문이 설명하는바, 수치심은 또한 그 자체로 억압
으로 작동하고, 특히 억압받는 자들을 대상으로 행해지는 사회적 통
제의 양식으로 이해되어왔다.(Bartky; Woodward; Locke) 샌드라 바트키
가 말하듯 수치심의 경험이라는 것은 특히 여성들에게 "만연한 정동
적 기분"이자 "자기를 부적절한 것으로 보는 괴로운 이해"이지만, 이
글 초반에 인용했던 대목처럼 부끄러운 줄 모른다는 것의 대가는 섹
슈얼리티와 욕망의 표현에 들러붙어 있다.(86, 97) 이렇게 자기에 대한
만연한 판단으로서 수치심의 감각은 종종 수치심을 죄책감과 구분
하는 바탕이 된다. 죄책감이란 대조적으로 개인이 저질렀거나 해내
지 못했던 특정한 행동에 대한 반응이다.(H. B. Lewis, *Shame and Guilt
in Neurosis*) 잘 알려져 있듯 루스 베네딕트는 죄책감 문화(서구)가 내적
인 규범에 기대고 있는 반면, '수치심 문화'(아시아)는 외적인 규범에 기
대고 있다고 주장한다. 그러나 이런 오리엔탈리즘적 문화 분석은 최
근 논박되어왔을 뿐만 아니라, 이론가들은 빈번하게 수치심과 죄책감
사이의 구분은 "실제 경험에서는 흐려진다"는 데 주목했다.(Bartky, 87)
게다가 톰킨스는 수치심을 경멸의 영향으로 구분하기는 했지만, 죄책
감과 모멸을 포함하는 경계적인 용어로 사용했으며, "언제나 필연적
으로 명백한 구분이 있는 것은 아니"라고 인정했다.("Shame", 140) 이 글
에서 나는 수치심과 관계된 용어들을 유사성을 공유하면서도 각각의
현상학과 의미는 특정한 지역적 맥락에 따라 달라지는 정동적이고 감

정적인 반응의 무리를 지시하는 것으로 다룬다.

수치심이 변화를 견인하고 정치적으로 유용하다고, 혹은 개인적 성장을 위한 도구라고 생각하는 이들도 대체로 수치심의 불쾌함을 인정한다. (문트와 스톡턴은 예외인데, 두 사람 다 수치심의 잠재적인 쾌락에 대해 말한다.) 예를 들어, 엘스페스 프로빈은 『블러시Blush』에서 수치심은 "긍정적"(xviii)이고 "생산적"(15)이며, "자기 자신과 행동을 본의 아니게 재평가하게"(55) 하지만, 명백하게 "기분을 상하게도 한다"(2)고 쓴다. 그녀 자신은 수치심이 "흥미롭다"고 생각하지만(책의 여러 곳에서 이렇게 적는다), "수치를 당해온 집단적 역사"를 가진 사람들 사이에서 그 반응은 다르게 나타날 수 있음을 인식한다.(85) 샌드라 바트키는 다른 부분에 방점을 찍으면서, 철학자들이 수치심의 유익한 역할을 상정했던 도덕적 행위자로서의 인간이란 "계급, 인종, 젠더에 대한 근대적 위계가 그토록 강력하게 의지하는 정신적 억압으로부터 벗어난" 자들이라는 점에 주목한다. 왜냐하면 "억압의 조건 아래서, 억압된 자들은 좀더 가시적인 불이익뿐 아니라 죄책감 및 수치심과도 투쟁해야 하기 때문이다."(97) 아마도 가장 훤히 들여다보이게 특권을 누리는 자들에게나, 즉 가장 수치심에 덜 취약한 자들에게나 수치심은 무엇보다 "흥미로운" 것일 수 있다.[3]

평가절하와 바닥으로의 하강뿐만 아니라, 숨기고 드러내는 수사를 가지고 있는 서구 문화에서 수치심은 은폐와 과시, 타락과 지옥으로의 추방이라는 수사와 연결되면서(성서에 등장하는 추락의 이야기들은 둘 모두에 해당되는 예다) 사회적 질서나 도덕적 질서를 유지하는 규제의 효과를 발휘한다고 이해돼왔다. 바트키가 묘사하고 있듯 수치심은 "나의 부족함이 전시되는 실제 청중이 없는 경우, 나를 판단할 수 있는 내면의 청중, 즉 판단의 내면적 기준을 필요로 한다".(86) 이것들이 내면화된 판단의 기준이거나 의식적이기만 한 것은 (바트키와 프로빈 또한 이를 브루디외의 아비튀스 개념으로 논의한 바 있다) 아닐 수도 있다. 그것은 잘 알려진 것처럼 W. E. B. 듀보이스가 '이중의식'이라고 지칭한 것, 즉 "유쾌한 경멸과 동정으로 관망하는 세계의 줄자로 영혼을 측정하는 특정한 감각"(3)을 만들어낼 수 있다. 의미심장하게도, 이 줄자는 세계의 것이지만 스스로를 재단하는 이는 자기 자신이다. 조너선 플래틀리는 듀보이스의 이중의식을 수치심의 관점에서 읽어내며 우울(멜랑콜리아)과 달리 수치심은 호혜와 변화에 대한 희망을 지속한다고 강조한다. 따라서 수치심은 좀더 역동적일 뿐만 아니라 희망적인 정동이다. 톰킨스가 주목하는바, "누군가가 다른 사람에 대한 경멸을 표현하면, 타자는 민주적 이상이 내면화되어 있는 한 자기-경멸보다는 수치심을 경험하게 된다".("Shame", 139) 그렇다고 할 때 톰킨스에게 인간 평등이라는 "민주적 이상"은, 경멸을 당하거나 가치를 인정받지 못할 때 경험하게 되는 추락과 비교하여 검토해볼 수 있는 대안적 가치 구조를 구성한다.

　그러나 수치심은 민주적 이상으로부터 가장 먼 영역에서 가장 날카로울 수 있다. 세이디야 하트먼은 『노예 소녀의 삶에서 벌어지는 일 Incidents in the Life of a Slave Girl』에서 수치심이란 "노예화를 구성하는 불명예라는 일반적인 조건의 정동적인 차원의 조짐"을 보여주며, "감정의 구조structure of feeling•로서 수치심은 개인의 자원인 지위에 대한 가치 절하와 다른 이들에게 완전히 종속될 때 경험되는 소멸, 그리고 아브젝션에 대한 인식을 표현한다"고 주장한다.(Hartman, 109) 많은 독자는 버틀러가 "지배와 복종, 주인과 노예, 포식자와 먹잇감 사이의 관계들에 특히 매혹"(Fowler)되었던 것에 주목해왔고, 버틀러가 『생존자』에 이어 내놓은 두 편의 소설 『킨』(1979)과 『와일드 시드』(1980)에서 미국의 노예제라는 역사적 시기에 대한 노골적인 재현에 몰두했던 것을 보면, 하트먼의 지적은 버틀러의 작업에서 특히 두드러진다. 게다가, 하트먼이 추적하고 있는 노예제가 합법적인 제도였던 시기와 그 시기 이후 아프리카계 미국인의 복종의 연속성을 생각해보면, 우리는 이 감정의 구조가 식민주의뿐 아니라 억압의 다른 형식에서도 계속되었던 인종주의에서 작동했음을 볼 수 있다.

헤더 러브와 그 동료들은 정동과 사회적인 것을 함께 탐구하면서 "인종적 우울, 동성애 수치심, 그리고 역사적 트라우마"(10)를 연구한다. 그녀가 특히 예민하게 지적하는바 "고통과 낙인, 그리고 폭력의 역사"(1)와 싸우는 것은 서로 연결되어 있다. 노예제에 대해 역사학에서 벌이는 논쟁 중 하나는 노예가 주인의 가치를 "내면화했다"(Painter, 20에서 인용)는 스탠리 엘킨스의 이론을 둘러싸고 형성된다. 엘킨스의

• 문화이론가 레이먼드 윌리엄스가 『마르크스주의와 문학Marxism and Literature』에서 소개한 개념으로, 한 세대 혹은 한 시대 특유의 느낌을 만들어내는 사회적 경험과 관계의 특질을 말한다. 여기에서 수치심이 감정의 구조로서 작동한다는 것은 개인이 수치심을 느낄 만한 어떤 정체성, 특성, 상황 등이 문화적으로 구성되며 그것이 한 사회의 위계를 결정하는 데 영향을 미친다는 의미다.

주장을 반박하는 사람들은 노예들에게 생존과 저항의 원천을 제공했던 공동체와 종교의 길항하는 힘을 그가 인식하지 못했다고 주장한다. 그러나 넬 어빙 페인터가 관찰한 것처럼, 엘킨스의 주장에 대한 일부 반응들은 노예화된 사람들의 정신적인 복잡함뿐만 아니라 지배계급이 경험한 정신적인 손상을 무시했다. 앤 안린 청이 주장하는 것처럼 "주체성과 사회적 악영향 사이의 관계는 유색인을 철회 불가능한 '자기-증오'에 가두거나 인종주의의 지속적이고 뿌리 깊은 효과를 무시하는 등의 방식보다는 좀더 복잡한 방식으로 이야기될 필요가 있다".(7) 지배적인 가치만을 내면화한 추락이나 아무도 꺾을 수 없는 자유라는 완전한 자긍심. 둘 중 어느 하나도 억압으로부터 생존하여 그 수치심을 감당할 때 나타나는 복잡한 협상을 설명할 수 없다.

수치심과 권력

수치심에 대한 문화적 관심사에 기름을 부은 세지윅 연구의 영향력을 생각해보면, 그녀의 논의는 조금 더 자세히 살펴볼 필요가 있다. 아프리카계 미국인 여성 작가의 작업에 (특별히 인종적인 문제를 다루고 있지 않은) 대체로 퀴어 이론과의 관계 안에서 진척된 이론적 접근을 광범위하게 적용하는 것은 무리일 수도 있다. 하지만 두 주제 모두 이분법적인 사고방식을 넘어서려는 움직임과 관계가 있는 게 분명하다. 도나 해러웨이가 옥타비아 버틀러의 작업에 대해 사이보그 혼종성에 대한 상상력을 보여준다고 이야기했던 것처럼(179), 세지윅은 톰킨스의 작업이 억압 가설의 이원론적인 사유를 넘어서는 데 유용하다고 보았다. 그러나 수치심에 대한 어떤 탐구들은 권력이란 오직 안 된다no고 말하는 것이라고 이해하는 편협한 관점을 넘어서기 위해, 침전되고 응축된 형태를 포함하는 위계적 관계의 끈질김을 무시해버리는 위험을 감수하고 만다. 세지윅은 푸코의 "억압과 자유 사이의 가짜 이분법"에 대한 분석이 많은 경우 "좀더 관념적으로 구체화된 형태의 헤게모니와 전복에 개념적으로 재배치되기 쉽다"고 주장한다. 여기서 '헤게모니'는 "현상태를 일컫는 다른 이름"이 되고, '전복'은 "그것에 대해 순수하게 부정적인 관계" 안에서만 정의된다.(12) 『성의 역사』에서 펼쳐지는 푸코의 설명에서 '억압 가설'이란 권력을 그가 "법-담론적juridico-discursive" 모델이라고 불렀던 것의 측면에 위치시키는 일련의 가설을 말한다. 그러므로 억압 가설이란, 그저 억압하고 무시한다기보다는 좀더 생성하고 형성하는 권력이라는, 역사적으로 좀더 최근에 등장한 지배적인 권력의 형태를 제대로 포착하지 못하는 것이다. 물론, 억압으로부터 벗어나 해방으로 향하는 것처럼 보이는 행동은 이후에 생겨날 권력에 대한 복종을 생산할 수도 있다. (예컨대 우리의 섹슈얼리티를 끝도 없이 세밀하게 살피게 되는 것처럼 말이다.) 하지만 세지윅은 그녀가 무엇을 억압 가설의 환원적인 재배치로 보는지에 대한 명백한 예를 제시하지 않는다. 게다가, 그 논의는 푸코의 "국가 장치, 법의 명문화, 다양한 사회적 주도권 등을 통해 전반적으로 구상되고 제도적으로 결정화되어 있는 (···) 세력 관계들의 다양성"(The History of Sexuality: Volume

1, 92–93)에 대한 설명을 무시한다. 그는 "강력한 지배는 이 모든 대결 상황들의 강도를 지속적으로 유지하는 헤게모니의 결과"라고 주장했 다.(94, 예를 들어 버틀러의 작업에 푸코의 권력 이론을 적용했던 레이시의 논의를 보 라) 즉, 푸코의 작업을 인용할 때 '헤게모니'가 유의미할 수는 있지만, 그 작업 자체에는 실제적이고 좀더 복잡한 의미가 존재할 수 있다. 또한 세지윅이 푸코의 작업이 "순진하다"거나 "현실을 대면하지 않으려고 한다"(12)고 부정하면서 이를 억압 가설을 재작업하는 동력으로 삼을 수는 있지만, 그 주장은 강력한 지배와 다양하게 지속되는 사회적 헤게모니를 다루는 데 실패하고 마는 것이다.

세지윅은 비록 "효과적인 창조나 변화의 공간을 제공할 수 있는 것은 행위주체의 중간 범위뿐"이지만, 현상을 구체화하는 것은 그에 대한 반응을 "거부나 자발성의 극단을 과장하면서 (…) 받아들이거나 거부하는 것"(13)으로 축소하는 위험을 가지고 있다고 말한다. 그 중간범위란 버틀러의 소설이 주로 작동하는 공간이지만, 양 극단의 방향 역시 중요하다. 세지윅과 프랭크가 『크리티컬 인콰이어리Critical Inquiry』에 기고했던 논문에서 제안하듯, 언제나 어떤 문학작품이 "전복적이기도 하고, 헤게모니적이기도 하다"라고 말을 끝내게 되는 것이 환원주의적이라면, 헤게모니적인 패턴이 상관없다고 암시하는 것 역시 적어도 동등하게 문제적이다. 수사적으로, 억압/전복의 이분법은 그 이분법이 주장하는 것 자체보다는 좀더 미묘한 차이를 드러내는 논의의 축을 제공할 수 있다. 그리고 개념상으로 복잡하거나 보편적이지 않다고 해서 그런 주된 지배가 그냥 없어지는 것은 아니라는 사실을 환기시킬 수 있다.

정리하자면, 톰킨스에 대한 세지윅의 작업이 수치심에 대한 논의에서 제시한 방향은 (특히 퀴어 연구에서) 생산적이면서도, 헤게모니적 관계를 무시함으로써 그것을 재각인시킬 수 있는 위험을 안고 있다는 점에서 문제적이다. 일례로, 동성애 수치심에 대한 선집을 출간했던 2003년 게이 셰임 콘퍼런스Gay Shame Conference에서 갈색 신체가 (시선의 부인된 대상으로서가 아니라면) 부재했던 충격적인 사건을 살펴볼 수 있다. 이 학술대회의 주요 발표문 중 하나는 세지윅의 "수치심, 과장된 태도, 그리고 퀴어 수행성"에 대한 논문이었다. 히람 페레즈가 분석했던 것처럼, 학술대회(그리고 다른 어디에서)의 제도화된 퀴어 이론은 "지배적으로 수치심을 저항이자 정상화에 반대하는 것으로 위치짓는다."(174) 그리고 "대학의 이상적인 부르주아적 주제라는 익숙한 습관에 순응한다. 이 주제에는 그의 제국주의적 시선과 보편성, 그리고 인종-중립적인 객관성에 대한 요구들이 포함된다."(172)[4]

세지윅으로부터 시작된 수치심을 생산적인 관점에서 읽으려는 시도는 예민하게 인종적 분석을 시도하는 작업들에서도 인종적으로 문제적일 수 있다. 공공연하게 세지윅의 작업에 빚진 『아름다운 바닥, 아름다운 수치심: '흑인'이 '퀴어'를 만나는 곳Beautiful Bottom, Beautiful Shame: Where "Black" Meets "Queer"』에서, 캐스린 본드 스톡턴 자신은 "가치 있는 수치심이라는 구상은 퀴어만이 고려해볼 만한 것인가?(그것도 백인 퀴어만?)"(9)이라고 질문한다. 그녀는 수치심에 대한 자신의 구상이 "애초에 동성애적인 것은 아니었다"(10)고 주장하지만, 다른 사람들은 그 접근의 인종적 특수함에 동의하지 않을 것이다. 따라서, 스톡턴의 작업에 대한 논평에서, 에이미 아부고 옹기리는 "아프리카계 사람들을 계속 주변화하는 문화정치학과 지성 문화는, 수치심과 평가절하를 강조하고자 하는 선택에서 어떤 역할을 하는가? 그런 연구들이 애초에 이런 전환점을 만들었던 역사적이고 문화적인 정치학을 단순히 복제하지 않으면서 '흑인과 퀴어들을 위한 전환점'과의 관계 안에서 수치심의 상징계적 경제를 탐구하는 것은 가능할까?"라고 질문한다. 답변되지 않은 질문들은 수사적으로 보인다. 그러나 이 논평의 뒷부분에 등장하는 옹기리의 궁극적이면서도 다소 간접적인 답변은 "평가절하에 대한 환영"에서 사라진 것은 "사회적 전환의 해방적 정치학"과 같은 흥미로운 "저항의 지점"이라고 말하는 것 같다.

그러한 저항의 지점 없이 수치심에 초점을 맞추면 엘킨스의 가치절하에 대한 논의와 같은 위험을 띠게 된다. 게다가 퀴어함에 대한 화려한 수행이 백인 퀴어에게 옷장에 들어가 있는 수치심에 대한 저항의 지점을 형성한다고는 하더라도, 아프리카계 미국인의 수치심의 가시성은 "흑인들의 고통이라는 스펙터클한 성격을 강화할 수도 있다"(Hartman, 3) 앞으로 좀더 자세하게 다룰 『생존자』에서는 것은 수치심 및 수치심이 위계적인 인종 정치 및 이분법적인 젠더와 모호하게 맺고 있는 비평적 관계에 대한 재현이 드러난다. 그러나 버틀러의 다른 작업들에서 수치심은 거부당하고, 전치되며, 반박된다. 그리하여 멀어진다.

버틀러의 수치심: 배우고 튀어라

내가 이제 막 주장하기 시작한 것처럼 옥타비아 버틀러의 작업은 특권자들을 일깨우고 억압된 자들의 가치를 떨어트리는 수치심의 비대칭적인 권력 관계와 사회적 위계를 다룬다. 수치심이 가장 억압당한 자들에게 가서 정치적 억압을 다르게 굴절시키는 방식을 생각해보면, 버틀러의 작업이 수치심을 잔존하는 권력 관계에 대한 저항의 한 양식으로 다루려 하지 않는 이유를 분명하게 이해할 수 있다. 많은 비평가가 주목했던 것처럼, 버틀러는 지속적으로 "흑인 여성의 몸"을 서사의 중심에 위치시켜왔다.(예를 들어 Hampton, 77을 참고) 그러나 버틀러의 서사는 하트먼이 "흑인 고통의 스펙터클한 특징"이라고 부른 것을 거부하는 방식으로 그런 몸들을 다룬다.

물론 버틀러의 작업은, 수치심이 드러나는 순간을 삭제하고 있을 때에도, 다른 사람들을 통제하는 데 관심을 가져온 이들이 수치심을 역사적으로 착취해온 방식을 다룬다. 노예론자들과 고문자들은 그들이 통제하고자 하는 자들을 벌거벗겨서 모욕을 준다. 이런 취급은 버틀러의 소설에서 반복되지만, 서사의 시간성을 통해 대체로 거리두기가 된다. 예컨대, 중심인물이 포로가 되거나 옷이 벗겨지더라도, 이런 장면들은 특징적으로 회상으로 제시되는 것이다. 『새벽Dawn』에서 릴리스는 첫 "각성" 때는 포획자에게서 옷을 받지 못하지만, 그 이후에 옷을 제공받는다. 그런데 이 옷을 제공받는 첫 순간이 소설에서 재현되는 것이다. "그녀는 첫 번째 각성 이후로 지금까지 옷을 입어도 된다

는 허락을 받지 못했다. 제발 옷을 입게 해달라고 간청했지만, 포획자
는 그녀를 무시했다. 옷을 입고 나서야 그녀는 포획 기간 중 그 어느
때보다 안전하다고 느꼈다."(*Lilith's Brood*, 6) 「사면Amnesty」이라는 단편
에서는 노아가 "반바지와 홀터탑"만 입은 것으로 소개된다. "그들은 그
녀가 헐벗은 것을 더 좋아했다. 붙잡혀 있는 그 오랜 시간 동안 그녀
에게 선택이란 없었다. 그녀는 벌거벗은 상태였다. 이제 그녀는 더 이
상 포로가 아니었고, 아주 기본적인 것들이라도 입게 해달라고 요구
했다."(598) 벌거벗은 상태에서 비롯된 부끄러움을 과거에 위치시키고
그렇게 그 수치심을 다룰 수 있는 것으로 만듦으로써 독자가 추체험
에 의한 공감이나 그 인물과의 동일시를 하지 못하도록 막는 것이다.

　버틀러의 인물들이 수치심을 느낄 만한 상황에 놓임에도 불구하
고, 주인공들은 수치심의 정동이나 수치심을 느끼기 쉽다는 표식, 혹
은 억압의 내면화를 전시하지 않는다. 내가 보기에는 이것이 독자나
비평가 들이 이 인물들을 '강하다'고 묘사하는 이유 중 하나다. 버틀
러의 작업에 대한 초기 연구에서, 루스 살바지오는 『생존자』의 주인공
에 대해 "의지가 강한 흑인 여성임에도 불구하고, 알라나는 놀랍게도
수많은 제약에 굴복한다"(80)고 썼다. 나는 이 문장을 이런 의미로 받
아들였다. 우리는 의지가 강한 사람이 제약에 굴할 것이라고 기대하
지 않으며, 제약 그 자체가 가치절하를 의미하므로 진정 강한 자는 제
약당하지 않는다.

　버틀러의 작업에선 생각보다 낯선 상황에 대한 반응으로 눈을 내
리깐다거나 얼굴을 숨기는 등 가장 기본적인 수치심의 몸짓도 연기延

期되거나 배제된다. 과학소설에서 가장 낯선 이방인은 대체로, 우리가 기대하듯이, 인간이 아닌 외계 생명체들이다. 『새벽』에서, 오안칼리 중 하나가 릴리스에게 그를 봐달라고 말한다. 그런데 소설의 서술에 따르면 그녀는 이미 그를 보고 있었다.(Lilith's Brood, 12) 오안칼리가 그렇게 말했던 이유는, 그를 볼 준비가 되어 있지 않았기 때문에 불빛이 희미해져 있었다는 데서 알 수 있다. 불빛이 정말로 켜졌을 때, 그녀의 반응은 "혐오감을 느끼며 벽으로 얼굴을 돌려버리는 것"(14)이었다. "의지가 강한" 버틀러의 인물 중 한 사람에게 있어서, 고개를 돌리는 행위란 수치심 때문이 아니라 역겨움, 혐오에 의한 것이었다.

버틀러의 서사에서 수치심이 등장하는 부분은 대체로 주인공이 아닌 부차적인 인물들에 관해 이야기할 때다. 도안가 시리즈에서는 종속된 자들이 수치심을 느끼기는 하지만, 이는 도안을 통제하는 사람들의 관점에서 묘사된다. 『내 정신의 마음』에서 메리는 처음으로 도안을 형성하고 지배하는 자가 된다. 도안의 누구도 그녀가 자신의 생각을 읽는 것을 막거나, 뜻을 거슬러 그녀의 생각을 읽을 수 없다. 메리가 자신의 통제에 저항하려는 레이철의 시도를 물리치자, 레이철은 "두 손으로 얼굴을 가렸다. 다른 이들에게는 감출 수 있었다. 그러나 나[메리]에게는 수치심을 발산하고 패배했다. 굴욕이었다."(129) 그러나 메리의 공감은 레이철을 다른 사람들로부터 피할 수 있도록 한다. "나는 그녀가 우리와 떨어지고 싶어한다는 것을 알았다. 눈물, 특히 패배의 눈물이란 사적인 것이다."(130) 독자는 이 수치심을 수치를 당한 이를 통해서가 아니라, 그런 수치심을 일으켰을 뿐만 아니라 그것을 숨

길 수 있도록 도우려는 권력을 가진, 공감하는 관찰자를 통해서 보게
된다.

수치심 경험에 대한 묘사를 굳이 지목할 필요는 없지만, 그럼에도
불구하고 "수치심" 혹은 "수치를 당했다"는 단어가 『킨』에서 다섯 번
정도밖에 등장하지 않는다는 사실은 시사하는 바가 크다. 게다가, 이
가운데 두 대목에서 수치심은 분명하게 외부적으로 짜여진 (그리고 명
백하게 문제적인) 사회적 가치와 연결되어 있다. 노예 소유자인 루퍼스
에게 "흑인 여자를 강간한다고 해서 부끄러울 건 없지만, 흑인 여자
를 사랑한다는 건 부끄러울 수 있는 시대였다."(124) 세 번째 수치심이
라는 단어 역시 루퍼스에 대해 언급하면서 등장한다. 화자인 데이나
는 [루퍼스로 하여금] "수치심을 느껴서 우리를 보내도록"(187) 하려고 시
도한다. 그러나 작가가 순찰대원에게 매를 맞는 또 다른 인물의 수치
심에 대해서 말할 때, 그 문장은 그때의 정동을 시간적으로 동떨어진
부정적 방식으로 묘사한다. "텔레비전과 영화에서 사람들이 맞는 모
습을 본 적은 있었다. (…) 그러나 맞는 사람 근처에 엎드려서 그들의
땀 냄새를 맡거나, 자기 가족들 앞에서 모욕을 당하며 매달리고 비는
소리를 들은 적은 없었다."(36) 이 문장은 데이나가 지금 이 순간에 겪
고 있는 경험을 강조함으로써, 우리로 하여금 그 땀 냄새와 간접적인
수치심의 느낌을 인식하게 한다.● 그러나 이는 다른 한편으로 마리사

● 『킨』의 주인공 데이나는 1970년대를 살아가는 흑인 여성 작가다. 엘리트 여성으로서 '노예
의 굴종'을 경험해보지 않은 데이나는 기묘한 힘에 의해서 노예제가 가장 심했던 1800년대 미
국에 떨어지게 되고, 그곳에서 '실제 노예제'를 경험하게 된다. 텔레비전에서나 보았던 굴종의
순간을, 바로 눈앞에서 혹은 자신의 몸 위에서 경험하게 된 것이다.

파럼이 주목하듯, 데이나로 하여금 과거를 각오하게 만드는 교육의 부적절함을 강조한다.(Parham, 1323) 파럼은 신-노예-서사neo-slavery-narrative 장르를 좀더 광범위하게 언급했는데, 과거의 부재와 관련하여 경험의 직접성을 구성하는 것은 "과거와의 대면에서 비롯되는 수치심을 관리할 수 있게 함으로써 독자들의 동일시를 가능"(1321)케 하는 통로를 구축한다. 게다가, 데이나가 수치심을 직접적으로 언급하는 유일한 순간은 매질을 당할 때 특별히 수치심을 느끼는 것이 "애원과 비는 소리" 때문임을, 즉 순찰대원들에게 "애원"함으로써 그들이 세운 법을 받아들이는 것 때문임을 암시한다. 루퍼스가 데이나를 때린 뒤 계속해서 복종을 요구했을 때, 그녀는 "아직 자존심이 남아 있기" 때문에 감정을 자제했다. 그러나 얼마 안 있어 "부끄럽게도 거의 울기 직전이었음을 깨달았다".(215) 수치심의 순간은 전적으로 루퍼스가 눈으로 확인할 수 있었다는 사실, 수치심의 가시적인 수행 가능성에 달려 있다.

따라서 버틀러의 작업에서 중심을 점하는 것은 수치심이라기보다 수치심에 대한 거부다. 『생존자』가 출간된 이후 『킨』에 대해 이야기하면서, 그녀는 다음과 같이 말한다.

어머니는 가정부 일을 하셨고, 나는 사람들이 때때로 그분이 마치 자리에 없는 것처럼 말할 때 근처에 있었다. 그분이 뒷문으로 다니고, 대체로 어떤 취급을 당하는지를 봐야만 했다. (…) 나는 그분이 하는 일을 부끄러워하면서 어린 시절을 보냈다. 『킨』을 쓴 이유는 이런 느낌을 어떻게 해보기 위해서였다. 결국 나는 어머니가 한 일들 덕분에 먹고살 수 있었기 때문이다. (…) 이건 사람들이 삶을 빠르게 개선하지 못했다는 이유로 부모를 부끄러워하거나, 혹은 좀더 맹렬하게 화가 나 있었던 1960년대에 일어났던 일들에 대한 일종의 반응이다. 나는 오늘날의 사람들을 노예제 시대로 보내보고 싶었다.(Kenan, 496, 생략은 원본)

수치심이 문학적 창작에 추동력을 제공하는 한, 우리는 확실히 버틀러의 전작全作에 있어 수치심의 역할이 생산적이라고 주장할 수 있을 것이다. 그러나 캐슬린 우드워드가 토니 모리슨의 『가장 푸른 눈Bluest Eyes』을 독해할 때 수치심에 대한 세지윅의 설명을 논박하면서 주목했던 것처럼, "모든 수치심이 '변화를 가능하게 하는 것'은 아니다". 그리고 수치심 정동이 그 자체로 변화를 견인한다는 것에는 "오해의 소지가 있다. (…) 정동은 변화를 위한 촉매가 될 수 있지만, 독자적으로 변화의 가능성을 짊어지고 다지지는 않는다".("Traumatic Shame," 226-227) 버틀러가 묘사하는 수치심은 글쓰기의 촉매인 동시에 해결하거나 반응해야 하는 부정적 느낌이다. 그것은 해결하거나 반응해야 할 필요를 일깨우는 한에서만 촉매일 수 있다. "수치심에 사로잡힌 모습이란 단체나 개인의 정체성에서 지워버릴 수 있는 두드러진 '유독한' 부분이 아니다"(63)라는 세지윅의 말처럼, 그 모습이 필연적으로 유의미하거나 유익한 것은 아니다. 그녀가 주목하듯이, 만약에 "그것이 변신, 재구성, 재형상화, 변화, 정동적이고 상징계적인 적재와 변형이라는 작업에 이용될 수 있다면"(63), 그런 변신 혹은 변형은 정확히 어떤 형태를 띤 수치심의 유행성 독성 때문에 필요할 수 있다.

누군가를 "노예제 시기로 보내버리고 싶다"(Kenan, 496)는 버틀러의 말이 가혹하게 들릴 수도 있겠지만, 이는 작가 자신과 팬들, 그리고 독자들을 재교육시킴으로써 분노를 그 적절한 대상에게로 재전송하는 것일 수 있다. 다른 인터뷰에서 버틀러는 다음과 같이 말했다.

패서디나시립대학에 입학했을 때, 흑인 민족주의 운동, 즉 흑인민권운동이 젊은 사람들 사이에서 일어나고 있었다. 나는 동갑내기 남성이 말하는 것을 듣게 되었는데, 그는 부모가 그의 생존을 위해 해온 일들과 어떤 연결감도 갖지 못하는 것처럼 보였다. 그는 여전히 부모가 고용인과 다른 사람들의 역겨운 행동을 그저 받아들였던 일, 그 굴욕을 비난하고 있었다. 그는 말했다. "우리를 계속해서 방해한 이 늙은이들을 모두 죽여버리고 싶었다. 그러나 나는 그럴 수 없었다. 왜냐하면 우리 부모부터 죽어야 했기 때문이다." 그가 '우리'라고 말했을 때 그것은 흑인을 지칭했고, '늙은이들'이란 나이가 많은 흑인이었다. 그것이 사실 『킨』(1979)의 시작이었다. 나는 30년 동안 그 말을 짊어지고 다녔다. 그는 그들의 생뿐만 아니라 그의 생 자체에서 필연적이었던 맥락에 대해서도 아무런 고려 없이, 나이 든 세대가 해야만 했던 일에 대해서 강한 수치심을 느꼈다.(Rowell, 51)

버틀러는 흑인민권운동 세대가 선조들에게 느꼈던 수치심을 두고 그 선조들이 당면했던 억압과 생존 전략에 대한 공감이 없기 때문에 생겨난 것이라고 말한다. '수치스럽다'의 또 하나의 표현인 '굴욕당한 mortified'은, 그런 수치심이란 변화를 견인한다기보다는 잠재적으로 전멸시킨다는 것을 보여준다. 파럼은 이 구문에서 표현되는 살인적인 폭력에 대해 "수치심은 언제나 죽음에 귀를 기울인다"(1319)고 말했다.

나치 강제수용소를 경험하면서 우리가 배운 "인간이라는 수치심"(Primo Levi, Deleuze, 172에서 인용)보다 좀더 구체적으로, 가정부의 딸이라는 사실에서 비롯된 수치심은 계급, 인종, 그리고 젠더의 특정한 교차로부터 비롯된 것이다. 『킨』의 기원에 대한 또 다른 이야기에서 버틀러는 어머니의 노동 장면을 "굴욕적" "수모" "잘못된" "즐겁지 않은" 그리고 "나쁜"(Sanders) "역겨운"(Rowell, 51) 등으로 묘사했다. 특히 수치심이 젠더, 계급, 인종, 섹슈얼리티, 혹은 다른 사회적 정체성과 관계되어 있는 한, 그것은 사회적 지위 안에서의 위치, 즉 위계의 말단, 하층으로의 배제, 혹은 가치절하(Munt, Stockton) 등과 관계된다. 버틀러의 어머니에 대해 "마치 자리에 없는 것처럼" 말함으로써 고용인들은 그녀의 인간성을 인식하기를 거부한다. 수치심은 인간이 동등해지지 못한다는 실패로부터, 그 실망스러운 관계로부터 비롯된다.

게다가 버틀러가 여기에서 해결해야 할, 혹은 반응해야 할 수치심이란 추체험된 것이다. 즉, 버틀러와 다른 사람들은 그들 스스로에 대해서가 아니라 부모와 선조들에 대해 수치심을 느낀다. 다른 이들이 선조에 대해 표현한 수치심을 말하고 있다는 점에서 버틀러의 위치는 이중으로 간접적이다. 파럼은 날카로운 통찰력으로 버틀러가 지

242

인의 수치심/분노 표출을 두고 "젊어지고 다녔다"라는 표현을 쓴 것을 짚어내며, 이 관용구가 어렸을 때 어머니의 일에 대해 보였던 반응을 묘사할 때도 등장했음에 주목한다. "무언가를 짊어지고 있다고 말할 때, 우리는 종종 다른 사람이 우리에게 준 짐, 수치심을 가져다주었음을 의미한다"(Parham, 1319) 톰킨스가 관찰한 것처럼, 인간은 "다른 사람을 통해서 살아봄으로써 공감과 동일시를 할 수 있고 따라서 다른 사람에게 일어난 일로 인해 수치심을 느낄 수도 있다. 다른 인간에게 정동을 (⋯) 투자하는 한 (⋯) 개인은 수치심의 추체험에 취약하다"("Shame", 159) 세지윅은 수치심의 '이중 운동'을 "고통스러운 개별화의 방향과 통제할 수 없는 관계성의 방향"(37)으로 묘사했다. 파럼은 『킨』의 목표를 "과거와의 대면에서 비롯되는 수치심을 관리할 수 있게 하는 것"(1321)으로 해석했다.

그러나 만약 공감과 동일시가 수치심의 조건이라면, 그것은 또한 수치심의 해결에 있어서도 핵심적이다. 선조들과 창시자들의 영웅주의를 인식함으로써 자긍심을 얻게 되는 변화에서와 마찬가지로 말이다.

나는 (⋯) 이 모든 것을 겪어낸 사람들이 비겁한 자들이 아니며, 스스로를 지켜내기에 너무나 애처로울 지경이었던 사람들도 아니었다고 말하고 싶었다. 그리고 아이들이 조금이라도 나아가게 하기 위해 그들이 해야만 했던 것들을 활용했다는 점에서 그들도 영웅이었다는 이야기를 전달하고 싶었다. (⋯) 싸우지 않았기 때문에 부족했던 것처럼 보이도록 하고 싶지 않았다. 그들은 싸웠다. 다만 주먹으로 싸우지 않았을 뿐이다. 주먹으로 싸우는 것은 때때로 쉽고 무의미하다. 당신이 그 결과들과 함께 살아야만 하게 되기 전까지는, 빠르고 더러운 해결이 종종 가장 추앙받는다.(Sanders)

버틀러는 특히 『킨』과 관련하여 이 목표에 대해서 말해왔지만, 이는 다른 작업들에서도 마찬가지였다. 버틀러의 작업의 특징은 굴욕과 억압, 노예화로 보이는 것을 대가로 하는 생존이라는 상황에 놓여있다. 퍼트리샤 멜저가 썼듯, 버틀러의 여성 주인공은 "전통적으로 영웅적인 저항이라고 여기는 가치들을 받아들이기를 거부한다. 예컨대 무장한 투쟁, 불명예스러운 포로가 되기보다는 명예롭게 죽는 것, 자기-희생, 혹은 죽을 때까지 싸우는 것 등 말이다".(55)

예를 들어 『재능 있는 자들』을 보자. 전기 충격 목걸이로 감옥 수감자를 통제하는 캠프 크리스천에서 일어나는 일련의 사건에서, 저항의 두 가지 양식이 밀접하게 병치된다. 데이비드 터너가 (그는 밤과 낮의 냇 터너와 크게 다르지 않은데) 적극적이지만 헛된 반란을 이끌 때, 로런 올라미나는 추종자들에게 싸움이 시작되면 바닥에 엎드리라고 조언한다. 그래야 날아다니는 총알을 피할 수 있다고 말이다. 그들은 살아남았고, 결국 전기 목걸이를 통제하는 중앙관리장치가 고장나자 그 기회를 이용할 수 있게 된다. 버틀러의 주인공 중 일부는 어떤 시점에서 죽을 때까지 저항하는 것을 선택하거나 그렇게 하려고 노력하지만, 그들은 대체로 '완전변이Xenogenesis' 삼부작의 릴리스 오야포의 계획을 따른다. 그것은 바로 "배우고 튀어라Learn and run"(Lilith's Brood, 248)다.

탈출할 수 있는 기회가 올 때까지 상황에 적응하는 것이다. 이는 감금과 죽음에 대한 또 다른 대안이다.

『생존자』의 수치심: 같은 차이

버틀러의 중심인물들은 우리에게 익숙한 방식으로는 거의 수치심을 느끼지 않는다. 그 작업의 에토스는 수치심의 폐기와 거부, 수치심의 극복, 수치심의 배제 혹은 그와의 분리를 향한다. 반면에, 내가 강조했던 것처럼, 수치심의 명백한 입법을 다루는 놀라운 예가 하나 있다. 여기저기에서 『생존자』를 좋아하지 않는다고 밝힌 버틀러의 언급을 살펴보면, 작가가 이 작업에 대해서 느끼는 난감함의 본질이란 성과 인종/종을 다룬 다른 소설들의 쟁점과 연관되어 보인다. 그녀는 비-인간종 인물들을 향한 제국주의적이거나 인종주의적인 태도 때문에 이 책을 부끄러워한다고 넌지시 비추기도 했다.

> 어렸을 때, 많은 사람이 다른 세계로 가서 작은 초록 인간이나 갈색 인간을 만난 이야기를 썼다. 그리고 그들은 언제나 어떤 의미에서 부족했다. 그들은 교활한 면이 있었고, 얼마간 형편없고 오래된 영화에 나오는 '원주민' 같기도 했다. 그리고 나는 '그럴 리가 없어. 은하계에 살고 있는 이 모든 인간과 관계된 것이 아니라면, 이건 정말 모욕적인 쓰레기야'라고 생각했다. 사람들은 왜 세 번째 소설인 『생존자』를

좋아하지 않느냐고 묻는다. 왜냐하면 이 소설이 다소 그런 식으로 느껴지기 때문이다. 어떤 사람들이 다른 세계로 가서, 갑자기 외계인들과 짝짓기를 하고 아이들을 낳는다. 나는 그것을 나의 「스타 트렉」 소설이라고 생각한다.(Littleton)

이 논평을 통해 버틀러는 인종주의적이고 식민주의적인 관점에 오염돼 "작은 녹색 인간이나 갈색 인간"을 "열등하게" 그렸던 어렸을 때 읽은 과학소설과 닮아 있기 때문에 『생존자』를 좋아하지 않는다고 밝힌 셈이다. 하지만 이는 그 소설이 "작은 녹색 인간"(혹은 거대한 푸른 콘)을 인간 식민주의자들보다 더 "열등하게" 재현했고, 독자들 역시 그렇게 읽었다는 가정하에서만 타당할 것이다. 물론 존 윈스럽의 '언덕 위의 도시'와 선교단이 말한 약속의 땅 사이에 유사한 부분이 있다는 점에서 선교단의 정착 식민주의는 분명 그런 (제국주의적 침략의) 역사적 순간들을 암시한다. 그러나 퍼트리샤 멜저가 주목하는 것처럼 소설은 "식민자와 피식민자라는 이분법을 약화시킨다. (…) 지배당하는 이들은 지배하기 시작하고, 다시 지배당하는 것으로 끝난다".(64) 비슷하게, 환경에 보이지 않게 섞여 들어가는 능력 등을 생각해보면 콘은 교활함에 재주가 있어 보이며, 가르콘의 지도자는 (처음에는 성공적으로) 인간 선교단을 조정하려고 시도한다. 그러나 다른 콘, 특히 테흐콘은 명예롭게 그려지고, 그들의 속임수란 알라나와 마찬가지로 생존의 전략이다. 따라서 원주민들이 식민주의자들에 비해 "좀 부족하다"고 보는 것은 콘을 "저급한 생명체, 즉 원숭이보다는 수준이 높지만 진짜 인간보다는 못한"(Butler, Survivor, 5) 존재로 보는 선교단의 관점을 공유하는 것이다.

알라나는 명쾌하게 이 관점에 반박한다. 그리고 소설은 전체적으로 선교단의 관점에 대한 그녀의 회의적인 태도, 특히 콘이 "충분히 인간적"(6)이라는 그녀의 관점을 지지한다. 물론 종에 대한 가장 일반적인 생물학적 정의란 '교배가 가능한 생물체 무리'라는 점에서, 인간과 콘 사이에 재생산이 가능하다는 사실은 그들이 생물학적으로 서로 다른 종이 아님을 확인시켜준다.(Queiroz) 처음에 선교단은 그들이 이후 콘을 재단했던 것과 똑같은 말로 알라나를 비난했다. 이전에는 "야생"(Survivor, 29) 인간이었기 때문에, 알라나는 "인간보다는 동물에 가깝게"(29) 보였다. 그들은 그녀의 "습관이 '더럽고', 말이 '음란하며', 그녀가 달라져야 한다"(28)고 가르쳤다. 그렇게, 먹을거리와 안전, 마른 잠자리를 얻는 대가로 알라나는 선교단의 생활 규칙에 자신의 습관을 맞춘다. 그러나 그들의 가치를 내면화하는 것은 거부했다. 테흐콘에게 붙들렸을 때 그녀는 생각한다. "또 선교단에서 겪었던 일이 반복되겠군. 음식과 잠자리와 안전을 대가로 나는 적절한 말을 하는 방식과 적절한 관습을 지키는 방식을 배우겠지. 나의 문화적 '색'을 바꾸고, 내가 할 수 있는 한 테흐콘 사회로 섞여 들어가게 될 거야. 내가 할 수 있다면. 만약 그럴 수 없다면, 적어도 나는 다시 강해질 때까지 기다려야 하겠지. 계곡으로 다시 돌아갈 방법을 찾을 수 있거나, 아니면 적어도 복수를 할 수 있을 정도로 강해져야 할 거야."(49)

알라나가 선교단의 규칙에 순응한 것이 그들의 가치를 받아들인 것은 아니었다는 점을 보여주는 좀더 극적인 순간 중 하나는 그녀가 선교단 아이들에게 습격을 당했을 때 찾아온다. 알라나는 사납게 반격했다. 그런데 양아버지는 선교단 앞에서 그녀가 아이들을 죽일 수도 있었지만 그렇게 하지 않았다는 자기-억제를 근거로 그녀를 변호한다. 양아버지는 이 일에 대해 이후에 그녀와 이야기를 나누면서 왜 죽이지 않았는지 묻는다. 그녀가 대답한다.

> "그건 여기 사람들에게는 죄잖아요. 성경에서 그건 죄라고 했어요."
> "살인을 하지 말지어다." 줄스가 인용했다.
> "그 부분 말고요." 그녀가 말했다. "제가 읽은 곳은 다른 절이었어요. '그가 사람을 공격했다. 그래서 그 사람이 죽었다면, 그는 반드시 죽음에 처해져야 한다.'"(30)

줄스는 순간적으로 이 때문에 불안해진다. 알라나가 영적인 결과가 아닌 물리적인 결과 때문에 성서의 규칙을 따르기로 결정했기 때문이다. "음식, 잠자리, 따뜻한 옷, 친절"(32)을 위해서 "그녀는 선교단의 법이, 종종 그러했듯이 멍청하게 보이더라도 그에 따르기 위해 신중을 기했다".(32)

그녀에게는 특히 성과 관련된 규칙이 멍청해 보였는데, 이후에 콘에 대해서도 그랬듯이 그녀의 활발한 섹슈얼리티를 비난했기 때문이다. 그들에게 콘의 "음란함"은 "비도덕성"(15)이었다. 알라나는 선교단들과 "함께 보낸 초기"를 기억한다.

[선교단의 남자들과] 함께 선교법을 깰 수 있는 비밀스러운 장소로 가면 안 된다는 것을 몰랐다. 나는 내가 베릭을 만나서 누릴 수 있었던 편안함과 안전을 거는 짓을 하고 있다는 사실을 깨달은 순간 멈추었다. 그 남자들과 내가 함께 "짐승처럼 굴고 있다"는 것을 이해한 순간 그만둔 것이다. (…) 이제 그들은 내가 "순수"하지 않기 때문에 경멸한다. 나는 그들 중 일부와 쾌락을 나누었다. 나는 죄인이었지만, 어쩐 일인지 그들은 여전히 결백했다. 멍청하다! 그렇게 멍청한 자들과 삶을 보냈다는 것을 생각하면 역겹다.(16)

서사상으로 선교단이 인간 종의 순수함에 관심을 기울이는 건 지구에서 벌어졌던 클레이아크 전염병 이후 생존자들이 돌연변이를 낳았기 때문이지만, 그것은 또한 역사적인 인종주의를 반향한다. 그런데 인종주의 자체는 선교단들 사이에서 등장한 것이기도 하다. 알라나가 선교단 사이에서 겪은 일에 대한 초창기 기억 중 하나는 여성 선교단인 베아 스탬프가 하는 말을 우연히 들은 것이었다. 베아 스탬프는 "걔는 백인이 아니"라며 베릭 부부에게 "인종적으로 서로 섞이지 않도록, 여기 있는 젊은이들에게 더 좋은 예를 보여주기 위해" 그녀를 "흑인 가정 중 한 곳"(31)으로 보내라고 말했다. 이것이 바로 알라나가 "어떤 선교사들에게 그들의 색이 무엇이라고 믿는 것이 얼마나 중요한지를 처음으로 배웠던"(31) 첫 사건이었다는 사실은 그녀가 이전에 인종주의를 경험한 적이 없었다는 점과, 그녀가 인종주의적 억압을 내면화하지 않을 수 있었던 이유를 설명해준다.

그러나 알라나는 테흐콘의 가치들은 내면화했다. 특히나 메클라 중독에 대해서 그렇다. 그녀는 두 번째 금단증상을 겪으면서 "디우트를 생각했다. 그리고 그가 지금의 자신을 볼 수 없다는 것이 다행스러웠다. (…) 그가 그녀를 다시 보게 될 때 시련이 끝나 있기를 바랐다. (…) 그녀는 깨끗해져 있을 것이다. (…) 중독은 그의 문화에서 수치스러운 낙인이었다".(82) 테흐콘 친구로부터 그녀가 다시 강제로 중독되고 말았다는 소식을 전해듣자, "알라나는 수치심으로 얼굴이 붉어지는 것을 억누르면서 고개를 살짝 들었다. '그렇게 되지 않았어. 가르콘은 대가를 지불하게 될 거야'".(90) 그러나 다른 문제에 있어서도, 그녀는 테흐콘의 법에 의해 수치심을 느끼곤 했다. 그녀는 디우트에 대한 두려움을 인정함으로써 "제와 치이 앞에서 (스스로를) 굴욕당하게 하고 싶지 않았다".(95) 디우트 또한 자신의 가치를 반영해서 그녀의 행동을 해석했다. 그녀에게 사냥하는 법을 가르치고 나서 그녀가 위험한 동물을 보는 것에 실패하자, 그는 말한다. "그녀는 변명하지 않았다. 그저 머리를 숙이고 서 있었을 뿐이다"(113). 여기서 그녀의 반응에 대한 그의 해석은 텍스트 안에서 모순되지 않는다. 테흐콘의 가치를 내면화한 것에 대한 그녀 자신의 느낌은 애초에 불안한 것이었다. 그녀는 "그들이 나를 흡수하고 있다"고 회고하고 "내 자신이 사라지고 있는 것 같았다"(56)고 말한다. 알라나는 선교단이 그녀에게 부여한 수치를 받아들이지 않지만, 테흐콘의 가치 체계는 그것을 따르지 못했을 때 부끄러움을 느낄 정도로 충분히 받아들였던 것이다.

어떤 독자들은 테흐콘 안에서의 인종적 위계를 간과하거나 축소하려고 해왔다. 크리스털 앤더슨은 선교단의 유색인종 차별과 "유색의 가치에 기반한 콘 문화"를 대조한다. "색, 특히 푸른 색조는 열등감의 표식이라기보다는 엄청난 가치와 특권이다".(42) 하지만 콘 전사 계급의 초록색이나 푸른색은 열등함의 표식이 아닌 반면, 장인이나 농부 '인종'의 초록색이나 노란색은 열등함을 나타냈다.(Survivor, 54) 알라나는 닐라에게 "어떤 전사들은 전사가 아닌 이들을 동등하게 보지 않았어. 베아 스탬프가 나를 봤던 것과 다소 비슷했지"(40)라고 말했다. 게다가 알라나의 "중간 갈색" 피부(27)는 어떤 가치나 특권도 가지지 못한다. 디우트는 그녀에게 인간으로서 "내가 허락하지 않은 아무런 권리도, 자유도 가질 수 없다. 푸른색이 아니라면, 당신은 우리 사이에서는 동물이나 다름없다"(97)라고 말한다.

선교단이나(16) 콘(97)에게 동물로 보였거나 동물 취급을 당했다는 사실에 대한 수치심은 비백인과 특히 노예가 된 아프리카인들이나 아프리카계 미국인에 대한 (버틀러 어머니의 고용인들이 그녀의 인간성을 인식하지 못했던 그 실패를 포함하는) 역사적 가치 절하를 떠올리게 한다. 그러나 콘 사이에서 알라나의 인간성을 향한 길은 애초에 인종화된 차이를 재기입하는 강압적인 성관계라는 사실이 밝혀진다. 디우트가 그녀와 섹스하고 싶어했던 것이 '실험'이었음을 알았을 때, 알라나는 "두려움이 분노와 굴욕 속에 침잠해버렸다"(97)고 말한다. 그녀가 "왜 나에게 굴욕감을 주는가?"(99)라고 묻자, 그는 "여기서 당신이 굴욕감을 느낄 필요는 없다. (…) 나는 내 사람들의 지도자다"(99)라고 말한다. 그의 반응에서 볼 수 있듯 그에게 굴욕감이란 자신의 지위와 관련해서만 의미가 있을 뿐, 그녀의 의지를 짓밟은 것이 굴욕적일 수 있다는 생각은 하지 못했다. 그러나 그녀로 하여금 그와의 성교를 견디도록 설득한 것은 관계가 끝난 후의 약속이다. "나를 떠날 때, 당신은 테흐콘이 되어 있을 것이다. 테흐콘, 그리고 독립된 존재가 되는 것이다. 당신을 이끌거나 지켜줄 그 누구에게 의지하지 않아도 된다."(99) 이 교환은 테흐콘 사이에서의 독립성이 이 관계에 기대고 있는 한 그녀의 정체성이란 수치심의 공간에서 변화되었거나 분명히 예시되었음(Sedgwick, 64)을 암시한다. 따라서 성교가 끝난 뒤에 "마치 푸른색이라도 띤 것처럼" "자유가 된다"(99)는 것을 확인해주었기 때문에 알라나는 이 만남을 받아들였던 것이다. 그러나 "마치" 푸른색이라도 띤 것과 같은 상황에 기대어 그녀의 인간됨과 자유를 규정하는 것은 "당신은 백인처럼 보이는군요" 혹은 "나는 당신을 흑인이라고 생각하지 않아요"와 같은 말 뒤의 조건부적 승인을 떠오르게 한다. 즉, 그녀는 분명히 색에 기반한 사회적 위계 속에 자리 잡고 있는 것이다.

알라나와 디우트의 관계는 수치심의 조건에 대한 수정을 수반한다. 디우트는 그들의 성관계가 굴욕을 의미하지 않는다고 주장하는 것과 더불어(99), 그녀가 테흐콘의 전사처럼 저항하자, 처음에는 육체적으로 그다음에는 언어적으로, 그녀를 '비체'가 아닌 자리에 위치 짓는다. 그들 관계에서 전환점은 그녀가 굴복하느니 차라리 죽겠다며, 마치 전사처럼 매 맞는 것을 거부할 때 찾아온다.(113-114) 디우트의 관점은 따라서 암암리에 생존을 불가능하게 하는 '불명예보다는 죽음을'이라는 판본의 저항을 지지한다. 그런데 이는 버틀러가 다른 작품에서는 거부하는 관점이다.

게다가 소설 속에서 농담처럼 등장하는 신체 사이즈 관계는 (우리 행성에서) 역사적·개념적으로 인종화되어 있는 성차라는 끈질긴 관념을 암시한다. 알라나는 상대적으로 큰 사람이다. 이런 점을 소설에 대한 난감함과 연결하지는 않았지만, 버틀러는 젠더를 감찰당하는 수치스러운 경험에 대해 언급한 적이 있다.

나만큼 큰 존재를 그리려는 첫 시도는 『생존자』에서였다. 여기서 나는 뚱뚱한 것은 아니지만 매우 크고 양성구유적인 외모를 가진 주인공을 다뤘다. 나는 자주 남자로 오해받고는 했고, 때때로 여자 화장실에서 쫓겨날 뻔한 적도 있었다. 정말 화나는 일이었다.(Mehaffy and Keating, 69)

남자가 여자보다 더 크다는 생각은 통계적인 것이라기보다는 오히려 문화적인 가정에 가깝다. 따라서 몸집이 큰 여자들은 양성구유로 보이거나, 심지어 여자 화장실에 들어가면 안 되는 존재가 된다. 샐리 마르코비츠가 주장했던 것처럼, 적어도 19세기에 인종적이고 성적인 이론들이 발달한 이후로 작가들은 우월한 (앵글로색슨) 인종일수록 성별/젠더에 따라 더 많은 차이를 보인다고 주장함으로써, 인종적 위계와 성적 위계 사이의 표면상 유비라는 명백한 모순을 받아들여왔다. "'비천한' 인종은 여성적으로 재현되고, 이런 인종의 남성들은 충분히 남성적이지 못한 모습으로 그려졌다. 비백인 여성의 여성성은 고양되

기는커녕 부정되었다. (이는 의심의 여지없이 그들의 고된 노동 혹은 성적 착취를
정당화하기 위한 것이다.)"(Markowitz, 390) 따라서, 사회학자 로버트 파크가
1919년에 주장한 것처럼 "깜둥이(…)를 인종들 사이의 숙녀"(Kim, 310에
서 인용)라고 할 수 있다손 치더라도, 옥타비아 버틀러는 여전히 숙녀
들의 방(여자 화장실)에서 쫓겨날 것이다. 버틀러는 몸집이 큰 중심인물
들을 계속해서 그리는데, 주인공의 성적인 관계는 사이즈와 무관한
조건들 속에서 다뤄진다. 버틀러는 다른 소설들에서도 유사하게 위
계적인 섹스/젠더 차이를 다루었고, 이런 작품들은 "성평등의 완전한
결실을 시각화"하는 데 실패했다고 비판받았다. 버틀러의 여성 인물
들이 "가부장제가 지배적인 사회에서 강한 남자들과 동맹을 맺음으
로써 적극적으로 타협한다"(DeGraw, 219)는 것이다. 하지만 『생존자』는
두 인물의 사이즈를 모두 강조했다. 우리는 반복적으로 "2미터에 달
하는, 알라나의 평범하지 않은 키"(5)에 대해 듣게 되며, 디우트의 신체
크기는 그보다 더 강조된다. 첫 성교를 할 때, 알라나는 그가 "너무 크
다"(100)고 느낀다. 디우트는 처음에 "크고 푸른 자"(3)로 언급되고, "콘
힘의 화신"(103)으로 묘사된다. "거대한" 주인공에게 더 거대한 성적 파
트너를 제공하면서, 버틀러는 그 커플 안에서 남성성/여성성의 차이
를 유지한다. 따라서 알라나가 콘과 맺는 관계는 성적으로 이분화된,
자칭 지배자 민족의 역사적 담론과 동맹을 맺는다.

　　그러나 만약 콘이 명백하게 초기 SF들에서의 "작은 초록 인간이나
갈색 인간"처럼 "어떤 의미에서 비천한" 것이 아니라면, 이 소설도 그런
작품들의 식민주의적 관계를 단순하게 되풀이하고 있는 것은 아니다.

"나는, 특히 『생존자』에서, 우리가 다른 세계에 갔는데 거기에 다른 사람들이 이미 살고 있다면, 그들과 어떤 합의를 봐야 한다는 생각이 정말 좋았다. 그건 정말 낯선 합의가 될 것이며, 카우보이와 인디언 혹은 영국인과 아프리카인들처럼 되지는 않을 것이다."(Govan)

버틀러의 외계인인 콘이 문학이나 영화의 역사적 선도자들과 공유하는 것은, 오히려 그들이 인간들의 (서사적) 필요에 대한 일종의 투영이 되었다는 사실이다. 많은 비평가가 버틀러의 작업에서 높이 사는 부분이 혼종성, 차이, 그리고 되기becoming에 대한 묘사라고 한다면, 인간과 생물학적으로 너무 달라서 번식을 할 수 없다는 콘의 물리적인 실패는 『생존자』에서 아우를 수 있는 차이에 대한 상상력의 한계를 보여주는 것이다. 물론, 버틀러는 『릴리스의 자식들Lilith's Brood』이 이 문제를 재논의하고 수정하는 것이라고 말해왔다.

『생존자』에서 제일 당혹스러운 것 중 하나는, 나의 인간 캐릭터들이 다른 행성으로 가서 바로 함께 생식할 수 있는 존재들을 만난다는 사실이다. 이후에 나는—뭐, 부끄러운 초기작을 지워버릴 수는 없지만—그걸 반복할 필요는 없다고 생각했다. 그래서 내가 서로 다른 세계에서 온 이들을 한자리에 다시 모을 거라면, 좀 어려움을 줘야겠다고 생각했다.(Kenan, 500)

『완전변이』와 『릴리스의 자식들』 시리즈에서, 오안칼리는 릴리스로

하여금 다른 인간들이 종이 섞인 가족들을 받아들이도록 도와주게
한다. "서로 함께하는 것, 그리고 우리와 함께하는 것이 수치스러운 일
이 아니라는 것을 그들에게 가르쳐주시오."(200) 이렇게 수치심을 극
복했기 때문에 알라나는 디우트와 테흐콘에게 자신을 헌신할 수 있
었다. 그리고 "중독"(Lilith's Brood, 679) 혹은 공생과 관계된 버틀러의 다
른 작품 속 주인공들은 '자기'라는 경계 지어진 개념에 도전한다. 『생
존자』에서 화자가 1인칭에서 3인칭으로 변화하는 것은, 알라나가 줄
스에게 테흐콘과 있을 때에도 "내 자신을 잃지 않았다"(170)라고 말하
고는 있지만, 어쩌면 그녀가 그럼에도 불구하고 이전의 말하는 자기로
부터 구별되기 시작했다는 것을 암시하는지도 모른다. 테흐콘의 가치
체계를 받아들임으로써, 테흐콘이 부끄러워하는 것에 대해서 자신도
부끄러움을 느끼기 시작하면서, 알라나의 내면은 변하기 시작했고 따
라서 종족의 일원으로서 그녀를 재구성할 수 있게 된다.

　종족의 구성원으로서, 그녀는 (인종화된) 섹스/젠더 차이를 체현하
는 커플의 일부분으로 남는다. 뿐만 아니라 색을 통해서 지위를 읽는
사회의 일부분이 된다. 잠재적으로 수치심을 유발하는 차이와의 대
면을 허위적 타자성에 대한 당혹스러우리만치 무관심한 묘사로 드러
내는 이 작품에서, 버틀러는 수치심이 변화를 가져올 수 있음을 분명
하게 제안하는 것이다. 그리고 그것이 버틀러가 『생존자』를 거부하는
또 다른 이유를 암시하고 있는지도 모르겠다. 푸코의 권력 개념을 통
해 버틀러의 주인공들이 권력에 도전하고 또 권력을 축적하는 전략을
탐구하면서, 로런 레이시는 그 전략들을 기술한다. 그중 하나는 "전통

적인 위계에 대안적인 모델을 제공하는 공동체를 세우는 것"(380)이다. 그러나 알라나가 합류한 공동체는 그녀에 의해서 세워진 것이 아닐뿐만 아니라, 버틀러가 암시하는 것처럼 작가가 다른 작업에서 형성했던 공동체에 비해 덜 대안적이다. 버틀러의 「스타 트렉」 언급이 보여주듯 『생존자』가 20세기 중반 SF의 인종주의적이거나 식민주의적인 패턴에 대한 단순한 복제는 아니라고 하더라도, 이 작품은 이미 존재하는 (그리고 너무 인간적인) 사회적 위계에 포함되기 위한 경로로 수치심을 받아들인다. 그러나 수치심을 받아들이는 일은, 그들을 비천한 존재로 만들어버린 바로 그 구조에 대한 전염성 있는 지지라는 위험을 감수함으로써 억압된 자들의 영혼을 낭비하는 일인지도 모른다.

8장
몸에 새겨진 트라우마
시네이드 맥더모트

이번 장에서는 수치심에 대한 최근의 페미니즘 이론에 따라 1992년 영국에서 처음 출간된 미셸 로버츠의 소설 『두 딸들』에 대해 논의하고자 한다. 나는 수치심이 이 소설에서 가장 중요한 개념으로서 적절한 여성 신체와 민족국가의 경계를 상세히 묘사한다고 본다. 수치심은 특히 숨겨진 트라우마적 기억 및 이 기억과 성적·국가적 경계를 넘어서는 여성 신체의 관계에 대한 로버츠의 분석에서 강한 울림을 갖는다. 또한 로버츠의 소설은 제2세대*에서 나타나는 수치심의 여파를 분석함으로써 트라우마적 사건과 경험에 대한 기억이 제2세대까지 이어진다는 '사후기억postmemory' 개념(Hirsch)과 수치심의 흥미로운 관계를 보여준다.

---

* '제2세대'는 홀로코스트 생존자의 자녀와 같이, 트라우마적 사건을 직접 경험하지는 않았지만 '사후기억'을 통해 그 트라우마의 기억을 경험한 세대를 말한다. 이 글에서 제2세대란 피해자뿐만 아니라 가해자 2세대도 함께 아우른다.

『두 딸들』의 배경은 프랑스의 시골 마을로, 제목에 등장하는 소설의 두 주인공 테레즈와 레오니가 어린 소녀였던 제2차 세계대전 직후와 현대를 오간다. 테레즈와 레오니는 사촌 관계다. 테레즈는 집주인인 앙투아네트 마르탱의 딸이며 레오니는 앙투아네트의 자매인 마들렌의 딸로 영국인과 프랑스인 혼혈이다. 로버츠가 프랑스를 배경으로 설정하고 영국-프랑스라는 이중 국적을 가진 인물을 등장시켰다는 점이 이 소설의 특징이며, 이는 작가 본인이 프랑스인 엄마에게서 태어난 영국인 여성으로서 어린 시절 대부분을 프랑스에서 보냈다는 사실과 관련이 있을 수 있다. 또한 소설은 프랑스 역사를 살피는데, 테레즈와 레오니는 마르탱의 집과 관련된 소문과 비밀, 그리고 자신들이 태어나기 전인 독일 점령 당시 이 집의 역할을 파헤친다.[1] 로저 럭허스트가 주장했듯 이 집은 숨겨진 트라우마 기억을 지닌 것으로 묘사되는데, 그 기억은 다음 세대까지 이어져 이들을 위협한다.

로버츠의 소설은 비시 정권●의 트라우마적 여파에 초점을 맞췄다는 점에서 타티아나 드 로즈네의 『사라의 열쇠』(2007)와 같이 전시 프랑스 역사에 대한 최근의 여러 문화적 반응과 연결되기도 하지만, 현대 영국 소설 분야에서 빅토리아 스튜어트가 말한 제2차 세계대전의 "비밀스러운 역사들"과 관련된 작품으로서의 위치를 갖기도 한다. 또한 숨겨진 기억, 중단된 애도, 트라우마적 과거의 귀환에 대한 로버츠의 관심은 이 소설을 20세기 후반에서 21세기 초반의 트라우

● 1940년부터 1944년까지, 제2차 세계대전 중 나치 독일의 점령하에 남부 프랑스를 통치했던 정권을 말한다.

마 소설이라는 범 세계적 분야에 위치시키며, 이런 측면에서 로저 럭 허스트는 『트라우마라는 문제 The Trauma Question』와 「불가능한 애도 Impossible Mourning」를 통해 로버츠의 소설을 다루고 있다. 하지만 에마 파커와 이디스 프램프턴이 지적하듯이 『두 딸들』에서 만날 수 있는 프랑스 역사와 정체성에 대한 분석은 젠더 및 섹스 그리고 페미니즘에 대한 로버츠의 끊임없는 몰두에 영향을 받기도 했다. 실제로 소설 속에서도 이 두 주제가 교차되며 이는 앙투아네트의 과거 이야기에서 특히 두드러지는데, 텍스트에서 전쟁 당시 앙투아네트가 한 독일군 병사와 성관계를 맺었으며 테레즈(그리고 어쩌면 레오니까지도)가 이 둘 사이에서 태어난 아이일 수 있다는 암시가 드러나기 때문이다. 앙투아네트의 숨겨진 과거를 둘러싼 불안 그리고 이 비밀이 어린 소녀로서 테레즈와 레오니가 갖는 자기 인식에 남긴 유산을 탐구함으로써 로버츠는 여성 신체와 여성 정체성이 국가적·집단적 역사와 뒤얽히는 방식을 폭로한다.

(여성) 신체와 국가라는 로버츠의 두 가지 초점은 수치심이 이 소설을 분석하는 유용한 개념임을 보여준다. 수치심은 신체와 국가 모두에 영향을 끼치는 정동이기 때문이다. 세라 아메드에 따르면 수치심은 "자기가 스스로를 어떻게 느끼는지와 밀접한 관련이 있는 강렬하고도 고통스러운 감각으로, 신체로 인해 신체에서 느껴지는 자기감정 self-feeling"이다.(Cultural Politics, 103) 또한 수치심은 집단적 현상으로 이해될 수도 있다. 국가는 과거에 저지른 범죄를 부끄러워하고 이를 뉘우쳐 사과를 할 수 있으며 실제로 이러한 절차가 국가적 자기규정

의 일부가 되기도 하기 때문이다.(100, 108) 수많은 페미니스트 평론가가 주장했듯이 수치심은 특히 여성에게 공명하는 정동으로 간주된다. 샌드라 바트키에 따르면 "일반적으로 여성은 남성보다 수치심을 더 쉽게 느낀다".(85) 울랄리아나 레티넌 또한 "여성 및 사회적으로 종속된 여타 집단은 남성(또는 사회적 특권 집단)보다 수치심을 더 쉽게 느낀다"고 주장함으로써 같은 요지의 발언을 했다.(60, 강조는 원문) 바트키의 분석에서 여성의 수치심 경험을 이해하려면, 수치심이 단일한 경험으로 발생한다거나 보이는 것과 달리 바람직하다는 우리의 가정을 재고하고 "수치심은 특정한 기분이나 감정이라기보다는 널리 퍼져 있는, 사회적 환경에 대한 정동적 기분affective attunement"임을 인식해야 한다.(85) 캐슬린 우드워드의 요약에 따르면 수치심은 "많은 여성이 처해 있는 조건"이다.(*Statistical Panic*, 95, 강조는 원문)

『두 딸들』에 대한 논의는 테레즈와 레오니가 "참한 처녀들jeunes filles"(Roberts, 124), 즉 적절한 여성이자 적절한 프랑스인으로 구성되는 과정에서 수치심이 어떻게 작용하는지를 검토하는 데서 시작된다. 나는 이 텍스트가 이러한 구성을 비판하기 위해 여성성을 상징하는 여러 인물을 활용했다고 보는데, 바로 캥페르산 접시 속 숙녀●와 테레즈의 엄마인 앙투아네트, 테레즈가 특히 존경하는 동정녀 마리아, 레오니의 환영에서 나타나는 '붉은 여자'가 그 인물들이다. 이 소설은

● 캥페르는 프랑스 서북부 피니스테르 데파르트망의 주도다. 도자기 제품으로 유명하고, 폭넓은 주름 치마를 입은 '촌부村婦'의 모습이 그려진 접시도 만들어진다. 여기서 '캥페르산 접시 속 숙녀'는 그 '촌부'의 이미지를 일컫는다.

앙투아네트의 이야기를 통해 개인적 수치심과 국가적 수치심의 관계 그리고 땅속에 묻힌 이 집의 비밀에 대한 서사에서 나타나는 위반을 파헤친다. 소설에서 붉은 여자라는 인물은 영성과 모성, 여성성에 대한 대안적 환영으로 등장하며 로버츠는 이 인물을 통해 여성의 수치심을 넘어 행복과 통합, 초월로 한 걸음 더 다가간다. 소설에서 이 인물이 등장하는 환영의 의미 변화는 어렵지만 반드시 필요한 사후기억의 처리 작업과 대비되는데, 개인과 국가의 회복을 위해서는 고통스러운 과거에 직면하고 그 과거의 증인이 되어야 한다는 사실을 테레즈와 레오니가 깨닫게 되기 때문이다.

여성의 수치심과 비밀 지키기

『체현된 수치Embodied Shame』에서 부손은 여성 신체가 서구 문화에서 수치심과 밀접하게 관련되어왔다고 주장한다. 부손은 다음과 같이 설명한다.

여성은 남성 규범에 따라 결함이 있거나 무언가 결핍된 존재, 잠재적으로 질병에 걸린 존재로 간주되었고 우리 문화에서 오랫동안 수치심의 전형이 되어왔다. 실제로 여성의 사회화 과정은 오랜 시간에 걸쳐 수치심에 몰입하는 과정이라고 볼 수 있다.(2)

부손은 "신체는 여성에게 수치의 중심지로 남아 그 자체로 통제 불가능한 열정과 식욕, 무언가 더럽고 모욕적인 것과 연관된다"(3)고 주장하며 "많은 여성이 엄마와 자기 자신, 젠더에 대해 갖고 있는 느낌과 판타지의 중심에 수치심이 자리한 것으로 보이며 이는 혐오감과 함께 종종 여성의 신체적 자아감sense of bodily self에 영향을 미친다"는 낸시 초더로의 주장을 언급한다.(Chodorow, 121, Bouson, *Embodied Shame*, 8-9에서 재인용)

소설 『두 딸들』에서 우리는 레오니와 테레즈의 삶에 "여성의 사회화 과정"이 작용하는 것을 볼 수 있다. 수전 보르도의 용어를 빌리면 레오니와 테레즈는 "다이어트, 화장, 드레스라는 정상화의 훈육"을 거쳐(Bordo, 166, Bouson, 3에서 인용) 푸코가 말한 "유순한 신체", 즉 적절하게 구성된, 자기 충족적이고, 사적인 신체로 거듭난다. 소설은 테레즈와 레오니의 신체를 정상화하는 과정에서 가정의 역할을 특히 중요하게 부각하는데, 이는 테레즈와 레오니가 매일 반복되는 집안일을 수행하고 집 안의 여러 공간을 탐험하기 때문이다. 이러한 경험들은 대개 즐겁지만(예를 들어 케이크를 굽는 틀 핥기), 가정은 여러 명의 성인 여성이 테레즈와 레오니의 식욕과 취향, 행동을 훈육하려 하는 공간이기도 하다. 특히 레오니는 이들에게 프랑스다움Frenchness에 대한 교육을 받는다. 영국에서 성장한 레오니는 프랑스식 감성을 습득해야 하며 레오니가 적절한 태도를 보이지 못한 것은 곧 "레오니의 예의 없는 영국적 측면이 드러난 것"으로 해석된다.(Roberts, 72) 레오니가 여성성과 민족 정체성을 주입받는 모습은 프랑스인 시골 여성의 모습이 그려진

캉페르산 접시를 통해 표현된다. 접시 속 여성은 "하얀 보닛을 쓰고 푸르른 잔디 위에서 나막신을 신은 발까지 파란색 줄무늬 드레스를 드리운 땅딸막한 브르타뉴 시골 여자"(91)다. 레오니에게 이 접시를 들고 걸으라고 지시하는 앙투아네트의 명령은 여성성에 대한 명령이기도 하다. "접시를 떨어뜨리지 않도록 조심하고 숙녀처럼 걷도록 노력하거라."(91) 후에 테레즈가 떨어뜨려 산산조각 난 접시는 적절한 프랑스 여성의 신체가 분열되었음을 나타내는 기표가 된다. "브르타뉴의 숙녀는 사지가 훼손되었다. 숙녀의 머리는 식탁 다리 근처에, 꽃을 움켜쥔 손은 스토브 밑에 있었다."(94)

적절하게 구성되어 스스로를 억제하는 여성 신체를 유지하는 서사에서 나타나는 불안은 레오니가 이모 앙투아네트에 대해 꾼 꿈에서 다시금 등장한다. 앙투아네트는 소설 중반에 암으로 사망하며, 이때 레오니와 테레즈는 열세 살이다. 죽기 전 앙투아네트는 불안해하며 집 안의 여러 공간과 사람들의 행동을 감시한다. 예를 들어 레오니에게 캉페르산 접시를 나를 때 조심해야 한다고 경고한 사람이 바로 앙투아네트다. 하지만 텍스트에서 앙투아네트는 적절한 경계 내에 머무르는 데 실패한 인물이기도 하다. 소설의 첫 장에서 레오니는 돌아가신 이모가 지하실에 묻혀 있는 꿈을 꾼다.

앙투아네트는 죽었다. 그래서 사람들이 앙투아네트를 지하실에 묻은 것이다. 앙투아네트는 모래더미 밑으로 옮겨졌다. 그녀는 자신의 붉은색 핸드백을 움켜쥐고 있었고, 핸드백 안에는 잘게 썰린 죽은 살점이 가득 차 있었다. 앙투아네트는 빠져나가려고 애를 썼다. 과수원의 빨랫줄에 두 벌의 붉은 속치마를 널기 위해서였다. 곧 앙투아네트는 지하실 문을 부수고 죽은 채로 피 흘리고 있는 자신의 두 발로 일어나 지하실을 빠져나왔다.(1)

후에 레오니는 앙투아네트가 자신을 세관에 끌고 가는 꿈을 꾼다. 꿈속에서 앙투아네트는 "새빨간 천으로 뒤덮인" 여행 가방을 끌고 있다. 세관에 있는 남자는 이 새빨간 가방을 들고 가는 것을 금지한다. "그 여행 가방은 빨갛고 위험하다. 세관에 있는 남자들은 그걸 알고 있었다. 누군가가 이미 그들에게 귀띔을 해주었던 것이다. 가방 안에는 폭탄이 들어 있고, 때가 되면 폭발해 모두를 갈기갈기 찢어놓을 것이었다. 잘게 썰린 붉은 살점들".(52)

두 꿈에서 앙투아네트는 연약하고 분열된 신체, 여성의 섹슈얼리티(붉은색 핸드백과 붉은색 속치마), 가정과 국가의 경계에 대한 위반(지하실 문을 부수고 나간 것, 세관을 넘은 것)과 관련된다. 앙투아네트의 신체는 수치심의 대상으로 지하실 밑에 묻히지만 동시에 수치심을 느낄 줄 모르고("앙투아네트는 목 뒤의 깊은 곳에서부터 웃음을 터뜨렸다. 나치의 웃음이었다"(1)) 억제할 줄 모른다("앙투아네트는 마치 두더지처럼 굴을 뚫고 나아갔다"(1)). 소설 속에서 앙투아네트는 예법과 여성스러운 행동을 적절하게 구사하는 데 주력하고 이를 통해 신체와 공간을 각기 독립적으로 훼손되지 않게 유지하지만, 이 꿈들은 그러한 유지 작업의 이면에 언제나 분열의 위험이 자리하고 있음을 암시한다. 캥페르산 접시 속 숙녀가 산산조각 났듯이, 레오니의 꿈속에서 앙투아네트는 "잘게 썰린 붉은 살점들"과 "새빨간 웃음"으로 분열된다. 부손이 설명한 것처럼 보르도와 푸코가 묘사한 정상화된 유순한 신체는 "통제 불가능한" 신체에 대한 두려움에 시달린다. 바로 크리스테바가 말한 "비천한 신체abject body"(Bouson, 4)다.[2]

또한 지하실 모래더미 밑에 묻힌 앙투아네트의 이미지는 수치심과 비밀 유지, 은폐의 관계에 대한 질문을 제기한다. 만약 수치심이 다른 사람에게 어떻게 보이는지, 또는 다른 사람에게 어떻게 보인다고 상상하는지에 대한 주체의 반응이라면 수치스러움을 느꼈을 때 나타날 수 있는 반응은 "숨으려는 시도, 주체가 타인에게 등을 돌려 자기 내부로 향할 것을 요구하는 숨기"다.(Ahmed, 103) 아메드는 수치심이라는 단어의 기원에서 이러한 관계를 찾을 수 있다고 보았다. "'수치심'이라는 단어는 '덮다to cover'라는 뜻을 가진 인도유럽어족 동사에서 유래했으며 이러한 측면에서 수치심은 '숨다hide' '보호custody' '독방hut' 그리고 '집house' 같은 단어와도 연결된다."(104, Schneider, "Mature", 227에서 인용) 하지만 아메드가 지적하듯이 수치심은 덮는 것covering의 정반대와도 관련이 있다. 바로 "폭로exposure, 취약함vulnerability, 부상wounding"이다.(104, Lynd; Wurmser, *Mask of Shame*에서 인용). 아메드는 다음과 같이 설명한다. "숨거나 숨겨지고자 하는 욕망은 은폐의 실패를 전제로 한다. 수치심을 느끼는 사람은 이미 다른 사람에게 노출되었다는 바로 그 이유에서 숨기를 욕망한다."(104) 로버츠의 텍스트에서 수치심과 은폐, 노출 사이의 운동은 집의 중심부에 숨겨져 있다가 노출되는 비밀의 이미지에서 드러난다. 가정부인 빅토린은 응접실의 카펫을 들어 올렸다가 바닥에 있는 흔적을 하나 발견한다. 독일군의 부츠가 남긴 그 흔적은 "집의 기억을 다시 눈앞에 드러냈다. 지워지지 않는 상처"라는 말로 묘사된다.(Roberts, 44) 앙투아네트 마르탱의 수치스러운 비밀은 은폐되었지만 끈질기게 다시 모습을 드러낸다. 집의 표면에 남겨진 상처 또는 흉터의 형태로 말이다.

집의 과거에서 나타나는 수치심과 비밀 유지의 관계는 두 소녀가 여성의 수치심과 비밀 유지 사이에 만들어낸 관계와 평행한다. 은폐하고자 하는 의지와 은폐된 것이 눈앞에 나타날 것에 대한 두려움은 텍스트 속에서 여성의 적절성 및 정숙 개념과 연관된다. 이러한 연관성은 레오니가 첫 생리를 시작해 바지에 핏자국이 생겼을 때 가장 뚜렷하게 드러난다. 충격을 받은 테레즈의 반응("뭐라도 해봐. 빨리. 아무도 그걸 못 보게 해"(124))은 생리와 여성 신체, 수치심과 은폐 필요성 간의 연관성을 나타낸다. 사건이 발생한 직후 두 소녀가 저녁식사 자리에 나타나는 모습을 서술자는 여성다운 적합함과 비밀 유지, 수치심 간의 관계를 날카롭게 짚어내며 묘사한다. "둘은 저녁식사에 겨우 5분 늦은 채로 함께 식당에 나타났다. 깨끗하고 하얀 반달 모양의 손톱은 철저한 검사를 거쳤고, 두 손은 뜨거운 물과 비누 때문에 붉어져 있었으며, 머리는 곱게 빗어 넘겼다. 참한 처녀들이었다. 이는 곧 두 소녀가 비밀을 간직하고 있다는 뜻이었다."(124)

그러므로 레오니가 지하실과 세관을 배경으로 앙투아네트 꿈을 꾼 것은 국가적 위반(나치의 웃음, 세관원)에 대한 불안뿐만 아니라 여성의 정숙에 대한 불안을 나타낸다. 피가 선명하게 흐르는 앙투아네트의 신체가 충격적인 것은 그것이 죽음과 삶 사이를 오가고 폭력의 흔적을 갖고 있기 때문이기도 하지만 그것의 "구멍 난 경계"가 전반적으로 여성 신체의 균열을 암시하기 때문이기도 하다.(Shildrick) 앙투아네트의 웃음소리는 국가적 순수성에 대한 저항일 뿐 아니라 여성에게 기대되는 수치심에 대한 저항인 것이다.

수치심과 국가

로저 럭허스트가 지적한 것처럼 『두 딸들』의 중심에 있는 트라우마적 사건은 분명하게 설명되지 않는다.(*Trauma*, 108) 테레즈와 레오니(그리고 독자)는 몇몇 단편적인 정보를 얻지만 텍스트는 전쟁 당시 앙투아네트에게 일어난 진실을 파악하는 것이 불가능함을 암시한다. 앙투아네트의 죽음 이후 테레즈는 독일군이 점령했을 때 엄마인 앙투아네트가 외부와 접촉할 수 없는 수녀인 자신의 언니에게 쓴 편지를 받는다. 편지를 읽은 테레즈는 앙투아네트가 독일군 장교에게 농락 또는 강간당했으며 마르탱 가의 지하실에 숨겨놓은 와인의 비밀을 지키기 위해 스스로를 희생했다고 여기게 된다. 하지만 이후 레오니는 다른 주장을 내놓는다. 결혼 전에 루이와 성관계를 맺고 임신한 앙투아네트가 핑계를 대기 위해 독일군 장교 이야기를 꾸며냈다는 것이다. 어느 쪽이든 간에 "테레즈의 이야기는 앙투아네트의 죄가 발각되는 것으로 끝난다. 증거는 바로 점점 불러오는 앙투아네트의 배였다. 가족에게 수치심이 밀려들었다. 분노. 그리고 불명예".(Roberts, 152) 앙투아네트의 수치심은 특히 여성의 수치심으로 간주될 수 있다. (그것이 합의에 의한 것이든 아니든 간에) 그녀의 성경험은 부손이 "여성성 및 여성 신체와 관련된 이항 대립: 좋은 것/나쁜 것, 순수한 것/불순한 것, 깨끗하고 적절한 것/비천한 것, 명예로운 것/불명예"(96)라고 묘사한 것 중 나쁜 쪽에 앙투아네트를 위치시킨다. 혼외 임신에 대한 낙인은 앙투아네트가 수치심을 "숨기기" 위해 루이와 반드시 결혼해야 함을 의미한다. 또한 "가족에게 수치심이 밀려들었다"는 테레즈의 설명에선 가족이 사회적 규범의 준수를 감시하는 역할을 한다는 사실이 드러난다. 아메드는 말한다.

가정이 수치심에 미치는 영향은 매우 강력하다. 가족의 사랑은 개인이 사회적 이상과 관련해 삶을 어떻게 살아가는지에 따라 달라진다. (…) 수치심을 넘어서는 것의 어려움은 곧 사회적 이상을 집행하는 데 있어 타인에 대한 사랑이 수행하는 역할 및 규범이 가진 힘을 나타내는 표지다.(107)

앙투아네트가 독일군 장교와 성관계를 가졌을 가능성은 또 다른 차원의 위반을 만들어낸다. 국가적 수치심에 대한 논의에서 아메드는 국가가 "수치심의 표현을 통해 재생산된다"(108)고 주장한다. 이러한 상황은 수치심이 "성소수자인 타자나 망명 신청자 같은 비합법적 타자

(국가적 관례 또는 자손을 재생산하는 데 실패한 자)에 의해 국가에 주입"(108)
될 때 발생한다. 여성 또한 자손 생산에 실패했을 때 국가에 "수치심
을 주입한다"고 말할 수 있다. 앙투아네트가 독일군과의 사이에서 자
식을 낳은 것은 프랑스다움을 재생산하는 데 실패한 것으로 해석될
수 있다. 이 경우 수치심은 그 생산물에 전달될 가능성이 있다. 여기
서 수치심의 생산물이란 바로 둘 사이에서 태어난 딸(들)이다.

　소설에서 앙투아네트의 비밀스러운 과거는 또 다른 고통스러운 전
쟁 역사와 연결된다. 유대인 가족과 앙리 타유라는 지역 주민이 밀고
자에게 배신당해 독일군에게 살해당했던 것이다. 이 시체들은 은폐되
었다가 소설 속 여러 지점에서 다시 발견된다. 독일군은 시체가 제대
로 매장되는 것을 막으려고 시체를 감추었다. 숲 속에 얕게 묻혀 있던
이 시체들은 13년이 지난 후에 발견되고, 뼈는 마을 공동묘지에 다시
묻히며, 묘비에는 지역 주민인 앙리 타유의 이름만이 새겨진다. 그러
나 소설 속 현재 시점에서 이들의 무덤은 다시 한 번 훼손된다. 누군
가가 묘비에 나치의 만자 문양을 남기고 묘지를 파헤쳐놓은 것이다.
세라 아메드는 다음과 같이 말한다.

　국가는 수치심의 표현을 통해 적어도 두 가지 방식으로 재생산된다.
　첫째, 수치심은 비합법적 타자에 의해 국가에 '주입될' 수 있다. (…) 그
　러한 타자는 대리인으로서 국가에 수치를 안긴다. 이들은 훌륭한 시
　민의 형태에 근접하지조차 않는 것이다. (…) 둘째, 국가는 타자를 대
　하는 방식을 통해 '스스로' 수치를 유발할 수 있다. (…) 이 경우 국가

는 과거 수치의 원인으로 여겨졌던 타자를 어떻게 대우했는지를 두고 수치심을 표할 수 있다.(108)

로버츠의 텍스트에서 유대인 가족과 앙리 타유가 비밀스럽게 매장된 일은 이 같은 이중의 국가적 수치심을 불러일으킨다. 첫째, 마을 사람 누군가가 독일군과 협력해 유대인 가족이 숨어 있는 장소를 밀고했다는 수치심이 그것이다. 그다음 이들이 처음 매장되었다가 다시 매장된 방식 또한 부끄러움을 느끼게 한다. 여기서 로버츠는 유대인 가족에 대한 대우뿐만 아니라 (마을 사람 누군가에게는) "비합법적 타자"라는 유대인 가족의 지위에서도 수치심이 발생한다는 사실을 보여준다. 로즈 타유와 앙리 타유의 아들인 바티스트는 레오니에게 시체들이 다시 매장되었다는 이야기를 하며 고백한다. "그들은 공동묘지에 있는 무덤 하나에 우리 아빠와 유대인 가족을 같이 묻었어. 뼈가 누구 것인지 알 수가 없었거든."(Roberts, 137) 레오니는 "바티스트가 부끄러워하는 것 같았다"(137)고 생각한다. 바티스트는 뼈들이 뒤섞여서 발생한 민족적 뒤섞임을 부끄러워한다. 프랑스다움이라는 정체성을 가진 아버지의 신체가 사후에 유대인다움과 '뒤섞인'(137) 것이다. 부끄러워하는 바티스트의 반응에서, 더욱 강력하게는 이후 무덤에 가해진 훼손에서, 로버츠는 유대인이 유럽이라는 "집의 외부인"으로 남아 있음을 보여준다.(Luckhurst, "Impossible Mourning", 257) 무덤이 다시 훼손된 것은 현대 유럽에서 파시즘이 지속되고 있으며 과거의 불안한 비밀을 감추려는 두 주인공의 시도가 충분치 못하다는 사실을 암시한다.

소설 속의 두 가지 트라우마적 비밀(앙투아네트와 독일군 장교의 관계, 유대인 가족과 앙리 타유의 죽음과 매장)은 독일군 점령 당시에 있었던 서로 다른 사건을 나타내지만 텍스트는 이 두 사건 사이의 연관성을 암시하기도 한다. 그 연관성은 여성 부역자를 통해 드러나며, 이 인물은 마을에서 빵집을 운영하는 이름 없는 여성으로 마르탱 가족은 이 빵집을 방문한 적이 한 번도 없었다. 빅토린의 말에 따르면 이 여성은 전쟁 당시 마르탱 가에서 일했다. 빅토린은 이렇게 말한다. "그 여자는 이곳에 머무르던 독일군 장교 한 명과 매우 친하게 지냈어. 나는 그 여자가 밤에 장교의 방으로 기어 올라가는 것을 여러 번 봤어. 테레즈가 말했다. 오, 그 여자가 부역자였군요."(Roberts, 45) 앙리의 아내 로즈는 레오니에게 남편과 남편이 숨겨준 유대인 가족이 발견된 이야기를 전하며 다음과 같이 말한다. "밀고자가 누구인지 확실히 아는 사람은 아무도 없어. 몇몇 사람은 분명 마르탱 가 사람 중 누군가가 밀고자일 거라고 확신했어. 다른 사람들은 여기서 일하던 독일군 장교의 정부가 밀고자일 거라고 말했고."(127) 사람들에게 외면당한 "여성 부역자"라는 인물은 수치를 안기는 일과 죄책감, 배신 사이의 관계에 대해 불편한 질문을 제기한다. "독일군 장교의 정부"에게 가해진 비난이 앙투아네트에게도 가해질 수 있다는 점에서 특히 그렇다. 두 여성 사이의 연관성은 마르탱 가의 핵심적 위치에서 드러난다. 유대인 가족이 살해당하기 바로 전날 있었던 곳이 바로 마르탱 가였던 것이다. 마르탱 가와 여성 부역자의 이야기가 반복됨으로써 소설은 죽음을 야기한 밀고자가 바로 앙투아네트일 수 있다는 불편한 가능성을 제기한다.

배신자가 앙투아네트일 수 있다는 불온한 가능성, 그리고 그 가능성이 '두 딸들'인 테레즈와 레오니에게 미치는 영향은 상당한 불안을 발생시킨다. 특히 전쟁 당시에 있었던 앙투아네트의 이야기가 대부분 밝혀지지 않았다는 사실을 고려하면 텍스트에서 그러한 가능성은 여전히 열려 있다고 생각할 수 있다. 하지만 주목해야 할 점은, 실제로 정보를 제공한 사람은 사실 마을 목사라는 점이 결말에서 매우 분명하게 독자에게 전달된다는 점이다. 레오니가 어렸을 때 침실에서 들었던 목소리는 유령들의 목소리였던 것으로 드러난다. 살해당한 남녀의 목소리는 그들의 이름과 함께 죽기 전날 그들을 배신한 남자의 이름을 계속해서 외친다. 이러한 결론은 회고적 정의retrospective justice의 가능성을 갖는 서사적 결말을 통해 독자들에게 만족감을 제공해주지만, 우리는 이러한 결론이 한편으로는 앙투아네트라는 인물에게 가해질 수 있는 비난의 가능성을 (소설에서 내내 매우 불친절한 반동분자로 표현되는) 목사에게 돌림으로써 로버츠의 이야기가 가진 잠재적 불편함을 외면한다고 주장할 수도 있다.

그러므로 앙투아네트가 성적·국가적 위반을 범한 인물로 묘사되었다는 사실은 소설이 대답해준 것보다 더 많은 질문을 제기한다. 앙투아네트 이야기의 차단된 속성은 곧 소설 속에서 그녀가 보여준 행위자성과 피해자성이라는 문제가 애매모호함을 의미한다. 예를 들어 앙투아네트가 강간당했는가, 지하실에 숨겨둔 것을 독일군 장교가 찾아내지 못하도록 막기 위해 독일군 장교와 성관계를 맺었는가, 아니면 앙투아네트가 자발적으로 독일군 장교나 루이와 성관계를 맺었는가 는 불분명하다. 레오니의 꿈에 등장한 앙투아네트가 반복해서 언급되 는 것은 비밀스러운 이 집안의 수치의 역사에서 앙투아네트가 갖는 중요성을 보여주는 한편, 이 텍스트 속에서 수치심이 갖는 매우 단호 한 속성을 드러내기도 한다. 앙투아네트는 침윤성 암으로 사망한 여 성, 부역자이자 밀고자일 가능성이 있는 여성, 혼외 임신을 한 여성, 심지어 테레즈가 한참 후에 인식했듯 동정녀 마리아와는 달리 "섹스 를 했기 때문에 완벽하지 못했던" 어머니(Roberts, 163)이므로 수치스러 운 인물이다. 그렇기에 소설 속에서 앙투아네트는 절대로 달아날 수 없는 여성 수치심의 속성을 표현한다고 볼 수 있다.

사후기억과 수치심

집안의 두 딸인 레오니와 테레즈는 참한 처녀로의 사회화 과정(여성 신 체를 수치심과 연관시키는 과정), 그리고 부모 세대의 수치심과 트라우마를 물려받은, 사후기억을 가진 주체라는 자신의 위치와 싸워야만 한다. 메리앤 허시에 따르면 사후기억은 "문화적 또는 집단적으로 트라우마 를 일으킨 사건과 경험에 대한 제2세대의 기억"(22)으로 정의할 수 있 다. 허시는 홀로코스트 생존자의 자녀들이 홀로코스트에 대한 개인적 인 기억이 없음에도 이 트라우마적 사건에 사로잡혀 살아가는 어려

운 상황을 묘사하기 위해 '사후기억'이라는 용어를 사용한다. 제2세대
와 홀로코스트의 관계는 기억과 역사 사이 어딘가에 자리한다. "세대
간의 거리"로 인해 기억만큼 직접적이지는 않지만, 허시가 말했듯 회
상된 사건과 "깊은 개인적 관계"를 맺고 있기 때문에 역사보다는 더욱
직접적인 것이다.(22) 레오니와 테레즈는 편지의 내용, 하인들의 뒷이야
기, 반 정도 들을 수 있었던 친척들의 대화를 통해 앙투아네트의 비
밀스러운 과거가 남긴 짐을 감당해야만 한다. 허시가 묘사한 제2세대
와 마찬가지로 레오니와 테레즈 또한 너무나 압도적이기 때문에 자기
자신의 이야기보다 더 중대한 트라우마적 과거와 싸워야 한다. 비록
레오니와 테레즈의 경우 과거의 문제가 지속되는 이유는 부모가 고통
을 받았을 뿐만 아니라 죄를 저질렀을 가능성이 있기 때문이지만 말
이다. 앙투아네트의 이야기는 테레즈와 레오니가 갖는 정체성에도 영
향을 미치는데, 사실 자신들이 사촌이 아니라 쌍둥이 자매인지, 만약
그것이 사실이라면 아버지가 독일군 장교인지 아니면 최종적으로 앙
투아네트의 남편이 된 루이인지 알아내려고 애를 쓰기 때문이다. 또
한 그 과정에서 테레즈와 레오니는 부모에게 물려받은 고통과 수치심
이라는 짐에 어떻게 반응할지를 결정해야만 한다.
　사람들에게 인식된 어머니의 실패에 대한 테레즈의 대응 방식은 신
체와 감각적 삶을 거부하는 것이었다. 이러한 거부는 앙투아네트의
죽음 이후 시작되며 자기 신체의 성숙에 대한 테레즈의 반발과 연결
된다. 청소년기에 접어들며 체중이 늘고 현저하게 여성의 형태를 갖추
게 되면서 테레즈의 신체는 점점 더 통제 불가능한 식욕과 좌절의 근

원이 된다.

테레즈는 빵을 자르는 나이프를 가만히 바라보았다. 최근 들어 더 커진 엉덩이와 가슴에 칼을 갖다 대고 역겨움에 몸서리치며 손목을 휘둘러 몸에 매달려 있는 지방을 발라내고 싶었다. 테레즈는 설명할 수 없는 이유로 지방이라는 벽에 둘러싸여 있는 날씬한 소녀였다. 테레즈는 항상 배가 고팠다. 그리고 이 배고픔을 한번 인정하면 배고픔은 탐욕으로 바뀌었다. 테레즈는 그저 입과 이빨, 위에 지나지 않았고 먹는 것을 멈출 수 없었다. 언제나 굶주려 있었다.(Roberts, 73)

부손이 지적하듯 페미니즘 이론은 "수치심을 불러일으키는 부정적인 신체 속성, 즉 살찐, 못생긴, 늙은, 결함 있는, 장애 있는 신체가 여성의 정체성과 자아에 어떻게 영향을 미치는지"(14)를 설명해왔다. 테레즈에게 뚱뚱함과 이 뚱뚱함이 보내는 식욕이라는 신호는 자신이 성적 존재로 여겨진다는 사실(테레즈의 아버지는 말한다. "맙소사, 요즘 들어 너희가 애티를 벗었구나"(73))과 더불어 수치심의 근원이 된다("테레즈는 얼굴을 찡그리고 이렇게 속삭였다. 너는 역겨울 만큼 뚱뚱해. 너는 혐오스러운 개코원숭이야"(Roberts, 78-79)). 테레즈의 문제 해결 방법은 종교적 도해, 즉 테레즈를 둘러싸고 있는, 섹스와 무관하고 아이 같은 동정녀 마리아의 이미지에 의지하는 것이었다. "천상의 아름다움을 가진 성모 마리아, 투명한 베일이 머리에 드리워져 있고 여자아이 같은 허리에 푸른색 장식띠가 둘러져 있다. 한쪽 팔에 흩뜨러진 묵주를 쥔 두 손은 황홀감에 휩싸여 있다."(76) 테레즈가 신체를 억압하고 살에 벌을 주는 것은 '여성적' 격정과 식욕을 초월하는 수단이 된다.

개인과 가족의 수치심에 대응하는 또 다른 방법은 레오니의 환영인 "붉은 여자"(87)에게서 나타난다. 어린 소녀였던 레오니는 이름 없는 고대 성녀에게 바쳐진 숲 속의 성지에서 "금빛이 나는 붉은 여자"의 환영을 본다. 텍스트에서 붉은 여자는 동정녀 마리아를 대체할 수 있는 또 다른 여성적 영성의 우상이다. 여성의 신성함에 대한 가톨릭의 관점과 달리 붉은 여자는 어머니의 돌봄(숲 속의 성인은 어린아이의 질병을 치료하는 능력이 있다고 알려져 있으며 생식을 상징하는 인물로서 추수감사절과 연관이 있다) 및 성적 즐거움과 관련된다. 레오니가 처음 환영을 보았을 때 독자는 다음과 같은 문장을 만난다. "그동안 한 번도 느껴보지 못했던 강력한 기쁨이 그녀를 휘감았다. 그 기쁨은 발끝에서 시작되어 그녀의 어깨를 타고 올라왔고 몸부림을 치며 온몸에 퍼져 나갔다. 고통스러우면서 달콤했다."(86) 또한 붉은 여자는 "검은 머리카락"과 "짙은 금색 피부"를 가졌다는 점에서 종교와 인종의 관계를 다시 시각화한다.(88) 빅토린은 환상을 보았다는 레오니의 이야기를 비웃는다. "유색인이었다고? 빅토린은 폭소했다. 참으로 대단한 이야기네. 동정녀 마리아가 아닌 건 분명하겠어."(89) 그녀의 반응은 전통적으로 동정녀 마리아의 도해가 마리아를 백인으로 표현해왔다는 사실을 독자에게 상기시킨다. 로버츠는 붉은 여자를 통해 인종적 특성이 뚜렷한 여성적 영성, 종교와 국가의 관습적인 경계를 넘어서는 인물을 상상하려고 시도한다.³

붉은 여자라는 인물과 파괴된 동정녀 마리아의 성소는 레오니에게 섹슈얼리티를 되찾을 수단과 이 집안의 딸이라는 이유로 감내해야 하는 개인적·사후기억적 수치심에서 벗어날 방법을 제공한다. 의미심장하게도 레오니는 숲 속 성지에서 바티스트와 나눈 대화를 통해 자신의 출생에 관한 이야기에 직면하고 스스로 그 이야기를 수정한다. 레오니는 독일군 장교가 등장하는 테레즈의 이야기를 거부하고 자기 식대로 앙투아네트의 임신을 설명한다. 그녀는 독일군 장교 이야기가 누군가의 은폐공작이라고 본다. 레오니의 주장에 따르면 앙투아네트는 루이와 관계를 맺고 임신을 했다.

> 루이 앞에서 앙투아네트는 단추 잠긴 하이힐을 와인랙 옆에 차서 던져버리고 모래바닥 위에 누웠다. 나치에게 강간당하는 것이 프랑스 남자에게 농락당하는 것보다 나았을까? 더 빨리 용서받을 수 있었을까?(152)

레오니는 앙투아네트와 루이의 프랑스인 딸이라는 정체성을 내세워 자신의 성적 정체성 또한 되찾는다.

> 영국인다움을 벗어서 내버리는 것은 입고 있던 드레스의 칼라를 끄르는 것만큼 쉬운 일이었다. (…) 레오니는 아버지가 독일인일 수도 있다는 생각을 떨쳐버리며 어깨를 움직였다. 얇은 순면 드레스가 스르르 미끄러졌다. 프랑스인이 되는 일은 곧 테레즈를 자신의 쌍둥이 언

니로 여기고 원하는 소년을 손에 얻는 것이었다. (⋯) 레오니는 발각
되고 싶었다. (⋯) 레오니는 무릎을 벌리고 바티스트를 잡아당겨 두
손으로 꼭 잡았다. (⋯) 나무 뒤에서 누군가가 고함을 치기를 기다렸
다. 목사가, 주교가, 테레즈가 달려와 이 사악한 예배의 현장을 목도
하기를 바랐다.(152-153)

레오니는 사후기억적이고 여성적인 수치심에 대해 뻔뻔한 반응을
보인다. 수치심은 은폐를 수반하면서도 레오니는 자신의 불명예에 목
격자를 초대했다("레오니는 발각되고 싶었다"). 또한 그 과정에서 레오니는
입고 있던 옷과 함께 난처한 역사를 벗어버림으로써 자신이 선호하
는 부모(그리고 국가)를 선택했다. 이때 성지의 존재와 붉은 여자라는 인
물은 레오니가 개인적·신체적·국가적 경계를 새로 긋는 것을 가능케
하는 것으로 보인다.
  레오니와 테레즈가 쌍둥이 자매이건 사촌이건 간에, 둘은 여성적이
고 사후기억적인 수치심에 대해 매우 다른 반응을 보인다. 레오니가
선택한 노선은 소설에서 붉은 여자가 동정녀 마리아보다 더 나은 여
성성의 우상으로 비춰지듯 여러 측면에서 더욱 바람직하게 그려지
만 그렇다고 레오니의 선택이 텍스트에서 발생한 모든 딜레마를 해결
하는 방향으로 흘러가지는 않는다. 예를 들어 프랑스인이 "되기로" 한
레오니의 결정은 국가와 민족성의 경계를 다시 그은 인물이라는 붉
은 여자의 위치와 조화를 이루지 못한다. 성인이 된 레오니가 가족과
재산, 신체를 돌보는 데 집중하는 것은 테레즈가 이 모든 것을 거부

한 것만큼이나 경직되어 보인다. 우리는 수치심에서 뻔뻔함으로 이동한 레오니가 그저 "수치심에 대한 반동형성reaction formation●"을 보인 것인지 질문할 수 있으며(Bouson, 441) 만약 그렇다면 그것은 수치심의 종결을 의미하지 않는다. 뷔름저는 다음과 같이 말한다. "만약 뻔뻔함이 맞선 대상이 수치심이라면 수치심은 스펙트럼의 형태로 되돌아온다."(Wurmser, *Mask of Shame*, 262, Bouson, 41에서 재인용) 또한 레오니가 과거를 자기규정의 원천으로 삼기를 태연하게 거절한 것이 신선하기는 해도 억압된 것은 다시 귀환한다는 텍스트의 주장이나 특히 그러한 귀환이 (어린 시절에 꾸었던 꿈과 악몽의 형태로) 레오니 자신에게 미친 영향과 조화를 이루지는 못한다.

소설 속에서 사후기억적 수치심의 형태로 레오니와 테레즈에게 남은 유산은 현재 시점에 이르러 철저하게 다루어진다. 현재 시점에서 중년이 된 레오니와 테레즈는 마르탱가에서 재회한다. 테레즈는 과거가 반복된다는 느낌을 받고 마르탱가로 돌아온다. 신문에서 마을 공동묘지에 있는 묘비에 나치의 만자 무늬가 새겨졌다는 이야기를 읽은 것이다. 반면 레오니는 마르탱가의 재산에 둘러싸여 결연하게 과거에 등을 돌리고 집안의 여주인 역할을 맡아왔다. 이 장에서 테레즈는 소설 초반 권위자의 목소리(성지와 환영에 대한 교회의 관점)를 전달하던 역할에서 벗어나 양심의 목소리를 따른다.

테레즈가 맞서야 할 수치스러운 과거는 엄마 앙투아네트의 과거다.

● 억압된 감정이나 욕구가 행동으로 나타나지 않도록, 정반대의 행동으로 바꾸어놓을 수 있는 기제.

지하실로 돌아가 모래더미를 파헤치던 테레즈는 파괴된 숲 속 성지에서 사라진 성녀 조각상의 일부를 발견한다. 훼손된 성녀 조각상의 발견은 전쟁 당시 앙투아네트의 행동에 대한 또 다른, 어쩌면 더욱 설득력 있는 설명을 제공한다. 테레즈는 앙투아네트와 독일군 병사의 만남이 단지 와인 컬렉션이 아니라 앙투아네트가 그보다 훨씬 더 사랑하던 성녀 조각상이 발각되는 것을 막기 위한 시도였다고 추측한다. 이름 없는 성녀 이야기와 앙투아네트의 이야기는 이 지점에서 합쳐지며, 그럼으로써 테레즈에게 조각상의 부서진 파편들을 다시 붙이는 행위는 더욱 동정어리고 덜 비판적인 관점에서 어머니를 재구성할 수단이 된다.

테레즈는 세속적인 어머니와 그 자리를 대체하고자 했던 "하느님의 어머니" 간의 차이에 직면해야만 한다. 예배당에 있는 동정녀 마리아의 조각상을 묘사하면서 서술자는 독자에게 다음과 같이 말한다. "그녀는 동정녀인 하느님의 어머니였다. 그녀는 마치 남자아이처럼 평평했다. 그녀는 한 번도 섹스를 해본 적이 없는 완벽한 어머니였다. 모든 세속적 어머니가 열망하는 대상이었다."(164) 섹스와 무관한 어머니에 대한 테레즈의 이상화는 섹스를 했기 때문에 "완벽하지 못했던"(165) 어머니 앙투아네트에 대한 암묵적인 거절이었다. 소설의 결말에서 테레즈는 동정녀의 조각상을 불태우면서 또 다른 '붉은 여자'로서 변화와 활기를 가진 인물로 묘사되는 어머니를 되찾는다.

그리고 마침내, 수년의 시간이 지나 테레즈는 처음으로 그녀를 보았다. 붉은 금빛 여자였다. 불꽃이 그녀의 옷을 타고 올라가 새 옷을 입혀주었다. 붉은 코트를 걸친 채 붉은 슬리퍼를 신고 그녀는 날아갔다. 마치 로켓처럼 빠르고 환하게 공기 속으로 사라져버렸다. (…) 그녀는 자신의 딸에게 손을 내밀었고, 끌어당겨 춤의 스텝을 알려주었다.(166)

과거의 수치심에 직면한 테레즈의 행동이 종교와 섹슈얼리티, 여성/어머니의 신체에 대한 새로운 이해를 불러왔다면 레오니의 마지막 경험은 역사 및 국가의 과거와 관련된다. 여기서 수치심은 집단적인 것이다. 마을에 사는 누군가가 앙리 타유와 전쟁 기간 그가 숨겨준 유대인 가족을 밀고했고, 그 결과 독일군은 이들을 처형한 후 제대로 매장되는 것을 막기 위해 시체를 숨겨놓았다. 태어나기 전에 발생한 이 사건과 아무런 관계가 없음에도 레오니는 어렸을 적 침실에서 들었던 귀신의 목소리에 대해 증언해야 한다는 책임감을 느끼고 있었다. 레오니는 그 목소리들을 떨쳐버리려 애쓰며 소설 초반에 테레즈에게 이렇게 말한다. "과거를 들먹이는 건 아무 소용도 없어."(23) 하지만 마을 공동묘지에 있는 무덤의 훼손과 테레즈의 귀환은 레오니로 하여금 "우리 마을에서 일어나는 일", 즉 "전쟁 사망자들의 무덤에서" 등장한 반유대주의의 유산에 직면하고 "역사는 곧 살아 숨 쉬며 소리치는 목소리"(171)임을 인정하게 만든다. 소설의 결말에서 레오니는 밀고자의 정체를 밝히기 위해 테레즈와 함께 목소리를 내기로 결심한다. 그리고 마지막 장에서 밀고자는 이들의 오랜 숙적이었던 목사였음이 드러난다. 소설은 레오니가 자신의 오래된 방 문턱에서 "저 앞 어딘가에 있는, 너무 어둑어둑해서 볼 수 없는 곳에서부터 들려오는" 목소리를 기다리는 것으로 끝을 맺는다. "레오니는 말들을 찾기 위해 그 어둠 속으로 나아갔다."(172)

헬렌 메렐 린드에 따르면 "수치심에 온전히 직면한다면 수치심은 은폐해야 할 무언가가 아니라 드러냄이라는 긍정적 경험이 될 수 있다".(Lynd, 20, Woodward, 107에서 재인용) 『두 딸들』의 결말은 수치심이 그저 극복하고 폐기해야 할 부정적 정동이 아님을 암시한다. 수치심은 원동력이 되어 레오니로 하여금 개인적·집단적 책임과 사건의 증인이 될 필요성을 인정하게 만들었다. 여기서 수치심과 사후기억은 이전 세대에게 물려받은 짐으로써 현세대의 주체로서의 능력을 제약하는 것이 아니라 사회적 변화를 이끄는 역할을 한다.

또한 테레즈와 레오니에게 트라우마적 역사를 직면하는 일은 자신의 신체와 여성성, 자기 정체성과의 개인적 투쟁을 수반하며, 이들은 텍스트 속에 등장하는 여성 인물들과의 만남을 통해 변화를 경험한다. 앙투아네트라는 인물과 숲 속 붉은 여자의 환영, 동정녀 마리아의 이미지는 여성성의 세 가지 패러다임으로서, 레오니와 테레즈는 이에 부응할 것인지 이를 거절할 것인지 선택해야만 한다. 서사가 이어지는 내내 로버츠는 수치심이 신체적·국가적 경계를 감시하는 여러 방식을 드러낸다. 아마도 이러한 이유에서 가장 유쾌한 순간은 경계(자기와 타인, 섹슈얼리티와 모성, 유대인다움과 프랑스인다움)가 일시적으로 무너지는 순간일 것이다. 인종적 특성이 분명한 붉은 여자의 환영과 어린 시절의 경험에 대한 레오니의 기억은 국가적·신체적 경계를 넘어서는 행복감과 통합이라는 측면에서 묘사된다.[4] 분열되고 트라우마적인 과거의 고통을 상쇄하는 그러한 순간은 테레즈와 레오니가 소녀로서, 또 여성으로서 경험했던 신체적·국가적 수치심으로부터 이들을 구원하고 치유할 가능성을 제공한다.

9장

"얽매여 재갈 물린 삶"
수치심, 그리고 여성 예술가의 탄생

퍼트리샤 모런

코라 산델●의 앨버타 3부작―『앨버타와 제이컵Alberta and Jacob』
(1926), 『앨버타와 자유Alberta and Freedom』(1931), 『혼자가 된 앨버타
Alberta Alone』(1939)―은 영어로 번역된 지 수십 년이 지났음에도 불
구하고 여성 모더니즘을 그려낸 걸작으로 평가받지 못하고 있다.[1] 여
성 모더니즘을 다룬 텍스트 중 이제는 확고부동한 고전이 된 다른 텍
스트―버지니아 울프의 『출항』과 『등대로』, 도러시 리처드슨의 『인생
행로Pilgrimage』, 진 리스의 『어둠속의 항해』, 『한밤이여, 안녕』 등―와
마찬가지로 산델의 3부작도 이 소설들에서 흔히 나타나는 주제를 배
경으로 앨버타의 성장과 그녀가 "글을 쓰게 되는 과정"을 추적함으로
써 교양소설과 예술가소설의 경계를 흐릿하게 만든다.[2] 이때 그 주제
란 넓게는 여성의 표현 능력, 구체적으로는 여성의 섹슈얼리티를 억압

● Cora Sandel, 1880~1974. 코라 산델은 노르웨이 작가이자 화가인 사라 세실리아 예르벨
파브리시우스의 필명이다. 자전소설인 '앨버타 3부작'이 대표작이다.

하는 후기 빅토리아 시대의 관습에 대한 저항, 젠더·국민성·계급에 따라 형성된 국외자로서의 파리 거주 경험, 제1차 세계대전에 의해 발생한 대격변과 이후로도 지속된 사회적·문화적 분열, 가사노동의 성별 분업에서 여성의 야심을 꺾는 모성에 대한 과도한 요구에 이르기까지 여성의 예술성을 방해하는 수많은 장애물 등이다. 수치심 이론은 예술성을 향해 나아가는 앨버타의 여정을 들여다볼 수 있는 매우 유용한 렌즈를 제공하는데, 여성이자 작가(지망생)로서 앨버타의 경험에는 분명 수치심이 스며 있기 때문이다. 여러 측면에서 수치심은 앨버타가 자신의 자율성과 작가로서의 정체성을 주장하기 위해 반드시 극복해야 하는 가장 큰 장애물 중 하나다. 실제 수치심이 앨버타의 정체성을 구성하는 필수 요소이자 그녀의 문학적 소명에 반드시 필요한 측면이라고 해도 과언이 아닐 것이다. 산델 또한 대인관계가 앨버타의 비천한 자기비하적 자아상의 원인일 뿐만 아니라 문화적 상상력의 기반이기도 함을 분명히 한다. 의미심장하게도 앨버타는 "고통 (…) 헛된 갈망 (…) 이루어지지 않은 희망 (…) 불안과 고난 (…) 정신을 잃게 만드는 갑작스러운 타격"이라는 경험(모두 타인과의 관계에 대한 자아경험이다)을 구체적으로 "삶에 관한 지식. 쓰라리고 어려우며 남김없이 소모되어버리는 과정이지만 자신과 타인에 관한 지식을 얻을 수 있는 유일한 방법"으로 위치시키는 서사적 전망을 표현함으로써 그 순간 자신의 소명을 깨닫는다.(2:226-227) 이러한 통찰은 "어떠한 이유로 앨버타는 이전보다 사람들과 사람들의 관계에 대해 더 많이 알게 되었다"는 갑작스러운 깨달음 이후 나타난다.(2:226) 소설의 서사적 내용이 정확하게 드러나지는 않지만 교양소설과 예술가소설에서 전형적으로 전기적 요소가 나타난다는 사실로 미루어봤을 때 우리는 3부작의 마지막에서 소설로 출간될 앨버타의 구상이 이미 우리 손에 있는 바로 이 텍스트임을 알 수 있다. 여러 측면에서 예술성과 개인적 자율성을 찾아가는 앨버타의 여정은 곧 수치심을 헤쳐 나가는 여정이다.

산델이 수치심을 주인공인 여성 예술가의 필수 요소(그리고 예술가가 풀어내야만 하는 이야기의 필수 요소)로 묘사한 것은 여성 모더니즘에서 여성의 수치심뿐 아니라, 좀더 넓은 의미에서 여성의 수치심 자체를 이해하는 데 매우 중요하다. 산델의 3부작은 각각 앨버타의 삶 중 한 시기를 다룬다. 제1권『앨버타와 제이컵』은 19세기가 끝나가던 무렵 북부 노르웨이의 한 시골 마을을 배경으로 10대였던 앨버타가 보낸 1년에 대해 이야기하며, 사회적·문화적 관습에 영향을 받아 강화된 가정 생활 내 대인관계의 역학이 자기-타자 관계에 대한 앨버타의 이해와 기대를 형성한 방식을 강조한다. 제2권『앨버타와 자유』는 제1권으로부터 약 8년이 지난 후 제1차 세계대전이 발생하기 전 파리를 배경으로 한 이야기를 다룬다. 이제 앨버타는 20대이며 예술가의 모델이 되거나 때때로 신문 기사를 쓰는 품위 없는 일로 주변적인 삶을 이어가고 있다. 시간이 지날수록 앨버타는 외로움에 휩싸여 누군가와 연애를 해야 한다는, 일견 중요해 보이는 생각을 더욱 많이 하게 된다. 제2권은 앨버타가 고마운 마음과 외로움 때문에 그동안 친밀하게 지내왔지만 싫증을 느끼고 있는 남자의 아이를 가졌다는 사실을 알게 되면서 끝이 난다. 제3권『혼자가 된 앨버타』는 프랑스의 바닷가 마을에서 시작해 제1차 세계대전으로 인해 돌이킬 수 없는 변화를 겪은 파리에서의 이야기가 주로 펼쳐진 후 노르웨이의 시골 지역에서 끝을 맺는다. 제3권에서 앨버타는 독립해서 작가가 되어야겠다는 결심을 하고 마침내 원고를 마무리한다. 그리고 여섯 살 난 아들과 아이의 아빠, 아이의 할머니, 할아버지를 뒤로하고 도시로 향하는 버스에 몸을 싣는다. 앨버타의 인생 여정에서 매우 중요한 위치를 차지하는 이 3년의 시간은 교양소설/예술가소설을 구성하는 기존의 연대기와 현저하게 다른 성장 경로를 구성한다. 기존의 교양소설/예술가소설은 전형적으로 개인적·예술적 자율성을 향한 예술가의 움직임을 원래의 가족에게서 더욱 멀어지는 움직임과 거의 동일한 것으로 본다. 즉 어린 시절/청소년기에서 성인기로 나아가는 직선적 움직임인 것이다. 하지만 산델은 앨버타의 삶을 일련의 반복으로 구성하며 주인공은 이 반복을 통해 점차 글쓰기라는 자신의 소명을 인식하고 이를 수행해나간다. 이러한 이유로 3부작의 제1권과 제2권은 각 권의 시작으로 되돌아온다. 제1권의 시작과 끝은 둘 다 겨울을 배경으로 하며 앨버타의 절망적인 확신이 나타난다. "앨버타는 다시 돌아왔다. 이 모든 것으로, 뒤틀리고 종잡을 수 없는 것들로, 거짓말과 회피로, 너무 사소해서 보이지도 않는 일들로, 모욕과 희망 없는 갈망으로, 반복되는 나날의 잿빛 길들로."(1:233; 이 구절은 제1권 초반에 등장하는 구절을 거의 똑같이 반복한다. 1:71) 제2권은 모델 일로 얼마 안 되는 돈을 벌기 위해 앨버타가 추운 곳에서 아무것도 걸치지 않은 채 서 있는 장면에서 시작해 이제 막 작가가 될 수 있으리라고 생각하기 시작한 순간 아이를 가졌다는 달갑지 않은 발견을 하는 것으로 끝을 맺음으로써 그녀가 생물학적 내재성內在性●에 갇혀 있음을 강조한다. 앨버타가 삼십대 초반이될 때까지 자율성을 얻지 못한 것은 젠더 불평등의 논리적 결과로 특징지어지기 쉽지만 이는 그녀가 처한 어려움의 일부만 설명할 뿐이다. 산델은 제1권에서 앨버타가 부모나 오빠와 맺고 있는 관계의 역학을설명할 때 가족 내에서 앨버타가 경험하는 굴욕과 모욕을 이후 앨버타가 아이 아빠인 시베르트 네스에게서 경험하는 그것과 상당히 유사하게 묘사한다. 그리고 앨버타의 소녀 시절에 발생한 수치심은 앨버타가 오로지 자기 자신에게만 관심이 있는 나르시시스트인 시베르트 네스와의 관계를 열성 없이 잠자코 따르게 만드는 결정적 요인으로 기능한다. 수치심은 앨버타를 감정적·경제적으로 학대받는 관계로몰고 간다. 앨버타는 스스로 자신감이 심각하게 부족하다는 사실을깨닫고 이 문제를 해결해 결국 원고를 완성하지만, 대인관계 문제에서성취한 승리는 그녀에게 상처만을 남긴다. 앨버타는 원고를 출간하고작가로 먹고살 수 있기를 바라며 도시로 향한다. 그리고 곧 아이 아빠와 "동등한 아이의 보호자"가 될 수 있기를 희망한다. 그녀는 다른 관계의 가능성을 모두 차단한다. "앨버타는 단 하나의 확신만을 가지고혼자서 걸었다. 그녀는 안개 속에서 따뜻함과 안정감을 찾는 일을 그만두었다. 얕은안개가 올라왔지만 시야는 맑았고 공기는 차가웠다. 그

● 내재성이란 어떤 생물이나 물질이 지니고 있는 성질을 의미한다. 여기서 '생물학적 내재성'이란 여성에게 본질적으로 주어진 것처럼 보이는 재생산성의 굴레에 앨버타가 다시 사로잡혔음을 의미한다. 그러나 페미니즘이 지속적으로 밝혀온 것처럼 여성의 내재성이란 생물학적으로 주어지는 것이 아니라 사회적, 문화적으로 구성되는 것이다.

녀 곁에는 아무도, 아이조차도 없었다. 삶은 발가벗겨졌고, 볼 수 있는 것이라곤 오직 고통과 객관적인 시선뿐이었다. 앨버타는 파산하거나, 아무것도 그녀를 아프게 할 수 없을 정도로 강해질 것이었다. 앨버타는 완전한 고독의 힘을 느꼈다."(3:283) 샨델은 앨버타의 자율성을 모든 욕망에 대한 포기로 표현한다. "앨버타에게 욕망이 있었는가? 세상으로 나아가려는 욕망? 누군가를 만나고자 하는 욕망? 사람은 불가능한 것을 욕망하지 않는다. 삶에서 한번 길을 잘못 든 사람은 결국 삶을 있는 그대로 받아들여야만 한다."(3:284) 이러한 결론은 "단단한 두 팔로, 한 치의 의심조차 없는 얼굴"을 한 채 시작되는 오빠 제이컵의 여정과 대조를 이룸으로써(1:234) 예술적·개인적 자율성을 향한 앨버타의 여정이 완벽하게 성공적인 것으로 해석되는 것을 막으며, 앨버타가 유의미하고 친밀한 관계를 맺고자 하는 욕망을 극복한 것이 아니라 그저 이러한 욕망의 실현 가능성을 포기했음을 암시한다. 앨버타에게 예술적 자율성이란 곧 인간관계에 대한 욕망을 억압하는 것이다. 주류 여성 모더니스트들 중에 여성 예술성의 대가를 이처럼 암울하게 바라보는 사람은 오직 진 리스뿐이다. 샨델과 마찬가지로 리스 또한 여성 예술성의 대가를 여성 작가에게 경멸적이고 비천한 자아상을 발생시킨 대인관계의 역학과 연결시킨다.

이 장은 여성 예술가에게 나타나는 수치심을 세 가지 부분으로 나누어 살펴본다. 첫째, 앨버타의 가족 내에서 나타나는 관계의 역학을 자세히 살펴보고 수치심 이론이 제시하는 틀에 따라 그 역학을 맥락화함으로써 앨버타가 가진 예술적 비전의 근원이 곧 그녀에게 깊이

290

배어 있는 수치심에 대한 반응임을 밝힌다. 둘째, 남성과 연애 관계를 맺어야 한다는 사회적·문화적 명령뿐만 아니라 연애 관계를 통해 어린 시절의 나르시시즘적 상처를 치유하려는 앨버타 자신의 뿌리 깊은 욕망이 어떻게 예술적·개인적 자율성을 얻고자 하는 노력을 방해하는지 살펴본다. 이 문제의 핵심은 앨버타가 인간관계의 따뜻함을 어린 시절 그녀를 감싸 안은 '강한 두 팔'에 대한 어렴풋한 기억과 계속 연결시킨다는 것이다.(e.g., 1:232; 2:135, 146; 3:196-197) 앨버타가 사랑했던 덴마크인 남성 닐스 베이고르의 예상치 못한 죽음을 겪고 스웨덴인 남성 화가인 시베르트 네스와의 관계에 휘말린 앨버타는 자신도 모르는 사이에 어린 시절 겪었던 폭력적인 관계 역학을 다시 한번 만들어내고, 여기에 더해 과거보다 더욱 위협적인 상황이 전개된다. 시베르트의 아들을 낳고 시간이 지날수록 시베르트에게 더욱더 의존하게 됨으로써 경제적·감정적 가정학대가 발생하고, 이 학대가 자신을 비하하며 스스로를 경멸받아 마땅하다고 보는 앨버타의 오래된 자아감을 더욱 확고하게 만든 것이다. 마지막으로는 앨버타가 힘들게 얻은 개인적·예술적 자율성과 냉철하고 '차가운' 세상에 대한 수용이 어떻게 관계되었는가를 추적한다. 이때 앨버타가 자율성을 얻기 위해서는 어린 시절의 상실을 보상해줄 수 있는, 앨버타를 감싸 안은 '강한 두 팔'에 대한 오래된 욕망을 포기해야만 한다. 이러한 관점에서 "삶에서 한번 길을 잘못 든 사람은 결국 삶을 있는 그대로 받아들여야만 한다"는 사실을 인정하는 앨버타의 마지막 말은 작별 인사로 해석된다. "삶을 있는 그대로" 받아들인다는 것은 곧 "법의 보호 밖에 있는 사람"이라는 지위를 받아들이는 것이며, 이러한 지위는 앨버타를 "삶"
이라는 영역의 바깥에 위치시킨다. 그러므로 자율성을 인간관계의 포
기와 같은 것으로 보는 산델의 절망적인 동일시는 수치를 모더니스트
여성 교양소설/예술가소설의 핵심에 위치시킨다. 이 장은 여성의 예술
성에 대한 산델의 시선이 이러한 모더니즘적 구성뿐만 아니라, 더 일
반적으로는 여성의 성장에 대한 우리 이해를 어떻게 더욱 풍부하게
만들어주는지 살펴봄으로써 끝을 맺는다.

"감각이 마비되는 내적 추위": 수치심의 가족적 맥락

3부작의 제1권인 『앨버타와 제이컵』은 시작과 끝의 배경이 모두 초
겨울이다. 산델은 이러한 배경을 이용해 앨버타의 가정생활에 만연
해 있는 감정적 냉기를 강조한다. 실제로 3부작 초반에 산델은 따뜻
함을 향한 앨버타의 갈망을 그녀의 개인적·예술적 여정의 핵심 모티
프로 삼는다. "난로에서 보이는 붉은 불빛, 탁탁 소리를 내며 타는 불
꽃, 이것들이야말로 삶의 행복을 나타내는 상징 아니었던가? 따뜻함
은 곧 삶이요, 냉기는 곧 죽음이었다. 앨버타는 완전히 원시적인 의미
의 배화교도였다."(1:9) 차갑고 사랑 없는 집에서 따뜻함을 찾는 앨버타
의 헛된 노력이 제1권의 주된 내용이다. 앨버타는 반복적으로 스스로
를 범죄자이자 죄인으로 묘사하면서(e.g., 1:41, 64) 몰래 석탄 조각을 훔
쳐 방에 갖다놓거나 어머니가 보지 않을 때 여분의 커피를 훔친다. 이

러한 환경에서 기대가 한없이 꺾이면서 커피 주전자는 앨버타에게 있어 "계시 (…) 따뜻하고, 김이 나오고, 향기롭고, 삶과 희망을 가져다주는, 죽은 세상 속 태양"(1:11)이라는 과장된 지위를 얻는다. 하지만 충분한 신체적 따뜻함은 앨버타의 심리적 고통을 표면화할 뿐이다. 젊은 시절의 사치와 사업상의 경솔한 결정 때문에 북부의 시골 마을로 추방된 앨버타의 부모는 자신이 처한 환경과 서로에 대한 실망을 억누르지 못한다. 자식들에 대해서도 마찬가지인데, 앨버타와 제이컵 중 누구도 부모의 관습적으로 젠더화된 기대에 부응하지 못하기 때문이다. 앨버타가 스스로 말했듯, "제이컵은 학교생활이 불가능했고 사회적 계급이 훨씬 낮은 사람들과 어울려 지냈다. 앨버타는 외모 면에서 그리 운이 좋지 않았고 집안일에는 무능했으며 어디 내놓을 만한 인물이 아니었다".(1:71) 지역 치안 판사인 앨버타의 아버지 셀머는 빅토리아 시대의 전형적인 중산층답게 냉담한 인물로, 이따금 타인을 이해하는 따뜻한 면모를 보이기도 하지만 술에 취해 횡포를 부리는 일이 잦고 가정 내에서 아내의 권위에 저항하려 하지 않는다. 셀머 부인은 앨버타 가족의 감정적인 삶을 보여주는 지표로, 차가운 태도로 못마땅함을 표시하거나 침묵을 유지함으로써 분노를 표현하며 이 분노에 대한 아이들과 남편의 두려움을 이용해 외견상의 순종과 복종을 받아내는 여성이다.

다른 가족 구성원들과 마찬가지로 앨버타는 어머니의 기분이라는 "지형을 측정"(1:12, 13)하는 데 능숙하지만 가장 손쉬운 공격 대상이 되기도 하다. 결혼할 딸을 교육시키는 경망을 떨 만큼 경제적 자산이

충분치 않았기 때문에 어쩔 수 없이 학교를 그만둔 앨버타는 먼지 털기, 수선, 은 식기에 광내기같이 무의미해 보이는 따분한 집안일을 하며 어머니를 도와야 한다. 그러므로 "셀머 부인의 분노로 가득 찬 환경"(1:75)에서 길을 찾아야 하는 끊임없는 두려움의 상태에 놓여 있다. 실제로 셀머 부인은 앨버타가 눈에 보이기만 해도 분노를 폭발시키는데, 딸을 통해 (연애와 결혼이라는 과정을 다시 통과함으로써) 대리만족하려던 셀머 부인의 희망이 실현 불가능하다는 사실을 상기시키기 때문이다. 한 장면에서 앨버타는 자신과 사진 속의 젊은 어머니를 비교한다. 앨버타는 엄마가 "아름답지는 않지만 이루 말할 수 없이 매력적이면서도 고혹적"이라고 생각한다. "앨버타는 자신이 절대 엄마처럼 될 수 없다는 것을 잘 알고 있었다. 그건 가장 크고도 가장 명백한 실패였다."(1:82) 앨버타가 눈에 보이는 것이 너무나도 고통스러운 나머지 셀머 부인은 앨버타를 쳐다보지도 않고 말한다. 앨버타는 대개 "싫증난" "퉁명스러운" "차가운" "얼음 같은" "기분이 상한" 듯한 셀머 부인의 목소리를 통해 어머니의 못마땅함을 인지한다. 이보다 더욱 두려운 것은 어머니와의 대화인데, 대화에서는 못마땅해하는 시선과 못마땅해하는 목소리가 동시에 나타나기 때문이다.

찻주전자의 덮개가 다시 주전자 위에 놓이기 전에 셀머 부인과 앨버타는 다시 한번 서로를 바라보았다. 체념한 듯한 셀머 부인의 표정은 앨버타를 완전히 망가뜨렸다. 앨버타의 얼굴은 빨개지고 몸은 뻣뻣해졌으며 손은 덜덜 떨렸다. 첫판에 무장해제되어버린 앨버타는 감

히 커피를 더 달라는 말도 하지 못했다.(1:11)

아침 일찍부터 앨버타가 방해꾼이자 짐짝처럼 느껴지는 날이면(이런 날이 매우 잦았다) 셀머 부인은 앨버타를 쳐다보지도 않은 채 한숨을 쉬곤 했다. 셀머 부인은 한숨을 많이 쉬었다. (…) 앨버타는 움츠러들었다.(1:12)

"뭐가 즐거운지 모르겠어." 어머니가 차갑고 싫증난 목소리로 대답했다. (…) "도대체 왜 넌 여기 서 있는 거니?" 셀머 부인은 앨버타를 훑어보면서 갑자기 신랄한 태도로 소리를 질렀다. (…) 앨버타의 심장이 내려앉았다. 앨버타는 겁쟁이 같은 태도를 보였다.(1:55)

기회가 있을 때마다 셀머 부인은 앨버타를 향해 불만과 완전한 절망을 담은 표정을 지어 보였으며, 앨버타를 보기 싫다는 듯이 눈을 감아버리기도 했다. 앨버타는 더 깊은 절망에 빠졌다. 그것은 그 어떤 비난보다도 더 가혹했다.(1:81)

앨버타에게 커피잔을 건네줄 때 셀머 부인은 체념한 듯한 얼굴로 앨버타를 바라보았다. 언제나처럼 앨버타는 소심하게 깊은 나락으로 떨어져 얼굴을 붉히며 몸을 떨었다. 이러한 앨버타의 모습 때문에 셀머 부인의 생각이 자동적으로 이어졌다. "내 삶엔 즐거운 것이 너무 없어. 나에겐 아주 조금이라도 매력적인 딸을 볼 자격이 있어. 하지만 그마저도 날 배신했지."(1:207)

이 구절들이 보여주듯 셀머 부인의 시선은 앨버타를 자기표현을 할 수 없는 무력하고 수치스러운 상태로 몰아넣는다. 여기서 산델은 헬렌 블록 루이스가 밝혀낸 수치심 경험의 '이중성'을 포착한다. 수치심 경험의 이중성이란 정신내적인 위축과 타인의 시선을 통한 간주관적 차원의 위축을 의미한다.(Lewis, "Shame and the Narcissistic Personality", 107-108) 루이스는 수치심을 다음과 같이 설명한다. "수치심은 타인의 부정적인 평가에 대한 간접 경험이다. 수치심이 발생하기 위해서는 반드시 자기와 타인의 관계가 존재해야 하며, 자기는 이 관계에서 타인의 평가를 의식해야 한다."(107-108) 이와 비슷하게 샌드라 바트키 역시 수치심을 다음과 같이 설명한다. "수치심은 자기가 부적절하거나 폄하되었으리라는 고통스러운 불안이다. 수치심은 실제로 자기 앞에서 자신의 결핍을 지켜보는 관객까지는 아니어도, 자신을 평가할 수 있는 내면화된 관객이 반드시 필요하다. (…) 몇몇 중요한 측면에서 수치심은 보여지는 내가 곧 나 자신이라는 인식을 필요로 한다."(86) 전통적으로 건강한 자아 발달에서 어머니의 시선이 갖는 중요성이 강조되었음을 고려하면(e.g., Winnicott, Bollas, Kohut, Benjamin) 셀머 부인의 시선이 못마땅함의 표현이었다는 사실은 곧 앨버타의 경험과 주체성·상호주체성 발달에 수치심이 깊이 뿌리 내리고 있음을 의미한다. 앤드루 P. 모리슨은 한스 코헛의 연구에 기대어 모방하고자 하는 타인으로부터 "공감적 반응을 얻지 못하는 것"이 수치심의 초기 상태를 구성하는 요소임을 밝혔다. 앨버타와 셀머 부인의 관계 역학은 이러한 종류의 실패를 보여주는 전형적인 사례이며, 결함 있고 결핍된 존재라는 앨버타의 자아감(앨버타는 "낙담하며"(1:17) 거울에 비친 자신의 모습을 바라본다. 그리고 자신을 "못생기고, 따분하고, 형편없고, 참을 수 없다"고 묘사한다(1:31))은 어머니의 비판적이고 경멸적인 시선 때문에 스스로 위축되었다고 느끼는 고통스럽고 만성적인 경험에서 자라난다.

이처럼 산델은 앨버타의 자기혐오를 만성적으로 수치심을 주입하는 어머니의 태도와 분명하게 연결시킨다. 앞서 인용한 구절에서 드러나듯 앨버타는 어머니의 시선 앞에서 스스로 위축되었다고 느끼고, 겁쟁이가 되었다고 느끼고, 얼굴이 빨개지는 것을 느끼고, 자신을 "고통과 실망의 원인"이라고 보는 어머니의 경멸적인 평가에 포로로 잡힌 듯한 기분을 느낀다.(1:100) 헬렌 블록 루이스가 관찰한 바에 따르면 수치심은 얼굴이 빨개지고, 땀이 나고, 심장이 뛰는 것과 같은 무력한 "신체적 자각" 양식과 피해자로서 수치심 정동에 포획되었음을 더욱 깊이 새기고 강화하는 양식을 통해 자동적으로 느껴진다. 앨버타 또한 이와 유사하게 무력한 신체 반응, 특히 얼굴이 빨개지는 반응을 통해 수치심 정동을 더욱 깊이 새긴다. 얼굴 붉힘 공포는 타인에게 목격되지 않기를 바라는 앨버타의 욕망에서 매우 중요한 역할을 한다. 앨버타는 수금원과 만나게 되는 상황을 걱정하며 얼굴이 "붉어지고 뜨거워질까 봐" 두려워하지만 다음과 같이 스스로를 위로한다. "해가 질 때쯤에는 얼굴이 보이지 않을 것이다. 앨버타는 쉽게 얼굴이 빨개진다. 이건 앨버타의 불행 중 하나다. (…) 사람들 앞에서 앨버타는 언제나 얼굴이 빨개진다. (…) 할 수만 있다면 앨버타는 사람들을 피해 주저 없이 우회로를 택했다."(1:18) 실제로 수치심에 휩싸여 자기표현을 하지 못하는 상태로 위축되는 것에 대한 두려움은 결국 앨버타가 자신의 예술성을 타인에게서 멀리 떨어져 존재하는 자기-타자 관계의 한 유형으로 정의함에 있어 중요한 역할을 하는데, 이는 앨버타의 고통스러운 자의식이 실제로 자기-타자의 상호작용을 방해하기 때문이다. "앨버타는 말하기에 대한 뿌리 깊은 두려움, 주장하고 설명하기에 대한 회복 불가능한 공포를 갖고 있었다. 앨버타는 얼굴을 붉히고, 몸을 가누지 못했으며, 맥락을 잃고 의도했던 것과 전혀 다른 말을 하곤 했다. 앨버타는 설명을 한다는 생각만으로도 온몸이 오싹해졌다."(1:72) 그러므로 수치심에 노출될 가능성을 최소화하고 싶어하는 당연한 욕망에서 앨버타는 타인과 상호작용할 때 철수, 회피, 은폐 전략 같은 방어적 상태를 발달시킨다. 물론 셀머 부인은 그러한 반응을 불러일으킨 주요 원인 제공자 중 한 명이다. 제1권 내내 앨버타는 특정 단어로 어머니를 묘사하며 어머니로부터 숨고 싶어하는 자신의 욕망을 강조한다. 셀머 부인은 "감시에 빈틈이 없고"(1:10, 83), 앨버타의 "적"이자 "네메시스Nemesis"이며(1:73, 39), 앨버타의 결함을 찾아내는 데 능숙한 "탐정" 또는 "셜록 홈스"다.(1:64, 92) 셀머 부인에게서 숨고 싶은 욕망은 도시인의 호기심 가득한 눈으로부터 숨고 싶은 욕망으로 확장된다. "빠르고 조용하게, 앨버타는 거리를 미끄러지듯 걸어 내려왔다. 다른 그림자들 사이에 있는 하나의 그림자처럼. 앨버타는 항상 옷 안으로 몸을 움츠려 자신을 될 수 있는 한 작게 만들었다. 그렇게 하면 도움이 되기라도 하는 것처럼 말이다."(1:18)

주목해야 할 점은 산델이 셀머 부인을 개인적으로 비난받을 만한,

"나쁜 엄마"의 전형으로 그려내지 않았다는 점이다. 그보다 산델은 셸머 부인이 앨버타의 안녕과 미래를 지극히 염려하는 마음에서 그렇게 행동했음을 분명히 한다(비록 앨버타에 대한 셸머 부인의 실망이 딸을 자율적 타인으로 인정하지 못하는 나르시시즘적 무능력에서 비롯되었다는 점 또한 분명하지만 말이다). 이 엄마-딸 관계의 사정은 셸머 부인의 곤혹스러운 사회적 지위와 19세기 노르웨이 시골 지역에 만연해 있던 젠더 질서라는 맥락 안에서만 일관성을 갖는다. 셸머 가족은 궁핍한 재정 상태와 낮아진 사회적 기대 때문에 끊임없이 수치스러운 상태에 놓여 있으며, 품위를 유지하고 재정적 어려움을 감추려는 이들의 욕망은 수금원을 만나거나 보석을 전당포에 맡기는 일에 대한 앨버타의 고통스러운 자의식에 영향을 미친다. 이와 동시에 잠재된 사회적 수치심은 수치를 주는 타인의 시선에서 숨고자 하는 앨버타의 욕망을 더욱 강화한다. 실제로 셸머 부인이 궁핍한 재정 상태에서도 가족의 사회적 지위를 유지하기 위해 들인 엄청난 수고는 앨버타가 중산층의 여성성을 통제하는 젠더 규범에 반발심을 품는 데 일조한다. 어머니가 요구하는 젠더 제약을 여성성을 부끄럽게 여기도록 만드는 일반화된 시선에 노출되는 상황과 연관시키게 된 것이다.

사회경제적 요소가 앨버타의 만성적 수치심을 강화하는 맥락 중 하나이듯, 젠더 규범 역시 결정적인 맥락을 형성한다. 여기서도 타인의 눈으로부터 숨고 싶은, 수치심이 주입된 앨버타의 욕망이 작동한다. 앨버타는 중산층 여성들이 얼마나 서로를 훑어보고 여성 섹슈얼리티와 관련된 문제(실현 가능하며 사람들의 인정을 받는 교제, 결혼, 신혼여행,

특히 출산)에 대해 뒤에서 또 얼마나 험담을 하는지를 알아차린다.[3] 이
같은 삶에 속하기를 고집스럽게 거부하는 앨버타의 태도(앨버타는 조용
히 어머니의 말을 관찰할 뿐 어머니가 요구하는 규범의 정신을 습득하지는 않는다)는
바뀔 여지가 없는 계획에 갇혀버렸다는 절망을 낳는다. 어머니의 젊었
을 적 사진 속에 있는 젊고 매력적인 여성이 어떻게 지금 앨버타 앞에
있는 여성, 그러니까 불안 때문에 생긴 깊은 주름과 작고 초췌한 입,
수상쩍어하는 감시의 눈을 가진 여성이 되었는지 궁금해하던 앨버타
는 가족 내에서의 젠더 규범이 사회문화적 관습과 번갈아가며 서로
를 강화하고 있음을 깨닫는다. "세대를 거쳐 다음 세대를 강제하는 것
인가. 다음 세대의 삶이 자신의 삶과 똑같이 형성되고 빚어질 것을 욕
망하면서?"(1:83)
    앨버타가 젠더 규범에서 멀어짐으로써 발생한 결과 중 가장 해로
운 것은 아마 그녀가 막 싹트기 시작한 자신의 성적 충동에 수치심을
느낀다는 점일 것이다. 이 시점부터 앨버타는 성적 욕망을 자연스러
운 것으로 받아들이지만 동시에 이로부터 움츠러들며, 일반적인 시각
에서 그리 매력적이지 않다는 이유로 이미 수치심의 근원이 되어버린
그녀의 신체는 마치 그녀를 수치심과 모욕감에 더욱더 옭아맬 적이
그녀 안에 서식하고 있는 것처럼 보이게 된다. 후에 앨버타는 자신이
의식적 의지에 반해 선원인 세돌프에게 끌리고 있음을 깨닫는다. 처
음에는 "무언가 새롭고 이상한 것이 앨버타의 온몸을 타고 흘렀다. 마
치 내면 깊은 곳에서 들려오는 요구, 피에 흐르는 달콤하고 강력한 한
숨 소리 같았다"(1:114) 앨버타는 "그의 목소리에서 무언가를 느꼈다.

비밀스럽게 그르렁거리는 소리였다".(1:114). 하지만 이러한 욕망의 기류
는 두려움과 "굴욕감" "수치심과 분노의 눈물"을 낳는다. "[춤을 출 때의]
떠들썩함, 세돌프의 몸이 앨버타의 몸에 가닿았다. (…) 그녀를 향한
음란함은 폭력이자 충격이었고, 굴욕적이고 모멸적이었다."(1:115) 산델
이 성적 욕구를 수치스러운 것으로 묘사하는 이유는 앨버타가 성적
욕구를 부정해야 한다고 배웠기 때문이 아니다. 앨버타에게 섹슈얼리
티란 그로부터 불가피하게 발생할 수밖에 없는 결혼 및 가정과 연결
되어 있기 때문이다. 앨버타는 자신의 성적 충동이 "서서히 퍼지는 위
험한 것"이자 "숨겨진 장소에서 터무니없이 꼬이고 뒤틀리는" 힘이라고
느끼는데, 성적 충동이 "모조품인 가죽 소파와 중국 개"로 이어지기
때문이다. "앨버타는 차라리 죽고 싶었다. 그녀는 얼굴을 가렸다. (…)
그리고 자신이 격하되었다는 사실을 깨달았다."(1:201) 여기서 앨버타
는 원래 근심 걱정이 없었던 친구 베다 벅이 겪고 있는 곤경을 떠올린
다. 베다 벅은 앨버타 주위에 있는 유일한 여성 친구로 공공연하게 젠
더 규범에 저항했으나 자신을 버리고 떠난 남자의 아이를 가진 후 고
용주와의 정략 결혼을 강요받고 있었다. "이제 베다 벅은 녹화기의 불
빛 아래에서 바느질을 하고 있다. 창문에 사람들의 얼굴이 마치 물고
기 떼처럼 다닥다닥 붙어 있으리라는 것을 아는 채로."(1:229) 베다와
그녀의 전 애인을 생각하며 춤을 추던 앨버타는 "달콤하고 부드러운
미소, 지그시 감은 두 눈. 깊은 곳에서부터 비롯된 듯한 요구와 피에
흐르는 강력하고도 고통스러운 한숨에 얽히고 꼬여 있는 듯하다. 그
리고 세돌프의 키스가 불러일으킨 마비"를 떠올린다. 하지만 앨버타가

다음과 같은 결론을 내리자 이 기억은 갑작스럽게 사라진다. "삶은 덫이다. 심지어 베다와 프랭크도, 그 용기 있는 베다도 지금은 끈끈이에 붙은 파리처럼 앉아 있지 않은가?"(1:214) 그리고 당연하게도, 한 중년 여성이 그녀를 베다와 헷갈렸을 때 앨버타는 공포를 느낀다. 앨버타는 "마치 쫓기는 것처럼" 달아난다. "끔찍한 생각이 갑자기 형태를 갖추고 생생하게 살아 움직인다. 이제 그 생각은 거리와 시장에서 자유롭게 모습을 드러낸다. 그녀가 만났던 그 모든 눈에서 그 끔찍한 생각이 그녀를 향해 히죽대지 않았던가?"(1:218)

이처럼 산델은 성적 욕망에 대한 스스로의 반응을 불신하는 앨버타의 모습을 그녀에게 수치심을 주는 타인의 시선과 연결시킨다. 마치 이제 앨버타가 어머니의 경멸적인 시선을 모든 사람의 얼굴에 투사하는 것처럼 말이다. 앨버타는 이제 어디에서고 나타나는 이 조롱으로부터 자신의 얼굴을 숨기고 싶어한다. 앨버타 3부작의 제1권은 결혼과 독신이라는 진퇴양난에 대한 대안을 내놓지 않는다. 앨버타는 그저 "원하지 않는 것이 무엇인지만을 알았다. (⋯) 그녀는 마치 자기 자신에 대한 부정否定의 상태로 존재했으며, 이러한 결함은 다른 결함에 덧붙여졌다."(1:98) 그녀에게 '자유'는 수치를 주는 타인의 시선으로부터 도망치고 싶은 욕망에서 형성된다. 앨버타는 "이 세상에서 벗어날 수 있기를 간절히 바란다. 활짝 열려 있고, 자유롭고, 햇볕이 내리쬐는 어딘가로. 그곳의 군중은 그녀의 친척도 아니고, 그녀의 외모와 성격을 비판하지도 않는다. 그곳에선 자기 자신이 아닌 다른 존재가 되어야 할 의무를 질 필요도 없다."(1:98) '군중'이라는 단어에서 알 수 있듯이 앨버타는 낯선 사람들의 무리 속에서 길을 잃는 상상을 한다. 여기서 중요한 것은 그녀가 친밀한 관계로 이루어진 세상을 상상하지 않는다는 점이다. 마치 세상에서 완전히 숨어야만 '자기 자신'이 될 수 있는 것처럼 말이다. 제1권이 끝날 때쯤 앨버타는 본질적이고 알 수 없는 자아라는 개념을 자신의 부모에게까지 확장시킨다. 다음과 같은 때에 앨버타는 부모의 알 수 없는 자아를 흘끗 발견한다. "평소 어머니의 가혹한 얼굴 너머, 파티장에서 보인 거의 발작적인 얼굴 너머에 있는 진짜 얼굴을 본다. 그 얼굴은 마치 죽은 사람의 것처럼 피곤하고 외로운 불안에 좀먹혔다. '힘을 내라. 우리는 다시 돌아간다'는 아버지의 보잘것없는 표어 너머에는 희망 없는 자의 특징이 있다."(1:232) 앨버타는 자신이 "평범한 경험 밖에 있는 것과 만났다"고 믿는다.(1:232) 비록 아직은 글을 쓰고 싶다는 욕망을 자신의 천직으로 규정하지 않았으나, 젠더화된 사회적 얼굴과 그 뒤에 있는 외로운 얼굴의 분열로 인한 불안은 앨버타가 가진 예술적 이상의 핵심을 형성한다. 실제로 이러한 분열은 앨버타가 바다에 몸을 던지려던 자신의 시도에 대해 보이는 반응의 특징이 된다. "이 한 가지는 그녀의 것이었다. 벌거벗은 삶. 이 삶은 여전히 그녀의 것이었다. (…) 이 삶은 앨버타를 바다에 빠뜨리지 못했고, 앞으로도 그러지 못할 것이었다. 얼음처럼 차가운 그녀의 내면 깊은 곳에서 무언가가 생겨났다. 마치 그녀의 몸을 타고 서서히 기어오르는 것 같았다. 그건 통제할 수 없이 공포스럽고 강렬했지만 한편으로는 밝고 단단한 무언가였던 동시에 격렬한 거부이기도 했다. 마치 바닥을 찍고 다시 위로 올라오는 것 같았다."(1:231)

자유―영원한 반대의 삶

이 밝고, 단단하고, 격렬한 거부는 제2권에 이르러 앨버타를 파리로 데리고 간다. 여러 면에서 앨버타는 제1권에서 상상했던 소거적 자유 negative version of freedom를 성취한다. 앨버타는 낯선 사람들로 이루어진 인파 속을 자유롭게 걸어 다니고, 그녀를 비난하는 친척들을 끊어냈으며, 화가의 모델이 되어주고 가끔 지역신문에 에세이를 싣는 것으로 근근히 살아간다. 낯선 이들 사이에서 갖게 된 이 익명성은 앨버타의 신체적 수치심을 다소 달래준다. "어린 시절에 생긴 앨버타의 아픈 상처, 자신의 외모가 사람들을 짜증나게 만든다는 쓰린 기분은 거의 치유되었다."(2:30) 하지만 앨버타는 아직 자신의 예술적 소명을 주장하지 못한다. 그리고 자신이 하는 창의적 글쓰기가 그저 "빈둥거리기의 일환"이 아닐까 걱정한다. 앨버타는 아직 글쓰기가 자신의 전문 분야임을 인식하지 못했기 때문에 "진짜 원하는 것이 무엇인지 알지 못했다. 앨버타는 마치 고향에 있을 때처럼 여전히 부정적인 본능만을 갖고 있었다. 이 본능들은 앨버타에게 하고 싶지 않은 것이 무엇인지를 정확히 말해주었다. 특정 상황이나 특정 사람들을 마주치면 그녀의 전 존재가 움츠러들어 (…) 앨버타가 몸으로 그것을 느낄 수 있도록 했다. (…) 앨버타는 무엇을 해야 하는지에 대해 조금도 생각하지 않고 자신이 원하지 않는 것을 자유롭게 거부할 수 있었다."(2:32) 덴마크인 연인 닐스 베이고르는 앨버타에게 이렇게 말한다. "네 자유는 도대체 어떤 거야? 그건 비참한 삶 이상도 이하도 아니야. 그리고 넌 비참한 삶을 살기엔 너무 멋진 사람이야. 지금 넌 자유롭지 못해. 그저 도망자일 뿐이야. (…) 넌 영원한 반대 속에서 살면서 그게 자유이자 독립이라고 믿고 있어."(2:139)

하지만 앨버타가 자신의 소명을 주장하는 데 한 걸음 다가갔다는 좋은 징조가 있다.4 앨버타는 잠시 파리의 거리를 돌아다닌 후 "마치 내면의 깊고 신비한 요구가 잠시 달래진 것 같은, 이상하게 만족스러운" 상태가 된다. "앨버타의 뇌는 낯선 이들이 나눈 대화의 파편으로 가득 차 있었다. 충만한 거리의 삶이 단절된 그림의 형태로 나타나 서로서로 이어졌고, 후회와 불편한 생각을 차단해주었다."(2:43) 자신이 관찰한 것을 기록하려고 시도하며 앨버타는 제1권에서처럼 좀더 개인적인 운문이 아닌, 소설이라는 도구를 사용하게 된다.

목격한 것들이 마음속 비밀스러운 장소에서 단어의 형태를 갖추었다. 그녀가 들었던 말들은 기억 속에서 돌연히 타올라 마치 인간의 삶이라는 수많은 실이 묶인 신비한 매듭 같은 모습으로 그녀 앞에 나타났고, 자기들끼리 뒤엉켰다가 다시 원래 그랬던 것처럼 애매모호한 상태로 돌아갔다. 앨버타는 그것들을 적어 내려갔다. 그리고 알지도 못한 채, 마치 언어가 플라스틱으로 된 물체라도 된다는 듯이 그것과 사투를 벌였다. 엘리엘이 점토를 갖고 놀 때처럼 거기서 삶을 끌어내려고 노력하는 것 같았다. 눈에 보이는 사건 뒤에는 현실이 숨어 있었고, 앨버타가 들은 말들은 대개 가면을 쓴 생각들이었다. 하지만 거기에는 깨달음을 주는 짧은 순간이, 무언가를 폭로하는 발언

이 있었다.(2:44)

이제 앨버타는 자신의 글이 10대 시절 가족을 보고 깨달았던, 눈에 분명하게 보이는 것과 보이지 않는 것 사이의 분열에 대한 서사임을 인식한다. 글 쓰는 과정을 조각가가 점토를 매만지는 일과 비교한 것은 그녀가 스스로를 진지한 예술가로 정의하는 방향으로 더듬거리며 나아가기 시작했음을 의미한다. 하지만 앨버타는 자신의 노력을 의심한다. 그녀에게 글쓰기는 "양심에 걸리는 약점"인데, 글 쓰는 일은 돈을 벌기 위해 지겨운 일을 하는 낮 시간 동안 그녀를 "멍하고 무능력하게" 만들기 때문이다.(2:45) 게다가 이 "엉망진창으로 아무렇게나 휘갈겨 쓴 종이들"에는 분명한 플롯 구조도 없다. 앨버타는 이 작업이 과거 시에 공을 들였던 것과 다를 바 없는 "특별한 것 없는 시인의 형편없는 반복"이 아닐까 걱정한다.(2:45) 앨버타는 돈도, 교육도, 주변의 격려도 없이 나아가야 하며, 이는 그녀의 자신감이 이미 심하게 꺾여 있다는 사실을 고려할 때 매우 어려운 작업이다.

또한 앨버타는 계속해서 관계 문제로 씨름한다. 어떤 면에서 그녀가 받는 메시지는 그녀는 결함이 있으므로 혼자일 수밖에 없는 운명이라는 수치스러운 감각을 재확인시켜준다. 이러한 측면에서 몽파르나스에서 만난 예술가와 모델들은 그녀가 도망쳐왔던 중산층 여성들과 다를 바가 없다.

이제 앨버타는 길가에 남겨졌다. 다른 사람들은 모든 것이 안정적인 상태로 차를 몰고 떠나갔다. 그리고 마지막에 이렇게 말했다. "너도 누군가를 찾아봐야지."

누군가를 찾으라고! 앨버타는 자리에서 일어나 안절부절못하며 이리저리 돌아다녔다. 앨버타가 가는 곳마다 여자들은 다양한 어조로 같은 말을 반복했다. 고향 마을에 있는 늙은 웨이어 부인도 앨버타의 어깨를 다독이며 "좋은 남편, 좋은 남편" 하고 반복해서 말했다. (…) 마루슈카는 이렇게 말했다. "사랑은 사람을 행복하게 만들어. 사랑 없는 삶은 어떤 모습일까." (…) 알퐁신은 조용한 목소리로 이런 말을 했다. "당신은 사랑을 놓치고 있어요, 마드모아젤."(2:71)

앨버타는 끊임없이 반복되는 이런 메시지가 여성을 설득해 자신의 예술적 야망을 버리고 다른 남성의 뮤즈가 되도록 만드는 힘을 갖고 있음을 잘 알고 있다. 앨버타는 바로 그 과정을 친구 리젤에게서 목격했다. 리젤은 알퐁신의 이야기를 반복해서 들은 후 "진로를 바꾸고 서서히 엘리엘 쪽으로 방향을 튼"(2:71) 친구였다. 또한 앨버타는 시간이 흐른 후 자신이 도처에서 볼 수 있는 나이 많은 여성 화가들과 비슷해질 것을 매우 두려워한다. "나이 많은 여자들은 몽파르나스를 하염없이 터덜터덜 걸어 다닌다. (…) 이곳에서 그런 삶을 살게 될 수도 있다는 생각, 늙고 못생기고 가난에 시달리는 딜레탕트에 지나지 않는 사람이 될 수도 있다는 생각은 불안을 낳았다."(2:19-20)

마침내 앨버타가 친밀한 관계에 대한 욕망에 굴복한 것은 정신분석 이론가인 제시카 벤저민이 말한 '상호인정mutual recognition'을 제공해주는 사람을 만난 까닭이다. 그는 앨버타를 바라보고 앨버타의 자율성을 받아들일 뿐만 아니라 이를 더욱 고취해준다. 베이고르는 평소 과묵하고 자기표현을 잘 하지 않는 앨버타가 이러저러한 기억과 꿈, 생각을 공유할 수 있는 사람이며, 비난하거나 비판적인 태도를 보이지 않고 앨버타의 말을 주의 깊게 들어주는 사람이다. 또한 베이고르는 '자유'에 대한 앨버타의 감각을 "영원한 반대"라는 말로 표현하기도 한다. 아무도 들어주지 않는 사적 독백에 언제나 객관적인 해설자가 따라붙던 앨버타의 고통스러운 자의식은 잠시나마 진정된다. "앨버타는 자신의 말이 다르게 들리는 것 같다고 느꼈다. 짧은 미완의 말들은 되살아나 한데 얽히며 일관성을 이루었다."(2:112) 이처럼 둘 사이의 대화를 서로 얽혀 있는 태피스트리로 묘사한 이미지는 대화의 직관적 특성을 나타낸다. "앨버타는 베이고르가 잡아당길 끈을 발견하기 전까지는 자신의 경험에 대해 그리 많이 이야기할 수 없었다. 하지만 베이고르는 끈을 찾아 잡아당겼고, 추측을 시작했다. '이런, 그랬군요. (…) 그래서 당신이 (…). 그래서 그렇게 했던 거군요.' 그는 확고한 태도로 말했다. 베이고르는 실을 감아올리기도 했다. 지난 이야기들을 기억했던 것이다. (…) 그는 어려움 없이 둘과 둘을 합쳐 넷을 만들어냈다."(2:117) 베이고르가 대화에서 이용한 기술은 앨버타를 평소의 과묵함에서 건져 올리는 역할을 했다. 그에 대한 반응으로 앨버타가 제공한 정보는 제1권의 마지막과 제2권의 시작 사이의 서사적 간격을 메워준다. 예를 들어 독자는 둘 간의 대화에서 처음으로 앨버타의 부모가 사고로 사망했다는 사실을 알게 된다. 그로 인해 친척이 그녀를 책임지게 되었고 돈을 마련해 파리로 보내주었다는 사실과 함께, 앨버타가 파리로 올 수 있었던 구실(표면상 앨버타는 파리에서 프랑스어를 공부해 프랑스어 선생님이 되겠다고 했다) 또한 이 시점에서 드러난다. 앨버타와 베이고르가 보여주는 이러한 관계는 앨버타 3부작에서 유일무이하다. 앨버타는 그 누구와도, 심지어 가장 가까운 친구와도 이 정도 수준의 상호 이해와 대화를 경험하지 못한다. 가족 내에서 경험하지 못했던 친밀함과 애정을 베이고르가 보상해주었다는 사실은, 앨버타가 베이고르를 가족 구성원에 비유했다는 점에서 잘 드러난다. 그녀는 베이고르를 아버지와 오빠에 비유한다.(2:137) 더욱 중요한 것은 앨버타가 애정 어린 보살핌을 받는다는 기분을 느끼면서 깊이 묻혀 있던 어머니의 기억을 다시 떠올렸다는 점이다. "달콤한 자각의 탄식이 앨버타를 타고 흘렀다. 앨버타는 아주 오래전으로 되돌아갔다. 누군가가 그녀에게 이불을 덮어주었다. 그때 앨버타는 잠에서 깨어나 안전하다는 사실을 깨닫고 행복을 느꼈다. 그리고 다시 잠에 빠져들었다."(2:135; 1:232).

자연에서 차용한 이미지는 이들의 상호성이 가진 직관적이고도 필연적인 속성을 강조한다.

앨버타는 생전 처음으로 생긋 웃는 자신의 목소리를 들었고, 자신의 몸짓과 행동에서 이전에는 느끼지 못했던 무언가를 느꼈다. 의지와는 상관없이 무언가가 그녀의 안에서 흘러나와 길을 내었다. 폭신하고 부드러웠다. 모욕적이거나 굴욕적이지도 않았다. 그건 삶의 규척에 대한 첫 복종이었다. 앨버타는 태양 아래 있는 나뭇잎처럼 자신을 활짝 열었다. 아마도 그러한 복종이 미운 오리 새끼인 앨버타를 아름답게 만들어주었을 것이다. 어쨌든, 그건 앨버타를 전과 다르게 만들어놓았다. 그녀에게 새나 다른 동물의 필연성 같은 것을 준 것이다.(2:137)

앨버타는 마치 날 듯이 가벼운 발걸음으로 베이고르를 만나러 가곤 했다. 그녀는 완전히 다른 웃음을 지어 보였다. 앨버타 안에는 그녀가 그동안 알지 못했던, 마치 바람에 흔들리는 나뭇가지처럼 자연스러운 몸짓과 그녀 스스로도 놀라워하는 억양이 존재했다. 앨버타는 자신 안의 새로운 요소가 마치 봄을 맞이한 물처럼 흘러나오는 것을 느꼈다. 봄의 물은 마침내 태양으로 향하는 길을 찾아 해방과 구출을 가져왔다.(2:143)

특히 산델은 앨버타가 베이고르에게 보이는 정서적 반응을 묘사할 때 액체의 이미지를 활용한다. 앨버타의 기분은 물처럼 흘러나오고, 마치 디캔터에서 떨어지는 와인처럼 즐겁고 유쾌한 소리로 킥킥거리고(2:140), 봄의 순수하고 신선한 힘으로 존재의 깊은 곳에서부터 솟아나온다. 이러한 자연의 이미지들은 다년간 부끄러움과 경멸로 점철되어 꽁꽁 얼어버린 앨버타의 정서가 그 근원에서부터 녹아내리고 있으며 베이고르라는 배려 깊은 '태양'의 따뜻함을 만나 분출되고 있음을 보여준다. 앨버타는 이 새로운 감정에 대한 자신의 복종을 다음과 같이 묘사한다. "앨버타의 피 안에 누군가가 흐르고 있었다. (…) 몸속에서 느린 외침이 들려오는 것을 느꼈다. 그 외침은 복종하고 몸을 맡기라고, 겸허한 자세로 봉사하라고 그녀를 구슬렸다."(2:143) 결국 앨버타는 "가장 내밀한 곳에 존재하는, 누군가 가까이 다가올 것에 대한 극심한 두려움"이라고 묘사한 것을 극복하고 베이고르와의 성관계에 동의한다.(2:144)

그 이후 앨버타가 시베르트 네스—앨버타가 싫증을 느끼는 남자로, 그녀는 고마움과 외로움에서 그와 친밀한 관계를 맺는다—를 만난 것은 오직 베이고르와의 관계적 맥락 안에서만 일관성을 갖는다. 베이고르는 다시 파리로 돌아와 앨버타와의 관계를 이어가겠다고 말하고 덴마크로 떠나지만, 이후 몇 달 동안 소식이 없다. 앨버타는 자신이 버려졌으며, "결국 자신에게 어딘가 역겨운 점이 있었다"는 오래되고 고통스러운 생각에 사로잡힌다. "굴욕과 불안 그리고 후회가 꼬여서 마치 차가운 뱀처럼 그녀의 마음속을 기어올랐다."(2:160) 자연의 이미지에 기대고 있는 광포한 형상화의 불길한 그림자는 앨버타의 관계성이 사라져버렸음을 효과적으로 보여준다. "앨버타의 안에 있던 것은 스스로를 펼쳐 꽃을 피울 때처럼 금세 사그라지고 시들어버렸다."(2:167) 앨버타의 "고통스러운, 눈물 없는 흐느낌"은 "마음을 맑게 하고 이를 통해 사람을 달래주어 새로 태어나게 하는 해방의 물줄기"를 풍자한다. (자신이 경멸받을 만하다는 수치심을 재확인하고 더욱 강화된) 이러한 상실로 황폐해진 앨버타는 지금 자신에게 반드시 필요한 것을 격렬하게 요구한다. "앨버타는 따뜻함과 기쁨을 갖기를 바랐으며 스스로

를 위해 그것을 찾으려 했다."(2:175) 잃어버린 친밀함에 대한 앨버타의
갈망은 기본적인 욕구라는 육체적 힘을 사로잡고 만다. "그녀의 핏줄
하나하나에서 모든 것을 집어삼킬 듯한, 따뜻함에 대한 긴급한 갈망
이 고동쳤다. 의지와 상관없이 단어들이 앨버타의 입술로 튀어나와 표
현되기를 주장했다. 앨버타는 목마른 듯 건조하게 말들을 조용히 읊
조렸다."(2:160) 이러한 갈망은 "배고픔과 같은 격렬한 궁핍"으로 각인된
다.(2:190) 앨버타 주위에는 애인이나("모두가 쌍쌍이었다"(2:172)), 더 나쁘
게는 몽파르나스의 나이 많은 여성 예술가들뿐이었다. 이 예술가들은
앨버타에게 "사형 선고를 받은 것 같은 느낌"을 불러일으켰고 "죽음의
상태를 보여주었다. 이들은 시들어가고 있었다."(2:185) 우울이 앨버타
를 엄습한다. 무기력에 빠져 유일한 수입원이었던 기사 쓰기를 할 수
없게 된 앨버타는 빚을 지게 되고 결국 병에 걸리고 만다.

　바로 이 중대한 시점에 시베르트 네스가 나타난다. 시베르트 네스
는 앨버타를 자신의 스튜디오로 데려가 간호하고 앨버타를 치명적
인 고열에서 구해낸다. 이러한 이유로, 설명이 불가능한 것처럼 보이
는 일―앨버타가 시베르트 네스와 어울리기 시작한 일. "좋아하지 않
을 게 뻔한 번득이는 두 눈이 그녀에게 자기를 받아들이라고 강요했
다"―이 어린 시절의 정신적 상처를 되살리는 견딜 수 없는 정신적
상실에 대한 반응으로 발생한 것이다. 앨버타가 시베르트와 성적인 관
계를 맺은 것은 고마운 마음과 '소멸'하고 싶다는 욕망에서 비롯된 것
이었다. 하지만 산델은 이러한 앨버타의 반응에 양가감정이 있음을
분명히 한다. "순간 앨버타는 고통을 느꼈다. 하지만 아무 저항도 하지

않았다. 한때 헛되이 잎을 펼쳤다가 불에 그슬려버린 새싹들은 길을 잃었다."(2:194) 앨버타는 이렇게 생각하려고 애쓴다. "둘은 추위에 얼어버린 외로운 사람들이었어. 덜덜 떨면서 삶의 불길 옆에서 할 수 있는 한 몸을 따뜻하게 만들려고 했던 거야."(2:199) 하지만 베이고르가 사고로 죽었다는 사실을 알게 되자 순식간에 "자신에게 주어진 고된 노동의 형태를 발견하고 열심히 해보려는" 앨버타의 욕망이 되살아난다. 앨버타는 자기 아파트로 돌아간다. 베이고르의 죽음을 계기로 부모의 죽음을 애도할 수 있게 되었음을 보여주는 회상 장면이 이어지고, 앨버타는 부모를 떠올리자마자 작가로서의 삶을 받아들이게 된다. 자신의 예술성을 인정하는 순간 나타난 태양 이미지는 앨버타가 마침내 자신의 주관적 체험 안에서 "삶의 불길"에 이르렀음을 보여준다. "태양이 떠올라 그녀를 비췄다. (…) 붉은 불빛이 그녀의 눈꺼풀 뒤에서 여전히 명멸하고 있었다. 새로운 가능성이 그녀 앞에 나타났다. (…) 다른 종류의 글도 쓸 수가 있었다. (…) 새롭고 대담한 아이디어들이 그녀 안에서 소용돌이쳤다. 열심히 노력한다면! 다른 수많은 사람처럼 약간의 현실성을 갖춘 글쓰기의 형태를 찾아낸다면."(2:227)

만약 산델이 이 자각의 순간으로 앨버타 3부작을 끝맺었다면 이 여성 예술가소설은 지금과는 매우 다르게 읽혔을 것이다. 앨버타가 자신의 예술적 소명을 주장한 것은 자신감에 찬 주인공이 내적 활력을 확신하며 앞으로 전진하는 성공적인 이야기로 읽힐 수 있다. 하지만 앨버타는 또 하나의 커다란 장애물을 만나는데, 시베르트의 아이를 임신했다는 사실을 알게 된 것이다. 시베르트도 앨버타도 원치 않왔던 아이였다. 친구 리젤이 불법 임신중단에 실패하는 것을 목격했던 앨버타는 결국 아이를 지우지 못했다. 그리고 언제나처럼 어머니가 되는 것을 삶과 자연의 규칙에 대한 복종이라고 상상하며 스스로를 위로한다. "앨버타는 암소가 송아지를 핥는 모습을, 말들이 서로 코를 부비는 모습을 기억해냈다."(2:240) 3부작의 제3권은 앨버타가 거의 6년 동안 양육과 다른 집안일로 방해를 받으면서 글을 써오다 자신의 여정을 다시 시작하는 내용을 그린다. 또한 무슨 일이 있어도 시베르트를 떠나야겠다고 결정하게 되는 과정과 함께 결국 글쓰기를 경제적·감정적 독립을 가능케 하는 실행 가능한 일로 인식하는 과정을 따라간다. 앨버타와 시베르트의 관계는 정서적 학대로 악화된다. 앨버타는 시베르트가 두렵다는 말을 반복한다. 또한 시베르트의 "번득이는 눈"이 마음을 불편하게 만든다는 사실을 반복해서 자각한다. "한때 앨버타는 그 늙고 번득이는 눈을 참을 수 없었다. (…) 이제 그 눈이 밑바닥에서부터 되살아왔다. 확신으로 가득 찬, 모든 것을 감시하는 눈이었다."(3:67) 제3권은 주로 앨버타가 두려움의 근원을 탐구하는 내용으로 이루어져 있다. "앨버타는 언제부터 시베르트를 두려워하기 시작했을까? 어쩌면 항상 두려워하고 있었는데, 중간에 잠시 그 두려움을 잊었을 뿐인가? 이제 앨버타는 그곳에 누워, 너무 두려운 나머지 급작스러운 고통의 순간이 찾아왔을 때에도 심장이 뛰지 않았다."(3:80) 시베르트는 감정적 가정폭력의 사례로 교과서에 나올 만한 행동들을 보인다. 유일하게 가까운 친구인 리젤과의 관계를 끊어 앨버타를 집에 고립시켰고, 심지어 앨버타에게 자신의 애인을 접대하게 만들면서도 다른 남자들은 질투에 휩싸여 쫓아버린다. "앨버타는 이모든 상황에, 자신의 정신 상태에, 새로 꺼내 입은 드레스에, 그토록 애써서 차린 저녁 식탁에 모욕감을 느꼈다."(3:167) 또한 시베르트는 프로이트와 니체의 책에서 읽은 구절을 인용한다. "'여자에게 갈 때는 채찍을 잊지 말아라.'"(3:102) 의미심장하게도 이 책은 리젤의 몸을 망가뜨린, 불법 임신중단 시술을 일삼는 의사 프라이타크가 남기고 간 책이다. '여성'인 앨버타는 시베르트에게 인간이었던 적이 단 한 번도 없었다. 앨버타는 자신이 그저 편리한 도구에 불과했음을 점차 깨닫는다. 임신을 하면서 그녀는 불편한 존재가 되었고, 아들이 여섯 살쯤 되자 시베르트는 앨버타 없이도 생활을 할 수 있으리라고 생각한다. 앨버타는 절망에 휩싸여 생각한다. "남자가 할 수 없는 일이라는 게 과연 있을까? 남자는 아이를 자궁 밖으로 꺼낼 수 있다. 신체적으로나 정신적으로나, 태어난 아기든 아직 태어나지 않은 아기든. 힘은 그가 갖고 있다."(3:235) 가정폭력의 여느 피해자들과 마찬가지로 앨버타 역시 아이를 빼앗아 가겠다는 시베르트의 위협 때문에 억지로 그의 곁에 남는다. 산델이 신데렐라 동화에서 따온 이미지는 이러한 감정적 학대를 잔인하게 묘사해낸다. "앨버타는 생각했다. 만약 지옥에 살아야 한다면 (…) 뒤꿈치와 발가락을 잘라버릴 거야. 그렇게 하면 신발이 발에 꼭 맞겠지."(3:227) 친구들이 경고를 했음에도 불구하고—알퐁신은 앨버타에게 "청소년 담당관"들이 "가정을 버리고 떠나는 것"을 주시하고 있다고 주의를 주며(3:220), 리젤 또한 시베르트가 "너를 몰아내려고 하고 있어. 그게 남자들의 방식이야. 우리가 절박함에서 일

을 벌이게 만드는 거. (…) 그게 남자들이 책임감에서 자유로워지는 방
법이야. 남자들은 엄청나게 교활하거든"(3:200)이라고 말한다 — 앨버타
는 시베르트가 자신의 감정을 갖고 논 데 너무나도 깊은 상처를 입은
나머지 그의 존재를 견딜 수 없게 돼 하룻밤 동안 집을 떠난다. 이 도
주의 결과 시베르트의 영향력은 더욱 강해졌고, 그는 차분한 목소리
로 그녀가 앞으로 맞이할 삶의 조건을 나열한다. "유일한 문제는 아이
의 안녕이야. 아이는 현명한 새엄마를 갖게 될 거야. (…) 가능한 선에
서 당신에게도 아이를 볼 수 있는 기회를 줄게. 아무런 금전적 지원도
없이 당신을 떠나지는 않을 거야."(3:232) 그때 앨버타는 "왜 그동안 자
신이 그렇게 시베르트를 두려워했는지"(3:232) 깨닫는다. 그에게 경제적
으로 의존하고 있다는 사실은 그의 통제력을 계속해서 강화시켰고,
이로 인해 앨버타에게서 아이를 빼앗아갈 수 있는 위치에까지 있게
된 것이다.

글쓰기를 경제적 독립의 수단으로 삼기로 결정한 것은 바로 이때였
다. 경제적 독립은 양육권 싸움에서도 도움이 될 것이었다. 하지만 가
장 주목할 만한 점은 앨버타가 친밀함과 인간관계를 향한 욕구를 문
제의 원인으로 지목했다는 점이다. 앨버타는 자신을 비난한다. "격정
의 파도는 시베르트라는 인물 자체보다는 어둠 속에서 그녀를 감싸
안아줄 강인한 두 팔, 또 다른 존재가 가까이 있다는 신비한 느낌과
더 큰 관련이 있었다. (…) 관계에 대한 반감이 녹아든 자리에 맹목적
인 믿음, 강인한 두 팔에 대한 무조건적인 복종이 들어앉았던 것이다.
(…) 앨버타는 다정함을 찾아 헤맸다. 아주 약간의 다정함이라도 경험

하기 위해서."(3:231) 이러한 앨버타의 대사는 리젤이 전에 했던 말을 상기시킨다. 여자는 "그 무엇보다 다정함을 필요로 해. 다정함이 우리를 살아 있게 만들지. (…) 다정함이 주어지는 한 우리는 무엇이든 참아낼 수 있어."(3:88) 앨버타는 자신의 감정적 욕구가 문제의 근원이며, 시베르트에게 붙잡혀 있었던 건 자신이 경제적 독립에 실패한 결과라고 규정한다. "잘못은 생계수단을 마련하지 않은 그녀에게 있었다. 그녀는 채무자였다."(3:231) 이러한 결정은 3부작의 마지막 장에서 시작된다. 여기서 앨버타는 원고를 마감하고, 아들이 할머니 할아버지 밑에서 잘 성장하고 있음에 만족하며, 경험상 가장 강력한 감정적 유대로부터 떠난다. 결국 그녀는 자신의 예술성을 받아들였고, 이는 인간관계를 등지고 떠나온 사람의 냉기와 함께 도래했다. "시야는 맑았고 공기는 차가웠다. 그녀 옆에는 아무도, 아이조차도 없었다. 삶은 발가벗겨졌고, 볼 수 있는 것은 오직 고통과 객관적인 시선뿐이었다."(3:282)

여성의 수치심과 예술성

레옹 뷔름저는 '정신적 무지soul blindness', 즉 "아이의 감정적 욕구와 표현에 대한 체계적이고 만성적인 무관심, 아이의 개성에 대한 기이한 무지, 아이의 자율성에 대한 적대감"이 수치심 경험의 핵심이라고 본다.(Wurmser, *Inner Judge*, 191) 그는 아이의 자율성에 대한 이러한 무관심이 아이에게 "스스로가 매우 무가치하다는 확신을 불러일으킨다"

고 주장한다. "개인의 내적 삶에 대한 무관심으로 표현되는 타인의 경
멸은 자기경멸과 연결된다."(194) 특히 강렬한 감정의 억압을 중요시하
는 가족 내에서 수치심은 그리 성적인 감정은 아닐지언정 곤궁함, 갈
망, 다정함, 또는 감동이나 마음의 상처처럼 친밀함과 연결되는 감정
과 떼려야 뗄 수 없는 관계가 된다.(194) 이러한 환경에 처한 아이는 뷔
름저가 '반反수치심 영웅anti-shame hero'이라고 이름 붙인, 파트너를 찾
는 어른으로 성장할 수 있다. 반수치심 영웅은 "감정적으로 건드릴 수
없고, 마음을 들여다볼 수 없으며, 상처를 입지 않고, 남을 업신여기
는 지배자"(194)다. 이러한 인물과의 만남은 지나치게 강렬한 감정 또
는 잘못된 종류의 감정을 느낀다는 수치심을 제거해줄 수도 있지만
결국 "구제할 수 없는 마조히즘적 구속"의 결과를 낳는다.(194) 뷔름저
의 주장은 제시카 벤저민의 주장과도 일치한다. 벤저민은 마조히즘적
욕망의 근원이 복종 및 "타인의 의지와 욕망을 자신의 것으로 받아들
임"으로써 대리 주체를 경험하는 경향에 있다고 보았다.(Benjamin, 122)
앨버타 3부작은 자신이 무가치하다는 확신에서 자신의 감정을 억누
르는 관계로 이동하는 주인공을 보여주면서 이러한 궤도를 그려낸다
(시베르트는 언제나 상처 입지 않고 감정적으로 건드릴 수 없는 인물로 묘사된다). 이
때 앨버타는 그림을 향한 시베르트의 지칠 줄 모르는 헌신을 통해 자
신의 예술적 주체를 대리로 경험한다.[5]

앨버타 3부작이 교양소설/예술가소설 장르에 대한 우리의 이해에
도움이 되는 지점은 자기경멸과 수치심이 끊임없이 묘사된다는 데 있
다. 산델은 이 자기경멸과 수치심이 앨버타의 여성성 발달에 있어 핵

심 요소라고 보았다. 여기서 수치심 이해를 돕는 앤드루 P. 모리슨의
코헛 프레임Kohutian framework •은 수치심을 쉽게 느끼는 앨버타의 성
격이 가진 정신내적 차원을 해명해준다. 모리슨에 따르면 수치심을 쉽
게 느끼는 성격은 어린아이의 초기 양육자('자기대상')가 저지른 '공감
실패'에서 비롯된다. "수치스러워하는 나르시시스트 부모는 보통 아이
를 나르시시즘적으로 취약하게 만든다. (…) 그러한 부모는 아이를 자
신의 나르시시즘적 확장으로 보는 경향이 있기 때문에 발달에 필요한
지지 욕구에 둔감해지며 아이에게 주의를 기울이지 않게 된다."("The
Eye Turned Inward", 283) 결국 아이는 그러한 욕구가 받아들여지지 않
는 부끄러운 것이라는 생각을 내면화하게 된다. 발달 과정에서 이러
한 나르시시즘적 욕구를 수정하고 변형하지 못한 아이는 지지와 승인
에 대한 자신의 욕구에 벽을 치고 이를 부인한다. 하지만 그러한 욕구
는 사라지지 않고 "내적·외적 계기로 인해 촉발되는 자기분열과 혹독
한 수치심"의 형태로 되돌아온다.(284) 앨버타의 어머니는 수치스러워
하는 나르시시스트 부모였던 셈이다. 그녀는 오직 자신의 지지 욕구
를 반영하는 추상적 여성성의 측면에서만 앨버타를 바라본다. 실망스
럽고 창피스런 존재인 앨버타가 여성성에 대한 자신의 감각을 환영하
지 않을뿐더러, 아름다움과 매력이 성공적인 결혼과 가정생활로 이어

• 한스 코헛과 그의 동료들이 발전시킨 자기심리학self psychology의 방법론. 코헛의 자기
심리학은 생애 초기에 초점을 맞추는 대상관계 이론과 유사하다. 자기심리학에 따르면 사람
들은 자기애적 욕구를 가지고 있는데, 이 욕구는 타인을 통해 충족되어야 한다. 코헛은 개인의
욕구를 충족시키는 데 중요한 역할을 하는 인물을 자기대상selfobject이라고 지칭했는데, 초
기 아동기에 자기대상은 자기의 연장으로서 경험된다.

지지 않았다는 실망감을 보상해주지도 않기 때문이다. 때때로 지지를 받을 수 있는 "두 번째 기회"였을 수도 있었던 앨버타의 아버지(코헛은 이 두 번째 기회가 건강한 자아 발달에 매우 중요하다고 본다)는 앨버타가 해야 하는 일, 또는 앨버타가 되어야 하는 모습을 통제하는 아내의 권위에 쉽게 항복한다. 그는 이렇게 말한다. "새해에는 좀더 어머니가 바라는 대로 행동하거라."(1:91)

지지 욕구를 채워주고 자기 주장을 뒷받침해줄 공감적 반응을 얻지 못한 채 앨버타는 '혹독한' 수치심을 발달시킨다. 앨버타 3부작에서 펼쳐지는 이야기는 이러한 자아감이 어떤 결과를 낳는지에 관한 이야기다. 셀머 부인의 못마땅해하는 시선과 시베르트의 '번득이는 눈'에 대한 강조는 비난하고 비판하는 눈에 대한 앨버타의 민감성을 잘 보여주며, 이러한 민감성은 수치심이 주입된 무력한 자기비난을 촉발한다. 모리슨이 말한 '내면을 향한 눈'이란, 바꿀 수 없는 자신의 약점에만 집중하는 내면의 눈이기 때문이다. 여기서 예술적 자기표현은 인간관계의 포기 및 인간관계를 향한 욕망의 억압뿐만 아니라 여성의 성장 과정을 기록할 필요성과도 관련이 있으며, 결국 여성 성장 과정의 핵심 서사에는 수치심 경험이 있다. 이러한 산델의 여성 성장 서사는 진 리스에게서도 찾아볼 수 있다. 진 리스의 소설―앨버타 3부작과 같은 시대를 배경으로 하며 파리가 무대로 등장하기도 한다―또한 쉽게 수치심을 느끼는 여성이 처하는 곤경과 함께 인간관계와 친밀함에 대한 이들의 욕구가 더 큰 수치심과 수모만을 낳는 상황을 그려낸다. 마지막 사랑이자 단념한 사랑인 피에르에 대한 욕망을 떠올리면서 앨버타는 생각한다. "이제 나는 한 사람에게 나를 내보일 수 있어." 하지만 이는 앨버타가 영원한 좌절의 상태에 처하는 결과를 낳을 뿐이다. "삶은 자신의 흔적을 지워버린다. 어느 날 이 느낌은 꽃과 이 파리가 나무를 떠나듯 그녀를 떠날 것이다. 앨버타는 그것 없이도 살 수 있다. 나무도 자양분 없이 죽음을 맞이한다."(3:132) 정말로 나무는 자양분 없이 죽는다. 하지만 앨버타의 이야기는 그 박탈 과정에 대한 가슴 아픈 기록으로 남는다.

10장

소녀들의 세계와 집단 괴롭힘
로라 마르토치

그러나 코딜리어는 나와 척을 져서 내게 이런 짓을 하고 위세를 휘두르는 것이
아니다. 오히려 그 반대다. (…) 그녀는 내 친구다. 나를 좋아하고, 나를 돕고자
한다. 다른 아이들도 그렇다. 걔들은 내 친구들, 여자 친구들이며, 나의 가장 친
한 친구들이다. 친구가 있어본 적이 없는 나는, 그들을 잃을까 너무나 두렵다.
나는 그들을 즐겁게 해주고 싶었다. _마거릿 애트우드, 『고양이 눈』

배경 설정

마거릿 애트우드의 획기적인 소설 『고양이 눈』은 사춘기(또는 사춘기 이
전) 소녀들의 비밀스러운 세계에 드리운 베일을 들춰 소녀들의 교우관
계에 깔린 배반과 수치심, 혼란을 드러낸다. 서사는 사회적 통제가 가
장 강력한 힘을 발휘하는 영역인 수치심을 통해 어린 시절의 잔인함
과 자아존중감, 정체성을 가차 없이 파헤친다. 주인공 일레인 리슬리
는 몇 년 만에 처음으로 토론토의 고향 마을로 돌아온다. 한때 익숙
했던 길을 다시 찾은 일레인은 교우관계에서 느꼈던 수모의 기억(미소
속에 감춰진 정신적 학대)에 압도되고, 어렸을 때 놀던 (유해한) 장소에 다

시 방문하게 된다. 애트우드의 작품은 여러 이유에서 집단괴롭힘 문제에 직면해야 하는 이들을 위한 추천 도서들 가운데 (좋은 뜻에서) 으뜸이다. 일레인의 이야기는 느리고 불가피한 자아의 침식을 시간의 흐름에 따라 기이할 정도로 꼼꼼하게 기록함으로써 타인을 괴롭히는 것과 타인에게 괴롭힘당하는 것의 병적인 측면을 (다정하게 미소 지으며) 폭로한다. 이 책을 집어 든 여성들은 작품이 오랫동안 묻혀 있던 고통을 다시 파내어 어린 시절 친구들에게 당했던 모욕을 상기시킴을 발견한다. 하지만 흥미롭게도 『고양이 눈』에 대한 분석들은 수치심을 둘러싼 사회적 역학이나 그와 관련된 존재론적 함의에 대해서는 그 어떤 탐구도 하지 않는다. 대신, 소설에서 서사를 추진하는 촉매로 기능하는 수치심은 수준 높은 페미니즘 주제와 관련하여 애트우드의 자아 및 시간 탐구에 아무렇게나 섞여 있다. 수치심이 캐릭터의 성장과 행동, 줄거리에서 차지하는 중요성을 고려한다면 그 본질과 그로 인한 결과에 대해 좀더 종합적인 분석을 해볼 필요가 있다. 수치심은 일레인이 삶에서 내리는 선택에 영향을 미칠 뿐만 아니라 과거의 유령과 현재, 미래 사이에서 계속되는 정신내적 무도intrapsychic dance에 연료를 공급하기도 한다. 작품 회고전을 열기 위해 토론토로 돌아온 일레인의 귀환은 곧 어린 시절의 기억이 전시된 갤러리로의 귀환이다. 이 갤러리에 전시되어 있는 이미지들은 가장 중요한 질문 하나를 둘러싸고 있다. 코딜리어와의 관계에 의해 정의되지 않는 일레인은 과연 존재하는가(혹은 존재할 수 있는가)?

일레인의 서사

관습에 얽매이지 않는 부모가 집 한 채를 구해서 토론토에 자리를 잡은 다음 처음으로 일레인을 학교에 입학시킨 것은 일레인이 여덟 살 때 일이다. 학교에서 일레인은 다른 아이들의 문화, 특히 여자아이들의 문화를 습득하는 법을 배워야 했다. 그러한 문화에 대해 잘은 모르지만 호기심을 가지고 있었던 일레인은 다른 소녀들이 살아가는 방식을 사소한 부분까지 흡수하기 시작한다. 순진하게도 일레인은 자신의 생활양식과 다른 소녀들의 그것 사이에 어마어마한 차이가 별다른 의미 없이 그저 존재한다고 생각한다. 새 친구인 캐럴이 집을 방문하기 전까지는 말이다. 캐럴이 방문했을 때 일레인은 처음으로 타인의 눈을 통해 자신의 집(그리고 가족과 생활양식)을 바라보기 시작하며, 집, 가족과 다른 소녀의 삶, 소유물, 규범 간의 차이에 중요성을 부여하기 시작한다. 이후 일레인의 마음 깊은 곳에서 생겨난 불편함은 호기심을 꺾고 불안의 씨앗을 뿌리게 된다.

친구들과 잘 어울리는 소녀가 되고 싶다는 욕망이 점점 더 커져가면서, 일레인은 스스로를 타인의 대상으로 인식하며 주체로 등장한다. "나는 한 번도 필요하다고 생각해본 적이 없던 것들을 원하게 되었다. 땋은 머리, 실내용 가운, 나만의 손가방. 무엇인가가 수면 위로 올라와 내 눈앞에서 펼쳐지기 시작했다. (…) 억지로 노력을 하지 않아도 그 세계의 일부가 될 수 있었다. (…) 그저 바닥에 앉아 이튼 카탈로그에서 프라이팬을 오려내고, 내 가위질이 형편없다고 말하기만 하면 된

324

다.*(Atwood, *Cat's Eye*, 57) 다른 소녀들이 어떻게 노는지를 배우고 '완벽
한 여성' 스크랩북(여러 잡지에서 잘라낸 신체 부위 사진을 '반드시 가져야' 하지
만 일관성 없는 가정용품 사진과 함께 붙여놓은 패스티시)을 만드는 데 점점 유
능해지면서 일레인은 여성성의 필수 요소들을 배운다. 그리고 이러한
게임을 통해 여성적인 미덕(나서지 않고, 순응하며, 권위에 복종하는 것)을 마
음에 새기기 시작한다. 이 스크랩북은 욕망의 가공품으로서 다른 공
간에 살고 싶어하는 일레인의 갈망을 기록하며 그녀의 불완전함을 보
여주는 척도가 된다.¹ 부르디외의 용어를 빌리자면, 일레인은 이 아비
튀스의 규범을 체화하기를 욕망한다. 일레인이 느끼는 불편함은 이 아
비튀스와 현재 자신을 표현하는 아비튀스 간의 거리를 신체적으로 느
끼는 데서 온다.

두 세계 사이의 간격은 일레인의 순종적인 행동을 통해 줄어드는
것으로 보인다. 소녀, 진짜 소녀가 되고 싶은 일레인은 새 여자 친구
들이 지시하는 처방 하나하나를 가까스로라도 전부 해낸다. 애석하게
도 이러한 의욕적인 순종은 일레인과 캐럴, 그레이스 스미스 사이에
지배 역학이 발생하는 토대가 된다. 또한 이 무조건적인 복종은 암묵
적으로 그와 관련된 젠더 규범, 즉 '피해자로서의 자기'를 낳는다. 일
레인의 피해자화는 '소녀들의 세계'로의 입장이라는 측면에서 충격적
으로 전개된다. 여자아이들의 게임은 여성다운 감수성으로 일레인을
유혹하지만 그러한 감성이 있는 '척하는' 것으로는 충분하지 않다. 소
녀 되기는 '무대 앞에서의 행동을 통제하는 소녀들의 규칙을 아는 것
보다 훨씬 더 많은 것을 요구한다. 소녀 되기는 다름 아닌 세계 내에

서 존재 자체very being가 젠더화되라는 요구다. 여성성은 반드시 존재론 그 자체가 되어야 한다. 존재론적 수준에서 점점 더 심해지는 순종적 태도(예를 들어 일레인은 모욕적인 남성의 시선을 보내는 사람들에게 복종하기 시작한다)는 일레인으로 하여금 여성성의 필요조건과 새 '교우관계'에 따라붙는 악의적 조건을 구분하지 못하게 만들고 그러한 악의적 조건에 취약해지게 한다.

그러던 어느 날 동네에 새로 이사 온 소녀 코딜리어가 이 교우관계에 들어온다. 부유한 코딜리어의 가족은 이 동네 소녀들에게 익숙하지 않은 습관과 행동을 보인다. 코딜리어의 '세속성'과 '세련된 시선'은 소녀들을 사로잡으며 그녀에게 무조건적인 권위를 부여한다. 이윽고 코딜리어의 관심은 (친절하게도) 수동적이고, 누가 봐도 부적절하며, '고쳐줄' 점이 가장 많은 일레인에게 쏠린다. 이후 일레인의 단점을 '교정'하기 위해 착수된 (모욕의) 캠페인은 여성성을 구성할 때 채택되는 전략에 대한 오싹한 통찰을 제공한다.

그레이스는 일요일마다 내 행실을 지켜보고 코딜리어에게 사무적으로 보고한다.

"일레인 어제 주일학교에서 똑바로 서 있지 않았어." 아니면 "일레인이 착한 척을 했어". 나는 이 말을 하나하나 다 믿는다. 어깨는 축 처지고 척추는 굽은 채, 부적절한 선행을 베푼다. 나는 삐뚤삐뚤 어기적거리며 걷는 내 모습을 본다. 똑바로 서려고 노력하지만, 몸은 불안으로 굳어버린다. 내가 열 문제 중 열 개를 다 맞춘 것은 사실이다.

그레이스는 아홉 문제를 맞췄다. 정답을 맞춘 것이 잘못이었을까? 완벽해지려면 어느 정도로 옳아야 하는 걸까? 다음 주에 나는 심혈을 기울여 다섯 개의 오답을 적어낸다.

"일레인은 다섯 문제밖에 못 맞혔어."

(Atwood, *Cat's Eye*, 131)

친구들을 기쁘게 하려는[2], 친구들과 어울리고 교우관계에 속할 자격이 있는 사람이 되기 위해 스스로를 바꾸려는 이 비천한 욕구는 점점 더 절망적으로 변한다.

나는 오늘 내가 무슨 말을 했는지, 어떤 표정을 짓고 있었는지, 걸음걸이는 괜찮았는지, 어떤 옷을 입었는지 걱정한다. 이 모든 것을 개선해야만 하기 때문이다. 나는 정상이 아니다. 나는 다른 여자아이들과 다르다. 코딜리어가 그렇게 말했다. 하지만 그 애가 날 도와줄 것이다. 그레이스와 캐럴도 그럴 테고. 이건 많은 시간과 노력이 들어가는 일이다.(125)

하지만 일레인은 계속해서 친구들을 실망시킨다. 그리고 점점 더 심한 모욕을 경험하면서 무너지고 위축된다. 결국 3월의 어느 추운 날 괴롭힘은 사고로 이어진다. 이 사고는 일레인의 목숨을 끊어놓지 못하고 오히려 '교우관계'의 구속으로부터 그녀를 풀어준다. 코딜리어는 일레인이 눈에 미끄러져 넘어진 자신을 비웃었다고 생각하고 일레인의 모자를 잡아채 골짜기로 던져버린다. 그 골짜기는 소녀들이 절대로 가면 안 된다고 들어왔던 곳이다. 일레인은 주저하지만, 용서해주겠다는 코딜리어의 달콤한 약속에 굴복해 모자를 되찾으러 협곡 아래 얼음 위로 기어 내려간다. 하지만 일레인이 모자를 집어 드는 순간 얼음이 깨져버리고 일레인은 차가운 물에 빠진다. 몸이 찢기는 듯한 차가움을 느끼며 일레인은 다리 위에서 자신을 내려다보는 친구들을 바라보지만, 그들은 자리를 떠나버린다. 일레인은 혼자 남는다. 손과 발이 얼어버려서 다리 위로 다시 기어 올라갈 수 없다—추위 속에서 얼어 죽을 수도 있다—는 자각에 일레인은 깊은 적막의 상태에 빠진다. 순간 줄거리를 추동하던 조롱은 기세가 꺾이고, 앞으로 오라며 자신을 부르는 환영의 손짓 덕분에 '구조된' 일레인은 더 이상 코딜리어의 수동-공격적 교우관계에 넘어가지 않는 사람이 된다. 하지만 이렇게 자신을 정의해온 관계로부터 독립된 일레인은 과연 누구인가?

　협곡에서 돌아온 일레인은 이제 코딜리어와 그녀의 괴롭힘에 선을 그을 수 있는 소녀가 된다. 하지만 이러한 선 긋기는 소설 전개에 필요한 동력을 제공하지 않으며, 제공할 수도 없다. 앞으로 펼쳐질 일레인의 이야기에 추진력을 제공하는 토대를 이해하려면 독자들은 이 클라이맥스에서 약간 비켜난 또 다른 감정적 기반을 살펴보아야 한다. 협곡에서 몸이 마비돼 거의 죽기 직전까지 갔던 경험은 코딜리어와 다른 소녀들이 일레인에게 행사하던 통제력을 파괴했지만, 이야기를 앞으로 밀고 나가는 것은 이 분열점이 아니다. 일레인의 반응 패턴에서 중요한 변화는 오히려 협곡에서의 경험 직전에 발생하는데, 바로 자신이 무가치하다는 비밀을 어른들이 이미 알고 있으며 심지어 그들이 또래의 무자비한 태도를 두둔하기까지 했음을 알게 된 것이다. 외부인의 시선을 차단해 일레인이 느끼는 모욕감을 완화해주던 신뢰와 비밀 유지는 산산이 부서지고, 이 일은 그녀를 완전히 새로운 심리적 반응으로 몰아간다.

지하실 계단을 올라가며 나는 그레이스를 조카로 둔 밀드러드 이모님과 스미스 부인이 이야기하는 것을 듣게 되었다. 두 사람은 부엌에서 설거지를 하고 있었다.

"그 애는 이교도 같아." 밀드러드 이모님이 말한다. (…) "뭘 어떻게 해도 그 애를 변화시키지 못했지."

"그레이스가 그랬는데, 그 아이도 나름대로 성경을 공부하고 있어요." 스미스 부인이 말했다. 나는 그제야 그들이 나에 대해 이야기하고 있다는 걸 알아챘다. 밀드러드 이모님이 말한다. "걔들은 네 얼굴이 파랗게 질릴 때쯤에야 비로소 배우게 될 거야. 하지만 그것도 표면적인 배움에 불과할 뿐이지, 속까지 파고드는 건 아니야. 네가 등을 돌리자마자 원래 있던 자리로 돌아가버릴걸."

두 사람이 하는 말이 너무 부당해서 한 대 얻어맞은 것 같다. 나는 얼마 전 절제에 대한 글을 한 편 써서 특별 표창까지 받았다. 그런데 어떻게 이런 말을 할 수 있을까?

"그런 가족에게 뭘 기대할 수 있겠어요?" 스미스 부인이 말했다. 그녀는 우리 가족에게 어떤 문제가 있는지는 말하지 않는다. "다른 아이들도 눈치 채고 있어요. 걔들도 다 알고 있죠."

"걔들이 그 아이에게 너무 심하게 군다는 생각은 안 드니?" 밀드러드 이모님이 말한다. 은근히 즐기는 듯한 목소리다. 얼마나 못되게 구는지 궁금해하는 것이다.

"하느님의 뜻이에요. 그 아이가 받아 마땅한 심판이죠." 스미스 부인이 말한다.

내 몸 안에서 뜨거운 물결이 일었다. 그 물결은 수치심이었다. 이전에도 느껴본 적이 있는. 하지만 그것은 증오이기도 했다. 이건 한 번도 경험해보지 못한 것이었다. 아니, 이렇게 완전한 증오는 처음이었다. 이건 허리는 찾아볼 수 없고 젖가슴은 한쪽밖에 없는 스미스 부인의 몸통이라는, 구체적인 모습을 띤 증오다.

나는 증오로 얼어붙어 계단 꼭대기에 계속 서 있다. 내가 증오하는 것은 그레이스도 아니고 심지어 코딜리어도 아니다. 그렇게까지 할 여유가 없다. 나는 스미스 부인을 증오한다. 소녀들 사이의, 아이들 사이의 비밀이라고 믿어온 것이 사실은 비밀이 아니었던 것이다. 그건 예전에도 벌어졌던 일이었고 용인된 일이었다. 스미스 부인은 알고 있었지만 별문제가 아니라고 생각했다. 그 일을 멈추기 위해 아무것도 하지 않았다. 내가 그런 괴롭힘을 당해 마땅하다고 생각하는 것이다.(192-193)

스미스 부인은 교우관계라는 보호막에서 수치심의 간주관적 경험을 제거함으로써 일레인의 미흡함을 폭로한다(그리고 확증한다). 게다가 그동안 일레인이 들인 모든 노력을 일축해버림으로써 그녀의 실패를 바꿀 수 없고 용서받을 수 없는 것으로 만들었다. 받아들여지기 위한 그간의 노력을 거부함으로써 스미스 부인은 친구들과 어울리고 싶어하는 일레인의 절망적이고 위태로운 희망에 폭력을 가한다. 스미스 부인의 판단은 타인의 시선이 가진 위협을 전부 담고 있다. 그 위협은 바로, 그 모든 노력에도 불구하고 결국 일레인이 진정으로 그 무리에 속할 수 없는 사기꾼이라는 사실을 친구들이 알게 될 가능성이다.

이러한 수치에 대한 반응, 일레인의 증오와 분노는 소설이 나아갈 방향과 전개의 가능성을 만들어낸다. 이 시점 이전에 일어난 사건은 모두 일레인 자신의 감정적 파괴에 수반되는 수동성과의 비굴한 공모를 그려낸다. 하지만 이후의 움직임은 스미스 부인에 대한 일레인의 감정적 반응과 연결되고 이를 통해 촉발된다.[3] 이처럼 중요한 시점에 증오와 분노는 일레인의 수동적 수용성을 부수고 더 있을 수모와 자아의 소멸에 저항할 수단을 제공한다. 타인의 마음속에서 살았던 삶이 얼마나 거짓된 것인지를 드러내는 그 힘으로 일레인의 수치심은 폭발하고, 바깥으로 방향을 돌려 모욕적인 고통의 근원에 투사된다.

일레인의 분노는 멈추기 어려운 감정적 반응 패턴이 나타나기 시작했음을 보여준다. 헬렌 블록 루이스는 『신경증에서 수치심과 죄책감 *Shame and Guilt in Neurosis*』에서 이러한 감정적 반응 패턴을 '감정의 덫'이라고 묘사했는데, 감정의 덫이란 파괴될 때까지 계속해서 주위를 맴도는 일련의 감정들을 말한다. 스미스 부인의 악의적인 뒷이야기에 대한 일레인의 반응은 감정적 매듭에 묶여 있다. 이 매듭에서 수치심과 분노는 공생 관계를 이루며 공존한다. 이 감정들은 서로를 뒤쫓으며 타인이 느낀 것에 대한 감정적 반응으로 나타난다. 분노는 자아에 대한 수치심의 위협을 압도함으로써 수치심을 침묵시킨다. 바로 그때, 일레인은 분노로 인해 감정적 반응에 사로잡힌다. 분노는 그렇게 일레인이 아직 신체와 정신을 (조용히) 울리는 모욕을 분석하고 처리할 수 있는 여지를 망가뜨린다. 반응성reactivity[4]은 자아를 구원하지만 그 대가로 일레인은 자신의 과거에 대한 소유권을 상실하고 현재와 미래에 존재하는 선택지와 대화를 나눌 수 없게 된다.

일레인의 모욕감 이해하기

코딜리어, 그레이스, 캐럴은 욕망에 재갈을 물리는 비난을 통해 일레인을 통제한다. 이들은 일레인이 갈망하는 것, 바로 집단에의 소속을 담보로 일레인을 위협함으로써 그녀의 행동뿐만 아니라 자아 개념까지 조종한다. 어빙 고프먼은 『자아 연출의 사회학』에서 이러한 방식을 (지지까지는 아니어도) 정상화하는 집단적 과정을 샅샅이 분석해 폭로한다.[5] 사회적 대화를 통제하는 암묵적인 규칙을 탐구한 이 연구에서 고프먼은 모든 상호작용이 타인의 눈 속에 있는 (보통 무언의) 위협에 좌우된다고 주장한다. 간주관적 개인은 주변 사람들의 의견에 따라 결정된 지배적 사회규범(이 사회규범은 사람들의 의견에 반영되기도 한다)에 의해 형성되고 이것의 강요를 받는다. 이러한 규범은 부적절해 보이거나,

심지어 기만하는 듯 보이거나, 힐책과 조롱 그리고 배제를 당할 만하게 보일 것에 대한 개인의 두려움을 바탕으로 강압적 권력을 획득한다. 그리고 그러한 평가를 피하기 위해 복잡한 사회적 교섭이 수행된다. 고프먼은 이 정교한 사회적 술수에 비추어봤을 때, 사회질서의 핵심은 당혹스러움이 가하는 위협에 있다는 결론을 내린다. "당혹감은 일상적 행동에 관한 사회적 구성의 핵심이다. 당혹감은 사회에 속한 개인의 행동을 통제하는 자발적 제약, 문제가 있거나 부적절한 것으로 여겨지는 행동과 활동에 대한 사람들의 반응을 형성한다."(Heath, 137)

이러한 관점에서 코딜리어와 다른 친구들은 타인의 눈이 행사하는 사회적 압력, 즉 사회적 상호작용의 주고-받음을 억제하는 힘을 보여준다. 이들의 판단은 일레인의 일상적인 행동을 구성한다. 잔뜩 긴장한 일레인의 과민한 상태는 사교에 필수적인 규범적 자기 점검을 과장해서 표현한 것에 지나지 않는다. 일레인은 비난을 면하고 싶은 마음에 코딜리어와 그레이스, 캐럴의 지시를 충실하게 수행하려고 애쓰면서 조심스럽게 타인을 모방한다. 어떻게 행동해야 하는지에 대한 타고난 감각이 없는 채로, 일레인은 소녀처럼 행동할 수 있는 능력을 길러주는 세세한 것들에 주의를 기울이며 "무대 앞에서의 퍼포먼스"를 수행한다. 일레인은 이러한 연기가 소녀가 될 수 있는 능력(예를 들어 여성성의 존재론적 표현)을 길러줄 것이며 언젠가 친구들, 특히 코딜리어와 의미 있는 상호관계를 맺을 수 있으리라 희망하며 이러한 연출에 노력을 쏟는다.

하지만 일레인의 노력은 친구들의 끊임없는 흠잡기를 따라가지 못

한다. 매일 반복되는 변덕스러운 힐난은 일레인의 바탕을 이루는 일
관성 있는 자아감을 침식하기 시작하고, 그녀를 코딜리어에게 더 깊
이 의존하게 만든다. 반복되는 사회적 실수가 합쳐져 성격적 결함이
되고, 이러한 결함은 일레인의 당혹감을 더욱 강화하고 날카롭게 만
들어 수치심으로 변형시킨다.

　수치심은 사회집단에 뿌리를 박고 있으며 사회 권력을 참조한다.
수치심은 모든 상호작용에 깔려 있는 당혹감의 그림자를 뒷받침하며,
일시적으로 체면을 구기는 것 이상의 영향을 초래한다. "수치심 경험
은 (…) 자기로부터 분리할 수 있는 독립적 행위가 아니라 (…) 총체적
자기whole self의 폭로다. 노출된 것은 나 자신이다."(Lynd, 50-51) 수치심
은 내 잘못을 고발한다. 수치심은 축적된 자아를 분열시켜 그가 한
일과 그 자신을 관련짓는다. 한번 행동의 맥락에서 격리된(고프먼의 표
현대로 하자면 '무대 뒤편'에 숨겨진) 부족함과 결함은 본질을 배신하고 성격
을 문제 삼으면서 정체성을 틀 짓게 된다. 신뢰성과 능력, 도덕적 청렴
함에 대한 도전은 사회 유대를 약화하거나 완전히 단절시키면서 관계
를 위태롭게 만든다.[6] 이러한 점에서 수치심은 공동체의 잠재력에 개
인이 온전히 접근하는 것을 거부한다. 호혜성에 대한 요구는 제한되
고 무시되고 거절되어 개인을 사회에서 버림받은 자의 지위로 격하시
킨다. (이러한 지위는 정신내적인 분열로 인해 더욱 강화될 수 있다. 집단의 규범을 내
면화한 사회적 자아와 개별적 자아를 서로 겨루도록 부추김으로써 개인이 스스로를
비난하게 만들기 때문이다.)

　모든 수치심이 가진 이 잠재적 권력은 사회적 유대의 힘과 중요성

을 보여준다. 뒤르켐 이후 사회학자들은 개인이 공동체와 맺는 관계
와 개인의 정신 건강 사이에 직접적인 관련이 있다는 사실을 알고 있
었다.[7] 『신경증에서 수치심과 죄책감』에서 헬렌 블록 루이스는 사회
적 유대의 중요성이 생물심리사회적 욕구biopsychosocial need● 를 반영
하며, 수치심은 유대에 가해지는 위험을 알려주는 사회적 본능이라고
보았다. 개개인은 '소속의 뉘앙스'에 스스로를 섬세하게 맞추는데, 이
소속의 뉘앙스는 다른 사람 내지 집단과 연결된 정도를 가리킨다. 로
이 바우마이스터와 마크 리리는 루이스의 주장을 발전시켜 '소속감'
이 음식과 물에 대한 생물학적 욕구와 같은 수준의 사회적 욕구라고
주장한다. 또한 이들은 신경증, 부적응, 파괴적인 것으로 분류되는 행
동 대부분이 "다른 사람과의 관계를 구축하거나 유지하려는 절박한
시도, 또는 소속되고자 하는 욕구가 충족되지 않았을 때 발생하는 순
전한 좌절과 공허"를 나타내는 것이라고 주장한다.(521) 이들의 시각에
따르면 '소속감'은 정신적 일관성의 필요조건이며 "존경과 자아실현에
우선하는"(497) 욕구다. 또한 이들은 일상적인 상호작용을 구성하는 사
회적 교섭 대부분이 소속감을 얻기 위해 수행된다고 주장한다. 즉, 인
간 동기 대부분은 버려지는 것(또는 내쫓기는 것)을 피하고 싶은 욕구, 또
는 어빙 고프먼의 해석에 따르면 당혹감과 수치심을 피하고 싶은 욕
구에서 나온다는 말이다.[8] 바우마이스터와 리리는 이러한 주장이 상
당히 타당하기 때문에 "소속감 상실에 대한 회피 반응은 부정적인 정

● 생물학적(유전적·생화학적 등), 심리적(기분·성격·행동 등), 사회적(문화적·가족적·사회경
제적 등) 요인의 복합적인 상호작용에 따른 욕구.

동을 넘어 특정 종류의 병리적 측면을 포함"할 정도라고 본다.(500)[9]

일레인은 이 이론에 꼭 맞는 전형적 인물이다. 교우관계 집단 내에서의 주변적이고 보잘것없는 지위가 반복해서 상기되는 것은 일레인의 신체에 잡음을 만들어내며 신경증적이고 파괴적이며 병적이기까지 한 행동을 발생시킨다. 일레인은 밤에 홀로 침대에 누워 발의 피부를 "피가 날 때까지" 조금씩 벗겨낸다. 아침이 되자 그녀는 상처 난 발 위에 양말을 신는다. "걷는 게 고통스럽긴 했지만 걸을 수 없을 정도는 아니었다. 고통은 분명하고 즉각적인 생각거리를 가져다주었다. 그것은 내가 기댈 수 있는 것이기도 했다."(Atwood, *Cat's Eye*, 120)

일레인은 자신을 일상생활에 붙들어줄 방법을 절실하게 필요로 한다. 소녀가 되려는 일레인의 성실한 시도는 실패했다. 예상된 결과였다. 일레인에게 주어진 요구는 표면적인 지식을 넘어서고, 아비투스에 대한 좀더 깊이 있는 지식을 넘어서며, 심지어 세계 내에서의 존재도 넘어서면서 일레인이 자신의 신체에 머물 수 있는 능력을 약화시키려 하기 때문이다. 일레인과 친구들의 관계는 일레인의 무대 앞 연기를 바로잡겠다며 친구들이 정보를 제공하고 행동 반응의 시범을 보여주는 관계에서 점차 여성성의 이름으로 무대 뒤까지 소유하려 들며 일레인의 존재를 다른 사람의 명령에 묶어두려 하는 관계로 악화된다. 소속되고자 하는, 여성화된 사회 공간의 규칙을 몸에 새기고자 하는 깊은 욕망 때문에 일레인은 대대적인 포섭과 일체화에 취약해진다.

일레인에게 주어지는 요구에서 모순이 점점 많아지는 것은 본래의 목적이 변화하고 있음을 보여주며[10], 올바르게 행동하려는 일레인의 시도에 기괴한 부조리를 부여한다. 일레인은 열심히 공부해서 모든 문제에 옳은 답을 내놓아야 하는가? 아니면 그렇게 하면 안 되나? 만약 모든 문제에 옳은 답을 내는 것이 옳지 않은 일이라면, 얼마나 올바른 게 올바른 것인가? 세계에 대한 일레인의 직관적인 이해가 악화되면서 그 의미 또한 와해된다. 일관성은 사라진다. 점점 늘어나는 모순은 자기와 타인에 대한 경험에 도전하면서 일레인의 존재론적 안정감을 침식한다. 일레인은 부끄러움에 잠식되고 만다. 그녀는 부족한 자기를 당혹스러워하는 일관성 있는 자아감을 더 이상 갖고 있지 않다. 일레인은 친구들의 마음속에 살며 친구들이 생각하는 이미지에 매달리고, 스스로를 '교정'하면서도 현혹시키고, 친구들에게 구원받을 자격이 있는 사람이 되기 위해 고투한다. 하지만 그런 자기희생(자기소멸)의 제스처는 공허의 공간, 즉 공동空洞으로의 문을 열어젖히며 일레인에게 남은 실체의 그림자를 유혹적으로 끌어당긴다.

나는 투명인간이 되는 상상을 한다. 길가의 숲에서 독성이 있는 벨라도나 열매를 따먹는 상상을 한다. 세탁실에서 독극물 표시가 그려진 병을 따고 자벡스 표백제를 마시는 상상을, 다리에서 뛰어내리는 상상을 한다. (…) 나는 그렇게 하고 싶지 않다. 두렵다. 하지만 나는 코딜리어가 경멸의 목소리가 아닌 다정한 목소리로 이런 일들을 하라고 부추기는 상상을 한다. 머릿속에서 그녀의 다정한 목소리가 울린다. "그렇게 해, 어서." 코딜리어를 기쁘게 할 수 있다면 난 그렇게 할 것이다.(166)

일레인을 형성하던 유대는 그녀를 파괴한다. 하지만 이 유대가 없으면 일레인은 더 이상 존재할 수 없게 될 수도 있다. 교우관계의 잔인한 역학에 사로잡혀 열중하는 일레인은 다른 소녀들의 잔인한 행동을 지지하는 스미스 부인의 판단에 예상치 못한 공격을 받는다. 스미스 부인의 판단은 일레인에게 날것 그대로의 단순한 수치심을 안긴다. 일레인은 스미스 부인에게 애착을 갖고 있지 않으므로 똑같이 단순한 방식으로, 즉 증오와 분노로 대응할 수 있다. 일레인으로 하여금 자신의 자아(그리고 이 자아에 대한 생각)에 가해지는 학대(심지어는 절멸)에 저항할 수 있게 하는 것은 반응하고 증오하는 능력이다.

스미스 부인의 말을 엿들은 지 얼마 지나지 않아 일레인은 얼음물에 빠진다. 하지만 깊은 물속으로 가라앉지는 않는다. 그 대신 얼음같이 차가운 물 아래서 발 디딜 곳을 발견한다. 이와 같은 방식으로, 일레인은 예상치 못하게 자신의 분노 안에 있던 단단한 바닥을 친다. 이 정신내적인 발판(비록 거짓 발판이지만)을 딛고 고등학교에 진학한 일레인은 '거친 입'을 만들어 효율적으로 대인관계를 통제할 수 있게 된다. 일레인의 신랄한 빈정거림은 타인과의 진정한 교류를 불가능하게 만들고 타인, 특히 코딜리어가 모욕을 줄 여지를 사전에 막아버린다. 이제 코딜리어를 쥐락펴락하는 이는 일레인이다.[11]

일레인은 고등학교 졸업 이후 요제프를 만나고, 요제프와 자신의 섹슈얼리티를 탐험하는 은밀한 관계를 맺는다. 둘의 관계는 앞에서와 같은 방식으로 통제되지 않는다. 따라서 이 관계는 자기에 대한 잠재적 위협으로 가득 차 있다. 일레인은 '선생님'인 요제프에게 자신을 예술가로 만들 권한을 양도하며, 한 명의 여성으로서 '완전해지고자 하는' 욕망에 순순히 따른다.[12] 하지만 그런 자발적 복종(요제프가 입을 옷을 골라주게 놔두고, 요제프가 또 다른 연인인 수지와의 관계를 지속하는 것을 묵인한다)도 일레인의 자아를 훼손하지는 못한다. 일레인이 또다시 (엄마이자 아내로서) 백인 중산층 여성성이라는 아비튀스를 살고자 욕망하게 되는 것은 임신을 해서 존과 결혼한 이후다. 결혼생활에 문제가 발생하기 시작하자, 결혼은 또 하나의 모욕적인 비난이자 이 공간을 소유하고자 했던 노력에 대한 거부가 되어버린다. 여성다움womanhood에 대한 최종 시험을 통과하지 못했다는 사실은 일레인의 정체를 까발린다. 일레인은 (여전히) 올바른 여성이 될 수 없는 사기꾼인 것이다. 살림을 더 열심히 하면서 엄마이자 아내의 역할에 더욱 절박하게 매달릴 때 일레인은 문화적으로 정해진 순종 속으로 사라진다. 이 세계에 대한 소유권을 구해내려 하면서 그녀는 다시 한번 자기를 포기한다. 그러니 이때 일레인의 캔버스에 스미스 부인의 이미지가 재등장하기 시작하는 것도 그리 놀라운 일은 아니다.

스미스 부인은 자신의 신성한 고무나무에 앉아 있고, 서 있고, 누워 있다. 스미스 씨가 부인의 등에 붙어 딱정벌레처럼 교미하며 날아다닌다. 스미스 부인은 럼리 선생의 짙푸른 색 반바지를 입고 있다. 럼리 선생은 공포스러운 공생 관계 안에서 스미스 부인과 결합되어 있다. 스미스 부인은 새하얀 티슈가 한 장 한 장 뽑히듯 벗겨진다. 부인은 실물보다 크고, 그 어느 때보다 크다. 나는 신을 가릴 정도로 거

대한 그 상상 속 육체를 구현하기 위해 고군분투한다. 이 육체는 연
뿌리처럼 하얗고 돼지비계처럼 축 늘어져 있으며 귓속처럼 털이 많
다.(426-427)

또는 이렇게도 나타난다.

나는 스미스 부인을 그린다. 부인은 경고도 없이, 마치 죽은 물고기
처럼 떠올라 내가 그리는 소파에 모습을 드러낸다. 처음에는 듬성듬
성하게 털이 나 있는, 발목 없는 새하얀 두 다리가, 그다음에는 두꺼
운 허리와 감자같이 생긴 얼굴과 철제 안경테 속의 두 눈이 나타난
다. 숄이 부인의 허벅지 위에 걸쳐져 있고, 고무나무는 선풍기처럼
부인 뒤로 솟아 있다. 머리엔 그녀가 일요일마다 쓰곤 했던 펠트 모
자가 마치 잘못 포장된 상자처럼 얹혀 있다.
부인은 납작한 그림의 표면에서 나를 바라본다. 이제 부인은 삼차원
이 되어 나를 비난하는 듯한 의기양양한 얼굴로 불분명하고 희미한
미소를 보낸다. 내게 무슨 일이 발생했건 그건 내 잘못이다. 나에게
문제가 있다는 것, 내가 잘못됐다는 것이다.
스미스 부인은 그 문제가 뭔지 알고 있다. 하지만 말은 하지 않는다.
(…)
스미스 부인의 그림은 또 다른 그림으로 이어진다. 부인은 벽에서 세
균처럼 번식한다. 서 있고, 앉아 있고, 날아다니고, 옷을 입고 있고,
옷을 벗고 있다. 부인의 두 눈은 싸구려 구멍가게에서 살 수 있는 예

수가 그려진 입체 카드처럼 나를 따라다닌다. 나는 가끔 부인의 얼굴을 벽 쪽으로 돌려놓는다.(358)

스미스 부인에 대한 일레인의 집착은 일레인이 아직 헤어나오지 못한 수치심과 분노의 소용돌이를 잘 보여준다. 결혼생활의 악화와 동시에 나타난 자기 비난에 저항할 수 없고, 또다시 남을 기쁘게 할 수도 없고, 그러므로 모욕적인 실패로부터 자신을 보호할 수도 없는 일레인은 스미스 부인의 그림을 그린다. 잊었던 어린 시절의 오거●는 일레인의 캔버스에 악착같이 다시 나타난다. 자아를 포기하지 않으려 애쓰며, 일레인은 스미스 부인에게서 타자의 시선을 인식하지 못한 채부인의 등장에 당혹스러워한다. 일레인을 다시 분노케 하는 바로 그 순간, 스미스 부인은 일레인의 수치심을 상징한다. 일레인의 분노는 감정적 보호막의 역할을 하며 일레인이 스스로 자기 소멸에 공모하지 못하게 막는다. 일레인은 스미스 부인이 캔버스에 나타나는 것을 어쩌지는 못하지만, 스미스 부인을 갖가지 모욕적인 방식으로 묘사하고 그녀의 잔인함을 정확한 색으로 그려내기 위해 몇 주씩 몰두하는 복수를 통해 이 수치심을 감추고 관리할 수 있다.

하지만 일레인의 분노가 향하는 대상은 스미스 부인이 아니다. 대상은 존이다. 스미스 부인의 등장은 그저 분노를 드러나게 해 일레인으로 하여금 존에게 재떨이, 신발, 그 외 온갖 종류의 물건을 던지도

● 사랑의 형상을 하고 어린아이들을 잡아먹는다고 이야기되는 동화·신화 속 괴물.

록 유도할 따름이다.[13] 하지만 이러한 반응성은 일레인의 실패를 타개하지 못한다. 결혼생활이 불행해지면서 일레인은 자신의 결함에 더욱더 빠져들고 더 이상 이러한 반응으로는 모욕을 감추고 고통을 달래지 못한다. 결국 일레인은 그림 그리기를 멈춘다. 일레인이 그림을 멈춘 것은 실패라는 급작스러운 위기에 반응적·능동적으로 저항할 수 없음을 나타낸다.

나는 커튼을 치고 방 안에 누워 있다. 공허가 느릿느릿한 파도처럼 나를 휩쓸고 지나간다. 나에게 무슨 일이 발생했건 그건 내 잘못이다. 난 무언가 잘못을 저질렀다. 너무 어마어마해서 알아볼 수조차 없는, 나를 숨 막히게 하는 일을. 나는 부족하고 멍청하고 무가치하다. 차라리 죽는 편이 낫다.(394)

다음 문단에서 일레인은 '커터 칼'로 손목을 그음으로써 반가운 암흑에 굴복하며 다시 한번 자기 자신을 놓아버린다.

코딜리어의 수치심

『고양이 눈』은 일레인 리슬리의 이야기이며, 줄거리를 추동하는 것은 일레인이 느끼는 수치심이다. 하지만 일레인의 적인 코딜리어 역시 자기만의 수치심을 짊어지고 있다. 코딜리어의 수치심은 일레인의 수치심보다는 덜 드러나지만 일레인의 수치심만큼이나 소설에서 펼쳐지는 이야기에 필수적이다. 일레인과 코딜리어는 자아 형성을 위해 서로에게 의지한다. 다른 한쪽을 비추는 거울로서, 둘은 피해자이자 가해자, 주체이자 객체다.

하지만 코딜리어의 불안은 가족에 뿌리를 내리고 있기 때문에 그녀의 주체성은 일레인의 그것과 다르다. 셰익스피어의 『리어왕』에서 따온 코딜리어의 이름은 그녀를 거부당하는 존재로 설정한다.[14] 코딜리어의 결함은 언니인 퍼디타(퍼디), 미란다(미리)와의 대비를 통해 드러난다. 두 언니는 아름답고 재능이 많아 한 명은 발레를 하고 다른 한 명은 비올라를 연주한다. '재능이 많다'는 말의 뜻을 이해하지 못한 일레인이 코딜리어에게 너는 재능이 많으냐고 물었을 때, 코딜리어는 등을 돌려 가버린다. 사실 코딜리어는 어느 하나 특출난 게 없다.

더욱 정확하게 말하자면 코딜리어는 가족을 '실망시킨다'. 지금도, 어쩌면 이제껏 그래왔듯, 코딜리어는 '기대에 부응하는' 데 실패한다.

> 코딜리어는 아버지를 기쁘게 하지 못할까 봐 두려워한다. 그럼에도 불구하고 코딜리어의 아버지는 기뻐하지 않는다. 나는 그걸 여러 번 봤다. 머뭇거리고 더듬거리는 발걸음으로 아버지를 만족시키려던 코딜리어의 노력을. 하지만 코딜리어의 그 어떤 말이나 행동도 아버지를 만족시키기엔 역부족일 것이다. 왜냐하면 코딜리어는 어떤 이유에서건 잘못된 사람이기 때문이다. (268, 강조는 인용자)

다시 말해서, 코딜리어는 여자아이다. 이 사실은 코딜리어가 그 무엇으로도 보완할 수 없는 근본적인 결함이다. 가족 내에서 코딜리어는 실패를(또는 R. D. 레인이 주장한 것처럼 '아무것도 아님nothing'을) 나타낸다.

이러한 실패에 수반되는 수치심은 소설에서 특권을 얻지 못한다. 마이클 루이스가 「수치심에서 자아의 역할The Role of Self in Shame」에서 주목했듯이 이 수치심은 흔적―이 경우에는 일레인에게로의 이동―으로서만 발견되는 아원자입자와 유사하다. 코딜리어의 이루 말할 수 없는 결함과 결핍은 코딜리어가 일레인을 필요로 하는 데서 분명하게 드러난다. 코딜리어가 가하는 잔인한 비난은 일레인을 가르치는 일과는 점점 더 무관해지며, 모두 통제와 힘을 향한 욕망과 관련이 있다. 코딜리어가 궁극적으로 원하는 것―필요로 하는 것―은 일레인이 스스로가 아닌 코딜리어 자신을 위한 존재가 되는 것이다. 일레인은 자아를 자리매김시킬 수 없는 코딜리어의 커다란 구멍을 채워주며[15], 코딜리어의 내면에 있는 공허함 속에 머문다. 코딜리어의 존재(또는 코딜리어가 될 수 없는 존재)에 필수적인 이 형언할 수 없는 허무는 세계 내에 존재하는 코딜리어의 능력을 지속적으로 위협한다.[16] 그렇게 반대편 이야기의 윤곽이 드러나면서 이러한 결핍은 천천히 코딜리어를 집어삼킨다.

스웨덴의 연구자인 스타틴과 클라켄베리라르손은 부모가 다른 젠더의 자녀를 선호할 때 빚어지는 문제를 연구해왔다. 이들의 연구는 부모의 젠더 선호와 범죄 간에 통계적으로 매우 유의미한 상관관계가 있음을 밝혀냈다. 코딜리어는 이 이론에 꼭 맞는 전형적 인물이다.

344

코딜리어는 비행을 저지르게 되며 고등학교에서 낙제점을 받기 시작할 뿐만 아니라 삶 전반에 걸쳐 이러한 비행과 실패의 패턴을 이어간다. 몇 년 후 일레인이 사립 정신병원에 입원해 있는 코딜리어를 방문했을 때 코딜리어는 거의 알아볼 수 없는 모습을 하고 있다. 일레인은 실패한 성인이 되어버린 코딜리어에게 어떻게 반응해야 할지 모른다. 코딜리어는 단조로운 목소리로 단지 '지쳐서' 자살을 시도한 거라고 말한다. 일레인은 다음과 같은 사실을 깨닫는다. "코딜리어는 나를 넘어선 곳, 내가 닿을 수 없는 곳, 접근할 수 없는 곳으로 갔다. 그녀는 자기에 대한 이상을 놓아버렸다. 그리고 자신을 잃었다."(379) 하지만 코딜리어는 다시 한번 일레인을 통해 존재하고 싶어하고, 발견되고 싶어한다. 코딜리어는 일레인이 자신을 정신병원에서 꺼내주기를, 결함으로부터 자신을 구출해주기를 바란다. "'난 못 해, 코딜리어.' 나는 친절하게 말한다. 하지만 코딜리어를 친절하게 대하고 싶은 마음은 없다. 설명할 수도, 표현할 수도 없는 분노로 마음이 끓어오른다. 어떻게 네가 나한테 그런 부탁을 할 수 있어? 코딜리어의 팔을 비틀고, 그 얼굴을 차가운 눈에 뭉개버리고 싶다."(380-381) 코딜리어의 예상치 못한 위협에 반응하여 설명할 수 없는 분노가 고개를 들이민다. 코딜리어는 다시 일레인을 통해 스스로를 구하려 한다.

분명 남자아이를 바라던 아버지의 욕망에 뿌리를 둔 코딜리어의 욕구(곧, 코딜리어의 결핍)는 수치심을 가부장제의 책임으로 돌린다. 권력을 재생산하고 싶어하는 (남성) 타자에 의해 잘못된 것으로 규정된 코딜리어의 젠더는 그녀의 중심에 결핍감을 자리잡게 한다. 이 결핍은 극복할 수 없는 실패이며, 일레인을 포섭하려는 시도에 연료를 공급하는 근본적인 절망의 근원이다. 일레인은 코딜리어의 요구를 거절할 수 있게 되면서 이러한 결핍을 얼핏 목도한다. 그리고 처음으로 코딜리어의 목소리에 내재한 부재를 듣는다.

"너 지금 당장 돌아오지 못해!"
이 말이 무엇인지 잘 안다.
자기보다 훨씬 더 나이가 많은 사람을 흉내 내는 것이다.(207)

이러한 흉내는 몰리 하이트가 지적하듯이 "부친의 표현을 일레인에게 써먹음으로써 [가부장적 권력을] 자기 것으로 만들려는 시도"(192)다. 이 밖의 다른 말들("얼굴에서 웃음기 좀 지워" "이제 뭐라고 변명할래?")은 이 수치심의 서브텍스트(이는 백인 중산층 여성성의 아비튀스를 식민지로 삼는다)를 일레인의 정신에 옮겨놓으려는 시도다. 이 문화에서 코딜리어의 젠더화된 자아는 특권을 얻지 못하며, 그것은 일레인도 마찬가지다. 코딜리어와 캐럴, 그레이스뿐만 아니라 스미스 부인도 남성의 시선을 일레인에게로 돌리며, 일레인의 결함을 찾아내는 것은 바로 남성인 타자의 시선이다(그리고 이 시선에 의해 무가치해진 결과로 발생한 코딜리어의 욕구다). 그리고 그와는 다른 남성의 시선, 예를 들어 아버지나 오빠 스티븐의 시선(고양이 눈 빛깔의 구슬로 표현되며, 이 구슬은 특히 오빠 스티븐을 나타내는 기표다)에 대한 일레인의 경험은 코딜리어와 스미스 부인이 안기는 수치에 직면해 자아의 파편을 구하는 능력에 필수적인 요소다.

코딜리어는 일레인이 자신에게 맞서거나 등 돌리지 못했던 것과 비슷한 이유로 부친과 가부장제에 맞서지 못한다. 다시 말해 코딜리어는 부친과의 상호작용을 통해 자기를 구축해왔던 것이다. 타인을 자기로 받아들인 까닭에 코딜리어는 (일레인처럼) 그 멘토(이자 가해자)를 완전히 거부하지 못한다. 대신 코딜리어는 일레인을 이용해 자신의 수치심과 결핍감, 공허감에 저항하려 시도한다. 마치 일레인이 스미스 부인을 이용해 자신을 소멸시키려는 코딜리어의 시도에 저항한 것처럼 말이다. 하지만 둘 사이의 유사점은 여기서 끝이다. 일레인이 자기 소멸에 저항하기 위해 반응성을 이용했던 반면, 코딜리어는 텅 빈 가슴으로 가부장제가 자신을 이용해 존재하려 했던 것과 비슷하게 일레인을 이용해 존재하려 애쓴다.

해결: 수치심과 분노의 관계 극복하기

일레인이 회상 장면에서 빠져나올 때, 우리는 결핍의 위험한 힘 위에 안전하고 초연한 삶을 겹겹이 쌓아올린 한 여성을 만나게 된다. 하지만 일레인은 생각한다. 이러한 삶(삶의 시뮬레이션)조차 "믿을 수 없다. 이런 삶은 내가 누릴 자격이 있는, 살아도 되는 종류의 삶 같지 않기 때문이다. 이건 내 또 다른 생각과도 일치한다. 내 또래의 다른 사람들은 모두 어른인 데 반해 나는 그저 어른인 척 위장하고 있다는 생각".(14) 일레인이 삶과 맺은 관계 그리고 그 관계에서 맡은 역할(가령

'위장')은 그녀의 생각 밑에 깔려 있는 단 하나의 신념을 폭로한다. 바로 무언가(엄마, 재혼 여성, 심지어는 예술가)가 되기에 아직 스스로가 충분히 훌륭하지 못하다는 것. 대신 일레인은 삶을 계속 살아가는 척한다. 하지만 일레인이 수행하는 바(잘 정리되고 섬세하게 계산된 역할들)는 더 이상 그러한 캐릭터를 자기 것으로 만들고자 하는 의지에 따라 수행되지 못한다. 대신 자아에 대한 위협을 가로막는 사회적 생산물로서, 궁극적으로는 일레인을 계속 욕망으로부터 분리시켜두는 기능을 한다. 토론토로의 귀환은 일레인이 이 욕망 주위에 둘러놓았던 파사드에 균열을 내고 불안(수치심)과 적대감(분노), 정신내적 기능의 토대를 드러낸다. 한때 익숙했던 감정들―모욕, 마음의 상처, 불확실에서 오는 불안―은 길 위에 도사린 채 일레인의 자기기만을 따라다닌다.

이러한 기분에 맞서고 그에 따른 혼란을 잠재우려면 자기 자신이 되어 그 상태를 계속 유지해야만 한다. 일레인은 계속 자기 신체에 머무는 경험(비록 이 경험은 그녀의 정신에 파묻혀 있지만)을 찾아 그 경험에 의미를 부여해야만―그 위에 의미를 새겨야만―한다. 이러한 경험은 세계에서의 행동에 영향을 미친다. 일레인은 자신의 이야기를 말해야만 한다. 모욕과 내적 어둠과 혼란을 새롭고 온전한 서사, 존재론적 격변을 완성시키면서도 그 격변을 수용할 수 있는 서사에 포함시켜야 한다. 이러한 과정 자체는 일관성을 획득하려는 투쟁, 모욕과 분노를 스스로 통제하려는 시도를 입증해줄 것이다.

해결되지 않고 심하게 손상된 채 토론토에서 다시 모습을 드러낸 감정들은 이 새로운 서사의 한 맥락이다. 이 감정들은 과거와 현재를 이어 시간을 재배치할 수 있는 능력을 통해 모든 것이 바뀌었으나 달라진 것은 아무것도 없음을 폭로한다.

침대에서 벗어나기 힘든 날들이 있다. 말하는 것도 힘이 든다. 발걸음을 하나하나 센다. 한 발, 또 한 발, 그렇게 화장실까지 간다. 한 걸음 한 걸음이 중요한 성취다. 나는 치약 뚜껑을 열고 칫솔을 입에 가져오는 데 집중한다. 팔을 입까지 들어 올리는 것조차 힘이 든다. 나는 내가 무가치한 사람이라고 생각한다. 내가 할 수 있는 일 중 가치 있는 일은, 특히 나에게 가치 있는 것은 아무것도 없다.

"이제 뭐라고 변명할래?" 코딜리어는 이렇게 묻곤 했다. "할 말 없어." 나는 이렇게 대답할 것이다.(43)

일레인은 다시 한번 자기 자신—그동안 연기해왔던 역할 뒤에서 위축되어 있는 말 못하는 여성—을 '아무것도 아니'라는 말과 연결한다. 이 여성은 변장한 채 토론토의 거리를 비틀거리며 돌아다닌다. 적절하고 일관성 있는 '자아 연출'을 내보이는 능력은 그녀의 정신을 길들이는 혼란에 의해 차단된다. 일레인은 어떤 존재를 연기해야 하는가(연기할 수 있는가)? 만약 그녀가 예술가라면, 스스로 검은 옷을 입어야 한다는 사실을 알 것이다. 하지만 검은색은 일레인이 대답할 수 없는 수많은 질문을 제기한다. 검은 옷을 입을 수 있을 만큼 충분히 훌륭한가? 그녀는 화가인가, 아니면 예술가인가? 만약 예술가라면, 반드시 스스로를 예술가로, 검은 옷밖에 입을 수 없는 보잘것없는 예술가로 표현해야 하는가?

이 의심의 덩어리는 일레인이 회고전의 진행 상황을 점검하려고 갤러리에 방문했을 때 더욱 악화된다. 연청색 운동복을 입은 일레인의 자아 연출(새싹 아보카도 샌드위치를 먹으면서 작품을 꺼내드는 어리고 세련된 여성의 자아 표현과 대조된다)은 그 즉시, 모욕적으로, 잘못된 것이 된다. 그녀는 어딘가 잘못되었다. 하지만 타인의 기대를 만족시키지 못했다는 깨달음은 이내 별것 아닌 게 되어버린다. 리포터가 곧 열릴 회고전과 관련해 일레인에게 인터뷰를 요청하기 때문이다. 일레인은 이 같은 철저한 조사에 임할 준비가 되지 않았으며—이를 견뎌낼 수 없으며—그녀가 연기한 자아의 마지막 흔적은 젊은 인터뷰어의 시선에서 사라지고 만다. 여자의 (판에 박힌) 질문들은 일레인의 삶에 대한 심문이자 판단이 된다. "내가 들은 것은 그녀가 한 말이 아니다. 멍청하게 입어서는. 네 예술은 쓰레기야. 허리 펴고 앉고 말대답하지 마."(95) 또다시 타인을 실망시킨 부족한 일레인은 모욕과 고통이라는 익숙한 상태로 몸을 피한다. 자아를 위치시키려는 시도로 손가락을 뜯고 코딜리어를 생각해내려고 애쓰는 것이다.

하지만 코딜리어는 어디서도 찾을 수 없다. 대신 일레인의 에너지를 다른 방향으로 돌린 것은 다시 등장한 스미스 부인이다. 벽에 걸려 있는 스미스 부인, 반응성을 소환하고 판단할 준비가 되어 있는 스미스 부인이다. 하지만 방어적 여과 장치를 빼앗기고 고통과 연결되어버린 일레인은 결함에 대한 비난에 분노로 대응할 수 없다. 좌절한 일레인은 갤러리를 헤매다 한 여성과 마주친다. 괴로워하던 일레인은 결국 그 여성이 진열된 자신이며, 더 이상 응시하지 않고 응시되고 있다는 사실을 깨닫는다. 스미스 부인을 보기 위해 멈춰 선 일레인은 천천히 그녀를 바라본다. 그리고 처음으로, 어린 시절의 오거에 대한 이 같은 추모가 다른 스미스 부인들과 함께 존재하는 것을 본다. 이 깨달음은 일레인이 스미스 부인에게 갖고 있던 증오와 분노를 분산시키는 계기가 된다. 그리고 과거와 만나는 접점을 구성하는 반응성 외의 방식으로 존재하는 방법을 탐구하게 만든다.

지금 나는 눈을 들여다보고 있다. 나는 이 눈이 철제 안경테를 두른 독선적이고, 돼지 같고, 의기양양한 눈이라고 생각하곤 했다. 그건 사실이다. 하지만 이 눈은 패배한 눈, 확신 없고 우울하고 사랑받지 못하는, 의무로 가득 찬 눈이기도 하다. 신을 오로지 가학적인 늙은 남자로밖에 느끼지 못하는 사람의 눈. 소도시의 닳고 닳은 체면의 눈이다. 스미스 부인은 훨씬 더 좁은 마을에서 도시로 이주해 온 사람이다. 쫓겨난 사람이다. 내가 그랬던 것처럼.(427)

스미스 부인을 바라보면서, 일레인은 스스로 불러일으킨 신체지식body-knowledge을 통해 부인에게 반응하는 대신 부인과 자신을 동일시하고 부인에게 대응할 수 있게 된다. 그림이 말하는 다른 요소들을 인식하면서 일레인은 이미지가 예상치 못한 방식으로 중요성을 띨 수 있음을 깨닫기 시작한다. 일레인은 스미스 부인이 또 다른 서사에도 존재할 수 있음을 인식한다. 일레인에게는 다른 이야기들, 스스로를 구원할 잠재력을 가진 이야기들이 있다. 이러한 일레인의 인식은 스미스 부인을 기표의 자리에 위치시킬 때 자신이 맡는 역할에 대한 깨달음과 연관된다. 스미스 부인을 비난할 때 일레인은 부인이 어린 자신을 판단하고 대상화한 것과 같은 방식으로 부인을 대상화했다. 스미스 부인과의 연결성에 대한 인식의 반응으로 나타난 이 뜻밖의 통찰은 일레인 스스로가 말할 수 있는 다른 이야기를 갖고 있음을 암시한다. 스미스 부인은 서사적 가교가 되어 과거와 현재 사이, 자기와 타인 사이의 이동을 요청하고 수치심과 증오/분노 사이의 공간을 연다. 일레인은 (눈에는 눈과 같은) 반작용이 자신을 더욱 무분별하게 만들 뿐이라는 것을 깨닫는다. 증오와 복수는 일레인의 수치심을 덜어주지 못했다. 타인 안에서 자아를 인식하는 능력, 타인을 통해 자아와의 연결을 유지하는 능력을 떨어뜨렸을 뿐이다.

(재활용된) 반작용으로 감정의 덫이 흔들리자 일레인은 스스로가 무가치하다는 기분을 마주하게 된다. 스미스 부인에게 집중된 에너지를 거두는 행위는 수치스러워하는 자아를 (재)노출시키지만 마침내 자신이 부족하다는 모욕적인 느낌에 직면할 수 있도록 해주기도 한다. 실패와 무력함을 넘어서기 위해 일레인은 자신을 취약하게 만드는 신체 기억을 소유하고(통제하고), 이를 구체화하고, 여기에 시간적 순서를 부여해야만 (예컨대 수용할 수 있어야만) 한다. 그리고 제 목소리를 찾아서 주장해야만 한다. 그렇게 하기 위해서는 결핍과 고통, 진실을 포용해야 한다. 앞으로 등장할 새로운 서사는 서술자로서 '나', 일레인의 '눈'을 확립하고 유지할 것이다. 일레인의 서술은 다시 자신을 주체로 세

움으로써 고통에 의미를 부여하고 수치심의 잔해를 과거 현재 미래를 연결하는 하나의 이야기로 바꿔놓을 것이다.

하지만 수모와 모욕, 혼란을 처리하기 시작함으로써 이런 이야기를 할 수 있는 일레인의 능력은 문화적 결핍에 의해 방해를 받는다―그리고 지금까지도 방해받아왔다. 일레인을 이끌어줄, 수치심에 기반을 둔 메타서사가 부재하기 때문이다. 수치심 경험―수치심의 속성, 의미, 해결 방법―을 둘러싼 문화적 침묵은 일레인이 이러한 사건들을 분석하고 고통에 의미를 부여하는 일을 어렵게 만든다. 무엇에 근거해 자기와 수치심 간의 관계를 타개할 수 있는가(이 둘은 같이 시작된 것인가)? 지금 일레인이 공동체와 맺은 관계, 또는 공동체가 일레인과 맺은 관계는 어떻게 타개할 수 있는가? 메타서사의 부재가 수치심의 의의를 부정하는 문화적 규범을 반영할 때 어떻게 기억을 의미 있게 (재) 창조할 수 있을까? 수치심의 잠재력을 거부하는 것? 문화는 수치스러운 상황과 거리를 두려고 하며, 수치스러워하는 낙인찍힌 개인에 대한(또는 이 개인이 만든) 규범적 반응으로서 부재와 분리를 옹호한다. 이 빈 공간은 수치심의 내부적 지형을 집어삼킴으로써 수치심에서 달아나려 하는 고독한 분노의 눈물만 낳을 뿐이다.

문화의 침묵, 문화가 가한 도덕적 비난의 잔해를 인정하지 않으려는 거부는 용서의 여지에 대한 거부, 또는 구원이라는 도덕적 가능성에 대한 거부를 나타낸다. 일레인을 수치스럽게 하는 코딜리어의 행동은 언제나 이러한 가능성을 내포하고 있었다. "자, 어서 해봐.' 코딜리어는 명령조가 아니라 격려하듯 더 다정하게 말한다. '그럼 너는 용서

받을 수 있어.'"(200) 코딜리어의 판단은 일레인이 자기 실패를 바로잡기 위해 고투하지 않으면 사회적 유대를 단절해버리겠다는 위협이었다. (그리고 일레인이 실패할 때는 그녀에게 열려 있는 재통합의 방안으로써 그녀가할 수 있는 고행이 주어진다.) 스미스 부인이 일레인의 고투를 인정하기를 거부한 것—구원의 가능성을 인정하기를 거부한 것—은 일레인의 이야기에 전환점을 제공한다. 부인의 거부는 "수치심이 자신에 대한 신체의 비판으로서 아비튀스의 구성을 재정비할 수 있으며 재정비된 아비튀스는 판이한 선택을 불러올 수 있다(Probyn, *Blush*, 56)"는 가능성을 부정한다.

수치심의 잠재력이 없는 상태에서 일레인은 도망친다. 하지만 패턴화되어가는 수치심과 분노의 악순환에서 벗어나기란 불가능하다. 그렇기에 일레인은 예술을 통해 너무나도 잘 보이는 곳에 그것을 숨기려 한다. 일레인의 작품 목록에는 존과 코딜리어(일레인의 욕망과 그에 수반되는 여러 복잡한 감정들을 불러일으킨 인물)의 그림이 각각 한 점밖에 없다. 대신 캔버스들을 가득 메우고 있는 이는 스미스 부인이다. 스미스 부인의 등장은 수치심의 해결을 막는 감정의 덫을 더욱 강화한다. 욕망하기와 존재하기를 희생하고 자기를 구해내는 것이다.

하지만 일레인의 붓에서 달아날 수 있었던 존과 코딜리어, 이 두 사람에 대한 그림은 유독 흥미로우며 상당히 강력한 효과를 낳는다. 코딜리어의 그림에 붙은 「반쪽 얼굴Half a Face」이라는 제목은 보는 이를 놀리는 제목이나 다름 없는데, 그 그림에는 코딜리어의 얼굴 전체가 분명하게 드러나기 때문이다. 일레인은 이 그림에서 코딜리어의 열세

354

살 모습을 포착하려고, 그 반항적이고 적대적인 시선을 찾아내려고 애쓴다. 그래서 어쩌려고?

하지만 그 눈이 나를 괴롭혔다. 그 눈은 강한 눈이 아니다. 그 눈 때문에 그녀의 얼굴은 머뭇거리고, 주저하고, 나를 원망하는 듯한 기색이다. 겁먹은 얼굴. 그림 속에서 코딜리어는 나를 두려워한다. 나는 코딜리어를 두려워한다. 나는 코딜리어를 바라보는 게 두려운 게 아니다. 코딜리어가 되는 게 두렵다.(243)

코딜리어에게도 할 이야기가 있다. 일레인 또한 늘 "알고 있던" 이야기다. 코딜리어의 그림을 완성했을 때에도(소설 속에서 이는 불분명하다) 일레인은 자신이 내내 코딜리어에게 부여해왔던 (상징적인) 힘을 표현하지 못했다. 얼굴의 반쪽(두 눈?)은 일레인에게 속해 있다. 이러한 인식은 코딜리어의 부재─캔버스 위에서뿐만 아니라 토론토에서도─와 함께 일레인이 창조해야 하는 새로운 서사가 갖춰야 할 필수 요소다. 일레인은 자신을 정의해왔던 것이 언제나 코딜리어의 부재와 코딜리어의 결핍이었음을 이해해야 한다. 토론토 거리에서 일레인은 코딜리어의 부재로 가득 찬다. 일레인은 코딜리어에게 "왜 그랬어? 그건 다 어떤 의미였어?"라고 물을 수 없다. 그 질문에 대답할 수 있는 코딜리어는 그곳에 절대로 존재하지 않기 때문이다. 코딜리어는 언제나 그래왔던 것처럼 부재한다. 코딜리어에게 권력을 부여한 이는 일레인이다. 소설 내내 코딜리어의 이야기를 그려낸 이도 일레인이고, 코딜리어의 존재를 만들어내면서 자기 자신을 지운 이도 일레인이다.

일레인이 코딜리어의 모습을 그려내는 데 어려움을 겪는 모습은 반영하고 반영되는 자기 자아를 인식하지 못하는 불능―또는 인식하지 않으려는 의지―을 증명한다. (하지만 의미심장하게도 그림 속 코딜리어의 얼굴은 거울에 비친 채로 보인다.) 일레인은 굴절이라는 관계적 자아의 속성을 인정해야만 부재를 넘어설 수 있다. 그래야만 타인에게서 자아(수치심)를 바라볼 수 있고, 자기에게서 타인(분노)을 인정할 수 있다.

완전한 상호관계적 연결성으로 진입함으로써 일레인은 응시하는 타자가 될 수(그렇게 되는 자신을 받아들일 수) 있다. 이 타자의 목소리는 (주체적인) 욕망과의 재접속을 통해서만 인지될 수 있다. 그리고 타인의 눈, 타인의 '나'가 되는 이 과정에서 비로소 일레인은 코딜리어를 바라보고, 포용하고, 용서할 수 있으며, 결국 자기 자신을 구원할 수 있다.

코딜리어가 나를 쳐다보고 있다는 걸 안다. 한쪽으로 비뚤어진 입은 희미한 미소를 짓고 있고, 굳어진 얼굴엔 반항기가 서려 있다. 그 얼굴에는 내가 가진 것과 같은 수치심, 신체에서 느껴지는 역겨운 기분, 자기의 잘못과 곤경, 약함에 대한 인식이 있다. 내가 그랬듯 사랑받고 싶은 소망, 외로움, 두려움이 있다. 하지만 이것들은 더 이상 내 감정이 아니다. 코딜리어의 것이다. 항상 그래왔듯이.

이제 나는 나이를 먹었고, 더욱 강해졌다. 여기 더 오래 있다간 코딜리어는 얼어 죽고 말 것이다. 코딜리어는 잘못된 시간대에 홀로 남겨질 것이다. 이미 너무 늦었다.

나는 코딜리어에게 팔을 뻗고 몸을 기울여 손바닥을 펼친다. 그렇게 나에게 무기가 없음을 보여준다. "이제 괜찮아." 나는 그녀에게 이렇게 말한다. "이제 집에 가도 돼."(443)

11장
진 리스와 시몬 베유의 불행
타마르 헬러

이번 장에서는 『한밤이여, 안녕』의 소외받는 알코올의존자 주인공에 대한 진 리스의 혹독한 묘사를 시몬 베유의 철학을 렌즈 삼아 들여다볼 것이다. 프랑스 출신으로 제2차 세계대전 때 런던으로 망명해 그곳에서 죽음을 맞이한 베유는 동시대 작가였던 리스와 뿌리 뽑힘에 대한 강렬한 관심을 공유했다. 베유의 작품 대부분은 마지막 저서인 『뿌리내림』과 마찬가지로, 또 뿌리 뽑혀 표류하는 주인공이 등장하는 리스의 소설들과 마찬가지로 사회에서 소외된 자들의 박탈감에 대해 다룬다. 하지만 최근 비평가들 사이에서 평판이 좋아진 리스와 달리 오늘날 베유는 1950년대와 1960대보다도 주목받지 못하고 있다. 1950~1960년대에 베유의 작품은 알베르 카뮈 같은 주요 사상가들에게 영향을 미쳤으며, 알베르 카뮈는 베유를 "우리 시대 유일의 위대한 영혼"(Panichas, xvii에서 인용)이라고 칭송했다. 베유의 인기가 떨어진 이유 중 하나는 아마도 베유의 삶과 작품이 리스와 달리 뚜렷한 페미니스트적 해석을 불러오지 않기 때문일 것이다. 소르본대학의 같은 과 동료였던 시몬 드 보부아르와 달리 베유는 젠더 문제를 분명하게 다룬 적이 한 번도 없으며, 짧았던 삶의 궤적(유대계 마르크스주의자로 점점 가톨릭에 매료되었던 베유는 지나친 금욕으로 34살의 나이에 아사했다)은 신학자 앤 로데스 같은 몇몇 페미니스트에게 종교가 여성 건강에 얼마나 위협을 가할 수 있는지를 보여주는 사례로 비춰져왔다.[1] 하지만 동시에 지난 몇십 년간 베유는 철학자 안드레아 나이와 정치학자 메리 디어츠 같은 페미니스트 학자들에게 재발견되기도 했다.[2] 나는 이 장에서 베유의 통찰을 통해 억압이 『한밤이여, 안녕』의 주인공 사샤 얀센의 처지에 미치는 심리적 영향을 분석하면서 베유의 사상이 현대 페미니스트 사상의 서로 연관된 두 가지 주요 분야와 관련되어 있다는 사실을 증명할 것이다. 그 두 분야는 바로 트라우마 연구와 감정 연구로, 모두 필연적으로 수치심에 귀결된다.

트라우마에 대한 페미니즘 논의―이 분야를 앞으로 페미니스트 트라우마 이론이라고 부르겠다―들은 젠더와 관련된 폭력, 무기력, 불평등에 대한 여성의 심리적·육체적 반응을 탐구한다. 페미니스트 트라우마 이론은 성적 학대와 같이 지극히 개인적이고 가족적인 트라우마를 연구하지만, 앤 폴웰 스탠퍼드가 말한, 젠더뿐만 아니라 인종 및 계급과도 관련이 있는 '사회병리 현상'과 여성의 건강 간의 관계를 고찰하는 과정에서 어쩔 수 없이 거시적 차원을 갖는다. 이러한 병리 현상과 관련해 페미니스트 사회과학자들의 여러 획기적인 작업―이를테면 소수자, 노동자계급 여성, 식이장애에 관한 베키 톰프슨의

연구 「광범위하고 깊은 굶주림A Hunger So Wide and So Deep」—이 이루
어져왔으며, 수젯 A. 헹케와 퍼트리샤 모런 등 점점 더 많은 페미니스
트 문학평론가가 여성소설의 트라우마 재현과 그것이 여성성을 불능
화하는 문화적 메시지와 어떻게 연결되는지를 고찰했다. 이런 메시지
는 인종적·계급적·국가적 정체성에 관한 사회적 편견으로 인해 더욱
복잡해지곤 한다.3 모런의 '트라우마 미학aesthetics of trauma' 연구는 특
히 이 논의와 관련이 큰데, 리스의 작품이 개인적 트라우마라는 가공
되지 않은 소재—예를 들어 청소년기 가족의 지인에게 성적 유혹을
받았던 경험—를 여성 섹슈얼리티에 관해 문화적으로 굴절된 불안과
지워지지 않는 고통을 강조하는 서사로 변형시켰다고 해석하기 때문
이다.

뿐만 아니라 모런은 리스의 주인공들이 전형적으로 "사람을 무력
하게 만들고 인간성을 파괴하는 수치심에 사로잡혀 있다"(116)는 점
에 주목하면서, 무가치하다는 느낌이나 감정적·신체적·성적 폭력의
피해를 입은 여성에게 상처를 남기는 자기혐오에 대한 이론화가 페미
니스트 트라우마 이론과 갖는 관련성을 제시한다. 트라우마와 수치
심의 관계를 더 자세히 탐구하는 페미니스트 문학비평의 사례로는 J.
브룩스 부손의 연구가 있다. 부손의 저서 『체현된 수치: 현대 여성 글
쓰기에서 수치심 밝혀내기Embodied Shame: Uncovering Female Shame in
Contemporary Women's Writing』(2009)는 "체현된 여성 수치심"을 "문제가
있거나 폭력적인 양육 및 관계에서 비롯된 트라우마나 우리 문화에
서 여성에게 가해지는 다양한 형태의 성적·인종적·사회적 모욕에서

비롯된 트라우마로 인해 발생하는 자기와 신체에 대한 수치심"(2)으로 정의 내린다.⁴ 베유의 수치심 이론이 명시적으로 젠더 문제를 다루고 있지는 않지만, 그럼에도 불구하고 부손이 말한 "여성에게 가해지는 다양한 형태의 성적·인종적·사회적 모욕"이 여성 피해자로 하여금 스스로에 대한 가치 폄하에 동조하고 오히려 그러한 평가를 재생산하게 만드는 치명적인 수치로 변화하는 과정을 이해할 수 있도록 언어를 제공해준다. 이것이 이 글에서 내가 하고자 하는 주장이다. "나는 자존심이 없다. 자존심도 없고, 이름도 없고, 얼굴도 없고, 국적도 없다. 나는 어디에도 속하지 않았다"라고 선언하는 『한밤이여, 안녕』의 주인공 사샤 얀센은 틀림없이 베유가 『뿌리내림』에서 말한 "뿌리 뽑힘이라는 병"(Weil, *Need for Roots*, 47)과 이에 수반되는 정체성 및 자긍심의 상실이라는 현대적 증상을 가장 잘 보여주는 리스의 대표적 화신이다. 사샤의 경우, 뿌리 뽑힘의 트라우마는 아이의 유산, 남편에게서 버림받고 생존을 위해 부유한 남성의 불안정한 성적 후원에 의존해야 하는 굴욕적인 상황과 같이 젠더와 관련이 깊은 경험에 의해 더욱 악화된다.

이 논의의 중심에 있는 베유의 용어는 '불행', 프랑스어로 '말뢰르 malheur'다. 베유는 상실이나 신체적 트라우마보다는 '사회적 모욕'이라는 것에 대한 심리적 반응을 묘사하기 위해 이 용어를 사용한다. 불행은 베유가 말했듯 "삶이 뿌리째 뽑히는 것, 죽음과 거의 다를 바 없는 것"("Love of God and Affliction", 440)으로, "잔혹한 행위에 맞서 싸우고 싶지만, 무기력과 두려움에 억눌려버리는 신체 전체의 폭력적인 상태"(440)를 통해 '모욕'에 반응하게 되는 것이다. 따라서 베유가 불행을 신체적 트라우마와 연결시키고 다른 작품에서 일레인 스캐리가 말한 '고통받는 몸'에 관심을 보였을지라도, 베유의 불행 이론은 부당함에 이의를 제기할 능력이 없는 개인의 정신적 고통에 인간이 보이는 반응에 관한, 표현하기 가장 어려운 문제에 초점을 맞추고 있다. 그 문제는 바로 극심한 고통과 완전히 마음을 장악해버리는 신체적 충격 간의 유사성이다. 베유에 따르면 부당함에 대한 트라우마는 "피해자에게서 인격을 빼앗고 피해자를 사물"(445)이자 자기 존재에 대한 부정으로 만든다. 이러한 존재의 부정은 마르크스주의자인 베유가 보기에 산업자본주의하에서 노동자가 처한 상황으로 상징되는 것이었다. 1930년대에 프랑스 자동차 공장에서 미숙련 여성 노동자로 일했던 경험을 바탕으로 쓴 에세이 「공장 노동Factory Work」에서 베유는 어떻게 노동자들이 하나의 '사물' 내지 물화된 상품이 되는지를, 그 저항할 수 없는 비인간화를 묘사한다.

[노동자는] 오로지 기계와 기계적으로 처리될 사물 사이를 중재하는 자격으로서만 입장이 허용된 외부인이며, 이 모든 것은 신체와 영혼을 좀먹는다. (…) 이건 마치 누군가가 매 순간 그의 귀에 대고 다음과 같이 말하지만 대답할 수 있는 가능성은 완전히 배제된 것과 같다. "이봐, 넌 아무것도 아니야. 넌 중요하지 않아. 넌 여기에 순종하고, 수용하고, 입 다물고 있으려고 온 거야."(56)

이 부정적인 메시지에 대한 노동자들의 반응은 베유가 모멸적인 공장 경험 이후 언급했듯 왜 억압받는 사람들이 들고 일어나는 대신 지배에 복종하는지를 설명해준다. 베유가 말했듯, "불행을 경험할 대로 경험한 사람은 자신의 불행에 공모하게 되어 있다".("Love of God and Affliction", 443) 인간이 아닌 사물로 대접받으면서 노동자들은 자신이 아무것도 아니라는 말에 동의하게 되고, 그렇게 스스로를 침묵시킨다. 구강성orality ●에 대한 베유의 강력한 이미지가 보여주듯 자기 목소리를 자기가 빼앗는 것—입을 다물고 있는 것은— 은 자기혐오에 사로잡혀 있음을 의미하기에, 억압된 분노는 신체와 영혼을 좀먹는다.

따라서 틸리 올슨의 용어를 빌리자면 불행의 결과로 두 가지 유형의 '검열하는 침묵'이 발생한다. 바로 힘 있는 자가 공포와 강압을 통해 힘없는 자에게 부과하는 침묵, 그리고 이보다 더 중요하게는 힘없는 자가 자기 자신에게 부과하는 침묵이다. 두 번째 유형의 침묵은 힘없는 자에게서 존재를 나타내는 인간성과 목소리를 도둑질한다. 베유는 다음과 같이 말한다.

불행은 그 속성상 표현이 쉽지 않다. 불행을 겪는 자들은 말없이 자신을 표현할 수 있는 단어를 달라고 간청한다. (…) 누구도 불행한 자

● '구술성' 혹은 '구강성' 두 가지로 번역될 수 있다. '구술성'이란 언어가 말의 형태로 소통될 때 지니는 성질을 의미하고, '구강성'은 "유아기 구강 활동이 지닌 리비도적·공격적 기능으로부터 유래하는 모든 정신적 관심, 기제, 성향을 포괄적으로 지칭하는 정신분석학의 용어다. 베유에게 있어 구강성은 자본의 탐욕이나 인간의 타락과 연결되어 있고, 이에 대한 혐오는 구강성에 대한 극단적인 거부, 즉 죽음에 이를 정도의 '절식'으로 이어진다.

들의 말에 귀 기울이지 않는다. 이들은 마치 혀가 잘려 나갔지만 가끔 그 사실을 잊는 사람과 같다. 이들이 입술을 움직일 때 소리를 들을 수 있는 귀는 없다.("Human Personality", 327, 332)

『한밤이여, 안녕』의 주인공 사샤 얀센은 이러한 불행의 체현으로서 베유가 말한 공장 노동자들을 상기시키는 동시에 어떻게 자본주의 문화에서 성적 대상화가 여성을 모욕감에 특히 취약하게 만드는지 보여준다. 예를 들어 사샤는 그동안 했던 모욕적인 일들을 나열하면서 파리의 옷가게에서 점원으로 잠시 일했던 것을 떠올린다. 사샤는 오직 가게 주인이 성적인 관계를 가질 수 있을 거라고 생각했기 때문에 고용되었다. 이러한 상황에서 사샤는 가게의 플라스틱 마네킹―"그놈의 인형들"(Rhys, 18)―들이 여성의 성 상품화와 발화 주체의 목소리 상실을 보여주는 이미지임을 뼈저리게 인식한다.

나는 내가 마치 무슨 약을 먹고 취해 앉아 있는 것처럼 느끼곤 했다. 그리고 그놈의 인형들을 쳐다보며, 비단결 같은 피부와 부드러운 머리카락, 벨벳처럼 부드러운 눈길, 톱밥으로 채운 가슴을 가진 저들이 정말 사람이었다면 얼마나 성공적인 삶을 살 수 있었을까를 상상하곤 했다.(18)

사샤가 이 일을 시작하기 전에 '마네킹', 즉 고객이 입을 옷을 입어보는 모델로 일했던 것은 우연이 아니다. 하지만 '빌어먹을 인형들'처

럼 '완벽한' 마네킹이 되지 않을 수 있었던 건 거부할 수 있고 부당함
이나 트라우마적 기억의 고통—사샤가 소설 시작 부분에서 이야기
한 것처럼 스스로 "좀 자동인형 같긴" 한 상태가 됨으로써 없애려고
애쓰는 고통—을 느낄 수 있는 능력 때문이었다.(10) 이미 죽은 '빌어
먹을 인형들'은 대상화의 고통, 즉 사샤가 여성이자 저임금 노동자로
서 경험해야 하는 운명을 느끼지 못한다.

　그러므로 불행의 고통은 인간이 인간답지 못한 대우를 받을 때 느
끼는 고통, 웃가게 일자리를 잃은 비참한 사건에서 사샤가 경험하는
고통이다. 아이러니하게도 사샤는 런던에 근무하는 상사—사샤는 그
를 "블랭크 씨"라고 부른다—가 가게를 방문했을 때 프랑스어를 잘
못한다는 이유로 해고당한다. 사실 사샤는 프랑스어를 유창하게 할
수 있지만 상사의 발음이 형편없어 그의 말을 이해하지 못했던 것이
었다. 상사에게 "바보"(27)라는 말을 들은 사샤는, 베유가 말했듯 자신
을 "표현할 단어"가 없는 불행한 자들처럼 언어를 도둑맞는다. 실제로
사샤는 "머리가 모자라. 아주 희망이 없어, 그렇지 않나?"라는 조롱에
"그래요, 그래요, 그래요, 그렇다니까요"라고 읊조리고 울음을 터뜨림
으로써 블랭크씨의 모욕적인 평가를 끊임없이 되풀이할 따름이다.(28)
이런 의미에서 사샤는 블랭크씨가 보인 경멸의 시선으로 자기 자신을
바라본다. 이는 리스의 소설에 등장하는 전형적인 여성들이 보여주는
비뚤어진 관점이기도 한데, 이들은 스스로를 그저 잔인한 행위의 대
상이 아닌 조롱의 대상으로 묘사한다. 소설 초반에 사샤가 술을 마시
고 아래로 떨어지는 것 같은 느낌에 대해 다음과 같이 씁쓸하게 말하

듯이. "게다가 물속으로 가라앉아가는데도 주위 사람들은 그걸 보고 박장대소를 할 때를 말하는 거지."(10) 경멸을 받을 만한 기괴한 어릿광대라는 자기 이미지는 수난의 두드러진 특징이 타인의 눈에 "우스꽝스러워("Love of God and Affliction", 445)" 보이는 것이라는 베유의 주장을 떠올리게 한다.

옷가게에서 해고당했을 때 사샤는 스스로를 "바보" "멍청이"라고 부르면서 상사에게 표현하지 못했던 분노를 자기에게로 돌린다. 하지만 시간이 지나 과거를 회상하면서 마침내 목소리를 되찾는다.

그래요, 제가 제 논지를 펴게 해주세요. 사회를 대표하시는 블랭크 씨는 한 달에 400프랑의 월급을 제게 주실 권리가 있어요. 그게 제 시장가치니까요. 왜냐하면, 저는 사회에서 비능률적인 일원이고, 이해가 더디고, 제 자신에게 확신이 없고, 인생이란 투쟁에서 져서 약간 파손된 인물이기도 하니까요. 그걸 부정할 생각은 없어요. 그래서 저는 블랭크 씨가 제가 주는 한 달 월급 400프랑으로 어둡고 콧구멍만 한 방에서 살면서, 형편없는 옷가지로 몸을 감싸고, 걱정과 단조로움과 만족되지 못한 갈망으로 자신을 항상 괴롭히는 인간이 되어버렸어요. 저를 쳐다보기만 해도 얼굴이 빨개지고, 말씀 한마디에도 눈물이 나는 사람으로 저를 만들 권리가 블랭크 씨에겐 있는 거죠. (…) 블랭크 씨가 제 다리를 잘라버릴 수 있는 신비한 권한을 가졌다고 해서 절름발이가 된 저를 보고 웃을 권리도 있을까요? 저는 그렇게 생각하지 않는데요. 그런데도 블랭크 씨는 그 가져서는 안

되는 권리를 가장 귀중한 권리로 주장하고 계시는군요. 당신이 노동을 착취한 그 당사자들을 경멸할 권리 또한 당신이 갖고 계신 것이 틀림없군요. 저는 블랭크 씨에게 많은 역경이 도래하기를 기원할게요. 우선, 이 저주받을 가게가 망하기 바라요. 할렐루야! 내가 이 말을 정말 했냐고? 물론, 못했지. 그런 말을 할 생각도 못한걸.(Rhys, 29)

이 구절은 분석과 자기혐오의 수용이라는 두 가지 측면 모두에서 주목할 만하다. 사샤는 조롱당했다는 기분이 들게 한 블랭크씨에게 몹시 화가 났지만(사실 자신이 그런 기분을 느끼게 만들 권리가 블랭크씨에게 있다는 것에 대한 이의 제기다), 그럼에도 불구하고 그때 그의 조롱에 저항하지 못했던 자기 자신을 조롱한다. "내가 이 말을 정말 했냐고? 물론, 못했지. 그런 말을 할 생각도 못한걸." 수치심과 자기혐오가 자신을 침묵시킨다는 것을 이해했음에도 불구하고 이러한 감정을 피할 능력이 없었던 사샤는 베유의 말처럼 어떻게 "불행이 더욱 견고해지고 사람을 낙담시키는지"를 입증한다. "불행은 마치 새빨갛게 달아오른 쇠처럼 영혼 깊디깊은 곳에 경멸과 혐오감, 심지어는 자기혐오와 죄책감, 번뇌를 남기기 때문이다. 자기혐오와 죄책감, 번뇌는 논리상으로는 범죄를 저질렀을 때 발생하는 것이지만 사실은 그렇지 않다."("Human Personality", 442)

하지만 만약 베유와 리스가 어떻게 고통이 자기를 파괴하는지 인식했다면, 인간 커뮤니케이션과 공동체의 가능성을 통해 불행한 자들을 특권을 가진 자로부터 분리하는 위계질서를 없앨 수 있는 전략 또한 공유하고 있을 것이다. 베유에게 있어, 특권을 가진 자들은 오직 아탕트attente, 즉 타자의 관점에서 볼 수 있는 능력을 연습함으로써만 자신이 불행한 자들과 '같은 부류'가 아니라는 환상을 포기할 수 있다("Iliad", 163). 베유가 분명하게 나타냈듯이, 아탕트를 통해 자기는 "자신이 바라보는 존재, 그 존재 자체, 그 존재의 진실된 모습을 자기 자신으로 받아들이기 위해 가진 모든 것을 비운다".(51) 베유는 「신의 사랑과 불행The Love of God and Affliction」에서 이에 대해 자세히 설명한다.

> 그리스도가 자신의 후원자로 여긴 사람들은 수난을 이해함으로써 연민을 갖는 사람들이다. (…) 그리스도의 후원자는 수난자를 만나면 자신과 그 사람 사이에 그 어떤 거리도 느끼지 않는다. 그는 자신의 존재를 그 사람에게 던진다. 결과적으로 그 사람에게 먹을 것을 주고 싶다는 충동은 자기 자신이 배가 고플 때 무언가 먹고 싶어하는 것과 마찬가지로 본능적이고 즉각적이다.(459)

이처럼 베유는 자신의 글을 읽는 독자들에게 괄시받고 비천해진 타자에게 자기 자신을 '투사할' 것을 독려함으로써 불행이라는 트라우마를 치유하려 시도한다. 주디스 키건 가디너는 '공감의 정치학'에 대한 연구에서 리스에게도 이와 비슷한 서사적 전략이 있다고 보았다. 가디너는 가정 이데올로기 내에서 여성의 돌봄이라는 전통 때문에 그동안 공감이라는 특성이 남성보다 여성에게 더 많이 함양되어왔다고 주장한다. 따라서 '공감의 조율'을 원하는 경향이 남성 작가보다 여성 작가에게서 더 두드러진다고 주장한다.(166) 여기서 공감의 조율이란 독자가 소설 속 캐릭터에게 공감하며 그들의 기분을 느끼는 것이다. 가드너는 단편소설을 사례로 들면서 리스가 주인공이 살고 있는 세계를 구성하는 포함과 배제의 장벽을 부수기 위해 공감적 조율을 사용한다고 주장하는데(24), 이는 『한밤이여, 안녕』이 독자를 사샤의 자기비판적인 쓰라린 생각 속에 위치시키는 방식에 적용해볼 수 있는 통찰이다.

리스의 서사적 전략은 베유의 아탕트 개념을 상기시키기도 하지만, 한편으로는 아탕트에 관해 베유 역시 끊임없이 제기했던 주장, 즉 인간이 수난자에게 진정으로 공감하는 일은 상당히 드물다는 주장 또한 드러낸다. 나는 특히 만연한 개인주의로 인해 성공을 거두지 못한 사람을 견디지 못하는 이 시대에 진 리스를 이토록 불편한 작가로 만드는 것이 바로 리스가 독자와 등장인물 사이에 조성한 공감적 전율의 힘이라고 생각한다. 몇 년 전 『한밤이여, 안녕』을 가르쳤을 때 많은 학생이 이 소설을 읽으면서 불편한 감정과 절망감을 느꼈다고 고백했다. 자신이 우리 문화에서 '루저'라고 불리는 주인공과 함께 자기혐오의 순환에 휘말리는 데 분개했다는 것이다. 나 또한 리스를 읽을 때 이와 같은 기분을 느끼며, 리스의 주인공을 마조히즘적이라고 보는 비평가들 또한 분명 나와 내 학생들처럼 사샤에게 자기계발서를 사주고 싶은 충동을 느꼈을 것이다. 내 생각에 리스가 우리를 수난자의 의식 안에 위치시키는 방식에서 위협적인 부분은 이러한 방식이 우리의 자아감에도 위협을 가할 수 있는 잠재력을 지닌다는 점이다. 베유가

「인격과 신성함Human Personality」에서 "불행의 현실을 인식하는 것은 (…) 비존재non-being를 경험하는 것이다"라고 말한 것처럼 말이다.

> 누군가의 말을 듣는다는 것은 곧 그가 이야기를 할 때 그의 입장이 되는 것이다. 불행으로 영혼이 부식된 사람이나 거의 그러한 위험에 다다른 사람의 입장이 되는 것은 곧 자기 자신을 소멸시키는 것이다. 이는 행복한 아이에게 자살이 어려운 것보다도 더 어려운 일이다.(332)

베유에 따르면, 불행을 겪지 않는 사람이 자신도 그 입장이 될 수 있음을 인정하는 것은 '기적'이다.[5]

실제로 『한밤이여, 안녕』의 한 에피소드는 공감을 통해 불행을 당하는 존재의 세계관에 들어가는 일이 얼마나 어려운지를 잘 보여준다. 사샤가 유대인 예술가 친구 세르게이를 방문했을 때 세르게이는 그녀에게 런던에 살던 어느 날 밤 방 밖의 복도에서 한 여성이 울고 있는 것을 본 적이 있다고 말한다. 백인과 흑인의 혼혈인 이 물라토 여성은 마르티니크섬 출신으로, 돈 많은 백인 정부와 함께 파리를 떠나 영국으로 왔다. 세르게이가 여자를 방으로 초대해 차를 대접했을 때, 그녀는 자신을 타락한 여자라며 경멸하는 시선보다 더욱 견디기 힘든 게 만연한 인종적 편견이며, 이 편견 때문에 차라리 보이지 않게 되기를 간절히 바란다고 털어놓는다. 세르게이는 이렇게 말한다. "그래서 밤에 나가는 것을 제외하고는 거의 밖에 나가지 않았다고 하더

군요. 근 2년간을."(96) 그 '마르티니크 여인'이 살아 있는 존재라기보다
는 '돌이 되어버린 무언가'로 보이는 데 큰 충격을 받은 세르게이는 그
여성에게 들은 이야기를 사샤에게 말해준다.

"이 말을 들을 때 저는 마치 막장의 컴컴한 구덩이 속을 들여다보는
것 같은 기분이었어요. (…) 제가 그녀에게 말했지요. '너무 흥분하지
않도록 주의하세요. 왜냐하면 그렇게 되면 그게 모든 것의 끝이 되
니까요.' 그러나 그녀에게 이성적으로 대화를 한다는 건 정말 어려웠
어요. 왠지 아세요? 그녀와 말하는 내내 저는 살아 있는 인간과 대화
한다는 느낌을 가질 수 없었으니까요."(96)

세르게이는 그 여성이 자신과 섹스하고 싶어한다고 느낀다. 그러한
친밀감이 "그녀를 도울 수 있는 유일한 방법"(97)이기 때문이다. 하지
만 그렇게 하지 못한다. 그 사건 이후 세르게이는 어린아이를 포함해
같은 건물에 사는 다른 세입자들이 그녀에게 잔혹하게 구는 것을 목
격하고도 그 상황에 개입하지 않으며, 그 여성 역시 더 이상 세르게이
에게 자신의 이야기를 털어놓지 않는다.
　세르게이는 자기 자신인 채로 그 여성의 곤경을 동정할 뿐, 여성
에게 공감하지 못한다. 사샤가 "잘해주셨으리라 생각해요"라고 말하
자 세르게이는 "사실 잘해주지 못했어요"라고 고백한다.(97) 세르게이
는 그녀가 처한 상황을 느끼기보다는 이성적으로 사고했다. 마르티니
크 여인에게 너무 흥분하지 말라고 말한 것이 '합리적인' 주장이었을

진 몰라도, 그 여성이 받아들일 수 있는 것은 아니었다. 그날 오후 편견으로 가득 찬 어린아이에게 모욕을 당한 충격에서 아직 벗어나지 못했던 여인은 이성의 영역 밖에 있었기 때문이다. 아이는 여자에게 이렇게 말했다. "난 아줌마가 싫어. 아줌마가 죽어버렸으면 좋겠어."(97) 여기서 세르게이가 그 여성의 눈을 응시할 때 "구덩이를 내려다보는 것 같다"고 느꼈다는 점은 매우 중요하다. 아마 세르게이가 그녀에게 공감하려면(참혹한 고통에 휩싸인 그녀의 의식 안에 들어가려면) 그 구덩이 안에 스스로 빠져서, 비록 일순간일지언정 자신의 정체성을 잃어버려야 했을 것이다. 앞서 언급한 구절에서 베유가 주장했듯이 "불행으로 영혼이 부식된 사람이나 거의 그러한 위험에 다다른 사람의 입장이 되는 것은 곧 자기 자신을 소멸시키는 것"이다.

아이러니하게도 유대인 세르게이 역시 자신의 인간성을 부정하는 편견을 겪어보았을 것이다. 특히 이 소설의 시대적 배경인 1937년은 독일이 파리를 점령하고 홀로코스트가 자행되기 불과 몇 년 전이다. 실제로 세르게이는 사샤에게 마르티니크 여인에 관해 이야기하는 장면에서 아프리카 문화의 영향을 받아 직접 만든 가면을 쓰고 있다. 섬뜩하게 사라진 세르게이의 얼굴은 파시스트가 괄시받는 사람들에게 부여한 인간 이하의 지위를 떠올리게 한다. 하지만 흥미롭게도 세르게이의 가면은 사샤에게 수난자가 아닌, 공감 없이 수난자를 바라보는 사람을 떠올리게 한다. "나는 그런 얼굴을 잘 알고 있다. 그런 얼굴을 많이 보아왔다. 다리와 팔까지 붙은 그런 얼굴을. 그들이 이렇게 말할 때 그런 얼굴이 된다. '센강에 빠져 죽지 그랬어?' 또 이런 말

을 할 때도 그런 얼굴이 된다. '도대체 저 늙은 여자가 여기서 뭘 하
는 거죠?'"(92) 그때, 세르게이가 쓰고 있는 가면은 사샤에게 타자라기
보다는 타자화의 과정(억압받는 사람들이 인간성을 부정당할 때 결국 동참하게
되는 과정)을 나타내는 이미지가 된다. 그런 의미에서 이 가면은 비인간
화되어 더 이상 타인의 인간성을 인정할 수 없게 된 사람들의 무표정
한 얼굴을 상징한다. 스스로 트라우마적 기억에서 자유로운 '자동 인
형'이 되려고 분투하는 사샤는 그러한 비인간화의 환상을 만들어내려
애쓴다. 한 시점에서 사샤는 자신의 얼굴을 "내가 원하면 언제든지 벗
어서 못에 걸어놓을 수 있는 고문당하고 고통당한 가면"(43)으로 묘사
한다. 하지만 사샤의 가면이 "고문당하고 고통당한" 것은 그녀가 부러
워하던, "톱밥으로 채운 가슴"을 가진 마네킹 같은 무생물이 되는 데
아직 성공하지 못했음을 보여준다. 앞에서 사샤와 "빌어먹을 인형들"
을 비교할 때 주목했듯이, 사샤는 완전한 비인간이 되기에는 여전히
어마어마한 고통으로 가득 차 있다. 한편 완전히 비인간화되지 않는
한 타인을 비인간화할 수도 없다. 사샤는 자신의 고통뿐만 아니라 주
위에서 볼 수 있는 불행한 자의 고통까지 느낀다. 가게에서 모자를 써
보다가 딸에게 "완전히 바보"(22) 취급을 당한 늙은 대머리 여성, 사창
가에서 만난, 안아주고 싶었던 한 가엾은 소녀("아름답지 않았고 인기도 전
혀 없었다"). 사샤는 이렇게 말한다. "그녀의 어깨를 내 팔로 감싸고 그녀
의 눈에 입 맞추고 싶었고 그녀를 위로해주고 싶었다."(161)
　파시즘이 점점 더 거세지고 있었다는 점을 고려하면, 불행한 자에
게 공감하는 것은 개인적 선택일 뿐만 아니라 정치적 선택이며, 배유

가 『일리아스』에 대한 에세이에서 말했듯 점점 더 심해지는 무자비함으로 "권력을 찬양"하고 "고통받는 자들을 경멸"하는 사회에 대한 저항이다.(183) 우리는 소설 초반에 사샤가 "강철로 만들어진 손"으로 "만국박람회 가는 길"(13)이라고 쓰인 현수막을 가리키는 남자 꿈을 꿀 때 점점 더 잠식해 들어오는 전체주의를 떠올린다. 메리 루 에머리가 지적하듯, 이는 1937년 파리에서 열린 만국박람회와 박람회를 지배했던 독일 나치 및 러시아 스탈린주의자의 전시관을 나타낸다. 그동안 리스는 정치에 관심이 없는 작가로 여겨져왔지만, 에머리는 리스가 주인공을 역사적인 맥락 안에 신중하게 위치시킴으로써 "여성에 대한 사회적 폭력에 정면으로 대응하고 이를 유대인 및 다른 소수 인종에 대한 박해와 연결시켰다"(145)고 주장한다. 세르게이의 가면이 사샤로 하여금 공감 없는 얼굴을 떠올리게 했던 장면을 상기해볼 때, 강철 손을 가진 남자에 대한 사샤의 꿈은 파시스트 사회를 강철처럼 차가운, 비정한 로봇들의 사회로 그린 것이라 할 수 있다. 그러한 로봇들이 점점 더 많아지는 세계에서 마르티니크 여인과 세르게이, 사샤—파시스트의 눈에 타락한 여성으로 보일 성적으로 자유로운 결혼하지 않은 여성—는 모두 비인간적인 권력의 무자비한 조류에 의해 소멸될 위험에 처해 있다.

　이러한 역사적 순간에 여러 불행에 직면한 베유는 혁명이나 정치적 변화를 통해 불행을 없애려는 희망을 전부 잃어버린다. 권력의 형태에 너무나도 큰 적의를 느끼고 우리가 타자를 만들지 않기 위해 다른 사람과 연결될 수 있는 가능성에 지나치게 회의적이었던 나머지 베유는 수동적인 비존재 상태가 되기를 갈망하며 죽음을 맞이한다. 베유가 보기에 이러한 죽음이야말로 아탕트의 궁극적인 표현이었다. 자기의 자기the self of the self를 비우기 위한 이러한 노력에서 영지주의와 동양철학의 영향을 받은 베유는 결국 인간 주체의 모든 행동이나 문제를 극복해야 한다는 주장을 약한 자들을 잡아먹는 공격 행동으로 여겨 불신하게 된다.6 주디스 밴 헤릭에 따르면 베유가 평생 가지고 있던 거식증(이 거식증은 절식으로 인한 때 이른 죽음으로 끝이 난다)은 구강성과 식욕에 대한 거부를 나타낸다. 베유는 구강성과 식욕을 노동자의 영혼을 갉아먹는 「공장 노동」 속 공장주 같은 사람들과 연관시켰던 것이다.7 마지막으로 나는 『한밤이여, 안녕』의 결말에서 사샤가 불행에 대처하기 위해 선택한 전략이 베유의 전략과 놀라울 정도로 비슷하다고 주장하고 싶다.

『한밤이여, 안녕』의 불길하고 불분명한 결말은 평론가들을 당황시킨다. 인간과의 접촉에 대한 경계심을 누그러뜨리기 위해 사샤는 부유한 여성을 찾아다니는 '제비족' 르네의 접근을 허용한다(그러면서도 전애인에게 받은 값비싼 모피 코트를 입고 있기 때문에 자신에게 접근하는 거라고 확신한다). 하지만 "사랑과 젊음, 봄, 행복"(177)을 누릴 기회가 완전히 사라진 것은 아니기를 감히 희망한 사샤가 르네를 방으로 초대했을 때, 장면은 순식간에 추잡해진다. 이 제비족은 사샤를 강간하려고 하면서 "모로코에서라면 당신 같은 여자를 다루기란 식은 죽 먹기지. 당신을 도와주라고 친구 네 명 정도 부르면 되니까. 돌아가면서 차례대로."(182)라고 말하며 사샤를 조롱한다. 돈을 주며 떠나달라고 그를 설득한 사

샤는 침대 위에서 태아처럼 몸을 웅크리고 수치심과 거절로 인한 극
도의 괴로움으로 눈물 흘린다("나는 완전히 상처받은 사람처럼 운다"(184)).
하지만 충격적이게도 사샤는 르네가 돌아오리라는 환상을 품을 뿐
아니라 그때 마침 자신의 방문 앞에 나타난 세일즈맨, 즉 옆 방에 세
들어 있던 송장 같은 외판원을 르네의 대리인 삼아 침대로 끌어들이
기까지 한다.

> 그는 입을 열지 않는다. 그것만도 다행이다. 그는 아무 말도 하지 않
> 는다. 나는 그의 눈을 빤히 응시한다. 그리고 내 인생에서 마지막으
> 로 혐오스러운 인간의 모습을 증오하며 바라본다. 마지막으로…….
> 나는 두 팔로 그를 감싸 침대로 끌어내린다. "그래요, 네, 네……."(190)

　소설 말미에서 사샤가 '마지막으로'라고 말했다는 사실을 고려하면
수많은 평론가가 사샤의 "그래요"를 자기 파멸에 대한 동의, 죽음의 의
인화를 떠올리게 하는 해골 같은 남성의 손에 살해될 서막으로 해석
한다는 사실도 그리 놀라운 일은 아니다. 실제로 퍼트리샤 모런은 이
장면에서 죽음과 소녀Death and the Maiden라는 전통적인 타블로가 연
출되었다는 점에 주목한다.(146) 죽음과 소녀는 예술작품에서 뼈만 남
은 사신●의 품에 여성이 나체로 안겨 있는 모습으로 묘사되는 알레
고리다. 한편 베로니카 마리 그레그는 공감에 주목함으로써 다른 주

● Grim Reaper, 주로 서양 회화에서 해골의 형상에 긴 망토를 걸치고, 생명을 거두어가는
낫을 들고 있는 죽음의 신.

장을 펼친다. 소설의 결말을 좀더 긍정적으로, 사샤가 인간을 더 이상 열등한 사람 또는 타자로 바라보지 않기로 선택한 정치적 의사표시로 해석하는 것이다. "가운을 입은 채 남자를 껴안은 마지막 포옹은 사샤가 매도당하는 타자에 대한 자신의 책임감을 받아들인 것으로 해석될 수 있다."(157) 그레그는 혐오스러운 외판원을 껴안은 사샤의 행위—다시는 "또 한 명의 불쌍한 악마 같은 인간"을 경멸하지 않겠다는 사샤의 거부—가 타자성에 대한 반응을 세르게이의 그것—세르게이는 마르티니크 여인을 진정으로 '친절'하게 대할 수 없음을 깨닫는 데 그쳤다—과 구분 짓는다고 주장한다. 이러한 연유로 그레그의 해석—사샤가 새로운 차원의 공감과 조건 없는 사랑을 할 수 있는 능력을 얻었다는 해석—은 소설의 결말을 사샤의 죽음에 대한 전조라고 보는 해석보다는 그녀의 재탄생으로 보는 해석과 더욱 부합한다.[8]

하지만 나는 『한밤이여, 안녕』의 결말에 관한 이 두 가지 해석, 즉 사샤가 죽음에 동의한 것이라는 해석과 그녀가 삶에 대한 새로운, 더 나아간 공감적 이해를 얻게 된 것이라는 해석이 양립 불가능하다고 보지 않는다. 파시즘의 발흥을 배경으로 시몬 베유의 이론을 통해 소설의 결말을 해석한다면, 어떻게 사샤의 '재탄생'이 죽음에 근거를 두고 있는지를 알 수 있다. 우리는 진정 사샤의 죽음을 베유가 말한 '탈 창조decreation' 행위로, 그리하여 베유의 죽음과 유사한 것으로 파악할 수 있다.

'탈창조'—베유는 이를 "창조된 무언가를 창조되지 않은 것으로 만드는 것"("Decreation", 350)이라고 정의했다—는 베유가 삶의 끝자락에 갈망했던 '이기심'의 완전한 포기다. 그리스도의 희생적 죽음에 대한 동의를 본뜬 탈창조는 권력을 향한 선천적 욕망에 내포된 의지를 사심 없는 순수한 사랑으로 대체함으로써 권력에의 의지를 제거한다. 토머스 네빈이 베유를 연구하며 지적했듯 '창조된 것'을 '창조되지 않은 것'으로 변화시키는 탈창조는 불가피하게 '죽음의 복음'이 된다. 하지만 네빈은 또한 다음과 같이 주장한다. "이런 어조가 아무리 암울하더라도, 결국 탈창조는 여러 행위 중 가장 긍정적이라고 볼 수 있다. 탈창조는 창조된 그대로를 받아들이는 신의 케노시스kenosis • 에 대한 역모방이다."(290-291)

그러므로 『한밤이여, 안녕』의 결말처럼 탈창조는 여러 해석의 여지가 열려 있는 행위다. 베유의 정치사상 분석에서 네빈이 주장하듯이, 탈창조는 권력을 향한 인간 의지의 포기와 마찬가지로 비시 정권의 파시즘 공모에 꿋꿋이 반대한 베유의 저항을 반영한다.9 하지만 자기 부정으로서 탈창조의 '죽음의 복음'은 자기혐오의 복음으로 보일 수도 있다. 분명 베유를 신경증 환자로 치부하는 것은 매우 쉬운 일이다. 특히 베유의 전기작가인 시몬 페트르망이 '끔찍한 기도'라고 부른 베유의 글을 읽은 후라면 더욱 그럴 것이다. 이 글은 베유가 인생의 마지막에 다다랐을 무렵 쓴 기도문으로, 여기서 베유는 자기 생명의 본체를 수난자들을 위한 양식으로 바꿀 수 있도록 자신을 "마비된 사람처럼 눈멀고, 귀먹고, 어리석어지게" 해달라고 신에게 간청한다.10 탈

• 예수가 신의 뜻에 따라 인간의 모습을 취함으로써 스스로 낮은 곳에 임한 것을 의미한다.

창조를 "여러 행위 중 가장 긍정적인 것"으로 본 네빈조차 이러한 신념만큼은 "병적인 자기경멸"(291)이라고 보았고, 베유는 이러한 자기경멸로 인해 신이 진정으로 자신을 사랑할 수 있는지까지 의심하게 만들었다.

내가 베유와 사샤에 관해 정확히 하고자 하는 주장은 이것이다. 이들의 마지막 선택은 개인적 수치심과 역사적 트라우마 모두에 대한 반응으로서만 이해될 수 있다는 것이다. 결국 베유가 불행에 대해 그렇게 힘 있는 글을 쓸 수 있었던 것은 스스로 다방면에서 비천한 존재로서—남성이 지배하는 학계의 여성 지식인으로서, 반유대주의 사회의 유대인(아무리 자신의 신앙에 대해 상반되는 감정을 가졌다 하더라도)으로서, 파시즘의 발흥을 목도해야만 하는 좌파로서—불행에 대해 잘 알고 있었기 때문이다. 이와 비슷하게 자신의 침대에서 외판원—즉 더러운 암소라는 말로 사샤를 모욕하고 그녀를 성적으로 착취할 수 있는 신체로 여겼던 남성—을 받아들인 행동은 사샤가 평생 동안 느껴온 참담한 수치심의 정점이자, "세상은 그저 하얀 무쇠로 만든 거대한 기계"(187)라는, 외판원을 맞아들이기 직전 사샤가 마음속에서 그린 세상에 대한 반응이다. 하지만 외판원의 접근에 자신을 내줌으로써 사샤는 이 기계 같은 세계의 인간성을 회복시킨다. "혐오스러운 인간의 모습을 마지막으로 증오하며 바라보기"를 선택할 때 사샤는 경멸당하는 타자를 인간으로 바라보겠다는, 결정적인 선택을 내리고 있는 것이다. 리스가 사샤로 하여금 외판원의 눈을 "똑바로 바라보게" 한 것은 대단히 강력한 효과를 낳는다. 베유에게 바라보는 행위는 자기가 타자를 진정 "자신이 바라보는 존재, 그 존재 자체, 그 존재의 진실된 모습"으로 보는 것을 가능케 하는, 아탕트로 향하는 길이다. "어떤 방식으로 어떻게 바라볼지를 반드시 알 필요가 있다."("Reflections on the Right Use of School Studies", 51) 외판원의 눈을 "똑바로" 바라본 후 사샤는 그를 침대로 밀어뜨리며 이렇게 말한다. "나는 그를 팔로 감싸 안는다." 이 말은 사샤가 사창가에서 만난 소녀를 보며 "그녀의 몸을 팔로 감싸 안고" 싶다고 느꼈던 욕망을 묘사할 때 사용했던 말과 같다. 소녀를 안아주고 싶다고 소망할 때 사샤는 순수한 아탕트의 몸짓으로서 자기 자신만큼 수난당하는 영혼을 위로할 수 있기를 꿈꾼다. "그녀의 어깨를 내 팔로 감싸고 그녀의 눈에 입 맞추고 싶었고 그녀를 위로해주고 싶었다. 그게 사랑이 아니라면, 뭐였지?"(161) 저열한 외판원은 결코 이 소녀처럼 연민을 불러일으키는 인물이 아니지만, 여전히 사샤는 그를 "마지막으로 혐오스러운 인간"으로 받아들인다.(190)

그렇다고 사샤가 자신을 죽이거나, 그게 아니라도 모멸을 줄 게 뻔한 남성을 받아들인 데 대해 그 어떤 불안도 느끼지 않는다고 할 수 있을까? 물론 아니다. 베유가 탈창조의 개념을 자기 삶에 적용한 데 박수를 보내지 않는 것처럼 말이다. 나는 개인의 불행과 권력의 사회적 학대에 맞서는 방법으로 사샤나 베유가 보여준 극단적인, 궁극적으로는 자기 파괴적인 해결책을 지지하지 않는다. 사샤가 보여준 그 해결책은 성적 학대와 여성혐오에 대한 문제적 동의를 수반한다. 하지만 나는 리스가 오직 이러한 방법을 통해서만 공감을 이룰 수 있는 불행한 여성 주인공을 통해 자신의 방법대로 『한밤이여, 안녕』의 결말

을 낸 것이라고 생각한다. 왜냐하면 같은 역사적 순간을 살았던 베유
와 마찬가지로 리스 또한 자기를 없애는 방법 외에 타자의 식민화에
서 벗어날 수 있는 다른 방법을 찾지 못했기 때문이다(그리고 결국 사람
들은 이 방법을 꺼리게 되어 있다). 베유처럼 죽음에 이르지는 않았으나, 우
리는 이러한 비관주의의 결과 리스가 그와 비슷한 자기침묵의 행위로
서『한밤이여, 안녕』출간 이후 긴 공백을 가졌고 우울증과 알코올의
존증이 남긴 트라우마로 내리막길을 걸었음을 알고 있다. 하지만 역
사와 자기에 대해 어떤 의구심을 가졌든 간에, 두 여성 작가는 불행에
대한 연민을 통해 우리에게 절망에 저항하는 강력한 해독제를 제공한
다. 리스와 베유의 작품이 우리를 끌어들이듯, 용기를 내어 불행한 자
의 수치심을 함께 나눔으로써 우리는 순간일지라도 억압받는 이들을
자기혐오 속에 고립시키는 장벽을 무너뜨릴 수 있다.

3부

수치심 사회

12장

여성의 신체로 국가적 수치에 맞서는 중국
찬미인가, 모욕인가?

페일링 자오

수치심은 우리가 다른 사람에게 어떻게 보이는가와 우리 스스로 다른 사람에게 어떻게 보이길 바라는가가 불일치할 때 발생한다.(Kilborne, "Fields of Shame", 231) 이 불일치는 "자기에 대한 전면적 공격"(M. Lewis, *Shame*, 75)으로 나타나며 보통 신체에 대한 치욕과 실패, 나약하다는 느낌을 불러일으키기 때문에 우리는 체화된 수치심과 결부된 느낌을 없애기 위해 몸을 숨기거나 몸의 형태를 변화시킨다. 일종의 살아 있는 정신으로 여겨지는 국가(Abdel-Nour, 698) 역시 그것에 부여된 국제적 이미지와 국가적 자부심이 불일치할 때 수치(치욕, 불명예, 모욕)를 느끼며, 그 결과 이 국가적 수치를 없애기 위해 자국민의 신체를 바꾼다. 푸코적 관점에서 이는 특히 역사적·문화적 힘과 담론, 규율적 실천을 통해 이루어진다.

수치심은 '주요 감정'으로 간주되며(Scheff, *Bloody Revenge*, 54) 실번 톰킨스, 헬렌 블록 루이스 등이 수치심이 수행하는 강력한 기능에 대해 연구해왔지만, 수치심과 자부심이라는 축을 "우리의 모든 활동을 측정할 때 사용하는 척도"(Nathanson, Shame and Pride, 86)로서 인정하고 자부심이 그 모든 활동을 추동하는 기본적이고 보편적인 불변의 주요 감정임을 인식해온 사람은 별로 없다. 자부심은 개인을 다른 사람과 묶어주는 끈이며, 사람들에게 행동의 동기를 부여하는 매우 강력한 감정적 에너지다. 윌리엄 블레이크의 말마따나 "수치심은 자부심의 가면이다". 이는 자부심이 수치심의 근원이자 우리가 수치심에 대처하기 위해—수치심의 가면을 벗어버리기 위해—사용하는 감정적 에너지라는 명확한 주장이다. "자부심은 수치심과 마찬가지로 자기평가 이상을 수반하고 다른 사람과 상호작용하는 방식에 반영"(Britt and Heise, 255)되지만, 수치심보다 더 공적이며 다른 사람과의 상호작용을 유발한다. 숨기, 물러나기, 움츠러드는 기분 등 수치스러운 행동과 달리 자부심 있는 행동은 전형적으로 "대상 세계에 자신의 성공을 널리 알리는 경향"을 보이며(Nathanson, "Shame/Pride Axis", 184) 우리의 신체를 "키가 더 크고, 더 강하고, 몸집이 더 크고, 장대하게" 느끼도록 만든다.(Davitz, 77) 그러므로 한편으로는 제시카 트레이시의 작업처럼 보편적인 감정으로서 자부심이 가진 기본 역할을 연구하면서도, 다른 한편으로는 수치심과 자부심을 서로 독립된 두 가지 항으로 다루지 않는 것이 중요하다.

　국가적 수치심을 연구할 때 나는 다음과 같은 사실을 강조하는 것이 중요하다고 본다. 개인을 국가에 결속시키며 개인에게 국가적 책임감을 공유하고 국가적 수치심을 무효화할 동기를 부여하는 것은 바로 국가적 자부심이다. 파리드 압델누르는 「국가의 책임National Responsibility」에서 국가적 자부심이 개인에게 갖는 중요성을 분명하게 보여준다. 그에 따르면 국가적 자부심은 "근대적 개인이 세계 안의 존재가 되어 세계에서 분명한 지위를 갖도록 허용한다".(700) 그리고 이러한 결속은 중국 같은 '연줄 문화권'에서 특히 강하다. 연줄 문화에서 개인의 자아감은 그가 속한 국가가 세계에서 차지하는 위치와 직접적으로, 또 공공연하게 관련되어 있으며 국가적 수치심 및 국가적 영광과 끊임없는 상관관계를 맺는다. 20세기에 중국 국가와 정부는 100여 년간 이어진 "국가적 모욕"(Callahan, 199)과 싸우면서 개인이 국가적 책임을 지고 국가적 수치심을 없애는 데 도움이 되는 다양한 국가 운동, 캠페인, 혁명, 훈련, 규율, 정책, 담론을 통해 성공적으로 국가적 자부심을 불러일으켜왔다.

헬렌 블록 루이스와 클레어 파야치코프스카, 아이번 워드, J. 브룩스 부손 같은 학자들이 젠더와 섹슈얼리티의 서구적 구성이 여성과 여성 신체, 여성 섹슈얼리티를 수치심과 연관 짓곤 했던 방식을 이해하는 데 일조했듯, 몇몇은 여성과 여성 신체, 여성 섹슈얼리티가 자부심과도 연관될 수 있는지를 조사해왔다. 중국 여성에게도 수치심과 여성 섹슈얼리티/여성성/여성 신체 간의 보편적인 관련성이 분명 존재하긴 하지만, 20세기 중국에서 여성의 특정한 신체는 다르게 구성되며 여성 신체와 수치심·자부심 사이에 새로운 관계를 확립한다. 서구 문화에서 지배적인 기술인 (푸코의 용어에 따르자면) 섹슈얼리티 장치보다는 혼인 장치, 즉 결혼을 통한 연줄의 재생산에 더 의존하는 문화에서 20세기 중국 여성의 신체는 수치심뿐 아니라 자부심과도 연관되어왔으며 역설적으로 국가적 자부심 및 수치심과 얽혀 있는 국가주의의 상징이자 매개체로 중심적 위치에 놓였다.

이 글에서는 중국 여성의 신체가 어떻게 국가적 수치심에 대처하고 국가적 자부심을 되찾기 위해 활용되고, 훈육되고, 변형되고, 강화되어왔는지를 설명하는 과정에서 수치심과 자부심이 어떻게 여성의 신체에 각인될 수 있었는지를 드러내고자 한다. 구체적으로는 어떻게 해방된—속박에서 풀려나 공개된—여성 신체가 혁명의 시대에 '동아시아의 폐인廢人'이라는 국가적 수치심을 던져버리기 위해 국가적 자부심의 원천으로 승격되었는지, 새로운 중국이 수치스러운 전통적 여성성을 벗어버리고 봉건 국가와도, 자본주의 국가와도 다른 평등한 공산주의 국가를 상징하기 위해 어떻게 여성 신체를 보란 듯이 남성화했는지, 마지막으로 마오쩌둥 시대 이후 우승을 거둔 여성 운동선수의 신체가 어떻게 엄격하게 훈련되고 공개적으로 미화되었는지, 한 자녀 정책으로 인해 침체된 중국 경제를 되살리기 위해 어떻게 생식 능력이 있는 여성 신체를 면밀하게 감시해왔는지를 살펴볼 것이다. 학자들은 수치심과 자존심의 내용이 때로 보여지고 대상화되는 자기the self라는 데 대체로 동의한다. 중국의 사례는 수치심과 자존감의 융합이 어떻게 여성들로 하여금 대상과 주체 사이를 오가게 했는지, 그리고 그들이 어떻게 국가적 수치심-자부심과의 긴밀한 관계 안에서 모욕당하는 동시에 찬미된 주체성을 발달시키게 됐는지를 보여준다. 이 주체성은 확실히 중국 페미니즘과 서구 페미니즘 간의 차이를 만들었다.

국가적 수치심과 자부심의 상징이자 매개체로서
중국 여성의 신체

20세기 중국은 아편전쟁에서 비롯된 트라우마적 치욕이 100여 년 간 이어져온 상태였다. 아편전쟁은 중국을 반半 독립·반半식민 국가로 만들어 서구 권력의 지배 아래 두었고, 이 치욕은 중국이 1949년 독립을 선포한 후에도 수십 년 동안 중국인을 괴롭혔다. 결국 전례 없던 수치심이 20세기 중국의 지배 담론(문학, 정치, 미디어, 교육)에 광범위하게 퍼졌다. 데이비드 스콧이『중국과 국제 체제, 1840-1949: 치욕의 세기에 권력과 영향력 그리고 인식China and the International System, 1840–1949: Power, Presence, Perceptions in a Century of Humiliation』에서 주목했듯 '치욕의 세기'에 발생한 중국의 희생 서사는 1994년 중국공산주의 청년단 포스터에서도 여전히 주요 테마였다. 이 포스터는 아편전쟁에서 불평등조약까지, 참담했던 의화단운동에서 난징대학살까지 이어진 모욕을 생생하게 포착한다.(xi)

중국 문화는 서구 학자들에게 서구 문화보다 수치의 경험을 더 많이 자각하고 이를 더욱 강조하는 수치심 문화로 알려져 있지만(Ha, 1114) 윌리엄 캘러핸은 중국의 지배 담론, 예를 들어『근대 중국에서의 치욕의 세기에 대한 아틀라스The Atlas of the Century of Humiliation of Modern China』와 같은 출판물과 교과서, 음악 박물관, 공원 등에서 드러나는 수치심과 모욕의 지속적인 국가화에 매료되었다.(199) 캘러핸은 중국공산당과 사회주의적 역사 기록의 특징으로 나타나는 국가적 치욕 및 수치심, 불안에 대한 기억이 "중국 국가주의를 구성하는 필수 요소"로서 너무도 강력하게 활용되었기 때문에(200) "근대 중국 역사의 가장 중요한 서사는 국가적 치욕의 세기에 대한 담론"이라고 주장한다.(204)

그렇다면 문제는, 어떻게 모욕과 수치의 국가화가 국가주의를 구성하고 개인을 동원해 (본인이 저지른 것도 아닌) 다른 사람들이 국가에 저지른 잘못을 바로잡게 했는가 하는 것이다. 중국의 집단주의가 개인과 국가 간의 유대를 더욱 강하게 만들었다고 해도 무방하겠지만, 이러한 서술은 개인이 국가적 책임감을 떠맡고 다른 사람이 국가에 저지른 일들에 대한 책임을 짊어지도록 장려된 구체적인 방식을 설명해주지 못한다. 압델누르는 우리에게 다음과 같은 사실을 상기시킨다. "국가적 자부심은 국가에 소속감을 느끼는 사람들이 다른 사람들이 선택한 행동에 스스로를 연결시키는 구체적인 방식의 표지다."(702) 이렇듯 개인을 국가와 이어주는 주요 감정은 국가적 수치심이 아닌 국가적 자부심이며, 개인은 국가적 자부심을 통해 더 큰 의미를 얻고 스스로를 국가적 성취의 행위자라고 여긴다. 개인으로 하여금 타인이 국가에 가져온 공포와 수치에 자발적으로 책임을 지게 만드는 것은 오직 국가적 자부심을 통해서만 가능하다.(713) 이러한 의미에서 국가적 자부심은 개인이 스스로를 국가적 수치와 동일시하는 원인이자 결과다.

그렇다면 국가적 자부심을 구성하는 것은 무엇인가? 국가의 정체성은 국가적 자부심—시민이 국가에 대해 가지는 의식 또는 이미지─과 국제 여론에서 국가가 가지고 있다고 인식되는, 혹은 실제로 가지고 있는 이미지가 결부되어 구성된다.(Rusciano, 361) 아편전쟁 기간 서구 권력 아래 종속되었을 때 중국의 국가 정체성은 위기에 처했다. 중국 국민들이 조국(정부와 국정)에 대해 가지고 있던 인식과 동아시아의 폐인이라는 중국의 국제적 이미지는 극도로 부정적이었고 개인에게 동기를 부여하는 국가적 자부심을 거의 만들어내지 못했다. 1949년 '새로운 중국'이 건립되었을 때 중국에 대한 국제적 이미지와 오래된 봉건국가에 대한 개인의 인식은 모두 적대적이었다. 국가적 자부심은 어디에서 생겨난 것일까? 프랭크 루이스 루시아노가 주장하듯, 국가적 자부심은 민족적·종교적 실체로서 국가에 대한 충성, 또는 법과 제도의 총합으로서 국가에 대한 충성과 같이 문화적 가치에서 비롯될 수도 있다.(361-366)

20세기에 시기별로 존재했던 역사적 강제와 정치권력은 중국의 문화적 가치에 크게 의존함으로써 국가적 자부심을 불러일으켰고, 그렇게 시민 개개인을 동원해 국가적 수치심에 대처하게 만들 수 있었다. 국가적 지위와 국제적 이미지를 바꾸려는 국가의 노력하에 남성의 신체와 여성의 신체는 모두 엄청난 변화를 겪었으나, 특히 여성의 신체는 변화를 위한 주요 매개체이자 국가적 자부심의 상징으로서 중심적 위치에 자리했다. 예를 들어 중국 남성의 변발은 후진성을 상징하는 것처럼 비춰진다는 이유로 자를 것을 강요받은 반면, 여성의 전족은 중국이 서구 권력에 예속되어 있음을 나타내는 은유가 되었다. 이후 여성의 신체는 공적 영역─학교와 거리, 전쟁터 등─에 동원되어 해방된 독립국가를 상징했다. 새로운 중국에서 여성의 신체는 남성화되어 남성복을 입고 남성이 하는 모든 일을 수행했다. 여성의 월경은 한 자녀 정책의 성공을 위해 철저하게 감시되었고, 여성 운동선수의 신체는 국제 스포츠 경기에서 영광스러운 승리를 거둘 수 있도록 엄격하게 훈련되었다.

여성의 신체는 여러 방면에서 국가적 자부심의 상징이자 국가적 수치심의 매개체로서 그 중심에 놓였다. 이는 우연이 아니라, 문화적·역사적·이데올로기적 강제력과 신체 담론이 한 점으로 수렴된 결과다. 여러 역사적·정치적·이데올로기적 강제력, 국가 담론과 더불어 문화적 강제력과 신체에 대한 중국의 지배 담론은 국가적 자부심과 수치심을 여성의 신체에 각인시킨 불변의 기술이었다. 역사적 강제와 국가권력이 국가주의를 중국 여성의 신체에 각인하는 데 일조하긴 했지만, 이러한 각인은 그동안 역사적·정치적 권력이 신체에 침입할 수 있도록 안정적인 경로를 제공해왔던 중국의 변함없는 문화적 요소에 깊이 뿌리내리고 있다. 혼인을 중요하게 여기는 문화와 같은 안정적인 요소들이 젠더와 섹슈얼리티를 다르게 구성하고 수치심과 자부심을 새롭게 젠더화한 것이다.

혼인과 섹슈얼리티에 대한 푸코의 설명은 20세기 중국이 문화를 통해 끊임없이 재생산을 강조한 이유를 이해하는 데 큰 도움을 준다. 『성의 역사』에서 푸코는 혼인 장치를 "결혼, 친족 관계의 고정과 전개, 성씨 및 재산 상속에 관련된 제도"로, 그 혼인 장치에 겹쳐진 채 그것을 배제하지 않은 채 그 중요성을 줄여온 근대의 발명품으로 섹슈얼리티 장치를 정의한다.(106) 혼인 장치의 배치는 관계의 상호작용을 재생산하고 규칙을 유지시키는 사회체에 대한 주목과 규율이라는 시스템을 중심으로 생겨나는 한편, 섹슈얼리티 장치는 신체, 즉 생산하고 소비하는 신체에 주목한다.(106-107) 푸코가 자세히 설명한 것처럼 섹슈얼리티 장치는 혼인 장치를 기반으로 구성되며 대단히 면밀하고 효과적인 방식으로 근대적 신체를 만들어내고 통제할 수 있는 서구 근대의 권력 장치가 된다. 하지만 사실상 근대 중국에서 이 섹슈얼리티 장치는 혼인 장치를 기반으로 발생하지 않았으며, 혼인 장치는 여전히 신체를 통제하는 지배적 기술로 남아 있다.

이처럼 혼인을 문화적으로 강조한 결과 중국 여성이 맡은 재생산의 역할(관계의 재생산, 자녀의 재생산, 규칙과 법의 재생산)은 여성의 신체를 국가주의 각인의 가장 유용한 주요 장소로 만들었다. 예를 들어 재생산과 결혼에 대한 전통적이고 문화적인 사고방식은 20세기 초반 여남으로 하여금 중국 인구의 신체를 강화하기 위해서는 여성의 신체를 강화해야 한다는 인식을 가지게 했다. 리리가 이 시기 중국의 혁명문학에 대한 비평에서 통찰력 있게 지적했듯이, 개혁 성향을 가진 중국 지식인 세대가 사회적 변화를 추구하도록 유도된 것은 바로 "상상적 기표로서의 여성 신체"(93)를 통해서였다.

국가주의는 명백하게 "여성 문제를 반식민주의 투쟁에 포함"시켰으나(Jianmei Liu, 73), 역사적·정치적·담론적 강제가 여성이 국가적 수치심과 자부심을 내면화하는 주체의 역할을 다하지 않았다면 이들의 신체에 국가적 수치심과 자부심을 새길 수 없었다. 푸코가 "신체

는 그 자체의 물질성에서나 우리의 신체 개념에서나" 담론이나 규율
적 실천뿐만 아니라 "역사적·문화적 힘에 의해 형성된다"고 강조할 때
도(McLaren, 82) 우리는 이러한 외부적 요인들이 자동적으로 신체에 영
향을 미칠 수 있다고 가정해서는 안 된다. 페미니스트 학자인 마거릿
매클래런이 요약해주었듯이, 푸코는 신체에 세 가지 양식—각인, 내
면화, 해석—이 있다고 믿었을 뿐만 아니라, 유용한useful 신체와 인식
가능한intelligible 신체를 구분하기도 했다.(106-108) 인식 가능한 신체
는 규율적 담론을 통해 해석되는 지식의 대상으로서 해석 양식에 부
합하며, 각인 양식은 유순하고 유용한 신체가 어떻게 생산되는지를
설명해주는 것으로 보인다. 나는 내면화 양식을 유순한 신체와 인식
가능한 신체가 겹쳐지는 부분을 설명해주는 것으로 보는데, 각인 양
식과 해석 양식이 신체에 실질적인 효과를 조금이라도 미치려면 신체
는 반드시 주체의 역할을 다해야 하고 사회적·문화적 가치와 신체에
대한 규율적 지식을 내면화해야 하기 때문이다. 역사적·문화적·정치
적·이데올로기적·담론적 강제와 같은 권력은 오직 내면화의 과정을
통해서만 신체에 작용하는 내면interiority을 만들어낼 수 있다. 이러한
내면성은 주체성이며, 이 주체성은 신체에 의해 조건 지어지고 그러
는 동안 신체에 의해 구현된다. 20세기 중국 여성의 신체는 끊임없이
대상화되었지만, 이어지는 서사는 어떻게 중국 여성들이 평소 자신의
주체성을 모욕하고 또 강화하면서 수치심과 자부심 사이, 대상으로서
의 위치와 주체로서의 위치 사이를 끊임없이 오갔는지를 명백히 보여
준다.

392

국가 독립의 상징으로서 해방된 여성 신체(1900-1949)

19세기 후반부터 20세기 초반, 중국인은 자신들이 '세 개의 산'(봉건제
도, 자본주의, 식민주의) 아래 억압받는 동안 중국 여성은 그 세 개와 더
불어 또 하나의 '산', 즉 가부장제에도 억압받고 있었음을 깨달았다.
국민당과 공산당의 개혁 담론에서 여성이 남성에게 예속되어 있는
상황은 국제사회에서 중국의 예속을 상징하게 되었다. 이러한 예속
은 중국 여성의 전족과 긴 머리, 그리고 학교와 일터, 전쟁터 같은 공
적 영역에서의 여성 신체 배제에서 특히 잘 나타난다. 개혁가와 혁명
가 들은 특히 전족을 치욕스럽게 여겼으며 중국 여성의 전족과 교육
의 부족이 "여성 인구를 무지하고 취약하게 만들기 때문에 반드시 이
를 제거해야 한다"(Ip, 332)고 주장했다. 이들은 중국 여성의 전족이 중
국을 "영웅적인 서구 국가의 남성적 힘과 대조되는 여성스럽고 약한
국가"로 만드는 가장 참을 수 없는 특성이라고 보았고, 그렇기에 성평
등의 언어는 "중국 사람들이 자국의 근대성을 정의하는 가장 중점적
인 방식이 되었다".(Rofel, 236) 1919년에 일어난 5·4운동●은 봉건적이
고 희생된 여성은 "중국의 후진성과 의존성"을 나타내며 "여성 억압은
과거 중국에서 일어난 최악의 실패를 보여준다"는 인식을 광범위하게
퍼뜨렸으며, 국가적 수치에 대처하는 방법으로 "국가주의와 국가 강
화"(Raphals, 2)를 제안했다. 이러한 역사적 근거와 정치 운동은 얽매이

● 1919년 5월 4일 베이징의 학생들이 일으킨 항일운동이자 반제국주의, 반봉건주의 혁명운
동으로, 중국 신민주주의 혁명의 출발점이 되었다.

고, 약하고, 순종적인 중국 여성의 신체를 국가적 수치의 상징으로 만들었으며, 여성의 신체에 국가적 수치를 각인하는 데 일조했다. 그 결과 번영을 누렸던 옛 강대국으로서, 독립국가의 자주권으로부터, 수천 년 동안 이어진 다채롭고 고유한 문화에서 국가적 자부심을 되찾기 위해 여성 신체는 반드시 해방되고 강화되어야 한다는 것이 거의 국가적 명령이 되었다. 국가적 수치를 상징하는 여성의 신체를 국가적 자부심의 상징이자 매개체로 탈바꿈하기 위해 다양한 정치적·사회적·문화적 강제력이 한곳으로 수렴되었다. 여성이 맡은 재생산 역할에 대한 문화적 강조, 혁명 담론, 사회조직은 여성이 머리카락을 자르고, 전족을 벗고, 학교에 입학하고, 혁명 조직에 가입하고, 여성 신문을 만들 것을 장려했다.

중국에서 가치를 각인하고 관계를 재생산하기 위해 사용하던 주요 기술이 동맹의 배치였고, 근대 중국 사회가 모권사회와 모계사회에서 발달되었기 때문에(Kristeva, *About Chinese Women*, 35), 어머니로서의 여성은 언제나 중국 문화와 중국 사회의 중심에 있었다. 모성에 대한 이러한 문화적 강조는 중국 남성 지식인과 활동가 들이 중국의 이미지를 개선하려고 애쓰던 20세기 초반에 제거되었다. 예를 들어 량치차오는 여성 교육을 장려했는데, 약하고, 글을 모르고, 종속적인 중국 여성은 약하고, 글을 모르고, 종속적인 중국인을 낳는다는 이유에서였다. 이러한 이유에서 중국의 여학교는 '뉘궈런女國人(여성 시민)' 또는 '궈민즈무國民之母(국민의 어머니)'를 양산하기 위해 그 수가 우후죽순으로 늘어났다(Jianmei Liu, 71) 해방되고 교육받은 여성들은 모성의 중심적 위치를 통해 자부심의 매개체가 되었고, 진텐허와 같은 중국 지식인은 이 매개체를 통해 자국민들의 뛰어난 주체성에 다시 활기를 불어넣을 수 있기를 바랐다.

여성은 국가의 어머니다. 우리가 중국에 다시 활기를 불어넣고 싶다면, 먼저 여성에게 활기를 불어넣어야 한다. 중국을 강하게 만들고 싶다면, 먼저 여성을 강하게 만들어야 한다. 중국을 교화하고 싶다면, 먼저 여성을 교화해야 한다. 중국을 구하고 싶다면, 가장 먼저 여성을 구해야 한다.(Jianmei Liu, 71-72)

당시 국가적 자부심을 되찾기 위한 중국 여성 재구성의 중요성은 "서구의 침입하에 있는 중국의 약함은 여성 시민의 부족 때문"이라고 보았던 린중수, "민족국가의 문제를 해결해야 하는 최고 권력과 책임감"으로서 "민족의 어머니라는 이름"이 중국 여성에게 부여되었다고 주장한 샤오샤오홍 등 여성 작가 및 활동가 들에 의해 장려되기도 했다.(Jianmei Liu, 72)

그러는 동안 결혼과 관계에 대한 문화적 강조는 중국 남성으로 하여금 새로운 주체성의 기표이자 국가적 자부심의 상징으로서 신여성 이미지를 홍보할 것을 더욱 장려했다. 「중국 혁명문학에서 상상적 기표로서의 여성 신체Female Bodies as Imaginary Signifiers in Chinese Revolutionary Literature」에서 리리는 루쉰, 마오둔, 장톈이 같은 남성 혁명문학 작가들이 쓴 단편소설을 신중하게 분석한 후 여성의 신체는

기호이자 비유로 축소되었고, "남성 지식인들이 근대 중국에서 새로
운 문화 담론의 대표자로 부상하는 지난한 과정에서 그들의 사회적
어젠다와 정체성 위기를 표현하는 상상적 기표"(93)로 기능한다고 지
적한다. 강하고, 영향력 있고, 반항적이고, 교육받은 근대 여성은 종종
그들이 못마땅해했던 봉건제도하의 여성 및 전통적인 아내, 또는 이
기적이고 비관적이며 연약한 부르주아 여성을 무가치한 존재로 깎아
내리려는 목적으로 소개된다. 중국 지식인들은 오직 수치스러운 여성
신체와의 단절 및 근대 여성과의 관계—로맨틱한 부부라는 상징적
관계—를 통해 총체적이고 근대적인 주체성을 얻기를 바랐다.

　이 같은 여성 해방과 국가 혁명의 상호의존은 의무적으로 여성 해
방을 국민혁명과 공산주의 담론의 중심에 놓았다. 1924-1927년에 있
었던 국민혁명은 가족의 구속으로부터 자유를 갈망했던 수천 명의
젊은 여성에게 혁명 진영에 투신할 것을 주문했다.(Lianfen Yang, 119)
사회적 지지 없이 집을 떠났으나 생존을 위해 피신할 곳을 찾아 집으
로 다시 돌아와야 했던 헨리크 입센의 소설 속 노라와 달리, 1920년
대 중반 중국의 수많은 여학생은 남성 지식인과 활동가, 혁명 조직과
언론, 여학교와 잡지로부터 "상하이와 우한, 주장에 있는 웅장하고 화
려한 혁명의 무대에 투신할 것"(120)을 요청받았다. 또한 중국공산당
은 1920년대에 창당기부터 여성 해방을 국민 해방과 연결시키는 정
책을 개발했다. 여성 해방은 국가를 더욱 강력하게 만들 수 있고 반
半식민적이고 반半봉건적이었던 국가를 세계에서 자국이 누려 마땅한
위치를 되찾을 수 있는 강력한 근대국가로 변모시키는 데 도움이 된

다는 것이었다. 이 같은 강력한 해방의 수사에 자극받은 수백만 명의 여성이 자신의 발과 머리카락에 대한 권리, 모든 '남성적 영역'에 모습을 드러낼 수 있는 자기 신체의 궁극적 자유를 위한 투쟁에 동원되었다. 추진, 샹진위, 류후란, 양카이후이 등 유명한 여성 혁명가들은 학교를 가고, 신문과 잡지에 글을 쓰고, 혁명 단체와 동아리를 조직하고, 혁명에 참여하고 혁명에 사람들을 동원했을 뿐 아니라 요리와 바느질을 통해 국가 혁명을 지원하고 마침내 최전방에서 싸우는 여성들의 모델이 되었다. 물론 이런 총동원에서 여성들이 신체적 자유를 얻어낼 수 있었던 건 여성들 스스로 기존의 관계를 끝내고, 피를 흘리고, 때로 목숨을 걸었기 때문이었다.

이 모든 담론은 국가적 수치를 상징하는 전통적인 여성을 악마화하고 국가적 자부심의 매개체인 해방된 여성 신체에 높은 가치를 부여했지만, 여성과 국가의 상호의존이 안정 상태에 있었던 적은 한 번도 없었다. 국가의 해방을 이루지 못하는 한 여성이 받는 억압은 계속 무시되었을 테지만, 여성 해방 없는 국가 혁명 또한 불완전하며 이것이 없이는 낡은 국가와 새로운 국가를 구별해주는 유의미한 표지를 갖지도 못한다. 그런가 하면 몇몇 학자는 여성의 신체가 중심에 놓여 있었더라도 남성 지식인들이 여성 인물들을 그저 "상징이자 비유로 표현했으며 여성의 진정한 신체 역학과 욕망, 즐거움에는 거의 관심을 기울이지 않았다"는 사실에 주목한다. 이러한 재현, 일례로 루쉰의 영향력 있는 소설에 등장하는 샹린댁●에 대한 재현은 "남성 창조자의 손에 의해 선천적으로 '거세'되었다."(Li Li, 94)

혁명의 대의에서 여성이 더 강한 행위자성을 가져야 한다고 촉구하는 것도 중요하지만, 여성의 주체성을 남성의 주체성 또는 국가주의와 이분법적인 위치에 놓지 않는 것도 그만큼 중요하다. 혁명의 메시지를 내면화하지 않는다면 여성의 신체가 변형될 수도 혁명에 참여하기 위해 동원될 수도 없다. 여성 주체성의 발달과 성장은 국가주의와 혁명 담론, 공산주의 이데올로기가 여성의 신체에 권력을 행사하는 바로 그때 발생한다. 예를 들어 류젠메이가 주목하듯 당대의 혁명 담론은 여성 작가들이 재현 권력 또는 상징 권력보다는 실제적 권력에 접근하는 것을 가능케 했는데, "1889년과 1918년 사이에 50종이 넘는 여성 신문과 잡지가 등장"했으며 이러한 매체들이 "국정 문제에 참여했을 뿐만 아니라 가족 정책, 생물학, 의학, 과학, 예술 디자인 등의 주제를 포함한 여성 교육에도 특별한 관심을 기울였기" 때문이다.(78) 이러한 사례는 국익에 봉사할 때 자기를 계발하고 자신의 목소리를 드러내는 것에 대한 여성의 관심이 더욱 커졌음을 보여준다. 이처럼 연쇄적이고, 대화적이고, 상호 유익한 관계는 마오쩌둥의 시대까지 이어졌고, 이 시대에 여성의 신체는 새로운 역사적·이데올로기적 담론에 의해 더욱 구체적인 모습을 갖추게 되었다.

● 루쉰의 단편소설 「축복」의 주인공. 샹린댁은 지독한 시어머니 밑에서 고생을 하다가 남편이 죽자 시집에서 몰래 도망쳐 나온다. 그러나 도로 시집 사람들에게 납치되어 두메산골로 팔려간다. 시동생의 결혼 비용을 마련하기 위해 시댁에서 그녀를 팔아넘긴 것. 샹린댁의 새 남편은 병으로 죽고, 세 살 난 아이는 이리한테 물려 죽는다. 샹린댁은 쓰 아저씨 집 하녀로 들어가지만, 결국 죽음을 맞이한다. 이 작품에서 샹린댁의 비극은 봉건 중국에서 여성이 어떻게 남성의 소유물로 존재했으며 동시에 남성중심적 가부장제의 희생양이 되었는가를 상징적으로 보여준다. 그러나 이 글의 해석에 따르면, 「축복」은 근대 중국이 극복해야 할 봉건성에 대한 상징으로 여성의 이미지를 착취했을 뿐이다.

새로운 (공산국가) 중국의 상징으로서
남성화된 여성 신체(1949-1976)

20세기 초반 반세기에 있었던 공화당 시기●는 여성 신체의 변화를
도모해 국가적 수치에 대처하는 것이 중요함을 깨닫고 이에 대해 탐
구한 시기였다. 마오쩌둥 정권하의 중국은 자본주의 국가보다 공산
주의 국가가 더 우월하다는 것을 보여주기 위해 이러한 변화를 완성
했으며 계급 차별과 젠더 차별이 없는 국가적 자부심을 보여주는 이
타적이며 유능하고 힘 있고 강력한 공산주의 여성 이미지를 만들어
냈다. 중국 여성이 "하늘의 절반을 떠받치고 있다"는 마오쩌둥의 선언
은 해방과 혁명기에 제창된 약속 대부분을 이행한 중국 여성에게 새
삶을 열어주었다. 젠더 평등이라는 사회주의적 개념을 보장하기 위해
중국은 수사적·법적·사회적으로 여성을 지원해 여성이 정치와 직업,
교육에 접근할 수 있는 기회를 두드러지게 향상시켰다.
　마오쩌둥 시대(1949-1976) 정치, 교육, 노동력에 있어서 성평등 강조
(가령 철의 여인 모델)는 수사적으로 젠더 차별을 없애고 시골 도시 할 것
없이 성공적으로 여성을 노동력에 투입시켰고, 전능한 국가가 좌지우
지하다시피 하는 상대적 젠더 평등을 이루는 데 일조했다. 이러한 국
가적 담론은 "여성이 하늘의 절반을 떠받치고 있다"는 정치적 수사를
강화하기 위해 대중가요와 가극, 프로파간다, 공동체 연구 집단을 통

● 1911년 신해혁명으로 청조가 무너진 후 세워진 중화민국이 중국 본토를 통치했던 기간.

해 촉진되어, 중국 여성으로 하여금 공장을 포함해 각 분야에서 일하고, 군대에 입대하고, 남성과 같은 옷을 입고, 남성과 같은 방식으로 행동하게 만들었다. 예를 들어 테메이, 시얼, 창보, 커샹, 우친화, 젠수이잉, 그리고 팡하이전 등과 같은 양반시样板戱((혁명)모범극) • 속 여전사들은 공산주의 여성 모델로 창조되어 대중화되었으며, 무란과 무구이잉 같은 역사적 선례와 달랐을 뿐만 아니라 "전통문화에서 여전사의 역할을 제한하던 경계의 외연을 확장했다".(R. Roberts, 142)

하지만 '여성'과 '남성'이라는 단어는 여전히 사용되었기에 중국 담론은 여성의 사회적 젠더를 의미하는 단어 푸뉘婦女를 고안해 여성의 생물학적 성차를 숨겼다. 또한 중국은 여성과 남성의 생물학적 차이를 드러내는 그 어떤 담론도 허용하지 않았는데, 여성의 생물학적 차이가 여성의 나약함으로 여겨지거나 여성 해방을 방해할 수 있었기 때문이다. 전통적인 단어 뉘런女人이나 서구의 여성 개념과 비교했을 때 푸뉘라는 단어는 남성과 여성의 신체는 같다는 공산주의적 신조에서 만들어졌다. 그렇게 푸뉘라는 단어는 공산주의 중국의 국가적 자부심을 보여주는 여성 이미지를 확립하는 데 일조했다.

앞서와 같은 지배적 공산주의 담론의 영향 아래 여남 구별 없는 착장이 등장했다. 남성의 것과 같은 짧은 머리, 황록색의 군복, 파란색

• 1960년대 초부터 진행된 경극의 현대화 과정에서 등장하여 문화대혁명 시기에 정착된 경극의 일종을 말한다. 중국공산당의 혁명 과정과 영웅담을 주내용으로 하고 투쟁성을 고취하기 위한 연극적 장치와 과장된 표현을 그 특징으로 한다. 이들 작품은 모두 '사회주의 영웅의 형상'을 그리는 데 집중한다. 「지취위호산智取威虎山」 「홍등기紅燈記」 「사가병沙家浜」 「해항海港」 「기습백호단奇襲白虎團」 등 여덟 편이 있다.

또는 회색 옷 등이 그것이었다. 긴 머리에서 하이힐, 노출이 있는 블라우스에 이르기까지 여성의 성차를 드러내는 것은 모두 부르주아적인 것과 마찬가지로 금지되었다.(L. Yang, 41) 국가에 의한 탈여성화와 탈성애화는 『중국 여성Chinese Women』 같은 잡지에서부터 「붉은 여군紅色娘子軍」과 「하얀 머리의 여자白毛女」처럼 국가가 자금을 댔던 모범극에 이르기까지 곳곳에서 모습을 드러냈다. 중국의 여남 구별 없는 착장 코드는 1970년대 중국을 방문했던 시몬 드 보부아르, 쥘리아 크리스테바, 알베르토 모라비아, 낸시 밀턴 등 서구 지식인 집단에게 여성스럽지 않다거나 중성적이라는, 또는 단순하다거나 추하다는 인상을 주며 "중국을 상징하게 되었다".(Finnane, 100) 「중국 여성은 어떤 옷을 입어야 하는가라는 국가적 문제What Should Chinese Women Wear? A National Problem」라는 글에서 안토니아 피네인은 "무슨 옷을 입고 있건 여성은 언제나 국가주의의 상징 속 억압된 존재였다"(101)고 주장한다. 예를 들어, 중국의 전통 의상인 치파오旗袍(광둥어 장산長衫)는 착용이 금지되었는데, 공산주의 담론이 치파오를 봉건제도하의 여성 또는 성매매를 하거나 타락한 여성과 연관시키곤 했기 때문이다.(105) 실제로 1966년 이전 시대에 여성스러운 아름다움에 쏟아진 관심은 무엇에 관해서든 대부분 프티부르주아 또는 부르주아라는 비난을 받았으며 젠더 억압의 결과라며 환영을 받지 못했다.(Ip, 330)

공산주의 여성들은 거의 모든 종류의 노동에 참여했다. 국가를 위해 식품과 철강을 생산했을 뿐만 아니라 전통적인 전업주부나 '기생충' 같은 부르주아 여성과는 다른, 일하는 여성의 이미지를 만들어냈다. 리사 로펠이 지적하듯 '노동'에 참여하는 것은 중국 여성들이 집안 일에 매인 전통적인 구속 상태와 노예 상태에서 해방되었음을 상징한 다.(237) 철의 소녀들(자원한 10대 여학생 스물세 명)과 '철의 남자'(왕진시라는 이름의 국가 모범 노동자)는 1963년 "특공대를 조직해" 매우 어려운 환경 속에서 "10에이커의 땅에 한 그루 한 그루씩 묘목을 심었다".(Kristeva, "On the Women of China", 70) 이후 생겨난 5200명의 철의 소녀는 이들 에게 영감을 받아 그 지구력과 인내를 본받고자 했다. 수전 페리가 주 장하듯이, "중국 여성의 노동력은 시골의 농업과 도시의 산업화에 기 여해야만 했으며 (…) 집 밖에서 일한" 대가로 "여성은 교육과 정치에 접근할 수 있는 기회가 크게 늘었다".(282)

　양 메이페어 메이후이를 비롯해 많은 학자가 주목했던 중화인민공 화국 헌법(1954)과 혼인법(1950)은 둘 다 정치·경제·문화·교육·사회· 가족의 영역에서 여성의 동등한 권리를 분명하게 옹호한다. 중국은 중국 여성에게 심지어 서구 여성보다도 더 높은 지위를 약속했다. 혼 인법은 일부다처제와 중매결혼, 민며느리제童養媳, 성매매, 여성 인신 매매와 같은 공공연한 과거의 여성 학대를 없앴고 유급 출산휴가와 동일 임금을 보장했다.(M. Yang, 37) 여성이 가진 동등한 권리는 여성 연합회를 통해 더욱 강화되었다. 여성연합회는 전국 수준의 국가기구 로 1인 2역을 수행한다. 먼저 중화중국여성연합회中華全國婦女聯合會는 국가의 대변인 역할과 함께 베이징 본부에서 유권자들과 중국의 여 성 인구 전체에 정당정책을 전파하는 역할을 한다. 또한 각 지방의 여 성연합회省婦聯에서 그보다 더 작은 행정구역의 여성연합회地方婦聯, 女

性會에 이르기까지 모든 행정 단위의 정책 결정과 프로그램에서 여성을 대변하기도 한다. 여성연합회의 업무는 주로 여성이 수행한다. 여성연합회는 "가족 갈등과 이혼 절차를 중재하고, 여성 건강과 재생산에 필요한 일들을 처리하고, 모범 가족에게 보상을 주고, 일터에서 여성에게 부당한 업무량을 요구하거나 유산 또는 가정폭력이 발생했을 때 문제에 개입해 여성을 보호한다."(38)

역사적으로 여성연합회가 수행한 또 다른 중요한 역할이 있는데 바로 정부의 인구정책을 시행하는 것이다. 인구정책은 여성이 교육을 받고 일터에 나갈 수 있도록 가사노동의 부담과 출산의 부담에서 여성을 더욱 해방시키는 것을 목표로 한다. 1950년대와 1960년대, 1970년대에 있었던 혁명의 시기에 중국의 인구정책은 어머니와 자녀의 건강을 향상시켰을 뿐만 아니라 여성을 해방시켜 교육과 바깥일에 참여하게 만듦으로써 여성의 사회적 지위를 높이고 사회주의 발달에 여성이 더욱 기여할 수 있도록 했다.(Greenhalgh, 890)

양과 다른 학자들이 주장했듯이 이 시기의 중국 페미니즘은 "공적 영역과 가정내의 경계"를 무너뜨려 "여성을 일터의 세계로, 또한 사회주의화된 재생산socialized reproduction으로 끌어냈다". 그러는 한편 "생산과 결산의 기본 단위를 가족 단위에서 집단 단위로 바꿈으로써 가족 내 가부장적 권력을 어느 정도 약화시켰다".(M. Yang, 38) 하지만 더 넓은 의미에서 남성 세계로의 여성 진입은 엥겔스가 예측했던 완전한 평등 상태를 불러오지 못했다. 여성의 상대적 평등은 "공적 영역에서의 젠더와 섹슈얼리티 말살性別抹殺"을 대가로 얻어진 것이었다.(41)

중국 경제 근대화의 열쇠로서 통제된 여성 신체(1979-)

1970년대 말 중국 정부가 개혁을 결정하고 바깥 세계로의 문을 열기로 했을 때 중국은 자국 경제가 미국 같은 선진국에 비해 100년가량 뒤떨어져 있음을 깨닫고 다시 한번 망연자실하고 수치스러운 상태에 빠졌다. 중국은 경제적 후진성을 긴급한 국가 위기로 선언했으며 과도한 인구 증가가 위기의 원인이라고 보고 경제 위기의 가장 효과적인 해결책은 인구 증가를 통제하는 것이라는 결론을 내렸다. 1979년 중국 정부가 시행한 한 자녀 정책은 주로 도시인(전체 인구의 25퍼센트)을 대상으로 했으며 시골에 거주하는 사람들은 아이를 두 명까지 낳을 수 있었고 지역 행정부는 지역의 필요에 따라 인구 정책을 자의적으로 변경할 유연성을 어느 정도 승인받기도 했다. 1982년 엄격한 출산 계획이 '국가 기본 정책基本國策'으로 지정되어 국가의 최우선 과제가 되었다. 1980년대 중반이 되자 두 자녀를 허용하는 예외가 늘어나긴 했지만, 한 자녀 정책은 사실상 계속해서 중국의 대다수 민족인 한족(인구의 91퍼센트)의 모든 부부를 대상으로 자녀 수를 한 명, 기껏해야 두 명까지로 제한했다. 소수민족이나 장애가 있는 아이를 가진 부모에게 두 자녀를 허용하기도 했으나 전반적으로 중국 정부는 한 자녀 가족을 장려했다.

다시 한번 여성 해방과 여성의 신체는 국가 개발 전략과 밀접하게 연관된다. 한편으로 국가는 전 국민과 다음 세대를 위해 한 세대가 가족 규모를 선택할 자유를 희생하는 산아제한을 통해 국민이 세계

404

에서 뒤처지지 않도록 구해줄 것이라고 단언했다. 그러므로 여성의 재
생산권은 "자연스럽게" 민족국가의 이익에 종속되었고, 여성의 신체는
"단지 국가의 피임 통제 대상이자 긴급한 인구적 목표의 성취를 위한
수단"이 되었다.(Greenhalgh, 851) 또 한편으로 국가는 산아제한이 여성
의 건강을 향상시키고 더 큰 여성 해방을 불러온다는 수사를 널리 퍼
뜨렸다. 산아제한이 여성에게 부과되는 생식의 짐을 줄여주고 여성의
건강을 증진시키며 여성에게 교육과 사회적 생산 활동에 더욱 온전히
참여할 수 있는 기회를 제공할 뿐만 아니라 여가와 자기계발을 위한
시간을 확보해준다는 것이었다. 한 자녀 정책에 관한 그린핼시의 인터
뷰에서 중국의 페미니스트 리샤오장●은 생식에 대한 국가의 엄격한
규제가 중국 여성을 크게 해방시켰다고 주장한다. 이러한 해방의 효
과를 이해하려면 우선 정부가 여성의 출산을 통제하지 않을 경우 여
성 스스로 자기 신체와 재생산 능력의 소유권을 가질 것이라는 '서구
의 믿음'을 폐기해야 한다. 사실 리샤오장이 지적한 것처럼 그러한 권
리는 남편의 가족에게 속해 있을 수 있다.(X. Li, 365) 국가가 재생산에
개입하기 전, 여성은 자신이 속한 공동체와 가족, 남편에게서 자녀, 특

● 리샤오장은 마오쩌둥 이후 중국에 여성학을 소개하고 그 중요성을 전파한 선구자 중 한
명이다. 서구 페미니즘과 거리를 두면서 중국의 국가 페미니즘을 지지하는 리샤오장의 입장
은 그녀의 중국 내 지위 및 페미니즘의 중국 내 위상과도 연결하여 생각해볼 수 있을 것이다.
중국의 한 자녀 정책은 수많은 여아 살해로 이어지기도 했으며, 이 정책이 과연 중국 여성의
지위 및 인권 향상에 긍정적인 영향을 미쳤는가에 대해서는 이견이 있을 수 있다. 한편으로,
2015년 3월 8일 여성의 날을 맞이하여 중국에서 페미니스트 활동가들이 베이징 지하철에서
"경찰은 성폭력 범죄자를 체포하라"라는 스티커를 배포하다 체포당하거나, 2017년 2월 중국의
대표적인 소셜미디어인 웨이보에서 여성 단체 '페미니스트 보이스'의 계정이 30일 동안 활동을
정지당한 사건 등이 있었다. 이런 사건들은 중국이 국가 페미니즘 외부의 페미니즘을 어떻게
'불온한 이적'으로 규정하는지를 확인시켜준다.

히 아들을 많이 낳으라는 지독한 요구에 시달렸다. 직업적 야망이 있
는 여성 또한 아이를 낳고 키우는 것 외에 선택의 여지가 없었고, 인
생에서 가장 중요한 시기를 이러한 과업에 다 써버리느라 경력을 개
발할 수 없었다. 리샤오장은 계속해서 여성이 오로지 한 자녀만 낳을
수 있으면 일과 공부에 더 많은 시간을 투자할 수 있을 뿐만 아니라
남편과의 갈등(양육과 가사노동에 대한 갈등) 또한 대체로 줄어든다고 주
장했다. 정부의 한 자녀 정책 추진은 여성에게 남편에 맞서 자기 의사
를 주장하고 재생산 능력을 스스로 통제하며 지적 잠재력을 계발할
수 있는 길을 열어주었다.(Greenhalgh, 859)

　리샤오장이 "비교적 특권을 가진 중국 상류층 여성"이자 교육받은
도시 여성의 입장을 대변한다는 그린핼시의 지적은 의심할 여지없이
합당하다.(859) 하지만 여성의 신체가 통제되고 감시되었음에도 불구
하고 한 자녀 정책은 시골에 거주하는 여성에게 부과된 생식의 부담
을 상당히 덜어주었고 이들의 개인적 발전을 가능케 했으며, 이들이
기술을 배우고 교육을 받을 수 있게 만들었고, 이들이 바깥일과 소득
획득에 전념할 수 있도록 했다. 이는 전에 없던 일이었다. 결과적으로
한 자녀 정책은 여성의 사회적·경제적 지위뿐만 아니라 여성의 개인
적 자율성과 자부심까지 향상시켰다.

강력한 국가의 상징이 된 강력한 여성 신체

지난 40여 년간 각종 운동경기에서 발휘돼온 중국 여성의 우월한 기량은 과거의 전족 관습만큼이나 서양인들을 당혹스럽게 만들었다. 우리는 건강하고 항상 승리를 거두는 중국 여성 운동선수의 이미지가 전족을 한 중국여성의 제한적인 이미지를 완전히 뒤집는 것뿐만 아니라 서구의 스포츠 경기에서 나타나는 남성의 우월함과 아이러니한 대조를 이루는 것 또한 볼 수 있으며, 이는 결과적으로 봉건제도 및 자본주의하의 여성됨과는 다른, 근대적이고 사회주의적인 중국의 여성됨을 분명하게 보여준다. 중국 여성 운동선수들은 여러 세계 타이틀과 중거리 달리기, 장거리 달리기, 수영, 다이빙, 역도, 체스, 배구, 축구, 탁구 등 수많은 분야에서의 기록 경신으로 여러 번 남성 운동선수들을 당황케 했다. 이렇게 수십억 명의 중국계 세계인이 중국 여성선수들의 신체를 열광적으로 지켜보고, 국가는 엄격하게 훈련된 이들의 신체에 정치적 지위로써 보상을 하며, 이들의 성공적인 신체는 국가적 영웅이라는 갈채를 받으며 본받아야 할 모범 사례가 되지만, 한편으로 이들의 신체는 더 이상 선수들 자신의 것이 아니다. 이들의 신체는 국민과 국가, 대중에 속해 있다. 중국의 20세기 역사를 살펴보면 다음과 같은 사실을 발견하게 된다. 전족에서부터 국가를 위한 엄격한 신체 훈련으로 이어지는 중국 여성들의 여정은 어떻게 지배적 담론이 역사적 조건을 만들고, 문화적 가치를 각인시키고, 여성의 신체에 대한 중국인들의 인식에 사회정치적 힘을 행사해왔는지, 또한 어떻게 중국 여성의 신체가 문화적 가치와 역사적 조건, 국가의 이익에 따라 변형되어왔는지를 보여준다.

서구 스포츠는 처음부터 중국 근대 국가주의 발흥과 밀접하게 엮여 있었다. 『중국의 신체 훈련Training the Body for China』에서 수전 브라우넬은 이러한 관계가 역사적으로뿐만 아니라 국제적으로 검토되어야 한다는 점을 분명하게 지적한다.

> 유럽의 체육교육 발달은 프랑스혁명 이후에 있었던 근대 국가주의의 발흥과 분리할 수 없었다. 개인의 신체를 국가의 안녕과 연결시키는 방법으로서의 체육교육은 역사적으로 최근에야 등장한 현상이며 민족국가의 발흥에 따라 개발된 규율적 기술로 여겨져야 한다.(46)

19세기 후반에서 20세기 초반에 서구에서 중국으로 수입된 스포츠는 국가주의를 촉진하기 위한 기술로 활용되어왔다.

선구적인 근대 개혁가에서부터 사회주의 지도자에 이르기까지, 체육 교육은 도덕교육과 지식 교육 그리고 궁극적으로는 국가의 안녕과 밀접하게 연결되었다. 옌푸, 량치차오, 캉유웨이와 같이 서양 사상에 상당한 영향을 받고, 서구인 앞에서 "동아시아의 폐인Sick Man of East Asia"이 되어야 했던 중국의 치욕적인 이미지에 분개한 근대 초기 개혁가들은 미래 중국인의 신체 건강을 위해 강하고 건강한 중국인의 신체, 특히 중국 여성의 신체 훈련을 열성적으로 옹호했다. 이들은 강한 여성이 강한 국가의 징조임을 굳게 믿었다. 이러한 역사적 힘 아래 중국 여성들은 전족에서 해방되었다. 여성의 발 해방은 상징적으로 중국 근대성의 첫 여명을 불러왔다. 중국 근대사의 시작부터 여성 신체의 강화 및 해방은 근대성 및 국가주의와 묶여 있었다.

1912년에서 1949년까지 중화민국 시기에 중국공산당은 혁명의 대의를 위해 젊은 사람들을 끌어들이고 강한 혁명적 민족국가를 세우기 위한 기술로 스포츠를 이용했다. 여성의 국민 스포츠 참여는 여성의 적극적인 공산당 대장정 참여와 같은 수준의 혁명적·상징적 의미를 가졌다. 이처럼 운동경기뿐만 아니라 정치와 군대에서의 여성 참여는 여성 신체의 해방을 매우 극적으로 보이게 만들었지만, 누가 봐도 여성 신체의 해방은 막 싹트기 시작한 민족국가가 만들어내려고 노력했던 국가주의의 여러 요소 중 하나였다. 민족국가가 여성의 신체를 대하는 방식은 청나라의 방식과도, 서구의 방식과도 다른 혁명적 신체를 구별하는 매우 중요한 경계였기 때문이다.

"체육 문화와 스포츠를 개발하고 인민의 체격을 키우라", 마치 선서와 같은 마오쩌둥의 슬로건은 매일 자신의 신체를 단련하는 수십억 명의 중국인 사이에서 반복되었다. 이러한 슬로건은 국민의 신체와 국가의 안녕 사이의 관계를 명백하게 나타내지만, 다른 방식으로 도모되었다. 마오쩌둥의 국가가 직면했던 역사적 과업은 새롭게 태어난 사회주의 국가가 봉건제 국가 및 자본주의 국가와 본질적으로 달라지도록 격차—계급 격차, 도시와 시골의 격차, 사회적 격차, 경제적 격차 그리고 젠더 격차—를 없애는 것이었다. 다시 한번 여성의 신체는 새로운 국가의 표지가 각인되는 장소가 되었다. 젠더 평등을 촉진하기 위해 마오쩌둥의 중국은 남성의 신체 이미지와 똑같은 여성의 신체 이미지를 널리 퍼뜨렸다. 봉건제 사회와 자본주의 사회의 악의 근원으로 여겨졌던 계급 격차를 지우기 위해, 중국은 모든 여성이 동등하게 스포츠 훈련과 체육 교육을 받을 수 있도록 했다. 연약한 부르주아 여성의 신체, 또는 남성에게 의존하는 기생충으로 묘사되는 봉건제도 속 상류층 여성의 신체와 다르다는 사실을 확증하기 위해, 중국 여성은 자신의 신체를 단련하고 농사일이나 공장일 같은 육체노동에서 남성이 수행하는 일을 똑같이 수행할 것을 요구받았다.

중국 여성의 신체에 역사적 강제력을 새기는 행위는 지난 40여 년간 정점에 달했다. 바깥 세계에 새로이 문을 연 중국은 약하고 가난한 나라에서 강하고 힘 있는 국가로, 폐쇄된 사회에서 열린 사회로 변신하기 위해 어려움에 직면할 준비가 되어 있었다. 올림픽과 다른 국제 경기의 영향력 아래 포스트 마오쩌둥 시대 중국은 계속해서 대중적인 체육 교육을 촉진하고 국가의 영광을 위해 운동선수들을 훈련시키고 있다. 국가를 위해 경쟁할 여성들이 전 세계에서 모집된다. 여성 신체와 국가주의의 관계는 중요한 국제 경기에서 그 어느 때보다도 강해진다. 중국 인구 대다수가 성별과 계급, 연령, 민족, 또는 직업과 상관없이 이 경기를 지켜보기 때문이다. 브라우넬은 「강한 여성과 무력한 남성: 중국 대중문화에서의 스포츠, 젠더 그리고 국가주의 Strong Women and Impotent Men: Sports, Gender, and Nationalism in Chinese Public Culture」에서 이러한 광경을 매우 흥미롭게 관찰했다. 브라우넬은 중국 여성 운동선수들과 함께 훈련을 받았음에도 1981년 국제배구연맹 여자 배구 월드컵을 지켜보는 관중의 규모에, 11월의 추위에도 불구하고 마당이나 골목길 같은 공공 공간에 놓인 텔레비전 주위로 수십 수백만 명의 중국인이 모여드는 드라마틱한 장면에, 급작스러운 감정의 분출에, 중국 여자 배구 팀이 우승했을 때 이들이 보여준 축제와 같은 분위기에, 그리고 가장 크게는 이들이 여자 배구 선수들을 국가 영웅으로 숭배하는 데 압도되었다고 말한다.(210)

스포츠와 더불어 스포츠 경기와 운동선수들에 대한 대대적인 미디어 보도에 의해 촉진된 신체 이미지는 중국 여성 신체의 새로운 이미지가 되었다. 강하고 건강한 신체, (더 세지는 않더라도) 남성 신체와 똑같은 기량을 가진 신체, 봉건제도하의 신체와는 다른 신체, 서구 신체와는 다른 신체. 이전 중국 여성의 신체 이미지는 궁극적으로 강한, 그 어떤 어려움이나 경쟁에도 맞설 준비가 되어 있는, 남성보다 더 나은 대우는 아니더라도 여성을 남성과 동등하게 대우하는 국가의 새로운 이미지다. 이러한 이미지들은 모든 중국인이 신체를 단련할 수 있는 적절한 방법으로서 국가가 지원하는 행사와 의례를 통해 촉진된다. 여성 운동선수들이 훈련을 받을 때 겪은 츠쿠吃苦[고통을 맛보다]에 대한 이야기들은 도덕관념과 애국심을 배양하기 위한 인생 교과서로서 반복해서 회자되고 대중화된다. 국가의 영광을 이뤄낸 여성 운동선수들은 수십 톤의 편지를 받는다. 심지어 중국 여성 배구 팀의 정신은 체육 교육과 도덕 교육, 윤리 교육, 지식 교육, 미학 교육의 균형 잡힌 조합을 통해 중국인의 정신을 변화시키려는 목적으로 행해지는,

'정신문명'이라는 국가운동의 핵심에 각인되었다.

　한편으로 여성 운동선수들의 성공은 의심할 여지없이 강력한 국가적 지원의 결과다. 하지만 다른 한편으로 국가는 이들의 성공을 통합과 국가주의를 강화하기 위해 이용한다. 여성 신체에서 분명하게 나타나는 국가주의는 여러 가지를 암시한다. 첫째, 강하고 힘 있으며 세계 앞에서 자랑스러운 국가를 나타낸다. 둘째, 여성을 해방시키고 성평등을 촉진하는 강력한 사회주의 이데올로기를 전 세계에 보여준다. 뿐만 아니라 중국은 성공한 여성 운동선수에게 전국인민대표대회, 중국인민정치협상회의, 여타의 정치 조직 자리를 부여함으로써 보상한다. 이러한 의미에서 중국 여성 운동선수들의 신체는 개인의 신체와 국가의 신체 사이의 없어서는 안 될 연결고리 역할을 함으로써 국가 앞에서 대중을 대표하고 대중 앞에서 국가를 대표한다. 본질적으로 중국 여성의 신체는 역사적·문화적·정치적·국가적·국제적 강제력이 행사되는 장소이며 이러한 강제력은 다른 신체와는 역사적·문화적·이데올로기적으로 다른 새로운 근대적 신체를 구성한다.

　역사적·정치적·이데올로기적 강제력 및 국가 담론과 함께, 문화적 강제력과 신체에 대한 중국의 지배 담론은 국가적 수치를 중국 여성의 신체에 각인되도록 했다. 역사적 강제력과 국가권력 또한 중국 여성의 신체에 국가적 어젠다를 새겼지만, 이러한 각인은 진공 속에서 발생한 것이 아니며 중국 문화에 깊이 뿌리박혀 있다. 국가주의를 중국 여성의 신체에 이토록 성공적으로 새길 수 있었던 이유는 이것이 문화적 가치의 각인을 통해서 이루어졌다는 데 있다. 이러한 문화적

412

가치는 변함없이 역사 및 정치 권력이 신체에 작용할 수 있는 안정적인 경로를 제공해줄 수 있기 때문이다. 국가주의의 각인에 일조한 중국 문화의 두 가지 주요 요소는 바로 재생산 및 관계로, 이 둘은 동맹의 배치를 통해 강조된다. 브라우넬을 포함해 많은 서구인은 베이징에서 성공한 중국 여성 운동선수들과 함께 훈련을 받는 동안 중국 여성이 받는 훈련에 섹슈얼리티가 완전히 결여되어 있다는 사실에 충격을 받았다. 미국 여성 운동선수들이 일반적으로 섹슈얼리티를 내보이고 자신의 섹슈얼리티에 신경을 쓰는 것과 대조적으로 중국 선수들은 남자친구 또는 남편과 떨어져서 훈련 캠프에 거주할 것을 요구받는다. 훈련 캠프에서는 머리를 기르거나 화장을 하는 것, 섹시한 옷을 입는 것이 모두 금지되는데, 훈련 코치뿐만 아니라 다른 중국인들도 섹슈얼리티를 드러내는 것이 선수의 집중력을 흐리게 만들 수 있다고 믿기 때문이다. 오랜 기간 동안 섹슈얼리티를 경시한 후, 특히 남성성과 여성성을 철저히 지워버린 마오쩌둥의 중국 이후, 남성 코치들과 여성 운동선수들은 훈련에서 가장 중요치 않은 것이 바로 섹슈얼리티라고 믿게 되었다. 혼인 강조와 섹슈얼리티 경시는 여성 선수들이 월경을 하는 동안에는 훈련을 거부하고 선수로서의 기량이 떨어질 때까지 결혼을 하지 않는다는 점에서도 분명하게 드러난다. 대부분의 젊은 중국 여성과 마찬가지로 선수들은 월경 중일 때 훈련을 하지 않는데, 이 시기에 힘든 신체 운동을 하면 재생산 능력에 손상이 생길 것을 두려워하기 때문이다. 브라우넬은 이와 함께 팀 동료들이 결혼에 대해 과도하게 염려한다는 사실에도 충격을 받는다. 브라우넬이 관찰한 바에 따르면 다수의 중국 여성 선수들은 배우자를 고를 때 섹슈얼리티를 가장 우선시하는 대신 사회적 지위를 가장 주요한 평가 기준으로 삼는다. 여성 선수들은 브라우넬의 예상처럼 불리한 입장에 놓이지 않았고, 대체로 자기보다 지위가 높은 남성과 결혼했다.

관계에 대한 문화적 강조는 근대 중국에서 혼인 장치가 유지되도록 이에 지원과 에너지를 제공해왔으며, 혼인에 대한 강조는 중국 여성의 근대적 신체에 작용하는 기술 및 이를 둘러싼 젠더 정체성의 구성에 영향을 미친다. 중국 여성 선수 사례의 경우, 섹슈얼리티가 아닌 혼인에 대한 강조야말로 서구인들이 중국 여성 선수들의 훈련과 경쟁에서 나타나는 "여성이기 전에 중국인"이라는 국가주의를 이해하는 데 도움을 준다. 여성이기 전에 중국인이라는 말은 중국이 개인의 신체보다 사회적 신체를 우선시한다는 것과 문화적으로 젠더 정체성보다는 사회적 정체성을 더 강조함을 나타낸다. 국가에서 가장 우선시되는 사항과 대중 사이에서, 수영과 달리기, 배구 등의 종목에서 중국 여성 운동선수들이 따낸 승리가 불러일으키는 열렬한 애국심과 사회 통합에서, 중국인이라는 정체성은 이들의 젠더 정체성보다 더욱 중요한 것으로 여겨진다. 그러므로 제임스 라이어든이 관찰한 것처럼 남성 대 여성의 대립은 "중국 대 세계"라는 느낌에 압도된다. "이러한 현상은 스포츠를 즐기는 서구 국가의 역사에서 공통적으로 나타나는 '남성 대 여성'이라는 이분법과 완전히 상충하는 현상이다".(95)

문화적 관점에서 볼 때 젠더 정체성이 국가적 정체성에 종속되는 현상은 서구의 개인주의 개념과는 반대로 개인을 전체론적holistic 또

는 관계적relational으로 바라보는 중국의 개인 개념에 뿌리를 두고 있
다. 많은 학자가 동의하듯이 중국인의 정체성은 이들에게 부과된 사
회적 역할의 총합이며 젠더 역할은 중국 여성이 가진 여러 가지 사회
적 역할 중 하나일 뿐이다.

또한 신체에 새겨지는 역사적·정치적·문화적 각인은 인식 가능한
신체에 대한 규율적 담론의 영향을 받아왔다. 푸코가 보기에 규율적
담론은 신체가 기능하는 방식을 해석해주며 이러한 지식은 문화적·
역사적·정치적 힘이 신체에 각인되는 것을 승인한다. 근대 스포츠는
서구의 것이지만, 스포츠는 중국에서는 여성 우월성을 만들어내고 서
구에서는 남성 우월성을 보존한다. 중국과 서구의 문화적·역사적·정
치적 차이와 더불어 지배적인 규율적 담론은 이 같은 현저한 차이를
만들어내는 또 다른 중요한 원인이다. 한편으로 20세기, 특히 1950년
대 이후 중국을 지배하던 규율적 담론은 여성이 남성과 똑같은 신체
적 기량을 가지며 남성이 하는 그 어떤 일도 다 해낼 수 있다고 믿는
다. 특히 지난 40여 년간의 과학 담론은 남성과 여성의 신체적 차이
는 오직 여성이 월경과 임신을 한다는 것뿐이며, 여성은 월경과 임신
중에 신체적 기량이 더 나아진다고 주장한다. 반면 서구에서 스포츠
는 전통적으로 남성에게 맞춰져 있으며 서구의 지배적 담론은 여전히
남성과 여성 사이에 생물학적 차이가 있다고 믿는다.

브라우넬은 베이징에서 여성 선수들과 함께 훈련받는 동안 중국인
들, 특히 남성 코치들이 여성 선수들의 신체적 기량에 대해 편견을 갖
고 있지 않다는 점에 여러 번 놀란다. 브라우넬이『중국의 신체 훈련』

에서 회상하는 것처럼, 중국인 코치들은 서구인처럼 스포츠는 주로 남성의 전유물이며 곧 남성성을 의미한다고 생각하지 않았다. 브라우넬은 미국의 스포츠 훈련에 대한 역사적 지식과 개인적 경험을 떠올리며 서구의 근대 스포츠가, 적어도 중상류층 사이에서는 젠더 차이를 규정하고 강화하는 주요 수단이자 남성성을 구성하는 수단임에 동의한다.

중국 여성의 주체성: 찬미된 것인가, 모욕된 것인가?

20세기 중국 여성의 신체는 국가적 자부심을 위한 흥미로운 중심지, 상징, 수단의 역할을 해왔으면서도, 여성의 이익은 항상 국가의 이익에 종속되었다. 하지만 중국 여성의 주체성은 분명 향상되고 강화되었으며 중국의 근대성과 국가주의를 복잡하게 만들었다. 서구 여성운동과는 다른 길을 걸어온 중국 여성의 평등은 국가의 촉진뿐만 아니라 남성과 여성 모두의 "피와 땀"을 통해 얻어진 것이었다.(M. Yang, 56)

중국 여성의 신체가 다양한 강제력에 의해 조건 지어지고 구성되어 왔다는 사실은 신체는 오직 수동적인 그릇일 뿐이라는 결론으로 이어지지 않는다. 푸코의 주장에 대한 매클래런의 요약처럼, 신체는 각인의 장소일 뿐만 아니라 저항의 장소이기도 하다. 능동적인 주체가 없으면 문화적·역사적·정치적 힘은 신체에 권력을 행사하지 못한다. 능동적인 주체가 없으면 신체가 각인된 가치를 내면화하는 것 또한 불가능하다. 비록 중국 여성의 신체는 다양한 힘의 거대한 조합에 의해 변형되어왔지만, 중국 여성은 자신의 행위자성을 성취해왔으며 자기 신체의 해방을 가져오는 가치를 내면화함으로써 주체성을 향상시켰다. 관계와 연줄의 문화에서 여성은 오직 국가적 자부심을 상징함으로써 행위자성을 가질 수 있다. 여성의 신체를 국가적 수치나 자부심과 연결시키는 것도 여성의 주체성을 완전히 없애지 못했다. 리디아 류가 「여성 신체와 국가주의 담론Female Body and Nationalist Discourse」에서 지적했듯이, "그러한 연결은 여성에게 역사적 행위자성을 취하고 담론의 권위에 도전할 수 있는 가능성을 열어주었다."(44)

　여성 신체의 해방이 국가적 수치 및 자부심과 결합되고 여성 신체와 수치심·자부심이라는 감정 사이에 상호의존적인 관계를 설정한 것은 우연이 아니다. 이것이 중국 페미니스트들에게 갖는 의미는, 비록 중국 여성의 이익이 여전히 국가의 이익에 기여해야 하고 국가주의와 더욱 단단히 묶여야 하더라도, 중국 여성의 해방된 신체는 중국 여성의 해방된 주체성을 상징한다는 것이다. 서구 페미니스트들과 감정을 연구하는 학자들은 서로 다른 문화 속의 구체적인 조건과 여성 신체의 구성이 어떻게 여성 신체와 감정 사이의 상이한 관계를 구성하는 데 일조하는지 주목해야 한다.

13장

수치를 떠안은 몸
계급사회 인도에서 여성에게 가해지는 폭력과 모욕

남라타 미트라

두르가 라니는 민족지학자들에게 영국령 인도가 분할된 1947년 이후의 50년에 대해 이야기하면서, 분할 당시 헤드주누에 있는 마을에 거주하던 수많은 힌두교 집안에서 여성들이 무슬림 남성에게 공격받을 것을 예상했다고 말했다. 이들은 그 예상에 따라 일련의 조치를 취했다. 많은 이가 딸을 생매장해 죽였고, 어떤 이들은 딸에게 스스로 감전사할 것을 종용했다. 얼마 지나지 않아 이 마을들은 공격을 받았고, 어린 소녀들은 납치와 윤간을 당한 후 버려졌다. 다시 집으로 돌아오려던 소녀들은 가족이 자신을 거부한다는 것을 알게 되었다. 어떤 부모들은 딸에게 자살을 종용했고, 또 다른 부모들은 '운명'을 애통해했다.(Menon and Bhasin, 33) 두르가 라니의 증언은 여성이 다른 공동체의 남성뿐만 아니라 자신이 속한 가족과 공동체의 구성원에게도 쉬이 공격받았다는 사실을 폭로한다. 분할 당시 '다른' 공동체 구성원이 여성에게 가한 성폭력(이들에게 모욕감을 주려는 목적)과 집안 내에서 여성에게 가해진 선제공격(가족과 공동체의 명예를 지키려는 목적)은 폭력의 지배적 형태 중 하나가 되었다. 명예 관념은 가문 내 여성의 성적 순결이 여성(그리고 남성) 자신의 삶보다 훨씬 더 가치 있다는 관념과 결합되었다.

비나 다스, 산지타 라이, 질 디두르는 상류층 힌두교·이슬람교 여성의 이미지와 행동에 쏟아진 민족주의적 투자가 분단문학partition literature에서 여성에게 가해지는 폭력의 재현 방식을 어떻게 틀 지었는지를 보여준다. 이러한 주장이 뜻하는 바를 통해 이번 장은 분할 당시 여성에게 광범위하게 가해졌던 성폭행과 신체 훼손에 대한 문학적 재현이 명예와 수치심, 민족 정체성 개념을 통해 구성되는 방식을 살펴본다. 분할 당시를 배경으로 하는 쿠슈완트 싱의 『파키스탄행 열차Train to Pakistan』 같은 소설과 무함마드 우마르 메몬의 『쓰이지 않은 서사시An Epic Unwritten』 같은 단편집에서 폭력 가해자는 종종 '명예'와 '수치심'을 내세워 자신의 행동을 정당화한다. 그러므로 이번 장의 목표는 다음과 같은 질문에 답하는 것이다. 첫째, 여성 신체에 가해지는 강간 및 훼손과 가족, 공동체, 국가가 느끼는 '수치심' 사이에는 어떤 관계가 있는가? 둘째, 성폭행 생존자들이 자신에게 가해진 공격의 필연적인 결과로 생겨나는 수치심에 얼마만큼 저항할 수 있었는가? 마지막으로, 분할 이후 정의 또는 화해에의 노력이라는 서사는 특히 젠더에 근거한 이 수치심 개념을 어떻게 되풀이하고 문제를 일으켰는가?

이 장은 현대의 수치심 이론과 수치심이 개인의 행동 및 사회적 가

치의 규제에서 담당하고 있다고 알려진 역할에 대한 문답으로 시작된
다. 그다음은 미국에서 『인도의 분할Cracking India』이라는 제목으로 출
간된 밥시 시드와의 『아이스캔디맨Ice-Candy-Man』(인도판)을 자세히 읽
어봄으로써 다른 사람에게 모욕감을 주려는 가해자의 시도와 생존자
가 경험하는 수치심 사이의 관계를 분석해볼 것이다. 이러한 맥락에
서 공개적으로 모욕을 당한 생존자가 수치심을 주는 데 사용되었던
수단에 얼마만큼 저항할 수 있는가를 살펴볼 필요가 있다. 그다음으
로는 특권을 가진 정체성 집단이 특권이 없는 정체성 집단에 일상적
으로 수치심을 가하는 관행을 끝내는 방법에 대한 두 서구 페미니스
트의 제안을 살펴본 후 남아시아의 폭력이라는 맥락에서 두 제안을
검토해보고자 한다.

수치심과 모욕감 구분하기

정치철학가와 문화이론가, 심리학자 들의 수치심 연구에서 나타나는
현대적 접근법은 대체로 어린 시절(부모가 사회적 영역을 규정하고 터부를 설
정하는 시기)의 수치심 경험과 성인이 된 후에 겪는 수치심 경험(사회 제
도와 규범에 의해 형성된다)을 구분한다. 나는 후자에 초점을 맞추고자 한
다. 더욱이 사회적 규범은 변화에 따라 달라지므로 수치스러워하는
반응을 유발한다고 여겨지는 행동과 주장, 정체성의 유형 또한 역사적
·문화적 맥락에 따라 달라진다.

무엇이 수치심을 유발하는가? 나아가, 이러한 질문은 개인 및 개인
이 처한 사회적·정치적 맥락에 대해 무엇을 말해주는가? "우리가 수
치심을 느낀다면 그건 사랑의 실천을 통해 우리에게 주어져온 '이상'
에 가까워지는 데 실패했기 때문이다."(Ahmed, *Cultural Politics*, 106) 그
러한 이상은 어느 정도 집단적으로 형성된다. 예를 들면 국가 구성원
들이 인종 또는 종교적 정체성을 근거로 국민으로서의 자격이라는 한
개의, 또는 여러 개의 이상을 공유할 때처럼 말이다. 그러한 이상을
공유하게 되면 그 이상과 맞지 않는 일을 했을 때 수치심을 느끼게 된
다. 개인은 수치심을 느낄 때 자신이 받아들인 이상과 함께 자신이 그
이상을 떠받치는 데 실패했다는 사실을 더욱 확신한다. 도널드 네이
선슨과 칼 슈나이더처럼 수치심이라는 감정에 심리적으로 접근한 사
람들은 수치심에 높은 사회적 가치를 부여해야 한다고 주장한다. 이
들에 따르면 우리는 빠른 속도로 수치심을 잃어가는 사회에 살고 있
으며, 이는 두 가지 이유에서 좋지 않다. 첫째, 수치심은 자신이 저지
른 도덕적 위반 행위를 반성하게 만들어주며 둘째, 우리가 느끼는 수
치심은 프라이버시에 대한 욕구와 연결되어 있고, 이러한 욕구는 감정
적 성숙에 꼭 필요하다.

　우리가 구조적 불평등의 맥락에서 개인의 경험을 해석할 때 수치
심의 메커니즘에 대한 연구는 훨씬 더 복잡해진다. 제니퍼 매니언은
미시적 수준의 수치심 경험 분석이 가진 맹점을 보여주는데, 미시적
수준의 수치심 경험 분석은 사회구조가 어떻게 개인이 갖는 이상을
형성하는지를 고려하려 하지 않는다는 것이다. 매니언은 사회적 이상

이 어떻게 젠더화되는지를 보여줌으로써 게이브리얼 테일러의 진짜 수치심과 거짓 수치심 구분을 더욱 복잡하게 만든다. 테일러에 따르면 진짜 수치심은 스스로 설정한 일련의 기준을 지키지 않았을 때 느끼는 수치심이다.(Manion, 176) 반면 거짓 수치심은 자기 자신이 아닌 타인이 옹호하는 원칙을 위반했을 때 느끼는 수치심을 가리킨다.(176) 매니언은 캐리와의 인터뷰를 통해 테일러의 개념 틀을 분석한다. 캐리는 세 아이의 엄마인 30대 여성으로 전업주부가 되기 위해 변호사 일을 그만두었다. 하지만 캐리는 자신이 "완벽한 엄마이자 좋은 아내"라는 이상을 충족시키지 못하고 있다는 데서 여전히 수치심을 느꼈다.(Orenstein, Manion, 29에서 재인용) 테일러의 설명에 따르면 진짜 수치심은 자신이 스스로 믿는 가치에 미달할 때 나타나며, 거짓 수치심은 스스로가 아닌 타인이 믿는 가치에 미달할 때 나타나므로, 이 경우 캐리의 수치심은 진짜 수치심이다. 테일러는 진짜 수치심과 거짓 수치심을 구분할 때 가치의 내용을 분석하지 않는다. 진짜 수치심과 거짓 수치심의 구분은 그보다 수치심을 느끼는 사람이 그 가치에 동의하느냐 하지 않느냐에 달려 있다.(34) 매니언은 테일러의 수치심 구조가 캐리에게 우선 자신이 믿는 가치가 어떻게 형성되었는지를 의심하고 돌아볼 여지를 주지 않는다고 주장한다. 테일러의 수치심 구조는 어떻게 더욱 거대한 사회적·문화적 힘이 가치 체계를 형성하고 그로써 젠더와 수치심을 구성하는지를 고려하지 않기 때문이다.(37)

　라타 마니와 수미트 사르카르, 파르타 차터지처럼 분할 이전 식민지 인도를 배경으로 글을 쓰는 독립 후 작가들은 (특히 젠더와 카스트, 종교적 정체성의 구성에 관한) 민족주의적 가치와 이상이 통제 없이 자유롭게 창조되거나 만인에 의해 민주적으로 창조되지 않음을 보여준다. 하지만 모든 사람은 스스로 그러한 이상을 지지하고자 했는지 여부와 상관없이 그 이상을 옹호할 것을 요구받는다. 예컨대 분할 전 영국령 인도에서 성적 순결이라는 이상은 힌두교와 이슬람교의 여성성 구성에서 가장 높은 가치를 부여받았다. 이러한 틀에서 여성의 성적 순결은 가족과 공동체, 국가의 명예를 의미했으며 성적 타락은 그러한 명예의 실추를 뜻했고 그에 따라 수치심을 불러왔다. 결과적으로 새로 생긴 국경의 양쪽(인도 쪽·파키스탄 쪽)에 거주하는 소수민족 여성에게 가해진 성폭력은 소수민족 공동체에 모욕을 주고 공동체를 전멸시키는 수단이 되었고, 이를 통해 문자 그대로든 비유적으로든 피해자 여성의 신체를 국민으로서의 자격이 없는 것으로 만들었다. 성폭력 생존자들은 자신이 여성의 성적 순결이라는 이상에 대한 민족주의적 투자를 옹호했든 하지 않았든 간에 가해자와 가족에 의해 모욕을 경험했다. 이 장에서는 성폭력 생존자들이 이러한 공개적 모욕에 어느 정도까지 이의를 제기하고 저항할 수 있느냐를 중점적으로 다룬다.

수치심과 수치심의 사회적 가치에 대한 이론적 논의에서 나타나는 까다로운 문제는 개인과 사회의 도덕적 잣대로서 수치심이 갖는 가치가 상당히 논쟁적이었다는 것이다. 한편에서 마이클 모건은 수치심이 죄책감 같은 다른 감정보다 훨씬 믿을 만한 도덕적 잣대라고 주장한다. 모건은 다른 장소에서 발생하는 대량학살에 대해 미국이 점점 더 무관심해지고 있다는 사실을 염려한다. 그리고 그러한 무관심에 대응해 섬세하게 배양된 수치심이 '도덕적' 자원이 될 수 있으리라고 본다.(1-7) 모건의 주장은 수치심 경험이 가진 특이성에 근거를 둔다. 수치심은 자기 자신의 눈으로 보나 자신이 가치 있다고 여기는 사람들의 눈으로 보나 실패한 걸로 보일 때 발생하는 유일한 감정이며, 견딜 수 없이 고통스러운 경험이다. 모건은 만약 미국 시민들이 잔혹 행위에 대한 부정과 대량 학살에 대한 무관심에 대해 수치심을 불러일으킬 수 있다면 그러한 사건이 발생했을 때 수치심 경험이 주는 고통으로 인해 충격을 받고 정신이 번쩍 들어 무관심에서 벗어날 수 있으리라고 주장했다.(45-54) 모건은 오직 고통스럽고 자기 성찰적인 수치심이라는 감정을 통해서만 모든 사람을 행동으로 이끌 수 있다고 생각하는데, 대량 학살에 대한 무관심에 수치심 경험이 부재한다면 20세기에 그러했던 것처럼 사람들이 세계의 다른 곳에서 발생하는 대량 학살을 무시하기도 더욱 쉬워지리라는 두려움 때문이다. 유감스럽게도 모건의 주장은 사람들이 대량 학살을 부정하거나 과장된 것이라고 일축하는 주요 원인이 책임감과 (책임을 다하지 못했다는 인식, 즉 자기 자신의 눈과 자신이 가치 있다고 여기는 사람들의 눈에서 실패했다고 인식되는 데 따르는) 수치심이 주는 견딜 수 없는 고통을 피하기 위해서라는 정반대의 주장을 다루지 않는다.

다른 한편으로, 마이클 워너나 체셔 캘훈 같은 사상가들은 감정의 위계적 성격을 우려한다. 따라서 그들은 도덕적 나침반으로서 수치심에 부여되는 높은 가치에 반대한다. 그들은 (미국의 게이, 레즈비언, 트랜스젠더, 그리고 이 장에서 다루는 분할 시기 폭력성을 경험했던 생존자들과 같이) 공적 모욕에 가장 취약한 이들은 그들을 심문하는 그 사회의 규범을 따르지 않는 이들이라는 점을 염려한다.

수치심과 모욕의 경험은 어떻게 다른가? 마사 누스바움에 따르면 다른 사람을 모욕하고 싶다는 욕망의 원인은 수치심을 겪는 것에 대한 그 자신의 두려움이다.[1] 누스바움은 앤드루 모리슨이 극심한 수치심으로 괴로워하는 환자들을 대상으로 한 사례 연구를 분석하면서, 아메드와 마찬가지로 수치심은 바라던 목표나 이상에 도달하지 못한 상태를 보여준다고 결론 내린다. 이는 전능해지고 싶은 욕망과 현실 속 무능력 사이에 괴리가 있었던 우리의 어린 시절에서 잘 드러난다. 누스바움은 어린 시절에 경험하는 이러한 유형의 수치심을 '원초적 수치심primitive shame'이라고 불렀다. 우리는 다른 사람을 신뢰하는 법을 배우고 그들에게 의존하며 자신의 취약성을 받아들이는 법을 배울 때에야 비로소 이 압도적인 수치심에서 벗어날 수 있다. 반면, 모욕은 "수치심의 공적 측면"(Nussbaum, 203)이다. 다른 사람을 모욕하고 싶다는 욕망은 음흉한 동기에 기인한다. "도덕주의와 높은 이상을 외치는 이면에는 훨씬 원초적인 무언가가 있을 가능성이 높다. 이때 그 이상의 정확한 내용과 그 이상이 갖는 규범적 가치는 본질적으로 아무 상관이 없다."(220) 누스바움은 다른 사람을 모욕하는 행위의 동기는 자신의 취약성을 받아들이는 것에 대한 두려움에서 나온다고 주장한다. 가해자는 자신의 취약성과 유한성에 대한 두려움을 '정상이 아닌' 정체성을 가진 사람들 탓으로 돌리고 이들을 모욕하고 공동체에서 배제하려 한다. 타인을 모욕하고자 하는 욕망은 타인의 행동이나 그에 대한 처벌과는 거의 관련이 없다. 누스바움은 다음과 같이 말한다. "누군가를 공개적으로 웃음거리로 만들 때, 이는 특정한 행위에 초점을 맞추는 것이 아니라 그 사람의 훼손된 정체성을 비웃는 것이다."(230-231)

인도 분할 당시 폭력의 맥락에서, 메몬과 바신은 가해자가 '다른' 공동체를 모욕하고 이들을 타자로 만들기 위해 사용한 가장 보편적이고 상습적인 방법 중 하나가 여성의 옷을 강제로 벗겨 신체를 노출시키는 것이었음을 보여준다. 여성을 나체로 만들어 시장을 걷게 하거나 시크교 사원인 구루드와라에서 나체로 춤을 추게 하거나 집안 남자들 앞에서 강간하는 것이다.(41) 인도·유럽어족에서 '수치심'이라는 단어의 어원엔 '덮다'라는 뜻이 있다. 칼 슈나이더는 사회가 인간의 취약성과 그 취약성을 보호해야 할 필요성을 인식하는 수단으로 수치심을 유지한다는 주장에 동의한다.

건강한 인간을 덮어야 할 필요가 있을까? 어떤 사람들은 그렇지 않다고 생각하며, '덮기'와 '숨기'를 동일시하고 '숨기'를 불명예스러운 것으로 본다. 나는 인간의 삶이 있는 모든 곳에서 덮기에 적절하고, '알맞고' '적합한' 시기와 단계가 있었으리라고 본다. 인간의 경험은 언제나 폭력에 취약하고 보호를 필요로 한다. 그러므로 자기 자신과의 관계를 포함한 인간관계에서 약간의 침묵은 언제나 존재하며 또한 적절하다.("Mature Sense of Shame", 200)

흥미롭게도 슈나이더와 마찬가지로 대부분의 작가가 '수치심'을 비유적인 방식에서 '덮개'로 표현한다. 여기서 덮개란 신체를 가리는 옷이라기보다는 취약함을 숨기는 방식을 가리킨다. 비유적인 의미도 수치심 구조의 분석에 매우 결정적이지만, 옷으로 몸을 덮는다는 문자 그대로의 의미 역시 인도 분할 당시 폭력의 맥락에서 똑같이 중요하다. 이에 관해서는 밥시 시드와의 소설 속 인물인 아야와 하미다에게 가해진 폭력의 맥락에서 논의할 것이다.

공개적인 모욕의 구체적 사례를 분석하는 것은 누군가가 모욕을 당할 때 그 사회에서 통용되는 규범을 파악하는 데 도움이 될 수 있다. 따라서 특정 형태의 모욕에 대한 저항은 통용되는 구체적인 사회규범과 권력관계에 대한 저항으로 해석될 수 있다. 그러므로 분단문학에서 나타나는 모욕과 수치심 그리고 이에 대해 발생 가능한 저항의 문학적 재현을 연구하는 것은 동시에 구체적인 사회규범과 문화적 이상에 대한 저항을 논의하는 것과 같다.

젠더와 계급, 종교적 정체성에 의해 형성되는 수치심

우리는 밥시 시드와의 『아이스캔디맨』에서 서로 다른 두 가지 종류의 수치심에 맞닥뜨린다. 먼저, 레니라는 소녀는 거짓말을 한 후 스스로 가지고 있는 정직의 원칙을 지키지 못했기 때문에 수치심을 경험한다. 반면 '타락한' 여성인 아야와 하미다는 가해자와 자신이 속한 공동체

앞에서 강간과 모욕을 당한다. 이들은 여성의 섹슈얼리티에 대한 이상과 이 섹슈얼리티가 민족 구성에서 담당하는 역할에 동의하지 않음에도 불구하고 수치심을 경험한다.

소설의 화자는 일곱 살 소녀 레니다. 레니는 동생이 한 명 있는 첫째이며 중산층인 파르시 가족과 함께 라호르(분할 이후 파키스탄 국경 안쪽에 위치하게 된다)에 살고 있다.[2] 소아마비를 앓았던 레니는 다리에 맞는 깁스를 하기 위해 자주 의사를 방문해야 한다. 레니의 엄마는 레니에게 부족한 게 하나도 없도록 노력하면서 보모이자 간병인을 고용해 항시 레니를 돌봐줄 수 있도록 한다. 꿋꿋하게 고통을 참아내고 언제나 진실만을 말하는 레니는 항상 보상을 받는다. 레니가 처음 접시를 깨고 이를 고백했을 때, 엄마는 레니를 질책하는 대신 "사랑하는 내 딸. 진실을 말했구나! 접시를 하나 깼다고? 백 개라도 더 깨렴!"(85)이라고 말해준다. 레니는 대부분의 시간을 간병인의 보호 아래 보내지만, 또래 친구들도 몇 명 있다. 남동생인 아디와 사촌 로지, 그리고 동네 친구 피터다. 어느 날 로지의 집에서 놀고 있던 레니는 우연히 작은 유리병들을 발견하고 마음을 빼앗긴다. 레니는 그 병들을 훔친 다음 집에 돌아와 병을 숨길 안전한 장소를 찾는다. 집에서 숨길만한 곳을 찾지 못한 레니는 유리병들을 자기 책가방에 넣어둔다. 이튿날 학교를 마친 레니는 비밀을 숨겨둔 책가방을 맨 채 대모의 집으로 향한다.(83-84) 레니는 종종 대모와 함께 침대에 누워 대모님 옆에 바싹 달라붙은 채 오후를 보내곤 한다. 곧 그 집에 상주하며 집안일을 하는 하녀가 레니의 가방에서 유리병을 발견한다. 레니는 어떻게 이 유리병들을 갖게 되었냐는 질문에 로지가 준 거라고 말한다. 레니가 대답하자마자 대모는 거짓말을 의심한다. 수치심에 압도된 레니는 이렇게 말한다. "나는 내 원래 보금자리로 뛰어든다. [대모님의] 눈을 바라볼 수 없어 대모님의 사리 안으로 얼굴을 숨긴다."(84) 자신의 거짓말과 대면했을 때 레니는 대모의 사리 안에 몸을 파묻고 유리병을 훔친 사실을 '격렬하게' 부인한다. 레니는 거짓말이 너에게 '어울리지' 않으니 다시는 거짓말을 하면 안 된다는 이야기를 듣는다.(84) 화자인 레니가 직접 자기 수치심을 묘사하진 않지만 얼굴을 숨기기 위해 대모와 하녀를 외면하는 행동에서 그녀의 수치심이 드러난다. 실번 톰킨스는 수치심 정동이 고통스러우며 다른 사람을 외면하는 특징이 있다고 설명한다. "수치심은 의사소통의 중단이자 더 나아가 장애물이지만 그 자체로 전달된다. 머리를 숙이거나 눈을 감거나 시선을 회피하는 사람은 자신이 느끼는 수치심을 전달한 것이며 이 사람의 얼굴과 자아는 부지불식간에 자신과 다른 사람들에게 더 잘 보이게 된다."("Shame", 137) 톰킨스에 따르면 수치심은 그것을 느끼는 사람이 타인에게 거부당하거나 거절되는 데 여전히 신경을 쓰고 있다는 사실을 폭로한다.(134) 수치심 정동은 사회적 기제를 갖지만 자기 성찰적인 감정이기도 하며, 이러한 자기로의 귀환은 '자의식의 고통'을 발생시킨다.(136) 톰킨스를 통해 아메드를 읽자면 다음과 같다. 수치심을 느끼는 사람은 자신의 가치를 매개하는 데 있어 꼭 필요한 사람에게 관심을 거부당하는 경험을 한다. 그리고 이렇게 거부당하거나 관심에 대한 응답을 거절당함으로써 이상을 실현하는 데 실패했음을 자각하게 된다.

　레니의 거짓말과 잇따른 수치심 그리고 정직의 원칙을 위반했다는 자각은 수치심이 도덕적 잣대로서 가치가 있다는 주장을 뒷받침하는 사례가 될 수 있다. 한편 여기서 매니언의 주장을 통해 레니의 수치심 경험을 아야와 하미다의 수치심 경험과 비교해서 해석해보면 계급과 젠더, 소수자라는 지위에 따라 특정한 (자신이 지킬 수 없는) 사회적 이상을 선택할 수 있는 여지가 어떻게 달라지는지를 드러내는 데 도움이 된다. 사회적 이상을 유지할 수 없을 때 우리는 수치심을 경험한다. 테일러의 '진짜 수치심'과 '거짓 수치심' 구분에 따르면, 레니가 진실만을 말해야 한다는 것을 진정으로 믿었고 그 기준에 도달하지 못했다면 그녀는 진짜 수치심을 느낄 것이다. 하지만 수치심을 느끼는 이유가 스스로 정직의 원칙을 지키지 못해서가 아니라 대모가 자기를 나쁘게 생각할까 봐서라면 거짓말을 통해 레니가 느끼는 수치심은 거짓 수치심일 것이다. 레니의 경우 적어도 스스로 정직의 원칙을 옹호하는지 아닌지, 다시는 거짓말을 하지 않기로 결정한 이유가 무엇인지에 대해 따져볼 수라도 있다. 하지만 곧 알아볼 아야와 하미다의 경우 그러한 논의의 여지 자체가 애초부터 존재하지 않는다. 둘은 강간을 당하면서 '성적 순결'이라는 이상을 유지하는 데 실패했고, 그 이유로 배척당했기 때문이다.

　시드와의 소설에 나타나는 두 번째 형태의 수치심은 레니의 수치심 경험과는 완전히 다르다. 이 수치심은 소설 속에서 아야라는 이름의 힌두교도 보모와 무슬림 보모인 하미다의 수치심으로, 하미다의 이야기는 소설 중반 이후에 등장한다. 둘은 강간 생존자이며 이들에

430

게 부과된 수치심은 (레니의 경우와는 달리) 그들 자신의 행동에서 비롯된 것이 아니라 강간당한 여성이라는 정체성에서 비롯된 것이다. 분할 당시 새 국경의 양쪽에서 행해진 강간과 신체 훼손 행위는 아무런 목적이 없는 폭력 행위가 아니라 공동체에 수치를 주고 이를 통해 이들로부터 국민의 자격을 박탈하려는 구체적인 목표가 있는 행위였다. 아야와 하미다가 받은 모욕이 소설 속에서 어떻게 재현되는지에 대해 연구를 시작한 동기는 다음 두 가지 질문이었다. 먼저, 레니의 수치심이 갖는 구조와 아야 및 하미다의 모욕감이 갖는 구조는 구체적으로 어떤 차이가 있는가? 레니의 사례와 달리 후자는 수치심에 도덕적 가치가 있다는 주장이 성립되지 않는다. 그러므로 두 번째 질문은 이것이다. 아야와 하미다는 강간으로 인한 모욕에 얼마만큼 이의 제기를 할 수 있는가?

거의 매일 저녁 아야는 레니를 데리고 공원으로 산책을 간다. 아야에게는 특별한 재주가 있었는데, 바로 아야를 좋아하는 힌두교도, 무슬림, 시크교도 남성들을 한자리에 모을 수 있다는 것이었다. 정중함이라는 겉치장 아래서 이 남성들은 아야의 관심을 받으려 경쟁한다. 힌두교, 시크교, 이슬람교 남성 사이의 폭력 및 분할에 대한 뉴스와 루머가 나돌기 시작하자 이들은 서로의 종교 집단에 대한 악의적인 고정관념에 대해 농담을 한다. 그리고 분할에 관한 이야기가 시작되자 레니는 매일 저녁 공원에서 만나는 사람들에게서 종교의 차이를 인지하기 시작한다. "갑작스러운 일이다. 원래 다들 그저 그들 자신이었다. 그런데 이튿날이 되자 힌두교도, 이슬람교도, 시크교도, 기독교

도가 됐다. 사람들은 쪼그라들어 하나의 상징이 된다. 아야는 더 이상
모두를 아우르는 나의 아야가 아니다. 아야는 토큰이다. 힌두라는 토
큰."(93) 아야는 기도를 위해 꽃과 향을 사기 시작한다. 이맘 딘(레니의
무슬림 요리사)은 매주 금요일 기도에 참석하기 시작한다. 불가촉천민인
정원사와 청소부는 "더욱더 손대서는 안 되는 사람이 된다".(93) 원래
는 구분되지 않았던 집단이 분할 직전에 날카로운 차이에 의해 구분
되기 시작하는 것이 일곱 살인 레니에게는 갑작스러울 수 있으나, 학
자들은 영국이 종교적 정체성의 차이를 기반으로 선거구를 나누었던
1909년(사람들이 '자신의 정치인'에 의해 대표될 수 있도록 하기 위해서)부터 종교
적 차이가 개념화되는 방식에서 서서히 패러다임 전환이 일어나고 있
다는 점을 지적해왔다.(Daiya, 33-31; Khan, 19-20) 20세기 초에 종교적
차이는 대부분 문화적 실천이나 기도 의식에서의 차이를 나타냈다.
종교에 따라 분리된 민족운동이 20여 년간 이어진 후 종교적 차이
는 정치적 요구와 정당정치에서의 차이를 나타내게 되었다.[3] 물론 분
할 이전 힌두교, 시크교, 이슬람교 가족들이 깊은 우정을 나누었다고
상상하고 낭만화하는 데도 오류가 있는데, 메몬과 바신이 인터뷰한
힌두 여성들이 다음과 같이 말했기 때문이다. "Roti-beti ka rishta
nahin rakthe, baki sab theek tha(우리는 그들과 식사를 하지도 결혼을 하
지도 않았어요. 하지만 그 외에는 괜찮았죠)."(12)

　1947년 6월 3일, 영국 총독인 마운트배튼과 인도 국민회의 대표인
자와할랄 네루, 무슬림연맹 대표인 무함마드 알리 진나, 시크교 대표
인 발데브 싱이 각각 인도 국영 라디오인 올 인디아 라디오를 통해 영

국령 인도의 분할에 동의한 이유를 설명했다. 이들은 분할이 1948년 6월 안으로 이루어질 거라고 주장했지만, 그 날짜는 곧 1947년 8월 15일로 바뀌었다. 이는 처음에 말한 날짜보다 거의 열 달 앞선 것이었고 라디오 방송을 한 날로부터 두 달 반 후였다.(Khan, 2-3) 영국령 인도의 여러 종교 공동체 사이에서 폭력이 점점 심화되던 상황에 나온 발표였다. 이 모든 것 중에서도 최악이었던 것은 인도와 파키스탄이 각각 독립국을 선언한 날짜는 8월 15일이었던 반면, 시릴 래드클리프가 이끄는 위원회는 이로부터 3일이 지나서야 영토를 가르는 분할선을 결정했다는 점이다. 갸넨드라 판데이는 주류 분단 서사의 구성에 대해 언급하면서, 민족국가의 법제 발달에 초점을 맞춘 분할의 정치적 역사와, 개개인을 고통받게 만든 상실과 폭력의 이야기에 초점을 맞춘 분할의 기억이 분리되어 다뤄지면서 오해를 불러일으키고 있음을 개탄한다. 정치적 역사와 기억을 이처럼 개념적으로 분리하면 둘이 동시에 발생한 독립적 사건인 것처럼 여기게 된다는 것이다. 하지만 이러한 분리는 "분할이 곧 폭력이었던"(Pandey, 7) 분할 생존자들의 경험과 반대된다. 그러므로 판데이는 폭력의 기억을 역사적 서사로 회복시키려 한다. 그에 따르면 이러한 서사는 연방정부 수준에서 내린 정치적 결정이라는 측면에서 민족국가를 서술하는 지배적 구성을 파괴한다. 흥미롭게도 분할에 대한 칸의 논의는 두 가지 서사를 계속 엮어낸다. 그의 주장에 따르면 분할이라는 상위 정치와 분할 이전 및 분할 당시에 발생한 여러 폭력 행위의 발발은 서로 대조를 이루며 별도로 기술될 수 없다. 그렇게 된다면 두 서사 모두 한편으로는 연방정부 수준에서 이루어진 정치인들의 심의가 길거리에서 발생한 '공동체 간의 분쟁'에 크게 영향을 받았다는 사실, 다른 한편으로는 구체적인 정치적 이익과 목표를 갖고 있었던 지역 정치조직들이 갖은 폭력 사태를 도모했다는 사실을 간과하게 될 것이기 때문이다. "분할 계획 자체는 폭력 행위를 통해 초래되었다. 분할 당시의 엘리트 정치와 일상적 경험은 언뜻 보이는 것처럼 따로 분리되어 있지 않은데, 집단 시위와 시가전, 루머 유포가 모두 정치적 의사결정 과정과 겹치기 때문이다."(Khan, 7)

　레니의 분단 서사는 분할 사건을 역사적으로 개괄한 것이라기보다는 레니가 만난 사람들과 이들이 겪은 폭력 및 배신, 트라우마에 대한 기억의 형태를 띤다. 레니와 아야가 저녁 산책 때 만나는 친구들에게, 인도와 파키스탄 정부가 폭력을 제압하는 정무를 감당할 수 없다는 사실은 점점 더 자명해진다. 점점 심화되는 폭력에 대응해 정부는 사람들을 피신시킬 기차 편을 마련하기로 합의한다. 애초에 이 계획은 순진한 것까지는 아닐지언정 매우 단세포적이었다. 인도에서 불안함을 느끼는 무슬림은 파키스탄으로 가는 기차를 탈 수 있었고, 파키스탄에서 안전을 염려하는 힌두교도들은 인도로 가는 기차를 탈 수 있었다. 당시 마련되었던 차편은 현재 국경 양쪽에서 모두 쓸쓸하게 기억되는데, 운행 중에 공격을 당하는 일이 빈번했기 때문이다. 기차에 타고 있던 사람들은 산 채로 전부 불타 죽었고, 여성 대부분은 강간당하거나 신체가 훼손되었다. 아야에게 구애했던 이들 중 진취적인 성향의 한 젊은 무슬림 남성은 계절마다 여러 장사를 했다. 그가 여름에 판 것이 바로 아이스캔디다. 그의 가족은 분할 후 인도에 속하게 된 구르다스푸르에 거주했는데, 구르다스푸르 인구 대부분은 시크교도였고 이슬람교도는 소수였다. 레니와 아야, 아야를 쫓아다니던 남자들이 베란다에서 "라디오 주위에 모여" 앉아 있던 어느 날 저녁, 아이스캔디맨이 뛰어 들어와 다음과 같은 뉴스를 전한다. "구르다스푸르에서 오는 기차가 방금 도착했어요. (…) 기차에 타고 있던 사람이 전부 죽었어요. 잔인하게 살해당했다고요. 전부 무슬림이에요. 시체 중에 젊은 여자가 한 명도 없어요! 여자의 젖가슴으로 가득 찬 마대자루만 두 개 있다고요! (…) 친척들이 오기를 기다리고 있었어요…… 3일 동안…… 매일매일 열두 시간씩…… 그 열차를 기다렸다고요!"(149, 생략은 인용자) 말을 하면서도 아이스캔디맨의 눈길은 계속해서 시크교도인 셰르 싱에게 돌아간다. 종교적 정체성 때문에 그도 마치 그 잔혹 행위에 연루된 것처럼 여겨지는 것이다. 가해자가 기차에 실어 보낸 젊은 여성의 젖가슴으로 가득 찬 마대자루는 목적도 의미도 없는 폭력 행위가 아니다. 이와 같은 공격에서 가해자의 의도를 분석하는 한 방법은 비나 다스의 주장을 통해 사건을 해석하는 것이다. 비나 다스에 따르면 여성의 신체에 대한 공격은 민족(그리고 명예)이라는 추상적인 개념에 도전하는 수단으로 인식되는데, 대부분의 문화적 생산물에서 명예와 민족 개념은 여성의 이미지로 표현되기 때문이다. 메몬과 바신의 설명을 통해서도 이러한 공격에 적용된 상징적 표현을 분석할 수 있는데, 두 사람의 설명에 따르면 여성 생식기에 대한 공격에는 대학살뿐 아니라 다음 세대를 출산할 수 있는 생식기를 훼손하고 문신을 새김으로써 다른 공동체를 전멸시키려는 욕구가 반영되어 있다. 이러한 종류의 폭력은 문화적으로 생산된 개념(예를 들면 민족이나 명예)을 실제 인간의 신체와 구별하기 어렵게 만들고자 한다. 이렇게 하면 한 사람의 모욕과 소멸이 동시에 다른 사람의 모욕과 소멸이 되기 때문이다. 메몬과 바신은 여러 폭력 사태에서 여성의 신체가 "Hindustan, Zindabad(힌두스탄 만세)!" 또는 "Pakistan, Zindabad(파키스탄 만세)!"라는 구호와 함께 훼손되어 있었음을 언급한다.(43) 이러한 현상은 분할이라는 맥락에서 발생하는 모욕과 수치심에 대한 우리 이해에 어떤 영향을 미치는가?

수치심은 곧 덮개라는 슈나이더의 정의는 특히 여기서 유의미하다. 아야와 하미다가 겪은 모욕의 형태에서 공격자는 문자 그대로도 비유적으로도 '덮개', 곧 수치를 제거함으로써 이들의 존엄을 해치려고 한다. 아이러니하게도 진실을 말해야 한다는 레니의 강박(앞에서 말한 테일러의 '진정한' '바람직한' 수치심의 사례)은 소설 후반 아야의 납치 서사에서 한 가지 역할을 수행한다. 라호르에서 살인과 납치, 강간이 발생하기 시작하자 레니의 가족은 아야를 지하실에 숨겨주려고 한다. 아야에게 사랑을 거절당하고(아야는 다른 사람을 사랑하고 있다고 답한다) 힌두교도와 시크교도의 손에 무슬림이 죽임을 당하고 있다는 데 분노한 아이스캔디맨은 그 모든 분노를 힌두교도인 아야에게로 돌린다. 젊은 남성 무리와 함께 레니의 집 문 앞에 도착한 아이스캔디맨은 아야가 지금 어디에 있는지 묻고, 사람들은 입을 모아 아는 바가 없다고 말한다. 그때 아이스캔디맨은 레니 앞에 쭈그리고 앉아 조용한 목소리로 레니를 안심시키며 절대 아야를 무섭게 하지 않을 것이고 아야에게 그 어떤 일도 일어나지 않게 하겠다고 말한다. 레니는 모든 것을 털어 놓으며 아야가 지붕 위나 창고에 있을 것이라고 말한다.(Sidhwa, 182) 남자들은 아야를 찾아낼 때까지 집을 뒤진다. "말도 안 되게 빠른 걸음으로 아야를 마차로 끌고 가서 냉혹한 손으로 아무렇게나 아야를 만지며 마차 안으로 밀어 넣는다. 남자 네 명이 서서 아야를 밀어붙이면서 그녀의 몸을 위로 떠받친다. 그들의 입술은 의기양양하게 거드름을 피우며 늘어져 있다."(183)

곧 레니는 여성에게 가해진 강간과 피해 여성이 공동체에서 거부당하게 되는 일 사이의 끔찍한 관련성을 알게 된다. 집에서 끌려 나간 아야는 더 이상 소설에 등장하지 않으며, 소설이 거의 끝날 때쯤에야 아이스캔디맨의 신부가 되어 다시 나타난다. 그때 레니의 대모와 레니 가의 여성들은 아야를 구해 국경을 넘어 인도로 갈 수 있도록 돕는다.(225) 암브린 하이는 시드와가 소설에 대해 한 이야기를 인용하면서 작가의 목적은 아야가 주요 인물로 나타나는 트라우마화되고 젠더화된 민족적 알레고리를 통해 분할의 트라우마적 역사를 이야기하는 것이었다고 지적한다.(391) 소설 속에서 중산층 여성은 '타락한 여성'의 구조자 역할을 맡는 반면 '하층' 남성은 그저 폭력의 가해자로 그려진다. 하이의 주장은 다음과 같이 요약될 수 있다. 소설 중반까지 주인공은 아야다. 하지만 납치된 이후 소설 속에서 아야의 자리는 구조 작전에 참여한 '영웅적인' 중산층 여성들로 대체된다. 이 소설의 서사 구조는 페미니스트적이지 않은 여느 강간 서사와 비슷하다. 줄거리

는 여성이 강간을 당하는 순간 절정에 도달하고 강간 이후 회복의 가
능성을 이야기하는 서사는 완전히 빠져 있다.(Hai, 403)

아야가 인도로 갔다는 이야기를 처음 들었을 때 레니는 대모에게
자기를 그곳에 데리고 가달라고 애원한다. 대모는 아야가 "우리 앞에
서 얼굴을 들 수가 없다"며 만남을 거절했다면서 "우리 앞에서 얼굴을
못 들 이유가 없다"고 덧붙인다.(253) 하지만 레니는 다음과 같이 확신
한다. "아야는 돌이킬 수 없을 정도로 수치스러워한다. 그들이 아야를 수
치스럽게 만들었다. 마차에 타고 있던 그 남자들이 아니다. 그 사람들
은 낯선 사람들이었다. 아야를 수치스럽게 만든 건 샤르바트 칸과 아
이스캔디맨과 이맘 딘과 쿠쟁의 요리사와 정육점 주인, 그리고 아야
가 친구이자 자길 좋아한다고 생각했던 남자들이다. (…) 나는 아야가
모욕당했다는 것을 확신한다."(253-254; 강조는 인용자) 대부분의 분단문학
에서와 마찬가지로 시드와의 소설에서 한 여성의 수치심은 자기 자신
이 아닌 타인에 의해 결정된다. 여성을 모욕하려는 강간범의 의도는
생존자가 평생 느끼는 수치심과 정확하게는 아니더라도 거의 일치한
다. 하이가 지적한 것처럼 아야가 납치당한 후 소설 속에서 사라져 계
속 침묵을 지키는 데는 무거운 대가가 따르는데, 독자는 아야의 '수치
심'을 후에 아야의 구조자 역할을 맡은 중산층 여성들을 통해 듣게
되기 때문이다. 아야가 모욕을 거절하고 이의를 제기할 가능성은 모
욕을 주고자 하는 가해자의 의도와 생존자가 느끼는 수치심 사이의
간극에 있으므로, 그 간극을 인식하기 위해서는 누스바움의 수치와
모욕 구분을 언급할 필요가 있다. 누스바움에 따르면 수치심은 자신

이 옹호하는 이상을 지키지 못했다는 자기 인식을 나타내며(매니언의 주장을 적용하면 더욱 복잡해진다) 모욕은 누군가의 정체성을 '타자'로 규정하는 방법으로서 낙인찍힘을 나타낸다. 모욕감은 절대로 자발적이거나 주체가 자유롭게 결정할 수 있는 것이 아니다. 모욕감은 언제나 다른 사람에 의해 통제되며 권력의 구조적 불평등을 강제하려는 목적에서 행사된다. 그러나 시드와의 소설은 수치심과 모욕감이라는 두 감정을 구분하지 않았고, 이는 몸에 남겨진 수치심에 저항하는 아야의 능력을 약화시킨다. 이제 하미다도 이와 유사함을 알아보자.

하미다는 새로 들어온 레니의 무슬림 여성 하인으로, 분할 이후 무슬림이 취약한 소수집단이 된 인도에서 막 넘어온 또 한 명의 '타락한 여성'이다. 레니가 타락한 여성이 무슨 뜻이냐고 묻자 대모는 다음과 같이 설명한다. "하미다는 시크교도들에게 납치당했어. 한번 그런 일이 일어나면, 남편이나 가족들은 그 여성을 다시 받아들이지 않기도 한단다."(215) 대모의 말을 들은 레니는 어느 날 저녁 둥지에서 떨어진 참새를 다시 둥지에 올려놓으려던 것을 히마트 알리가 막았던 일을 떠올린다. 히마트 알리는 레니에게 이렇게 말한다. "우리가 참새를 만지면 다른 참새들이 이 참새를 쪼아서 죽여버려. (…) 이 참새의 엄마까지도 말이지."(215) 레니에게 참새와 강간당한 여성은 그들이 속한 가족의 눈에 같은 방식으로 '타락한' 존재처럼 보인다. 하지만 아야와 하미다의 명백한 '타락'은 참새의 타락과는 달리 자연의 법칙으로 해석될 수 없으며 민족과 젠더, 수치심이라는 범주를 통해 해석된다. 게다가 이 서사에서 일단 피해자의 덮개인 옷이 강제로 제거되면 피해자는 어쩔 수 없이 수치심을 경험하고 수치스러운 여성이라는 지위를 받아들이게 된다. 가해자는 공동체의 수치를 되갚아주기 위해 아야 와 하미다를 모욕하고 이들의 신체를 공격해 낙인찍으려 하고, 아야 와 하미다는 강간당한 후 입을 다물어버린다. 세상의 불의에 분노하 는 레니와 대조적으로, 서사 속에서 이 여성들에게는 반응을 보일 기 회가 주어지지 않는다. 가해자가 이들에게 가하고자 했던 모욕의 정 도는 피해자가 경험하는 수치와 일치를 이룬다.

모욕에 저항하기, 수치심 거부하기

그렇다면 다수 집단이 한 사람의 '훼손된 정체성'을 공개적으로 모욕 하는 데는 어떻게 저항할 수 있을까? 문제는 다른 사람을 모욕하는 행위가 가해자와 비난받는 자 또는 생존자 사이에 불균형적인 권력 관계를 낳는다는 것이다. 생존자에게는 자신을 억압하는 사람들에게 상황의 부당함을 보여줄 자원이 없다시피 하다. 누스바움이 주장하듯 그 여성에게 수치를 주는 것은 그녀의 행동이 아니라 그녀의 정체성 이기 때문이다. 마이클 워너는 심지어 빌 클린턴 미국 전 대통령조차 공개적인 모욕이 모욕에 대한 저항을 거의 불가능하게 만든다는 사 실을 깨달았다고 지적한다. "성적 수치심은 너무나도 적나라한 것이기 때문에 그 성행위가 도덕적이었는지 비도덕적이었는지와 무관하게 그 사람에게 오점을 남긴다. (…) 클린턴과 르윈스키가 어떻게 그 모욕에 저항할 수 있었겠는가? 그들은 그럴 시도조차 하지 않았다.[19] 이미 권력에서 차단되고 특권 있는 자들이 만든 사회적 규범에서 벗어났다는 이유로 모욕에 취약해진 하위주체 여성의 경우, 모욕에 저항할 가능성은 더욱 희박해진다.

많은 미국 현대 페미니스트가 수치심이 발생하는 사회적·정치적·문화적 맥락을 탐구해왔다. 이들은 정치적·경제적·사회적으로 종속된 집단이 모욕에 가장 취약하다고 지적한다. 예를 들어 미국 사회에서 가난한 사람들을 바라보는 가장 지배적인 시각은 경제적 특권이나 노동 착취에 대한 분석에 근거하지 않는다. 그렇다기보다 가난한 사람들은 가난하다는 이유로 복지에 의존하는 게으른 사람으로 낙인찍힌다.(Calhoun, 146) 성소수자 집단은 성욕을 이기지 못하는 사람들이라서 사회의 안녕에 해를 끼친다는 낙인이 찍힌다. 종속되고 낙인찍힌 집단은 모욕당하는 이유에 동의하지 않는다 하더라도 일상적으로 모욕을 당하고, 그러느라 특권적 위치에 있는 사람들보다 수치심에 더욱 취약해진다. 인도 분할 당시와 분할 이후 폭력에 대한 논의로 돌아가기 전에, 미국의 두 사상가가 이러한 형태의 모욕에 저항하는 방법으로 제시한 두 가지 제안을 간략하게 다뤄보자.

체서 캘훈은 만약 가능하다면 "우리—특히 사회적으로 종속된 '우리'—가 수치심을 느끼지 않도록 스스로를 훈련시키는 것"이 수치의 관행에 저항하는 가장 그럴듯한 방법처럼 보일 수도 있다고 말한다. 캘훈은 이것이 수치를 주는 행위의 효과를, 곧 모욕의 관행 자체를 뿌리 뽑는 전략적 조치처럼 보일 수 있지만(왜냐하면 수치심은 죄책감과 달리 다른 사람에게 인식되어야 가능하기 때문이다), 수치를 당하는 것의 취약성과 모욕을 주는 행위가 본질적으로 사회적 상호작용이라는 조건에 묶여 있다는 사실을 간과한 방법이라고 설명한다. 캘훈은 우리의 도덕적 정체성이 '불가피한' 것인 이유를 다음과 같이 설명한다. 첫째, 우리의 정체성은 우리 스스로 결정한다기보다 우리와 도덕적 관행을 공유하는 다른 사람들이 결정하는 것이다. 둘째, 우리는 이 도덕적 관행을 선택할 수 없다. 우리는 이미 특정한 도덕적 관행이 자리잡힌 특정 직업이나 공동체를 선택할 수 있을 따름이다.(155) 캘훈은 수치심을 느끼고 수치를 당하는 인간의 취약성이 사회적 존재 자체의 일부라고 본다.(145) 그러므로 우리(페미니스트와 그 지지자들)는 수치심을 유발하는 계기(수치를 당하는 사람들이 지키지 못했다고 알려진 사회적 규범과 문화적·정치적 이상)를 바꿔야 한다. 그렇다면 어떤 계기를 구축해야 하는지는 어디서 배울 수 있는가? 캘훈에 따르면, 우리는 지배적 문화 규범이라는 위선적 기준이 가하는 모욕에 언제나 속박당하는, 사회적·정치적·경제적으로 종속된 사람들에게서 그 단서를 얻을 수 있다.(146)

만약 해결 방법이 '정상에서 벗어난' 정체성을 생산하는 문화적·정치적 체제를 변화시키는 것이라면(이러한 정체성이 생산되면 편견을 가진 대다수 인구에게 모욕을 당하므로) 우리는 다음과 같은 질문을 던져야 한다. 특권을 가진 집단('정상에서 벗어난' 정체성에 낙인을 찍을 수 있는 권력의 위치에 있는 집단)이 기꺼이 그 특권을 거부하고 자신이 낙인찍던 집단의 동맹이 되고자 할 때, 우리는 그 자기성찰과 변화에 얼마만큼 의존해야 하는가? 질 로크는 역사적으로 끊임없이 지속된 공개적 수치와 그 폐해를 봤을 때 사회 변화의 수단으로서 인종차별주의자나 반유대주의자처럼 다른 집단을 억압하는 집단의 내적 변화에 의존하는 것을 경계해야 한다고 본다. 로크는 우리 모두가 함께 살아가는 사회 전체의 전반적인 변화를 추구하는 대신 "페미니스트와 민주주의자 들이 수치심에 시달리고 쉽게 수치심을 느끼는 사람들을 위한 세계를 만드는 쪽―삶의 대안적 이미지가 등장할 수 있는 대항공론장과 공간을 창조하는 쪽―에 노력을 쏟을 것"(159)을 추천한다.

인도 분할 폭력의 맥락에서 여성의 섹슈얼리티가 집단의 명예('순결'하고/위반되지 않았을 때) 또는 집단의 수치('오염'되고/위반되었을 때)를 담고 있는 보관소라는 개념에 대한 여성들의 저항은 거의 저항으로 인식되지 않았다. 시드와의 소설에 대한 논의에서 우리는 가해자가 다른 공동체에 속해 있는 강간범이거나 고문 가해자인 사례들만 살펴보았다. 하지만 폭력을 당한 여성이 자신이 속한 공동체 내에서 '타락한' 사람으로 여겨지며 대부분의 경우 거부당한다는 사실 또한 똑같이 중요하다. 메몬과 바신은 공동체에 안겨질 가능성이 있는 수치심을 피하기 위해 가족 구성원들이 여성에게 사전 폭력을 가하는 문제로 매우 고통을 받아왔다. 납치와 강간을 미연에 방지하기 위한 자살이나 다른 가족 구성원에게 죽임당하기를 거부한 여성은 비겁자라고 비난받거나 용기가 부족하다며 수치를 당했다. 딸과 함께 독극물을 마셔야 했지만 이를 거부한 한 여성은, 여성에게 주어진 돌봄이라는 젠더화된 역할을 이유로 들며 그 거부를 정당화해야만 했다. "남자들이 살아남는다면 누군가는 남아서 그들을 위해 요리를 해야 하지요."(54)

사회학자들은 집안에서 남성들이 여성의 '자살'(우물에 몸을 던지거나, 독극물을 마시거나, 스스로 감전사 또는 익사할 것을 요구받는 상황)에 대해 증언하는 서사 또한 분석했다. 남성들은 이런 일들을 마치 자기 삶보다 명예를 더욱 가치 있게 여겼던 용기 있는 여성들의 영웅담처럼 서술했다. 여성들의 죽음은 자발적인 자살로 기억된다. 이러한 서사의 틀은 여성이 명예를 내세운 죽음의 요구에 이의를 제기하고, 저항하고, 항의할 그 어떤 여지도 남기지 않는다. 집안 여성들의 죽음을 그들의 의지에 반하는 것, 즉 살인으로 바라본 남성의 증언은 극히 적었다.(Memon and Bhasin, 55)

분할 당시에 발생한 집안 여성의 납치와 강간에 대한 침묵은 매우 만연해 있다. 이사벨라 브루시와의 인터뷰에서 시드와는 어떻게 『아이스캔디맨』의 한 장인 「란나의 이야기Ranna's Story」를 쓰게 되었는지 이야기한다. 란나는 무슬림 소년으로 여러 공격을 당하지만 결국 국경을 넘어 파키스탄 영토로 넘어가는 데 성공한다. 미국에서 파티에 참석해 한 신사를 만난 시드와는 그가 분할 당시에 겪었던 폭력과 결국 그 폭력에서 벗어나는 데 성공한 이야기를 듣는다. 이 이야기에서 영감을 받은 시드와는 인도 영토에서 시크교도 집단의 공격을 받았던 마을 피르핀두에 대해 쓰기로 한다. 소설에서 란나는 결국 마을에서 빠져나오는 데 성공했지만 마을 여성들은 윤간을 당한다.(Sidhwa, 200) 그런데 시드와와 대화를 나눌 당시 성폭행에 대해서는 한마디도 하지 않았던 그 신사는, 시드와가 그러한 요소를 소설에 넣자 극도로 분노했다고 한다. "제 생각에 그 사람은 그 집안 여성이 납치당한 이야기를 썼다는 데에 분노한 것 같아요. 이런 이야기는 누구도 하지 않거든요. 그 누구도요. 집안 여성이 강간당했다는 사실을 인정하는 건 그만큼 불명예스러운 일이에요."(Sidhwa, "Making Up for Painful History", 144) 우르바시 부탈리아는 젠더와 명예, 수치심을 이용한 서사의 구성이 어떻게 여성에게 가해지는 납치와 폭력뿐만 아니라 인도에서 제정·시행된 '납치 피해자(의 회복과 귀환을 위한) 법안'(1949년 12월 31일 통과)을 틀 지었는지 추적한다. 수많은 '회복된' 여성이 자신의 가족과 마을에서 거부당한 후, 네루와 간디는 이 여성들의 '순수성'을 주장하는 대규모 연설을 했다. 이 여성들을 받아들일 것을 촉구하는 정부 책자 또한 인도의 대서사시 『라마야나』를 인용하며 강간 피해자의 '순수성'을 계속해서 주장했다. 『라마야나』에서 왕비 시타는 라반에 의해 랑카로 납치당하지만 후에 다시 람에게로 돌아온다.(Butalia, 160) 수천 명의 여성, 특히 강간당한 후 임신한 채 남겨진 여성 중 가족에게 거부당하거나 스스로 가족을 볼 면목이 없다고 생각한 여성들은 결국 여성 단체가 잘란다르와 암리차르, 카르날, 델리에 세운 아슈람ashram으로 찾아갔다.(162) 이는 다른 공동체 남성이나 집안 남자들에게 공격과 위협을 받은 여성들이 수치심에 저항할 시도를 하지 않았다거나 저항하지 못했음을 의미하는 게 아니다. 오히려 설사 이들이 저항을 했다 하더라도 젠더에 근거한 집단의 명예나 수치심의 이데올로기적 틀이 너무나도 공고해서(일가 여성의 강간에 대한 침묵에서 잘 드러난다) 지배적인 서사가 저항의 사례를 저항이 아닌 '비겁한 행위'로 인식했음을 의미한다.

인도 분할 이후 21세기 내내, 인도와 파키스탄에서는 가족 또는 공동체에 수치를 안기려는 목적에서 자행한 성폭력이 수없이 발생했다.[4] 최근에 있었던 사건들에서도 여성에게 가해진 성폭력과 여성이 겪는 모욕(이러한 모욕에서 가해자가 아닌 생존자가 가족·집단·민족의 수치심을 체화당한다) 간의 끔찍한 관계는 주요한 패러다임 전환 없이 여전히 가해자의 시각에 머물러 있다. 하지만 우리는 생존자들의 매우 다양한 반응을 목격했으며, 많은 생존자가 공격당한 경험의 고통스러운 서사를 이야기하며 직접 나서서, 모욕을 주려는 가해자의 의도와 그에 따른 불가피한 결과로서 발생하는 수치심 간의 끊어지지 않는 관계를 끊어내려고 애써왔다. 그럼으로써 이들은 법에 따라 가해자를 처벌하는 일이 거의 없었던 경찰 제도와 사법제도의 실패를 반복해서 폭로하고 있다.

446

14장

'라자'—수치심의 사회문화적 각본

캐런 린도

'전체적 자기whole self'와 관련이 있는 수치심은 죄책감(수치심과 종종 혼동된다)에 비해 신체적 자각 및 자기의 정신적·신체적 삶에 대한 시각적·언어적 이미지화를 더 많이 수반한다. 수치심은 하나의 정동으로서 모든 인간 경험에 내재되어 있는 본능적 삶을 드러낸다. 수치심과 신체 간의 역학을 볼 때 실제로 수치심이 가장 많이 유발되는 순간은 신체가 통제를 벗어난 것처럼 보이는 순간이다. 신체가 외부 세계와 맺고 있는 관계에 대한 통제는 대체로 우리 행동을 지배하는 사회문화적 명령을 지키기 위해 수치심을 드러내는 능력을 둘러싸고 양극화된다. 이때 수치심은 신체 경험의 보호 층으로 기능함으로써 신체적·정신적 경계를 지키고 이 경계의 윤곽을 보호할 수 있다. 역으로, 신체는 기쁨과 유혹, 정복, 고통의 근원이기 때문에 신체가 맺는 다른 관계 내에서 그 경계는 쉽게 무너진다. 엘리자베스 그로스는 다음과 같이 설명한다. "한 사람의 심리적 삶의 역사는 신체에 기록되고 입혀진다. 정신 역시 우리가 살아가는 신체의 역사, 신체의 우연한 만남, 신체의 상처, 신체의 변화와 연장extension을 품고 있는 것처럼 말이다."("Psychoanalysis and the Body", 270) 수치심은 하나의 감정으로서 신체의 일대기를 담고 있으며, 이러한 신체의 일대기는 개인과 그 개인이 속해 있는 문화적 맥락에 따라 다르다.[1] 이 신체의 일대기들이 항상 일치하는 것은 아니므로, 수치심은 종종 신체가 특정한 문화적 가치를 나타내게 만드는 일관성 있고 체계적인 수단을 조직하기 위해 문화적 관습에 이용된다. 그리고 역사적으로 이 같은 책임을 부여받는 것은 여성의 신체다.

이번 장에서는 라자lajja, लज्जा, 즉 수치심에 대한 사회문화적 각본이 인도-모리셔스 여성 신체를 규제하는 방식을 살펴볼 것이다. 그리고 힌두교의 전통적인 관습 안에서 여성 신체를 감시해온 수치심의 역사적 기능을 고려하면서, 모리셔스의 작가 아난다 데비가 소설 『파글리Pagli』(2001)를 통해 현대 모리셔스에서 여성의 주체성을 결정하는 수치심의 역할에 도전한 방식을 분석하고자 한다. 인도인 디아스포라에서 수치심이 자리한 역사적 위치를 살펴보면 수치심을 통해 여성 신체를 길들이려는 남성의 투자가 되풀이되는 것을 알 수 있지만, 나는 데비가 이와 반대되는 위치에 서서 자신의 신체를 수치심의 장소로 표현하는 문화적 관습을 고수하는 여성을 드러내는 방식을 살펴볼 것이다. 데비는 여성이 다른 여성을 향해 기꺼이 수치심이라는 무기를 휘두르는 모습을 드러냄으로써 어떻게 수치심이 여성의 품행을 규제하는 문화적 관습의 서브텍스트로 작동하는지를 밝힐 뿐만 아니라, 힌두교 관습이 억제하는 환경보다 더 넓은 사회문화적 환경에 대한 권리를 주장하는 여성 임파워먼트의 대안적 모델을 선언한다. 데비는 소설 제목과 이름이 같은 여성 주인공의 궤적을 통해 여성 신체에서 어머니 인도에 대한 역사적 충성이라는 짐을 덜어주며, 현대 모리셔스를 특징 짓는 문화적 융합을 통해 더욱 풍성하게 체현된 주체성으로 그녀를 데려간다.

오늘날 아난다 데비는 그 누구보다도 다작하는 모리셔스 여성 작가 중 한 명으로 국제적 인정을 받고 있다. 데비는 열다섯 살에 쓴 초기 단편집에서 시작해 소설 열 권, 최근에 출간된 자전소설(『내게 말하는 남자Les hommes qui me parlent』(2011)), 단편집 세 권, 시집 두 권을 출간했다. 주변화에 관심을 둔 데비의 작품은 대개 개인의 갈망과 욕망을 약화시키고 가두는 사회문화적 관습에 복종하거나 저항할 것을 강요받는 여성 등장인물의 곤경에 초점을 맞춘다. 데비의 서사 속에서 여성 신체는 종종 저항 그리고/또는 예속의 장소라는 역할을 맡으며, 여성은 자기 본성의 표현과 의미를 결정하는 가부장제의 각본 앞에서도 제멋대로인 본성 때문에 맞고 강간당하거나 소극적인 태도를 강요받는다.[2] 데비는 말한다. "신체의 수치심과 일종의 근본적 죄책감은 여성을 영원히 부차적인 위치에 머물게 만들 것이다."

『파글리』(2001)에서 저자는 인도-모리셔스의 맥락에 입각해 여성 신체의 위치와 여성의 욕망이 갖는 정당성을 질문한다. 이 소설은 크레올 어부 질을 향한 힌두교도 기혼 여성의 금지된 사랑 이야기를 그린다. '미친 사람'이라는 뜻의 파글리는 주인공이 시댁에서 불가촉천

민인 거지 여자를 접대하는 첫 번째 위반을 감행했을 때 주인공에게
붙여진 힌디어 이름이다. 힌두교 관습에 따라 파글리는 사촌과 결혼
했다. 가족들은 알지 못하지만, 그는 파글리가 열세 살 때 그녀를 강
간한 사람이다. 파글리는 그의 아내가 되면 어린 소녀였을 때 자신의
신체에 가해진 폭력에 더 쉽게 복수할 수 있을 거라는 생각에 이 결
혼에 동의한다. 결혼식 날 밤, 파글리는 남편에게 활짝 피어난 자신의
몸을 보여주면서 이 몸이 줄 수 있는 즐거움과 자식을 낳겠다는 약
속, 아내로서의 의무를 모두 거절하겠다고 단도직입적으로 말한다. 관
습을 거스르는 신방에서의 첫 번째 공격 이후 파글리가 처한 사회적
환경의 숨 막히고 경직화된 관습들이 점진적으로 드러난다. 이러한
관습을 떠받치는 사람은 모피네들로, 여기서 모피네는 파글리의 시어
머니 집에서 힌두교의 종교적·문화적 관습을 보호하는 여성 수호자
를 뜻한다. 본래 모피네는 악마와 연결되어 악운을 가져오는 사람의
특성을 나타내는 모리셔스 크레올의 용어다. 단어 자체는 젠더 중립
적이지만 모리셔스 대중문화에서 모피네는 주로 치유자이자 '마녀'인
여성과 관련되는데, 이 여성들이 만지는 것마다 전부 나쁜 기운으로
물든다는 믿음이 있기 때문이다. 데비는 소설 속에서 시어머니와 그
녀가 거느린 여성 시중인 모피네들을 통해 나쁜 기운의 화신인 이 여
성들이 수치심을 이용해서 육체적으로 자신의 주체성을 살아내려는
주인공의 의지를 막는 방식을 강조한다.

  힌두교도 아내에게 요구되는 것들에 반하는 파글리의 선택들, 예를
들면 가장 좋은 그릇으로 거지 여자를 먹이고, 이 불가촉천민 여성에

게 결혼식 날 썼던 베일을 입히고, 같은 동네에 사는 매춘부 미치와 친구가 되고, 크레올 어부와 사랑에 빠지는 행동은 특권적인 힌두교 환경에서 배제된 사람들의 수치심 서사를 풀어낸다. 이러한 서사들은 파글리의 신체가 가진 유동성, 그것이 처한 얽매임과 보조를 맞추어 펼쳐지며, 그녀의 신체는 그녀가 속한 힌두교도 여성 공동체에 의해 감시된다. 시간이 흐르면서 파글리의 수치심 경험에서 그녀의 행위자 성이 가진 힘이 드러나고, 모피네들이 억제의 도구로 사용하는 수치 심이 여기에 병치된다.

인도인 디아스포라들에게 결혼은 여성 문제가 가장 두드러지게 대 두되는 맥락이다. 평론가 우마 나라얀은 인도에서 성장한 어린 소녀 였던 자신이 유치한 장난을 쳤을 때 반복적으로 받았던 위협이 "시댁 에 가게 될 때까지 기다려라. 그땐 어떻게 처신해야 할지 알게 될 거 다"(Narayan, 9)라는 말이었다고 언급한다. 나라얀의 일화는 파글리의 서사와 공명하며, 파글리의 서사에서 시어머니라는 인물은 모피네들 의 묘사에 엉켜 있다. 실제로 파글리의 서사에서 모피네들이 맡는 역 할은 19세기 인도 민족주의운동과 영국과의 역사적 갈등을 상기시킨 다. 이 갈등에서 여성 신체는 매우 중요한 정치적 기능을 맡는다. 영 국인 식민지 지배자들이 야만적이고 원시적인 문화적 관습이라며 가 한 조롱과 모욕에 대응해 인도 민족주의자들은 공적 영역에서는 물 질적 삶을 현대화했으나 '민족문화의 내핵'으로 여겨지는 정신적인 영 역에서는 자신들의 우월함을 보존하고자 했다.(Chatterjee, 121) 그리고 이 내핵은 여성이 가사를 담당하는 가정의 영역으로 국한되었다.

가정에서 여성은 전통적인 종교적 관습을 유지해야 할 책임을 떠맡았다. 남성은 공적 영역에 있는 물질세계의 정치적·사회적 조건 변화를 반영해 복장과 소비, 종교적 관습의 측면에서 새로운 습관에 적응했던 반면, 여성은 가정에서 정신적 순수성을 떠받쳐 민족의 진짜 본질을 보존할 책임을 요구받았다. 자기희생과 박애, 헌신, 종교적 독실함은 여성이 여신이자 어머니, 파르타 차터지가 주장한바 "가정 바깥의 세계에서 섹슈얼리티가 지워진" 여성 인물로 재현되는 것과 연관된 여성적 자질이다.(131) 파글리와 모피네 간의 교전 관계는 가정에서 여전히 순수한 힌두교 여성을 필요로 한다는 사실을 반영한다. 케투카트락은 여성 신체의 육체적 갈망에 대한 이 같은 역사적 부정이야말로 여성의 섹슈얼리티가 여성이 가진 권력 및 주체성의 표현과 얼마나 연결되어 있는지를 보여주는 표지라고 해석한다.(395-420)

베일 아래의 수치심

여성의 섹슈얼리티와 권력은 결혼식 날 밤 파글리가 신체적 욕망을 점차 펼쳐 보이면서 더욱 복잡해진다. 결혼식을 알리는 표지 아래 새 신랑에게 신부를 맡기는 일련의 종교적 의례가 진행되고, 파글리는 지금이 열세 살 때 자신을 성폭행했던 가해자에게 그동안 간직해온 모욕적 분노를 표출할 때라고 생각한다. 결혼식을 위해 붉은빛과 금빛의 베일로 치장한 파글리는 베일 아래서 선언한다. "나는 내 옆에 있는 남자의 살을 마음껏 뜯어먹을 날을 기다려온 한 마리 짐승이었다."(74; 영역판 81)[3] 힌두교 가족 공동체가 보기에는 두 사람의 결합을 더욱 공고히 하는 것처럼 보이는 각각의 의례는 파글리의 언어로 다시 표현되어 그녀와 법으로 묶이게 된 남자로부터 그녀를 더욱 멀리 떨어뜨려놓는다. 결혼식 의례가 수행되는 방식과 해석되는 방식 사이의 간극은 결혼 서약을 공표하는 순간 파글리가 침묵을 깨면서 더욱 분명해진다. 본래 남편에게 순종하고 남편을 아끼며 그의 자손을 낳겠다는 내용이 있어야 할 자리에 파글리는 자신을 괴롭히는 내적 모욕감에 따라 새로운 내용을 채워 넣는다. "불꽃이 나에게 서약을 요구한다. 불꽃은 내 복수를 약속받는다."(74, 영역본 82) 파글리는 그동안 간직해왔던 분노의 힘으로 의례를 수행하고, 분노는 순식간에 남편과 결혼식을 감독하는 권위자를 초조한 상태로 몰아넣는다. 하지만 그럼에도 불구하고 결혼식은 속행되고 두 사람의 결합은 확정된다.

　마침내 고요가 흐르는 부부만의 침실에서 파글리는 서약을 신체와 결합시키는 제막을 연다. 유혹의 게임을 통해 남편을 당혹스럽게 만든 파글리는 천천히 붉은빛과 금빛의 결혼식용 사리를 풀고(프랑수아즈 리오네는 이 사리가 "말할 수 없는 것의 보관소"를 상징한다고 해석한다) 나체로 남편 앞에 선다.(300) 사리를 구겨서 먼 구석에 던져버린 파글리는 과거 자신을 속박하고 입에 재갈을 물리던 가부장적인 직물로부터 스스로를 풀어주고 그로부터 거리를 둔다. 과거 자신의 신체에 가해진 폭력에 대해 침묵을 강요당한 역사를 결혼 의례에 다시 써넣은 파글리는 다음과 같은 말로 자기 신체를 직접 통제한다.

네가 절대로 만질 수 없는 이 몸을 보라.

영원히 금지된 것을 보라.

따뜻하고 냄새 나는 이 검고 무성한 장소를 보라.

네가 절대로 밀고 들어올 수 없는 이 주름을 보라.

네가 때려서 항복하게 만든 이후로 완전히 달라져버린 형태를 보라.

네가 앞으로 평생 꿈꾸게 될 이 물건을 보라.

네 아이를 배는 일은 절대로 없을 이 배를 보라.(85-86)

결혼식이 약속한 미래는 깨끗하게 좌절된다. 오래도록 침묵당한 분노는 남편이 알고 있던 파글리의 신체 형태를 바꾸어놓았으며 이제는 그가 남편으로서 접근하게 될 경험의 형태를 바꾸어놓는다. 열세 살 때 신체를 발견하지 못하도록 파글리를 제압하고 그를 침묵과 자기혐오로 몰아넣었던 시선은 이제 파글리의 신체에 보관되어 있던 분노를 직면한다. 뿐만 아니라 파글리는 신도르sindoor(힌두교에서 여성이 기혼임을 나타내기 위해 남편이 화장용 빨간색 가루로 아내의 이마에 찍는 점)와 화환, 보석, 사리를 제거해버림으로써 힌두교 결혼식의 신성함에 의문을 던진다. 비크람 람하라이는 힌두교의 문화적·사회적 규범에 대한 파글리의 첫 저항 행위를 다음과 같이 해석한다. "그녀는 남편과 자신의 인도인 정체성을 모두 거부한다. 인도인이라는 정체성이 소녀였던 자신을 억압했기 때문이다."(70) 파글리가 볼 때, 사촌이었던 남편이 집에 들어와 어린 소녀였던 자기 신체를 빼앗을 수 있게 했던 가족의 안락함은 절대로 공식 의례에 다시 쓰일 수 없다.

파글리는 당황해하는 남편의 표정을 보고 폭소를 터뜨린다. 새 가족의 집에 울려 퍼지는 한 여성의 웃음소리는 막 결혼한 부부의 신방에서 나오기에 희귀한 것까지는 아니어도 매우 괴이한 소리다. 파글리의 신체에 퍼지는 이 소리의 파문은 그녀가 성폭행을 당하던 오후에는 들리지 않았던 "가녀린 울음소리"(53, 영어판 60)를 애도한다. 파글리는 이 "수치를 모르는 뻔뻔한"(78) 웃음이 분명 집안에 동요를 일으키리라는 것을 안다. 이 웃음소리는 감히 남편을 조롱할 뿐만 아니라 둘의 결혼이 성공적인 결합이라고 생각하는 가족들에 대한 경고이기도 한 부적절한 소리다. 새신랑에게 약속된 순수함은 깔깔거리는 웃음소리에 일축되고, 이 소리는 남편이 아내인 파글리 앞에서 무력한 존재임을 드러낸다.

또한 웃음은 파글리의 궤적에 흔적을 남겼던 모욕과 분노, 수치심을 뒤덮는다. 그러면서 한편으로 파글리를 보호하는데, 그녀는 남편이자 가해자 앞에서 신체적으로 공격당하기 쉬운 장소에 있기 때문이다. 하지만 다른 한편으로 이러한 웃음은 파글리가 자기 모습을 가장 단호하게 주장하는 것처럼 보이는 순간에조차 과거를 붙들고 씨름하고 있다는 감정적 취약함을 드러낸다. 수치심 경험의 변종인 모욕감은 특정 순간에 자신이 낮은 위치에 있다는 사실을 알게 될 때 발생한다. 모욕감은 타자가 더 강력한 위치를 점한 결과 하찮아지고 낮아진 위치에 놓인 사람에게 발생하는 것이다.(S. Miller, 43) 모욕감이 반복되면 더 강한 권력을 누리는 사람을 향한 적의와 무력한 분노가 더욱 커지는 결과가 발생한다. 수전 밀러는 '무력한 분노'라는 용어를 사용

해 굴욕적인 기분을 경험했던 순간부터, 그러한 기분과 관련된 분노
가 마침내 표현되는 순간까지 시간의 경과를 강조한다.(44)

파글리는 지금은 남편이 된 사촌과의 권력 싸움을 암시적으로 언
급한다. 어린 소녀인 자신을 바라보는 사촌의 시선 앞에서 파글리가
유일하게 할 수 있었던 것은 더 큰 숄로 계속해서 자기 몸을 덮어 자
신의 신체가 그의 눈 속에 불러일으킨 듯한 욕정을 피하는 것이었다.
당시에 파글리가 경험했고, 결국 그녀의 신체에 대한 물리적 폭력을
낳았던 무력함은 결혼식 날 밤 역전된다. 이번에는 가해자가 모욕을
경험하게끔 모욕의 경험을 재현한 파글리는 자아상을 괴롭혀온 대상
화의 시선에서 자기 신체를 되찾는다. 하지만 자신의 위치를 바로잡으
면서도 실제 폭력의 경험으로 더럽혀졌다고 느끼는 자아상을 즉시 비
워내지 못한다. 파글리의 서사에서 반복되는 폭발적인 분노의 순간은
그녀가 자기에 대한 호의적인 인식을 회복하기 위해 내적으로 얼마나
분투하는지를 보여준다.

폴 길버트가 모욕감이 수치심으로 이어질 수 있다고 주장한 지점
에서, 파글리의 곤경은 실제로 모욕감이 수치심에 포괄된다는 것을
보여준다.(Gilbert, 10) 수치심 또한 다른 사람과의 관계와 관련되어 있
지만 모욕감과는 다른데, 수치심은 지속적인 자기 경험이 되기 때문
이다. 이브 세지윅은 비이성적인 수치심 경험을 "내적인 고통, 영혼의
병"(Sedgwick, 133)으로 묘사한다. 파글리는 강간 장면을 다시 이야기하
면서 자기 경험에서 발생하는 모욕감과 수치심 사이의 진동을 드러낸
다. 강간 사건을 다시 이야기하는 서사는 처음에는 매우 세부적으로

456

사건을 묘사하지만 파글리가 자아상에 가까워질수록 세부 사항은 점점 생략된다. 그리고 파글리의 자아상은 어린 소녀로서 경험했던 자포자기 및 무력감과 관련된 근본적인 상처를 드러낸다. 서사는 가해자와 피해자 간의 권력 싸움에서 시작돼 "아이의 아득한, 완전히 길 잃은 목소리"(53, 영어판 60)로 전개된다. 여기서 '완전히'라는 부사의 반복은 버려지고 의지할 데 없이 길을 잃었다는 포괄적 자기 경험을 드러낸다. 이와 같이 파글리의 정신내적 세계를 잠깐 들여다보는 것은 강간으로 인한 순수의 상실을 강조할 뿐만 아니라 그에 앞서 파글리가 현재의 자신을 바라보고 자신과 관계 맺는 방식에 그늘을 드리운 상실과 자포자기를 가리키기도 한다. 과거 강간 장면에 대해서 말함으로써, 파글리는 수치심을 느끼는 것 자체가 '버려진 파글리'라는 반복되는 이미지에 얽매여 있음을 드러낸다.

'잃어버린'을 뜻하는 'orpheline'이라는 단어는 파글리가 가진 수치심 서사의 드러나지 않았던 차원을 부각한다. 바로 어린 소녀였던 파글리의 삶에 부모가 부재했었던 것이다. 파글리가 '잃어버린'이라는 단어를 강조하는 것은 여자아이로 태어났다는 사실이 어떻게 그녀의 운명을 확정지었는지를 상기시킨다. 파글리의 엄마는 여자아이를 낳았다는 사실을 알고는 그런 출산을 견뎌냈다는 데 격분하며 파글리에게서 등을 돌린다. 그리고 즉시 후견인을 불러 어린 여자아이를 책임지게 한다. 아이가 엄마의 눈을 통해 처음으로 존재를 인정받는 모녀 간의 유대 경험은 어린 여자아이에 대한 엄마의 태도를 바꿔버리는 문화적 각본의 무게에 가로막힌다. 수치심 이론가인 거션 코프먼이 보기에 수치심 경험의 내면화는 부모에게 처음으로 거부당한 결과다. 아이를 원하지 않거나 아이의 젠더에 실망한 부모는 그러한 느낌을 표현하게 되고, 아이는 그 느낌을 내면화한다(Shame, 37-78). 코프먼과 마찬가지로 레옹 뷔름저 또한 사랑하는 마음을 표현하는 보호자의 눈과 얼굴의 역할을 크게 강조한다. 더 나아가 뷔름저는 수치심이 경험되고 표현되는 어떤 경우에나 그 핵심에는 사랑받을 자격이 없다는 근본적 느낌과의 싸움이 있다고 설명한다.(Mask of Shame, 93)

　파글리의 엄마가 보이는 반응은 그녀가 처한 환경에 따라 기입되는 세대 간 수치심을 가리킨다. 그녀에게 딸의 젠더는 자신이 살아가게 될 길이 정해졌음을 의미한다. 이 어린 여자아이의 신체가 행하는 모든 몸짓에 의해 가족의 명예나 수치가 결정될 것이었다. 세상의 연민이라는 뜻의 '다야Daya'는 파글리가 태어났을 때 받았던 이름으로, 파글리에게 운명에 대한 결정론적 시각을 부여한다. 아이에게서 등을 돌린 파글리의 엄마는 침묵으로 자기희생이라는 무언의 대가를 표현한다. 파글리의 엄마는 딸을 힌두교 관습에 양도하는 것이 자신을 어디에 종속시킬지 알고 있으며, 엄마로서 직면한 무력함을 참지 못한다. 그러므로 수치심 경험은 침묵하도록 입을 틀어막으며, 실제로 그녀를 더욱더 예속된 상태에 남아 있게 만든다. 그리고 데비는 파글리가 결혼 후 살게 된 집에서 시어머니 손으로 넘어가게 된 이유 중 하나가 바로 이 첫 번째 가정에서 일어난 모녀간의 소통 부재였다고 비난한다.

　어린아이였을 때 경험한 모녀 관계에서 소외된 파글리는 엄마를 묘사할 수 없지만, 그럼에도 불구하고 엄마라는 존재는 파글리가 남편의 집에 있는 모피네들을 묘사할 때 계속해서 등장한다.

아이를 낳아 삶을 주는 사람이 있고 아름다운 것들을 전부 짓밟아버리는 사람이 있다. 이들의 눈은 추한 것에만 편안함을 느끼기 때문이다. (…) 모피네들이 그렇다. 그들은 여성이 아니다. 아니면 반만 여성이거나. 수백 년 동안 천천히 해롭고 악의적인 것으로 변한 자들이다. 이들은 아이를 기르고 번식을 하고 아이를 낳았다. 이들의 배는 거대한 공장으로 변했다. 이들이 낳은 것은 아이들이 아니라 지속성과 영속성이다. (…) 이들은 밤을 순찰하는 순수의 병사들이다. 활짝 펼친 이들의 강철 날개는 사람들의 심장에 그림자를 드리운다. (…) 내가 길에서 한 발자국만 벗어나도 이들은 내게 내려와 너무 먼 곳으로 벗어나기 전에 나를 원래 자리로 데려다놓는다.(42-43)

모성적 이마고는 파르타 차터지가 환기시킨 인도의 역사적 시간에 여전히 결합되어 있다. 이때 정신적인 영역은 가정에서 보호되고 정신적 순수성은 여성 신체의 표현으로 구체화된다. 생식을 하는 그릇에서 순수의 병사兵士로의 변화는 문제없이 이어지는데, 실제로 이 여성들은 가정 영역에서 여성의 역할이 계속 반복되게 만드는 조치를 통해 생식 관행을 지속시키기 때문이다. 어머니에 대한 파글리의 소극적 묘사는 시어머니의 위상과 대조된다. 시어머니는 그녀가 거느린 수행단과 함께 며느리에게 충실히 지켜야 하는 여성성의 모델을 부과하는 책임을 맡고 있다. 파글리를 신체적으로 괴롭히거나 신체적 고통을 유발할 수 있는 시어머니의 정당한 권한은 문화적으로 승인된 시어머니의 위치를 드러내는 동시에 시어머니가 이 위치에서 강요하는 변덕스런 행동 규칙을 드러낸다. 주디스 버틀러는 이러한 여성성 표현의 반복이 불안을 드러내며, 이 불안 안에서 여성성이 수행된다고 주장한다.(9) 또한 이 여성들이 파글리에게 벌하기 위해 내린 신체적 폭력의 환기는 역사적으로 침묵과 수치심이 감춰온 가정 폭력의 또 다른 층을 밝혀낸다. 소설에 등장하는 모피네들의 관행은 브린다 메타가 말한 "힌두교 모성의 병리"(211)를 나타낸다. 데비는 집안을 감시하는 수상쩍은 업무를 할당받은 여성들이 어떻게 어머니의 유산을 계속 전달해 딸들의 힘을 효과적으로 없애는지를 보여준다. 이 능숙한 어머니들은 파글리의 욕망을 억압해 시공간에 고착되어버린 힌두교 여성의 획일적인 제시와 재현에 가두려 한다.

수치심을 입은 힌두 여성들

획일적이고 자유가 없는 힌두교 여성에 대한 투자는 여성에게 문화적 무결성에 대한 책임을 지우는 문화 논리와 부응한다. 하지만 힌두교 여성의 모습을 형성해온 종합적인 담론에 대한 탐구는 여기에 상상했던 것보다 훨씬 더 세속적인 토대가 있음을 밝히고 있다. 영적인 삶에 대한 요구는 인도인 전체가 중요시하는 고유의 가치에서 큰 부분을 차지하지만, 영국이 인도를 지배하던 19세기에 발생한 물질적 영역과 정신적 영역의 분리는 가정 내 여성의 지위를 넘어서는 방식으로 여성의 위치와 재현을 공고하게 고착화했다. 한편에서 인도 여성의 신체는 개혁에 관한 여러 담론적 실천이 경쟁을 벌이는 장소가 되었고, 이러한 실천에서 영국 선교사들은 사티와 어린이 결혼, 매춘 같은 인도의 전통적 관습에서 인도 여성들을 구하고자 했다. 다른 한편으로 인도 민족주의운동은 여성 신체를 이용해 사회적 개혁과 진보의 가시적 징후를 만들어내고자 했는데, 예를 들면 '문명화된' 인도 여성들이 공적 영역에서 주요 위치를 차지하게 하는 것이었다. 인도 민족주의 의제에 있어서, 영국 여성만큼 품위 있는 벵골인 힌두교 여성이란 빅토리아 시대식의 기독교인이며 잘 교육받은 중산층 영국인 여성에 필적할 수 있어야 했다.

벵골어로 수치심과 겸손을 의미하는 단어 '라자Lajja'는 여성성의 유형을 구성하는 데 이용되는 여성적 도덕 체계가 되었으며, 이 여성성 안에서 공적 영역에 있는 인도 여성은 투명한 도덕성을 나타내는 기표가 되었다.[4] 상냥함과 예의바름, 순수함, 평온함, 품위를 갖춘 나무랄 데 없는 인도 여성의 꾸밈은 '문명화'의 표지가 되었고, 시원적 민족주의자에게 있어서는 그 자체로 인도의 문명화를 가져오는 것이었다. 인도 여성이 인도 남성과 동등하게 공적 영역에 활발히 참여할 수 있도록 인도 여성의 교육과 문화 활동을 강화하는 여러 방안이 주창되었다. 그전까지 인도 여성을 내부 공간에 가두고 그 주위를 둘러쌌던 울타리는 마침내 공공 영역에서 발만 빼고 온몸을 가리는 사리의 형태로 실현되었다. 인도의 여성성 개혁을 위해 민족주의자들이 했던 것은 '바드라마힐라bhadramahila'를 만들어내는 것이었다. 바드라마힐라란 정숙한 여성의 빅토리아식 모델과 만족스럽게 대응하는 고상하고, 문명화된, 교육받은 인도 여성을 말한다. 그리고 1870년 이후 민족주의운동을 위해 남성이 시작한 개혁의 대다수는 바드라마힐라의 공식 담론 중 일부로 채택되었다. 바드라마힐라는 모든 인도 여성성 표현의 대변인porte-parole이자 감독관이 되었다. 사실 바드라마힐라는 재산이 있는 중산층 가족에서 비롯되었지만, '교양 있는 여성'이라는 이와 같은 헤게모니적 구상은 카스트 전 계급의 여성이 염원하는 표상이 되었다.

　여성을 교화하기 위한 도덕적 메커니즘으로 라자를 활용한 것은 사실 모순적인 일이었다. 한편으로 라자와 여성 정조의 융합은 여성을 그들 자신의 신체에서 더 멀리 떨어뜨려놓았다. 다른 한편으로 라자의 미장센, 즉 이 정숙한 여성의 공적 수행은 여성의 육체를 더욱더 눈에 띄게 만들었다. 히마니 반네르지가 설명한 것처럼 라자 "개념은 (…) 온갖 종류의 신체적·사회적 욕구를 성 담론 안에 포함시키며, 이 성 담론은 자기검열이라는 보편적 명령으로 둘러싸여 있다.˝(Bennerji, 83) 라자는 여성 신체의 물리적 욕구에 그림자를 드리움으로써 효과적으로 여성을 교화시켰다. 모성은 계속 인도 여성에게 정당한 역할로 남았으나, 이 여성들의 섹슈얼리티는 강력하게 비난받았다.

　19세기 반식민투쟁에서 수치심이 맡았던 역할의 재해석은 '전통' '문화' '종교' 같은 말들을 낳은 복잡한 권력 관계를 강조한다. 인도의 민족주의 의제는 실제로 인도 여성들에게 더 가시적인 위상을 부여하기 위한 개혁운동을 벌였고, 특정 카스트와 계급에 속한 사람들은 의심할 여지없이 이러한 변화에서 혜택을 누렸다. 하지만 이러한 종류의 여성 주체성(누가 봐도 민족적 진정성에 따라 조정되었다)을 위해 구성된 담론들을 조사해보면, 변화를 가져온 (인도 못지않은 유럽의) 가부장적인 명령이 더욱 명백해진다. 라자가 사실상 인도 여성만이 가진 고유의 특성을 재현하기 위해 조작된 방식은 반네르지가 주목한 것처럼 "여성과 자연, 신체에 관한 인도 고유의 가치와 식민지적 가치의 기이한 조합"(81)을 드러낸다.[5]

모리셔스의 맥락에서 라자는 두 배로 강력하다. 광활한 바다를 건너 새로운 땅으로 건너온 디아스포라로서 본거지를 떠나온 인도인들은 인도에 남아 있는 사람들에게 문화적으로 더럽혀지고 오염된 사람으로 인식된다. 이러한 인식은 가장 처음 본토를 떠난 사람들의 카스트와 계급에 어느 정도 기인한다. 이들 중에는 전과자나 인도의 힌두교 계급 체계 내에서 지속적으로 차별받아온 낮은 카스트 계급에 속한 이들이 있었다. 높은 카스트 계급의 눈에 이러한 힌두교도들(가정 폭력과 힌두교의 사회적 제약을 피해 용감히 바다를 건넌 높은 카스트 계급 여성도 포함된다)은 사회적 오염이라는 위협으로 간주되었다. 그럼에도 불구하고 계약 노동자로서 새로운 땅(여기에는 모리셔스, 레위니옹, 피지, 남아프리카, 그리고 카리브 제도의 섬들이 포함된다)으로 넘어온 힌두교도들은 인도 땅에서 획득하기 어려운 사회·경제적 가능성을 제공받았다.

'칼라파니 횡단Kala Pani crossings'이라고 일컬어지는 이 대양을 건너는 횡단은 원래 속해 있던 계급 및 카스트와의 관련성이 상실되었음을, 즉 "순수한' 힌두교 본질의 상실"(Mehta, 5)을 의미하기도 한다. 어머니 인도와 멀어진 후 다른 힌두교 디아스포라 공동체 및 모리셔스에서 새로운 사회집단과 대면한 버림받은 힌두교도들은 그 어느 때보다도 조국에 대한 충성을 강변해야 한다고 느꼈다. 이에 따라 힌두교 관습들이 되살아났고, 특히 힌두교 여성 신체의 위치는 인도인다움, 힌두교다움에 대한 한결같은 충성심과 애착을 입증하는 열쇠가 되었다. 역설적이게도 힌두교의 문화적 요구에서 자유로워지기 위해 조국을 떠난 많은 여성은 떠나온 곳에서보다 더욱 극적인 환경에 놓이게 되었음을 깨달았다.

　인도에서 비롯된 힌두교 관습에서 라자가 수행한 역사적 기능과 칼라파니 현상을 함께 고려해보면 파글리가 직면한 상황을 선명하게 이해할 수 있다. 파글리가 지역의 매춘 여성 미치와 어울리다가 크레올 어부인 질과 연인 관계를 맺었다는 사실을 안 모피네들은 세대에 걸쳐 이어져온 자기희생의 이미지를 환기함으로써 파글리의 신체를 다시 힌두교의 문화적 틀 안으로 되돌리기로 결심한다. 하지만 이러한 이미지들은 파글리에게 가상의 인도에 대한 충성이 근시안적 사고로 여성들을 괴롭혀왔다는 사실을 상기시킬 뿐이다. 모피네들은 질과 파글리가 연인이 되어 인도의 민족적 역사를 위반하고 수치심을 안기고 있다는 데 집착해 다음과 같은 사실을 인식하지 못한다.

　어떤 남자는 술집에서 돌아와 아내를 때린다. 어떤 아버지는 딸아이가 다섯 살 때부터 성폭행한다. 어머니의 감시 아래 고통받는 아이.
자기 원한을 다른 사람의 정신에 주입하는 여자.(106, 영어판 113)

모피네들은 모리셔스의 가족들이 가정의 영역에서 스스로를 분열
시키고 훼손하게끔 만드는 일상적인 수치심의 서사를 여전히 보지 못
한다. 이들의 시선은 오로지 힌두교 여성과 가족의 '순수한' 재현에서
잠재적인 위험의 징후를 제거하는 것을 목표로 한다.

가족의 명예를 보호하기 위한 라자의 수행은 여성 신체의 존재와
행위자성을 단호히 부정한다. 파글리의 신체에 구타와 낙인이 가해지
고 파글리가 결국 집 뒤에 있는 닭장에 감금된 것은 모두 19세기 힌
두교 여성성 모델에 대한 모피네들의 집착을 입증한다. 계속해서 파
글리의 신체를 가정의 영역으로 되돌려놓으려고 하는 모피네들은 파
글리가 가정에서 생식이라는 정해진 역할을 떠맡도록 하기 위해 지속
적으로 공개 망신을 준다. 반복되는 구타는 파글리를 힌두교 관습 안
으로 억누르기 위해 힌두교 여성성이 수행되는 불안한 상태를 드러낸
다. 모피네들의 손아귀에서 파글리의 신체는 그들의 대의, 즉 스스로
를 가두는 침묵과 수치심의 문화를 절대로 배반해서는 안 되는 신체
를 나타내는 상징이다.

비천한 여성 신체의 위치

파글리의 신체가 서사에서 경계적 공간liminal space에 위치하면서 다시 힌두교의 문화적 집단으로 돌아갈 가능성과 불가촉천민이라는 불경한 영역으로 폭발할 가능성을 동시에 내포하는 상황에서, 미치의 신체는 힌두교의 문화적 레이더 아래서 작동한다. 성매매 여성인 미치는 정숙한 여성의 안티테제이자 비천한 인물이다. 바드라마힐라를 자신의 육체적 존재와 개념적으로 분리시키는 바로 그 자기 분열은 모피네들을 거리의 여성과 분리시키기도 한다. 하지만 소외된 사람이라는 미치의 지위는 부인된 여성 섹슈얼리티가 위치하는 곳과 미치의 신체가 육체노동을 위해 반드시 견뎌내야 하는 고통을 드러낸다. 아이를 낳게 하려는 목적으로 계속 구타당하는 파글리의 신체와 대조적으로 미치의 신체는 임신중단 시도 후 쓰러져 피투성이가 된 채로 발견된다. 남편이 집에서는 얻을 수 없는 쾌락을 위해 미치의 신체를 찾는다는 사실을 모르는 여성 공동체는 미치를 배척하고, 미치는 삶의 위험을 홀로 떠안는다. 미치의 임신중단과 말없는 고통은 이 아내들이 자신의 제약된 섹슈얼리티의 결과가 노출되는 수치를 겪지 않게 막아준다. 미치의 신체에서 흘러나온 피를 보고 미치가 죽을까 봐 겁이 난 파글리는 산파나 의사를 부르려고 하지만 미치는 이를 만류한다. 미치는 소외된 자신의 처지를 너무나도 잘 알고 있으며 오로지 파글리의 도움에만 의지할 수 있다. "나는 어디에도 속해 있지 않아. 그 어느 곳에도."(100, 영어판 109) 순수성의 본거지라는 범위 밖에서, 우리는 파글리의 눈을 통해 역사의 공식 페이지에 절대로 적히지 않는 또 다른 자기희생의 서사를 목격한다.

나는 그 피가 걸쭉하게 응고된 덩어리들과 함께 적나라하게 벌컥벌컥 전부 뿜어져 나오는 것을 보았다. (…) 나는 미치의 땀과 쓰라린 입김의 냄새를 맡았다. 나는 두려움에 사로잡힌 채 미치의 손을 잡고 미치의 배를 눌렀다. 그리고 배 안에서 아직 나오지 않은 것들을 긁어냈다. 마치 산중턱에서 미끄러져 내려오는 진흙 같았다. 나는 옷으로 후회와 토막 난 생명, 거절당하고 거부된 생명의 조각들을 받아냈고, 안에 있는 것을 남김없이 꺼냈다. 이미 시작되었지만 절대 존재할 수 없는, 이 연약하고 견딜 수 없을 정도로 어린 무언가가 주는 감각에 충격을 받았지만, 나는 미치에게 비밀을 지키겠다고 약속했다.(96-97, 영어판 104-105)

파글리는 미치를 수치심 속에서 몸부림치게 만드는 숨겨진 무관심을 밝혀내면서 이 장면을 바라보는 자신의 시각 안에서 어머니-창녀의 모습을 불러낸다. 이 어머니-창녀의 모습은 모든 여성 신체가 비난받는 이유다. 적절하게도 '나je'라는 표현이 수없이 반복되는 파글리의 1인칭 서술은 말없이 고통스러워하는 미치의 목소리에 수반되는 중언부언한 말과 관련된다. 미치의 신체 내벽이 경험하는 고통에 대한 노출은 엘리자베스 그로스가 말한 복잡한 여성 신체의 '환원 불가능한 특수성'이라는 개념을 환기한다.(*Volatile Bodies*, 207) 미치의 신체적 경험은 라자와 같은 담론적 실천이 세우고자 하는 적법한 신체와 비천한 신체 간의 거짓 구분을 무너뜨린다. 미치의 신체를 뒤덮고 있는 피는 여성 주체성의 이분법적 재현(어머니-창녀)이 실현되는 폭력을 분명하게 보여준다. 뿐만 아니라 미치의 피는 모피네들의 순수성 추구를 일그러뜨리며 이 여성 공동체를 통합하는 위선을 폭로한다.

　여성의 생식력은 여성 신체의 모습에 대한 양가적이고 문제적인 관계를 야기한다. 쥘리아 크리스테바는 "생식력이 있으나 통제가 불가능한 어머니"가 끊임없이 사회의 오염에 대한 근본적 두려움으로 출몰한다고 본다.(Powers of Horror, 79) 여성 신체는 생리혈과 양수, 젖, 배설물을 담고 있는 그릇으로서 불경한 세계와 신성한 세계 사이를 오간다. 안에 든 것이 통제 불가능하게 흐를 수 있기 때문에 다른 것을 오염시킬 위험이 있는 난잡한 여성 신체는 아브젝션의 전형이다.[6] 크리스테바의 말대로, "만약 경계에서 누군가가 정화에 대한 확신 없이 아브젝션을 체현한다면, 그건 한 여성이자 '아무 여성'이요 '여성 전체'다."(85) 크리스테바는 순수 대 불순이라는 힌두교의 문화적 실천이 그저 성차의 재구성일 뿐이거나 계속 출몰하는 비천한 모성적 존재에 대한 근본적인 불안을 강조하는 것이라고 본다. 데비는 파글리와 미치, 질에 대한 묘사뿐만 아니라 부활이라는 테마를 통해 생식 개념을 재정의하는 방식으로 비체의 모습에 저항한다.

경계적 공간으로부터의 부활: "사랑은 우리의 유일한 저항이다"

파글리가 미치와의 장면에서 암시하는 새 삶의 가능성은 매우 중요한 서사적 주제인 부활의 다원적 개념을 강조한다. 파글리가 느낀, 말로 표현할 수 없을 만큼 새롭고 섬세한 감각은 분노와 묻어둔 수치심의 표현이 파글리에게 알려준 새로운 경로를 가리킨다. 파글리는 모피네들에 의해 감금되었던 닭장에서 도망쳐 미치의 집으로 간다. 타락하고 기진맥진해진 친구를 본 미치는 파글리의 몸을 만짐으로써 파글리의 신체와 관능을 되살리고, 파글리는 이를 통해 부활을 경험한다. 파글리는 다음과 같이 말한다.

> 미치는 내 낡고 해진 옷을 천천히 벗긴다. 내 피부를 덮고 있던 옷이 전부 벗겨지고, 그 옷들은 절망에서 나를 기꺼이 해방시킨다. 그때 미치의 손이 움직이기 시작한다. 거친 손이다. 아무런 목적 없이 움직이지만 매우 여성스럽다. 미치는 아프지 않게 나를 애무한다. 이러한 손길은 오직 여성들만 아는 것이다. 아이들의 두려움을 달래기 위해 늘 하는 것이기 때문이다. 어쩌면 미치는 잠시 동안이나마 두 손이 가져다주는 안정 속에서 내가 다시 아이가 되기를 바랄지도 모른다. 하지만 그때 천천히 내 피부를 어루만지는 손길이 남성의 손길을 닮아가기 시작한다. 두 눈이 감긴다. 미치의 손길은 나의 기억을 흔들고 과거의 감각을 진동시키기 시작한다. 내 몸은 갑작스러운 격렬함에 반응한다. 나는 미치가 의도하지 않았던 곳에 그녀

의 손을 갖다 댄다. 즉각적이고 압도적인 욕구를 느끼며 미치의 손
으로 나를 강하게 내리누른다. 나는 네가[어부 질이] 이렇게 해주기를
바란다. 금방이라도 절정을 느낄 것처럼, 되찾은 욕망에 휩싸인 채
로.(16, 영어판 21)

이 장면은 여성인 파글리가 느끼는 성적 흥분과 오랫동안 바라왔
던 어머니의 손길에 아이인 파글리가 보이는 반응이 교차하는 연속체
를 보여준다. 파글리의 신체가 시시각각 변화하는 감각 영역을 경험하
며 느끼는 동요는 크리스테바의 여성 개념을 상기시킨다. 크리스테바
는 이 여성 개념에서 여성 정체성의 외면을 넘어서서 이름을 붙일 수
없는 타자성과 조우하고, 이러한 조우는 진정으로 주체적인 경험을
낳는다.(Kristeva, *Powers of Horror*, 47-48) 파글리는 신체의 느낌에 특권
을 부여하기 위해 언어를 유보하고, 언어를 유보함으로써 차이를 유보
하는 방안을 암시한다. 실제로 이 장면에서 파글리가 느끼는 성적 쾌
락(파글리는 미치의 손길이 "남성의 손길을 닮아가기 시작한다'고 말한다)은 여성의
손길과 남성의 손길 간의 차이를 환기시킨다. 하지만 이와 같은 유연
한 표현("닮아가기 시작한다")은 단정적이라기보다 대략적이다. 자기 삶에
서 미치가 맡은 역할과 애인인 질이 맡은 역할 사이의 경계를 흐릿하
게 만듦으로써 파글리는 두 등장인물이 자신에게 제공하는 상보성을
암시하며, 이 상보성은 이성애 규범이라는 명령을 초월한다.

파글리의 부활은 질과의 애정 관계에서 더욱 확대된다. 작가는 금
지된 커플을 몽환적인 장면에 담아내면서 질과 파글리 같은 연인을

상상하기 위한 첫 단계로 상상적 장소를 시각적으로 그려내고, 이를 통해 서사는 이 커플의 취약한 존재가 가진 주변적이고 논쟁적인 지위를 강조한다. 작가는 두 사람의 관계를 표현하면서 '사랑' '접촉' '어두움/검음' 같은 단어들의 가치를 회복시킴으로써 크레올 어부와 힌두교 기혼 여성이 위반하는 힌두교 관습에 저항한다. 모리셔스의 역사는 이러한 단어들과 이 연인이 실현되는 토대가 되며, 질은 특히 "차이에 대한 두려움에서가 아니라 그 진실성에서 이 섬이 가진 기적"(70, 영어판 76)이라는 말로 묘사된다. 크레올 어부인 질은 자유를 되찾은 후 육지에서 고되게 일하는 것보다 바다로 나가는 편을 선택했던 과거 노예들의 역사를 환기시킨다. 오늘날 이 어부들은 변두리에 살면서 주류 경제 발전의 주변부에서의 삶을 이어간다. 식민 지배하에 있었던 인도 역사에서 멀리 떨어져 있는 질과 파글리는 노예로 끌려 온 아프리카인과 인도인 계약노동자들이 이 섬에 들어와 거주하면서 오늘날 모리셔스의 민족적 정체성의 한 측면을 반영하게 된 모리셔스의 역사를 드러낸다.

파글리의 어머니가 아이를 고립과 폭력, 구타, 감금의 삶에 맡기는 데 사용했던 두 손이 이번에는 파글리에게 안식처를 제공하려는 질의 손으로 확장된다. 이 안식처에서 파글리는 마침내 어머니의 거절이 자신에게 안겼던 수치심의 짐을 덜 수 있게 된다. 질의 안에서 부활하고자 하는 파글리의 갈망("나는 다시 태어난다. (…) 너의 두 팔 안에서"(72, 영어판 96))은 파글리가 질에게서 경험하는 느낌을 더욱 강화하고, 이는 기존의 젠더 규칙을 효과적으로 와해시킨다. 데비의 상상

속에서 특권이 부여된 장소인 바니안나무는 데비가 모성의 공간을 대신하기 위해 환기시킨 공간으로, 이 장소는 파글리와 질이 처음 성 관계를 맺는 장소다. 파글리에게 "마치 예전부터 이미 당신을 알고 있었고 사랑하고 있었다는 듯한 이해로 가득 찬 무언가"(36, 영어판 36)를 가져다주는 질의 눈에서 사랑은 얼굴과 눈에 있다는 레옹 뷔름저의 주장(*Mask of Shame*, 96)이 입증된다. 힌두교의 문화적 실천 안에서 질의 손길은 파글리를 '불가촉천민'(111)으로 만들지만, 그녀만의 이야기 안에서 질의 손길은 강간당한 경험으로 인해 파글리가 갇혀 있던 남성 없는 땅으로부터 그녀의 신체를 되찾아온다. 질의 손길은 파글리에게 육체의 감각적 쾌락으로의 문을 열어주고, 이들의 사랑에 대한 상징적 결혼반지가 된다. 질의 손길이 파글리에게 가져다준 빛과 사랑 덕분에 그녀는 어둠을 피상적으로 비방하는 것에서 벗어나 마음속 진정으로 검은 것, 즉 사랑으로 가는 길을 가로막는 경험들, 현재에 존재할 수 있는 자유를 향한 길을 방해하는 경험들을 직시할 수 있게 된다.

파글리는 질과의 연인 관계 속에서 부활함으로써 결국 모피네들을 향한 분노를 진정시킨다. 본래 파글리에게서 멀어져 있던 사랑은 파글리가 겪어온 수치심 경험의 해독제가 된다. 수치심 경험이 파글리를 있는 그대로의 모습으로 바라볼 수 있는 가능성을 방해한 것과 마찬가지로(파글리의 엄마, 파글리의 사촌, 모피네들), 눈, 이번에는 질의 눈에서 나타나는 사랑이 상호 인정을 가능케 하는 호혜와 감정적 조율을 회복시킨다. 질은 파글리를, 파글리는 질을, 서로 공유하는 느낌에 비추어 있는 그대로의 모습으로 바라본다. 제시카 벤저민은 다음과 같이 설명한다. "온전하게, 가장 즐거운 방식으로 인정을 경험하는 것은 '나의 것'인 '당신'이 나와 다른, 나의 새로운 외부라는 역설을 수반한다. (…) 내가 당신의 존재 안에서 느낄 수 있는 기쁨은 당신과의 연결뿐만 아니라 당신의 독립적인 존재까지 포함해야만 한다."(15) 수치심의 핵심에는 자신이 사랑받을 만한 가치가 없다는 기분이 자리한다는 뷔름저의 말을 고려하면(Mask of Shame, 93), 상호 인정의 유사어라고 할 수 있는 사랑(Benjamin, 15-16)이라는 감정은 분명 파글리가 질 및 미치와의 관계를 형성하는 과정에서 파글리의 주체성을 더욱 북돋워준다. 동등하게 간주관적인 감정인 사랑은 수치심 경험이 부정하던 자기에 대한 경험으로 두 눈을 다시 돌려놓는다. 파글리는 열렬하게 말한다. "사랑은 우리의 유일한 저항이다."(113, 영어판 120)

더 일반적으로 파글리가 미치, 질과 형성한 관계는 파글리에게 더 넓은 지식의 틀을 제공하며, 이 틀 안에서 복합적인 수치심 서사의 공유는 대안적인 공동체를 구축한다. 분노의 흔적 아래서 모피네들은 마치 먼지와 곰팡이로 뒤덮인 작은 조각상처럼 닫힌 마음과 융통성 없는 신체를 가졌다고 여겨졌지만, 사랑의 눈을 통해 바라보자 "아직 배울 것이 많은 아이들"(150, 영어판 154)이 된다. 가야트리 스피박은 우리에게 "윤리적 선택으로 인식되어 내면화된 젠더는 전 세계 여성들에게 가장 넘기 힘든 장애물"(xxviii)임을 상기시킨다. 파글리는 모피네들이 사랑을 발견할 수 있기를 바란다. 이 사랑은 진정으로 순수하고 가장 인간적인 것이다. 닭장에 갇힌 파글리는 자신이 살아낸 신체 경험의 서사를 사랑이 해낼 수 있는 일의 증거로 제시한다. 패트릭 술탄은 데비가 서구의 고전적 신화인 트리스탄과 이졸데 이야기를 파글리가 질, 미치와 함께 신체를 재전유하고 자기 확신을 되찾은 모범적인 특이성으로 대체한 방식을 검토하면서, 데비의 세계관에서 "사랑은 고유의 정체성을 실현할 수 있도록 하고 여성을 예속 및 침묵시키는 사회 체계의 법칙을 벗어날 수 있도록 한다는 점에서 해방적"(Sultan, *Orées*)이라고 결론 내린다. 파글리는 사랑을 통해 자신의 신체와 마음, 섹슈얼리티 그리고 모성을 향유할 가능성이 있는 공간을 발견한다. 사랑 안에서 파글리는 힌두교의 제약이 자신에게 붙인 이름(미친 사람이라는 뜻의 파글리, 세상의 연민이라는 뜻의 다야)을 제쳐두고 "여성femme"(115)으로 불리고자 하는 열망을 선언한다. 여기서 말하는 여성은 파글리의 방식을 따르며 파글리의 자기 인식을 구성해온 삶의 경험에 부합한다. 파글리가 공동체들을 "분리시키는 수치심을 전부 휩쓸어가는 폭우"(125)를 상상하는 것은 이러한 사랑의 맥락 속에서다.

　실제로 저자는 파글리와 질의 사랑이 표현되는 유토피아적 찬가가 문학작품의 시적 표현이 가진 특권임을 인정한다. "사랑은 너를 들어 올려 높은 곳으로 데리고 간다. 너를 만드는 것이 사랑이다. 사랑은 네 안에 있는 이상한 침묵의 구멍을 열어 그 구멍을 시끄러운 소리로 채우고, 너를 가슴 아프게 하는 말을 꺼내지 못하게 한다."(134, 영어판 141) 데비는 이러한 시적 공간 안에서 힌두교 같은 문화적 제약에 뒤덮여 있던 서사들에 목소리와 가시성, 감촉을 부여한다. 파글리가 서사의 마지막에서 상상한 폭우는 간절히 바라온 민족적 정화를 시사한다. 그리고 이러한 민족적 정화는 모리셔스의 역사와 사람들에게 속해 있는 서사를 세상에 알린다.

주인공이 수치심과 사랑을 말하기 위해 분노와 굴욕적인 격분, 복수를 표현하는 동안 느꼈던 느낌들은 개인의 발전을 보여주며, 이러한 발전은 모리셔스 고유의 역사적 서사 안에 있는 여러 지점들을 반영한다. 파글리가 자기 신체를 위해 내린 결정들은 이러한 틀 안에 속해 있으며, 임신중단을 반복하며 신체에 폭력을 가하기를 그만두기로 한 미치의 선택 또한 마찬가지다. 이 여성들은 타자를 인정하지 않는 침묵과 수치심의 문화를 거부한다. 혼종성은 질과 파글리가 낳게 될 수도 있는 아이뿐만 아니라 파글리와 미치, 질이 육체적으로 또 언어적(프랑스어와 크레올어)으로 나누는 각각의 대화에서도 상상된다.[7] 아난다 데비는 이 수치심의 서사에서 아브젝션 개념을 재구성함으로써 차이를 어우르는 신선한 방법을 보여준다. 데비는 자신의 작품과 인터뷰에서 그것이 어떤 방식이든 간에 인간의 불의를 영속시키는 무수한 순열의 "차이에 대한 집착"을 맹렬하게 비난한다.(Mongo-Mboussa, 2; Devi, "Écris hors de sa bulle", 13) 2003년에 있었던 인터뷰에서 데비는 『파글리』에서 인도-모리셔스 공동체를 다룰 때 보인 냉혹함에 대해 설명해달라는 질문에 다음과 같이 대답했다.

제가 비난한 것이요? 영원히 지속되는 "공동체 의식"의 목조르기와 이 사회 안에 존재하는 민족적 분열이죠. 거기에는 편견과 증오, 이해의 부족, 아니 이해의 거절이 남긴 흔적이 수반됩니다. (…) 우리에게 들리는 건 연민과 이해가 아닌 증오와 불신의 목소리뿐이에요.
그동안 우리를 장악해온 건 감히 의문을 제기할 수 없는 종교적 민
음과 그 안에 있는 맹목적 신념에 기반을 둔 일종의 가짜 도덕인 것
이죠.(Devi, "L'écriture est le monde")

파글리의 서사에서 데비는 어머니-창녀 원칙이라는 마니교도적 개
념에 입각해 가부장적인 칙령의 지지를 받는 공동체 의식이 어떻게
여성 개개인의 구체적인 욕망뿐만 아니라 사회 변화의 가능성 자체
를 손상시키는지를 밝혀낸다. 이러한 관점에서 누군가는 파글리가 미
치 및 질과의 대안적인 공동체를 지지하며 내리는 선택에서 부활의
실현을 읽어낼 수도 있지만, 서사는 이 논쟁적인 결합에서 새로운 아
이들이 탄생하는 것을 분명하게 유보한다. 미치는 사랑에서 비롯되지
않은 세상에 아이를 내보내기를 거부하며, 파글리는 질과 맺은 관계
의 결실로 태어날 아이를 상상하는 데 그치는 "승화된 모성maternité
sublimée"(Ravi, "Ananda Devi nous parle", 276)만을 경험한다. 베로니크 브
라가르는 모리셔스의 가부장제에 대한 저자의 묘사가 이러한 형태
의 제약에서 벗어날 수 있는 가능성은 오직 "비유적이고 담론적인 수
준"(190)에서만 실현될 수 있음을 암시한다고 주장한다. 프랑수아즈 리
오네는 데비가 현실관에 대한 가부장적인 발동에 직면해 "진실을 권
력에게 말하기"보다는 "진실을 권력에게 넘겨줌"으로써 재현과 의지
사이의 긴장을 교묘하게 빠져나간다는 점을 지적하며 브라가르의 주
장을 더욱 밀고 나간다.(Lionnet, 303) 따라서 데비가 파글리와 미치, 질

의 서사를 엮어서 넘겨주는 데 이용하는 중심 모티프는 바로 취약성인데, 데비는 소설의 제사題詞에서 단도직입적으로 선언한다. "모든 소설은 사랑의 행위다." 주인공이 사랑과 연민, 이해의 실천을 통해 가장 강력하게 자신의 정체성을 실현하며 변화하는 모습을 표현한 저자는 대안적인 프리즘을 내보인다. 이 프리즘은 모리셔스 사회를 구성하는 개개인의 정체성으로 이루어진 다채로운 태피스트리에 정당성을 부여한다. 파글리와 미치, 질이 주고받은 수치심의 서사들은 순수와 불순에 차이를 두는 실체 없는 범주를 무너뜨릴 수 있는 방법을 암시한다. 항상 스며들어 있는 이러한 차이에 특권을 부여함으로써 파글리의, 미치의, 질의 주체성은 다른 사람들이 주체를 구축할 필요성까지 인정하기 때문이다.

15장

소속되지 못한 자의 수치심

애나 로카

만물의 영장인 인간은 직립 보행을 고수한다. 그러나 상당히 독특하게도 눈을 낮추고 머리를 숙인 인간은 공격에 상당히 취약하다. (…) 수치심 경험의 본질은 인간의 존엄을 해치는 모든 종류의 폭력에 대한 영원한 민감성을 담보한다. _실번 톰킨스[1]

아시아 제바르의 자전소설 『아버지의 집 그 어디에도Nulle part dans la maison de mon père』에서 수치심은 다양한 문화적 배경에서 여러 형태로 경험된다. 저자는 아기였을 때 처음으로 수치심을 경험했다고 회상한다. 생후 18개월 정도였을 때 저자는 부모와 같은 방에서 자다가 어머니가 쾌락에 신음하는 소리를 들었던 것을 기억한다. 부모가 쓰는 침대와의 그 '불쾌한dérangeante' 가까움은 그녀를 부끄럽게 만들었다.(97) 어른이 된 이후 저자는 당시에 느꼈던 그 혼란스러운 느낌을 다시 생각해내며 이를 '거북함malaise', 불편함이라는 단어로 묘사한다. 그리고 그 불편함은 다음과 같은 모습을 취한다. "소위 야만적이라는 죄의식. 마치 그 소리를 들으면 안 되었던 것처럼!"(96)[2] 그녀가 느낀 수치심은 청소년기부터 성인기까지도 영향을 미친다. 이러한 경험

478

은 수치심의 감각이 존엄을 해치는 "모든 종류의 폭력에 대한 영원한 민감성"의 필연성을 시사한다는 실번 톰킨스의 말과 공명한다.(*Affect, Imagery, Consciousness*, 2:132) 아시아 제바르는 『아버지의 집 그 어디에도』에서 자신이 자살 시도를 한 원인을 살펴보며 자신과 지인들이 경험한 자존감의 상실을 이해하기 위해 개인적 학대와 사회적 학대의 원인이 포개지는 지점을 꼼꼼하게 되짚는다.

15장은 문학이론과 정신분석이론을 바탕으로 『아버지의 집 그 어디에도』를 분석한다. 그리고 저자가 부모의 정사에 대한 딸의 환멸을 직면하고 그러한 경험과 수치심이 맺고 있는 관련성, 그러한 경험이 야기한 수치심에 대한 다층적인 도착을 폭로하고 있음을 밝히고자 한다. 또한 제바르는 화자이자 저자인 자신이 돌아갈 장소를 상실했다는 현실을 재현하고, 그 범위를 알제리 여성 전체로 확장함으로써 자신을 몰아의 상태로 밀어 넣었던 망각에 맞서 싸운다. 뿐만 아니라 화자이자 저자일 뿐만 아니라 자기 작품의 독자로서 깊은 곳에 있는 느낌과 감정을 드러냄으로써 존재의 수치가 갖는 기원과 동학을 밝혀낸다. 결국 제바르의 점진적인 자각은 소속감의 새로운 형태를 재창조할 수 있게 하는데, 이는 그녀가 자기 느낌에 직면하고 그 느낌을 신뢰하기 시작할 때 어딘가에 속하게 되는 것이라고 말할 수 있기 때문이다. 이 글은 우선 수치심과 소속감 간의 관계를 분석한 후 아시아 제바르와 소속감 간의 문제적 관계를 논할 것이다. 그리고 마지막으로는 『아버지의 집 그 어디에도』에서 수치심과 소속감, 욕망이 서로 뒤얽히는 방식을 검토할 것이다.

수치심과 소속감

1962~1963년, 두 권으로 된 『정동, 이미지, 의식Affect, Imagery, Consciousness』이 처음 출간되자 미국 심리학자인 실번 톰킨스는 인간의 감정과 동기에 대한 우리 이해에 상당한 영향을 끼치기 시작했다. 톰킨스는 문학작품을 이용해 수치심 연구에서 발견한 내용을 뒷받침했다. 약 40년 후에 출간된 에세이집 『수치심의 광경: 정신분석과 수치심 그리고 글쓰기Scenes of Shame: Psychoanalysis, Shame and Writing』는 수치심 연구에서 정신분석학자와 문학자 간의 협업이 갖는 잠재력과 정동 이해에 있어 문학의 중요한 위치를 설득력 있게 입증했다. 실제로 공편자인 조지프 애덤슨과 힐러리 클라크는 다음과 같이 강조한다. "문학이 가진 가장 중요한 기능 중 하나는 잘못을 시정할 수 있는 특권적 장소, 다른 곳에서는 만류되는 방식으로 감정적인 삶을 탐구하고 가다듬을 수 있는 표현의 영역을 제공하는 것이다."(6) 이에 더해 도널드 네이선슨은 이 에세이집이 "자신을 감동시킨 작가들에게서 의미의 근원을 찾으려는 사람들에게 모든 정동 경험에 대한 새로운 자각을 불러일으킨다"(Foreword, viii)는 사실을 상기시킨다.

　현재에 이르러, 타인이 자신을 원하지 않는 경험에서 수치심이 비롯된다는 톰킨스의 생각은 심리학에 뿌리를 내리고 있다. 이처럼 내쫓기고 받아들여지지 않았다는 느낌은 자신이 속해 있는 공동체에서 다른 사람과 어울릴 수 있는 능력을 약화시킨다. 이러한 이유로 우리는 수치심이 개인적인 경험인 동시에 사회적인 경험이라고 말할 수 있다. 브룩스 부손은 이러한 경험이 "다른 사람들에 비해 열등하고 부족하다는 개인적 느낌뿐만 아니라 마음속 깊은 곳에서 자신에게 문제나 결함이 있다는, 또는 '이상적인 자기'에 대한 기대를 충족시키지 못했다는 느낌을 수반한다"("Quiet As It's Kept", 208)고 말한다. 『수치심의 광경』은 젠더와 성적 지향, 인종, 신체장애, 전반적인 종속 상태에 근거해 다양한 방식으로 수치심과 무력화disempowerment를 연관시킨다. 또한 수치심이 어떻게 사회적 유대와 상호작용을 확립하고 조절하는 데 있어 "애착에 대한 위협(Adamson and Clark, 3)"이라는 핵심적 역할을 수행하는지 강조한다. 어떤 모습으로 나타나든 간에 수치심에는 고립되고 단절되었다는 인식과 소속감의 결핍이 있다는 점에서 수치심과 소속감은 근본적으로 연결되어 있다. 이 주제와 관련해 브레네 브라운은 "수치심은 종종 가치 있다고 여겨지는 집단 또는 공동체에 '소속되지 않았다'거나 거절당했다는 기분과 관련된다"(113)고 이야기한다.

수치심과 소속감은 적어도 세 가지 중요한 특성을 공유한다. 첫째, 사적인 것과 공적인 것 사이의 경계를 가로지른다. 둘째, 정체성 발달에 매우 중요하다. 셋째, 욕망과 연결되어 있다. 앞에서 말한 것처럼 수치심과 소속감은 사적인 것과 공적인 것 사이의 문턱에 위치한다. 수치심의 정의에는 여러 가지가 있으나, 버지니아 버러스는 수치심을 사적인 것에서 공적인 것으로의, 개인적인 것에서 공공의 것으로의 통로라고 정의한다.

수치심은 인간의 경계를 넘어서는 지점에서 경계에 대한 고통스러운

자각의 핵심에 자리하며, 권력뿐만 아니라 관계성 자체의 위험을 전
달한다. (…) 수치심은 친밀함과 공감, 창조성과 사회성, 윤리적 반응
과 정치적 행동을 위해 자기 위반과 자기 초월이라는 복잡하고 특수
한 우리 능력을 뒷받침하고 배양한다.(4)

　소속감 또한 무언가의 일부가 되고, 환영받고, 받아들여지고, 관계
를 맺는 느낌으로서 개인적으로 경험될 수 있다. 뿐만 아니라 소속감
은 공적인 상호연관성에 대한 이해, 또는 더 큰 집단에서 통용되고 다
른 사람의 행동에 영향을 받는 가치의 경험으로 정의될 수도 있다. 수
치심과 소속감 모두 사적인 영역과 공적인 영역 사이에 걸쳐 있기 때
문에 정체성과 자아 이미지의 형성에도 매우 중요한 역할을 한다. 톰
킨스는 다음과 같이 말한다.

　여느 정동들과는 달리 수치심은 자기에 의한 자기 경험이다. 자기가
　수치스러움을 느끼는 순간 자기 내부에서 자기는 구역질나는 것으
　로 느껴진다. 수치심은 그 주체와 대상 간의 현상학적 구분이 모호하
　다는 점에서 가장 성찰적인 정동이다. 수치심은 경험된 자기와 왜 그
　렇게 밀접한 관련이 있는 것일까? 자기는 얼굴에 있으며, 얼굴 중에
　서도 두 눈에서 가장 밝게 타오르기 때문이다. 수치심은 다른 대상
　으로부터 자기와 다른 사람들의 관심을 돌려 자기가 가장 잘 보이
　는 곳으로 옮겨놓는다. 그렇게 자기를 더욱 잘 보이게 만듦으로써 자
　의식의 고통을 발생시킨다.(2:133)

수치심과 수행, 정체성 간의 밀접한 관계를 분석한 톰킨스에게 영감을 받은 이브 세지윅은 다음과 같은 사실에 주목한다. "발달 과정에서 수치심은 흔히 자아감이 발달하는 공간을 가장 분명하게 보여주는 정동으로 간주된다. (…) 수치심은 정체성이라는 질문이 가장 본질적으로, 또 가장 관계적으로 발생하는 공간이다. 동시에 수치심은 사회성에서 비롯될 뿐만 아니라 사회성을 목표로 한다."(37) 소속감에 대한 사회적 연구들은 종종 정체성이 주로 우리가 있는 곳과 우리와 함께하는 사람에 의해 형성되는 복잡한 체계라고 이야기해왔다. 소속감은 정체성을 더욱 풍요롭게 만들기도 하고 정체성에 도전하기도 하는데, 소속감이 인간에게 자의식과 안정감을 제공할 수도 있고 그것을 부정할 수도 있기 때문이다. 소속감은 전혀 정적이지 않다. 소속감은 사람들이 경험하는 새로운 감정적·지리적 공간에 따라 변화하거나 공동체의 가치, 욕구, 우선순위에 맞춰진다. 에이미 카릴로 로가 강조한 것처럼, 소속감은 끊임없이 움직이는 상태에 있으며 존재와 생성의 복합적인 과정을 통해 스스로 발생한다. 로는 소속을 뜻하는 belonging이라는 단어가 "be-longing이라는, 나란히 자리한" 두 단어로 이루어져 있다는 점에 주목한다. 이 두 단어는 다음과 같은 명령을 암시한다. "그 명령은 '갈망하는 상태longing'가 '되라는be' 것이다. 가만히 있지 말고, 조용히 있지 말고, 갈망하라는 것이다."(16)

또한 수치심과 소속감은 본질적으로 욕망과 관련된다. 수치심은 타인과 관련된 자기 인식을 나타낸다는 점에서 욕망과 연관된다. 뿐만 아니라 수치심은 자신이 타인에게 어떻게 보이는지를 상상하는 경험이기도 하다. 이 경우, 수치심은 욕망의 유예로 나타난다. 헬렌 블록 루이스는 수치심의 이러한 측면을 "타인의 눈 속에 있는 선명한 자기의 이미저리"("Shame and the Narcissistic Personality", 107)로 정의한다. 소속감은 공유하고자 하는 욕망, 일부가 되고 포함되리라는 기대를 나타내는 동시에 돌이킬 수 없는 상실에 대한 두려움을 나타낸다. 엘스페스 프로빈은 소속감을 다음과 같이 정의한다. "소속감은 끈질기고 집요한 욕망이다. 그리고 이 욕망은, 소속감이 주는 안정감과 신성함이란 영원한 과거일 뿐이라는 두려움과 함께, 진정하고 참된 소속감이란 불가능하다는 것을 아는 상태에서 더욱더 커진다."(*Outside Belongings*, 8)

아시아 제바르와 소속감

소속감, 연결되고자 하는 욕망, 대안적 소속 방식의 시각화는 제바르의 작품에 나타나는 중심적 특성이다. 특히 『아버지의 집 그 어디에도』에서 제바르는 자신이 자라난 알제리의 대립적인 사회 역동에 재방문하면서 결국 그녀로 하여금 자살 시도를 하게 만든, 수치심과 소속 결핍이 겹쳐지는 유해한 지점을 자각한다. 브레네 브라운은 수치심을 사회적이고 사적인 문제로 바라봄으로써 특히 어떻게 여성이 "사회 공동체의 기대가 서로 대립하고 경쟁하면서 만든 여러 겹의 그물망에 걸려 수치심을 경험하는지"(30; 강조는 원문)를 역설한다. 브라운은 이러한 기대들이 엄격한 사회적 가치에서 비롯되며, 이 사회적 가치들은 여성에게 어떤 존재가 되고 어떻게 행동해야 하는지를 강요한다고 말한다. 또한 이 기대들은 종종 모순되며 서로 반대된다. 이러한 이유로 여성은 공동체가 식민 지배를 받을 때 모순적인 기존 욕망들의 층위 가운데 어떠한 것을 받아들여야 하는지 모를 수 있다. 식민지화는 고유의 기능과 정체성을 가진 하나의 구조로서 고안되며, 그러한 기능과 정체성은 대립적인 적대감의 체제에 깊이 뿌리를 박고 있다. 『아버지의 집 그 어디에도』의 대부분에서 알제리는 서로 반감을 품은 알제리인과 프랑스인 사회의 적대적인 전개를 통해 정의된다. 알제리 고유의 신념과 프랑스의 신념은 여러 층을 이루며 상충되고, 알제리 여성들은 수치심에 고립되고 스스로에게 소외된다는 점에서 이러한 고난의 결과를 떠맡는다.

발레리 올랜도는 여러 평론가와 함께 알제리의 여성 작가로서 제바르가 갖는 소속감의 문제적 측면을 강조한다. 올랜도는 공인이자 작가로서 제바르가 갖는 소외의 위험을 부각시키면서 다음과 같이 말한다. "모든 여성은 백인이든 유색인이든 간에 자신의 행위자성과 목소리를 확립하기 위해 반드시 공적인 장소로 나아가야 한다. 이 공적 영역은 종종 추방된 장소, 전통적인 여성적 역할의 변두리에 있는 주변화의 장소다."(11) 제바르에게 있어 두 번째로 문제가 되는 것은 소속감과 언어의 관련성이다. 아들라이 머독은 제바르의 추방이 어떻게 그녀가 소속된 장소와의 분리라는 측면에서뿐 아니라 언어 자체, 즉 어머니의 언어, 애정과 다정함의 언어와의 분리라는 측면에서도 이해

되어야 하는지를 처음으로 분석한 사람 중 한 명이었다. 1993년 머독
은 라캉의 정신분석학 담론을 통해 『사랑, 판타지아L'Amour, la fantasia』
를 해석함으로써 욕망을 표현하기 위해 식민 지배자의 언어를 사용하
는 것의 내재적 위험을 강조했으며 그에 따라 다음과 같이 지적했다.
"문제는 언어가 그저 욕망을 나타내는가, 아니면 언어가 욕망을 가리
기도 하는가다. 즉, 지배자의 언어가 식민주의적 욕망을 나타내는 표
시로 해석된다면, 피지배자가 지배자의 언어를 사용하는 것은 피지배
적 주체의 욕망을 가림으로써 원래 언어가 이루고자 했던 목표를 훼
손할 수 있다."(78)

나자트 라만은 『문학의 박탈Literary Disinheritance』에서 제바르의 아
버지가 남긴 유산인 프랑스어의 거북함에 대해 더욱 자세히 설명한
다. "이 유산은 자기에 알맞지 않다. 이 유산은 제바르의 언어도 아니
고, 제바르의 표현 양식도 아니다. 이것은 아버지가 애정을 담아 딸에
게 준, 정복과 폭력에서 비롯된 예상치 못한 유산이다. 이는 또한 언
어로 계승된 상징적 질서로서의 아버지이기도 하다."(71) 하지만 라만
은 제바르의 작품을 다음과 같이 보기도 한다. "언어 안에 새로운 시
작이 있다. 여기서 폭력적인 역사를 넘어설 수 있는 가능성이 등장할
수 있다."(110) 이보다 몇 년 전에 클라리스 짐라 또한 『나를 에워싸는
목소리Ces voix qui m'assiègent』에서 어떻게 제바르가 "온전히 자신의 것
인 유일한 공간, 즉 글쓰기에 투자하는" 작가들 편에 자신을 위치시키
는지를 관찰함으로써 같은 결론에 도달했다.(152) 이처럼 제바르의 소
외를 표현하는 언어와 제바르가 다른 실재를 재창조하는 수단인 글

쓰기 간의 명백한 모순은 제바르의 작법 분석으로 설명될 수 있다.

미레유 칼그뤼베르가 설명한 것처럼 제바르가 추구하는 것은 정체성의 발견이 아니라 "타자성 안의 독자성la singularité dans l'altérité"의 발견이며, 이러한 발견은 "재통합과 애도의 전개mouvement de ré-union et de deuil"로 설명될 수 있다.(Assia Djebar, 253) 이러한 방식으로 칼그뤼베르는 제바르의 담화를 글쓰기를 통해 세계를 바라보는 이분법적 시각을 무효화하는 장소로 정의한다. 이렇게 함으로써 자기는 타자 안에 머무를 수 있고 타자 또한 자기 안에 머무를 수 있으며, 이는 조각을 다시 맞추고 공유된 기억을 함께 애도하기 위함이다. 뿐만 아니라 우리는 제바르의 작품을 읽을 때 글쓰기의 과정과 글쓰기의 결과물을 구분할 필요가 있다. 제바르는 종종 글 쓰는 행위를 고통 및 투쟁과 연관시킨다. 한편으로 제바르는 죽음과 폭력을 이야기하는 몹시 어려운 과제를, 다른 한편으로는 데카르트의 언어로 감정을 표현해야 하는 데서 오는 제약을 강조한다. 하지만 제바르가 행한 프랑스어의 재고안reinvention은 강력한 도구가 되어 제바르가 현실을 다면적인 실체로 재형성하는 것을 가능케 한다. 재형성된 실체에서 서구의 사고 체계는 장소와 집, 신체 개념으로 대체되는데, 이것들은 모두 하나의 차원에서 밀접한 관계를 갖는다. 제바르가 연결과 복원, 변화의 문제를 다룰 수 있는 것은 이러한 언어의 재고안 덕분이다.

소속감과 고국 간의 연관성은 특히 문제가 된다. 제바르의 소설과 자서전적 글쓰기 모두에서 제바르의 고국과 제바르가 살던 마을은 역사적으로 식민 지배, 즉 분리와 대립으로 얼룩져 있는 것으로 묘사되며, 이에 따라 각각 알제리인과 프랑스인으로 이루어진 두 사회의 적대적인 국면을 통해 정의된다. 또한 알제리는 내부적으로 사회적 변화를 받아들이지 못하는 국가로 특징 지어진다. 뿐만 아니라 많은 평론가는 제바르가 마지막 20년간의 저술 활동에서 망명이라는 진보적 움직임을 보인 것에 주목한다. 제바르의 이러한 움직임은 알제리에서 내전이 발생하고 이슬람 근본주의가 등장하면서 더욱 가속화되었다. 2006년 제인 히들스턴은 제바르의 초기 소설인 『갈증La Soif』에서부터 후기 소설인 『프랑스어의 죽음La Disparition de la langue française』까지 제바르의 작품을 분석함으로써 제바르가 "서서히, 시간이 지날수록 더욱더, 고국이 자신에게 아무런 의미가 없다는 사실을 깨달아갔음"(2)을 발견했다. 히들스턴은 제바르의 궤적을 "알제리에서 빠져나오려는 움직임 (…) 자신이 이해할 수 없는 알제리의 유령에 시달리는 불완전한 망명 (…) 인식 가능한 판단 기준으로서의 알제리와 자신을 동일시하는 것이 불가능함을 받아들이는 점진적인 물러남"(10-11)으로 해석한다.

『나를 에워싸는 목소리』에서 제바르는 자신의 망명 과정에 이름을 부여한다. "돌아갈 수 없는 절벽." 이는 삶의 전환점을 나타내는, 분명히 존재하는 현실이다.(206) 『나를 에워싸는 목소리』를 출간했던 1999년 당시 제바르는 강요된 망명과 추방에 대한 느낌을 주제로 다룬다. 이러한 느낌은 1992-1994년 고국이 내전으로 무너진 결과였다. 1995년이 되자 알제리에 있던 타국 대사관들이 문을 닫았고, 그로부터 4년이 지난 후 알제리의 새 대통령은 8년간 이어진 갈등을 종식할 방법을 모색했다. 프랑스에서 공부하겠다는 제바르의 빠른 결정은 제바르에게 알제리와 프랑스 양국으로부터 거리를 둘 수도, 두 나라에 가까이 다가갈 수도 있는 특권적 위치를 제공했다. 당시 『나를 에워싸는 목소리』에서 선물인 동시에 제물이자 공물로 묘사된 이 거리감은 그것이 가진 또 다른 측면, 즉 균열의 시작을 보여주면서 끝이 난다.(206-207) 망명과 글을 쓸 수 있는 자유 사이의 관련성은 여성 증인으로서 제바르가 수행한 도덕적·정치적 참여를 강조한다. 글쓰기는 제바르가 행위자성을 표현하고, 목소리를 갖고, 알제리와 프랑스에서 현재 또는 미래에 발생 가능한 집단적 기억 상실에 계속해서 경각심을 잃지 않을 수 있도록 만들어준다. 제바르가 말한 것처럼 이러한 책임감은 무엇보다도 "스스로와의 접촉을 잃지 않도록" 하기 위함이다. 이 문장은 자기 연결에 대한 부정할 수 없는 욕망, 그리고 연결되어 자양분을 얻을 수 있는 새로운 장소를 마련하고자 하는 희망을 강조한다.(207)

초반부에 묘사된 추방에 대한 불안정한 느낌은 『나를 에워싸는 목소리』의 후반부에 이르러 충분히 인식한 상태에서 자신의 선택에 의해 수행하는, 자발적 추방이자 반대 행위로 바뀐다. 제바르의 과제는 독립 후의 알제리를 거부하고 알제리의 사회적 억압과 도덕적 타락에서 벗어나는 것이다. 그러므로 저자는 다음과 같이 주장한다. "정치적 이슬람 세계를 향해 가는 세상에서 작가가 된다는 것은 (…) 분명 (…) 망명할 수밖에 없는 운명이다."(216) 그러므로 글쓰기와 지리적 이동성은 대안적인 소속감의 공간과 방식을 시각화하고 구축하는 데 매우 중요한 요소다.『나를 에워싸는 목소리』에서 제바르가 언어와 국가를 구별한 것은, 국가가 사라졌을 때 언어를 재고안함으로써 제바르가 어떻게 스스로 소속감을 만들어낼 수 있었는가를 강조해준다.(215)

수치심과 소속감, 그리고 욕망

8년이 지난 2007년, 제바르의 마지막 자서전은 자신에 대한 책임감과 소속되고자 하는 욕망을 극단으로 끌어올린다. 여기서 소속이란 집을 고국으로 경험하는 것을 넘어 존재의 수치가 갖는 다층적인 기원과 동학에 반대하며 역사적으로 내적 자기와 재연결되고자 하는 욕망 및 그 과정을 의미한다. 제바르의 자기 분석은 결국 그녀가 자기 자신과 감정적으로 연결되고 자신의 세계를 재구성할 수 있는 방법을 상상할 수 있도록 만들 것이다. 저자에게 "아버지의 집 그 어디에도" 존재하지 못한다는 것은 처음에는 알제리인으로서, 그다음에는 알제리 여성으로서 어디에도 소속될 수 없음에 대한 인정을 의미한다. 그리고 그다음으로는 그녀가 태어난 사회에 깊이 뿌리박혀 분열과 증오를 부채질하는, 복합적인 자기 파괴의 과정에 직면하는 것을 의미한다.

　책 속에서 차이와 고찰의 공간을 나타내기 위해 전략적으로 따로 떨어져 있는 장「막간Intermède」[3]은 식민화 과정에서 나타나는 미묘한 왜곡을 날카롭게 묘사한다. 식민화 과정은 마치 식민지가 자연 그대로이며 아무도 살지 않는 곳인 것처럼 식민지를 정복하겠다는 식민 지배자의 망상적 개념에서 시작되며, 이는 창조에 대한 지배적 욕망을 투사하기 위함이다.(35) 지배자가 원주민의 존재를 부정하는 것은 원주민과 이들의 고국 사이에, 여성과 남성 사이에, 최종적으로는 동포들 사이에 되돌릴 수 없는 균열을 촉발시킨다.(35) 주민들은 정복자들에게 보이지 않는 존재이며, 정복자들은 주민들에게 그 어떤 책임감도 느끼지 않는다.(35) 식민 지배자는 원주민들에게 식민화의 결과로서 발생한 짐, 바로 자기 파괴를 남긴다.(35) 원주민들은 착각 속에서 과거의 영광과 영웅주의라는 남성적 개념을 계속해서 주장하며 자기 자신과 고국을 파괴하고 소외시킨다.(35) 실제로는 식민 지배자의 부정으로 원주민과 그들의 과거 사이에 존재하던 연결고리가 끊어졌기 때문에, 현시점에 폐허로 보이는 과거는 이제 이름도 소속도 없는 '익명'이 됐다.(35) 여기서부터 균열은 끝없이 지속되는데, 시간에 대한 지각이 변했기 때문이다. 더 이상 시간은 무한하지 않으며, 시작과 끝이 있다. 역사는 두 집단에게 서로 반대되는 의미를 갖는다.(35)

앞에서 제바르가 언급한 것처럼 프랑스인이 처음으로 알제리인의 존재를 부정한 때부터 알제리 가족, 여성과 남성 사이에 분열이 스며들기 시작하며, 이 분열은 증오와 몰이해라는 형태로 나타난다.(35) 또한 분열은 소외와 부정의 형태로 세대 간의 골칫거리와 문제가 되어 알제리 사회를 침입한다.(35) 이러한 과정의 결과는 엄청나게 파괴적이며, 그 영향을 가장 처음으로 받는 이들은 알제리 여성이다. 이것이 바로 저자가 이 복잡한 시나리오에 자신이 속한 사회의 또 다른 자기 파괴적 양상을 덧붙인 이유다. 이러한 양상은 가부장제와 종교의 공모에 의해 발생한 것으로, 여성을 겨냥한다. 『아버지의 집 그 어디에도』의 제2부에서 저자는 과거의 기억을 다루고 분석한 후 서술을 멈추기로 결정한다. "나는 여기서 이야기를 중단하겠다."(207)

이러한 중단은 독자들과 함께 깊이 생각해볼 수 있는 공간을 마련하기 위한 것으로 보인다. 이후부터 저자는 수사적으로 '그 어디에도' 존재하지 않게 된 원인이 어디에 있는지 스스로에게 묻는다. 그것은 여성 간에 경쟁과 분열을 유발한 여성 차별에서 시작되었는가, 아니면 예언자 무함마드와 그의 막내딸처럼 아버지와 딸 간의 부족한 신뢰에서 시작되었는가? 그 답은 아버지와 딸들 간의 신뢰 부족에 있다. 작가가 강조한 것처럼, 무함마드의 막내딸은 자신이 "아버지에게 받은 유산을 빼앗기고, 죽을 만큼 고통받을 것"(207)이라는 사실을 알고 있었다. 무함마드와 딸의 죽음 간의 고통스러운 연관성은 저자의 자살 시도 묘사에 앞서 등장하며, 그녀의 자살 시도를 딸이 아버지의 비난을 내사하는 것과 연관시킨다. 이 경우 '그 어디에도' 존재하지 않는 것은 화자가 자신을 딸로서 길러주고, 받아들이고, 지지해주고, 존중해줄 수 있는 장소와 집을 연관시키지 못함을 의미한다. 분열과 증오는 아버지와 딸의 관계뿐만 아니라 오로지 억압과 자유의 결핍밖에 공유하지 못하는 여성 간 상호작용의 자양분이 된다.(207)

1993년, 위니프레드 우드헐은 알제리 국가와 알제리 여성 간의 연관성이 어떻게 알제리 남성과 프랑스 남성 모두에게 판타지로 작용하는지를 지적했다. 이러한 의미에서 알제리 남성과 프랑스 남성 모두에게 알제리 여성은 식민지의 문화적 정체성을 체현한 화신이다. 우드헐은 계속해서, 남성에게 공통된 이러한 상상 속에서 여성은 "프랑스의 '해방의 씨앗'과 침입의 관문을 받아들이지 않으려는 식민지의 거절을 즉각적으로 상징한다".(19) 여성이 사회적 방어벽과 사회의 관문을 동시에 의미한다는 이 주장은 브레네 브라운의 '모순된 기대' 개념을 떠올리게 한다. 게다가 이런 역설적인 상황은 알제리 여성이 서로 대립하는 두 사회의 모순되는 욕망을 모두 충족시킬 수 없다는 점에서 더욱 악화된다. 마침내 서로 충돌하는 이 상상들은 알제리 여성으로 하여금 자기 자신의 욕구와 선호에서 비롯된 욕망의 대안적 공간을 상상할 엄두조차 못 내게 만든다.

『아버지의 집 그 어디에도』에서 서로 대립하는 남성의 기대와 모순적인 욕망들은 소속되고자 하는 욕망과 수치심 경험 사이의 긴장 상태로 나타난다. 수치심 경험은 사회에 만연해 있으며, 모든 젠더에 영향을 미치고, 수치심을 "수모와 패배, 위반과 소외의 정동"이라고 본 톰킨스의 수치심 정의에 부합하는 형태로 나타난다.(2:118) 특히 신체의 수치심은 위반과 수치, 소외, 혐오, 경멸, 자기경멸에 대한 복잡한 느낌을 유발하는 매우 결정적인 요소다. 신체의 수치심과 관련된 에피소드들은 모두 공공장소에서 발생하거나, 또는 이분화된 공공장소에서 발생하는 것으로 상상된다. 후자의 경우 욕망하는 타자의 시선의 존재뿐만 아니라 욕망하는 타자의 시선이 자기를 인식한다고 생각하는 것이 그 특징이다. 이 '경험의 이중성'과 관련해서 헬렌 루이스는 우리에게 "수치심이 발생하기 위해서는 반드시 자기와 타자의 관계가 존재해야 하며, 자기는 이 관계에서 타인의 평가를 의식해야 한다. (…)
타인에 대한 강한 흥미와 타인이 자기를 대우하는 방식에 대한 민감
성은 자기를 수치심에 더욱 취약하게 만든다"(107-108)는 사실을 상기
시킨다. 앞으로 우리는 「자전거La bicyclette」라는 제목의 장에서 타인에
대한 강한 흥미와 민감성이 어떻게 수치심과 소외를 표면으로 끌어올
리고 충돌하게 만드는지 살펴볼 것이다.

　「자전거」는 화자가 네 살에서 다섯 살 정도 되었을 때 아버지에
게 폭력을 당했던 강렬한 에피소드에 대해 이야기한다. 아버지가 품
은 적개심의 근원에는 딸의 다리가 다른 사람들 눈에 훤히 드러나
는 것에 대한 두려움이 있다. 이 에피소드는 각기 다른 버전으로『술
탄의 그림자Ombre sultane』와『감옥은 넓다Vaste est la prison』,『아버지
의 집 그 어디에도』에 등장한다. 이러한 차이와 반복은 톰킨스의 핵심
적인 장면 개념을 상기시킨다. 톰킨스에 따르면 핵심적 장면은 "우리
가 절대로 완전하게, 계속해서 성취하거나 가질 수 없는" 장면을 뜻한
다.(3:96)『술탄의 그림자』와『아버지의 집 그 어디에도』에서는 아버지
가 등장하며 딸을 향한 그의 분노가 직접적으로 화자에게 깊은 수치
심과 그에 따르는 소외를 유발하는 반면,『감옥은 넓다』에서는 물리
적으로 부재하지만 한계와 판단, 처벌로서 딸의 정서에 내면화되어 있
다. 여기서 저자는 어렸을 때 친한 프랑스 가족의 남자아이인 모리스
와 천진난만하게 노는 동안 자신을 바라보는 상상 속 아버지의 시선
에 죄책감을 느꼈던 것을 떠올린다.(265)

　톰킨스가 주장하듯 수치심은 타자의 물리적 존재 없이도 발생할

수 있다. 하지만 이 경우 표면에 나타나는 것은 화자의 죄책감이다. 죄책감은 수치심과는 다른데, 내적으로 자신이 잘못했다고 느끼는 것이라기보다는 실제로 무언가를 잘못한 것과 더욱 관련이 있기 때문이다. 『감옥은 넓다』에서 화자는 나무 위에 있는 모리스가 자신에게 나무 위로 올라오라고 말하자 마비된 것 같은 기분을 느끼며 모리스에게 팔을 뻗지 못한다. 화자는 아버지가 자신을 심판하고 잘못을 저지른 것 같은 느낌이 들게 만드는 상상을 하느라 모리스에게 신체적으로 반응하지 못한다. 이 상상 속 상황에서 화자는 어머니도 불러들인다. 어머니는 아버지가 도착해 잘못을 지적할 때 무력하게 딸을 바라보고만 있다. 어머니의 무력함은 이후 『아버지의 집 그 어디에도』에서 더욱 상세하게 그려진다. 하지만 우선 여기서는 상황에 개입하지 않는 어머니가 어떻게 가족 내에서 지지받고 이해받지 못한다는 화자의 기분과 그에 따르는 깊은 소외감 및 고립감을 강조하는지를 파악하는 것으로 충분하다.

　『술탄의 그림자』에 등장하는 「그네La Balançoire」 에피소드는 『아버지의 집 그 어디에도』의 「자전거」를 반영한다. 두 에피소드의 중심에는 딸이 사람들 앞에서 다리를 노출하는 것에 대한 아버지의 비난이 있다. 두 에피소드는 여러 비슷한 특징을 갖는다. 선생님들이 머무는 건물의 마당이라는 이분화된 공공장소가 두 사건의 배경이다. 성인인 알제리인과 프랑스인은 자신들의 문화적 차이를 극도로 잘 인지하고 있기 때문에 공간적 측면에서도 서로를 경계하는 반면, 아이들은 알제리인 프랑스인 할 것 없이 서로 어울려 논다. 두 에피소드에서 딸

은 불쾌해하는 아버지의 목소리와 그 목소리에서 나타나는 인간성의
결핍을 떠올린다. 그리고 아버지를 한 번도 만나보지 않은 이방인, 또
는 낯선 사람으로 인식한다.(Ombre sultane, 147; Nulle part, 49-50) 「그녀」
와 「자전거」에서 딸은 아버지의 말과 행동에 수치심을 느끼고, 그로
인해 경멸을 경험한다. 이에 더해 『아버지의 집 그 어디에도』에서 딸
의 수치심은 아버지를 향한 순전한 혐오감으로 모습을 바꾼다.(Ombre
sultane, 148; Nulle part, 50) 두 에피소드에서 아버지의 충격적인 폭력은
딸에게 균열을 남긴다. 이러한 상황은 『술탄의 그림자』에서는 어린 시
절로부터의 축출이자 추방으로(145, 148), 『아버지의 집 그 어디에도』
에서는 분열이자 트라우마로 묘사된다.(52) 뿐만 아니라 『아버지의 집
그 어디에도』에서 화자가 느끼는 혼란과 고독, 소외는 어머니의 수동
성에 의해 더욱 강조된다. 이 반복되는 에피소드는 『감옥은 넓다』에서
는 몇 줄, 『술탄의 그림자』에서는 4쪽, 『아버지의 집 그 어디에도』에서
는 12쪽을 차지한다.

게다가 「자전거」에서 화자가 모리스의 도움을 받아 자전거 타기를
시도하는 장면은 마치 화자가 이 장면을 어떻게든 통제하려는 욕망
을 가진 것처럼 두 번이나 회상된다.(48-49, 55-56) 여기서 존재의 수치
에 내포된 다면적 양상들은 수치심과 소속감, 욕망의 뒤얽힌 동학과
함께 나타난다. 이 에피소드에서 우리는 딸을 향한 아버지의 적개심
과 딸의 다리가 노출되었다는 점 때문에 아버지가 동포들에게 느끼
는 수치심, 그리고 딸의 편을 들지도, 이야기를 나눠서 딸의 혼란스러
운 상태를 다독이지도 않는 어머니의 묵인을 목격한다. 우리는 화자

의 입장에서도 여러 정동의 발생을 목격한다. 아버지에게 느끼는 수치심은 점점 혐오와 분노로 변해간다. 아버지를 향한 화자의 분노는 아버지가 화자의 맨다리에 터부시되는 이미지를 전용한 데서 기인한다. 이로 인해 저자는 자신의 신체에 대해 파편화되고 죄스러운 시각을 갖게 된다. 이해받지 못하고 부당하게 처벌받은 결과로 혼란과 소외의 느낌이 발생한다. 마침내 자신의 모습 그대로, 즉 공공장소에서 신체적 모험과 실험을 하고 싶어하는 다섯 살 아이의 모습으로 목격되고, 사랑받고, 받아들여지고, 존중받고자 했지만 성취되지 못했던 욕망이 등장한다.

식민지적·가부장적·종교적 강제력은 모순적인 양상 속에서 공존하며 눈에 보이지 않게 작동한다. 아버지는 이 식민화된 마을이라는 소우주 한가운데서 수치를 당하고 수치심을 느끼는 동학에 말려든 비극적 인물이다. 아버지는 프랑스어 선생님이라는 지위가 은연중에 부여하는 근대성의 상징을 나타내는 동시에 알제리인으로서의 소속감과 정체성을 지키고, 마을에서 딸이 수치를 당하지 않도록 막는 등 가부장적 가치를 보존하려는 욕망에 사로잡혀 있다. 결국 딸을 향한 적개심을 유발시키는 것은 이 가부장적 가치를 지키고자 하는 욕망의 폭력적인 발현이다. 아버지의 욕망은 자기 자신으로부터의 소외감을 유발하기도 하는데, 자신은 동포들과 다르기 때문이다. 화자는 이 장에서 가족이 갖는 모순적인 요소들을 분명하게 설명한다. 화자의 부모는 프랑스 사회에 대한 수용과 감탄을 드러내고 프랑스의 교육 시스템을 우러러보며 프랑스의 종교를 존중하고 프랑스의 생활양

식을 모방한다.(51-52) 뿐만 아니라 프랑스어 교사들에게 제공된 건물
에 거주하며 화자가 프랑스인 과부의 아들인 모리스와 노는 것을 허
락한다. 화자의 가족이 모리스를 받아들인 것은 가족사진에 모리스
가 있다는 사실을 통해 뒷받침된다.[4] 이와 같은 아버지의 모순적 지위
외에, 어머니 또한 프랑스 사회로의 통합 및 해방이라는 개인적인 과
정과 절대로 남편의 권위를 의심하지 않는 가족 내에서의 전통적 위
치 사이에서 분열한다. 이처럼 불안정한 가치들이 동요하는 상황에서,
아이의 다리가 노출되는 것은 식민주의에 대한 아버지의 가부장적 저
항을 나타내는 절대적이고도 분명한 상징이 된다.

"나는 원치 않아. (…) 마을 사람들 앞에 드러내는 것을!" 딸의 수치
와 관련해서 아버지가 자신의 아내에게 내지른 이 두 문장은 두 가지
측면에서 해석될 수 있다.(56) 아버지의 입장에서 이 문장은 수모와 위
반을 나타낸다. 딸의 입장에서는 곧 소외와 상실이다. 딸에게 있어 부
성애의 유예는 신체 이미지가 파편화되기 시작함을 의미한다. 화자는
어떻게 아버지가 딸을 조상 대대로 이어진 상징적인 여성 심판에 복
종시킴으로써 딸의 신체를 전유하고 '비가시성의 의무'를 회복시키는
지를 강조한다.(55) 뿐만 아니라 아버지는 딸의 신체적 자기physical self
에 관심을 집중함으로써 욕망하는 타자의 시선, 동포의 자리에 자신
을 위치시키며, 이에 따라 다른 사람들과 마찬가지로 욕망하는 남성
중 한 명이 된다. 화자는 다음과 같이 말한다. "이건 마치 젊은 남성,
성인 남성, 노인 남성 할 것 없이 모두가 어린 소녀의 다리 이미지, 신
체의 나머지 부분과 분리되어 마당에서 자전거 페달을 밟고 있는 소

녀의 다리 이미지와 마주치면 어쩔 수 없이 관음증이 있는 호색한이 된다고 인정하는 것과 같았다!"(52) 결국 아버지의 거부는 아버지와 딸 간의 사랑으로 이루어진 특권적 유대를 일축하고 상상 속 욕망하는 타자에 대한 두려움을 딸의 신체에 투사함으로써, 딸로 하여금 자신은 환영받지 못하며 있는 그대로의 모습을 인정받지 못한다는 느낌을 받게 만든다.(58)

아버지가 아내에게는 진보적인 배우자인 동시에 딸에게는 무의식적으로 규방의 수호자가 되는 애매모호한 위치에 있기 때문에 딸은 혹독한 책임을 지고 성장한다.(381) 딸은 처음에는 프랑스어 선생님들과 같은 반 친구들 앞에서, 나중에는 사회에서 아버지의 수치스럽고 보수적인 면을 감추고 보호해야만 한다. "'타자' 앞에서 아버지의 이미지를 보호하는 것이 더 중요했다."(260) 하지만 가장 중요한 것은, 아버지와 딸의 관계가 단절되기 시작했음을 상징하는, 아버지가 딸에게 처음으로 폭력을 가한 에피소드 이후 딸이 무의식적으로 아버지와 자신 사이에서 유일하게 가능한 애정 관계를 보호하기 시작한다는 것이다. 딸은 사랑받기 위해 "아버지의 작은 공주"라는 이상화된 기대를 배반하지 못한다.(386) 이 때문에 딸은 자신의 욕망을 억압하고 지적인 성취를 통해 언제나 아버지에게 자랑스러운 존재가 될 것을 강요받는다. 아버지의 사랑을 지키기 위한 내적 타협은 화자의 자살 충동을 설명해준다. 뿐만 아니라 이 내적 타협은 화자가 다년간 스스로 진정한 자기를 지워왔음을 깨달은 이후 분노하게 된 이유도 설명해준다. 화자는 비참하게 삶을 되돌아본다. "그러므로 가장 중요하고 가장 슬

폰 것은 (…) 그 후 내가 스스로 침묵을 지켜왔다는 것이다. 나는 침묵 속으로 나 자신을 삼켜버렸다. (…) 나 자신에게서 스스로를 숨기기 위해. 이것이 가장 중요했다."(385)

수치심과 소속됨, 욕망은 「거리에서Dans la rue」에서도 모순되는 방식으로 나타난다. 이 장에서는 알제리의 공공장소에 모습을 드러내게 된 화자가 자기 자신에 대해 이야기한다. 도시의 거리에서 유럽인처럼 옷을 입은 화자는 자신이 외국인 취급을 받는 것에 수치심을 느낀다. 수치심 정동은 눈을 아래로 내리깔고 얼굴을 붉히는 것 등 나타날 수 있는 모든 신체적 증상으로 나타난다.(305) 부끄러운 자기를 의식적으로 드러내는 것은 동포에게 속하고 인정받고 싶다는 욕망과 그럴 수 없다는 불가능성 사이에서 오도 가도 못하는 화자 자신의 소속감을 가리킨다. "나는 내가 연대의 욕망을 찾아 헤매며 그것을 갈망하는 것을 느꼈다! (…) 나는 당신과 같은 나라 출신이에요! 나도 당신과 같다고요! 사람들은 킬킬거리고 나를 모욕할 것이었다. 하지만 나를 괴롭히는 것은 그럼에도 불구하고 '그들이' 나를 인정해주기를 바라는 갈망이었다!"(312)

화자는 거부당한 데 대해 부정적인 기분을 느끼기도 하지만 홀로 공공장소를 다닐 수 있다는 데 매우 들떠 있으며, 통제받지 않고 홀로 있을 수 있다는 행복감에 도취되기까지 한다. 화자가 상기시키듯, 당시에는 그저 걷는 즐거움을 위해 거리를 돌아다녀도 되는 청소년이 많지 않았다.(305) 화자는 공공장소를 돌아다니고 동네 사람들과 상호작용하기 위해서 어머니의 언어를 숨기고 프랑스인인 척 해야 했다.

이러한 방식으로 그녀는 그들의 일원으로 인식되는 것을 피할 수 있었고 동포들에게 공개적으로 수치당하는 일을 피할 수 있었다. 실제로 화자가 "자연스러운 존중"이라고 묘사한, 알제리 남성이 유럽 여성에게 보이는 태도는 자국 여성을 향한 적대감으로 쉽게 돌변한다.(305) 이 관계적 동학은 다음과 같은 톰킨스의 입장과 공명한다. "대인 관계에서의 수치심은 자기와 타인 간의 거리가 벌어지는 데서 발생하는 것이 아니라 친밀함이 터부시되는 상황에서 그 거리가 좁혀지는 데서 발생한다. 그러한 대인관계에서 수치심을 불러일으키는 것은 갑작스러운 거리감의 상실 또는 그에 관한 위협이다."(2:193) 화자의 경우 알제리 남성과 유럽 여성 간의 문화적·신체적 거리는 존중을 가능케 만든다. 하지만 반대로 전통에 얽매이지 않는 자국 여성의 뻔뻔함과 직면하면 수치심을 느끼는 동시에 타자인 여성에게 수치를 주는 역학 관계가 발생한다.

한편에서는 알제리 남성 간의, 다른 한편에서는 유럽 여성과 알제리 여성 간의 복잡한 관계 속에서 가장 중요한 역할을 하는 것은 욕망과 부인否認이다. 화자는 연애편지라고 할 만한 것을 처음으로 교환할 때 위반을 저질렀다는 느낌을 받았던 것을 떠올리면서 알제리 사회와 프랑스 사회 사이에서 전개되는 욕망과 억압의 상호작용을 탁월하게 그려낸다. 이 장면은 공간적으로 동심원의 형태를 띤다. 원의 중심에서는 거리의 불빛 아래 프랑스 기념행사가 열리는 가운데 프랑스 연인들이 서로의 눈을 바라보며 꼭 붙은 채로 춤을 추고 있다. 이들을 둘러싸고, 밝은 원 바깥의 어둠 속에서 알제리인들은 침묵하며 프랑스인들이 춤추는 모습을 바라본다. 프랑스 연인들은 알제리인의 존재를 느끼며 이들의 시선을 즐기는 것처럼 보인다. 화자는 집에서 유리창에 시선을 고정한 채 이 장면 전체를 바라보고 있다. 하지만 화자는 그중에서도 알제리인들이 프랑스 연인을 응시하고 이들에게 수치심을 느끼는 방식에 특히 더 집중한다. 화자 또한 프랑스 연인들의 춤에 매료되지만, 활력이 넘치는 자신의 육체적 갈망과 알제리 남성의 시선 사이의 간극 또한 알고 있다. 알제리 남성의 시선과 욕망은 관음증적이고 음탕하며 야만적이다.(248) 화자는 위선적인 선망으로 포장된 이들의 억압된 욕망을 부끄러워한다. 화자는 이 알제리 남성들이 자신의 즐거움을 알제리 여성과는 절대 나누지 않을 것임을 알고 있다. 이들은 앞으로도 알제리 여성을 욕망하지 않을 것이며 이들을 자신의 통제하에 둘 것이다. 화자는 알제리인들처럼 프랑스 연인들을 응시함으로써 그들의 리비도가 자신을 관통하는 것을 느끼기 시작한다.

나는 제바르가 묘사한 알제리의 상황에서 그 누구도 승자가 될 수 없음을 강조하면서 글을 마무리하고자 한다. 다면적 형태를 가진 수치심의 비극적 발생은 소속감 및 좌절된 욕망의 깊은 결핍과 평행한다. 앞에서 살펴봤듯이, 저자가 묘사한 사회에서 여성은 수치심에 가장 취약하다. 공공장소에서 수치심과 부끄러움을 느끼게 하는 역학은 모든 젠더에 영향을 미치지만, 여기에 더해 남성은 종종 자신의 한계와 두려움, 남성 타자와의 대립 체제에서 비롯된 기대를 투사한다. 이 때문에 인간관계와 공모, 지지, 가족 내에서 보살핌을 받는 느낌이 때로 여성에게는 결핍되어 있다. 이러한 욕구들은 자기를 탐구하는 삶을 상상할 가능성을 크게 손상시킨다. 여기서 묘사된 몇 가지 에피소드는 주인공이 현지와 외국, 신뢰와 적대감, 동포와 적, 공모와 대립, 욕망과 경멸 사이에서 느끼는 혼란의 중심에 놓여 있다. 아이가 아버지에게 수치의 대상이 될 때, 아버지가 딸에게 순전한 이방인이 될 때, 어머니가 딸을 희생하면서까지 남편의 뜻을 따라야만 할 때, 가족과 공동체에 녹아들기 위한 침묵이 여성에게 사회 규칙으로 강요될 때, 남편이 아내에게 욕망을 표현할 수 없을 때, 여성이 욕망을 느끼지 못하고 스스로 매력적이라고 느끼지 못하며 서로 경쟁할 때, 우리는 무엇을 할 수 있는가?

『아버지의 집 그 어디에도』에서 제바르는 먼저 자기부정에 직면한 후 기본적인 사회 공통의 가치를 이용해 혼란에 맞선다. 제바르는 비판적 자각의 효과적 도구인 글쓰기를 통해 먼저 자기 자신과의 첫 연결을, 그다음으로 독자들과의 연결을 상상한다. 실제로 애덤슨과 클라크는 다음과 같이 말한다.

> 글쓰기는 자기 자신을 숨기는 동시에 드러낼 수 있게 하며, 다른 사람들과 친밀감이나 신뢰를 쌓을 수 있게 한다. 다른 어떤 상황도 제공해주지 못할 방식으로 말이다. (…) 저자는 몸을 숨기고 있을 때에도 어느 정도의 표현을 추구한다. 그리고 저자는 독자를 신뢰할 수 있어야 한다. (…) 자신이 너무 많이 노출되는 것, 침범당하거나 거부당하는 것을 지나치게 두려워하지 않고, 다른 사람들이 있는 그대로의 자기 모습을 기꺼이 바라보고 싶어할 것임을 신뢰해야 한다.(28-29)

칼그뤼베르는 말한다. 독자들은 『아버지의 집 그 어디에도』를 읽으면서 '글쓰기의 고통'을 발견할 수 있지만, 저자는 작품을 통해 수치심에 직면했을 때에도 다시 회복할 수 있는 자유와, 이 작업이 자기만의 길을 더 깊게 탐색하는 과정의 시작일 뿐이라고 여길 힘을 발견한다고.("Écrire de main morte", 13)

주
——

1장

1 *Feminism and Science Fiction*에서 세라 르패뉴는 "우주 탐험과 기술 발전" 같은 주제에 초점을 맞추는 것이 남성적 관심이라고 규정했다. "남성적이라고 규정할 수 있는 이유는, 현실 세계에서 이런 분야들에 대한 여성의 참여가 사실상 제한되어 있기 때문이다."(3) 더 자세한 논의는 *Feminism and Science Fiction*의 서문을 참고할 것. Sarah LeFanu, *Feminism and Science Fiction*(Bloomington: Indiana University Press, 1989), 1-9.

2 Judith Merril, *Homecalling and Other Stories*, 7-9에 수록된 Emily Pohl-Weary, "Judith Merril's Legacy"을 보라.

3 Jane Donawerth, "Beautiful Alien Monster-Women," in *Frankenstein's Daughters: Women Writing Science Fiction*를 보라.

4 톰슨은 "19세기 중반 과학 커뮤니티에서 발생한 근대 우생학운동과, 당대의 흐름을 이어받는다고 할 수 있는 '결함 있는 태아'를 예측하고 제거하기 위해 고안된 재생산 기술이 장애가 있는 사람들을 제거하겠다는 투지를 폭로한다"고 주장하면서 이 개념에 대해 부연한다.(*Extraordinary Bodies*, 34)

5 이 단계 다음에는 화와 분노의 단계가 이어지고, 그다음에는 결국 모부가 대처할 수 있는 지경에 이를 때까지 슬픔의 단계가 이어진다.

6 루이스가 다루는 화, 분노, 수치심에 대한 논의는 *Shame: The Exposed Self*, 152-153을 참고할 것.

7 John Huntington, "Reason and Love," in *Rationalizing Genius*도 참고하라.

8 장폴 사르트르와 부적절한 응시에 대한 논의는 Thomson, *Staring*, 43-44를 보라.

9 응시의 문화적 모순들에 대한 논의는 Thomson, Staring, 63-76을 보라.

10 무의식적인 수치심의 내용에 대한 뷔름저의 논의는 *Mask of Shame*, 174-176을 참고할 것.

11 *Aliens and Others: Science Fiction, Feminism and Postmodernism*에 수록된 Jenny Wolmark, "Unpredictable Aliens"를 보라.

12 서사는 우주선의 바이오랩에서 테리와 챈이 관찰하는 외계 생명체와 아니타를 동일시한다.

13 더 자세한 내용은 *Shame and Pride*, 313에서 수치심 회피와 쾌락주의의 관계에 대한 네이선슨의 논의를 보라.

2장

1 프랑스어 교외지구는 전통적으로 다민족 빈곤층 공동체 출신의 남성 청년들이 통합과 배제, 인종주의와 대면했던 폭동 지역으로 이해되어왔다.(Jazouli, 1992) 이 용어의 적절한 영어 대역어는 존재하지 않는다. 가령 '도심 지역 인근inner-city neighborhood'이라는 단어는 프랑스 교외지구의 다민족적이고 다문화적인 '공영 주택단지sink estate'에 대응하지 않는다.

2 재영토화라는 개념은 Deleuze and Guattari(195-198)에서 빌려왔다. 재영토화의 개념은 주체가 믿었던 환경에서 멀어지고 침범을 당하는 또 다른 형태를 환기한다.

3 2005-2006년 18세에서 60세 피해자를 대상으로 실시된 조사를 바탕으로 한 수치다.

4 예를 들어 Leïla, *Mariée de force*(Paris: Oh! Editions, 2004)와 Jamila Aït-Abbas, *La Fatiha: Née en France, mariée de force en Algérie*(Paris: Michel Lafon, 2003)를 보라. Fadela Amara, *Ni Putes ni Soumises*(Paris: La Découverte, 2003)는 이 수모에 대해서 분석한다.

5 *Dans l'enfer*는 2002년 10월 비트리쉬르센에서 구혼자의 성적 접근을 거절했다는 이유로 산 채로 불태워진 17세 소녀 소안 벤지안 피살 사건이 발생함과 거의 동시에 출판되었다. 소안의 죽음은 2003년 여성 행진을 촉발했다.

6 시위 참여는 이 글에서 저본으로 삼은 2003년판 후기에 묘사되어 있다. NPNS 캠페인에 대해서는 Fayard, Rocheron의 연구를 참고하라.

7 벨릴은 NPNS의 '마리안느'(프랑스 공화국을 상징하는 젊은 여성으로 외젠 들라크루아의 「민중을 이끄는 자유의 여신」에 등장한 '7월의 마리안느'로 잘 알려져 있다—옮긴이) 중 한 명이었다. NPNS의 캠페인 '오늘날의 마리안느: 공화국 빈민 지역 여성들을 위한 오마주Mariannes d'aujourd'hui: Hommage des femmes des cités à la République'는 공화국의 상징인 자유의 모자를 쓴 교외지구 출신 여성 열세 명의 사진을 프랑스 국회 정면에 걸어놓았다.

3장

1 애덤슨과 클라크는 *Scenes of Shame*에서 "남성 지배적인 사회에서 여성과 남성이 사회적으로 공히 승인된 성역할을 강화하는 데 수치심을 억압적으로 사용함을 보여주는 수치심과 젠더의 문제"(3)에 대해 언급한다. 이 소논문에서 나는 '부끄러움을 모르는shameless'이라는 단어를, 메리 데일리의 『불온한 사전』의 전통을 따라, 재정의하고 복구하고자 한다. 데일리가 설명하듯, "『불온한 사전』의 작업은 가부장적 양식의 우리와 감옥으로부터 단어들을 해방시키는 과정이다".(3) "아버지의 땅의 규칙을 깨는 불온한 문법학자들은 창조적인 무질서의 죄를 범하고, 변신을 초래한다. 남성 중심적인 새장과 감옥에서 언어를 해방시키는 문법-파괴자 마녀는 이것들이 자유롭게 새로운 방향으로 회전할 수 있게 한다."(30)

2 수전 카펠러는 *The Pornography of Representation*에서 포르노에 대한 정의가 언제나 논쟁적이었음을 인정한다. 서구에서 예술적 재현의 양식은 역사적으로 남성 지배 '문화'에 입각해 형성되었고, 따라서 필연적으로 여성의 수치심 및 여성에 대한 폄하와 연루되어 있

었다는 주장이다. 그녀는 "포르노와 에로티카 사이의 경계가 어디인가?"(39) 묻는다. 로버트 클라크는 질문한다. "[카터의] 소설이 독자에게 어느 정도까지 가부장제에 대한 지식을 제공하는가? 그럼으로써 어느 정도까지 의식을 자유화할 가능성을 제공하는가? 그리고 어느 정도까지 가부장적 태도를 재각인시키는가?"(147) 에이비스 르월른은 '대학원생 포르노의 제사장'이라는 생각과 스타일을 경배하며, 카터가 "사드적인 틀 안에서 여성의 활발한 섹슈얼리티를 고취하려고 시도함"을 인정한다. 그러면서도 "여성 주인공들의 성적 선택은 사드적 경계로 한정되어 있다"(144-146)고 논박한다. 퍼트리샤 덩커에게 포스트모던적인 변태shape-shifting는 "근본적이고 깊고 강고한 성애의 성차별주의적 심리학을 수정하는 것이 아니라, 그저 설명하고 증폭하고 재생산하는 것일 뿐"(6)이다.

3 에이비스 르월른은 「피로 물든 방」이 동화에 공모하는 독자를 "마조히즘에 공감하고" 상상 속에서 "포르노 각본에 등장하는 마조히즘적 희생자"와 자신을 동일시하도록 은근히 조정하는 것을 불편해한다. 이러한 특성은 작품에 대한 양가감정을 만들어낸다.(151)

4 카터의 페미니스트 동화에 대한 탁월한 연구로 Bacchilega, *Postmodern Fairy Tales*와 함께 Roemer and Bacchilega, Lorna Sage와 Lindsey Tucker의 논문집을 참고하라.

4장

1 더 자세한 내용은 이 작품에서 사용되는 과거 시제에 대한 클레어 마론느의 분석을 참고.

2 『단순한 열정』을 제외한 모든 작품의 영역은 저자의 것이다. 『단순한 열정』은 타냐 레슬리의 영역본 번역을 따랐다(한국어판은 최정수 옮김, 문학동네, 2012를 따랐다).

3 로랑 드물랑은 수치심에 대한 문학적 재현으로 유희를 즐기는 에르베 기베르의 작업과 앵고트의 작업 사이의 유사점을 강조하고 있다. 드물랑은 이 문장이 "석 달 동안 에이즈를 앓아왔다. 더 정확하게는, 석 달 동안, 에이즈라고 불리는 치명적인 병을 선고받았다고 생각했다"라는 문장으로 시작되는 기베르의 *L'ami qui ne m'a pas sauvé la vie*에서 빌려온 것으로 보인다는 데 주목했다.

4 엘리자베스 리처드슨 비티는 'A'라는 선택조차 더 치밀한 은폐였다고 말하는데, 연인의 실제 이니셜은 'S'였기 때문이다.

5장

1 장애학은 장애인 인권운동에서 시작된 학문으로, 장애란 연구될 게 아니라는 입장을 견지한다. 로드 미셸코와 타냐 티치코스키에 따르면, 장애학은 오히려 "장애를 사회정치적 현상으로 개념화하며, 이는 우리가 '일반적으로' '정상적인 삶'이라고 생각하고 경험하는 것에 질문을 던질 수 있는 기회가 된다".

2 물론 장애에 대한 다른 감정적 반영도 존재한다. 그러나 이 장의 논의는 수치심이라는 감정에 한정한다.

3 다른 시민운동에 고무되어, 장애운동은 장애인의 동등한 권리를 목표로 정책을 시행하고, 장애인에 대한 부정적 태도 및 재현에 맞섬으로써 구축되어 있는 환경에 대한 접근성을 높여 장애인에게 공정성을 담보하는 것을 목표로 한다. 장애운동에 대해서는 Paul Longmore and Lauri Umansky, *New Disability History: American Perspectives*(New York: New York University Press, 2001)와 Jean Paul Shapiro, *No Pity: People with Disabilities Forging a New Civil Rights Movement*(New York: Times Books, 1993)를 참고하라.

4 Dorothy Smith, *Writing the Social*(Toronto: University of Toronto Press, 1999)을

보라.

5　이는 장애 자긍심에 대해 광범위하게 퍼져 있는 수많은 발화 중 하나일 뿐이다. 하지만 이 장은 장애 자긍심에 대한 모든 대중 발화를 해체하려는 글이 아니다. 나는 널리 표현되는 감성을 보여주기 위해 이 발언을 인용했다.

6　여기서 장애인이 환영받고 심지어 희망할 만한 대상이 되는 공간을 묘사하기 위해 '크립트 cripped'라는 표현을 사용했다. 우리는 장애인을 차별하는 문화 속에 살고 있기 때문에, 이런 공간은 분명하게 구분된다. 시미 린턴은 장애인 차별주의를 '비장애 신체를 선호하는 차별'이라고 규정한다. 린턴은 "장애인 차별주의는 사람의 성격이나 능력이 장애에 의해 결정된다는 생각 또는 장애가 있는 사람들은 비장애인에 비해 열등하다는 생각을 포함한다"고 덧붙인다. *Claiming Disability*(New York: New York University Press, 1998), 9.

7　장애학 문화이론가인 로즈메리 갈런드 톰슨은 '정상성을 담지한다'는 개념이 "스스로를 완전한 인간이라고 주장할 수 있게 하는 사회적 특징들을 지칭할 때 유용하다"고 밝힌다. 그렇다면 정상성을 담지했다는 것은 그들이 취하는 육체적 배치와 문화적 자본을 통해 권위 있는 자리에 올라 그 권위가 부여하는 권력을 휘두를 수 있는 사람들의 구성된 정체성이다.

6장

1　파농의 이 구절은 수치심에 대한 전형적인 묘사일 뿐만 아니라, J. 브룩스 부손의 작업인 *Quiet as It's Kept*와 이 책에 함께 실린 일라이자 챈들러의 파농 인용에서 보듯 즉각적으로 수치심 이론의 핵심이 되었다.

2　네스빗의 글은 저자가 영역했다.

3　수치심과 죄책감의 구별에 대해서는 이미 많이 논의되어왔으니, 여기에 반대하려는 것은 아니다. 기본적으로 수치심은 다른 사람에게 해를 끼쳤건 해를 입었건 결국 자기가 해를 입은 경험에서 비롯되는 반면, 죄책감은 다른 사람에게 해를 끼쳤다는 인식에서 비롯된다. 간접적 수치심이라는 주제를 두고 톰킨스는 편저 *Shame and Its Sisters*에서 이것이 수치심의 중요한 요소라고 주장했다. 문학 연구에 있어, 간접적 수치심이란 등장인물만 느끼는 게 아니라 더 중요하게는 독자 역시 느끼는 것이라는 사실을 언급해야겠다.

4　[원문은 "Wunna is she playmate. No fool wunnaself"다.] 여기서 wunna는 you의 방언이다.

7장

1　게다가 버틀러의 다른 소설과 달리 『생존자』는 상당 부분 수정되었다.(Champion) 버틀러의 원고는 다른 서사적 목소리나 다른 시간성, 그리고 다른 수정 단계들 사이에 어떤 관련이 있는지 보여줄지 모른다. 헌팅턴도서관의 수 호드슨은 2012년이면 그 원고들이 연구자에게 공개될 수 있을 것이라고 내다봤다. "옥타비아가 파일을 모으고 자료를 정리하는 방식 때문에, 여느 작가들의 아카이브에 비해 작업이 훨씬 더 복잡합니다. 물론 덕분에 연구거리가 더욱 풍부하긴 하겠지만, 우리 생각보다 작업이 한참 더디게 진행될 수도 있다는 사실을 의미하기도 하죠."(2011년 2월 24일, 저자와의 이메일 교신) 그러나 2012년 9월까지도 버틀러의 원고는 열람이 어려운 상태였다.

2　버틀러의 소설을 읽은 많은 독자가 최근 들뢰즈와 버틀러의 연관성을 강조한다.(A.T. Walker, Vint, Ackerman)

3　글 초반에 인용되는 '뱀파이어 해결사*Buffy the Vampire Slayer*' 에피소드에서 주인공

버피는 잠시 다른 사람의 생각을 들을 수 있게 된다. 그리고 '부끄러움을 모르는' 인물인 코딜리어는 생각하는 것과 입 밖으로 내는 것 사이에 차이가 없는 유일한 인물이다. 그녀는 이 시점에 전체 연작의 등장인물 중 누구보다도 부유하고 특권적인 인물로 그려진다.

4 학술적이고 전문화된 '동성애 수치심'의 예는 "길리아니 시장의 공포정치는 공식적으로 '퀄리티 오브 라이프Quality of Life' 캠페인으로 알려져 있다"는 마틸다 번스타인 시카모어의 발언에 대한 응답으로 1998년 뉴욕에서 촉발된 동성애 수치심 운동에 반한다. 즉, 신자유주의적 치안 유지 활동과 젠트리피케이션에 대한 급진적 퀴어 저항운동으로서 시작되었다고 할 수 있다. 이후 토론토와 샌프란시스코를 비롯한 다른 도시 단체에서 공공 서비스 중단, 동성애 자긍심 행사의 상업화, 군사적 침략 등 억압된 이들에 대한 특권층의 범죄에 반대하며 시위를 계속했다. 이런 활동에서 '수치심'이란 지배계급을 계도하는 도덕적 가치를 내포한 단어였다.

8장

1 『두 딸들』은 스탠리 호프먼이 "현대 프랑스 역사에서 가장 드라마틱하고 트라우마적인 에피소드"(Rousso, vii)라고 지칭한 프랑스 역사, 즉 비시 정권 시기를 다룬 수많은 문화 텍스트 중 하나다. 앙리 루소가 The Vichy Syndrome에서 주장한 바에 따르면 독일군이 점령했던 1940-1944년의 기억은 "계속 지속되어 여전히 많은 논란을 불러일으킨다"(5)는 것이 입증되었으며, 로버츠의 소설에서 귀환해 마르탱가를 괴롭히는 전시 잔혹행위의 서사는 이 시기의 기억이 "끝나지 않은 애도"(Rousso, 15)의 형태를 하고 있음을 보여준다. 비시 정권의 역사적 맥락과 이 시기를 다룬 최근의 영화 및 문학작품에 대해서는 Rousso를 참고.

2 비천한 어머니 신체를 나타내는 사례로서 앙투아네트의 신체에 대한 논의 등 『두 딸들』을 크리스테바의 아브젝트 이론 측면에서 분석한 더 자세한 논의는 Emma Parker, "from House to Home"을 참고.

3 이디스 프램튼은 소설에서 하얀 피부의 동정녀 마리아와 피부가 검은 레오니의 환영이 이루는 대조를 짚으며 후자가 "한때 가까운 숲의 특정 장소를 주재했던 검고, 세속적이고, 강인한 여신"을 나타낸다고도 주장한다. "성녀 조각상은 프랑스와 다른 여러 유럽 지역에 잔존하는 검은 성모 마리아의 본보기다."(665)

4 이디스 프램튼이 지적하듯 레오니가 붉은 여자의 환영을 볼 때 더없이 행복했다는 묘사는 소설 속 또 다른 두 순간과 놀라운 유사성을 보인다. 하나는 레오니가 젖을 빨던 기억이고, 다른 하나는 레오니가 어린 시절 도버해협을 건넌 경험이다. 전자는 상호주관성에 대한 행복감으로 묘사되고, 후자는 경계 너머의 언어에 대한 행복감으로 묘사된다. 프램튼은 이 순간들을 크리스테바 기호계의 상징으로 해석하며, 다음과 같이 주장한다. "로버츠는 전오이디푸스 단계를 의미하는 크리스테바의 코라chora를 바다, 이교도인 다산의 여신들, 세속적인 어머니인 로즈 그리고 모유 수유와 연결시키는 연상의 군집을 만들어낸다."(670)

9장

1 Cora Sandel, *Alberta and Jacob, Alberta and Freedom, Alberta Alone*, trans. Elizabeth Rokkan, with and afterword by Linda Hunt(1962; Athens: Ohio University Press, 1984). 이어지는 모든 인용은 이 판본에서 가져왔으며 본문에 삽입구로 실었다. Hunt, "Afterword"는 제1권에서 인용했다. 그 밖의 다른 영문학 연구로는 Hunt, "The Alberta Trilogy: Cora Sandel's Norwegian Künstlerroman

and American Feminist Literary Discourse˝; Ruth Essex, *Cora Sandel*; Erica L. Johnson, ˝Adjacencies: Virginia Woolf, Cora Sandel, and the Künstlerroman˝; Nancy Ramsey, ˝The Alberta Trilogy Revisited: Today's 'women's Fiction' vs. the Real Thing˝; Ellen Rees, *On the Margins: Nordic Women Modernists of the 1930s and Figurative Space in the Novels of Cora Sandel*; Tone Selboe, ˝Jean Rhys and Cora Sandel. Two Views on the Modern Metropolis˝; Virpi Zuck, ˝Cora Sandel: A Norwegian Feminist˝가 있다.

2　여성 모더니스트 예술가소설에 대한 고전 연구로는 Susan Gubar, ˝The Birth of the Artist as Heroine: (Re)production, the Künstlerroman Tradition, and the Fiction of Katherine Mansfield˝ in *The Representation of Women in Fiction*, ed. Carolyn G. Heilbrun and Margaret R. Higonnet(Baltimore: Johns Hopkins University Press, 1983)과 Rachel Blau DuPlessis, *Writing beyond the Ending: Narrative Strategies of Twentieth-Century Women*(Bloomington: Indiana University Press, 1985)이 있다. 또한 산델의 동시대 영국 소설에 나타나는 여성 성장의 사례는 Penny Brown, *The Poison at the Source: The Female Novel of Development in the Early Twentieth Century*(New York: Palgrave Macmillan, 1992) 참조.

3　린다 헌트가 통찰력 있게 관찰했듯 ˝앨버타는 마을 내 모든 여성과 마찬가지로 삶의 가능성에 절망한다. 노처녀는 동정의 대상이며 사실 객관적으로 꽤 '이상하다'. 성적으로 반항적인 여성은 임신을 통해 길들여진다. 훌륭하게 결혼을 마친 여성의 삶은 끼니와 하인에 대한 걱정, 부인병 문제, 이웃에 대한 선망으로 얽매인다. 이런 암울한 운명은 산파인 너스 젤럼이라는 인물로 상징화되어 앨버타 앞에 나타난다. 너스는 '끔찍한 가방과 모든 걸 다 알고 있다'는 듯한 조용한 미소'를 가지고 소설 전반에 등장한다(실제로 후편에서는 앨버타의 기억 속에 다시 등장한다).

4　나는 여기서 헌트와 다소 의견이 다르다. 헌트는 제2권에서 앨버타의 삶을 '명백한 무의미'로 묘사한다. ˝앨버타는 글쓰기를 통해 창의적으로 자기를 표현하려는, 거의 아무도 모르고 틀도 잡히지 않은 시도를 하곤 했다. 하지만 진정한 문학적 야심을 품을 정도로 자기를 중요시하기란 앨버타에게 불가능하다시피 했다.˝(237)

5　헌트는 앨버타가 예술적으로 성장하면서 창조하는 '일'을 탈신비화하는 법을 배웠다고 본다. 나도 이 견해에 동의하지만, 앨버타의 '신비화'는 투사적인 자기 동일시의 형태로 기능하기도 한다. 그 과정에서 앨버타는 타인에게 투사한 이상적 자기로서 생산적인 예술가와 자신을 동일시한다.

10장

1　일레인이 이에 순종하긴 하지만 자기만의 방식으로 게임에 참여하고 있음에 주목해야 한다. 일레인은 이것을 ˝피곤하다˝(Atwood, *Cat's Eye*, 57)고 생각하며, 이사를 자주 다닌 사람으로서 물건을 쌓아두는 것을 물건에 정복되는 일로 인식한다. 이런 인식은 사실 이때까지만 해도 일레인이 자기만의 목소리를 가지고 있었음을 보여준다. 일레인은 그저 말하는 방법을 모를 뿐이다.

2　Elspeth Probyn(2005)에서 재구성해 소생시킨 실번 톰킨스의 중심 원리는 수치심에 있어 '관심'이 매우 중요한 요소라는 것이다. 사실 관심이 없으면 수치심도 있을 수 없다. 일레인은 코딜리어가 계속해서 자기에게 관심을 갖게 하려고 애쓴다. '잘못된 행동' 하나하나가 둘의 연결을 끊고, 그러한 끊김은 관계의 해체를 불러오기 때문이다.

3 여기서는 일레인이 협곡에서 겪은 일(스미스 부인에게 수치심을 느낀 후 발생한 사건)이 저항의 전조를 포함한다는 사실을 파악하는 것이 대단히 중요하다. 일레인이 모자를 되찾아오라는 코딜리어의 명령에 처음으로 불복하는 순간이 찾아올 여지가 생긴 것이다. "그럼 코딜리어는 어떻게 나올까? 코딜리어도 이 생각을 이해하고 있단 걸 알 수 있다. 어쩌면 코딜리어는 선을 넘어, 마침내 내 안에 있던 저항의 핵심을 건드린 걸지도 모른다. 이번에 내가 코딜리어의 말을 거부한다면, 내 저항이 어떻게 끝날지 누가 알겠는가?"(200) 이러한 저항의 잠재력은 출입이 엄격하게 통제된 협곡에 발을 들이는 것에 대한 두려움에서 생겨난 것일 수도, 수치심에 맞설 새로운 잠재력을 목도한 것일 수도 있다. (그것이 제한된 방식 내에서는 오직 코딜리어를 향한 저항일 뿐일지라도 말이다.)

4 반응성은 종종 구경거리로 나타나고, 이 구경거리는 수치심을 만들어내 순환을 완성한다.

5 고프먼의 이론은 찰스 H. 쿨리의 작업(거울자아) 및 조지 허버트 미드의 작업(상호작용론)에 기초한다.

6 Thomas Scheff, "Shame in Self and Society"를 참조하라.

7 Emile Durkheim, *Suicide*, 1897. 소속감의 결핍(아노미)과 자살의 상관관계를 '과학적' 연구를 통해 밝혀내 이제는 고전이 된 이 논문은 사회 유대의 중요성을 보여주는 첫 번째 '증거'를 제시했다.

8 신경과학 분야의 최근 연구 결과들은 이러한 주장이 사실임을 보여주는 듯하다.(MacDonald and Leary) 드월은 "사회적 배제가 인간의 안녕에 가해지는 지극히 기본적이고 심오한 위협을 뜻한다는 점에서 신체는 배제의 경험을 신체적 고통과 유사한 방식으로 전환한다"고 주장한다. 이는 틀림없이 진화적 적응의 결과다. 사회적 배제는 신체 부상과 마찬가지로 생존을 위협했기 때문이다.

9 연구에 따르면 거부당한 기억은 불안으로 얼룩진다. 실제로 사회적으로 거부당하는 상황을 상상하는 것만으로도 생리적 각성이 고조된다.(Craighead, Kimball and Rehak)

10 이는 여성성의 요구가 그 자체로 완전히 일관적이고 한결같음을 시사하지 않는다. 하지만 일레인에게 가해진 명령의 속성은 또 다른 의제가 실행되고 있음을 암시하기 시작한다.

11 한편 일레인은 거친 입으로 자신이 여전히 친구들과 어울리지 못한다는 (수치스러운) 인식을 감춘다. 일레인은 반짝 유행하는 다이어트를 더 이상 참을 수 없고, 남자아이들이 '환상적으로 근사하다'고 생각하지도 않으며, 요즘 인기 있는 음반이나 유명인사들의 연애를 두고 신나게 떠들어대는 것도 주저한다. 일레인은 거친 입으로 자신이 여전히 여성적 역할에 통달하지 못했다는 사실을 감추며, 여전히 부족하다는 사실이 드러나지 않게 한다.

12 이 관계에서 일레인이 예술가가 되고 싶다는 욕망을 따른다는 반박이 있을 수 있다. 하지만 내가 보기에 이 주장에는 논란의 여지가 있다. 이 시점까지 일레인의 예술은 기술적이다. 일레인의 예술은 욕망이 아닌 디테일로, 방종이 아닌 숙달로 가득 차 있다.

13 하지만 일레인은 코딜리어를 미워할 수 없는 것처럼 존을 미워하지 않는다(미워할 수 없다).

14 애트우드의 코딜리어와 셰익스피어의 코딜리어에 대한 비교와 더 풍부한 논의에 대해서는 R. D. Lane, "Cordelia's 'Nothing': The Character of Cordelia and Margaret Atwood's Cat's Eye"를 보라.

15 이는 소설 속 연극에서 말 그대로 묘사된다. 코딜리어와 그레이스, 캐럴은 코딜리어가 자기 집 뒷마당에 파둔 커다란 구덩이에 일레인(스코틀랜드의 메리 여왕 역할)을 밀어 넣는다. "그리고 아이들은 구덩이 위에 나무판자를 놓는다. 낮의 공기가 사라지고, 판자에 흙 떨어지는 소리가 들린다. (⋯) 처음 구덩이에 들어갈 때만 해도 게임을 하는 건 줄 알았다. 이제

는 이게 게임이 아니라는 걸 안다."(112)

16 일레인의 오빠 스티븐은 코딜리어가 "존재하려 드는 경향이 있다"고 말한다.(261)

11장

1 Loades, "Christ Also Suffered: Why Certain Forms of Holiness Are Bad for You"
는 베유의 이론에 대한 가장 노골적인 페미니스트적 비판을 담고 있다. 같은 저자의
"Eucharistic Sacrifice: Simone Weil's Use of a Liturgical Metaphor"나 "Simone
Weil—Sacrifice: A Problem for Theology"에서도 베유에 대한 비판을 찾아볼 수 있다.

2 Andrea Nye, *Philosophia*와 Mary Anne Dietz, *Between the Human and the
Divine*을 참고하라. Michelle Cliff, "Sister/Outsider"에서도 베유와 관련해 유용한 페미
니스트적 관점을 제공한다.

3 Suzette Henke, *Shattered Subjects: Trauma and Testimony in Women's Life-
Writing*과 Patricia Moran, *Virginia Woolf, Jean Rhys, and the Aesthetics of
Trauma*를 보라. Henke(xiii-xix)는 트라우마 연구에 대한 유용한 개요를 제공하며,
Moran(3-5) 또한 그렇다.

4 부손은 서문에서 수치심 연구와 페미니스트들이 이 분야에 남긴 공헌에 대한 유용한 개요
를 제공한다.(2-9) 여성과 수치심에 관한 더 자세한 논의는 Bouson, Quiet As It's Kept:
Shame, Trauma, and the Novels of Toni Morrison을 보라.

5 아탕트 도달의 어려움에 대한 베유의 생각은 그녀와 동시대인이었던 에디트 슈타인의 박사
학위 논문 제목 "The Problem of Empathy"를 떠올리게 한다. 슈타인은 베유와 많은 것
을 공유한다. 두 사람 모두 극소수의 여성만이 고등교육을 받고 두각을 드러내던 시대에
훌륭한 철학자였고, 둘 다 가톨릭에 매료된 유대인이었다. (하지만 베유와 달리 슈타인은
아우슈비츠에서 목숨을 잃기 전 실제로 개종하여 카르멜회의 수녀가 된다. 그리고 1998년
가톨릭교회에서 시성된다.) 슈타인의 공감 이론—이 주제에 대해서는 베유의 견해와 비교
해볼 필요가 있다—에 대한 개요는 Alasdair MacIntyre, *Edith Stein: A Philosophical
Prologue*(1913-1922), 75-88에서 찾아볼 수 있다.

6 Michele Murray, "Simone Weil: Last Things"는 베유가 말년에 가지고 있었던 사상의
철학적 토대에 대한 탁월한 논의를 제공한다.

7 베유와 먹는 행위에 관한 통찰 깊고 심도 있는 논의에 대해서는 「참고문헌」에 밝힌 에세
이 Van Herik, "Looking, Eating, and Waiting in Simone Weil"와 "Simone Weil's
Religious Imagery"를 참고하라.

8 모런은 리스가 다른 소설에서와 마찬가지로 『한밤이여, 안녕』에서도 "재탄생 또는 구원의
가능성을 심각하게 고민한다"는 점을 지적하면서 결말에 나타나는 죽음과 재탄생의 포개
짐(115-116, 145-147)에 대해 유용한 논의를 펼친다.

9 Nevin, "Waiting, with Vichy, for God"(260-307)은 베유의 후기 사상에 깔린 역사적
맥락을 제공한다.

10 앤 로데스는 이러한 기도를 신학 체계가 베유에게 '회복 불가능한 손상'을 입혔다는 증거
로 본다.("Eucharistic Sacrifice", 43)

13장

1 『혐오에서 인류애로』에서 누스바움은 수치심 경험을 도덕 영역이라는 현재의 위치(즉 자기
가 처한 상황이나 자기에 대한 내적 재평가)에서 사법제도(즉 범죄자에게 수치심에 근거한

처벌을 가하는 것)로 옮기는 방법을 제안한 댄 케이핸에 반대한다. 수치심에 근거한 처벌이 도덕적 비난에 대한 사회적 요구를 충족시킨다는 것이 그의 주장이다. John Deigh, "The Politics of Disgust and Shame"도 논쟁에 끼어든다. 디는 공개 모욕이라는 관행이 항상 현 상태를 위협하는 것에 대한 대응으로서 특권층에 의해 수행된다는 누스바움의 주장에 응답하면서, 문제는 수치심이나 모욕의 내적 구조가 아닌 특권의 사회적 조건에 있다고 주장한다. 질 로크와 캐슬린 우드워드 같은 페미니스트들이 수치심과 모욕에 보인 반응으로 이 논쟁을 해석하면, 수치심이 사회적 조건의 구조를 통해 형성되고 경험되지 않는 것처럼 수치심과 사회적 조건을 분명하게 구분한 디의 주장에도 오해의 소지가 있다. 누스바움은 'Replies'에서 오직 '정상에서 벗어난' 정체성에 낙인을 찍고 인간의 존엄성을 공격하는 데 목적이 있는 공개 모욕과 사적이고 자발적인 수치심 경험(이때는 잘못을 교정할 수 있다)의 차이를 분명하게 드러냄으로써 이와 같은 비난을 다룬다. 2007년 댄 케이핸이 (비폭력 범죄자의 경우) 모욕에 근거한 처벌에 대한 종전의 열광적 지지를 '철회했다'는 사실은 주목할 만하다. 하지만 케이핸은 누스바움이 개인의 존엄에 대한 낙인과 공격을 지적했기 때문이라기보다 자기 주장이 '매우 편파적'이며 특정한 사회규범을 지지하는지 여부로 사회를 분열시켜 개인의 이익보다 공동체주의적 가치를 더 중시했기 때문이라고 주장한다.

2 라시나 B. 싱은 대중문화에서 파르시 공동체가 주로 영국 정부에 협조하는 영국화된 중산층으로 묘사되는 데 반대하면서, 시드와 같은 파르시 소설가들이 특히 분할 당시 파르시교도들이 정체성을 타협할 수밖에 없었던 이유를 보여주는 방식을 인식할 필요가 있다고 지적한다. 당시 파르시교도들은 정치적 의사 결정에서 배제되었는데, 파키스탄과 칼리스탄, 인도를 요구하는 주요 행위자들은 힌두교도와 무슬림, 시크교도였기 때문이다.

3 칸은 1936년 선거에서 역내 이슬람교도 정당이 전인도무슬림연맹All-India Muslim League이라는 이름의 연합 정당보다 의석 수를 훨씬 더 많이 얻었다는 사실을 지적한다. 여러 지역의 무슬림은 언어도 다르고 문화적 관습도 다른 인도 내 다른 지역 무슬림보다 자기 지역에 있는 종교 집단과 자신을 더욱 동일시했기 때문이다. 하지만 1946년 선거에서는 전인도무슬림연맹이 무슬림 의석을 전부 차지한다.(38) 이는 정치 캠페인에 종교적 레토릭과 정치적 의무, 종교적 의무가 주입되었기 때문이다. 무슬림으로서 파키스탄의 요구를 지지하지 않는 것은 자기 신념을 위반하는 행위나 다름없었다. 이에 상응해 같은 기간 힌두교의 문화적·정치적 우파 집단 또한 크게 성장했다. 이 집단들은 파키스탄 개국에 강경하게 반대했으며, 이들의 정치적 요구는 종종 종교적인 용어로 표현되었다.

4 미디어의 주목을 받은 사례로는 무슬림 대학살, 특히 2002년 구자라트에서 우파 힌두 민족주의 정당BJP 지지자들이 조직적으로 무슬림 여성을 강간하고 고문했던 사건이 있다. 더 자세한 내용은 Tanika Sarkar, "Semiotics of Terror: Muslim Children and Women in Hindu Rashtra," *Economic and Political Weekly*(2002), 2872-2876을 보라. 2002년 파키스탄의 한 마을위원회는 더 높은 계급의 마스토이족 여성과 성관계를 가진 열두 살 소년의 가족을 처벌하기로 결정했다. 위원회는 소년의 큰누나인 무크타르 마이에게 공개적으로 윤간을 당하고 나체로 행진할 것을 명령했다. 소년에게 상위 계급 부족 공동체에 불명예를 안겼다는 혐의가 있으므로 그의 가족에게 모욕과 불명예를 안김으로써 정의를 실현해야 한다는 이유에서였다. 이후 무크타르 마이는 자신이 당한 공격을 공개적으로 알리고 가해자들을 상대로 법정에 소송을 제기했으며 사회구조의 개혁을 위해 소녀들을 위한 학교를 열었다. 무크타르 마이는 자기를 윤간한 남성 열두 명을 고소했다. 그중 여섯 명은 2002년에 거의 자동적으로 풀려났고, 다른 여섯 명에게는 사형이 선고되었다. 2011년 4월 21일, 수감되어 있던 여섯 명 중 다섯 명이 무죄판결을 받고 원래 살

던 마을로 돌아갔다. "Pakistan: Acquittals in Mukhtar Mai Gang Rape Case"(BBC, 2001); "Pakistan Top Court Upholds Acquittals in Notorious Rape Case"(*New York Times*, 2011).

14장

1 수치심에 대한 엘스페스 프로빈의 연구는 감정으로서의 수치심과 정동으로서의 수치심을 명확하게 구분하는 데 도움이 된다. Elspeth Proyn, "Doing Shame", *Blush: Faces of Shame*, 1-35를 참조하라.

2 관련 사례는 "Eaux obscures du souvenir: Femme et Mémoire dans l'oeuvre de Ananda Devi", *Thamyris/Intersecting* N8(2001): 187-199에 있는 베로니크 브라가드의 여성 신체 분석 참고.

3 아난다 데비와의 인터뷰, "L'écriture est le monde, elle est le chemin et le but," http://www.indereunion.net/actu/ananda/intervad.html, 2003년 5월 31일 접속, 저자가 직접 번역. 이어지는 번역은 따로 출처 표시가 없는 경우 모두 저자의 것이다.

4 모든 인용문은 원서에서 발췌했다. 영역본은 저자가 2007년에 번역한 것이다(한국어판에서는 다른 장의 양식에 맞추어 번역문만 표시했다).

5 '라자'는 수치심을 뜻하는 산스크리트어·힌디어 단어이기도 하다. 나는 이 단어가 더욱 힘을 얻게 된 역사적 맥락을 고려해 벵골어 용법을 강조했다. Salman Rushdie, *Shame*(1983)와 1993년 초판 간행된 중편소설 Taslima Nasreen, *Lajja* 등 라자를 주제로 한 작품들이 현대 지식인 집단에서 더러 출간되었다. 타슬리마 나스린은 책 출간 이후 정부 탄압으로 스웨덴으로 강제 추방되었다.

6 이 역사적 배경과 관련된 내용은 다음 연구들에 크게 빚지고 있다. Partha Chatterjee, *The Nation and Its Fragments: Colonial and Postcolonial Histories*에 수록된 "The Nation and Its Women"과 "Women and the Nation"; Himani Bannerji, *From the Seams of History*에 수록된 "Attired in Virtue: The Discourse on Shame(Lajja) and Clothing of the Bhadramahila in Colonial Bengal"; Janet Price and Margrit Shildrick, *Feminist Theory and the Body: A Reader*에 수록된 "Mapping the Colonial Body: Sexual Economies and the State in Colonial India".

7 여기서 주장을 밀고 나가기 위해 엘리자베스 그로츠와 쥘리아 크리스테바의 연구를 언급했으나, 그로츠는 『뫼비우스 띠로서 몸』에 나타난 '성차화된 몸들'에서 여성의 신체 분비물에 관한 크리스테바의 논지를 반박했다.

8 안잘리 프라부는 독립 이후 모리셔스에서 혼종성이 지니는 의의에 대한 연구를 통해 더 넓은 인도-모리셔스 공동체와 아프리카계 모리셔스인 간의 역사적 갈등을 분석한다. Anjali Prabhu, *Hybridity: Limits, Transformations, Prospects*(Albany: State University of New York Press, 2007) 참조. 영어권 맥락에서는 Shalini Puri, *The Caribbean Postcolonial: Social Equality, Post-Nationalism and Cultural Hybridity*(New York: Palgrave Macmillan, 2004)에 수록된 "Facing the Music: Gender, Race and Douglas Poetics"에서 아프리카인과 인도인 간의 혼종의 어려움을 다룬다.

15장

1 *Affect, Imagery, Consciousness*, 2:132에서 인용.

2 이곳부터 이어지는 프랑스어-영어 번역은 모두 저자의 것이다.

3 목차에서 이 장만 장 제목에 일부러 번호를 달지 않았다. 또한 이 장 제목만 이탤릭으로 강
조돼 있다.

4 화자가 언급한 가족사진은 Mireille Calle-Gruber, *Assia Djebar*(Paris: ADPF,
Ministère des Affaires étrangères, 2006), 3에서 볼 수 있다.

참고문헌

Abdel-Nour, Farid. "National Responsibility." *Political Theory* 31.5 (Oct. 2003): 593–719.

Abella, Rafael. *La vida cotidiana bajo el régimen de Franco.* 1984; Madrid: Ediciones Tema de Hoy, 1996.

Abós Santabárbara, Ángel Luis. *La historia que nos enseñaron.* Madrid: Foca, 2003.

Ackerman, Erin M. Pryor. "Becoming and Belonging: The Productivity of Pleasures and Desires in Octavia Butler's Xenogenesis Trilogy." *Extrapolation* 49.1 (Spring 2008): 24–44.

Adamson, Joseph, and Hilary Clark. Introduction. *Scenes of Shame: Psychoanalysis, Shame, and Writing.* Ed. Joseph Adamson and Hilary Clark.

_____, eds. *Scenes of Shame: Psychoanalysis, Shame, and Writing.* Albany: State University of New York Press, 1999.

Ahmed, Sara. *The Cultural Politics of Emotion.* Edinburgh: Edinburgh University Press, 2004.

_____. *Queer Phenomenology: Orientations, Objects, and Others.* Durham, NC: Duke University Press, 2006.

Amara, Fadela, and Sylvia Zappi. *Ni Putes ni Soumises.* Paris: La Découverte, 2003.

Anderson, Crystal S. "'The Girl Isn't White': New Racial Dimensions in Octavia Butler's *Survivor.*" *Extrapolation* 47.1 (2006): 35–50.

Angot, Christine. *Léonore, toujours.* Paris: Gallimard, 1994.

_____. *L'Inceste.* Paris: Stock, 1999.

Atwood, Margaret. *Cat's Eye.* New York: Bantam, 1989.

_____. "Running with the Tigers." *Flesh and the Mirror.* Ed. Lorna Sage. London: Virago Press, 1994. 117–135.

Bacchilega, Cristina. *Postmodern Fairytales: Gender and Narrative Strategies.*

Philadelphia: University of Pennsylvania Press, 1992.

Badinter, Elisabeth. *Man/Woman: The One is the Other*. London: Collins Harvill, 1989.

Bannerji, Himani. "Attired in Virtue: The Discourse on Shame (Lajja) and Clothing of the Bhadramahila in Colonial Bengal." *From the Seams of History: Essays on Indian Women*. Ed. Bharati Ray. Delhi: Oxford University Press, 1995. 67–106.

Barthes, Roland. *Roland Barthes par Roland Barthes*. Paris: Seuil, 1975.

Bartky, Sandra. *Femininity and Domination: Studies in the Phenomenology of Oppression*. New York: Routledge, 1990.

Bauer, Alain. *La Criminalité en France*. Rapport de l'Observatoire national de la délinquance 2007. Paris: OND and INHES, CNRS Editions, 2007.

Baumeister, Roy F., and Mark R. Leary. "The Need to Belong: Desire for Interpersonal Attachments as a Fundamental Human Motivation." *Psychological Bulletin* 117.3 (1995): 497–529.

Beauvoir, Simone de. *The Second Sex*. Trans. H. M. Hartley. New York: Vintage, 1989.

Bellil, Samira. *Dans l'enfer des tournantes*. Paris: Denoël, 2003.

Benjamin, Jessica. *The Bonds of Love: Psychoanalysis, Feminism and the Problem of Domination*. New York: Pantheon Books, 1988.

Bennassar, Bartolomé. *El infierno fuimos nosotros: La Guerra Civil Española, 1936–1942*. Madrid: Taurus, 2004.

Bernstein, Richard. "By the Light of My Father's Smile: Limp, New-Age Nonsense in Mexico." *New York Times*. 7 Oct. 1998. Web. Accessed 19 Mar. 2010.

Bhabha, Homi K. *The Location of Culture*. London: Routledge, 2004.

Bollas, Christopher. "The Aesthetic Moment and the Search for Transformation." *Transitional Objects and Potential Spaces: Literary Uses of D. W. Winnicott*. Ed. Peter L. Rudnytsky. New York: Columbia University Press, 1993. 40–49.

Boonin, David. *The Problem of Punishment*. Cambridge: Cambridge University Press, 2008.

Bordo, Susan. *Unbearable Weight: Feminism, Western Culture, and the Body*. Berkeley: University of California Press, 1993.

Bourdieu, Pierre. *Distinction: A Social Critique of the Judgment of Taste*. Cambridge, MA: Harvard University Press, 1984.

Bouson, J. Brooks. "'Quiet As It's Kept': Shame and Trauma in Toni Morrison's *The Bluest Eye*." *Scenes of Shame: Psychoanalysis, Shame and Writing*. Ed. Joseph Adamson and Hilary Clark. 207–236.

———. *Quiet As It's Kept: Shame, Trauma, and Race in the Novels of Toni Morrison*. Albany: State University of New York Press, 2000.

———. *Embodied Shame: Uncovering Female Shame in Contemporary Women's Writing*. Albany: State University of New York Press, 2009.

Bragard, Véronique. "Eaux obscures du souvenir: Femme et Mémoire dans l'oeuvre de Ananda Devi." *Thamyris/Intersecting* N8 (2001): 187–199.

Brison, Susan J. "Trauma Narratives and the Remaking of Self." *Acts of Memory: Cultural Recall in the Present*. Ed. Mieke Bal, Jonathan Crewe, and Leo Spitzer.

Hanover, NH: University Press of New England, 1999. 39-55.
Britt, Lori, and David Heise. "From Shame to Pride in Identity Politics." *Self, Identity, and Social Movements*. Ed. Sheldon Stryker, Timothy J. Owens, and Robert W. White. Minneapolis: University of Minnesota Press, 2000. 252-268.
Broek, Aart. *Schaamte Lozen*. Leiden: Carilexis, 2010.
Brooke, Patricia. "Lyons and Tigers and Wolves—Oh My! Revisionary Fairy Tales in the Work of Angela Carter." *Critical Survey* 16.1 (2004): 67-88.
Brown, Brené. *Women and Shame: Reaching Out, Speaking Truths and Building Connection*. Austin, TX: 3C Press, 2004.
Brownell, Susan. *Training the Body for China: Sports in the Moral Order of the People's Republic*. Chicago: University of Chicago Press, 1995.
_____. "Strong Women and Impotent Men: Sports, Gender, and Nationalism in Chinese Public Culture." *Spaces of Their Own: Women's Public Sphere in Transnational China*. Ed. Mayfair Mei-Hui Yang. Minneapolis: University of Minnesota Press, 1999.
Burrus, Virginia. *Saving Shame: Martyrs, Saints, and Other Abject Subjects*. Philadelphia: University of Pennsylvania Press, 2008.
Butalia, Urvashi. *The Other Side of Silence: Voices from the Partition of India*. New Delhi: Penguin, 1998.
Butler, Judith. *Bodies That Matter: On the Discursive Limits of "Sex."* New York: Routledge, 1993.
Butler, Octavia. *Mind of My Mind*. 1977; New York: Warner Books, 1994.
_____. *Kindred*. 1979; Boston: Beacon Press, 1988.
_____. *Survivor*. New York: Signet Books, 1979.
_____. *Lilith's Brood* (Xenogenesis). New York: Warner Books, 2000.
_____. *Parable of the Talents*. New York: Warner Books, 2000.
_____. "Amnesty." *Callaloo* 27.3 (Summer 2004): 597-615.
Caine, Barbara. *Victorian Feminists*. Oxford: Oxford University Press, 1992.
Calhoun, Cheshire. "An Apology for Moral Shame." *Journal of Political Philosophy*. 12.2 (2004): 127-146.
Callahan, William A. "National Insecurities: Humiliation, Salvation, and Chinese Nationalism." *Alternatives* 29 (2004): 199-218.
Calle-Gruber, Mireille. *Assia Djebar ou la Résistance de l'écriture: Regards d'un écrivain d'Algérie*. Paris: Maisonneuve et Larose, 2001.
_____. "Écrire de main morte ou l'art de la césure chez Assia Djebar." *L'Esprit Créateur* 48.4 (2008): 5-14.
Carrillo Rowe, Aimee. "Be Longing: Toward a Feminist Politics of Relation." *NWSA Journal* 17.2 (Summer 2005): 15-46.
Carter, Angela. *The Bloody Chamber*. London: Victor Gollancz, 1979.
_____. *The Sadeian Woman: An Exercise in Cultural History*. London: Virago, 1979.
Caruth, Cathy. *Trauma: Explorations in Memory*. Baltimore: Johns Hopkins University Press, 1995.

518

Casanova, Julián. "Una dictadura de cuarenta años." *Morir, matar, sobrevivir: La violencia en la dictadura de Franco.* Ed. Julián Casanova. Barcelona: Crítica, 2004. 3–53.

Cata, Isabelle, and Eliane DalMolin. "Ecrire et lire l'inceste: Christine Angot." *Women in French Studies* 12 (2004): 85–101.

Cazorla–Sánchez, Antonio. *Las políticas de la victoria: La consolidación del nuevo estado franquista.* Madrid: Marcial Pons Editorial, 2001.

Cenarro, Ángela. "Memories of Repression and Resistance: Narratives of Children Institutionalized by Auxilio Social in Postwar Spain." *History and Memory* 20.2 (2008): 39–59.

Césaire, Aimé. *Cahier d'un retour au pays natal.* Paris: Presence Africaine, 2000.

Chamarette, Jenny, and Jennifer Higgins, eds. *Guilt and Shame: Essays in French Literature, Thought and Visual Culture.* Bern: Peter Lang, 2010.

Champion, Edward. "Octavia Butler." *The Bat Segundo Show.* 1 Dec. 2005. Podcast. http://www.edrants.com/segundo/the-bat-segundo-show-15/. Accessed 16 Aug. 2009.

Chatterjee, Partha. *The Nation and Its Fragments: Colonial and Postcolonial Histories.* Princeton, NJ: Princeton University Press, 1993.

Cheng, Anne Anlin. *The Melancholy of Race: Psychoanalysis, Assimilation, and Hidden Grief.* Oxford: Oxford University Press, 2001.

Chodorow, Nancy. *The Power of Feelings: Personal Meaning in Psychoanalysis, Gender, and Culture.* New Haven, CT: Yale University Press, 1999.

Clare, Eli. "Stolen Bodies, Reclaimed Bodies: Disability and Queerness." *Public Culture* 13.3 (2001): 359–365.

Clark, Robert. "Angela Carter's Desire Machines." *Women's Studies* 14 (1987): 147–161.

Cliff, Michelle. *Abeng.* New York: Plume, 1984.

———. "Sister/Outsider: Some Thoughts on Simone Weil." *Between Women: Biographers, Novelists, Critics, Teachers and Artists Write about Their Work on Women.* Ed. Carol Ascher, Louise DeSalvo, and Sara Ruddick. Boston: Beacon Press, 1984. 311–325.

Constable, Liz. Introduction. "States of Shame/La honte." Ed. Liz Constable. *L'Esprit Créateur* 39.4 (1999): 3–12.

———, ed. "States of Shame/La honte." *Esprit Créateur* 39.4 (1999). Special issue.

Craighead, W. Edward, William H. Kimball, and Pamela J. Rehak. "Mood Changes, Physiological Responses, and Self-Statements during Social Rejection Imagery." *Journal of Consulting and Clinical Psychology* 47 (1979): 385–396.

Cruickshank, Ruth. *Fin de millénaire French Fiction: The Aesthetics of Crisis.* Oxford: Oxford University Press, 2009.

Cuevas Gutiérrez, Tomasa, 2004. *Testimonios de mujeres en las cárceles franquistas.* Huesca: Instituto de Estudios Altoaragoneses.

Daiya, Kavita. *Violent Belongings: Partition, Gender, and National Culture in Postcolonial India.* Philadelphia: Temple University Press, 2011.

Daly, Mary, and Jane Caputi. *Webster's First New Wickedary of the English Language*. Boston: Beacon Press, 1987.

Dalziell, Rosamund. *Shameful Autobiographies: Shame in Contemporary Australian Autobiographies and Culture*. Victoria: Melbourne University Press, 1993.

Das, Veena. "Language and the Body: Transactions in the Construction of Pain." *Life and Words: Violence and the Descent into the Ordinary*. Berkeley: University of California Press, 2006. 38–59.

Davidson, Arnold E. *Seeing in the Dark: Margaret Atwood's Cat's Eye*. Toronto: ECW Press, 1997.

Davitz, Joel R. *The Language of Emotion*. New York: Academic Press, 1969.

Day, Aidan. *Angela Carter: The Rational Glass*. Manchester, UK: Manchester University Press, 1998.

Day, Loraine. *Writing Shame and Desire: The Work of Annie Ernaux*. Bern: Peter Lang, 2007.

DeGraw, Sharon. "'The More Things Change, the More They Remain the Same': Gender and Sexuality in Octavia Butler's Oeuvre." *FEMSPEC* 4.2 (2004): 219–238.

Deigh, John. "The Politics of Disgust and Shame." *Journal of Ethics* 10.4 (2006): 383–418.

Delbo, Charlotte. *Days and Memory*. Evanston, IL: Northwestern University Press, 1995.

Deleuze, Gilles. *Negotiations, 1972–1990*. New York: Columbia University Press, 1995.

Deleuze, Gilles, and Félix Guattari. *Anti-Oedipus. Capitalism and Schizophrenia*. Trans. Robert Hurley, Mark Seem, and Helen R. Lane. London: Athlone Press, 1984.

Demoulin, Laurent. "Angot Salue Guibert." *Critique* 58 (Aug.–Sept. 2002): 638–644.

DeShazer, Mary K. *Fractured Borders: Reading Women's Cancer Literature*. Ann Arbor: University of Michigan Press, 2005.

Devi, Ananda. *Pagli*. Paris: Gallimard, 2001.

———. *Pagli*. New Delhi: Rupa, 2007.

———. "Écrire hors de sa bulle." *Nouvelles Etudes Francophones* 23.1 (2008): 12–18.

———. "L'écriture est le monde, elle est le chemin et le but." *Interview. Indes réunionaises* (2003). http://www.indereunion.net. 2010년 5월 31일 접속.

DeWall, C. Nathan. "The Pain of Exclusion: Using Insights from Neuroscience to Understand Emotional and Behavioral Responses to Social Exclusion." *Bullying, Rejection, and Peer Victimization: A Social Cognitive Neuroscience Perspective*. Ed. Monica J. Harris. New York: Springer, 2009.

Didur, Jill. "A Heart Divided: Education, Romance, and the Domestic Sphere in Attia Hosain's *Sunlight on a Broken Column*." *Unsettling Partition: Literature, Gender, Memory*. Toronto: University of Toronto Press, 2006. 94–124.

Dietz, Mary G. *Between the Human and the Divine: The Political Thought of Simone Weil*. Totowa, NJ: Rowman and Littlefield, 1988.

Djebar, Assisa. *Ombre sultane*. Paris: J.-C. Lattès, 1987.

———. *Vaste est la prison*. Paris: Albin Michel, 1994.

_____. *Ces voix qui m'assiègent . . . en marge de ma francophonie.* Paris: Albin Michel, 1999.

_____. *Nulle part dans la maison de mon père.* Paris: Fayard, 2007.

Donawerth, Jane. "Beautiful Alien Monster-Women." *Frankenstein's Daughters: Women Writing Science Fiction.* Syracuse, NY: Syracuse University Press, 1997.

Douglas, Kelly Brown. "Twenty Years a Womanist: An Affirming Challenge." *Deeper Shades of Purple: Womanism in Religion and Society.* Ed. Stacey Floyd-Thomas. New York: New York University Press, 2006. 145–157.

Douglas, Mary. *Purity and Danger.* New York: Routledge, 1966.

Du Bois, W. E. B. *The Souls of Black Folk.* 1903; New York: Bantam Books, 1989.

Duncker, Patricia. "Re-imagining the Fairy Tales: Angela Carter's *Bloody Chamber.*" *Literature and History* 10.1 (Spring 1984): 3–14.

"Earshot." *Buffy the Vampire Slayer.* Writ. Jane Espenson. Dir. Regis Kimble. The WB. 21 Sept. 1999. http://www.imdb.com/video/hulu/vi553911065/. 2009년 8월 16일 접속.

Egido León, Ángeles. *El perdón de Franco: La represión de las mujeres en el Madrid de la posguerra.* Madrid: Los libros de la catarata, 2009.

Emery, Mary Lou. *Jean Rhys at "World's End": Novels of Colonial and Sexual Exile.* Austin: University of Texas Press, 1990.

Ernaux, Annie. *Les Armoires vides.* Paris: Gallimard, 1974.

_____. *Passion simple.* Paris: Gallimard, 1991.

_____. *Simple Passion.* Trans. Tanya Leslie. New York: Seven Stories, 2003.

Ernaux, Annie, and Marc Marie. *L'Usage de la photo.* Paris: Gallimard, 2005.

Essex, Ruth. *Cora Sandel.* New York: Peter Lang, 1995.

Fallaize, Elizabeth. *French Women's Writing.* London: Macmillan, 1993.

Fanon, Frantz. *Black Skin, White Masks.* Trans. Richard Philcox. New York: Grove Press, 1967.

Fayard, Nicole, and Yvette Rocheron. "Ni Putes ni Soumises: A Republican Feminism from the *Quartiers Sensibles.*" *Modern and Contemporary France* 17.1 (2003): 1–18.

Felman, Shoshana. "The Return of the Voice: Claude Lanzmann's *Shoah.*" *Testimony: Crises of Witnessing in Literature, Psychoanalysis, and History.* Ed. Shoshana Felman and Dori Laub. London: Routledge, 1992. 204–283.

Fernández García, Antonio. "España, 1939–1975: Líneas de investigación sobre el régimen y la sociedad." *España-Portugal: Estudios de Historia Contemporánea.* Ed. Hipólito de la Torre Gómez and António Pedro Vicente. Madrid: Editorial Complutense, 1998. 89–106.

Finnane, Antonia. "What Should Chinese Women Wear? A National Problem." *Modern China* 22.2 (Apr. 1996): 99–131.

Fisher, Berenice. "Guilt and Shame in the Women's Movement: The Radical Ideal of Action and Its Meaning for Feminist Intellectuals." *Feminist Studies* 10.2 (Summer 1984): 185–212.

Flatley, Jonathan. *Affective Mapping: Melancholia and the Politics of Modernism.*

Cambridge, MA: Harvard University Press, 2008.

Foucault, Michel. *The Archaeology of Knowledge*. New York: Pantheon Books, 1972.

―――. *Histoire de la Sexualité. La Volonté de Savoir*. Paris: Gallimard, 1976.

―――. *The History of Sexuality: An Introduction*. Vol. 1. Trans. Robert Hurley. New York: Vintage Books, 1990.

Fowler, Karen Joy. "Remembering Octavia Butler." Salon. Posted 17 Mar. 2006. Web. http://www.salon.com/books/feature/2006/03/17/butler/print.html. 2009년 8월 26일 접속.

Frampton, Edith. "'This Milky Fullness: Breastfeeding Narratives and Michèle Roberts." *Textual Practice* 20.4 (2006): 655−678.

Frank, Adam. "Some Affective Bases for Guilt: Tomkins, Freud, Object Relations." *ESC* 32.1 (Mar. 2006): 11−25.

Freud, Sigmund. *Civilization and Its Discontents*. Trans. James Strachey. New York: W. W. Norton, 1961.

Gardiner, Judith Kegan. *Rhys, Stead, Lessing, and the Politics of Empathy*. Bloomington: Indiana University Press, 1989.

Garland-Thompson, Rosemarie. *Extraordinary Bodies: Figuring Physical Disability in American Culture and Literature*. New York: Columbia University Press, 1997.

Geaney, Jane. "Guarding Moral Boundaries: Shame in Early Confucianism." *Philosophy East and West* 54.2 (Apr. 2004): 113−142.

George, Rose. "Courageous Writer Who Forced France to Confront the Outrage of Gang Rape." *The Guardian* 11 Oct. 2004.

Gilbert, Paul. "What Is Shame? Some Core Issues and Controversies." Shame, Ed. Paul Gilbert and Bernice Andrews. 3−38.

Gilbert, Paul, and Bernice Andrews, eds. *Shame: Interpersonal Behavior, Psychopathology, and Culture*. New York: Oxford University Press, 1998.

Gilbert, Paul, and Jeremy Miles. Body *Shame: Conceptualisation, Research, and Treatment*. Hove, East Sussex: Brunner-Routledge, 2002.

Goffman, Erving. *The Presentation of Self in Everyday Life*. New York: Anchor Books, 1959.

―――. *Behavior in Public Places*. New York: The Free Press, 1963.

―――. *Stigma: Notes on the Management of Spoiled Identity*. New York: Simon and Schuster, 1963.

Govan, Sandra. "Going to See the Woman: A Visit with Octavia E. Butler." *Obsidian III: Literature in the African Diaspora*. 6.2−7.1 (Fall 2005−Summer 2006): 14−39.

Graham, Helen. "Gender and the State: Women in the 1940s." *Spanish Cultural Studies: An Introduction; The Struggle for Modernity*. Ed. Helen Graham and Jo Labanyi. Oxford: Oxford University Press, 1995. 182−195.

Greenhalgh, Susan. "Fresh Winds in Beijing: Chinese Feminists Speak Out on the One-Child Policy and Women's Lives." *Signs* 26 (Spring 2001): 847−874.

Gregg, Veronica Marie. *Jean Rhys's Historical Imagination: Reading and Writing the Creole*. Chapel Hill: University of North Carolina Press, 1995.

522

Grosz, Elizabeth. *Volatile Bodies: Toward a Corporeal Feminism*. Bloomington: Indiana University Press, 1994.

———. "Psychoanalysis and the Body." *Feminist Theory and the Body: A Reader*. Ed. Janet Price and Margrit Shildrick. New York: Routledge, 1999. 267–271.

Grunebaum, Heidi, and Yazir Henri. "Re-membering Bodies, Producing Histories: Holocaust Survivor Narrative and Truth and Reconciliation CommissionTestimony." World *Memory: Personal Trajectories in Global Time*. Ed. Jill Bennett and Rosanne Kennedy. London: Macmillan, 2003. 101–119.

Ha, Francis Inci. "Shame in Asian and Western Cultures." *American Behavioral Scientist* 38.8 (Aug. 1995): 1114–1131.

Haffenden, John. Interview with Angela Carter. *Novelists in Interview*. London: Methuen, 1985. 76–96.

Hai, Ambreen. "Border Work, Border Trouble: Postcolonial Feminism and the Ayah in Bapsi Sidhwa's *Cracking India*." *Modern Fiction Studies*. 46.2 (2002): 379–424.

Halperin, David M., and Valerie Traub. *Gay Shame*. Chicago: University of Chicago Press, 2009.

Hamel, Christelle. "'Faire tourner les meufs'. Les viols collectifs: Discours des médias et des agresseurs." *Gradhiva*. 33 (2003): 85–92.

Hampton, Gregory J. "Vampires and Utopia: Reading Racial and Gender Politics in the Fiction of Octavia Butler." *CLA Journal* 52.1 (2008): 74–91.

Haraway, Donna. "A Cyborg Manifesto: Science, Technology, and Socialist-Feminism in the Late Twentieth Century." *Simians, Cyborgs and Women: The Reinvention of Nature*. New York: Routledge, 1991. 149–181.

Hargreaves, Alec. "Testimony, Co-Authorship and Dispossession among Women of Maghrebi Origin in France." *Research in African Literatures* 31.1 (2006): 42–54.

Hartman, Saidiya. *Scenes of Subjection: Terror, Slavery, and Self-Making in Nineteenth Century America*. New York: Oxford University Press, 1997.

Heath, Christian. "Embarrassment and Interactional Organization." *Erving Goffman: Exploring the Interaction Order*. Ed P. Drew and A. Wooton. Cambridge, UK: Polity, 1988.

Henke, Suzanne. *Shattered Subjects: Trauma and Testimony in Women's Life-Writing*. New York: St. Martin's Press, 2000.

Heyward, Carter. *Touching Our Strength: The Erotic as Power and the Love of God*. San Francisco: Harper, 1989.

Hiddleston, Jane. *Assia Djebar: Out of Algeria*. Liverpool: Liverpool University Press, 2006.

Hirsch, Gordon. "Ardor and Shame in *Middlemarch*." *Scenes of Shame. Psychoanalysis, Shame and Writing*. Ed. Joseph Adamson and Hilary Clark. 83–99.

Hite, Molly. "An Eye for an I: The Disciplinary Society in *Cat's Eye*." *Various Atwoods: Essays on the Later Poems, Short Fiction, and Novels*. Ed. Lorraine York. Concord, ON: House of Anansi Press, 1995.

Hoffmann, Stanley. Foreword. *The Vichy Syndrome: History and Memory in France since 1944*. By Henry Rousso. Trans. Arthur Goldhammer. Cambridge, MA: Harvard University Press, 1991. vii –x.

Hughes, Alex. "'Moi qui ai connu l'inceste, je m'appelle Christine Angot': Writing Subjectivity in Christine Angot's Incest Narratives." *Journal of Romance Studies* 2.1 (2002): 65 –77.

Hughes, Bill, and Kevin Patterson. "The Social Model of Disability and the Disappearing Body: Towards a Sociology of Impairment." *Disability and Society* 12.3 (1997): 325 –340.

Hunt, Linda. "*The Alberta Trilogy*: Cora Sandel's Norwegian *Künstlerroman* and American Feminist Literary Discourse." *Writing the Woman Artist: Essays on Poetics, Politics, and Portraiture*. Ed. Suzanne W. Jones. Philadelphia: University of Pennsylvania Press, 1991.

Huntington, John. *Rationalizing Genius: Ideological Strategies in the Classic American Science Fiction Short Story*. Piscataway, NJ: Rutgers University Press, 1989.

Hurcombe, Linda. *Sex and God: Some Varieties of Women's Religious Experience*. London: Routledge, 1987.

Ip, Hung-Yok. "Fashioning Appearances: Feminine Beauty in Chinese Communist Revolutionary Culture." *Modern China* 29.3 (July 2003): 329 –361.

Jazouli, Adil. *Les Années banlieue*. Paris: Seuil, 1992.

Jin Lee, Scott. "Aged Bodies as Sites of Remembrance: Colonial Memories in Diaspora." *World Memories: Personal Trajectories in Global Time*. Ed. Jill Bennett and Rosanne Kennedy. London: Palgrave Macmillan, 2003. 87 –101.

Johnson, Erica L. "Adjacencies: Virginia *Woolf, Cora Sandel, and the Künstlerroman*." *Woolf Editing/Editing Woolf*. Ed. Eleanor McNees and Sara Veglahn. Clemson, SC: Clemson University Digital Press, 2009. 90 –95.

Kahan, Dan M. "What's Really Wrong with Shaming Sanctions." Faculty Scholarship Series. Paper 102. Web. 2006. http://digitalcommons.law.yale.edu/fss_papers/102.

Kaiser, Mary. "Fairy Tale as Sexual Allegory: Intertextuality in Angela Carter's *The Bloody Chamber*." *Review of Contemporary Fiction* 14.3 (Fall 1994): 30 –36.

Kansteiner, Wulf. "Testing the Limits of Trauma: The Long Term Psychological Effects of the Holocaust on Individuals and Collectives." *History of the Human Sciences* 17 (2004): 97 –123.

Kaplan, Temma. "Reversing the Shame and Gendering the Memory." *Signs* 28 (2002): 179 –199.

Kappeler, Susanne. *The Pornography of Representation*. Minneapolis: University of Minnesota Press, 1986.

Katrak, Ketu H. "Indian Nationalism, Gandhian 'Satyagraha' and Representations of Female Sexuality." *Nationalism and Sexualities*. Ed. Andrew Parker, Mary Russo et al. New York: Routledge, 1992. 395 –420.

Kaufman, Gershen. *Shame: The Power of Caring*. Cambridge, MA: Schenkman, 1980.

––––––. *The Psychology of Shame: Theory and Treatment of Shame-Based*

524

Syndromes. New York: Springer, 1989.

Kaufman, Gershen, and Lev Raphael, eds. Introduction. *Coming Out of Shame*: *Transforming Gay and Lesbian Lives*. New York: Doubleday, 1996.

Kemp, Anna. "Marianne d'aujourd'hui? The Figure of the *Beurette* in Contemporary French Feminist Discourses." *Modern and Contemporary France* 17.1 (2003): 19 –33.

Kemp, Simon. *French Fiction into the Twenty-First Century*: *The Return to the Story*. Cardiff: University of Wales Press, 2010.

Kenan, Randall. "An Interview with Octavia E. Butler." *Callaloo* 14.2 (Spring 1991): 495 –504.

Khan, Yasmin. *The Great Partition*: *The Making of India and Pakistan*. New Delhi: Penguin, 2007.

Kilborne, Benjamin. "Fields of Shame: Anthropologists Abroad." *Ethos* 20.2 (June 1992): 230 –253.

––––––. "The Disappearing Who: Kierkegaard, Shame, and the Self." *Scenes of Shame*. Ed. Joseph Adamson and Hilary Clark. 35 –51.

Kim, Daniel. "Invisible Desires: Homoerotic Racism and Its Homophobic Critique in Ralph Ellison's *Invisible Man Novel*: *A Forum on Fiction* 30.3 (1997): 309 –328.

Kingston, Maxine Hong. *The Woman Warrior*: *Memoirs of a Childhood among Ghosts*. New York: Vintage, 1975.

Kleinman, Arthur, and Joan Kleinman. "How Bodies Remember: Social Memoryand Bodily Experience of Criticism, Resistance and Delegitimation Following China's Cultural Revolution." *New Literary History* 25 (1994): 707 –734.

Kohut, Heinz. *The Analysis of the Self*: *A Systematic Approach to the Psychoanalytic Treatment of Narcissistic Personality Disorders*. Madison, CT: International Universities Press, 1971.

Koivunen, Anu. "An Affective Turn? Reimagining the Subject of Feminist Theory." *Working with Affect in Feminist Readings*: *Disturbing Differences*. Ed. Marianne Liljeström and Susanna Paasonon. New York: Routledge, 2010.

Kristeva, Julia. "On the Women of China." Trans. Ellen Conroy Kennedy. *Signs* 1.1 (Autumn 1975): 57 –81.

––––––. *About Chinese Women*. London: Boyars, 1977.

––––––. *Powers of Horror*: *An Essay on Abjection*. Trans. Leon Roudiez. New York: Columbia University Press, 1982.

––––––. *Black Sun*: *Depression and Melancholia*. Trans. Leon Roudiez. New York: Columbia University Press, 1989.

Lacan, Jacques. *Ecrits*. Paris: Editions du Seuil, 1966.

Lacey, Lauren J. "Octavia E. Butler on Coping with Power in Parable of the Sower, *Parable of the Talents*, and *Fledgling*." *Critique*: *Studies in Contemporary Fiction* 49.4 (Summer 2008): 379 –394.

Lane, R. D. "Cordelia's 'Nothing': The Character of Cordelia and Margaret Atwood's *Cat's Eye*." *Essays on Canadian Writing* 48 (Winter 1992/93): 73 –89.

Lau, Kimberly J. "Erotic Infidelities: Angela Carter's Wolf Trilogy." *Marvels & Tales: Journal of Fairy-Tale Studies* 22.1 (2008): 77−94.

Laub, Dori. "An Event without a Witness: Truth, *Testimony and Survival.*" *Testimony: Crises of Witnessing in Literature, Psychoanalysis, and History.* Ed. Shoshana Felman and Dori Laub. London: Routledge, 1992. 75−92.

Lazreg, Marnia. "Feminism and Difference: Writing as a Woman on Women in Algeria." *Feminist Studies* 14.1 (1998): 81−107.

Lehtinen, Ullaliina. "How Does One Know What Shame Is? Epistemology, Emotions, and Forms of Life in Juxtaposition." *Hypatia* 13.1 (1998): 56−77.

Lejeune, Philippe. *Le Pacte autobiographique.* Paris: Seuil, 1975.

Levi, Primo. *The Drowned and the Saved.* London: Abacus, 1989.

Lewallen, Avis. "Wayward Girls but Wicked Women? Female Sexuality in Angela Carter's 'The Bloody Chamber.'" *Perspectives on Pornography: Sexuality in Film and Literature.* Ed. Gary Day. New York: St. Martin's Press, 1988. 144−158.

Lewis, Helen Block. *Shame in Guilt and Neurosis.* New York: International Universities Press, 1971.

_____. Introduction. "Shame—the 'Sleeper' in Psychopathology." *The Role of Shame in Symptom Formation.* Ed. Helen Block Lewis. 87]1−28.

_____. Preface. *The Role of Shame in Symptom Formation.* Ed. Helen Block Lewis. 87] xi−xii.

_____. "The Role of Shame in Depression over the Life Span." *The Role of Shame in Symptom Formation.* Ed. Helen Block Lewis. 87]29−50.

_____. "Shame and the Narcissistic Personality." *The Many Faces of Shame.* Ed. Donald L. Nathanson. 87]93−132.

_____, ed. *The Role of Shame in Symptom Formation.* Hillsdale, NJ: Lawrence Erlbaum, 1987.

Lewis, Michael. *Shame: The Exposed Self.* New York: The Free Press, 1995.

_____. "The Role of Self in Shame." *Social Research* 70.4 (Winter 2003): 1181−1204.

Li, Li. "Female Bodies as Imaginary Signifiers in *Chinese Revolutionary Literature.*" Chinese Revolution and Chinese Literature. Ed. Tao Dongfeng, Yang Xiaobin, Rosemary Roberts, and Yang Ling. Newcastle, UK: Cambridge Scholars Publishing, 2009.

Li, Xiaojiang. "Economic Reform and the Awakening of Chinese Women's Collective Consciousness." *Engendering China.* Ed. Christina K. Gilmartin, Gail Hershatter, Lisa Rofel, and Tyrene White. Cambridge, MA: Harvard University Press, 1994.

Linkin, Harriet Kramer. "Isn't It Romantic?: Angela Carter's Bloody Revision of the Romantic Aesthetic in 'The Erl-King.'" *Contemporary Literature* 35.2 (Summer 1994): 305−324.

Lionnet, Françoise. "Cinq mètres d'ordre et de sagesse, cinq mètres de jungle soyeuse: Ananda Devi's Unfurling Art of Fiction." *Écritures mauriciennes au féminin: Penser l'altérité.* Ed. Véronique Bragard and Srilata Ravi. Paris: L'Harmattan, 2011. 283−314.

526

Lionnet, Françoise, and Ronnie Scharfman, eds. *Post/Colonial Conditions:Exiles, Migrations, and Nomadisms.* Yale French Studies 83. New Haven, CT: Yale University Press, 1993.

Littleton, Therese. "Octavia E. Butler Plants an Earthseed." Web. http://www.amazon. com/exec/obidos/tg/feature/-/11664/. Accessed 12 Aug. 2009.

Liu, Lydia H. "Female Body and Nationalist Discourse: Manchuria in Xiaohong's *Field of Life and Death.*" *Body, Subject, and Power in China.* Ed. Angela Zito and Tani Barlow. Chicago: University of Chicago Press, 1994.

Liu, Jianmei. "Nation, Women, and Gender in the Late Qing." *Chinese Revolution and Chinese Literature.* Ed. Tao Dongfeng, Yang Xiaobin, Rosemary Roberts, and Yang Ling. Newcastle, UK: Cambridge Scholars Publishing, 2009.

Loades, Ann. "Simone Weil—Sacrifice: a Problem for Theology." *Images of Belief in Literature.* Ed. D. Jasper. London: Macmillan, 1984. 122–137.

———. "Eucharistic Sacrifice: Simone Weil's Use of a Liturgical Metaphor." *Religion and Literature* 17.2 (Summer 1985): 43–54.

———. "Christ Also Suffered: Why Certain Forms of Holiness Are Bad for You." *Searching for Lost Coins: Explorations in Christianity and Feminism.* Ed. Ann Loades. Allison Park, PA: Pickwick Publications, 1988. 39–60.

Locke, Jill. "Shame and the Future of Feminism." *Hypatia* 22.4 (2007): 146–162.

Lorde, Audre. "Uses of the Erotic: The Erotic As Power." *Sister Outsider: Essays and Speeches.* Trumansburg, NY: Crossing Press, 1984.

Love, Heather. *Feeling Backward: Loss and the Politics of Queer History.* Cambridge, MA: Harvard University Press, 2007.

Luckhurst, Roger. "'Impossible Mourning' in Toni Morrison's Beloved and Michèle Roberts's *Daughters of the House.*" *Critique: Studies in Contemporary Fiction* 37.4 (1996): 243–260.

———. *The Trauma Question.* London: Routledge, 2008.

Lynd, Helen Merrell. *On Shame and the Search for Identity.* New York: Harcourt, Brace, 1953.

MacDonald, G., and M. R. Leary. "Why Does Social Exclusion Hurt? The Relationship between Social and Physical Pain." *Psychological Bulletin* 131.2 (2005): 202–223.

MacIntyre, Alasdair. *Edith Stein: A Philosophical Prologue, 1913–1922.* Lanham, MD: Rowman and Littlefield, 2006.

Makinen, Merja. "Angela Carter's 'The Bloody Chamber' and the Decolonization of Feminine Sexuality." *Feminist Review* 42 (Autumn 1992): 2–16.

Mani, Lata. "Contentious Traditions: The Debate on Sati in Colonial India." *Recasting Women: Essays in Indian Colonial History.* Ed. Kumkum Sangari and Sudesh Vaid. Piscataway, NJ: Rutgers University Press, 1990. 88–127.

Manion, Jennifer C. "Girls Blush, Sometimes: Gender, Moral Agency, and the Problem of Shame." *Hypatia* 18.3 (Fall 2003): 21–41.

Markowitz, Sally. "Pelvic Politics: Sexual Dimorphism and Racial Difference." *Signs: Journal of Women in Culture and Society* 26.2 (Winter 2001): 389–414.

Marrone, Claire. "Past, Present and Passion Tense in Annie Ernaux's *Passion Simple*." *Women in French Studies* 2 (1994): 78-87.

McDermott, Sinead. "The Double Wound: Shame and Trauma in Joy Kogawa's *Obasan*." *Sexed Sentiments: Interdisciplinary Perspectives on Gender and Emotion*. Ed. Willemijn Ruberg and Kristine Steenbergh. Amsterdam: Rodopi, 2011.

McLaren, Margaret A. *Feminism, Foucault, and Embodied Subjectivity*. Albany: State University of New York Press, 2002.

McLaughlin, Becky. "Perverse Pleasure and Fetishized Text: The Deathly Erotics of Carter's 'The Bloody Chamber.'" *Style* 29 (Fall 1995): 404-422.

Mehaffy, Marilyn, and AnaLouise Keating. "'Radio Imagination': Octavia Butler on the Poetics of Narrative Embodiment" MELUS 26.1 (Spring 2001): 45-76.

Mehta, Brinda. *Diasporic (Dis)locations: Indo-Caribbean Women Writers Negotiate the Kala Pani*. Kingston, Jamaica: University of the West Indies Press, 2004.

Melzer, Patricia. *Alien Constructions: Science Fiction and Feminist Thought*. Austin: University of Texas Press, 2006.

Memmi, Albert. *Portrait du colonisé precede de Portrait du colonisateur*. Paris: Gallimard, 1997.

Menon, Ritu, and Kamla Bhasin. *Borders and Boundaries: Women in India's Partition*. New Delhi: Kali for Women, 1998.

Merril, Judith. *Homecalling and Other Stories: The Complete Solo Short Science Fiction of Judith Merril*. Ed. Elisabeth Carey. Framingham, MA: NESFA Press, 2005.

Michalko, Rod. *The Difference That Disability Makes*. Philadelphia: Temple University Press, 2002.

———. "Double Trouble." *Disability and the Politics of Education: An International Reader*. Ed. Scott Danforth and Susan Gabel. New York: Peter Lang, 2007. 401-416.

Michalko, Rod, and Tanya Titchkosky. *Re-thinking Normalcy: A Disability Studies Reader*. Toronto: Canadian Scholars' Press, 2009.

Miller, Nancy K. "Memory Stains: Annie Ernaux's *Shame*." *Extremities: Trauma, Testimony and Community*. Ed. Nancy K. Miller and Jason Tougaw. Chicago: University of Illinois Press, 2002. 197-213.

Miller, Susan. *The Shame Experience*. Hillsdale, NY: Analytic Press, 1985.

Miller, William Ian. *The Anatomy of Disgust*. Cambridge, MA: Harvard University Press, 1997.

Millett, Kate. *Sexual Politics*. London: Hart-Davies, 1971.

Mitchell, David, and Sharon Snyder. *Narrative Prosthesis: Disability and the Dependency of Discourse*. Ann Arbor: University of Michigan Press, 2001.

Mitchell, Stephen A. *Relational Concepts in Psychoanalysis: An Integration*. Cambridge, MA: Harvard University Press, 1988.

Molinero, Carme. "Silencio e invisibilidad: La mujer durante el primer franquismo." *Revista de Occidente* 223 (Dec. 1999): 63-82.

Mongo-Mboussa, Boniface. "Contre le culte de la différence: Entretien avec Ananda

528

Devi." *Africultures* 35 (2001): 40–42.

Monk, Patricia. *Alien Theory: The Alien as Archetype in the Science Fiction Short Story.* Lanham, MD: Scarecrow Press, 2006.

Moran, Patricia. *Virginia Woolf, Jean Rhys, and the Aesthetics of Trauma.* New York: Palgrave, 2007.

Moreno Sardá, Amparo. "La réplica de las mujeres al franquismo." *El feminismo en España: Dos siglos de historia.* Ed. Pilar Folguera. Madrid: Editorial Pablo Iglesias, 1988. 85–110.

Morgan, Michael. *On Shame.* New York: Routledge, 2008.

Morris, Jenny. *Pride against Prejudice: Transforming Attitudes to Disability.* Philadelphia: New Society, 1991.

Morrison, Andrew P. "Shame, the Ideal Self, and Narcissism." *Contemporary Psychoanalysis* 19.2 (1983): 295–318.

———. "The Eye Turned Inward: Shame and the Self." *The Many Faces of Shame.* Ed. Donald Nathanson. 271–291.

———. *Shame: The Underside of Narcissism.* Hillsdale, NJ: Analytic Press, 1989.

———. *The Culture of Shame.* New York: Ballantine, 1996.

Motte, Warren. *Small Worlds: Minimalism in Contemporary French Literature.* Lincoln: University of Nebraska Press, 1999.

Mucchielli, Laurent. *Le Scandale des 'tournantes': Dérives médiatique, contre-enquête sociologique.* Paris: La Découverte, 2005.

Munt, Sally. *Queer Attachments: The Cultural Politics of Shame.* Burlington, VT: Ashgate Publishing, 2007.

Murdoch, Adlai H. "Rewriting Writing: Identity, Exile and Renewal in Assia Djebar's *L'Amour, la fantasia.*" Post/Colonial Conditions. Ed. Françoise Lionnet and Ronnie Scharfman. 71–92.

Murray, Michele. "Simone Weil: Last Things." *Simone Weil: Interpretations of a Life.* Ed. George White. Amherst: University of Massachusetts Press, 1981. 47–61.

Narayan, Uma. *Dislocating Cultures: Identities, Traditions, and Third-World Feminism.* New York: Routledge, 1997.

Nash, Mary. "Towards a New Moral Order: National Catholicism, Culture and Gender." *Spanish History since 1808.* Ed. Adrian Schubert. Oxford: Oxford University Press, 2000. 289–300.

Nathanson, Donald. "The Shame/Pride Axis." *The Role of Shame in Symptom Formation.* Ed. Helen Block Lewis. 183–205.

———. "A Timetable for Shame." *The Many Faces of Shame.* Ed. Donald Nathanson. 1–63.

———. *Shame and Pride: Affect, Sex, and the Birth of the Self.* New York: W. W. Norton, 1992.

———. Foreword. *Scenes of Shame: Psychoanalysis, Shame, and Writing.* Ed. Joseph Adamson and Hilary Clark. vii–viii.

———, ed. *The Many Faces of Shame.* New York: Guilford Press, 1987.

Nesbitt, Nick. "Honte, culpabilité, et devenir dans l'expérience coloniale." *Lire, écrire la honte.* Ed. Bruno Chaouat. Lyon: Presses Universitaires de Lyon, 2007.

Nevin, Thomas R. *Simone Weil: Portrait of a Self-Exiled Jew.* Chapel Hill: University of North Carolina Press, 1991.

Nietzsche, Frederick. *On the Advantage and Disadvantages of History for Life.* New York: Hackett, 1980.

Nora, Pierre. "Between Memory and History: Les Lieux de Mémoire." *Representations* 26 (1989): 7–25.

Nussbaum, Martha. *Hiding from Humanity: Disgust, Shame, and the Law.* Princeton, NJ: Princeton University Press, 2004.

_____. "Replies." *Journal of Ethics* 10.4 (2006): 463–506.

Nye, Andrea. *Philosophia: The Thought of Rosa Luxembourg, Simone Weil, and Hannah Arendt.* New York: Routledge, 1994.

O'Doherty, Caroline. "The Virgin Mary and the 'Tainted' Teenage Girl Who Came to Her for Sanctuary." *Irish Examiner,* Jan. 26, 2004.

Olsen, Tillie. Silences. New York: Delta/Dell, 1978.

Ongiri, Amy Abugo. "The Color of Shame: Reading Kathryn Bond Stockton's *Beautiful Bottom, Beautiful Shame* in Context." Postmodern Culture 18.3 (May 2008).

Orenstein, Catherine. *Little Red Riding Hood Uncloaked: Sex, Morality, and the Evolution of a Fairy Tale.* New York: Basic Books, 2002.

Orlando, Valérie. *Nomadic Voices of Exile: Feminine Identity in Francophone Literature.* Athens: Ohio University Press, 1999.

Painter, Nell Irvin. *Southern History across the Color Line.* Chapel Hill: University of North Carolina Press, 2002.

Pajaczkowska, Claire, and Ivan Ward. Introduction. *Shame and Sexuality: Psychoanalysis and Visual Culture.* Ed. Claire Pajaczkowska and Ivan Ward. New York: Routledge, 2008.

Pandey, Gyandendra. *Remembering Partition: Violence, Nationalism and History in India.* Cambridge: Cambridge University Press, 2001.

Panichas, George A. Introduction. *The Simone Weil Reader.* Ed. George A. Panichas. Wakefield, RI: Moyer Bell, 1977. xvii–xxxiii.

Parham, Marisa. "Saying 'Yes' to Textual Traumas in Octavia Butler's *Kindred.*" *Callaloo* 32.4 (Winter 2009): 1315–1331.

Park, Robert E., and Ernest W. Burgess. *Introduction to the Science of Sociology.* Chicago: University of Chicago Press, 1921.

Parker, Emma. "From House to Home: A Kristevan Reading of Michèle Roberts's *Daughters of the House.*" *Critique: Studies in Contemporary Fiction* 41.2 (2000): 153–173.

Pattison, Stephen. *Shame: Theory, Therapy, Theology.* Cambridge: Cambridge University Press, 2000.

Perez, Hiram. "You Can Have My Brown Body and Eat It, Too!" *Social Text* 23.3–4

84–85 (Fall–Winter 2005): 171–191.

Perry, Susan. Review of *Chinese Feminism Faces Globalization*. *Chinese Review International* 9.1 (Spring 2002): 281–283.

Pétrement, Simone. *Simone Weil: A Life*. Trans. Raymond Rosenthal. New York: Pantheon Books, 1976.

Pohl-Weary, Emily. "Judith Merril's Legacy." In *Homecalling*. By Judith Merril.

Prabhu, Anjali. *Hybridity: Limits, Transformations, Prospects*. Albany: State University of New York Press, 2007.

Price, Janet, and Margrit Shildrick. "Mapping the Colonial Body: Sexual Economies and the State in Colonial India." *Feminist Theory and the Body: A Reader*. Ed. Janet Price and Margrit Shildrick. 388–398.

——, eds. *Feminist Theory and the Body: A Reader*. New York: Routledge, 1999.

Primo de Rivera, Pilar. *Discursos*. Barcelona: Editora Nacional, 1939.

Probyn, Elspeth. *Outside Belongings*. New York: Routledge, 1996.

——. *Blush: Faces of Shame*. Minneapolis: University of Minnesota Press, 2005.

Puri, Shalini. *The Caribbean Postcolonial: Social Equality, Post-Nationalism and Cultural Hybridity*. New York: Palgrave Macmillan, 2004.

Queiroz, Kevin de. (2005). "Ernst Mayr and the Modern Concept of Species." *Proceedings of the National Academy of Sciences* 102, Suppl 1: 6600–6607. Web.

Rahman, Najat. *Literary Disinheritance: The Writing of Home in the Work of Mahmoud Darwish and Assia Djebar*. Lanham, MD: Lexington Books, 2008.

Raiskin, Judith. "The Art of History: An Interview with Michelle Cliff." *Kenyon Review* 15.1 (Winter 1993): 57–71.

Ramharai, Vicram. "Problèmatique de l'Autre et du Même dans l'oeuvre romanesque d'Ananda Devi." *Écritures mauriciennes au féminin: Penser l'altérité*. Ed. Véronique Bragard and Srilata Ravi. Paris: L'Harmattan, 2011. 61–77.

Ramsey, Nancy. "The Alberta Trilogy Revisited: Today's 'Women's Fiction' vs. the Real Thing." *Book Forum: An International Transdisciplinary Quarterly* 7.3 (1985): 12–15.

Raphals, Lisa. *Sharing the Light: Representations of Women and Virtue in Early China*. Albany: State University of New York Press, 1998.

Ravi, Srilata. "Ananda Devi nous parle de ses romans, de ses personnages, de son écriture, de ses lecteurs. Propos recueillis par Srilata Ravi." *Écritures mauriciennes au féminin: Penser l'altérité*. Ed. Véronique Bragard and Srilata Ravi. Paris: L'Harmattan, 2011.

Rawls, John. *A Theory of Justice*. Cambridge, MA: Harvard University Press, 1971.

Ray, Sangeeta. *En-gendering India: Woman and Nation in Colonial and Postcolonial Narratives*. Raleigh, NC: Duke University Press, 2000.

Rees, Ellen. *On the Margins: Nordic Women Modernists of the 1930s*. London: Norvik Press, 2005.

——. *Figurative Space in the Novels of Cora Sandel*. Laksevåg, Norway: Alvheim and Eide, 2010.

Rhys, Jean. *Good Morning, Midnight*. 1939; New York: W. W. Norton, 1986.

Riordan, James. *Sports under Communism: The U.S.S.R., Czechoslovakia, the G.D.R., China, Cuba*. London: C. Hurst and Company, 1978.

Roberts, Michèle. *Daughters of the House*. 1992; London: Virago, 1994.

_____. *Food, Sex and God: On Inspiration and Writing*. London: Virago, 1998.

Roberts, Rosemary. "Maoist Women Warriors: Historical Continuities and Cultural Transgressions." *Chinese Revolution and Chinese Literature*. Ed. Tao Dongfeng, Yang Xiaobin, Rosemary Roberts, and Yang Ling. Newcastle, UK: Cambridge Scholars Publishing, 2009.

Roemer, Danielle M., and Cristina Bacchilega. *Angela Carter and the Fairy Tale*. Detroit: Wayne State University Press, 2001.

Rofel, Lisa. "Liberation Nostalgia and a Yearning for Modernity." *Engendering China*. Ed. Christina K. Gilmartin, Gail Hershatter, Lisa Rofel, and Tyrene White. Cambridge, MA: Harvard University Press, 1994.

Romanowski, Sylvie. "Passion simple d'Annie Ernaux: Le trajet d'une féministe." *French Forum* 27.3 (2002): 99-114.

Roura, Assumpta. *Mujeres para después de una Guerra: Informes sobre moralidad y prostitución en la posguerra Española*. Barcelona: Flor del Viento Ediciones, 1998.

Rousso, Henry. *The Vichy Syndrome: History and Memory in France since 1944*. Trans. Arthur Goldhammer. Cambridge, MA: Harvard University Press, 1991.

Rowell, Charles H. "An Interview with Octavia E. Butler." *Callaloo* 20.1 (1997): 47-66.

Rusciano, Frank Louis. "The Construction of National Identity: A 23-Nation Study." *Political Research Quarterly* 56.3 (Sept. 2003): 361-366.

Russ, Joanna. *To Write like a Woman: Essays in Feminism and Science Fiction*. Bloomington: Indiana University Press, 1995.

Russo, Mary. "Female Grotesques: Carnival and Theory." *Feminist Studies/Critical Studies*. Ed. Teresa de Lauretis. Bloomington: Indiana University Press, 1986. 213-229.

Sage, Lorna. *Flesh and the Mirror: Essays on the Art of Angela Carter*. London: Virago, 1994.

Salvaggio, Ruth. "Octavia Butler and the Black Science-Fiction Heroine." *Black American Literature Forum* 18.2 (1984): 78-81.

"Samira Bellil: Elle avait dénoncé 'l'enfer des tournantes,'" *Le Télégramme*, 8 Sept. 2004.

Sandel, Cora. *Alberta and Jacob, Alberta and Freedom, and Alberta Alone*. Trans. Elizabeth Rokkan, with an afterword by Linda Hunt. 1962; Athens: Ohio University Press, 1984.

Sanders, Joshunda. "Interview with Octavia Butler." *In Motion Magazine*. Web. Mar. 14, 2004. http://www.inmotionmagazine.com/ac04/obutler.html.

Sarkar, Sumit. *Beyond Nationalist Frames: Postmodernism, Hindu Fundamentalism, History*. Bloomington: Indiana University Press, 2002.

Sartre, Jean-Paul. *Being and Nothingness: An Essay on Phenomenological Ontology*.

Trans. Hazel E. Barnes. New York: Washington Square Press, 1966.

Scarry, Elaine. *The Body in Pain: The Making and Unmaking of the World*. New York: Oxford University Press, 1985.

Scheff, Thomas. "The Shame-Rage Spiral: A Case Study of an Interminable Quarrel." *The Role of Shame in Symptom Formation*. Ed. Helen Block Lewis. 109–149.

——. *Microsociology: Discourse, Emotion, and Social Structure*. Chicago: University of Chicago Press, 1990.

——. *Bloody Revenge: Emotions, Nationalism, and War*. Boulder, CO: Westview, 1994.

——. "Shame in Self and Society." *Symbolic Interaction*, 6.2 (2003): 239–262.

Schneider, Carl. *Shame, Exposure, and Privacy*. 1977; New York: W. W. Norton, 1992.

——. "A Mature Sense of Shame." *The Many Faces of Shame*. Ed. Donald L. Nathanson. 194–213.

Scott, David. *China and the International System, 1840–1949: Power, Presence, Perceptions in a Century of Humiliation*. Albany: State University of New York Press, 2008.

Scott, James C. *Domination and the Arts of Resistance*. New Haven, CT: Yale University Press, 1990.

Scott, Linda. "Fresh Lipstick: Rethinking Images of Women in Advertising." *Women in Culture: A Women's Studies Anthology*. Ed. Lucinda Joy Peach. Oxford, UK: Blackwell Publishers, 1998. 131–141.

Sedgwick, Eve Kosofsky. *Touching Feeling: Affect, Pedagogy, Performativity*. Durham, NC: Duke University Press, 2003.

Sedgwick, Eve Kosofsky, and Adam Frank. Introduction. *Shame and Its Sisters: A Silvan Tomkins Reader*. Ed. Eve Kosofsky Sedgwick and Adam Frank. Durham, NC: Duke University Press, 1995.

——. "Shame in the Cybernetic Fold: Reading Silvan Tomkins." *Critical Inquiry* 21.2 (Winter 1995): 496–522.

——, eds. *Shame and Its Sisters: A Silvan Tomkins Reader*. Durham, NC: Duke University Press, 1995.

Seidler, Günter Harry. *In Others' Eyes: An Analysis of Shame*. Trans. Andrew Jenkins. Madison, CT: International Universities Press, 2000.

Selboe, Tone. "Jean Rhys and Cora Sandel. Two Views on the Modern Metropolis." *European and Nordic Modernisms*. Ed. Mats Jansson, Jakob Lothe, and Hannu Riikonen. Norwich, UK: Norvik Press, 2004.

Sellers, Susan. *Myth and Fairy Tale in Contemporary Women's Fiction*. New York: Palgrave, 2001.

Shalit, Wendy. "Daddy's Little Girl." *First Things* (Mar. 1999): 13–14.

Sheets, Robin Ann. "Pornography, Fairy Tales, and Feminism: Angela Carter's 'The Bloody Chamber.'" *Journal of the History of Sexuality* 14 (Apr. 1991): 633–657.

Shildrick, Margrit. *Leaky Bodies and Boundaries: Feminism, Postmodernism and (Bio)ethics*. London: Routledge, 1997.

Sidhwa, Bapsi. *Ice-Candy-Man*. New Delhi: Penguin, 1988.

_____. "Making Up with Painful History: The Partition of India in Bapsi Sidhwa's Work." Interview by Isabella Bruschi. *Journal of Commonwealth Literature* 43 (2008): 141–149.

Singh, Rashna B. "Traversing Diacritical Space: Negotiating and Narrating Parsi Nationness." *Journal of Commonwealth Literature* 43.2 (2008): 29–47.

Spelman, Elizabeth. "Woman as Body: Ancient and Contemporary Views." *Feminist Studies* 8.1 (1982): 109–131.

Spivak, Gayatri Chakravorty. Translator's Preface. *Imaginary Maps: Three Stories by Mahasweta Devi*. Trans. Gayatri Chakravorty Spivak. New York: Routledge, 1995. ix–xxix.

Stanford, Ann Folwell. "Mechanisms of Disease: African-American Women Writers, Social Pathologies, and the Limits of Medicine." *NWSA Journal* 6.1 (Spring 1994): 28–47.

Stattin, H., and I. Klackenberg-Larsson. "Delinquency as Related to Parents' Preferences for Their Child's Gender: A Research Note." Report No. 696. Stockholm: University of Stockholm, Department of Psychology, 1989.

Stockton, Kathryn Bond. *Beautiful Bottom, Beautiful Shame: Where "Black" Meets "Queer."* Durham, NC: Duke University Press, 2006.

Sultan, Patrick. "L'enfermement, la rupture, l'envol: Lecture de Pagli d'Ananda Devi." *Orées* 1.2 (2001). Web. http://orees.concordia.ca/numero2/essai/lecture de PAGLI corrig.html. Accessed 20 Dec. 2011.

Sunder Rajan, Rajeswari. *Real and Imagined Women*. London: Routledge, 1995.

Suvin, Darko. "Radical Rhapsody and Romantic Recoil in the Age of Anticipation: A Chapter in the History of SF." *Science Fiction Studies*. 1.4 (Fall 1974): 255–269.

Sycamore, Mattilda Bernstein. "Gay Shame: From Queer Autonomous Space to Direct Action Extravaganza." Web. http://www.gayshamesf.org/slingshotgayshame. html#4. Accessed 2 Oct. 2012.

Taylor, Charles. "The Politics of Recognition." *Multiculturalism*. Ed. Charles Taylor. Princeton, NJ: Princeton University Press, 1994. 25–75.

Taylor, Gabriele. *Pride, Shame, and Guilt: Emotions of Self-Assessment*. Oxford: Oxford University Press, 1985.

Thatcher, Adrian, and Elizabeth Stuart, eds. *Christian Perspectives on Sexuality and Gender*. Grand Rapids, MI: Eerdmans, 1996.

Thompson, Becky W. *A Hunger So Wide and So Deep: American Women Speak Out on Eating Problems*. Minneapolis: University of Minnesota Press, 1994.

Thompson, Tammy J. "Escape from Shame." *Mouth Magazine* 47 (1993): 56.

Thomson, Rosemarie Garland [Garland-Thomson]. *Extraordinary Bodies: Figuring Physical Disability in American Culture and Literature*. New York: Columbia University Press, 1997.

_____. Staring: *How We Look*. New York: Oxford University Press, 2009.

Thrane, Gary. "Shame." *Journal for the Theory of Social Behavior* 9 (1979): 39–166.

Titchkosky, Tanya. *Reading and Writing Disability Differently: The Textured Life of Embodiment.* Toronto: University of Toronto Press, 2007.

Tomkins, Silvan. *Affect, Imagery, Consciousness.* 4 vols. New York: Springer Publishing, 1962–1992.

———. "Shame." *The Many Faces of Shame.* Ed. Donald Nathanson. 133–161.

Torres, Rafael. *El amor en tiempos de Franco.* Madrid: Grupo Anaya, 2002.

Triano, Sarah. "Why Disability Pride?" 2012. Web. http://www.disabilityprideparade. org/whypride.php. 2012년 7월 21일 접속.

Tucker, Lindsey. *Critical Essays on Angela Carter.* New York: G. K. Hall, 1998.

Van Deusen, Nancy E. "The Faces of Honor: Sex, Shame, and Violence in Colonial Latin America." *The Hispanic American Historical Review.* 80.1 (2000): 169–170.

Van Herik, Judith. "Looking, Eating, and Waiting in Simone Weil." *Mysticism, Nihilism, Feminism: New Critical Essays on the Theology of Simone Weil.* Ed. Thomas A. Idinopulos and Josephine Zadovsky Knopp. Johnson City, TN: Institute of Social Sciences and Arts, 1984. 57–90.

———. "Simone Weil's Religious Imagery: How Looking Becomes Eating." *Immaculate and Powerful: The Female in Sacred Image and Social Reality.* Ed. Clarissa W. Atkinson, Constance H. Buchanan, and Margaret R. Miles. Boston: Beacon Press, 1985. 260–282.

Vint, Sherryl. *Bodies of Tomorrow: Technology, Subjectivity, Science Fiction.* Toronto: University of Toronto Press, 2007.

Viti, Elizabeth Richardson. "P.S.: Passion simple as Postscript." *Women in French Studies* 8 (2000): 154–163.

Walker, Alison Tara. "Destabilizing Order, Challenging History: Octavia Butler, Deleuze and Guattari, and Affective Beginnings." *Extrapolation* 46.1 (Spring 2005): 103–119.

Warner, Michael. *The Trouble with Normal: Sex, Politics, and the Ethics of Queer Life.* Cambridge, MA: Harvard University Press, 1999.

Webster, Alison. *Found Wanting: Women, Christianity and Sexuality.* London: Cassell, 1995.

Weil, Simone. "Decreation." *The Simone Weil Reader.* By Simone Weil. 350–356.

———. "Factory Work." *The Simone Weil Reader.* By Simone Weil. 53–72.

———. "Human Personality." *The Simone Weil Reader.* By Simone Weil. 313–339.

———. "The Iliad: Poem of Might." *The Simone Weil Reader.* By Simone Weil. 153–83.

———. "The Love of God and Affliction." *The Simone Weil Reader.* By Simone Weil. 439–468.

———. "Reflections on the Right Use of School Studies with a View to the Love of God." *The Simone Weil Reader.* By Simone Weil. 44–52.

———. *The Simone Weil Reader.* Ed. George A. Panichas. Wakefield, RI: Moyer Bell, 1977.

———. "Factory Journal." *Formative Writings, 1929–1941.* Ed. and trans. Dorothy Tuck McFarland and Wilhelmina Van Ness. Amherst: University of Massachusetts

Press, 1987. 149 –226.

_____. *The Need for Roots: Prelude to a Declaration of Duties towards Mankind.* Trans. A. F. Wills. London: Routledge, 1995. Trans. of *L'enracinement.* Paris: Gallimard, 1949.

Wilson, Robert Rawdon. "SLIP PAGE: Angela Carter, In/Out/In the Postmodern Nexus." *Ariel* 20.4 (1989): 96 –114.

Winnicott, D. W. *The Maturational Process and the Facilitating Environment.* New York: International Universities Press, 1965.

Wolmark, Jenny. *Aliens and Others: Science Fiction, Feminism and Postmodernism.* Iowa City: University of Iowa Press, 1994.

Woodhull, Winifred. *Transfigurations of the Maghreb: Feminism, Decolonization, and Literatures.* Minneapolis: University of Minnesota Press, 1993.

Woods, Nancy. *Vectors of Memory: Legacies of Trauma in Postwar Europe.* Oxford, UK: Berg, 1999.

Woodward, Kathleen. "Traumatic Shame: Toni Morrison, Television Culture, and the Cultural Politics of the Emotions." *Cultural Critique.* 46 (2000): 210 –240.

_____. *Statistical Panic: Cultural Politics and Poetics of the Emotions.* Durham, NC: Duke University Press, 2009.

Wurmser, Léon. *The Mask of Shame.* Baltimore: Johns Hopkins University Press, 1981.

_____. "Shame: The Veiled Companion of Narcissism." *The Many Faces of Shame.* Ed. Donald L. Nathanson. New York: Guilford Press, 1987.

_____. *The Power of the Inner Judge: Psychodynamic Treatment of the Severe Neuroses.* Northvale, NJ: Jason Aronson, 2000.

Yang, Lianfen. "Women and Revolution in the Context of the 1927 Nationalist Revolution and Literature." *Chinese Revolution and Chinese Literature.* Ed. Tao Dongfeng, Yang Xiaobin, Rosemary Roberts, and Yang Ling. Newcastle, UK: Cambridge Scholars Publishing, 2009.

Yang, Mayfair Mei-Hui. *Spaces of Their Own: Women's Public Sphere in Transnational China.* Minneapolis: University of Minnesota Press, 1999.

Zimra, Clarisse. "Hearing Voices, or, Who You Calling Postcolonial? The Evolution of Djebar's Poetics." *Research in African Literatures* 35.2 (Winter 2004): 149 –159.

Zuck, Virpi. "Cora Sandel: A Norwegian Feminist." *Edda* 1 (1981): 23 –33.

이 책에 참여한 사람들

일라이자 챈들러 ELIZA CHANDLER

토론토대학 온타리오 교육연구소에서 사회학과 교육 평등 연구Sociology and Equity Studies in Education 연구원으로 있으면서 주로 장애학을 연구한다. 사회학과 인문학 연구회SSHRC에서 박사후과정 연구장학금을 받았고, 토론토 대학 뉴칼리지에서 평등 연구 전공 시니어 연구원으로 있다. 뉴칼리지와 온타 리오 교육연구소에서 장애학을 가르친다.

내털리 에드워즈 NATALIE EDWARDS

오스트레일리아 애들레이드대학 프랑스어 강사. 현대 프랑스에서 여성 글 쓰기와 자전적 글쓰기를 전공했다. 2011년 저서 『변화하는 주체들Shifting Subjects: Plural Subjectivity in Contemporary Francophone Women's Autobiography』을 출간했다. 크리스토퍼 호가스와 『하나가 아닌 이 '자 아'This "Self" Which Is Not One: Francophone Women's Autobiography and Gender and Displacement: Home in Contemporary Francophone Women's Autobiography』를 공동 편집했다. 그리고 에이미 허벨, 앤 밀 러와 함께 『텍스트적 자아와 비주얼적 자아Textual and Visual Selves: Photography, Film, and Comic Art in French Autobiography』를 편집했다.

조슬린 에이건 JOCELYN EIGHAN

시카고 일리노이대학에서 작가들을 위한 프로그램에 연구원으로 참여 중이다. 수치심 이론, 장애, 문학 속 여성 신체 등이 연구 주제다. 『어나더 시카고 매거진Another Chicago Magazine』 편집국에서 활동했고, 『패킹타운 리뷰 Packingtown Review』의 소설 에디터이자 공동 편집장으로 있다.

니콜 페이야드 NICOLE FAYARD
레스터대학 프랑스학과 학과장. 20세기 및 동시대 프랑스 연극, 특히 셰익스피어 작품을 중심으로 연구를 수행 중이다. 『제2차 세계대전 이후 프랑스에서 셰익스피어 연극 공연The Performance of Shakespeare in France Since the Second World War: Re-imagining Shakespeare』을 썼고 조르주 라보당, 다니엘 메스기치, 스테판 브라운슈바이크 등에 관한 글을 발표했다. 좀더 최근의 연구에서는 동시대 프랑스 여성 작가들과 젠더 폭력으로 주제를 옮겨 현재는 21세기 프랑스에서의 성폭력을 연구하는 프로젝트를 진행 중이다. 언어 교육의 방법론에 관한 글도 발표한 바 있다.

타마르 헬러 TAMAR HELLER
신시내티대학 영어 및 비교문학 전공 부교수. 『죽은 비밀Dead Secrets: Wilkie Collins and the Female Gothic』을 썼다. 로다 브로턴의 『꽃같이 피어나다Cometh Up as a Flower』를 편집했고 퍼트리샤 모런과 『사과의 장면 Scenes of the Apple: Food and the Female Body in Nineteenth- and Twentieth-Century Women's Writing』을 공동 편집했으며, 다이앤 호블러와 함께 『고딕소설 교육의 접근법Approaches to Teaching Gothic Fiction: The British and American Traditions』을 편집했다. 브로턴의 『사려 깊진 않으나 너무 잘Not Wisely but Too Well』과 브로턴 연구서 『그녀만의 줄거리A Plot of Her Own: Rhoda Broughton and English Fiction』를 마무리 중이다.

수젯 A. 헹케 SUZETTE A. HENKE
루이스빌대학 영어과 스러스턴 B. 모턴 교수로 있다. 『제임스 조이스와 욕망의 정치학James Joyce and the Politics of Desire』을 썼고, 현대문학과 여성학 분야의 광범위한 영역에서 연구를 발표해왔다. 『충격받은 주체Shattered Subjects: Trauma and Testimony in Women's Life-Writing』의 개정판이 2000년 출간되었다. 데이비드 에벌리와 에세이집 『버지니아 울프와 트라우마 Virginia Woolf and Trauma』를 공동 편집했다. 지금은 울프, 조이스, 로런스의 트라우마 소설을 연구 중이다.

에리카 L. 존슨 ERICA L. JOHNSON
뉴욕 와그너칼리지 영어과 부교수. 『캐리비언 고스트라이팅과 홈, 메종, 카사Caribbean Ghostwriting and Home, Maison, Casa: The Politics of Location in Works by Jean Rhys, Marguerite Duras, and Erminia Dell'Oro』를 썼고, 포스트식민주의와 현대소설 연구로 『현대소설 연구Modern Fiction Studies』『메리디언스Meridians』, 『캐리비언 문학 저널The Journal of Caribbean Literatures』『바이오그래피Biography』『내러티브 이론 저널The Journal of Narrative Theory』 등에 글을 실었다.

캐런 린도 KAREN LINDO
2007년 UCLA에서 박사학위를 받았다. 트랜스내셔널리즘과 여성이라는 맥락에서 수치심을 연구한 논문들을 썼는데, 이 주제를 다룬 몇 편은 『인터내셔널 저널 오브 프랑코폰 스터디스International Journal of Francophone Studies』 등의 학술지에 실렸다. 그 전에는 보도인칼리지에서 19-20세기 프랑스 문학과 영화와 함께 프랑스어권 문학과 문화를 가르쳤고, 현재는 유럽에서 독립 학자로 활동한다.

로라 마르토치 LAURA MARTOCCI
뉴스쿨 포 소셜 리서치NSSR에서 사회학 박사학위를 받고 최근까지 와그너칼리지에서 사회학과 교수이자 부학장을 지냈다. 관계성 공격에 반대하는 학생회SARA의 설립자로 괴롭힘 방지 이니셔티브 프로그램을 감독하며 상호작용 커리큘럼 훈련을 받은 학생들을 초등 교실로 보내고 있다. 저서로 『괴롭힘Bullying: The Social Destruction of Self』이 있다.

시네이드 맥더모드 SINEAD MCDERMOTT
아일랜드 리머릭대학에서 영어와 여성학을 가르친다. 페미니스트 문학과 문화 이론, 현대 여성 글쓰기 강의를 진행 중이다. 젠더, 문화 기억cultural memory, 현대 영국 및 북미 여성 소설에서 가정의 묘사 등이 연구 주제다. 『사인스Signs』『페미니스트 이론Feminist Theory』『젠더 연구 저널Journal of Gender Studies』 등 다수의 페미니스트 저널과 PMLA, M/MLA, 『크리티컬 서베이』 등 문학 저널에 이를 주제로 한 논문을 발표했다.

프랜 미셸 FRANN MICHEL
오리건주 세일럼 윌래밋대학 영어과 교수로 있으며 여성과 젠더 연구 프로그램을 공동 개설했고, 미국 인종학 및 영화학 프로그램에도 참여 중이다. 페미니스트, 퀴어 이론, 내러티브와 영화 연구 논문이『라이좀스Rhizomes』『GLQ』『포스트스크립트PostScript』『사이코어낼러시스Psychoanalysis』『컬처Culture』『소사이어티Society』등의 저널을 비롯한 다양한 편저에 실렸다.

남라타 미트라 NAMRATA MITRA
존캐럴대학에 방문 조교수로 있으며 페미니스트 철학, 포스트식민주의 문학 및 이론, 정치사회철학 등에 관심을 갖고 연구를 해오고 있다.

퍼트리샤 모런 PATRICIA MORAN
『입의 말Word of Mouth: Body/Language in Katherine Mansfield and Virginia Woolf』과『버지니아 울프, 진 리스와 트라우마 미학Virginia Woolf, Jean Rhys, and the Aesthetics of Trauma』을 썼고 타마르 헬러와『사과의 장면』을 공동 편집했다. UC 데이비스에서 영어과 교수를 지냈고, 현재 리머릭대학에서 강의 중이다.

애나 로카 ANNA ROCCA
매사추세츠 세일럼주립대학 프랑스어과, 이탈리아어과 조교수. 북아프리카 현대 여성 작가들과 자전적 글쓰기, 페미니즘, 트랜스내셔널 페미니스트 운동 등을 주제로 강의한다. 아시아 제바르, 니나 부라우이와 모로코 예술가 랄라 에사이디에 관한 논문을 발표했다. 저서로『아시아 제바르, 보이지 않는 몸Assia Djebar, le corps invisible: Voir sans être vue. With Névine El Nossery』이 있고, 공저로 프랑스어권 이주 여성 작가들의 글을 모은 에세이집『이주 여성들의 저작에서 마찰과 생성Frictions et devenirs dans les écritures migrantes au féminin: Enracinements et renégociations』이 있다.

페일링 자오 PEILING ZHAO
수사학과 작문 전공으로 2005년 사우스플로리다대학에서 박사학위를 받았다. 일리노이주 밀리킨대학에서 근무했고, 현재는 중국 중남대학 영어과 교수로 있다. 페미니스트 이론과 교육학, 글쓰기 프로그램 개발, 감정 등에 관한 다수의 논문을 발표했다.

감사의 말

이 책을 쓰고 엮는 동안 너그러이 시간을 내어주고 지지를 보내준 좋은 친구들이 있었다는 건 축복 같은 일이다. 샌드라 킹은 친구가 뭔지를 진정으로 보여주었다. 강아지들을 돌봐주고, 옷감을 관리해주고, 실라를 찾아주기까지. 아일랜드에서의 생활은 그녀가 없었다면 지금과 같지 않았을 것이다. 우리를 눈감아주고 리네인 네도 데려가준 샌드라의 남편 보비에게도 고마움을 전해야겠다. 리머릭대학에서 처음 사귄 친구 데이비드 코플런은 여전히 내 절친으로 곁을 지키고 있다. 내게 보내준 그 모든 응원에 감사를 표한다. 시네이드 맥더모트와 이애나 라이엇소스는 본보기가 되어준 동료들로, 아일랜드와 리머릭대학에서의 첫해를 즐겁고도 생산적인 시간으로 만들어주었다. 학생이었다가 이제 내 소중한 벗이 된 브리다 케네디에게도 도움에 감사드린다는 말을 전하고 싶다. 수젯 헹케와 마크 허시는 책을 만드는 내내 도움을 주고 지지를 보내주었다. 앤드리아 코언, 조앤 파이트 딜, 신디 드러너, 게일 대닐리어스, 잭 라푸앵트를 비롯해 함께해준 캘리포니아의 친구들에게 감사드리며, 실을 엮는 것보다 훨씬 더 큰 가르침을 준 마이브릿 모브랜드에게 특별한 고마움을 표하고 싶다. "역경 속에서도 의연하다"는 게 어떤 의미인지를 알게 해준 전문성을 보여준 주디 로도 여기서 호명되어야 마땅하다. 신디 크램프시와 프랜 미셸은 몇십 년간 나와 함께한 이들이다. 불가능해 보이는 것도 해낼 수 있다고 믿어주고 흔들림 없는 지지를 보내준 데 감사드린다. 공동 편집자인 에리카와 함께 일할 수 있었던 건 내가 이 책을 만들며 누린 특권이었다. 그녀의 지성과 통찰, 공감이 정말이지 필요했고, 또 그것을 누릴 수 있음에 감사했다. 이 책은 에리카가 없었더라면 나오지 못했을 것이다. 마지막으로, 아들 패트릭 히긴스에게 감사를 표하고 싶다. 패트릭은 언제나 내게 영감을 주었고, 용기와 응원, 낙천성으로 내 회색빛 일상을 색색으로 물들여주었다.

_퍼트리샤 모런

이 책을 쓰고 엮는 과정에서 많은 사람이 내 고민을 들어주고, 응원을 보내주었다. 책을 공동 편집한 퍼트리샤 모런에게 가장 먼저 감사 인사를 전하고 싶다. 내게 나눠준 우정에도, 그녀 스스로 그렇듯 이 책을 만드는 데 있어서도 두려움 없이 임해주었던 데도, 그리고 수치심과 관련된 작업들을 이해한다는 게 얼마나 중요한지를 보여준 것에도 감사드린다. 영감을 주고, 지지를 보내주고, 수치심이라는 주제로 정교한 작업을 해낸 리즈 콘스터블에게도 고맙다. 내털리 에드워즈, 크리스토퍼 호가스, 조해나 로시 와그너에게도 고마움을 전해야겠다. 그들은 도덕적으로 지지를 보내주었을 뿐만 아니라 토론회나 저자로 참여한 책에서 내가 수치심이라는 주제를 탐구할 수 있는 장을 마련해주었다. 패클티리소스네트워크FRN를 지원해주고 내가 쓰거나 편집하는 데 참조한 무수한 자료에 대한 접근 권한을 준 뉴욕대학에도 감사드린다. 와그너칼리지에서는 우리 과의 탁월한 구성원 애나 쇼터,

앤 헐리, 피터 샤프, 수전 버나도, 스티브 토머스, 엘로이스 브레졸트와 함께 내 친애하는 동료 퍼트리샤 모이너에게도 고마움을 전하고 싶다. 그녀의 통찰과 기분 좋은 응원, 그녀가 내게 보내준 우정은 내가 와그너에서 하는 모든 일에 없어서는 안 될 힘을 주었다. 항상 내 말을 들어주고 지혜와 조건 없는 지지를 나눠준 웬디 닐슨에게도 고맙다. 애서愛書심과 세계에 대한 호기심을 나눠주신 우리 어머니 아버지, 에니드 코크와 루 코크께도 감사드린다. 전화할 때면 늘, 언제나 수화기 너머에 있어주고 어떤 이야기든 나와 시시콜콜 나누는 자매 미건 시팬스키에게도 고마움을 전한다. 그리고 언제나처럼, 근사한 남편 패트릭 존슨과 아들 맥스 존슨에게 감사를 표한다. 내 모든 작업이 그랬듯, 이 책도 두 사람에게 바친다.

_에리카 L. 존슨

여성의 수치심
젠더화된 수치심의 문법들

초판 인쇄 2022년 6월 14일
초판 발행 2022년 6월 27일

엮은이 에리카 L. 존슨 퍼트리샤 모런
옮긴이 손희정 김하현
펴낸이 강성민
편집장 이은혜
책임편집 박은아
마케팅 정민호 이숙재 김도윤 한민아 정진아 우상욱 정유선
브랜딩 함유지 함근아 김희숙 안나연 박민재 박진희 정승민
제 작 강신은 김동욱 임현식
독자모니터링 황치영

펴낸곳 (주)글항아리 | 출판등록 2009년 1월 19일 제406-2009-000002호

주소 10881 경기도 파주시 회동길 210
전자우편 bookpot@hanmail.net
전화번호 031) 955-2696(마케팅) 031) 955-2663(편집부)
팩스 031) 955-2557

ISBN 979-11-6909-015-5 93800

www.geulhangari.com